LA MORT EN FACE

DU MÊME AUTEUR
CHEZ POCKET

SHADOWMAN
LA MORT EN FACE

CODY MCFADYEN

LA MORT EN FACE

Traduit de l'américain
par Christine Bouchareine

ROBERT LAFFONT

Titre original :
THE FACE OF DEATH

édition originale :
Bantam Books/Random House, Inc., New York

Le papier de cet ouvrage est composé de fibres naturelles, renouvelables, recyclables et fabriquées à partir de bois provenant de forêts plantées et cultivées durablement pour la fabrication du papier.

ISBN : 978-2-266-18177-8

À Brianna, ma « Petite B »

LIVRE UN

Au point d'eau
(là où viennent se désaltérer
de sombres créatures)

1.

Je rêve du visage de la mort.

C'est un visage qui change constamment, que beaucoup montrent au mauvais moment, mais que tous montreront tôt ou tard. Je l'ai souvent contemplé… trop souvent.

« C'est ton boulot, andouille ! » ricane une voix dans mon rêve.

Cette voix a raison. Je travaille pour l'antenne du FBI à Los Angeles et je suis chargée de traquer les pires d'entre les pires. Les tueurs d'enfants, les tueurs en série, des hommes (et parfois des femmes) sans conscience ni remords. Et depuis dix ans que j'exerce ce métier, même si je n'ai pas encore vu la mort sous toutes ses faces, elles ne me sont pas inconnues pour la plupart.

Ce soir, ce visage miroite devant mes yeux, tel un stroboscope dans le brouillard, prenant tour à tour les traits de trois personnes que j'ai connues. Mon mari, ma fille, mon amie. Matt, Alexa, Annie.

Mort, morte et morte.

Je me retrouve devant un miroir sans reflet. Et ce miroir me rit au nez. Il braie comme un âne, il meugle comme une vache. Je le frappe de mes poings et il se brise. Une ecchymose s'épanouit sur ma joue telle une rose.

Mon reflet se dessine sur la glace brisée. « Les éclats de miroir continuent à renvoyer la lumière », me souffle la voix.

J'émerge de ce rêve en ouvrant les yeux. C'est étrange de passer si vite du sommeil profond à la conscience la plus aiguë. Mais au moins, je ne me réveille plus en hurlant.

Je ne peux pas en dire autant de Bonnie. Je me tourne doucement sur le côté pour la regarder et découvre qu'elle ne dort plus.

— C'est moi qui t'ai réveillée, ma chérie ?

Elle secoue la tête.

Il est tard, le sommeil ne demande qu'à nous reprendre. J'attire Bonnie dans mes bras. Ma fille adoptive se love contre moi et je la serre tendrement. J'inhale le parfum de ses cheveux et l'obscurité nous emporte dans un bruissement de vagues.

Je me réveille en pleine forme. Profondément reposée, comme cela ne m'est pas arrivé depuis longtemps. Purifiée. Mon rêve m'a lavée.

Je me sens calme, détachée et détendue. Rien ne me tracasse particulièrement, ce qui est étrange, l'inquiétude étant une seconde nature chez moi. J'ai l'impression d'être dans une bulle, comme un bébé dans le ventre de sa mère. J'entretiens l'illusion et flotte un instant, goûtant mon propre silence. Un vrai samedi matin, pas seulement de fait mais aussi en substance.

Je me tourne vers la place que devrait occuper Bonnie et ne vois que les draps froissés. Tendant l'oreille, je perçois un trottinement dans la maison. Vivre avec une fillette de dix ans, c'est un peu vivre avec une fée. C'est magique.

Je m'étire avec volupté, comme un chat. Il ne manque qu'une chose pour que cette matinée soit parfaite. Au même instant, ma narine frémit.

Le café.

Je bondis du lit et descends l'escalier en courant. Je ne porte qu'un vieux T-shirt et mon caleçon de grand-mère ainsi que d'énormes chaussons en peluche en forme d'éléphant. À ma coiffure, j'ai l'air d'avoir traversé un cyclone, mais peu importe, car nous sommes samedi et seules, entre filles.

Bonnie m'attend au pied de l'escalier avec une tasse de café.

— Merci, Choupette. Hum, il est délicieux ! lui dis-je après avoir bu une gorgée.

Et c'est vrai.

Je m'assois à la table de la cuisine. Bonnie boit un verre de lait et nous nous regardons en silence. Nous sommes bien. Je souris.

— Quelle belle matinée, non ?

Elle me renvoie un sourire qui me bouleverse, comme toujours. Elle hoche la tête.

Bonnie ne parle pas. Elle a perdu la parole lorsque sa mère a été assassinée sous ses yeux. L'un des tueurs l'a ensuite attachée au corps de sa mère, face à face. Elle est restée trois jours ainsi. Elle n'a jamais plus prononcé un mot depuis.

Annie, sa mère, était ma meilleure amie. Et c'est pour m'atteindre, moi, que son assassin l'a exécutée. Je le sais même si j'essaie d'en faire abstraction. Si je regardais la vérité en face, elle finirait par me terrasser.

Un jour, je devais avoir dans les six ans, j'étais furieuse contre ma mère, je ne sais même plus pourquoi. Mon chat, que j'appelais M. Moufle et qui m'aimait d'un amour inconditionnel, était venu me consoler avec cette empathie propre aux animaux. Mais moi, je n'avais rien trouvé de mieux que de lui décocher un coup de pied.

Je ne l'avais pas blessé. Je ne lui avais pas fait mal, mais M. Moufle ne fut plus jamais le même après. Il tressaillait dès que je tendais la main vers lui pour le caresser. Je suis encore rongée par le remords chaque fois que j'y pense. Ce n'est pas juste un petit pincement au cœur, mais le sentiment d'avoir commis un acte affreux, qui souille l'âme. Un acte diabolique. J'ai causé un mal irréparable à un être innocent. Je ne l'ai jamais dit à personne. C'est un secret que j'ai bien l'intention d'emporter dans la tombe, quitte à finir en enfer plutôt que de l'avouer.

Quand je pense à Annie, ça me donne l'impression d'avoir battu M. Moufle à mort. Alors je préfère ne pas y penser.

Annie m'a laissé Bonnie. En pénitence. C'est injuste car Bonnie est mon rayon de soleil. Malgré son mutisme, ses cris la nuit et le reste. Mais une pénitence sous-entend de la souffrance. Or Bonnie ne m'apporte que des sourires.

Ces pensées défilent à toute vitesse dans mon esprit tandis que je la contemple.

— Et si on flemmardait ce matin ? Après on ira faire du shopping.

Bonnie réfléchit. Elle ne répond jamais immédiatement. Elle soupèse chaque mot, afin d'apporter la bonne réponse. Je ne sais pas si cette attitude résulte de ce qu'elle a vécu ou si elle est innée. Bonnie m'annonce ce qu'elle a décidé d'un hochement de tête accompagné d'un sourire.

— Super ! Tu veux prendre ton petit déjeuner ?

Toute question concernant la nourriture ne demande aucune réflexion. L'affirmation arrive, immédiate et enthousiaste.

Je m'affaire et prépare du bacon, des œufs et des toasts. Pendant que nous mangeons, je décide de parler de la semaine à venir avec elle.

— Je t'ai dit que j'avais demandé deux semaines de vacances ?

Hochement de tête.

— Je l'ai fait pour diverses raisons mais surtout pour une en particulier. Je voudrais t'en parler parce que… eh bien… j'ai quelque chose à faire qui risque d'être un peu dur pour moi.

Elle se penche et me fixe avec intensité.

Je bois une gorgée de café.

— Il est temps que je me débarrasse des… des affaires de Matt. Et de celles d'Alexa. Pas leurs photos ni ce genre de souvenirs, bien sûr. Je ne veux pas les effacer. C'est juste… C'est juste qu'ils ne vivent plus ici.

À peine une petite phrase. Succincte. Lourde de tout ce qu'elle implique. Que l'on prononce après avoir traversé le monde des ténèbres.

Je dirige la brigade criminelle de Los Angeles. J'excelle dans mon travail, oui, vraiment. Je chapeaute une équipe de trois personnes, toutes sélectionnées par mes soins, trois professionnels remarquables dans la lutte contre le crime. Je pourrais me montrer plus modeste, mais ce serait mentir. En résumé, il vaut mieux ne pas tomber dans notre collimateur.

Il y a un an, nous traquions un certain Joseph Sands. Bon voisin, bon père de famille, il n'avait qu'un défaut : il était vide à l'intérieur. Il se moquait de tout, ce qui n'était sans doute pas le cas des deux jeunes femmes qu'il a torturées et assassinées.

Nous étions sur sa piste, sur le point de le démasquer, lorsqu'il s'est introduit une nuit chez moi, juste armé d'une corde et d'un couteau de chasse. Il a tué Matt, mon mari, sous mes yeux. Il m'a violée et défigurée. Et au moment où j'allais l'abattre, il s'est servi d'Alexa comme bouclier et c'est elle qui a reçu la balle que je lui destinais.

Alors j'ai vidé mon arme sur lui, puis je l'ai rechargée et j'ai recommencé. J'ai passé les six mois suivants à me demander si je n'allais pas me tirer une balle dans la tête.

Ensuite Annie a été tuée, mais il y avait Bonnie et la vie m'a reprise dans ses filets.

Pourtant, elle ne me retenait plus que par un fil. Un fil d'araignée qui m'empêchait de basculer dans le gouffre. Il s'en est tissé un deuxième. Puis un autre... quatre... cinq... et c'est devenu une corde. Le précipice s'est estompé et, un jour, je me suis aperçue que la vie avait regagné le dessus et que l'abîme avait cédé la place à l'horizon.

— Il est temps de nous faire une maison bien à nous, ma chérie. Tu comprends ?

Elle opine. Elle comprend au-delà des mots.

— Alors, voilà comment nous allons procéder. Tante Callie a pris des vacances, elle aussi, et va venir passer quelques jours ici pour nous aider…

Un sourire radieux se dessine sur les lèvres de Bonnie.

— … et Elaina viendra aussi.

Ses yeux s'illuminent. Son sourire m'aveugle.

— Je suis contente que ça te fasse plaisir.

Elle hoche la tête. Nous poursuivons notre petit déjeuner. Je me perds de nouveau dans mes pensées lorsque je m'aperçois qu'elle m'observe, la tête inclinée, le regard interrogateur.

— Tu te demandes pourquoi elles viennent ?

Elle acquiesce.

— Parce que… Parce que je ne peux pas faire ça toute seule.

Bien que je sois décidée à aller de l'avant, l'angoisse me tenaille. Je suis restée si longtemps sans savoir où j'en étais que je n'ai guère confiance en cette récente stabilité. J'ai besoin du soutien de mes amies.

Bonnie se lève et s'approche de moi. Il émane d'elle une douceur et une bonté infinies. Si mes rêves sont hantés par le visage de la mort, Bonnie porte celui de la vie. Elle effleure du bout du doigt les cicatrices qui balafrent le côté gauche de mon visage. Les éclats du miroir brisé que je suis.

— Moi aussi, je t'aime, ma chérie.

Elle m'étreint brièvement avant de retourner à son petit déjeuner. Le mien fini, je pousse un soupir de contentement. Bonnie laisse alors échapper un rot sonore. Suit un silence surpris et, soudain, nous éclatons d'un rire tel que nous finissons par en pleurer.

Et nous passons quelques minutes à hoqueter avant de retrouver notre sérieux.

— Tu veux regarder un dessin animé, ma puce ?

Sourire éclatant comme un champ de roses.

Je m'aperçois que c'est ma meilleure journée depuis un an. Oui, vraiment la meilleure.

2.

Nous traversons le centre commercial Glendale. Nous nous sommes arrêtées dans un Sam Goody's. J'ai acheté un coffret de CD, *Le Meilleur des années 1980* et Bonnie a choisi le dernier CD de Jewel. Ses goûts musicaux actuels correspondent à sa personnalité : empreints de réflexion et de beauté, ni tristes ni gais. J'attends avec impatience le jour où elle me demandera de lui acheter quelque chose d'entraînant, qui la fasse trépigner malgré elle, mais aujourd'hui, je m'en moque. Bonnie est heureuse. C'est tout ce qui compte.

Nous achetons des bretzels géants avant de nous asseoir sur un banc pour observer les passants. Un couple d'adolescents avance vers nous, indifférent au reste du monde. Elle, brune, une quinzaine d'années, ingrate, étroite du haut, large du bassin, vêtue d'un jean taille basse et d'un débardeur. Lui, même âge, délicieusement ringard, grand, maigre, couvert d'acné, avec des lunettes aux verres épais, les cheveux aux épaules. Il a la main dans la poche du jean de la fille, elle a passé son bras autour de sa taille. Tous les deux jeunes, maladroits, mal dans leur peau et heureux. Deux chiens dans un jeu de quille. Ils me font sourire.

Je surprends un homme d'un certain âge qui louche sur une jeune beauté : débordante de vitalité, tel un pur-sang, elle arbore de magnifiques cheveux de jais qui lui tombent à la taille. Elle passe devant l'homme qui continue à la reluquer, la bouche ouverte. Elle ne le voit même pas. Ainsi va la vie.

Ai-je jamais été comme elle ? Assez belle pour diminuer le QI des mâles ?

Sans doute. Les temps changent.

On me regarde, c'est vrai. Mais pas pour les mêmes raisons. Je suscite des réactions qui vont de la curiosité à la répulsion. Sands ne m'a pas ratée quand il m'a lacéré le visage.

Le côté droit reste parfait, intact. Sands s'est consacré au gauche. Une cicatrice part de la naissance de mes cheveux au milieu de mon front, passe droit entre mes deux sourcils avant de bifurquer presque à angle droit vers le sourcil gauche qu'elle a fait disparaître. Elle se prolonge sur la tempe avant de dessiner une boucle paresseuse sur ma joue. Puis elle remonte vers le nez, en franchit à peine l'arête, revient en arrière pour couper en diagonale ma narine gauche et plonger enfin vers ma mâchoire et mon cou avant de venir mourir sur ma clavicule.

Une autre cicatrice, parfaitement droite, va du dessous de mon œil gauche au coin de ma bouche. Elle est plus récente : l'homme qui a tué Annie m'a forcée à me taillader. Il a adoré me voir saigner, ça se voyait à son regard, à son excitation. Une des dernières sensations qu'il a éprouvées avant que je lui fasse sauter la cervelle.

Voilà pour les cicatrices visibles. Mes vêtements en cachent bien d'autres. Creusées à la lame d'un couteau ou par le bout incandescent d'un cigare.

Pendant longtemps, j'ai eu honte de mon visage. Je laissais pendre mes cheveux pour cacher l'œuvre de Joseph Sands. Depuis que j'ai repris goût à la vie, ma vision de ces cicatrices a changé. Désormais, je tire mes cheveux en queue de cheval, par défi.

Je ne suis pas trop mal du reste de ma personne. Petite, à peine un mètre cinquante-sept, des seins qui tiennent dans la main d'un honnête homme, comme disait Matt, mais pas maigre pour autant, avec un bon petit derrière bien rond qu'il adorait. Parfois, alors que je me tenais devant la glace, il se laissait tomber à mes pieds, m'attrapait les fesses et murmurait, imitant Gollum, « Oh, mon préccccieux ! »

À chaque fois, j'éclatais de rire.

Bonnie me sort de ma rêverie en tirant sur ma manche. Je suis la direction de son doigt.

— Tu veux aller chez Claire's ?

Elle opine.

— Avec plaisir, ma chérie.

Claire's est un de ces magasins conçus pour tisser la complicité mère-fille. On y trouve des accessoires à la fois bon marché et stylés pour tous les âges.

Nous entrons. Une vendeuse d'une vingtaine d'années s'approche de nous, un sourire commercial aux lèvres. Ses yeux s'écarquillent quand elle me voit de plus près et son sourire s'efface.

Je plisse le front.

— Un problème ?

— Non, je... je...

Elle continue à fixer mes cicatrices d'un air horrifié. Je compatirais presque. La beauté étant son credo, mon visage doit symboliser pour elle une victoire du mal sur le bien.

— Allez aider vos collègues, Barbara ! lance une voix cassante derrière nous.

Je me retourne et vois une femme d'une bonne quarantaine d'années, qui a dû être très belle et qui l'est encore avec des cheveux poivre et sel et des yeux d'un bleu tout à fait extraordinaire.

— Barbara ! répète-t-elle.

La jeune vendeuse tressaille et lance un « Oui, madame » avant de filer aussi vite que ses pieds aux ongles parfaitement vernis le lui permettent.

— Il ne faut pas faire attention à elle, s'excuse sa patronne. Elle n'a pas inventé la poudre.

J'ouvre la bouche pour lui répondre lorsque je m'aperçois qu'elle ne s'adresse pas à moi mais à Bonnie.

Et là, je constate que Bonnie foudroie la jeune vendeuse du regard. Bonnie, toujours très protectrice avec moi, n'a pas apprécié son attitude. Elle considère ensuite notre interlocutrice d'un œil approbateur et lui sourit timidement. La dame lui plaît.

— Puis-je vous aider, mesdames ?

Maintenant, c'est à moi qu'elle parle. À mon tour, en un clin d'œil, je la jauge et ne vois rien de commercial dans son sourire. Sa gentillesse me semble naturelle, d'une sincérité absolue, innée. Et les paroles jaillissent de mes lèvres avant que je puisse les arrêter.

— Pourquoi ma vue vous perturbe-t-elle moins qu'elle ?

Elle me lance un regard qui en dit long, suivi d'un doux sourire.

— Parce que je me suis battue contre le cancer, l'an dernier. J'ai subi une double mammectomie. Et la première fois que mon mari m'a vue après l'opération, il n'a même pas cillé, il m'a juste dit qu'il m'aimait. La beauté est un avantage outrageusement surestimé, ajoute-t-elle avec un sourire. Enfin, si je peux vous être utile…

— Merci de votre gentillesse. Nous voulions juste jeter un œil.

— Alors, je vous laisse regarder.

Un dernier sourire, un petit clin d'œil et elle disparaît, laissant flotter dans son sillage une aura de bienveillance, telle une bonne fée.

Vingt minutes plus tard, nous nous approchons du comptoir, chargées de colifichets. Nous n'en porterons pas la moitié mais nous nous sommes bien amusées à les choisir. La patronne encaisse nos achats, nous murmurons un au revoir et partons avec notre butin. Je consulte ma montre.

— Il faut rentrer, ma puce. Tante Callie ne devrait pas tarder.

Bonnie sourit et glisse sa main dans la mienne. Nous sortons sous le soleil éclatant de Californie. J'ai l'impression d'entrer dans une carte postale.

Je chausse mes lunettes noires. Quelle bonne journée ! Il y avait vraiment longtemps que ça ne m'était pas arrivé. Peut-être est-ce un bon présage. J'ai décidé de chasser les fantômes de ma maison et ma vie s'éclaircit déjà. Oui, j'ai pris la bonne décision.

Certes, je sais que mes angoisses renaîtront lorsque je reprendrai le travail. Il y aura toujours des prédateurs en liberté, des violeurs, des meurtriers et pis encore. Ils profitent comme nous de ce beau ciel bleu et de la chaleur du soleil ; toujours aux aguets, toujours à l'affût. Et quand ils se frottent au commun des mortels, ils se mettent à vibrer tels de sinistres diapasons.

Mais pour l'instant, savourons le soleil présent. Comme le disait la voix dans mon rêve, nous autres, pauvres êtres brisés, nous réfléchissons toujours la lumière.

3.

Nous sommes lovées sur le vieux canapé du salon. Les sacs avec le butin de notre expédition à la galerie marchande sont posés sur la table basse qui montre, elle aussi, des signes de vieillesse. Le plateau en noyer qui brillait lorsque nous l'avons acheté avec Matt disparaît désormais sous les rayures. Je devrais remplacer cette table et ce canapé, mais je ne peux pas, pas encore. Ils m'ont loyalement apporté tout le confort que j'en attendais et je ne me sens pas prête à les envoyer au paradis des meubles.

Je me tourne vers Bonnie.

— J'ai quelque chose à te dire.

Elle m'accorde aussitôt toute son attention. Elle sent, à l'hésitation dans ma voix, le conflit qui m'agite. *Vas-y,* m'encourage-t-elle du regard. *C'est bon.*

Voilà encore une chose que j'espère laisser bientôt derrière nous. Bonnie me rassure trop souvent. C'est moi qui devrais la soutenir, pas le contraire.

— Je voudrais justement te parler du fait que, toi, tu ne parles pas.

Ses yeux passent de la compréhension à l'inquiétude. *Non,* disent-ils. *Je ne veux pas discuter de ça.*

Je lui touche le bras.

— Ma chérie, je m'inquiète, c'est normal. J'ai vu des médecins. Et d'après eux, si tu restes trop longtemps sans rien dire, tu risques de perdre pour de bon la faculté de parler. Cela ne m'empêchera pas de t'aimer. Mais j'aimerais tellement que tu retrouves la parole.

Elle croise les bras. Je sens qu'un conflit l'agite à son tour sans pouvoir le définir.

Elle me fixe, montre sa bouche et hausse les épaules. Puis elle recommence : elle montre à nouveau sa bouche, hausse à nouveau les épaules. Je réfléchis quelques instants.

— Tu ne sais pas pourquoi tu ne parles plus ?

Elle opine et lève un doigt.

— Je t'écoute.

Elle montre sa tête et mime une réflexion intense.

Je mets encore un moment à saisir son message.

— Tu ne sais pas pourquoi tu ne parles plus mais tu cherches à comprendre pourquoi ?

Je vois à son expression que j'ai tapé dans le mille.

— Mais ma chérie, tu ne veux pas qu'on t'aide ? On pourrait te trouver un thérapeute…

Elle se lève d'un bond et agite les bras en l'air.

— D'accord, d'accord. Pas de thérapeute. C'est promis, dis-je, la main sur le cœur.

Aux nombreuses raisons qu'elle a de haïr l'assassin de sa mère s'ajoute le fait qu'il était thérapeute et qu'elle le sait. Quand il a tué sa mère sous ses yeux, il a détruit par la même occasion toute la confiance qu'elle aurait pu avoir dans les gens de sa profession.

Je lui prends les bras et l'attire contre moi d'un geste maladroit mais elle se laisse faire.

— Je suis désolée, mon bébé, c'est juste que je me fais du souci pour toi. Je t'aime. Et j'ai peur que tu restes muette.

Elle plante le doigt sur sa poitrine et hoche la tête.

Moi aussi.

Elle montre sa tête.

Mais j'y réfléchis.

Je soupire.

— Bon, d'accord, on verra ça plus tard.

Bonnie me serre dans ses bras pour me faire comprendre que tout va bien, la journée n'est pas gâchée. Elle me rassure encore. Je dois l'accepter. Elle est heureuse pour l'instant. C'est déjà ça.

— Que dirais-tu de passer en revue les trésors que nous avons achetés ?

Large sourire. Vigoureux acquiescement.

Cinq minutes plus tard, elle ne pense plus à notre discussion.

Mais il m'en faut plus pour oublier. Je suis adulte. Un flacon de vernis à ongles ne suffit pas à dissiper mes angoisses.

Il y a certains détails que je lui ai tus concernant ces deux semaines de vacances. Des omissions, pas des mensonges. Un privilège parental. Une façon de permettre aux enfants de rester des enfants. Ils endosseront bien assez vite des responsabilités d'adultes.

Je me suis donné ces quinze jours pour décider de mon avenir. Je me suis moi-même imposé cette limite. Non seulement dans mon intérêt, mais aussi dans celui de Bonnie. Nous avons toutes deux besoin de stabilité, de certitude, de routine.

J'ai été convoquée au bureau de Jones, le directeur adjoint, il y a dix jours. Je connais Jones depuis le début de ma carrière au FBI. Il était au départ mon maître et mon tuteur. Maintenant c'est mon patron. Il n'est pas arrivé à son poste actuel par la politique. Il est sorti du rang grâce à ses dons exceptionnels. En d'autres termes, c'est un homme de terrain. Je le respecte.

Son bureau se distingue par son austérité et son absence de fenêtre alors que Jones pourrait prétendre à une pièce d'angle avec une belle vue. Un jour, comme je m'en étonnais, il m'a répondu quelque chose du style « Un bon patron ne devrait pas passer beaucoup de temps dans son bureau ».

Il était donc assis derrière son bureau, un mastodonte en métal gris anachronique que je lui connais depuis toujours et qui illustre parfaitement la mentalité de son propriétaire : du moment qu'il remplit son office, à quoi bon le changer ? Il disparaissait, comme toujours, sous des piles de dossiers et de documents.

— Assieds-toi, m'a-t-il dit avec un geste vers les fauteuils en cuir.

Jones a dans les cinquante ans. Il est au FBI depuis 1977. Il a commencé ici même, en Californie. Marié et divorcé deux fois. Un bel homme, le visage taillé à la serpe. Sous ses dehors abrupts et bourrus se cache un redoutable enquêteur et j'ai eu beaucoup de chance de travailler sous ses ordres dès le début de ma carrière.

— Que se passe-t-il ? lui ai-je demandé.

Il a pris son temps avant de me répondre.

— Tout le monde sait que le tact n'est pas mon fort alors j'irai droit au but, Smoky. On te propose un poste de professeur à Quantico. Tu n'es pas forcée d'accepter mais, moi, je suis tenu de t'en parler.

J'étais abasourdie. J'ai posé la seule question qui m'est venue à l'esprit.

— Pourquoi ?

— Parce que tu es la meilleure.

J'ai senti qu'il ne me disait pas tout.

— Mais ?

Il a soupiré.

— Ce n'est pas un « mais », c'est un « et ». Tu es la meilleure. Tu es plus que qualifiée pour ce poste et tu le mérites plus que quiconque.

— Et ?

— Les autorités supérieures, dont le directeur, considèrent qu'on te le doit.

— Qu'on me le doit ?

— En échange de ce que tu as donné, Smoky. Tu as donné ta famille au FBI.

Il m'a touché la joue. Je me suis demandé si c'était un geste inconscient ou une allusion à mes cicatrices.

— Tu as payé un lourd tribut, à cause de ton métier.

— Et alors ? Ils ont de la peine pour moi ? Ou ils ont peur que je craque au boulot ?

À ma grande surprise, il a souri.

— C'est aussi ce que j'ai pensé. Mais j'ai parlé au directeur en personne et il s'est montré très clair. Il ne s'agit pas du règlement d'une dette mais d'une récompense. As-tu déjà rencontré Rathburn ?

— Une fois. Un gars plutôt direct.

— Oui, un type coriace et honnête, du moins autant que sa situation le lui permet. Il a son franc-parler. Et d'après lui, ce poste te convient parfaitement : il sera assorti d'une hausse de salaire et t'apportera la stabilité souhaitable pour Bonnie. Et tu ne seras plus exposée aux balles. En fait, Rathburn m'a dit que jamais le Bureau ne pourrait te proposer mieux.

— Ce qui veut dire ?

— À une époque, on envisageait de te proposer mon poste, celui de directeur adjoint.

— Oui, je sais.

— Il n'en est plus question désormais.

J'ai tressailli de stupéfaction.

— Pourquoi ? Parce que la mort de Matt et d'Alexa m'a secouée ?

— Non, non, ça n'a rien à voir. Tu vas chercher trop loin. C'est plus simple que ça.

J'ai brusquement compris. Mais j'avais du mal à le croire. D'un autre côté, cela ne m'étonnait pas du Bureau.

— À cause de mon visage, c'est ça ? C'est une question d'image.

Un curieux mélange de peine et de colère a traversé son regard. Puis le feu s'est éteint, étouffé par la lassitude. Ses lèvres ont esquissé un sourire sarcastique.

— Je t'ai dit que Rathburn avait son franc-parler. Nous vivons une époque conditionnée par les médias, Smoky. Ton apparence ne pose pas de problème tant que tu diriges ton unité. Mais de l'avis général, elle te desservirait à un poste de direction. Ce qui te donne du caractère en tant qu'enquêtrice ne convient ni à un directeur ni à un directeur adjoint. Pour moi, ce sont des conneries, pour lui aussi, mais c'est comme ça.

Il fut un temps où je nourrissais de grandes ambitions. Nous en avions même parlé avec Matt, persuadés que je grimperais les échelons tout naturellement. Les choses avaient changé.

Mais il fallait être réaliste. La direction n'avait pas tort. Je ne pouvais plus représenter le FBI. Avec mes effrayantes cicatrices j'étais parfaite en qualité de soldat. Parfaite pour entraîner les autres, moi, le vétéran grisonnant. Mais poser en photo à côté du Président, ah non, pas question !

Par ailleurs, leur offre me tentait. Les postes de professeur à Quantico étaient très convoités. Ils étaient assortis d'un bon salaire, d'horaires réguliers et de beaucoup moins de stress. Les étudiants ne vous tiraient pas dessus. Ils ne s'introduisaient pas chez vous par effraction. Ils ne tuaient pas votre famille.

Telles étaient les pensées qui avaient fusé dans ma tête.

— Dans combien de temps dois-je donner ma réponse ?

— Dans un mois. Si tu acceptes, tu auras tout le temps d'effectuer la transition. Au moins six mois.

Un mois. À la fois beaucoup de temps et très peu.

— Que devrais-je faire à votre avis ?

Il a répondu du tac au tac :

— Tu es le meilleur agent que j'aie jamais eu, Smoky. Dur à remplacer. Mais tu dois choisir ce qui est le mieux pour toi.

Je regarde Bonnie. Elle est captivée par ses dessins animés. Je pense à la journée que nous venons de passer.

Qu'est-ce qui est le mieux pour moi ? Pour elle ? Dois-je lui poser la question ?

Oui. Mais pas maintenant.

Je dois d'abord m'en tenir au programme du jour : me séparer des affaires de Matt et d'Alexa.

On verra plus tard. Rien ne presse. J'ai le choix. Les choix représentent l'avenir. L'avenir ici, l'avenir à Quantico. Dans les deux cas, il s'agit d'aller de l'avant, de vivre. C'est déjà mieux qu'il y a six mois.

Mais on a beau se le répéter, ce n'est pas si simple et on le sait. Une menace se tapit derrière cette indifférence, une menace obscure, menaçante, « draculesque ».

« Draculesque » ! Le mot n'existe même pas. N'importe quoi !

Je chasse ces idées sombres (du moins j'essaie) et me blottis plus profondément dans le canapé, décidée à m'abandonner de nouveau au bonheur du samedi.

— C'est chouette, hein, les dessins animés, ma chérie ?

Oui, c'est chouette, opine Bonnie sans détacher les yeux de l'écran.

Pas « draculesque » du tout !

4.

— Quelles flemmardes ! s'exclame Callie. Vous n'avez pas honte ?

Elle nous regarde depuis la cuisine. Ses ongles bordeaux tambourinent le granit noir du comptoir central. Ses cheveux cuivrés tranchent sur le chêne blanc des placards derrière elle. Elle hausse les sourcils d'un air désapprobateur.

Nous échangeons un sourire ravi avec Bonnie.

S'il y avait une sainte patronne du manque de savoir-vivre, ce serait Callie. Crue, la langue acérée, elle appelle tout le monde mon chéri ou ma chérie. Le bruit court qu'elle aurait reçu un avertissement pour avoir donné du chéri au directeur du FBI. Ça ne m'étonnerait pas. C'est du Callie tout craché.

Avec sa chevelure flamboyante, ses lèvres charnues et ses longues jambes, elle aurait pu être mannequin. Mais à la brosse à cheveux, elle préfère le revolver. Et finalement, ce qui la rend plus belle encore, si c'est possible, c'est qu'elle ne considère pas sa beauté comme un atout.

Callie est dure comme un roc, plus intelligente que les savants de la NASA et l'amie la plus loyale qui puisse exister. Mais elle cache bien son jeu. Ce n'est pas une sentimentale. Elle ne m'a jamais envoyé une carte de vœux ou un cadeau d'anniversaire. Son affection, elle la prouve par ses actes.

C'est elle qui m'a trouvée après le passage de Joseph Sands. Elle qui m'a pris le revolver des mains, alors même que je le vidais sur elle. Heureusement, le chargeur ne contenait plus rien. Clic, clic, clic.

Callie fait partie de mon équipe ; nous travaillons ensemble depuis dix ans. Diplômée en médecine d'expertise médico-légale, elle possède l'esprit idéal dans notre travail. Elle témoigne parfois d'une certaine brutalité en investigation, avec un don réel pour mettre au jour la vérité. Malheur à celui contre lequel elle accumule des preuves : elle le dévore tout cru et sans aucun scrupule, même s'il avait une conduite irréprochable auparavant. Alors un conseil pour bien s'entendre avec elle : rester dans le droit chemin.

Callie n'est certes pas parfaite, mais elle encaisse les coups du sort mieux que la plupart d'entre nous. Elle s'est retrouvée enceinte à quinze ans et ses parents l'ont forcée à abandonner son bébé. Callie n'avait confié ce secret à personne, pas même à moi. C'est un tueur qui l'a révélé au grand jour, il y a six mois. On peut envier sa beauté, mais elle a souffert et s'est battue pour devenir ce qu'elle est.

Je lui décoche un grand sourire.

— Pas du tout ! Merci d'être venue.

Elle balaie mes remerciements d'un geste désinvolte.

— Je ne suis venue que parce que la pension était gratuite. Les repas sont bien compris, j'espère ?

Bonnie répond à ma place. Elle court vers le réfrigérateur, ouvre la porte et revient avec l'un des mets favoris de Callie : des beignets au chocolat.

Callie fait semblant d'essuyer une larme.

— Tu es un ange ! Tu veux bien m'aider à leur faire leur fête ?

Bonnie répond par un sourire radieux. Elles sortent du lait, accompagnement indispensable. Je les regarde dévorer les gâteaux, avec la sensation de vivre un instant de bonheur parfait. L'amitié, les beignets et le sourire de son enfant, voilà la quintessence de la vie.

J'observe mon amie avec étonnement. Elle ne s'en rend pas compte, tout absorbée qu'elle est par sa dégustation. C'est un trait de son caractère qui me la rend chère. Son goût pour l'amusement. Son désir de mordre dans le bonheur à pleines dents.

— Je reviens tout de suite.

Je monte les marches couvertes de moquette qui mènent à ma chambre. La pièce est grande. Des volets à claire-voie filtrent le soleil. Les murs peints en blanc cassé font ressortir le bleu clair éclatant de la couette. Un énorme lit à baldaquin d'un confort divin domine la pièce. Il disparaît sous des tonnes de coussins. J'en raffole.

Il y a deux commodes identiques en cerisier, une pour Matt, une pour moi. Un ventilateur ronronne en silence, fidèle gardien de mon sommeil.

Je m'assois sur le lit pour contempler la pièce une dernière fois avant de la chambouler.

Ce lit a connu toutes sortes de moments : grandioses, horribles, quelconques. Ils me traversent comme la pluie transperce le feuillage d'un arbre. Un léger martèlement sur le toit de mon univers.

Mais les souvenirs finissent par s'émousser. Ils ne vous déchirent plus, ils vous remuent. Il fut un temps où, à la moindre pensée de Matt ou d'Alexa, je me pliais en deux de douleur. À présent, j'arrive à sourire en songeant à eux.

Tu progresses, ma grande, tu progresses.

Matt me parle encore de temps en temps. Il était mon meilleur ami. Je ne suis pas encore prête à ne plus entendre sa voix dans ma tête.

Je ferme les yeux et revois le jour où nous avons acheté ce lit. Nous venions d'emménager dans notre première maison. Elle se trouvait dans une nouvelle zone résidentielle de Pasadena (nous n'avions absolument pas les moyens de nous offrir une de ces ravissantes demeures Craftsman du début du XXe siècle que nous aimions tant). C'était un peu loin de l'endroit où nous travaillions, mais nous n'avions aucune envie de vivre à Los Angeles. Nous voulions fonder une famille. Pasadena semblait plus sûre. La maison ressemblait à toutes celles qui l'entouraient, elle manquait, certes, de personnalité, mais elle était à nous.

— Voilà notre foyer, avait déclaré Matt en m'attirant contre lui tandis que nous la contemplions du jardin. Nous allons y passer notre vie. Je crois que ça exige un lit tout neuf. C'est symbolique.

C'était surtout nunuche. Mais je m'étais empressée de l'approuver, évidemment. Nous avions donc acheté ce lit et nous l'avions hissé nous-mêmes par l'escalier. Puis nous avions sué sang et eau pour l'assembler et, après nous être cassé les reins pour installer le sommier et le matelas, nous nous étions assis par terre, hors d'haleine.

Matt m'avait souri. Puis il avait haussé les sourcils.

— Ça te dirait d'y danser un petit mambo horizontal ?

J'avais éclaté de rire.

— Toi, tu sais parler aux filles.

Une main levée, l'autre sur le cœur, il avait déclaré, pince-sans-rire :

— Mon père m'a enseigné les trois règles à respecter lorsque qu'on fait l'amour à une jeune femme et j'ai juré de toujours m'y conformer.

— Tu peux me les rappeler ?

— Ne jamais garder ses chaussettes. Ne jamais s'endormir le premier après avoir fait l'amour. Et ne jamais péter au lit.

— Ton père était un sage !

Et nous avions dansé le mambo tout l'après-midi, jusqu'à la tombée de la nuit.

Je regarde le lit sans le voir.

Alexa a été conçue dans ce lit à un moment tendre ou plus acrobatique, qui sait ? C'est là que tous les trois nous nous sommes quittés.

J'ai passé des nuits d'insomnie dans ce lit pendant ma grossesse. Les chevilles gonflées, le dos douloureux. Avec rancœur, j'accusais Matt de tous mes maux. Et je l'aimais avec autant de force.

Lorsque nous avons ramené Alexa à la maison, nous l'avons posée au milieu de ce lit et nous nous sommes allongés de part et d'autre, émerveillés du simple fait de son existence.

Alexa a pleuré dans ce lit. Elle y a ri. Elle y a fait des colères, je crois même qu'elle y a été malade un jour où Matt lui avait donné trop de glace.

J'ai aussi appris certaines leçons dans ce lit. Un jour, nous faisions l'amour (je parle de vraiment faire l'amour, pas de baiser) après un dîner aux chandelles accompagné d'un bon vin. Nous avions mis le CD idéal au volume idéal, juste ce qu'il fallait pour créer une ambiance, sans nous distraire. La lune brillait et une douce brise nous caressait. Tout était d'une sensualité parfaite.

C'est alors qu'un pet m'a échappé.

Un petit pet très dame du monde, certes, mais un pet quand même. Nous nous sommes figés dans un silence de mort.

Et puis il y a eu un gloussement, suivi de rires vite transformés en hurlements que nous avons étouffés dans nos oreillers avant de nous rappeler qu'Alexa dormait chez une amie. Après, nous avons fait l'amour d'une autre façon, plus authentique, plus tendre, plus naturelle.

On peut avoir sa fierté, on peut avoir de l'amour, mais pas forcément toujours les deux en même temps. Dans ce lit, j'ai appris que c'était l'amour le plus important.

Ce lit n'a pas connu que des vents et des rires. Nous nous y sommes également disputés, Matt et moi. Bon sang, nous y avons eu de bonnes bagarres, comme nous les appelions. Nous étions convaincus qu'un bon mariage avait besoin de quelques querelles salutaires de temps à autre.

J'ai été violée dans ce lit et j'ai vu Matt y mourir pendant que j'y étais ligotée.

J'inspire. J'expire. Je le regarde en pensant à l'avenir. À toutes les bonnes choses qui pourraient encore m'arriver, si je décide de rester là. Je n'ai plus Matt ni Alexa mais il me reste Bonnie.

Une voix me tire subitement de ma rêverie.

— On peut entrer ?

Callie se tient sur le seuil, le regard interrogateur.

— C'est vraiment sympa de venir m'aider.

Elle s'avance dans la chambre en levant les yeux au ciel.

— C'était ça ou revoir une énième fois *Charlie et ses drôles de dames*. En plus, Bonnie me nourrit.

— Comment attraper une Callie sauvage : mettre des beignets au chocolat dans une énorme souricière.

Elle éclate de rire et se laisse tomber sur le lit.

— Excellent ! décrète-t-elle en rebondissant sur le matelas. Mais je me suis souvent demandé...

— Quoi donc ?

— Pourquoi as-tu gardé ce lit ? C'est bien là que ça s'est passé ?

Je caresse lentement la couette.

— J'ai pensé à m'en débarrasser. Après mon retour à la maison, j'ai dormi sur le canapé. Mais une fois que j'ai trouvé le courage d'y revenir, je ne pouvais plus imaginer dormir ailleurs. Le drame qui s'y est déroulé ne doit pas me faire oublier tous les bons moments que j'y ai connus. J'ai aimé dans ce lit. Mon mari, ma fille. Je ne peux pas laisser Sands me dépouiller de ces souvenirs.

Elle me décoche un regard indéchiffrable. J'y lis de la tristesse. De la culpabilité. Un soupçon d'envie.

— Tu vois, Smoky, c'est ça la différence entre nous. Je n'ai commis qu'un seul faux pas dans mon existence, mais quand j'ai dû abandonner mon bébé, je me suis juré de ne plus jamais me laisser embarquer dans une histoire d'amour. Toi, tu as été violée dans ce lit, mais tu ne gardes que le souvenir des moments heureux que tu y as vécus avec Matt et Alexa. J'admire ton optimisme. Vraiment ! Moi, je vois toujours le verre à moitié vide, ajoute-t-elle avec un petit sourire mélancolique.

Je ne réponds pas car je la connais bien. Elle a déjà dû faire un terrible effort pour se confier ainsi. Des paroles de réconfort l'embarrasseraient. Elle se sentirait même trahie. Elle attend juste de moi que je l'écoute, rien de plus.

Elle esquisse un petit sourire.

— Tu sais ce qui me manque ? Les tacos de Matt.

Je la dévisage avec surprise. Puis je souris à mon tour.

— Ils étaient bons, hein ?

— Il m'arrive d'en rêver, répond-elle d'un ton mélodramatique.

Même un fusil sur la tempe, je serais incapable de faire cuire un œuf. Matt, lui, était un véritable cordon bleu. Il achetait des livres et essayait des recettes, avec succès, neuf fois sur dix.

Il avait appris à faire les tacos par je ne sais qui. Il confectionnait de fabuleuses tortillas, véritables demi-lunes de pur bonheur remplies d'une viande épicée qui me mettait littéralement l'eau à la bouche.

À Callie aussi, apparemment. Cette gourmande s'invitait à dîner trois ou quatre fois par mois.

— Merci, dis-je.

Elle sait ce que je veux dire. Merci d'avoir ranimé ce souvenir, ce petit morceau de vie doux-amer, qui fait du bien et du mal à la fois.

Elle se lève et se dirige vers la porte. Avant de sortir, elle se retourne et me lance avec un sourire espiègle :

— Oh, et tu sais quoi ? Tu n'as pas besoin de souricière. Mets juste un peu de somnifère dans les beignets.

5.

— Comment vas-tu, Smoky ?

C'est Elaina qui me pose cette question. Elle est arrivée il y a une vingtaine de minutes et, après la séance habituelle d'embrassades avec Bonnie, elle s'est arrangée pour qu'on se retrouve seules dans le salon. Son regard n'est que franchise, bienveillance et lucidité. Elle fait partie de ces rares personnes qui allient gentillesse et solidité.

— J'ai des hauts et des bas, dis-je sans hésiter, incapable de lui mentir.

Son regard s'adoucit.

— Parle-moi des bas.

Je lui rends son regard tout en cherchant les mots qui pourraient décrire le nouveau démon qui trouble mon sommeil. J'avais l'habitude de rêver que Joseph Sands revenait allègrement me violer et exterminer ma famille. Mais Sands s'est estompé tandis que mes cauchemars se concentrent peu à peu sur Bonnie. Elle m'apparaît assise sur les genoux d'un cinglé, un couteau sur la gorge. Ou affalée sur un tapis blanc, un trou dans la tête, une tache écarlate autour d'elle.

— J'ai peur.

— De quoi ?

— Pour Bonnie.

Son front se déride.

— Ah, tu as peur qu'il lui arrive quelque chose.

— Je suis même terrifiée. Qu'elle ne parle jamais et qu'elle devienne folle. Ou de ne pas être là quand elle a besoin de moi.

— Et ? m'encourage-t-elle d'un ton insistant, me poussant à formuler verbalement ma réelle terreur.

— Eh bien, qu'elle meure, quoi ! – Ma riposte a jailli, cassante. Je la regrette déjà. – Désolée.

Elaina sourit pour me montrer que ce n'est pas grave.

— Avoue que tu as des raisons d'avoir peur, Smoky. Tu as déjà perdu une enfant. Tu sais que ça peut arriver. Et par-dessus le marché, Bonnie est presque morte devant toi ! Oui, tu as des raisons, répète-t-elle en posant doucement sa main sur la mienne.

— Mais cette peur me ronge. C'est de la faiblesse ! Et Bonnie a besoin que je sois forte.

Je dors avec un revolver chargé sur ma table de nuit. La maison est protégée par une montagne d'alarmes. Un cambrioleur mettrait plus d'une heure à percer le verrou de la porte d'entrée. Toutes ces mesures atténuent mes craintes mais aucune ne les dissipe.

Elaina me décoche un regard incisif et secoue la tête.

— Non, Bonnie a seulement besoin de ta présence. De ton amour. Elle a besoin d'une mère, pas d'une super héroïne. Dans la réalité, les gens sont en général incohérents, compliqués et souvent incompétents, mais au moins ils sont là, Smoky.

Elaina est l'épouse d'Alan, un de mes collaborateurs. C'est une superbe Latine, aux courbes féminines et aux grands yeux de biche. Mais sa vraie beauté vient de son cœur : sa gentillesse évoque les mots « mère », « sécurité » et « amour ». Mais sans rien de mielleux. Une bonté infaillible, authentique, forte de certitude.

L'an dernier, on lui a découvert un cancer du côlon au stade II. Après l'opération, elle a subi des radiations et une chimiothérapie. Elle s'en est sortie, mais elle a perdu sa magnifique chevelure. Elle porte cette disgrâce comme je porte mes cicatrices : elle l'affiche. Elle ne cache pas sa tête chauve sous un foulard ou un chapeau. Je me demande si cette perte la fait souffrir par moments, sans prévenir, comme me torture l'absence de Matt et d'Alexa.

Sans doute pas. Elaina possède, elle aussi, le don de savoir relativiser. Pour elle, la perte de ses cheveux passe bien après le bonheur d'être encore en vie.

Elle est venue me voir à l'hôpital après l'assassinat de Matt et d'Alexa. Elle a fait irruption dans ma chambre en écartant brutalement les infirmières et s'est précipitée pour me prendre dans ses bras. J'ai eu l'impression d'être entourée par les ailes d'un ange. Je me suis effondrée et j'ai pleuré, pleuré. Comme si c'était ma mère. Je lui en serai éternellement reconnaissante.

Elle me presse la main.

— C'est normal, Smoky. Tu aurais beaucoup moins peur si tu ne l'aimais pas autant.

Ma gorge se serre. Mes yeux brûlent. Elaina possède aussi le don de mettre le doigt sur la vérité. Tout ce qui me reste à faire si je veux cesser de trembler, c'est cesser d'aimer Bonnie.

Ce n'est pas près d'arriver.

— Je crains tellement de la perturber !

Elle me prend les deux mains et me fixe de son regard inébranlable.

— Sais-tu que je suis orpheline, Smoky ?

Je la dévisage avec stupéfaction.

— Non.

— Mes parents sont morts dans un accident de voiture. Mon frère Manuel et moi, nous avons été élevés par notre *abuela*, notre grand-mère. Une grande dame. Elle ne se plaignait jamais. Et Manuel, il était merveilleux, Smoky. Avec un cœur gros comme ça. Mais d'une santé fragile. Il n'avait pas de maladie précise mais il était toujours le premier à attraper ce qui traînait et le dernier à s'en remettre. Un jour, notre *abuela* nous a emmenés à la plage à Santa Monica. Manuel a été emporté par un courant et il s'est noyé. – Les mots sont simples, prononcés d'une voix claire, mais je sens la douleur qu'ils recèlent. Un chagrin silencieux. – J'ai perdu mes parents de façon absurde. J'ai perdu mon frère par une belle journée, tout aussi bêtement, ajoute-t-elle avec un haussement d'épaules. Ce que je veux dire, Smoky, c'est que je connais cette peur. La terreur de perdre ceux qu'on aime. Et je n'ai rien trouvé de mieux que de tomber amoureuse d'un homme merveilleux qui fait un métier dangereux ! Et je me réveille toutes les nuits, rongée par l'anxiété. Et parfois, je lui en veux. C'est injuste !

— Vraiment ?

— Vraiment. Et pour répondre à ta question, non, tes angoisses ne se dissiperont jamais totalement. Quant à moi, je préfère encore aimer Alan, malgré la peur et tout le reste.

— Elaina, pourquoi ne m'as-tu jamais dit que tu étais orpheline, que tu avais perdu ton frère ?

— Je ne sais pas. L'occasion ne s'est jamais présentée mais j'ai bien failli, quand tu étais à l'hôpital.

— Et pourquoi ne l'as-tu pas fait ?

— J'ai eu peur que ça te fasse plus de peine pour moi qu'autre chose.

Elle a raison.

Elaina sourit, d'un sourire aux multiples couleurs. Le sourire d'une épouse consciente du bonheur d'avoir un mari qu'elle aime, d'une mère qui n'a jamais eu d'enfant à elle, d'une femme simplement heureuse d'être en vie.

Callie apparaît, Bonnie à son côté. Elles me jettent un regard inquiet.

— Prête à passer à l'attaque ? demande Callie.

— Aussi prête que possible !

Je me force à sourire.

— Qu'est-ce qu'on doit faire ? demande Elaina.

Je me crispe comme un poing imaginaire pour rassembler mes forces.

— Cela fait un an que Matt et Alexa sont morts. Il s'est passé beaucoup de choses depuis. Et pas que pour moi. – Je me tourne vers Bonnie avec un sourire. – Ils me manquent encore et ils me manqueront toujours mais… – Je reprends la phrase que j'ai utilisée plus tôt avec Bonnie – … ils ne vivent plus ici. Je ne cherche pas à effacer leur souvenir. Je garde les photos et les films, bien sûr. Mais je veux juste enlever ce qui ne sert plus à rien. Leurs vêtements, leurs affaires de toilette. Les clubs de golf. Ce qui n'était utile qu'à eux.

Bonnie me regarde sans hésitation ni réserve. Je lui souris et pose ma main sur la sienne.

— Nous sommes là pour t'aider, déclare Elaina. Dis-nous juste ce qu'on doit faire. Tu veux qu'on se répartisse les chambres ? Ou tu préfères qu'on passe ensemble d'une pièce à l'autre.

— Ensemble.

J'ai l'impression d'être plaquée au canapé. Elaina doit le sentir : elle m'aiguillonne.

— Bien… Par où on commence ?

Je me lève d'un seul élan. Comme si je me jetais du haut d'un plongeoir sans réfléchir.

— Commençons par ma chambre.

Nous assemblons des boîtes, dans une cacophonie de ruban adhésif qui se déroule et de raclements de carton. Puis le silence retombe. Matt et moi avions chacun notre placard. Je regarde la porte du sien et l'air devient pesant.

— Pour l'amour du ciel ! s'écrie Callie. On étouffe ici.

Elle se précipite à grands pas vers les fenêtres, écarte brusquement un volet, puis l'autre et la lumière inonde la pièce d'une lueur dorée. Elle ouvre d'un geste décidé, presque farouche. Un moment s'écoule avant que la fraîcheur ne pénètre dans la pièce, suivie par les bruits de l'extérieur.

— Attendez-moi, rugit-elle en courant vers la porte.

Elaina lève un sourcil interrogateur dans ma direction. Je hausse les épaules. Nous entendons Callie dévaler l'escalier quatre à quatre, puis farfouiller dans la cuisine avant de remonter en courant. Elle brandit un lecteur de CD et un CD. Elle branche l'appareil, y insère le disque et appuie sur « Marche ». Quelques mesures de batterie, sur lesquelles se greffe une guitare et je reconnais un air entraînant et familier que je suis pourtant incapable de nommer.

— *Hits des années 1970, 1980 et 1990*, annonce Callie. Pas de message, que du plaisir !

Elle vient de transformer la pièce en moins de deux minutes. La chambre sombre et lugubre a retrouvé éclat et gaieté. Elle est redevenue une chambre comme les autres par une belle journée. Je pense à la confidence de Callie, tout à l'heure, sur son refus de s'engager sur le plan sentimental. Évidemment, à force de refuser de prendre la vie au sérieux, côté ambiance, elle assure.

Je me penche vers Bonnie.

— Tu danses, poupée ?

Elle opine avec un grand sourire. Je prends une profonde inspiration, avance vers le placard et ouvre la porte à toute volée.

6.

La musique et le soleil ont réalisé des miracles, au moins dans ma chambre. Nous avons vidé les affaires de Matt sans que je me sente trop triste.

Nous avons emballé ses chemises, ses pantalons, ses pulls, ses chaussures et son fantôme aussi. Chaque vêtement me rappelait un souvenir. Il avait ri avec cette cravate. Il avait pleuré à l'enterrement de son grand-père dans ce costume. Alexa avait posé une main pleine de confiture sur cette chemise. Mais ces réminiscences ont été moins douloureuses que je ne le craignais. Plus riches que déprimantes.

Tu fais du bon boulot, poupée ! entendais-je Matt dire dans ma tête.

Je n'ai pas répondu mais j'ai souri intérieurement.

J'ai aussi pensé à Quantico. Peut-être que ça me ferait du bien de partir d'ici.

Si je décide de quitter cette maison, il faudra que ce soit par choix et non par fuite. J'ai besoin d'étreindre mes fantômes avant de les laisser reposer, parce qu'ils me suivront où que j'aille. Comme tous les fantômes.

Après avoir vidé la chambre, nous sommes passées à la salle de bains ; je sentais ma douleur toujours présente mais supportable. Puis nous avons descendu les cartons au rez-de-chaussée pour les hisser dans les combles au-dessus du garage et nous les avons poussés tout au fond, dans un coin sombre, où ils prendront la poussière…

— *Désolée, Matt.*

— *Ce ne sont que des objets, ma chérie,* m'a-t-il répondu. *Le cœur ne prend pas la poussière.*

— *Sans doute.*

— *Au fait,* dit-il subitement. *Et le 1pourtoi2pourmoi ?*

Je ne réponds pas. Je reste plantée sur mon échelle, engagée jusqu'à la taille dans le grenier.

— Smoky ? m'appelle Callie depuis la porte du garage.

— Une seconde !

— *Pourquoi le 1pourtoi2pourmoi ? Où veux-tu en venir exactement ?*

J'ai appris, de par mon métier, que les hommes et les femmes honnêtes pouvaient avoir des secrets. Que de bons époux pouvaient être infidèles ou cacher certains vices, voire se révéler pas bons du tout, en fin de compte. Et j'ai découvert que la vérité surgissait toujours après leur mort, parce qu'une fois que vous avez disparu, les autres sont libres de fouiller dans votre vie et vous ne pouvez rien y faire.

Ce qui me ramène au « 1pourtoi2pourmoi ». C'est un mot de passe. Matt m'avait expliqué l'intérêt d'utiliser des mots de passe de sécurité un jour où un de nos comptes mail avait été pollué.

« Il faut y inclure des chiffres et des lettres. Plus le mot est long mieux ça vaut, évidemment, mais il faut choisir quelque chose que tu peux facilement mémoriser sans avoir à l'écrire. Un truc mnémotechnique. Comme… comme un pour toi, deux pour moi, avait-il lancé en claquant des doigts. C'est une phrase qui marque l'esprit. Et il te suffit d'écrire un et deux en chiffres pour arriver à "1pourmoi2pourtoi". C'est idiot mais simple à retenir et impossible à découvrir pour un tiers par hasard. »

Il avait raison. C'était aussi collant qu'un chewing-gum sous la semelle d'une chaussure. 1pourmoi-2pourtoi. Pas besoin de l'écrire. Je ne l'ai jamais oublié.

Quelques mois après la mort de Matt, j'étais assise devant son ordinateur à la maison. Nous avons un bureau avec nos deux PC. J'ai machinalement passé ses mails en revue puis je suis allée dans ses dossiers où je suis tombée sur un fichier intitulé « Privé ». Quand j'ai voulu l'ouvrir, il m'a demandé un mot de passe.

Aussitôt 1pourmoi2pourtoi m'est venu à l'esprit, et sans que je réfléchisse, mes doigts ont couru sur le clavier. J'allais enfoncer la touche « Entrée » lorsque je me suis arrêtée.

Pétrifiée.

Et si privé voulait vraiment dire privé ? Qui ne me regarde pas ?

La tentation était forte. Terrifiante. Mon imagination m'emportait. Une maîtresse ? Du porno ? Il en aimait une autre ?

Après ces pensées, la culpabilité. Comment peux-tu penser une chose pareille ? Il s'agit de Matt. Ton Matt.

J'ai effacé le 1pourmoi2pourtoi et j'ai quitté la pièce en essayant de ne plus y songer.

Mais il revient parfois me hanter. Comme maintenant.

— Smoky ? m'appelle de nouveau Callie.

— J'arrive, dis-je en descendant de l'échelle.
Mais je sens toujours Matt.
Qui attend.
1pourmoi2pourtoi.
Mettre le passé au rancart n'est vraiment pas évident.

Nous sommes sur le seuil de la chambre d'Alexa. Une sensation de gêne pèse sur nous. La souffrance est plus aiguë ici, quoique encore tolérable.

— Jolie chambre ! murmure Elaina.

Je me force à sourire.

— Alexa adorait les trucs de fille.

C'est une chambre de princesse, avec un grand lit surmonté d'un baldaquin dans tous les tons de violet imaginables. La couette et les coussins épais et moelleux semblent vous dire « Viens donc te vautrer sur nous ».

Un quart du plancher disparaît sous la collection de peluches d'Alexa. Il y en a de toutes les tailles et de toutes les races, des espèces connues aux plus fantaisistes.

« Oh, mon Dieu ! Tous ces lions, ces tigres et ces "néléphants" », plaisantait Matt.

À leur vue, une pensée m'assaille. Et je m'étonne de ne pas l'avoir eue plus tôt.

Bonnie dort avec moi depuis que je l'ai ramenée à la maison. Je ne crois pas qu'elle soit jamais entrée dans cette pièce. Je me reprends aussitôt : regarde la vérité en face. Avoue plutôt que tu ne l'as jamais conduite ici. Tu ne lui as jamais demandé si ça lui plairait d'avoir un trésor de peluches ou une montagne de coussins violets.

Il est temps de réparer cette erreur. Je m'agenouille devant elle.

— Tu vois quelque chose qui te plaît, ma chérie ?

Ses yeux cherchent les miens. Je lui presse la main.

— Tu peux prendre ce que tu veux. Tu peux même avoir toute la pièce si tu le souhaites.

Elle secoue la tête.

J'ai passé l'âge de jouer avec ça, me dit son regard.

— D'accord.

La douce voix d'Elaina me fait alors sursauter.

— Comment veux-tu qu'on procède, Smoky ?

Je passe la main dans les cheveux de Bonnie tout en contemplant la chambre.

— Eh bien…

La sonnerie de mon portable me coupe la parole.

— C'est reparti ! soupire Callie en levant les yeux au ciel alors que je réponds.

— Barrett.

— Smoky, c'est Alan, tonne une voix grave. Désolé de te déranger mais on a un problème.

C'est Alan qui supervise l'unité quand je suis en vacances. Il est plus que compétent ; le fait qu'il éprouve le besoin de m'appeler me met tout de suite la puce à l'oreille.

— Que se passe-t-il ?

— Je suis à Canoga Park, devant une maison où il vient d'y avoir un triple homicide. Une sale histoire. Le problème, c'est qu'il y a une fille de seize ans à l'intérieur, avec un revolver braqué sur sa tempe et elle ne veut parler qu'avec toi.

— Elle m'a demandée nominativement ?

— Ouais.

Je reste silencieuse. Je réfléchis.

— Je suis vraiment désolé, Smoky.

— Ne t'inquiète pas. Nous allions justement faire une pause. Donne-moi l'adresse et on te rejoint là-bas le plus vite possible, avec Callie.

Je griffonne l'adresse et raccroche.

La mort ne prend jamais de vacances. La vie continue, quoi ! Comme toujours, je mène mon existence sur plusieurs niveaux. Je dois à la fois me refaire ici un nid douillet, décider si je dois quitter cette maison pour partir à Quantico, et courir empêcher une jeune fille de se faire sauter la cervelle. Je me tourne vers Bonnie.

— Ma chérie…

Je m'arrête en la voyant hocher la tête. *C'est bon, vas-y*, me dit-elle.

Je me tourne vers Elaina.

— Elaina…

— Pas de souci, je m'occupe de Bonnie.

Soulagement et gratitude se mêlent en moi.

— Callie…

— Je te conduis, dit-elle.

Je m'accroupis devant Bonnie.

— Tu veux bien me rendre un service, ma chérie ?

Elle me répond par un regard interrogateur.

Je montre la chambre d'un geste large.

— Trouve ce qu'on pourrait faire de tout ça.

Elle acquiesce avec un grand sourire.

— Super !

Je me redresse et me tourne enfin vers Callie.

— Allons-y.

Le mal m'attend. Je ne voudrais pas qu'il s'impatiente.

7.

— Faut connaître ! murmure Callie alors que nous nous engageons dans Canoga Park.

Elle parle toute seule mais, en regardant autour de moi, je comprends ce qu'elle veut dire. Canoga Park fait partie de l'agglomération de Los Angeles. Il n'y a pas de limite précise entre la ville proprement dite et la banlieue. Vous pouvez passer d'une rue commerçante à une zone résidentielle en quelques pas. La transformation s'opère naturellement. Des stops remplacent les feux rouges et soudain tout paraît plus tranquille. La ville continue à bourdonner, en arrière-plan, alors que les maisons se lovent bien au calme.

Mais la rue que nous suivons a perdu sa tranquillité. Je repère au moins cinq voitures de police ainsi qu'un fourgon du SWAT[1] et deux ou trois véhicules banalisés. L'inévitable hélicoptère tourne au-dessus de nos têtes.

1. *Special Weapons and Tactics* : aux États-Unis, unité de police spécialisée dans les opérations paramilitaires dans les grandes villes. (*N.d.T.*)

— Heureusement qu'il fait encore jour, remarque Callie. Je ne supporte pas leurs projecteurs.

Il y a du monde partout. Les plus hardis se tiennent sur leur pelouse alors que les plus timides observent la scène, postés derrière leurs rideaux. C'est drôle. On parle beaucoup de la criminalité urbaine, mais les meurtres les plus sanglants se passent toujours en banlieue.

Callie gare la voiture de l'autre côté de la rue.

Je me tourne vers elle.

— Prête ?

— Quelle question !

Alors que nous descendons, je la vois grimacer et se retenir d'une main sur le toit de la voiture.

— Ça ne va pas ?

Elle chasse mon inquiétude de la main.

— Cette bonne vieille blessure qui me titille. Rien de bien grave. – Elle plonge la main dans sa veste et en ressort un flacon de comprimés. – Vicodin, le petit remontant des mamans, dit-elle en prenant un comprimé qu'elle avale d'une traite. Miam !

Il y a six mois, Callie a reçu plusieurs balles ; l'une d'elles lui a éraflé la colonne vertébrale. Nous sommes restés une interminable semaine, sans savoir si elle pourrait remarcher un jour. Je la croyais complètement guérie. Je m'étais trompée.

Elle me donne l'impression de gober les Vicodin comme des Tic-Tac !

— Si on allait voir la raison de tout ce ramdam ? propose-t-elle.

Je la suis mais elle ne perd rien pour attendre !

Alors que nous nous dirigeons vers le périmètre de sécurité, un tout jeune policier, une vingtaine d'années à peine, nous intercepte. Mignon. Tout excité de faire partie de ce grand déploiement de forces. Il me plaît sur-le-champ. À la vue de mes cicatrices, il a à peine tressailli.

— Désolé, m'dame. Mais je ne peux laisser passer personne.

J'extirpe ma carte du FBI et la lui tends.

— Agent spécial Barrett.

— Désolé, m'dame. Toutes mes excuses, ajoute-t-il en se tournant vers Callie qui a fait de même.

— C'est pas grave, répond-elle.

J'aperçois Alan debout au milieu d'une nuée d'uniformes et de costumes. Il les domine tous de sa masse imposante. Âgé d'une bonne quarantaine d'années, Alan est un Afro-Américain gigantesque. Pas obèse, monumental. Sa mine patibulaire fait des merveilles en salle d'interrogatoire.

Et comme la vie fait les choses avec ironie, ce physique de déménageur cache un esprit brillant. À la fois méticuleux et d'une patience infinie. Son attachement au détail est presque légendaire. Qu'Elaina soit sa femme et qu'elle l'adore est ce qui peut le mieux donner une idée du personnage.

Alan est le troisième membre de mon équipe, le plus vieux et le plus aguerri. Quand il a appris qu'Elaina avait un cancer, il m'a confié qu'il envisageait de quitter le FBI afin de passer plus de temps avec elle. Il n'en a pas reparlé et je n'ai pas remis le sujet sur le tapis, mais je n'ai pas oublié.

Callie se gave de pilules, Alan envisage de prendre sa retraite... il est peut-être temps que je m'en aille, qu'ils restructurent complètement l'équipe.

— La voilà ! s'écrie Alan en me voyant.

Un gars du SWAT s'avance vers moi et me tend la main. De l'autre, il tient une mitraillette MP5. Il porte la tenue complète d'intervention. Gilet pare-balles, casques, bottes.

— Luke Dawes, se présente-t-il. Commandant du SWAT. Merci d'être venue.

— C'est normal. Mais ça ne vous ennuie pas si je commence par écouter le rapport de mon coéquipier ?

— Non, pas du tout. Je vous en prie.

Je me tourne vers Alan.

— Dis-moi tout.

— Il y a à peu près une heure et demie, le voisin a appelé le 911. Un veuf du nom de Jenkins. Il a dit qu'il venait de voir la fille, Sarah Kingsley, dans son jardin, en chemise de nuit et couverte de sang.

— Et comment a-t-il fait pour la voir ?

— Son salon donne sur le jardin et il ne tire les rideaux que lorsqu'il monte se coucher. Il regardait la télé quand il l'a aperçue.

— Continue.

— Passé le premier choc, il rassemble assez de courage pour aller voir. Il dit qu'elle semblait perdue, c'est le mot qu'il a employé, et qu'elle marmonnait que sa famille avait été assassinée. Il a voulu la faire entrer chez lui, mais elle s'est enfuie chez elle en hurlant.

— Et j'en conclus qu'il a eu la sagesse de ne pas la suivre ?

— Oui, heureusement notre héros s'est empressé de rentrer chez lui pour prévenir la police. Une voiture de patrouille passait non loin de là. Les agents… Sims et Butler, précise-t-il après avoir consulté de nouveau son bloc-notes. Ils trouvent la porte d'entrée grande ouverte, appellent la fille, lui demandent de sortir. Elle ne répond pas. Ils finissent par décider d'aller la chercher. C'est peut-être dangereux mais ce ne sont pas des bleus et ils s'inquiètent pour elle.

— Je les comprends. Ils sont encore là ?

— Ouais.

— Continue.

— Ils entrent dans la maison et découvrent tout de suite un bain de sang.

— Tu y es allé ?

— Non. Personne n'a mis les pieds à l'intérieur depuis qu'elle a pris l'arme. Donc ils entrent et constatent aussitôt qu'il s'est passé quelque chose de grave. Heureusement pour nous, Sims et Butler ont déjà géré des scènes de crime et ils font donc bien attention à ne rien abîmer.

— C'est bien.

— Ouais. Ils entendent alors du bruit à l'étage et appellent la gamine. Pas de réponse. Ils montent et la trouvent dans la chambre des parents avec trois cadavres. Elle tient un revolver. – Il consulte ses notes. – Un 9 mm, d'après eux. C'est là que ça se gâte. Ils sont nerveux. Ils pensent que c'est peut-être elle qui a tué les autres, alors ils la mettent en joue et lui ordonnent de lâcher son arme et patati et patata. Et là, elle braque son revolver sur sa tête.

— Et ça se gâte encore plus.

— Exact. Elle fond en larmes en hurlant « Je veux parler à Smoky Barrett ou je me tue ! » Ils essaient de la raisonner, mais ils finissent par renoncer et repartent, et voilà où on en est, conclut-il en englobant d'un large geste le déploiement de forces autour de nous. Comme le lieutenant Dawes te connaissait, il m'a fait prévenir. Je suis venu voir de quoi il retournait et je t'ai appelée.

Je me tourne vers Dawes. Musclé, alerte, le regard dur, c'est un homme de terrain, Brun, les cheveux courts, il est plutôt petit, pas plus d'un mètre soixante-quinze, mais mince, noueux et les sens en éveil sous une apparence détendue. Il émane de lui une tranquille assurance. Il est le parfait exemple du policier du SWAT, une unité que j'ai toujours trouvée sécurisante, chaque fois que je l'ai croisée.

— Qu'en pensez-vous, lieutenant ?

Il m'étudie quelques secondes et hausse les épaules.

— Elle a seize ans. D'accord, elle tient une arme, mais… elle a seize ans, quoi !

Elle est trop jeune pour mourir, veut-il dire. Bien trop jeune pour que je la tue sans que ça gâche ma journée.

— Avez-vous amené un négociateur ?

Je parle d'un négociateur spécialisé dans les prises d'otages. Quelqu'un de spécialement entraîné à parler à des déséquilibrés armés de fusils. Le terme négociateur porte un peu à confusion car il s'agit en principe d'une équipe de trois personnes.

— Non, répond Dawes. Nous n'avons que trois équipes à Los Angeles. Un type a justement choisi aujourd'hui pour se jeter du haut de l'hôtel Roosevelt à Hollywood, ce qui en fait une. Ensuite, un père, sur le point de perdre la garde de ses enfants, a voulu se tirer une balle dans la tête, ça en fait deux. Et vous ne le croirez pas, mais la dernière n'a rien trouvé de mieux que de percuter un camion, ce matin, alors qu'elle se rendait à un séminaire d'entraînement, conclut-il en secouant la tête d'un air dégoûté. Leurs jours ne sont pas en danger mais ils sont tous à l'hôpital. On est seuls… Je ne vois pas trente-six façons de résoudre le problème, agent Barrett, reprend-il après quelques secondes de silence. Le gaz lacrymogène ou une balle incapacitante. Mais le gaz va brouiller ce qui m'a tout l'air d'une scène de crime. Et la balle incapacitante, eh bien… la fille peut encore se tirer une balle dans la tête après l'avoir reçue. Donc, la meilleure solution à mon avis, ajoute-t-il avec un sourire sans joie, c'est encore que vous entriez et que alliez dialoguer avec une ado fêlée qui tient un flingue.

— Merci, dis-je en faisant une grimace comme si j'avalais du citron.

— Mettez un gilet pare-balles et tenez-vous prête à faire feu. On m'a bien dit que vous étiez une tireuse d'élite ? me demande-t-il, la tête inclinée, une lueur d'intérêt dans les yeux.

— Annie Oakley en personne.

Il semble sceptique.

— Crois-moi, mon chéri, elle peut couper la flamme d'une bougie ou trouer des pièces de monnaie, lui lance Callie. Je l'ai vue faire.

— Moi aussi, tonne Alan.

Je ne voudrais pas me vanter, mais j'en suis réellement capable. Je ne sais pas d'où me vient ce don, aucun membre de ma famille n'a même jamais manifesté le moindre intérêt pour les armes à feu. Mon père était un homme doux et facile, et ma mère, malgré son tempérament d'Irlandaise, s'est toujours couvert les yeux quand il y avait un passage violent dans un film.

— D'accord, je vous crois, lâche Dawes en levant sa main libre dans un geste de reddition. Mais, continue-t-il, le visage soudain grave, le regard distant, les cibles sont une chose. Avez-vous déjà tiré sur quelqu'un ?

Sa question ne m'offense pas. Comme j'ai effectivement tué un autre être humain, je comprends pourquoi il la pose. Et il a raison de le faire. Vous ne pouvez pas imaginer à quel point c'est différent tant que ça ne vous est pas arrivé.

— Oui.

Le fait que je ne donne pas d'autres détails semble le convaincre plus que le reste. Il a tué, lui aussi, et il sait que ce n'est pas le genre de chose dont on aime se vanter. Ou dont on aime simplement parler. Ou auquel on aime penser quand on peut l'éviter.

— Bien. Alors… gilet pare-balles, revolver dégainé et, si jamais vous devez choisir entre elle ou vous, faites ce que vous avez à faire. Espérons que vous arriverez à la raisonner.

— Espérons.

Je me tourne vers Alan.

— Pourquoi m'a-t-elle demandée moi ? En as-tu la moindre idée ?

— Aucune.

— Et qu'est-ce qu'on sait sur elle ? Tu as des détails ?

— Pas grand-chose. Les gens d'ici sont plutôt du style chacun chez soi. Le vieux bonhomme, Jenkins, nous a dit qu'elle avait été adoptée.

— C'est vrai ?

— Oui. Il y a un an environ. Jenkins ne fréquentait pas les Kingsley mais il parlait avec le père de temps en temps. C'est comme ça qu'il connaissait la fille.

— Intéressant. C'est peut-être elle la meurtrière.

— Possible. On n'a rien d'autre comme info. Les Kingsley étaient de bons voisins, ce qui revient à dire qu'ils ne faisaient pas de bruit et ne se mêlaient pas des affaires des autres.

Je considère la maison en soupirant. La journée si bien commencée est déjà gâchée.

Je me tourne vers Dawes.

— Si j'interviens comme négociatrice, cela signifie que je prends la direction des opérations à partir de maintenant. Ça ne vous pose pas de problèmes ?

— Non, m'dame.

— Alors pas de tir impulsif, Dawes, même si ça dure très longtemps. Et pas d'intervention dans mon dos. Je ne veux pas entendre quelqu'un grimper sur le toit ni tenter je ne sais quel exploit.

Dawes me sourit. Il n'est pas vexé. Il a l'habitude.

— J'ai déjà vécu ce genre de situation, agent Barrett. Contrairement à ce qu'on croit, mes gars ne sont jamais impatients de tirer.

— Il y a toujours un moment où on en meurt d'envie.

— Même.

Je l'étudie, le crois, et j'opine du chef.

— Dans ce cas, auriez-vous un gilet à me prêter ?

— Vous n'avez pas le vôtre ?

— Non, on vient de me le reprendre. Il faisait partie d'un lot défectueux. J'attends qu'on me le remplace.

— Heureusement qu'ils s'en sont aperçus !

— Sauf que j'ai eu l'occasion de le porter trois fois avant qu'on ne découvre son inefficacité.

Il hausse les épaules.

— Ce n'est pas le gilet qui vous protégera d'une balle dans la tête, de toute façon.

Sur ces paroles encourageantes, Dawes part chercher un Kevlar.

— Il a l'air plutôt calme, remarque Alan.

— Je préfère que vous les teniez à l'œil.

— Ils devront nous passer sur le corps, déclare Callie. Je leur ferai un croche-patte, Alan les terrifiera et tout sera réglé.

— Ne pense qu'à ce que tu vas faire une fois à l'intérieur, reprend Alan. Tu as déjà mené une négociation ?

— J'ai juste suivi un cours, c'est tout.

— Le plus important, c'est d'écouter. Et ne mens jamais, à moins d'être sûre de ne pas te faire coincer. Tout étant une question de relation, les mensonges brisent la confiance. Identifie ce qui déclenche des réactions émotionnelles et évite-les de ton mieux.

— C'est tout simple.

— Oh oui, et ne meurs pas.

— Très drôle.

Dawes réapparaît avec un gilet. Il se renfrogne en m'examinant.

— Il risque d'être un peu grand.

— Ils le sont tous à moins d'être faits sur mesure.

Il sourit.

— Vous avez dû avoir une dispense pour la taille, agent Barrett.

Je lui arrache le gilet brutalement.

— Agent spécial Barrett, Dawes.

Son sourire s'efface.

— Eh bien, soyez très prudente, agent spécial Barrett.

Si je l'étais vraiment, je n'irais pas là-bas.

— C'est vrai, mine de rien.

Mine de rien. Quelle belle expression ! Courte et pourtant lourde de sens.

Tu pourrais y rester, mine de rien.

8.

Me voilà debout devant la porte ouverte de la maison. Je transpire sous mon gilet trop grand qui m'irrite à travers mon chemisier. Je tiens mon Glock. Le crépuscule descend, les ombres commencent à s'étirer et mon cœur bat la chamade.

Je me retourne vers les forces de l'ordre derrière moi.

Des barrières ont été dressées entre la maison et la rue. Je compte quatre voitures de patrouille et le fourgon du SWAT. Des hommes en uniforme montent la garde derrière les barrières, prêts à refouler ceux qui s'approchent d'un seul mot : « Circulez. » L'équipe d'intervention attend à l'intérieur du périmètre, un groupe déterminé de six hommes, dont les casques brillent. Les projecteurs des voitures de police sont tous allumés et braqués sur la maison.

Sur moi.

Faire respecter la loi est un sale boulot. Il ne faut craindre ni les miasmes ni les matières en décomposition ni la lie de la société. Ni avoir peur de prendre des décisions de vie ou de mort alors qu'on manque d'informations. Le plus entraîné des flics ou des agents ne l'est jamais assez pour affronter toutes les situations. Lorsqu'il y a un problème, et il y en a toujours, nous le résolvons souvent comme dans le cas présent. Au coup par coup. C'est ainsi que, moi qui étais en vacances et qui n'ai eu que deux semaines de formation sur la négociation d'otage, je me retrouve vêtue d'un gilet pare-balles trop grand, sans trop savoir ce que je dois faire. En d'autres termes, on doit se débrouiller de notre mieux avec les moyens du bord.

Je chasse ces pensées et scrute la porte.

Quelques gouttes de sueur suintent sur mon front. Des perles de sel.

J'étudie la maison d'un étage, plutôt récente pour le quartier, avec une façade en stuc et en bois, coiffée d'un toit de tuiles, dans le plus pur style californien du sud. Elle semble bien entretenue, probablement repeinte depuis peu. Pas immense, mais on sent la demeure de gens aisés. Une maison d'Américains moyens, sans autre prétention.

— Sarah ? C'est Smoky Barrett, ma chérie. Tu as demandé à me voir, je suis là.

Pas de réponse.

— Je vais entrer, Sarah. Je veux juste te parler. Et savoir ce qui se passe. – Je marque un silence. – Je sais que tu es armée et je tiens à ce que tu saches que je le suis aussi. N'aie pas peur, je n'ai aucune intention de tirer.

J'attends. Toujours pas de réponse.

Je soupire et pousse un juron en cherchant une raison de ne pas entrer. Rien ne me vient à l'idée. Une partie de moi-même refuse de me fournir un prétexte à l'inaction. Encore une face cachée de notre métier :

c'est dans ces moments terrifiants que nous nous sentons le plus vivants. Là, je perçois l'adrénaline et les endorphines, la peur et l'euphorie. Une sensation à la fois merveilleuse et horrible dont, très vite, on ne peut plus se passer.

— J'entre maintenant, Sarah. Surtout, tu ne tires pas. Ni sur toi ni sur moi, d'accord ?

Je me voudrais légère et je parais anxieuse. Ce que je suis.

Je serre la crosse du revolver, prends une profonde inspiration et franchis la porte d'entrée.

La première chose que je sens, c'est le meurtre.

Un écrivain m'a demandé un jour de décrire cette odeur. Il se documentait, soucieux de donner de l'authenticité à son prochain livre.

« La mort empeste mais quand l'odeur du sang domine le reste, c'est qu'il s'agit d'un meurtre », lui avais-je répondu.

Il a voulu des précisions.

« C'est comme si vous aviez la bouche pleine de pièces de monnaie. »

Je le sens maintenant, ce goût écœurant de cuivre. Et tout de suite, d'une certaine manière, ça me stimule.

Un tueur est passé par là. Je chasse les tueurs.

Je continue d'avancer. Au sol, un parquet en bois rouge, lisse, brillant, anodin. Sur ma droite, j'aperçois un salon spacieux avec une moquette assez épaisse beige, une cheminée et un plafond voûté. Un canapé d'angle fait face à la cheminée. De grandes portes-fenêtres donnent sur la pelouse. Tout ce que je vois est propre, joli quoique dénué de toute originalité. Les propriétaires cherchaient à impressionner en se fondant dans la masse, pas en s'en distinguant.

Le salon se prolonge par la salle à manger, sur la droite, vers l'arrière de la maison. Toujours la même moquette beige. Une table en bois miel sous un lustre suspendu au bout d'une longue chaîne, un plafond très haut. Une simple porte vitrée derrière la table conduit à la cuisine. Plaisante mais sans surprise.

Devant moi l'escalier. Un tour à droite vers un palier puis un tour à gauche vers sa destination, le premier étage. Il est recouvert de la même moquette beige. Aux murs, des cadres avec des photos. Un homme et une femme debout côte à côte, jeunes et souriants. Les mêmes, quelques années plus tard, un bébé dans les bras. Puis le bébé, sans doute, devenu un bel adolescent. Tous bruns. Je passe tous les clichés en revue sans voir de petite fille.

Sur la gauche de l'escalier doit se trouver la salle de séjour. J'aperçois de grandes baies coulissantes qui donnent sur l'arrière du jardin, à présent plongé dans l'obscurité.

Je sens du sang, du sang et encore du sang. Même avec toutes les lumières allumées, l'atmosphère m'oppresse. On a souffert ici. L'air est chargé de terreur. Des gens sont morts de mort violente et ça se sent. Ça vous étouffe. Mon cœur continue à cogner. Toc, toc, toc, toc. La peur toujours présente, forte, aiguë. L'euphorie aussi.

— Sarah ?

Pas de réponse.

J'avance vers l'escalier. L'odeur de sang s'intensifie. Maintenant que j'aperçois l'intérieur de la salle de séjour, je comprends pourquoi. La moquette est écarlate. Le sang s'y est déversé par litres, plus que l'épaisseur de la laine ne peut absorber. Je vois par endroits des flaques noires et épaisses qui coagulent. Ceux qui ont perdu tant de sang ne peuvent être que morts.

Et pourtant il n'y a pas de cadavre.

Ce qui veut dire qu'on les a déplacés.

Mais j'ai beau regarder, je ne vois aucune traînée rouge, aucune preuve que des corps aient été tirés. Il ne reste que des flaques et la grosse éclaboussure devant moi.

Peut-être les a-t-on portés ?

Ce qui demande de la force. Un adulte inerte représente un terrible poids à soulever. N'importe quel pompier ou urgentiste vous le dira. Un corps inanimé est aussi difficile à transporter qu'un sac d'un mètre quatre-vingts rempli de balles de bowling.

À moins que la victime ne soit un enfant. Dans ce cas, il est plus léger. Quelle pensée revigorante !

— Sarah ? Je monte.

Ma voix me semble trop forte.

Je transpire toujours. Je prends conscience que la climatisation est arrêtée. Pourquoi ? Je note mille détails en même temps. La peur et l'euphorie. L'euphorie et la peur.

Mon revolver tenu à deux mains, je commence à gravir les marches. J'atteins le palier et je tourne. L'odeur du sang se renforce. J'en distingue d'autres. Familières. D'urine et d'excréments. D'autres encore, de matières encore plus « mouillées ». Je reconnais celle des entrailles, elles ont un arôme bien à elles.

Je crois percevoir un bruit. Faible. Je tends l'oreille en inclinant la tête.

Sarah chante.

Mes poils se hérissent sur ma nuque. Mon estomac opère un tour complet tandis que l'adrénaline submerge les endorphines et me couvre de chair de poule.

Car il ne s'agit pas d'un air joyeux mais d'une horrible mélopée. Que l'on imaginerait tout droit sortie d'une tombe, la nuit, ou de quelque obscure cellule d'un asile d'aliénés. Une seule syllabe sur une seule note, répétée à l'infini.

— Laaaa. Laaaa. Laaaa.

À peine un souffle.

Une nouvelle angoisse m'étreint car je reconnais le chant de la folie.

Je monte les dernières marches en courant, sous le regard souriant des photographies. Leurs dents semblent briller dans la lumière.

J'atteins l'étage. Tiens donc ! Encore de la moquette beige.

Je me trouve dans un petit couloir. Une salle de bains au fond, la lumière allumée, la porte grande ouverte. Surprise ! J'aperçois un carrelage beige, preuve supplémentaire, s'il en fallait, du manque de fantaisie de la décoration.

Le couloir tourne à droite après la salle de bains et j'en déduis qu'une chambre se trouve derrière.

Encore du beige, je parie.

Mon cœur cogne. Dieu que je transpire !

J'avance et aperçois une porte blanche à double battant. L'entrée de l'enfer, je le sens. Toutes les odeurs ont décuplé. L'affreuse mélopée de Sarah joue avec mes nerfs.

Je tends vers la porte une main tremblante qui reste suspendue au-dessus de la poignée en cuivre.

Une fille avec un revolver se trouve de l'autre côté. Une fille avec un revolver, couverte de sang, dans une maison qui empeste la mort, une fille qui chante, folle à lier.

Vas-y. Le pire qu'elle puisse te faire, c'est te tirer dessus.

Non, abrutie. Le pire qu'elle puisse me faire, c'est se faire sauter la cervelle devant moi. Ou me sourire et se faire sauter la cervelle. Ou…

Ça suffit !

Silence. Mon âme s'apaise. Ma main cesse de trembler.

Une nouvelle voix s'élève. Une voix que les soldats, les flics et les victimes connaissent bien. Elle n'essaie pas de réconforter. Elle apporte la certitude. Avec des mots très durs. Et jamais, jamais elle ne ment. La sainte patronne des choix impossibles. « Sauve-la si tu peux. Mais tue-la s'il le faut. »

Ma main s'abaisse et j'ouvre la porte.

9.

La chambre est décorée par la mort.

C'est la chambre des parents. Immense. Le lit très large, surmonté d'un miroir, n'occupe qu'un tiers de sa surface. Un écran plasma est fixé au mur. Au plafond, un ventilateur arrêté dont l'immobilité alourdit le silence de la pièce. La moquette beige omniprésente couvre encore le sol, ce que je trouve presque réconfortant dans ces circonstances.

Car il y a du sang *partout* ! Il éclabousse le plafond, macule les murs jaune pâle, pointille les pales du ventilateur. L'odeur est accablante ; ma bouche se remplit d'un goût métallique et je déglutis péniblement.

Je compte trois corps. Un homme, une femme et, apparemment, un adolescent. Ils sont tous nus, allongés sur le dos sur le lit.

Le matelas lui-même est dépouillé de ses draps et de ses couvertures qui gisent en tas sur le sol, trempés de sang.

L'homme et la femme encadrent le garçon. Les deux adultes ont été étripés, dans le pire sens du terme. Ouverts de la gorge à l'entrejambe et *vidés*. Et aussi égorgés comme des verrats, d'une oreille à l'autre.

— Laaaa. Laaaa. Laaaa. Laaaa.

Mes yeux se tournent vers la fille. Elle est assise sur l'appui de la fenêtre, le regard perdu sur le jardin gagné par la nuit. J'aperçois de vagues contours de toits dans le lointain. Un monde crépusculaire, suspendu entre le soleil qui se meurt et les lampadaires qui se réveillent. Quelle synchronisation !

La fille tient un revolver, le canon appuyé contre sa tempe droite. Elle ne s'est pas retournée en entendant la porte s'ouvrir.

Je ne peux pas lui en vouloir. Moi non, plus je n'en aurais pas eu le courage.

Alors que mon cœur bat la chamade, mon œil professionnel prend des notes.

Le sang sur les murs a été étalé volontairement par le tueur car il dessine des barres, des ronds et des spirales.

Il s'est amusé. Il s'est servi de leur sang pour dessiner avec les doigts sur les murs. Il a laissé un message.

J'observe Sarah. Elle continue à regarder par la fenêtre, comme si je n'étais pas là.

Ce n'est pas elle qui a perpétré ces crimes. Elle n'a pas assez de sang sur elle et les cadavres sont tous trop grands. Elle n'aurait jamais pu monter un seul d'entre eux jusqu'ici.

Je m'avance en essayant de ne pas piétiner d'éventuels indices mais j'y renonce très vite. Il me faudrait des ailes.

Trop de sang et pas au bon endroit. Où est la scène du crime ?

La moindre goutte de sang que je vois a été placée là exprès. Aucune ne vient de l'égorgement.

Concentration.

Lorsque j'enquête, je deviens une créature totalement détachée de moi. Je peux contempler les pires abominations avec froideur. Mais là, ce n'est pas du détachement qu'il me faut, c'est de l'empathie. Je me force à cesser d'examiner les lieux en essayant d'imaginer ce qui s'est passé, afin de focaliser toute mon attention sur l'adolescente.

— Sarah ? dis-je d'une voix douce, non menaçante.

Pas de réponse. Elle continue à chantonner son effroyable mélopée.

— Sarah ?

J'ai haussé le ton. Pas de réaction. Le canon sur sa tempe, elle chante toujours.

— Sarah ! C'est Smoky. Smoky Barrett ! tonne ma voix et j'en suis la première surprise.

Elle aussi : elle se tait. Je poursuis un ton plus bas :

— Tu m'as réclamée, ma chérie. Je suis là. Regarde-moi.

Son silence soudain m'est aussi pénible que l'était sa chanson. Sarah fixe toujours le vide. Le revolver n'a pas bougé de sa tempe.

Elle commence alors à se tourner vers moi en une succession de gestes lents et saccadés, comme une vieille porte qui pivote sur des gonds rouillés. Sa beauté me frappe, en contraste total avec l'horreur qui l'entoure. Une beauté éthérée, presque d'un autre monde. Avec des cheveux incroyables, soyeux et sombres, comme on en voit dans les publicités de shampoing. Elle est de race blanche, avec une touche d'exotisme qui trahit des racines européennes, françaises peut-être. Ses traits ont cette symétrie idéale dont rêvent tant de femmes et qui poussent trop d'habitantes de Los Angeles à passer sur le billard.

Son visage est le reflet inverse du mien, le contrepoint parfait de mes défauts.

Je parcours des yeux ses bras et sa figure éclaboussés de sang, puis sa longue chemise de nuit blanche à manches courtes qui en est imprégnée, ses lèvres charnues de Cupidon, sans doute d'un joli rose en temps normal, à présent de la pâleur nacrée du ventre d'un poisson.

Je m'interroge sur cette chemise de nuit. Pourquoi une telle tenue en plein après-midi ?

Je lis dans ses yeux d'un bleu à couper le souffle un abattement si profond que j'en ai mal au ventre.

Et pressé contre tant de beauté, le canon de ce que j'identifie à présent comme un Browning 9 mm. Il ne s'agit pas d'un petit 22. Si elle appuie sur la détente, elle est morte.

— Sarah ? Tu m'entends ?

Elle continue à me regarder de ses yeux abattus.

— C'est moi, Smoky Barrett. Tu m'as réclamée. Je suis venue le plus vite possible. Tu veux me parler ?

Elle soupire. Un soupir de tout son corps, qui part du fond de son ventre. Un soupir qui signifie « Je voudrais me coucher et mourir ». Pas d'autre réponse, mais au moins continue-t-elle à me fixer. C'est ce que je veux. Il ne faut surtout pas que ces yeux se mettent à vagabonder et se souviennent des corps sur le lit.

— Sarah ? J'ai une idée. Si nous sortions dans le couloir ? On n'ira pas loin… juste s'asseoir en haut des marches, si tu veux. Tu peux garder ton revolver comme ça. Nous allons juste nous asseoir le temps que tu te sentes prête à me parler. – Je m'humecte les lèvres. – Qu'en dis-tu, ma chérie ?

Elle incline la tête vers moi, un geste anodin qui me donne pourtant la chair de poule car elle garde le canon appuyé sur sa tempe pendant qu'elle l'accomplit. On dirait une marionnette.

Un autre soupir profond, encore plus rauque. Son visage reste sans expression. Seuls ses soupirs et son regard trahissent ce qui se passe en elle.

Elle est perdue en enfer.

Un long moment s'écoule et, enfin, elle hoche la tête.

Je rendrais presque grâce, en cet instant, au mutisme de Bonnie qui m'a habituée à la communication non verbale, à comprendre sans l'aide des mots.

D'accord, dit ce signe de tête. *Mais mon revolver ne bouge pas de là où il est car il y a de fortes chances que je m'en serve.*

Première étape : juste la faire sortir de cette pièce.

— Très bien, Sarah. Je vais ranger mon arme. – Ses yeux suivent mes gestes tandis que je m'exécute. – Maintenant, je vais sortir à reculons. Je veux que tu me suives. Sans me quitter des yeux. C'est important, Sarah. Tu ne regardes que moi. Pas à droite ni à gauche, ni en haut ni en bas. Tu gardes les yeux fixés sur moi.

Je commence à reculer en ligne droite. Je la fixe pour la forcer à me regarder. Je m'arrête au moment où j'atteins le seuil.

Viens, ma chérie. Viens vers moi.

Une hésitation puis elle se laisse glisser de l'appui de la fenêtre. On dirait qu'elle en dégouline, comme de l'eau. Son arme collée à sa tempe, ses yeux plantés dans les miens, elle s'avance vers moi. Pas une seule fois, elle ne les tourne vers le lit.

Tant mieux. Rien de tel que cette vision pour vous donner l'envie de vous tirer une balle dans la tête.

Maintenant qu'elle est debout, je vois qu'elle mesure un peu moins d'un mètre soixante. Malgré son état de choc, ses mouvements sont gracieux et précis. Elle glisse littéralement.

Elle paraît toute petite au milieu de ces cadavres. Ses pieds nus sont éclaboussés de sang ; ou elle ne s'en est pas aperçue ou elle s'en moque.

Je recule pour la laisser franchir la porte. Elle passe devant moi, ses yeux rivés sur mes mains. Un zombie attentif.

— Je vais fermer la porte. D'accord ?

Elle opine. *Je m'en moque*, dit ce hochement. *Je me moque de vivre, de mourir, de tout.*

La porte close, je m'accorde un instant de répit. J'essuie la sueur sur mon front d'une main tremblante. Puis je prends une profonde inspiration et me tourne vers Sarah. Voyons s'il y a moyen qu'elle me donne cette arme.

— Tu sais quoi ? Je vais m'asseoir.

Je m'assieds de manière à avoir la porte de la chambre dans mon dos. Et surtout sans couper le contact visuel. Signifiant par là : *je suis là, je te vois, tu as toute mon attention*.

— C'est un peu difficile de parler si tu restes debout. Si tu venais près de moi ? Tu as l'air épuisée. – Nouveau hochement de tête sinistre. Je tapote la moquette. – Allez, Sarah. Nous ne sommes que toi et moi. Personne ne rentrera sans que je l'ordonne. Et personne ne te fera de mal tant que je serai là. Tu voulais me voir. – Je tapote de nouveau la moquette, sans cesser de maintenir le contact visuel. – Assieds-toi et détends-toi. Je me tais et nous allons attendre ici que tu sois prête à me dire ce que tu voulais me dire.

Sans prévenir, elle s'avance et s'assied. Avec la même grâce fluide que pour descendre de l'appui de la fenêtre. (Je me demande vaguement si elle fait de la danse ou de la gymnastique.)

Je l'encourage d'un sourire rassurant.

— C'est bien, ma chérie. Très bien.

Ses yeux ne me quittent pas. Le revolver est toujours collé à sa tempe droite.

Alors que je réfléchis à l'étape suivante, je me souviens d'une des règles d'or que mon instructeur en négociation m'avait données.

Tout est une question de contrôle : vous parlez quand vous voulez, vous vous taisez quand vous voulez. Quand vous avez affaire à quelqu'un qui refuse de parler, et que vous ignorez sur quel bouton appuyer, tout simplement parce que vous ne le connaissez pas assez, il faut vous taire. D'instinct, on cherche à remplir le silence. Il faut résister. C'est comme lorsque vous laissez le téléphone sonner : c'est exaspérant mais il finit tôt ou tard par s'arrêter. C'est pareil ici. Soyez patient et l'autre finira tôt ou tard par rompre ce silence.

Je garde un visage tranquille, les yeux sur elle, sans rien dire.

Celui de Sarah affiche un calme et une immobilité de cire. Les coins de sa bouche ne tressaillent pas. J'ai l'impression de jouer à qui baissera les yeux la première avec un mannequin.

Même ses yeux bleus, qui sont ce qu'il y a de plus vivant en elle, semblent vitreux, irréels.

En attendant, j'examine le sang sur elle.

Les éclaboussures sur le côté droit de son visage ressemblent à des larmes étirées, comme si chaque goutte avait frappé sa peau violemment.

Projetées sur elle, peut-être. Par des doigts plongés dans le sang ?

Le devant de sa chemise de nuit est trempé. Je vois des auréoles rouges au niveau des genoux. Comme si elle s'était agenouillée. Peut-être a-t-elle essayé de ranimer quelqu'un.

Le fil de mes pensées se rompt lorsqu'elle cligne des yeux, soupire et finalement détourne les yeux.

— Vous êtes vraiment Smoky Barrett ? demande-t-elle d'une voix lasse, remplie de découragement et de doute.

L'entendre parler est à la fois exaltant et irréel. Sa voix rauque, voilée, plus vieille que son âge, laisse présager la femme qu'elle sera.

— Oui ! – J'esquisse un geste vers mes cicatrices. – Ça ne peut pas s'imiter.

Elle garde son arme contre sa tempe tout en considérant mes stigmates. La peine remplace le vide mortel de son expression.

— Je suis désolée. Quand j'ai lu ce qui vous est arrivé dans le journal, j'en ai pleuré.

— Merci.

Attends. Ne la bouscule pas.

Elle baisse les yeux, soupire, me fixe de nouveau.

— Je connais.

— Quoi, ma chérie ? Qu'est-ce que tu connais ?

Je vois ses yeux s'inonder de chagrin telles deux lunes qui s'emplissent de sang.

Sa voix se brise.

— Je sais ce que c'est de perdre tous ceux qu'on aime. Je le sais depuis le jour de mes six ans.

— Est-ce pour cela que tu voulais me voir ? Pour me parler de ce qui t'est arrivé ce jour-là ?

— J'avais six ans, continue-t-elle comme si je n'avais rien dit, quand il a commencé en assassinant mon père et ma mère.

— Qui est ce « il », Sarah ?

Elle verrouille son regard sur le mien, une flamme y brûle brièvement et tout s'éteint.

Qu'ai-je vu ? De la peine ? De la colère ?

En tout cas, c'était énorme. Pas juste du menu fretin qui remonte à la surface avant de replonger vers des eaux plus profondes, mais un véritable Léviathan de l'âme.

— L'Étranger, déclare-t-elle d'une voix plate. Celui qui a tué mes parents. Celui qui a tué tous ceux que j'aimais. Le… *l'artiste*.

Elle prononce ce dernier mot comme elle dirait « un violeur d'enfant » ou « une merde sur le trottoir ». Avec une répulsion insurmontable, pure, palpable.

— C'est l'Étranger qui a fait ça, Sarah ? Il est venu ici, dans cette maison ?

Sa peine et sa peur sont balayées par une expression d'un cynisme qui me retourne. Bien trop terrible et trop sournois pour une fille de seize ans. Si Sarah possède la voix rauque d'une jeune femme de vingt-cinq ans, ce regard ressemble à celui d'une vieille sorcière.

— Arrêtez de vous moquer de moi ! hurle-t-elle d'une voix aiguë et sarcastique. Je sais que vous m'écoutez uniquement à cause de ça. – Elle agite le revolver. – Mais vous ne croyez pas un mot de ce que je dis !

Que s'est-il passé tout à coup ?

L'air se met à vibrer entre nous.

Je comprends que je la perds. La peur m'électrise.

Fais quelque chose !

Je plonge dans son regard débordant de rage. Je me souviens des paroles d'Alan. Ne mens pas. La vérité. Rien que la vérité. Elle sentira un mensonge à un kilomètre. Et tout sera fichu.

Les paroles jaillissent de ma bouche tout à trac.

— Je vais te dire ce qui compte pour moi, là, maintenant, Sarah. Y a que toi qui comptes. Je sais que ce n'est pas toi qui as fait tout ça. Je sais que tu as très envie de te tuer. Mais je sais aussi que tu as demandé à me voir, et cela signifie que je peux peut-être dire ou faire quelque chose qui t'empêchera d'appuyer sur cette détente. – Je me penche en avant. – Ma chérie, rien de ce que j'ai vu ici ne me permettrait de me moquer de toi, je te le promets. J'essaie juste de comprendre. Aide-moi. Je t'en prie. Pourquoi voulais-tu me voir, Sarah ? Je t'en prie, dis-le-moi. – Et je pense : ne meurs pas. Pas ici, pas comme ça. – Je t'en prie, Sarah. Parle-moi. Explique-moi.

Mes mots la touchent. La colère quitte son regard. Le doigt sur la détente se relâche et elle détourne les yeux.

Dieu soit loué ! Je refoule la panique qui m'a presque submergée.

Quand elle ramène son regard sur moi, l'angoisse a remplacé la rage.

— Vous êtes mon dernier espoir, murmure-t-elle d'une voix creuse.

— Je t'écoute, Sarah. Explique-moi. Ton dernier espoir pour quoi ?

— Mon dernier espoir… – Un soupir s'étrangle dans sa gorge. – … mon dernier espoir de trouver quelqu'un qui ne considère pas que je porte la poisse, chuchote-t-elle. Quelqu'un qui croie à l'existence de l'Étranger.

Je la dévisage avec incrédulité.

— Si je te crois ? – J'agite un pouce en direction de la chambre. – Sarah, je sais que tu n'es pour rien dans ce drame. Et je ne demande qu'à écouter tout ce que tu voudras bien me raconter.

Je la sens prise de court par la spontanéité de ma réponse et la sincérité de ma surprise à l'idée qu'on puisse ne pas la croire. L'espoir illumine son regard et entre en lutte avec son terrible cynisme. Son visage se tord, sa bouche s'ouvre et se referme. On dirait un poisson hors de l'eau.

— *Vraiment ?* lâche-t-elle dans un soupir déchirant.

— *Vraiment*. Sarah, pour le moment, j'ignore ce qui s'est passé. Mais d'après ce que j'ai vu, pour faire tout ça, il fallait être très fort. Bien plus fort que toi.

Une sorte d'émerveillement craintif traverse son regard.

— Est-ce qu'il a… – Sa lèvre inférieure tremble. – Vous voulez dire que vous voyez des traces de son passage ?

— Oui.

Est-ce vrai ? N'y a-t-il pas d'autre possibilité ? N'aurait-elle pas pu forcer son père à monter les deux premiers corps sous la menace de son arme ?

Je repousse cette pensée d'un geste imaginaire. Trop compliqué. Trop sombre. Elle est trop jeune pour porter le vice à ce point.

— Peut-être… chuchote-t-elle, plus pour elle que pour moi, peut-être qu'il s'est trahi, cette fois.

L'espoir et le désespoir se livrent une lutte acharnée sur ses traits qui se chiffonnent, se détendent, se fripent encore puis se décontractent enfin. Sarah lâche son revolver et enfouit son visage entre ses mains. Une seconde plus tard, l'angoisse à l'état brut la reprend. Elle jaillit en un cri primitif, perçant, effroyable, pur. Le cri d'un lapin happé par les crocs d'un loup.

Je ramasse le revolver par terre en remerciant le ciel, le glisse en sûreté dans la ceinture de mon jean, puis je prends Sarah dans mes bras et la serre contre moi.

Son chagrin déferle sur moi comme une tornade.

Je la tiens fermement et nous affrontons la tempête.

Je me balance en fredonnant des paroles inarticulées, je me sens impuissante, misérable et pourtant soulagée.

Il vaut mieux pleurer que mourir.

Quand la crise est passée, je suis trempée de larmes. Sarah s'accroche toujours à moi, épuisée.

Finalement elle me repousse et s'écarte de moi, le visage gonflé par les pleurs, pâle.

— Smoky… commence-t-elle d'une voix éteinte.

— Oui, Sarah ?

Elle me dévisage et je suis surprise par la force qui émane d'elle malgré son épuisement.

— Je voudrais que vous me promettiez une chose.

— Laquelle ?

Elle montre le bout du couloir.

— Ma chambre est au fond. Dans le tiroir de ma table de nuit, il y a mon journal. Tout est dedans, tout ce qui concerne l'Étranger. – Elle m'agrippe les deux bras. – Je veux que vous me promettiez de le lire. Vous, pas quelqu'un d'autre. Promettez-le-moi.

Je n'hésite pas une seconde.

— Je te le promets.

À ce stade, il faudrait me passer sur le corps pour m'en empêcher.

— Merci.

Ses yeux roulent dans leurs orbites et elle s'évanouit dans mes bras.

Je frissonne. Le contrecoup. Je prends la radio accrochée à ma ceinture et l'allume.

— La voie est libre, dis-je avec un calme que je suis loin de ressentir. Envoyez vite un médecin pour la petite.

10.

La nuit est officiellement tombée sur Canoga Park. La maison est éclairée par les voitures de patrouille et les réverbères. Le SWAT s'apprête à se retirer et l'hélicoptère est parti. La rue a retrouvé sa tranquillité, bien que j'entende la rumeur de la ville dans le lointain. Les fenêtres sont éclairées, les familles barricadées chez elles, les rideaux tirés. Et si je vérifiais les portes, je suis sûre que je les trouverais toutes fermées à double tour.

— Bien joué, me dit Dawes tandis que nous regardons les urgentistes monter Sarah, toujours inconsciente, dans l'ambulance.

Ils se hâtent : elle commence à virer au gris et claque des dents. Signes d'un choc.

— Merci.

— Je le pense sincèrement, agent Barrett. Cela aurait pu très mal tourner. Nous avons eu une prise d'otage il y a six mois. Un père shooté aux méthamphétamines. Après avoir battu sa femme, il s'est emparé de leur petite fille de cinq mois et il était armé d'un fusil.

— Sale histoire.

— Oui, vraiment. Ajoutez à cela qu'il planait. Vous avez déjà vu un drogué aux méthamphétamines quand il perd les pédales ? C'est un mélange d'hallucination et de paranoïa. Pas la joie pour un négociateur.

— Et que s'est-il passé ?

Dawes détourne les yeux mais j'ai eu le temps d'y lire un profond chagrin.

— Il a abattu sa femme. Sans prévenir. Il baragouinait je ne sais quoi et, tout à coup, il s'est arrêté en pleine phrase, il a braqué son arme sur elle et… et il l'a pulvérisée. – Dawes secoue la tête. – On aurait pu entendre une mouche voler dans la cellule mobile. Inutile de vous dire qu'il ne nous a pas laissé le choix.

— S'il a pu tuer sa femme sans préambule…

Dawes hoche la tête.

— … il pouvait faire pareil avec le bébé. Notre tireur l'avait déjà dans son viseur et, dès que la lumière verte s'est allumée, il a tiré. En plein dans le mille. Il l'a tué d'une balle en plein front. Net et sans bavure. – Il soupire. – Le problème, c'est que le père a laissé tomber sa fille la tête la première et qu'elle est morte sur le coup. Le tireur s'est tué d'une balle dans la tête, la semaine suivante. Alors, comme je vous le disais, ça aurait pu finir beaucoup plus mal pour vous, agent Barrett.

— Appelez-moi Smoky.

Il sourit.

— D'accord. Croyez-vous en Dieu, Smoky ?

La question me surprend. Je lui réponds le plus honnêtement possible.

— Je ne sais pas.

— Ouais. Moi non plus.

Il me serre la main, me sourit tristement, hoche la tête et s'en va. Son histoire me poursuit et résonne en moi. Encore un choix impossible.

Merci du cadeau, Dawes.

Je m'assois sur le trottoir devant la maison pour essayer de rassembler mes esprits. Callie et Alan téléphonent chacun de leur côté. Callie raccroche et vient s'asseoir à côté de moi.

— Bonne nouvelle, ma chérie ! J'ai appelé Barry Franklin et, après pas mal de grincements de dents, il a accepté de prendre l'affaire en main. Il ne devrait pas tarder.

— Merci.

Les homicides, à de rares exceptions près, ne sont pas des crimes fédéraux. Je ne peux enfreindre les juridictions pour m'occuper d'un meurtre juste parce que ça me chante. La moindre de nos actions doit être entreprise en liaison avec la police locale. Comme la plupart de mes collègues, dans la mesure du possible, je préfère choisir ceux avec qui je vais travailler. C'est là que Barry intervient. Cet inspecteur à la brigade criminelle de la police de Los Angeles fait partie des rares à avoir obtenu le grade de première classe. Quand il veut une affaire, il l'obtient.

Je l'ai connu lors de ma toute première affaire en qualité de chef d'unité à Los Angeles. Barry avait demandé au FBI de l'aider à dresser le profil d'un jeune cinglé qui brûlait des SDF et gardait leurs pieds en trophée. Aucun de nous ne se souciait de politique ni de ce que ça pouvait coûter. Nous voulions juste attraper ce criminel et nous avons réussi.

Bref, Barry est un excellent investigateur, il ne m'interdira pas l'accès à la scène du crime et, si j'insiste gentiment, il prononcera la formule magique « demande d'assistance ». Grâce à elle, nous serons totalement impliqués. Mais avant, nous ne sommes légalement que de simples observateurs.

— Comment ça va, ma chérie ? s'inquiète Callie.

Je me frotte le visage.

— J'étais censée être en vacances, Callie. Mais tout ce que j'ai vu à l'intérieur… c'était irréel ! Atroce ! Cette journée avait pourtant si bien commencé ! Maintenant je me sens écœurée… j'en ai la nausée. Ça fait trop d'histoires sanglantes à la suite.

Les gens croient que tout meurtre est condamnable et, s'ils ont raison sur le principe, il existe néanmoins différents degrés dans l'horreur. L'éviscération d'une famille entière bat tous les records.

— Tu devrais prendre un chien, dit Callie.

— C'est un bon fou rire qui me ferait du bien, dis-je avec tristesse.

Un seul ?

Je lui décoche un rictus ironique.

— Non, toute une série. Qui dure des jours et des jours. Et, si après ça, j'ai une mauvaise journée, je pourrai l'affronter.

— C'est vrai. On traverse tous des sales moments, mais toi, tu accumules. – Elle me tapote la main. – Prends-toi un chien.

Elle a gagné : je ris.

Quantico ! Quantico ! chantonne une voix dans ma tête. Plus de Sarah, plus de menace personnelle, plus de peur bleue.

Alan s'approche tout en parlant au téléphone. Quand il arrive devant nous, il l'écarte de son oreille.

— Elaina voudrait savoir ce que tu as prévu pour ce soir, Smoky. Du moins en ce qui concerne Bonnie.

Je réfléchis. Je dois attendre l'arrivée de Barry. Je veux absolument que ce soit son unité d'investigation qui passe la maison au peigne fin. Je voudrais aussi examiner les lieux pour m'en imprégner.

L'enquête ne nous est pas encore officiellement attribuée, mais ce n'est pas le moment de m'éloigner.

Je soupire.

— On finira tard. Tu peux lui demander si ça ne la dérange pas de la garder cette nuit ?

— Pas de souci.

— Dis-lui que je l'appellerai demain matin.

Il remet le téléphone contre son oreille et s'éloigne.

— Et moi ? demande Callie.

Je lui adresse un sourire fatigué.

— Tu risques de devoir travailler pendant tes vacances, comme moi. On va attendre Barry, voir ce qu'il en pense… Ensuite, on verra. Peut-être que les vacances reprendront, peut-être pas.

— Tu n'es qu'une négrière ! Je veux une augmentation.

— Et moi, je veux la paix dans le monde. Mais on est toujours déçu. Faudra t'y faire.

— Le problème de Bonnie est réglé, annonce Alan en revenant vers nous. Alors, qu'est-ce que vous avez décidé ?

Il est temps de prendre les commandes.

C'est ma fonction principale, avant toutes les autres. Je dirige un groupe de génies, réellement. Chacun brille dans son domaine. Callie est une vedette en médecine légale. Alan a un don légendaire pour les interrogatoires et il est imbattable quand il s'agit de réaliser une enquête de voisinage. Il est infatigable, rien ne lui échappe. Des gens de cette envergure ne peuvent vous suivre simplement parce que vous leur plaisez. Vous devez aussi leur inspirer du respect. Cela demande une pointe d'arrogance. Vous devez être conscient de vos propres atouts, être une star dans votre domaine et le savoir.

J'excelle dans la compréhension des assassins que nous poursuivons. Je vois les scènes, je ne me contente pas de les regarder. N'importe qui peut se rendre sur les lieux d'un crime et observer un corps. Toute l'habileté réside dans la faculté de reconstituer les faits. Pourquoi ce corps particulier ? Pourquoi à cet endroit ? Qu'est-ce que cela nous apprend sur le tueur ? Certains sont doués pour. D'autres sont même extrêmement doués. C'est mon cas et je possède juste ce qu'il faut d'orgueil pour le reconnaître.

Mon talent particulier dans mon domaine de prédilection vient de ma capacité à comprendre la noirceur qui engendre ceux que je pourchasse.

Beaucoup de gens se targuent de comprendre le cerveau des tueurs en série. Ils ont lu le récit détaillé de leurs exploits, ils vont jusqu'à regarder sans ciller les photos de crimes sanglants. Ils parlent de prédateurs, de psychosexualité et se sentent éclairés.

Tout cela est bien beau, je ne le nie pas, mais ils passent complètement à côté du problème.

J'ai essayé de l'expliquer lors d'une conférence. Quantico organisait une sorte de journée portes ouvertes et avait invité diverses personnalités qui devaient présenter leur métier. Quand mon tour est arrivé et que j'ai vu cette salle bondée d'étudiants si jeunes, si avides de savoir et si pleins d'espoir, j'ai tenté de leur expliquer ce que je faisais.

Je leur ai parlé d'un cas tristement célèbre qui s'est passé au Nouveau-Mexique. Durant des années, un homme et sa petite amie ont enlevé des femmes qu'ils ont torturées et violées pendant des jours, voire des semaines. Ils les séquestraient dans une salle remplie d'instruments de torture. Ils filmaient pratiquement toutes les souffrances qu'ils leur infligeaient. L'un de leurs accessoires préférés était un aiguillon à bestiaux électrique.

— Nous avons trouvé une vidéo où l'on voit la fumée sortir du vagin d'une jeune femme qu'ils avaient pénétrée avec cet aiguillon.

Cette simple information, loin d'être la pire de celles que je leur avais livrée, avait suscité un silence de plomb et fait blêmir plus d'un visage.

— L'un de nos agents, une femme, avait pour mission de faire un compte rendu détaillé, en les dessinant, de tous les fouets, chaînes, scies, jouets sexuels et autres perversités avec lesquelles ce couple torturait ses otages. Elle y a passé quatre jours. J'ai vu ses excellents dessins qui furent d'ailleurs utilisés au procès. Son supérieur l'a félicitée, lui a dit de prendre quelques jours de congé et de rentrer chez elle voir sa famille pour se changer les idées. Elle a donc retrouvé son mari et sa petite fille. Et la nuit, alors qu'ils dormaient, elle est descendue sur la pointe des pieds, elle a sorti son pistolet de service de son coffre-fort et s'est tiré une balle dans la tête. – Quelques cris ont éclaté, suivis d'un silence écrasant. – Il serait facile de classer le cas de cette jeune femme et de ne plus y penser. De se dire qu'elle était faible, déjà déprimée. Ou qu'elle avait des problèmes qu'on ignorait. Vous pouvez penser ce que vous voulez. Tout ce que je sais, c'est qu'elle travaillait comme agent depuis huit ans. Avec des états de service parfaits. Elle n'avait jamais fait la moindre dépression. Non, je pense qu'elle en a trop vu, elle a trop fouillé les détails et c'est ce qui l'a perdue. Comme un bateau au milieu de l'océan sans la moindre côte à l'horizon. Elle s'est laissé embarquer sur ce navire et n'a pas su comment revenir. Et mon travail et celui de mon équipe, avais-je conclu, sont les mêmes que celui de cette jeune femme : nous regardons. Nous examinons tout sans jamais détourner les yeux en espérant pouvoir le supporter.

L'organisateur de cette conférence n'avait guère apprécié ma prestation. Je m'en moquais. Je n'avais dit que la vérité.

Le suicide de cette femme ne m'avait pas surprise. Le problème ne venait pas de ce qu'elle avait vu mais de ce qu'elle n'avait pas vu. Et des visions dont elle n'avait pu se défendre. Il faut pouvoir rentrer chez soi et couper les images qui vous envahissent à pas de loup, insidieusement. Elle n'avait pas su les repousser. Sauf en se tirant une balle dans la tête. Je la comprends.

En fait, ce que je voulais surtout transmettre à cet auditoire juvénile, c'est que notre métier n'a rien de drôle. Non, il n'a rien d'émoustillant ni d'excitant. Rien à voir avec les sensations fortes des montagnes russes.

Pourtant ce métier, il faut bien que quelqu'un le fasse.

J'ai donc le don ou la malchance de comprendre les pulsions des tueurs en série. Leurs sentiments. J'arrive à me mettre plus ou moins à leur place. Un processus cérébral stimulé en partie par l'expérience et l'observation, mais surtout par ma volonté de les connaître intimement. Ils fredonnent une chanson qu'ils sont les seuls à entendre et il faut pouvoir se glisser dans leur peau pour en saisir la mélodie. Car c'est elle qui dicte la danse.

Ma réaction est donc la moins naturelle qui soit : loin de me détourner, je m'approche afin de mieux les voir. Je les hume pour mieux sentir leur piste. Je les effleure du bout de la langue pour mieux goûter leur saveur. Cette méthode m'a aidée à capturer un grand nombre de ces démons. Elle m'a aussi donné des cauchemars et des doutes sur mes propres pulsions. Étaient-ce toujours les miennes ? Ou avais-je passé trop de temps à m'imprégner de celles des autres.

— Barry arrive, dis-je à Alan. C'est lui qui prend l'affaire. On n'en sera peut-être pas chargés mais faisons comme si. Callie, je voudrais que tu ailles inspecter les lieux avec moi. J'ai besoin de ton regard d'expert. Alan, tu devrais déjà repasser le quartier au crible. Je suis sûre que Barry n'y verra aucun inconvénient. Qu'on sache si les voisins ont vu quelque chose.

Il sort un carnet de la poche intérieure de sa veste.

— D'accord. On s'en charge, Ned et moi.

Alan a toujours appelé son bloc-notes « Ned ». Son premier instructeur lui avait dit que le carnet était le meilleur ami de l'inspecteur et qu'un ami méritait d'avoir un nom. C'est ainsi que Ned a vu le jour. L'instructeur a disparu depuis longtemps, le nom est resté. À mon avis, ça tient un peu de la superstition. L'équivalent pour Alan des chaussettes porte-bonheur d'un joueur de basket.

Callie plisse les yeux en voyant une Buick noire franchir le cordon de sécurité.

— C'est Barry ?

Je me lève et reconnais son large visage et ses lunettes derrière le pare-brise. Une bouffée de soulagement m'envahit. Je vais enfin pouvoir agir.

— On peut dire que vous m'avez fait rater un super coup ! lance-t-il alors que nous le rejoignons. J'avais bien l'intention de vous le faire payer mais j'ai comme l'impression que vous passez déjà une soirée merdique !

Barry a une petite quarantaine d'années. Baraqué sans être gros, chauve, il porte des lunettes et possède l'un des visages les moins attrayants que je connaisse, quoique pas désagréable vu sous un certain angle. En dépit de ces handicaps, il sort toujours avec de fabuleuses créatures beaucoup plus jeunes que lui. Alan appelle ça « le phénomène Barry ». Une superbe assurance sans aucune arrogance. Il est drôle, intelligent et plus vrai que nature. Alan pense que c'est ce mélange de solidité et de grand cœur qui fait craquer les femmes.

Moi, je crois que c'est juste un des composants. On devine sous sa gentillesse une résistance à toute épreuve. Il a tout vu ; il sait que le diable existe. Barry est un chasseur d'hommes et, quelque part, cela lui donne une sensualité presque animale.

Je sais qu'il grogne seulement pour le principe ; nous ne savons plus qui est redevable à l'autre et d'ailleurs nous nous en fichons éperdument.

— Bon, alors, reprend-il en sortant son bloc-notes – son Ned à lui – qu'est-ce que vous m'avez trouvé ?

— Massacre rituel. Éviscération. Une mare de sang. La routine, quoi !

Je lui transmets tout ce que je sais. Pas grand-chose mais assez pour établir ce va-et-vient d'informations qui fonctionne si bien entre nous. Nous allons parcourir les lieux du crime en échangeant des remarques qui nous permettront d'affiner nos conclusions. Cela peut sembler inutile vu de l'extérieur, mais cette méthode a déjà fait ses preuves.

— Trois morts ?

— À moins que j'aie mal vu, mais ça m'étonnerait. La patrouille a fait le tour de la maison et ils n'ont pas mentionné d'autres cadavres.

Il hoche la tête en tapotant son bloc avec son crayon.

— Tu es sûre que ce n'est pas la fille qui les a tués ?

— Impossible ! Elle n'avait pas assez de sang sur elle. Tu comprendras quand nous irons à l'intérieur. C'est… c'est un carnage ! Et je suis pratiquement sûre que l'une des victimes a été tuée en bas avant d'être montée dans la chambre. Elle a été portée, pas tirée. La fille n'en aurait jamais eu la force.

Il contemple la maison en réfléchissant et hausse les épaules.

— Moi, non plus, je ne l'imagine pas faire ça. D'après ta description, on se trouve en présence d'un meurtre très élaboré. D'accord, les jeunes de seize ans ne sont pas tous des petits saints de nos jours, mais…

Il hausse de nouveau les épaules.

— J'ai envoyé Alan interroger les voisins. J'ai pensé que ça ne te dérangerait pas.

— Au contraire. Personne ne sait mieux que lui tirer les vers du nez.

— Alors quand pourrons-nous y aller ?

J'ai retrouvé toute mon énergie. Je suis pressée de me lancer aux trousses du tueur.

Il consulte sa montre.

— J'attends mon équipe d'identification criminelle d'une minute à l'autre. Ça aussi, tu me le revaudras. Ensuite, y aura plus qu'à enfiler nos chaussons en papier et à nous mettre au travail.

Je commence par l'extérieur. Barry et Callie m'écoutent patiemment.

J'examine le devant de la maison. Je considère les deux côtés de la rue. J'essaie de me la figurer de jour.

— Nous sommes dans un quartier résidentiel. Peuplé. Actif. Nous étions samedi, donc les gens devaient être chez eux. Il faut du culot pour choisir ce jour-là. Le meurtrier doit être soit très sûr de lui, soit très compétent. Il n'en est pas à son premier coup. Je parie qu'il a déjà tué avant.

Je remonte l'allée et m'avance vers la porte d'entrée. Je l'imagine, parcourant le même chemin. Peut-être pendant que je faisais les courses avec Bonnie ou pendant que je vidais le placard de Matt. La vie et la mort, côte à côte, s'ignorant l'une l'autre.

Je m'arrête avant de franchir la porte. J'essaie de me le représenter ici. Était-il excité ? Calme ? Dément ? Aucune idée. Je n'en sais pas encore suffisamment sur lui.

J'entre. Barry et Callie me suivent.

La maison empeste encore le meurtre. Davantage, même, car avec le temps, les odeurs s'épaississent.

Nous nous dirigeons vers la salle de séjour. Je fixe la moquette écarlate. Le photographe du CSU, l'équipe d'identification criminelle, mitraille la pièce.

— Qu'est-ce qu'il y a comme sang ! remarque Barry.

— Il leur a tranché la gorge. D'une oreille à l'autre.

— Tout s'explique. – Il regarde autour de lui. – Tu as raison, je ne vois aucune traînée.

— Exactement. Et tout ceci nous en dit pas mal sur lui.

— Quoi par exemple ?

— Il aime ce qu'il fait. L'utilisation de la lame a quelque chose d'intime. Certes, son geste est motivé par la colère, mais aussi par le plaisir. C'est ainsi qu'on tue l'objet de son amour. Le seul moyen plus intime serait de se servir de ses mains nues. C'est ainsi que l'on tue un étranger que l'on aime. Un signe de respect, une façon de le remercier de sa mort qu'il vous offre. – J'indique la chambre d'un large geste de la main. – Répandre le sang peut être aussi bien intime qu'impersonnel. Le sang représente la vie. Vous égorgez l'étranger que vous aimez pour être proche de son sang quand il s'écoulera. Le sang représente aussi la voie vers la mort. On saigne les cochons presque de la même manière. Comment le meurtrier considérait-il ses victimes ? Avec mépris ou avec amour ? Que représentaient-elles pour lui ? Rien ou tout ?

— À ton avis ?

— Je ne sais pas encore. Le problème c'est que, quel que soit son point de vue, il était déterminé. On ne tue pas avec un couteau quand on hésite. C'est un acte qui demande de la certitude. Une arme à feu vous permet une certaine distance, mais un couteau ? Il faut être proche de sa victime pour s'en servir. Ce choix indique également que la façon de mourir compte autant pour le meurtrier que la mort en elle-même.

— Comment ça ?

Je hausse les épaules.

— L'arme à feu est plus rapide.

Je vois Callie secouer la tête en faisant le tour de la pièce.

— Qu'est-ce qui ne va pas ?

— Ça, répond-elle en montrant la flaque sombre à ses pieds. Et ça, ajoute-t-elle en indiquant l'autre sur sa gauche.

— Pourquoi ? demande Barry.

— L'analyse des taches de sang fait à la fois appel aux mathématiques, à la physique, à la chimie et à la biologie. Je n'ai pas le temps de vous faire un cours, mais la simple vue de la viscosité de ce sang et de la composition de la moquette me permet de conclure que ces deux flaques ont été faites exprès. – Callie se rapproche de nous et indique la tache de sang encore plus large qui s'étale près de l'entrée de la salle de séjour. – En revanche, ici, regardez les bords. – Elle se penche et montre la trace qui s'évase en s'éloignant de nous et dessine un cercle aux bords hachurés. – Vous voyez cette forme de têtard géant ?

— Oui.

— On retrouve toujours ce dessin, quoique généralement à une plus petite échelle. Les projections produisent une tache allongée et étroite avec une tête définie, visible. Le bout le plus pointu, ou la queue, indique toujours le point d'origine. Là, nous en avons simplement une version plus large qui correspond bien au sang qui jaillit d'une gorge tranchée. Ça se voit là et là. Et vous remarquez le sang sur le mur à côté ?

Je regarde et j'aperçois d'autres têtards, plus petits ainsi que des gouttes, de différentes tailles.

— Oui.

— Il faut considérer le sang comme un liquide sous pression dans le corps. Faites un trou et il jaillit. La force du jet détermine sa vitesse et sa distance. Une artère sectionnée produit un jet puissant. Un coup de marteau sur la tête un peu moins. D'une manière comme de l'autre, le sang quitte le corps avec plus ou moins de force et, quand il rencontre une surface, il transfère son mouvement et son énergie dans le dessin qu'il crée. Avec comme résultat nos têtards, nos gouttelettes et ainsi de suite. – Elle indique de nouveau le tapis et le mur voisin. – Vous pouvez voir des preuves d'un jet artériel près de la plinthe. Et dans ces lignes sur le tapis. Un jet spontané dont la direction indique la force. Nous avons un meurtre. Mais dans les deux autres cas, je dirais plutôt que le sang a été versé. Depuis un récipient quelconque. Ce sont des flaques, pas des projections. Tout indique que le sang venait du dessus et la taille des flaques comme l'absence d'éclaboussures sur les bords montrent qu'il a été versé tranquillement. Avec très peu de force.

Maintenant qu'elle nous l'a fait remarquer, je le vois. Les flaques sont trop nettes, trop correctes esthétiquement, trop rondes. Comme du sirop sur des pancakes.

— Donc… il a tué quelqu'un ici, dit Barry, et ensuite… quoi ? Il a estimé qu'il n'avait pas répandu assez de sang dans la pièce ?

Callie hausse les épaules.

— Je ne peux pas vous expliquer pourquoi il a agi ainsi. Mais je peux vous certifier que ces deux taches ont été faites après. Elles sont plus humides que la tache résultant du meurtre et plus gélatineuses.

Barry se tourne vers moi.

— Qu'en penses-tu ? La victime tuée ici a été la dernière à mourir ou la première ?

— La dernière, à mon avis. Quand je suis arrivée ici, le sang était encore frais, alors que celui d'en haut sur les murs paraissait sec.

Quelque chose sur la porte coulissante attire mon attention. Je m'approche.

— Barry. Viens voir ça.

Je montre le loquet. Il est soulevé et la porte est ouverte d'un millimètre. Impossible à voir à moins de se trouver juste devant.

— C'est sans doute par là qu'il s'est introduit, murmure Callie.

Barry se tourne vers le photographe.

— Vous pouvez prendre quelques photos de la porte avant que je l'ouvre ?

Le gars de l'identification criminelle, un type sérieux qui s'appelle Dan, obtempère.

— Ça devrait aller, dit-il une fois qu'il a terminé.

— Merci, répond Callie avec un grand sourire.

Dan rougit et baisse les yeux vers le tapis, intimidé par la formidable beauté de Callie.

— Il n'y a pas de quoi, réussit-il à bredouiller avant de s'éclipser.

— Mignon, dit Callie à Barry.

— Han-han… grommelle Barry, plongé dans l'inspection du loquet. Il a l'air cassé. Oui, il a été forcé. Je vois la marque d'un outil.

Il se redresse et, de sa main gantée, ouvre la porte. Elle coulisse de droite à gauche. De dehors, ce serait de gauche à droite. Un tueur droitier l'aurait sans doute ouverte de sa main gauche puisque de sa main droite il devait tenir… quoi ? Un couteau ? Un sac ?

Nous sortons dans le jardin. Il fait sombre mais je constate qu'il est grand et je distingue les contours d'une piscine carrée. Un seul palmier de taille moyenne, dans le fond à gauche, s'élance vers le ciel.

— Il n'y aurait pas une lumière extérieure ? demande Barry.

Callie cherche à tâtons sur le mur près de la baie vitrée. Quand elle trouve le commutateur et allume, tout le rempart que nous avions dressé par notre badinage entre nous et ce crime macabre s'effondre brutalement : le bouton ne commande pas seulement l'éclairage du jardin mais aussi celui de la piscine.

— Seigneur ! murmure Barry.

Le fond bleu éclairé par les lampes forme un îlot de lumière frémissante dans l'obscurité. Et le sang en suspension dans l'eau se détache sur ce bleu éclatant, tel un nuage écarlate sur lequel flottent quelques caillots, de l'écume rose et des taches huileuses.

Je m'approche du bord et scrute le bassin.

— Il n'y a pas d'arme ni de vêtements dedans.

— Mais il y a beaucoup de sang, remarque Barry. On a du mal à distinguer le fond par endroits.

J'examine le jardin. Il est entouré de tous côtés par un mur en béton et en brique d'un mètre quatre-vingts de haut, chose rare dans la banlieue de Los Angeles. Le lierre qui le recouvre, combiné aux buissons de ce jardin et de ceux qui l'entourent, lui assure une intimité étonnante. Et si la maison en elle-même a été conçue pour laisser entrer un maximum de lumière, le jardin, lui, vise à se protéger des regards indiscrets.

Je pense à la chambre à l'étage, maculée de sang.

Il a pris tout son temps là-haut. Il s'est même amusé à peindre les murs. Tout cela devait être très salissant.

— Le tueur s'est baigné dans la piscine.

Callie hausse les sourcils. Barry me décoche un regard interrogateur. Je réalise que j'ai un épisode d'avance. J'ai vu la chambre, pas eux.

— Écoutez, il a dû opérer vers midi. On est samedi et les voisins sont donc chez eux. Qui plus est, il fait un temps magnifique. Beaucoup de gens ont dû sortir dans leur jardin profiter du soleil. – Je montre la fenêtre de la chambre des parents. – Et lui, là-haut, il s'en est donné à cœur joie. Il y a du sang plein le plafond et les murs. Il a dû s'en mettre partout. Il a bien fallu qu'il se lave. En plus, il a dû s'éclater à se baigner dans la piscine.

— Mais pourquoi ne s'est-il pas servi de la salle de bains ? intervient Callie. Il prenait des risques énormes en sortant dans le jardin, non ? Quelqu'un pouvait frapper à la porte pendant ce temps, ou rentrer sans qu'il le sache.

— Il est très malin, affirme Barry. Il doit savoir que nous vérifierions les siphons des salles de bains. Il sera bien plus difficile de retrouver quoi que ce soit dans la filtration de la piscine. Surtout que le chlore ne facilite pas les investigations.

J'examine le bassin. Il fait environ six mètres de côté et semble avoir partout la même profondeur. Il est entouré de dalles de terre cuite. Une seule volée de marches descend dans l'eau.

— Le carrelage est mouillé par endroits, m'aperçois-je brusquement.

— Rentrons ! nous intime Callie d'un ton sec. Tout de suite. – Nous la regardons sans comprendre, Barry et moi. – Vous ne vous demandez pas pourquoi le sol est mouillé ?

— Parce qu'il a marché autour de la piscine, sans doute tout nu, et donc pieds nus et qu'il a pu laisser des empreintes. Et nous risquons de les détruire si nous continuons à piétiner par ici, comprends-je tout à coup.

— Aïe ! s'écrie Barry. Tu as raison.

— Il faut passer toute cette zone aux lampes UV, reprend Callie. Centimètre par centimètre. Dieu merci, ce n'est pas moi qui vais me taper ce boulot ce soir !

Les traces telles que les empreintes, le sperme et le sang sont fluorescentes sous la lumière UV. Callie a raison. Si le tueur s'est promené ici en toute impunité, et nu de surcroît, cet endroit pourrait bien nous livrer quelques indices.

Nous repassons de l'autre côté de la porte coulissante sans toutefois cesser de scruter le jardin.

— Alors d'après toi, il ne s'est pas plongé dans la piscine uniquement pour faire disparaître les preuves ? reprend Barry.

— Je pense… – Ma voix s'éteint. Comme toujours, l'idée émerge du tréfonds de ma pensée toute formée. – Je pense qu'il a pris son pied en commettant ces crimes ouvertement. Il a tué cette famille en plein jour, il s'est littéralement vautré dans leur sang et ensuite il s'est mis complètement à poil pour barboter tranquillement alors que leurs corps marinaient dans la maison surchauffée. Pendant ce temps, les voisins fêtaient l'anniversaire de leurs enfants, taillaient leurs haies ou grillaient leurs steaks au barbecue, sans se douter que, tout près d'eux, un tueur profitait de la journée à sa manière. – Je me tourne vers Barry. – Il a dû éprouver une enivrante sensation de triomphe. Tel un vampire sortant à la lumière du jour. La griserie du pouvoir et de l'appropriation. Comme en témoignent son culot de venir ici en plein jour et le choix d'un couteau comme instrument du crime. Tout concorde.

— Putain de psychopathe ! soupire Barry en secouant la tête. D'accord, il fait quelques longueurs dans la piscine, peut-être même qu'il se laisse bercer par les bruits du voisinage. Reste la question des séquences. Tu dis que la scène en bas était fraîche. Soit, mais comment l'expliques-tu ? Il tue deux victimes en haut, fait de l'art abstrait avec leur sang, puis il descend se baigner et tue ensuite la troisième ? Et que fait Sarah pendant ce temps-là ?

— Nous ne le savons pas encore, dis-je avec un haussement d'épaules.

— Je déteste ça ! Hé, Thompson ! beugle-t-il, me faisant sursauter.

Comme par magie, le jeune policier qui avait voulu nous empêcher d'entrer apparaît.

— Oui, chef ?

— Ne laissez personne aller dans le jardin à part le chef de l'identification.

— Oui, chef.

Thompson se met aussitôt à monter la garde devant la porte coulissante. Toujours trop jeune. Toujours content d'être là.

— Prêtes à monter voir la chambre ? nous demande Barry.

C'est une question de pure forme. Nous sommes tous impatients de renifler la piste du tueur, d'imaginer ce qui s'est passé et de reconstituer le tableau dans notre tête. Bref, d'essayer de comprendre tant que c'est encore chaud.

Nous quittons la salle de séjour et prenons l'escalier, Barry devant moi, Callie derrière. Nous traversons le palier et Barry s'arrête sur le seuil de la chambre.

— Est-ce bien nécessaire que vous veniez tous les deux tout piétiner ? lance une voix acerbe.

Elle appartient à John Simmons, le chef de l'équipe d'investigation médico-légale. Un homme revêche et bourru qui ne fait confiance qu'à lui-même quand il s'agit de relever les indices d'un homicide. Un défaut que nous lui pardonnons d'autant plus volontiers qu'il est de loin le meilleur.

— Tous les trois, corrige Callie en s'avançant dans la pièce afin qu'il la voie, elle aussi.

Simmons n'est plus tout jeune. Il fait ce travail depuis longtemps et accuse ses soixante ans. Il ne livre ses sourires d'une rareté de diamant qu'avec parcimonie. Callie semble en mériter un.

— Calpurnia ! s'écrie-t-il, tandis qu'il nous écarte de son passage pour la prendre dans ses bras.

Callie l'embrasse à son tour, sous le regard médusé de Barry. Moi, je sais comment ils se connaissent. Barry, non.

— J'ai fait mon internat sous les ordres de Johnny quand j'ai passé mon diplôme en médecine légale, lui explique-t-elle.

— Elle est très douée, poursuit Simmons, affectueusement. Calpurnia compte parmi mes rares réussites. C'est quelqu'un qui apprécie vraiment cette science.

Simmons se tourne à présent vers moi. Il contemple ouvertement mes cicatrices mais ça ne me gêne pas.

— Bonjour, agent Barrett.

— Bonjour, monsieur.

Je l'ai toujours appelé ainsi. Je l'ai toujours considéré comme un monsieur et il n'a jamais rien fait qui m'en ait dissuadée. Callie est la seule personne de ma connaissance à l'appeler Johnny, tout comme il est le seul à pouvoir se permettre de l'appeler par son véritable prénom qu'elle exècre.

— Eh bien, Calpurnia, poursuit-il en se retournant vers elle, je peux vous faire confiance ? Vous ferez en sorte de ne détruire aucun indice ?

Callie lève la main droite et plaque la gauche sur son cœur.

— Je le jure. Au fait, Johnny…

Elle lui parle du jardin. Il lui octroie un nouveau sourire attendri.

— J'envoie quelqu'un tout de suite.

Après un dernier regard suspicieux vers Barry et moi, il s'écarte pour nous laisser passer.

Nous entrons dans la chambre. Simmons descend donner ses ordres et nous laisse seuls. En dépit de tous ses grognements, il sait que nous avons besoin de nous imprégner des lieux.

À présent que je ne suis plus forcée de garder toute mon attention sur Sarah, je peux enfin examiner la pièce.

Les époux Dean et Laurel Kingsley (je connais désormais leurs noms) se placent sans problème dans la catégorie des quadragénaires bien conservés. Bronzés, belle gueule, musclés, de l'allure et une vitalité encore perceptible malgré les circonstances.

— Dieu qu'il devait se sentir sûr de lui pour oser venir ici en plein jour et un week-end, en plus ! Et pour maîtriser deux adultes sportifs et deux adolescents !

Les yeux de Dean sont écarquillés et portent déjà la marque de la mort, gris et vaporeux comme l'écume du savon dans une baignoire. Laurel a les yeux fermés. Tous deux ont les lèvres retroussées et me rappellent un chien sur le point de mordre ou quelqu'un forcé de sourire sous la menace d'une arme. La langue de Dean dépasse alors que Laurel a les dents serrées.

Pour toujours. Elle ne les desserrera jamais plus.

Mon intuition me dit que cette jeune femme soignée aurait détesté se voir ainsi.

— Il a dû utiliser une arme pour les intimider. Un couteau n'aurait pas suffi à tenir en respect autant de personnes. Il devait avoir une arme à feu. Grosse et effrayante.

De la clavicule jusqu'en bas, on dirait qu'ils ont avalé tous les deux une grenade.

— Une seule entaille dans les deux cas, souligne Barry. Réalisée avec une lame très tranchante.

Je m'approche.

— Sans doute un scalpel. Mais pas très propre. Et je vois des hésitations dans la découpe. Vous remarquez ces petites déchirures ?

— Ouais.

Le tueur les a éventrés d'une main hésitante et tremblante. Puis il a plongé ses mains à l'intérieur pour arracher tout ce qu'il trouvait, comme un pêcheur vidant un poisson. Debout au-dessus de Mme Kingsley, je distingue la partie centrale de sa colonne vertébrale : les organes principaux ne sont plus là pour me boucher la vue.

— Cette coupure irrégulière est bizarre.

— Pourquoi ? demande Barry.

Je me penche pour examiner leurs gorges de plus près.

— Parce qu'il a toujours fait preuve de confiance en lui. Quand il leur a tranché la gorge, il l'a fait d'un geste précis, sans hésitation. Peut-être était-il excité et a-t-il eu un orgasme en les éventrant.

— Charmant ! commente Callie.

Contrairement à Dean et à Laurel, le garçon est intact. Il est blanc parce qu'il a été vidé de son sang mais il a échappé à l'outrage de l'éventration.

— Pourquoi a-t-il épargné le garçon ? s'étonne Barry.

— Soit parce qu'il ne comptait pas, soit parce qu'il comptait davantage que les autres.

Callie fait lentement le tour du lit en examinant les corps. Elle scrute le sol, le sang sur les murs.

— Qu'est-ce qui t'intrigue ?

— La veine jugulaire des trois victimes a été sectionnée. D'après la couleur de leur peau, ils ont été saignés à blanc. Cela s'est passé avant leur éviscération.

— À quoi le vois-tu ? demande Barry.

— Il n'y a pas assez de sang dans les cavités abdominales ni sur les organes exposés. Ce qui soulève un autre problème. Où est le reste du sang ? Je peux situer le lieu du crime pour l'une des victimes, la salle de séjour au rez-de-chaussée. Mais les deux autres ? Ici, le sang se trouve surtout sur les murs, ajoute-t-elle avec un grand geste. Il y a quelques taches sur la moquette mais ce n'est pas suffisant. Sur les draps et les couvertures aussi, d'accord, mais en quantité négligeable. – Elle secoue la tête. – Personne n'a eu la gorge tranchée dans cette chambre.

— Je l'ai remarqué, moi aussi, dis-je. Ils ont été saignés ailleurs. Mais où ?

Un moment s'écoule avant que nous ne tournions les yeux vers le petit couloir qui mène de la chambre à la salle de bains. Je m'avance sans un mot. Barry et Callie me suivent.

Tout devient clair dès que nous entrons.

— Eh bien, tout s'explique, murmure Barry d'une voix sinistre.

La baignoire est grande, conçue pour s'y prélasser. Le fond est rempli de sang coagulé.

— Il les a saignés dans la baignoire. – Je montre deux grosses taches rousses sur la moquette. – Il les a ensuite allongés là quand il a terminé, l'un à côté de l'autre.

Mon esprit galope, le défilement des événements s'accélère. Je retourne sans un mot dans la chambre. J'examine les poignets et les chevilles de Dean et Laurel Kingsley. Callie et Barry m'ont suivie et me regardent en haussant les sourcils.

Je montre les corps.

— Il n'y a aucune marque sur leurs poignets ni sur leurs chevilles. Vous prenez deux adultes. Et vous les forcez à se déshabiller, vous les mettez dans la baignoire, l'un après l'autre, vous leur tranchez la gorge, l'un après l'autre, vous les saignez, l'un après l'autre. Vous trouvez que ça se tient, vous ?

— Je vois ce que tu veux dire, répond Barry. Ils auraient dû se débattre. Comment a-t-il fait ? À la queue comme tout le monde. Je vous tuerai chacun à votre tour.

— Je ne vois qu'une réponse. Le rasoir d'Occam[1]. Ils ne se sont pas débattus.

Barry plisse le front, perplexe et soudain se déride et hoche la tête.

— Tu as raison. Ils étaient inconscients. Peut-être drogués. – Il griffonne quelques mots sur son carnet. – Je demanderai qu'on le vérifie à l'autopsie.

Je secoue la tête.

— Tu sais, dans ce cas, le tueur aurait dû porter les trois corps, y compris celui qui était en bas. Quelle taille fait M. Kingsley, à ton avis ? Un mètre quatre-vingts ?

1. Le rasoir d'Occam aussi appelé « principe de simplicité », pourrait grossièrement se résumer ainsi : quand on a deux théories en compétition qui permettent de prédire exactement les mêmes choses, celle qui est la plus simple est la meilleure. (*N.d.T.*)

— Quatre-vingts, quatre-vingt deux. Et il doit peser dans les quatre-vingt-cinq kilos, au moins.

Je pousse un sifflement admiratif.

— Il a donc fallu qu'il le hisse dans la baignoire, inconscient… Il doit être ou grand, ou baraqué, ou les deux.

— Cela nous aide, opine Barry. Nous ne recherchons pas une mauviette.

— À moins qu'ils ne soient deux, intervient Callie.

Elle a raison. Les associations de criminels, ça existe. Avec mon équipe, nous avons déjà eu affaire à ces duos meurtriers.

— Pas de trace de viol, poursuit Barry, mais nous ne pourrons le savoir avec certitude que lorsque le médecin légiste aura examiné les corps.

— Dis-leur de commencer par le garçon.

Barry me décoche un regard interrogateur.

— Il n'a pas été éventré. Et il est propre. Je pense que le tueur l'a lavé après sa mort. On dirait même qu'il l'a coiffé. Ce n'était peut-être pas sexuel, mais je trouve ça bizarre. Comme s'il en voulait moins à Michael.

— Je vois, dit Barry avant de jeter de nouvelles notes sur son carnet.

Je regarde la pièce autour de moi, les traces de sang sur les murs et les plafonds. Par endroits, on dirait qu'il a été projeté, comme le font ces artistes qui lancent un pot de peinture sur une toile blanche. Mais je distingue également des dessins plus complexes. Des boucles et des symboles. Le plus frappant, c'est qu'il y en a partout.

— Le sang compte beaucoup pour lui. Ainsi que l'éviscération. Il n'y a aucune marque de torture sur les victimes et elles ont été saignées avant d'être éventrées.

La douleur ne l'intéresse pas. Il voulait ce qui était en eux. En particulier le sang.

— Pourquoi ? demande Barry.

— Je ne saurais le dire. Il y a trop de paradigmes possibles en ce qui concerne le sang. Le sang c'est la vie, on peut le boire, on peut y lire l'avenir… le choix est vaste. Mais il joue un rôle important. – Je secoue la tête. – Bizarre !

— Quoi ?

— Tout semble indiquer un tueur désorganisé. La mutilation, la peinture au sang. Les tueurs désorganisés sont chaotiques. Ils ont du mal à planifier leurs actions et se prennent au jeu. Ils perdent le contrôle.

— Et alors ?

— Pourquoi n'a-t-il pas éventré le garçon et a-t-il laissé Sarah en vie ? Ça ne colle pas.

Barry me décoche un regard intrigué.

— Allons voir la chambre de la fille, dit-il en haussant les épaules. Nous y trouverons peut-être des réponses.

11.

— Ouaouh ! laisse échapper Callie.

Cette exclamation se justifie doublement.

D'abord et surtout par les mots écrits sur le mur blanc au-dessus du lit.

— Est-ce du sang ? demande Barry.

— Oui, confirme Callie.

Les lettres sont larges. Tracées à grands traits rageurs. Chacun d'eux véhicule la haine et la colère.

CET ENDROIT = SOUFFRANCE

— Merde ! Qu'est-ce que ça peut vouloir dire ? s'énerve Barry.

— Je ne sais pas. Mais cela a une signification importante pour lui.

Autant que le sang et l'éviscération.

— C'est intéressant qu'il ait écrit dans la chambre de Sarah, vous ne trouvez pas ? remarque Callie.

— Ouais, ouais, encore une formule magique ! marmonne Barry. Pourquoi n'écrivent-ils jamais rien d'utile ? Du genre « Salut, je m'appelle John Smith, vous pouvez me trouver 222, Oak Street. C'est moi le coupable. J'avoue. »

La seconde raison de la surprise de Callie provient du décor. Par association d'idées, je me revois dans la chambre d'Alexa quelques heures plus tôt. En comparaison, celle de Sarah n'a vraiment rien de féminin.

La moquette est noire. Comme les rideaux des fenêtres qui sont tirés. Le lit à baldaquin deux places n'est pas noir, mais les oreillers, les draps et la couette le sont. L'ensemble tranche sur les murs blancs.

La chambre en elle-même est immense pour une enfant. Elle fait au moins le double de la taille habituelle. Même avec ce grand lit, la commode, le petit bureau avec l'ordinateur, la bibliothèque et la table de chevet, il reste beaucoup d'espace au centre de la pièce. Ce qui n'empêche pas la chambre de paraître austère, solitaire.

— Je ne suis pas un expert, commence Barry, mais cette fille a des problèmes. Et je ne parle pas des cadavres de la maison.

J'examine la table de nuit. Elle a la taille et la hauteur d'un tabouret de bar. Un réveil noir est posé dessus. Ce sont ses trois tiroirs qui m'intéressent.

Je me tourne vers Barry.

— Quelqu'un pourrait venir relever les empreintes sur ce meuble ? Tout de suite, je veux dire.

Il hausse les épaules.

— Sans doute. Pourquoi ?

Je lui relate la fin de ma conversation avec Sarah.

— Tu n'aurais pas dû lui faire cette promesse, Smoky, bougonne-t-il, une fois que j'ai terminé. Je ne peux pas te laisser ce journal. C'est impossible. Tu le sais.

Je le regarde, sidérée. Il a raison, bien sûr. Cela irait à l'encontre de la chaîne des preuves et d'au moins une douzaine d'autres règlements de la police criminelle dont la violation donnerait une crise cardiaque à John Simmons.

— Faisons monter Johnny, dit Callie. Je crois savoir comment résoudre le problème.

Simmons regarde la chambre.

— Bon, Calpurnia, si vous m'expliquiez ce que vous attendez de moi.

— Il est évident que Smoky ne peut pas prendre ce journal. En revanche, j'ai pensé que vous pourriez en faire une copie en photographiant les pages l'une après l'autre.

— Vous voulez que mon photographe vienne là, tout de suite, photographier le journal de la fille, page par page ?

— Oui.

— Et pourquoi lui accorderais-je cette priorité ?

— Parce que c'est en votre pouvoir, mon chéri, et parce que c'est nécessaire.

— Très bien, dit-il en tournant les talons. Je vous envoie Dan tout de suite.

Je le suis des yeux, stupéfaite par sa capitulation immédiate et totale.

— Comment t'as fait ? demande Barry.

— J'ai prononcé le mot magique : nécessaire. Johnny ne supporte aucune perte de temps. Mais s'il s'agit d'une intervention nécessaire, il est prêt à mettre toute son équipe dessus plusieurs jours d'affilée. Je parle d'expérience, ajoute-t-elle avec un sourire.

Le journal est noir, bien entendu. Petit, avec une couverture en cuir lisse. Ni masculin ni féminin. Fonctionnel, c'est tout.

Dan, notre photographe rougissant, s'avance, armé de son appareil.

— Ce que nous voulons, c'est une image de chaque page, dans l'ordre, assez grande pour être lisible et imprimée sur une feuille de format normal, explique Callie.

— En fait, vous voulez que je le photocopie avec mon appareil ?

— Exactement.

Dan rougit de nouveau. Il tousse, visiblement perturbé par la proximité troublante de Callie.

— Pas… pas de problème, réussit-il à bafouiller. J'ai une carte-mémoire supplémentaire d'un gigaoctet que je pourrai vous laisser.

— Il ne nous manque plus que quelqu'un qui tienne ce carnet ouvert. – Callie lève les mains pour montrer les gants chirurgicaux qu'elle a déjà enfilés. – Ce sera moi.

Dan se détend dès qu'il se retrouve en sécurité derrière son objectif. Avec Barry, nous le regardons procéder. La pièce est calme, on entend juste le déclenchement régulier de l'appareil et le murmure de Dan demandant à Callie de tourner les pages.

J'aperçois l'écriture de Sarah et distingue enfin une touche de féminité. Précise sans être pointilleuse. Avec de belles lettres cursives et – surprise ! – écrites à l'encre noire.

Il y en a des pages et des pages. Je me surprends à me demander de quoi une fille qui aime tant le noir peut bien parler. Et je ne suis pas sûre de vouloir le savoir.

C'est une bataille permanente pour moi, ce combat pour « désapprendre » les choses. Je suis consciente de la beauté de la vie quand elle existe. Mais je n'arrive pas à oublier combien elle peut devenir terrible, monstrueuse. J'aurais moins de mal à accéder au bonheur si je n'avais pas à concilier en permanence ces deux forces contraires, si je ne posais pas tout le temps cette question : « Comment pourrais-je être heureuse alors que je sais qu'à cette minute même un autre être souffre ? »

Je me souviens d'une nuit où nous survolions Los Angeles avec Matt et Alexa. Nous rentrions de vacances. Alexa, assise près du hublot, s'était exclamée alors que nous descendions à travers les nuages :

— Regarde, Maman !

Je m'étais penchée et j'avais vu Los Angeles qui occupait tout l'horizon, avec ses millions de lumières.

— C'est beau, non ? avait-elle continué.

J'avais souri.

— Oui, très beau, ma chérie.

Et ça l'était. Mais terrifiant aussi. Je savais qu'au même moment des requins sillonnaient cette mer de lumières. Je savais, alors même qu'Alexa s'extasiait joyeusement, qu'en bas des femmes se faisaient violer, que des enfants étaient maltraités, que des gens hurlaient tandis qu'ils mouraient avant leur heure.

Mon père m'avait dit un jour : « Si on leur donne le choix, la plupart des gens préfèrent sourire qu'entendre la vérité. »

J'avais découvert que c'était vrai, pour les victimes et pour moi.

Ce n'est qu'un vœu pieux, cet espoir de ne pas savoir. Je lirai ce journal, je laisserai cette sombre écriture cursive m'emporter où elle voudra, et je saurai ensuite tout ce qu'elle aura voulu que je sache.

Le déclic de l'appareil me fait sursauter à chaque fois, comme un coup de feu.

Il n'est pas tout à fait neuf heures quand je redescends au rez-de-chaussée. John Simmons nous fait signe d'approcher. Il tient un appareil numérique.

— Vous serez contents d'apprendre que nous avons pu relever une série d'empreintes de pieds très nettes sur le carrelage.

— C'est génial !

— Quel dommage qu'il n'existe pas de banque de données pour les comparer ! soupire Barry.

— N'empêche que ces empreintes ne sont pas communes.

Barry fronce les sourcils.

— Pourquoi ?

— Voyez par vous-même, répond Simmons en lui tendant l'appareil.

Il s'agit d'un 35 mm reflex numérique avec, au dos, l'écran à cristaux liquides qui permet de voir les photos déjà prises. La résolution de ces appareils est telle, de nos jours, que c'est le premier outil qu'on utilise pour photographier les empreintes. Malgré la petitesse de l'écran, nous comprenons tout de suite ce que Simmons a voulu dire.

— Ce sont des cicatrices ?

— Je crois.

La plante du pied est couverte d'estafilades longues, fines, horizontales, toutes dans le sens de la largeur du pied, sans une seule en longueur.

Barry rend l'appareil à Simmons.

— Vous avez déjà vu une chose pareille ?

— Oui, hélas. J'ai travaillé bénévolement pour Amnesty International à plusieurs occasions, lors de l'autopsie d'éventuelles victimes de torture et pour la collecte de preuves sur des sites où l'on soupçonnait que s'étaient déroulées ces tortures. Ces cicatrices ressemblent à celles que l'on trouve sur les pieds battus à coups de bâton ou fouettés.

Je tressaille.

— Ça doit être douloureux.

— Horriblement. Et pratiquée maladroitement… ou adroitement selon le point de vue, cette technique peut estropier la victime à vie. Mais on l'utilise plus souvent pour punir que pour mutiler.

— Et il y a des cicatrices sur les deux pieds ? demande Barry.

— Les deux.

Nous nous taisons, intrigués par ce nouvel élément. En tout cas, la possibilité que notre assassin ait été torturé ne va pas à l'encontre de son profil.

— Cela corroborerait l'éventualité du tueur désorganisé.

Même si d'autres détails ne collent pas.

— On pratique rarement ce genre de châtiment dans notre pays, souligne Simmons. L'usage en est plus répandu en Amérique du Sud, dans certains pays du Moyen-Orient, ou à Singapour, en Malaisie et aux Philippines.

— Vous n'avez rien trouvé d'autre ? poursuit Barry.

— Pas pour le moment. Nous allons prélever le contenu du filtre de la piscine, bien entendu, et il ne nous restera plus qu'à attendre.

La police criminelle analyse les scènes de crime en procédant par identification et individualisation. L'individualisation est possible dès qu'une preuve provient d'une source unique. Les empreintes des doigts se rapportent à une seule personne. Les balles, le plus souvent, peuvent être attribuées à une arme précise. L'ADN représente le *nec plus ultra* de l'individualisation.

La plupart des preuves peuvent seulement être identifiées. L'identification permet de les classer selon une source commune mais pas unique. Des copeaux de métal sont trouvés dans le crâne défoncé d'une victime. Ces copeaux sont examinés et identifiés comme venant d'un métal communément utilisé dans la fabrication des pieds de biche. Identification.

Les chemins peuvent se croiser. Nous avons un suspect. Nous vérifions s'il possède un pied de biche. Il en a un. Les marques sur le crâne de la victime correspondent à la fente de son pied de biche et une investigation plus poussée permet de trouver des traces de l'ADN de la victime sur les bords de cette fente. Nous relevons les empreintes sur le manche et y trouvons uniquement celles du suspect. Identification et individualisation ont concouru à déterminer sa culpabilité.

C'est un procédé laborieux, qui exige non seulement une grande compétence technique, mais aussi de la logique et de l'intuition. J'ai relevé ce qui était visible, le sang dans la piscine. Et j'en ai déduit que notre suspect s'était baigné. Callie a analysé cette information, et à la vue du carrelage mouillé, elle nous a conduit à ses empreintes invisibles.

La précision d'un Sherlock Holmes tient du rêve. En réalité, nous sommes des aspirateurs pensants. Nous aspirons tout, puis nous trions en espérant pouvoir interpréter ce que nous trouvons.

Je suis assise sur la pelouse avec Barry en attendant que Callie ait terminé avec le photographe. La journée a été longue et les aspirateurs pensants commencent à fatiguer. Alan devrait bientôt plier bagage. J'ai hâte de m'en aller.

Barry sort un paquet de Marlboro de la poche de sa chemise. La marque que je fumais.

— Tu en veux une ? me propose-t-il en me tendant le paquet.

Je refoule l'envie pressante d'accepter.

— Non, merci.

— Tu as arrêté ?

— Je me contenterai de fumer par procuration grâce à toi.

— Tiens, je suis même prêt à te souffler la fumée au visage si tu me le demandes gentiment, propose-t-il, magnanime, tout en craquant une allumette.

Il rapproche la flamme, fait rougir le bout de sa cigarette, puis aspire une bouffée profonde et gratifiante.

Je le regarde souffler la fumée. Elle forme un énorme nuage qui reste en suspension devant nous car il n'y a pas le moindre souffle d'air. Mes narines palpitent. La douce odeur de ma drogue. Hum !

— J'irai voir la fille dans la matinée, déclare Barry. Ça m'aiderait si tu venais.

— Appelle-moi sur mon portable dès la première heure.

— D'accord. – Il inspire de nouveau et indique la maison d'un signe de tête. – Qu'est-ce que tu en penses jusque-là ?

— Il reste bien des points confus. La seule chose qui soit claire, c'est qu'il y a un message derrière ses actions. Le tout est de savoir s'il s'adresse à nous, ou si c'est juste pour lui ? Veut-il nous faire comprendre ce que signifie cette effusion de sang et est-ce la raison pour laquelle il a écrit ces mots sur le mur ? S'agit-il d'un acte réfléchi ? Ou l'a-t-il fait parce que des voix dans sa tête le lui demandaient ? – Je me tourne vers la maison. – Nous savons qu'il est sûr de lui, intrépide et compétent. Nous ignorons si c'est un tueur organisé ou désorganisé. Nous ne savons pas ce qu'il craint, du moins pas encore.

Barry fronce les sourcils.

— Comment ça, ce qu'il craint ? Qu'est-ce que tu veux dire ?

— Les tueurs en série sont narcissiques. Ils manquent d'empathie. Ils ne choisissent pas leur façon de tuer ou de torturer en fonction de ce que leurs victimes pourraient craindre. Cela demanderait de l'empathie. Ils la choisissent en fonction de ce qu'ils craignent eux. Un homme qui a peur de se faire rejeter par les belles blondes les kidnappera et les torturera en les brûlant avec des cigarettes jusqu'à ce qu'elles lui disent qu'elles l'aiment, parce que sa jolie maman blonde lui a brûlé le pénis avec ses menthols. Je simplifie terriblement, mais c'est vrai. Tout est dans la méthode et la victime. La question dont j'attends encore la réponse est la suivante : qui est la victime, ici ? Sarah, ou les

Kingsley ou les deux ? La réponse à cette question nous livrera la suite.

Barry me regarde fixement.

— Qu'est-ce qui peut te passer comme idées merdiques par la tête, Barrett !

Je m'apprête à lui répondre lorsque mon téléphone sonne.

— Est-ce bien l'agent Barrett ? me demande une voix masculine, vaguement familière.

— Qui est à l'appareil ?

— Al Hoffman, m'dame. De la hotline.

La « hotline », au FBI, c'est le surnom que nous donnons à notre permanence téléphonique vingt-quatre heures sur vingt-quatre, sept jours sur sept. Ils ont les numéros de tout le personnel jusqu'au directeur adjoint. Si quelqu'un de Quantico, par exemple, veut joindre quelqu'un d'ici après les heures ouvrables, il appelle la hotline.

— Que se passe-t-il, Al ?

— Je viens de recevoir pour vous un coup de fil anonyme bizarre.

Je sens les poils se hérisser sur ma nuque.

— Homme ou femme ?

— Un homme. La voix étouffée, comme s'il masquait le micro.

— Qu'a-t-il dit ?

— Je vous répète ces paroles : « Dis à la salope aux cicatrices qu'il y a eu un autre meurtre, et que cet endroit égale justice. » Et il m'a donné une adresse à Granada Hills.

Je reste silencieuse.

— Agent Barrett ?

— Avez-vous pu situer l'origine de son appel, Al ?

C'est une question de pure forme. La hotline remonte automatiquement tous les appels mais cette information est censée rester secrète.

— Il appelait d'un téléphone portable. Sans doute cloné, volé ou avec une carte jetable donc intraçable.

— Donnez-moi quand même le numéro. Et l'adresse, s'il vous plaît.

Il me lit l'adresse. Je le remercie et raccroche.

— Que se passe-t-il ? demande Barry.

Je lui raconte.

Il me dévisage, interloqué.

— Putain de merde ! Tu plaisantes ou quoi ? Tu crois que c'est vrai ?

— Cet endroit égale justice ? Y a trop de similitude. Ça ne peut pas être une coïncidence.

— Ce cinglé tient vraiment à nous gâcher notre samedi soir !

Barry jette sa cigarette dans la rue.

— Je vais prévenir Simmons qu'on s'en va. Toi, tu vas chercher la rouquine. Je suppose que nous allons bientôt savoir quelle est la différence entre la souffrance et la justice pour ce type.

Alan n'est toujours pas en vue. Je l'appelle sur son portable.

— Je suis trois maisons plus bas en train de manger des biscuits avec Mme Monaghan, me répond-il. Une charmante dame qui fait partie de l'équipe qui surveille bénévolement le quartier.

Alan fait preuve d'une patience d'ange quand il interroge les témoins. Imperturbable. Il faut sans doute traduire « charmante dame qui surveille bénévolement le quartier » par « vieille harpie acariâtre qui épie ses voisins, à l'affût du moindre ragot ».

Je lui rapporte l'appel que je viens de recevoir.

— Tu veux que je vienne ?

— Non, Ned et toi vous n'avez qu'à finir la tournée des voisins.

— D'accord, mais tiens-moi au courant. Et sois prudente.

Je manque de lui répondre, comme à Dawes, « Si je l'étais vraiment, je n'irais pas », mais je me ravise devant la gravité de son intonation.

— C'est promis, dis-je, laconique.

12.

Nous avons pris la 118 vers l'est. Un peu de circulation, comme toujours sur les autoroutes de Los Angeles.

Je me sens tendue, grincheuse et sombre. Je m'apitoie sur mon sort. Quelle journée pourrie et ça ne s'arrange pas !

— Pourquoi toi ? demande Callie, me sortant brutalement de mes pensées.

— Moi quoi ?

— Pourquoi ce monstre t'a-t-il appelée, toi ?

Je réfléchis.

— Je pense qu'il était là.

— Répète.

— Il était là quand nous sommes arrivées. Et il m'a reconnue.

Nul n'ignore que les meurtriers ont tendance à revenir sur les lieux de leur crime. Et cela pour mille raisons. Pour savoir comment se déroule l'enquête. Pour revivre leur expérience. Pour se délecter de leur pouvoir.

— Je pense qu'il a toujours eu l'intention d'envoyer la police sur les lieux de ce second crime. Il a dû rester dans le coin, afin de voir comment ça se passait avant d'appeler. Et le hasard a voulu qu'il me voie.

— Et qu'il te reconnaisse.

— Hélas !

— Attention, Barry nous fait signe de prendre la sortie.

Barry connaît bien l'endroit où nous allons.

— C'est pas la zone, mais pas le grand standing non plus, nous a-t-il prévenues. J'y suis allé il y a quatre ans pour un suicide.

Nous tournons à sa suite à droite dans Sepulveda Boulevard. Le trafic y est plus dense que sur l'autoroute. On est samedi soir, les gens sortent, s'affairent, la roue de la vie continue à tourner.

— Je me demande si ce crime a eu lieu avant l'autre. Ou tu crois qu'il a pété les plombs, qu'il est parti pour tuer toute la nuit ?

— Je n'en sais rien, Callie. Ce type est incompréhensible. Il éventre les parents mais pas le fils et il épargne Sarah. Il peint leur chambre avec leur sang, mais il a suffisamment anticipé pour les droguer. D'un côté, il a tout d'un psychotique désorganisé, de l'autre, il est déterminé et organisé. C'est bizarre !

Callie hoche la tête.

— En tout cas, c'est sous le coup d'une impulsion qu'il a plongé dans la piscine.

Les tueurs sont des êtres humains et, comme tous les êtres humains, ils sont complexes. Cependant, au fil des années, nous avons appris qu'il y avait des types de comportement à rechercher. Tous les tueurs en série éprouvent un besoin compulsif de tuer, même si leurs façons et leurs raisons de procéder divergent totalement. Les tueurs organisés ont tendance à suivre un plan. Ils sont méticuleux et gardent la tête froide jusqu'à ce qu'ils passent à l'acte. Ils n'éprouvent pas forcément le besoin de dépersonnaliser leurs victimes et peuvent être des acteurs consommés, vivant comme tout le monde, sans révéler par le moindre signe leur pathologie.

Les tueurs désorganisés sont différents. Ils ont du mal à s'intégrer. Ils intriguent leurs voisins ou leurs collègues par des comportements étranges. Ils contrôlent mal leurs impulsions et il leur est donc difficile de suivre un plan à long terme. Dans la façon de procéder des tueurs désorganisés, vous trouvez des victimes choisies au hasard et des mutilations outrancières. C'est le royaume du cannibalisme, des femmes aux seins ou au sexe arrachés, des couples vidés comme du gibier.

L'éviscération témoigne d'une frénésie. Il est très inhabituel qu'un tueur dans cet état d'exaltation soit capable d'épargner une de ses victimes. Et pourtant Sarah a été épargnée.

— On dirait qu'il a un plan, continue Callie. Mais il ne faut peut-être pas se fier aux apparences.

— D'après Sarah, ce serait elle sa victime désignée. Alors pourquoi tant de violence contre les autres ? Ça ne colle pas.

— On trouvera.

Callie a raison. On finit toujours par trouver. Les tueurs en série ne sont pas toujours pris mais ils ne sont jamais, jamais originaux, quand on en revient aux bases de ce qui déclenche leur délire. Ils sont peut-être plus intelligents que la moyenne, ou plus abominables, mais au bout du compte, ils finissent toujours par céder à la compulsion. Ils ne peuvent y échapper, aussi sensés et intelligents soient-ils.

— Je sais. Mais c'est quoi ton histoire de douleur et de comprimés ?

Callie me dévisage en haussant les sourcils tandis que je tourne à droite derrière Barry.

— Voilà ce qui s'appelle sauter du coq à l'âne. Les médecins pensent que je souffre d'un traumatisme neurologique. Ils disaient que ça passerait mais ils commencent à avoir des doutes. Ça fait quand même six mois.

— Et c'est très douloureux ?

— Insupportable, par moments. Mais le plus pénible, c'est que ça ne s'arrête jamais. Je préfère encore les pics occasionnels à cette souffrance lancinante.

— Et il n'y a que la Vicodin qui te soulage ?

Je la vois qui sourit de profil.

Smoky, nous sommes amies pour de nombreuses raisons, en particulier parce qu'on se parle toujours franchement. Alors arrête de tourner autour du pot.

— Tu as raison. J'ai peur que tu deviennes accro à la Vicodin. Je m'inquiète pour toi.

— Je te comprends. Alors voilà la vérité. L'addiction est inévitable. J'aurais du mal à arrêter maintenant. Et dans trois mois, ce sera sans doute pire. En fait, si jamais ça ne s'arrange pas, je serai condamnée à toujours prendre quelque chose contre la douleur et ce sera la fin de ma carrière. Alors, Smoky, mon amie, tu as raison de t'inquiéter et tu n'es pas la seule que ça tracasse. Je t'autorise à prendre de mes nouvelles une fois par mois et je te promets de te dire honnêtement où j'en suis afin que tu puisses prendre une décision en toute connaissance de cause. Et en attendant je refuse d'en discuter, d'accord ?

— Seigneur, Callie ! Tu es sûre de bien faire tout ce que préconisent tes médecins ?

— Évidemment. Et j'en ai besoin, Smoky. Il y a cinq choses qui comptent dans ma vie : mon boulot, mes amis, ma fille, mon petit-fils et mes fréquentes et agréables rencontres amoureuses. Ça me suffit. Perdre mon job ? Ça me ferait un sacré trou. Alors, assez parlé de moi pour aujourd'hui, d'accord ?

Je soupire.

— D'accord.

Je cède mais je classe le dossier dans la rubrique « urgences ». Encore une chose qui me trottera toujours dans la tête. Je devrais signaler Callie et la muter dans les bureaux, mais je ne le ferai pas et elle le sait. Callie est aussi exigeante avec elle-même qu'avec la véracité des preuves. Si elle sent qu'elle devient un handicap, je n'aurai pas besoin de la mettre sur la touche. Elle le demandera d'elle-même.

Bien sûr, si je pars à Quantico, ce ne sera plus mon problème…

Barry tourne à gauche dans une autre rue résidentielle et tranquille. Je le suis pendant un pâté de maisons, puis nous prenons à gauche au stop et immédiatement à droite pour rentrer sur le parking d'un immeuble.

— Je comprends ce qu'il voulait dire, remarque Callie.

Nous nous trouvons devant une construction de deux étages, bâtie en carré autour d'un jardin. Elle doit dater des années 1970 et comprend une quarantaine d'appartements. Les murs sont habillés de bois marron et le crépi qui recouvre le béton est sale et craquelé, comme le sol du parking où plus aucun marquage ne délimite les places. Deux énormes bennes à ordures bleues, pleines à ras bord, sont avachies contre l'immeuble.

Nous descendons de voiture et rejoignons Barry.

— Joli, hein ? grommela Barry en contemplant les lieux.

— J'ai vu pire, mais je n'aimerais pas habiter ici, réponds-je en haussant les épaules.

— Autrefois le jardin n'était pas mal. Quel est le numéro de l'appartement ?

— Vingt.

— Au deuxième. Allons-y.

Barry a raison. Le jardin peut aller. Pas génial mais mieux que l'extérieur. Avec des arbres et un gazon bien entretenus. Toutes les portes des appartements donnent dessus. On entend le bruit de la ville ici, mais un peu atténué. L'ensemble se voudrait une oasis de tranquillité mais c'est trop petit et trop cloîtré. On a l'impression d'être dans une cage… ou dans un cercle de wagons formé pour résister à l'attaque de la ville.

— L'appartement vingt, dans le coin à gauche, annonce Barry.

— On te suit.

Nous dégainons nos armes et montons l'escalier. La plupart des fenêtres sont allumées. Tout le monde a tiré ses rideaux. C'est la seule façon d'avoir un peu d'intimité. Nous arrivons en haut des marches. L'appartement vingt se trouve sur notre droite.

Barry bondit vers la porte en rasant le mur. Nous suivons. Il frappe violemment de sa main libre. Comme un flic.

— Police de Los Angeles. Ouvrez, s'il vous plaît !

Silence.

En fait, le silence se fait tout autour de nous. Les télés et les radios qui étaient allumées se sont tues. À présent, tout est calme. Je sens les autres habitants tendre l'oreille. Et commencer à former le cercle des wagons.

Barry frappe de nouveau, plus fort.

— Ouvrez, s'il vous plaît. C'est la police. Si vous n'ouvrez pas cette porte, nous entrerons de force.

Nous attendons.

Toujours aucune réponse.

Barry hausse les épaules.

— Nos craintes semblent se confirmer. Voyons si on peut entrer. Sinon, faudra dénicher le gardien.

— Vas-y.

Il tourne la poignée. La porte n'est pas fermée à clé. Il nous consulte du regard.

— Prêtes ?

Nous hochons la tête.

D'un seul geste, il ouvre la porte à toute volée, se déplace vers la droite et braque son revolver à deux mains devant lui. Je bondis sur sa gauche dans la même position.

Nous nous trouvons devant une salle de séjour avec une cuisine intégrée, une moquette ordinaire, vieille et sale, d'un vilain marron. Un canapé en cuir noir occupe un mur face à un meuble de télé bon marché sur lequel est posé un écran. La télévision est allumée, le son baissé. On entend en sourdine une publicité vantant une opportunité financière à saisir.

— Il y a quelqu'un ? crie Barry.

Pas de réponse.

Devant le canapé, une table basse, laide et usée, disparaît sous un tas de revues porno. Dessus traînent un pot qui semble contenir de la vaseline et un cendrier qui déborde de mégots.

— Ça pue les pieds et la merde ici, marmonne Barry.

Il s'avance dans l'appartement, l'arme au poing. Je lui emboîte le pas, Callie sur mes talons. En passant devant la cuisine, nous ne remarquons rien à part l'évier rempli de vaisselle sale. Un vieux réfrigérateur bourdonne.

— Les chambres sont au fond, annonce Barry.

Un petit couloir étroit nous y conduit. Nous passons devant une salle de bains sur la droite. J'aperçois du carrelage blanc, une baignoire. La pièce, petite et sale, empeste l'urine. Rien d'intéressant sur les étagères qui entourent le lavabo. Un miroir constellé de taches.

Les chambres se touchent. La porte de la première est ouverte. On dirait un bureau. J'aperçois un ordinateur sur une vieille table métallique, un écran plat de dix-neuf pouces et des étagères faites de parpaings et de planches longues de deux mètres. Les rayons sont pratiquement vides, à part quelques livres de poche, des vidéos porno et une pipe à eau où croupit un fond de cannabis.

Les seuls objets de valeur que j'ai vus sont le canapé, la télévision et l'ordinateur. Tout le reste, bon marché, abîmé et usé, témoigne d'une lente et inexorable dégradation.

— Je sens quelque chose par là, murmure Barry avec un signe de tête vers la porte close de l'autre chambre.

Je m'approche et ça y est : un goût de cuivre m'emplit la bouche.

— Je vais ouvrir, continue Barry.

Je serre mon arme.

— Vas-y.

Mon cœur bat à tout rompre. Barry et Callie semblent aussi tendus que moi.

Barry saisit la poignée, hésite un instant et ouvre la porte en grand. Dans le même geste, il pointe son arme.

Nous sommes aussitôt assaillis par l'odeur du sang derrière laquelle on perçoit des relents de transpiration, d'excréments et d'urine. Je lis, tracé sur le mur, comme promis :

CET ENDROIT = JUSTICE

Les mots me paraissent emplis de fierté et d'audace, presque joyeux.

Et en dessous gît ce qui fut un homme. Près de lui, une fille au teint d'albâtre peu naturel.

Nous baissons tous nos armes. Le tueur ne nous a pas attendus.

Cette chambre ressemble au reste de l'appartement : petite, malpropre et triste. Des vêtements sales s'entassent par terre, dans un coin. Le lit se limite à un grand matelas posé sur un sommier métallique. Pas de tête de lit. Pas de commode.

L'homme est allongé sur le matelas, nu, vidé de ses entrailles. Type hispanique. Petit : à mon avis, il ne dépasse pas le mètre soixante-dix. Et maigre, trop maigre. C'est sans doute lui qui fume du hasch. Ses cheveux bruns grisonnent et je lui donne dans les cinquante cinquante-cinq ans.

La fille : race blanche, seize ans environ. Un visage assez joli, des cheveux blonds et crasseux. Des petits seins effrontés. Des taches de rousseur sur les épaules. Le pubis rasé. Pas d'autres blessures en dehors de sa gorge tranchée. Je remarque que ses yeux sont fermés comme ceux de Laurel Kingsley. Elle ne semble pas avoir de liens de parenté avec l'autre victime et je me demande ce qu'elle fait là, dans cet endroit sinistre, avec ce type plus âgé qu'elle, qui laisse traîner des magazines porno et de la vaseline sur sa table basse.

Une autre question me vient à l'esprit, soulevée par une légère similitude entre ce crime et celui des Kingsley. Le fait que le meurtrier ait laissé les corps des enfants intacts alors que tous les adultes ont été éviscérés.

Il tue les enfants mais sans les mutiler. Pourquoi ?

— Cette chambre est trop exiguë, constate Callie. Il vaut mieux ne pas entrer avant l'équipe médico-légale.

— Bien reçu, répond Barry en rengainant son arme. On a vraiment affaire au même meurtrier, hein, Smoky ?

— Sans l'ombre d'un doute.

Le visage de l'homme est figé en un appel ou peut-être un cri. Celui de la fille est calme, passif, ce que je trouve encore plus sinistre et déprimant.

— Eh bien, Smoky, je suis officiellement dépassé sur ce coup-là et je demande tout aussi officiellement votre assistance, soupire Barry.

Je détache péniblement mes yeux des traits trop impassibles de la fille et me tourne vers Callie.

— Tu sais ce que ça veut dire.

— Je réveille Gene et on se met au boulot.

Gene Sykes est le directeur du laboratoire d'investigation criminelle du FBI de Los Angeles. Callie a déjà travaillé avec lui par le passé. Ils vont de nouveau collaborer pour analyser cette scène de crime et je sais que rien ne leur échappera.

Je l'arrête, prise d'une pensée subite.

— Attends ! À quelle heure tu situes ces crimes par rapport à ceux des Kingsley ?

— D'après l'état des corps, je dirais qu'ils datent d'hier.

— Il a donc opéré ici avant d'aller chez les Kingsley. C'est bizarre !

— Pourquoi ? demande Barry.

— Le rituel des tueurs en série suit un cycle qui culmine par le meurtre. À cet acte, succède une dépression. Attention, je ne parle pas d'une petite baisse de moral, mais d'une profonde dépression qui les anéantit. Et pourtant notre meurtrier, après avoir tué ici hier, s'est levé gaillardement ce matin pour aller assassiner les Kingsley. Ce n'est pas impossible, mais c'est vraiment inhabituel.

— Y a rien qui colle dans toute cette histoire, marmonne Barry.

Pendant que Callie se charge de contacter Gene, je reçois un appel d'Alan.

— J'ai fini ici. Ça va pour vous ?

— Tout dépend de ce que tu entends par là.

Je lui raconte ce qu'on a découvert.

— Il nous a fait un beau cadeau.

Dans notre jargon, nous parlons d'un « beau cadeau » lorsqu'un tueur nous offre un second crime dans la foulée. Souvent, la première scène de crime ne nous livre pas suffisamment d'indices pour nous conduire à lui. Et il ne nous reste plus qu'à attendre qu'il recommence, en espérant qu'il se montrera moins prudent la seconde fois, voire la troisième. Ou la quatrième. C'est démoralisant et culpabilisant. Cette expression « beau cadeau » est sarcastique, évidemment, mais pas totalement. Le tueur nous fournit un second crime mais nous n'avons pas à nous le reprocher puisqu'il l'a perpétré avant qu'on ne découvre le premier. À l'inverse, une fois que nous savons qu'il a frappé, il est de notre responsabilité de l'empêcher de recommencer.

— Ouais. Et toi Alan, qu'est-ce que tu as trouvé ?

— Rien. Personne n'a rien remarqué d'inhabituel. Pas de véhicule étranger, pas d'inconnu. Mais nous sommes dans un quartier de classe moyenne. Le milieu du panier.

Alan fait allusion à une étude qu'il m'a transmise récemment. Une enquête sociologique sur les investigations criminelles. Elle soulignait comment l'évolution de la technologie et la conscience de la montée de la criminalité, couplées à différents facteurs économiques, concouraient à rendre notre travail toujours plus difficile. Autrefois, en règle générale, on se connaissait entre voisins. Les gens d'un quartier formaient une communauté. Et sur le plan des investigations policières, cela donnait un panel de témoins plus observateurs et un environnement où le moindre intrus détonnait.

Le temps a passé, le monde a changé. Les femmes se sont mises à travailler. Avec l'extension de la télévision, on entend couramment parler de crimes et de criminels. Les gens ont pris conscience que leur voisin pouvait maltraiter des enfants, que le milieu de terrain de foot du lycée pouvait être un violeur et ils se sont barricadés. De nos jours, d'après cette étude, les banlieues de classe moyenne ont perdu pour la plupart leur ancien esprit de communauté. Les habitants y connaissent à peine le nom de leurs voisins immédiats, et encore…

En revanche, dans les quartiers pauvres, ces liens se sont resserrés. À l'opposé, dans les quartiers riches les habitants privilégient sécurité et vigilance. L'étude concluait que les banlieues de classe moyenne représentaient donc le terrain d'opération idéal pour un criminel, « le milieu du panier », où chaque maison constitue un îlot. Et dans ces quartiers-là, la police a plus de chance d'élucider un crime par ses indices scientifiques que grâce aux témoins.

— Quand même, reprend Alan, il y avait un anniversaire trois maisons plus bas. Avec beaucoup d'enfants et de parents.

Je réfléchis.

— Ce qui nous confirme qu'il se fondait dans le paysage. Peut-être portait-il un uniforme ?

— Je ne crois pas. J'ai posé la question et personne ne s'est souvenu d'avoir vu un employé du gaz, de l'électricité ni du téléphone. En plus, un week-end, ce n'était pas le déguisement idéal.

— C'est vrai qu'il se serait plus fait remarquer qu'autre chose.

— Exactement.

— Il est tellement culotté, Alan ! Agir en plein jour, quand tout le monde est à la maison. Pourquoi ?

— Tu crois que cela a une signification ?

— J'en suis certaine. On ne prend pas un risque pareil sans raison. Il adore les messages et il nous en adresse un en agissant ainsi.

— Lequel ?

— Je ne le sais pas encore.

— Tu le découvriras. Qu'est-ce qu'on fait maintenant ?

— Barry a demandé notre aide, alors on peut foncer. Mais rentre chez toi. Nous reprendrons l'enquête demain matin.

— Tu es sûre ?

— Oui. Je vais en faire autant. Je me retrouve avec trop d'informations et pas assez de réponses. J'ai besoin de m'aérer pour réfléchir et nous devons laisser travailler l'équipe médico-légale.

— Appelle-moi demain.

Je sors de l'appartement. Barry est dehors, appuyé contre la rampe. La nuit est claire : je vois plus d'étoiles que d'habitude. Mais cette beauté m'échappe.

Quelle est cette odeur ? Ah, oui… c'est moi. Je sens la mort.

— Tu commences à y comprendre quelque chose ? me demande Barry.

— Non, je me pose de plus en plus de questions.

— Lesquelles ?

— Quelle est la relation entre ces deux séries de crimes ? Quel est le lien entre les Kingsley et ces deux cadavres ? Et les enfants, pourquoi ne les découpe-t-il pas ? Pourquoi ferme-t-il uniquement les yeux des femmes ? Pourquoi a-t-il laissé Sarah en vie et quel est son lien avec ces meurtres-ci ? Y en a-t-il un ?

Je lève les bras au ciel, découragée.

— Ouais. Alors, comment veux-tu procéder ?

— Callie, Gene et compagnie vont travailler ici. Tu as Simmons chez les Kingsley. Il faudra interroger Sarah demain et nous avons son journal. Moi, je vais rentrer.

Il hausse les sourcils, étonné.

— Sérieux ?

— Sérieux. J'ai la tête qui tourne. J'ai empêché une adolescente de se faire sauter la cervelle et là, je fais une overdose de cadavres. Ma tête est saturée d'infos sur notre meurtrier, la plupart contradictoires. J'ai besoin d'une bonne douche et d'un café avant de passer tout ça de nouveau en revue.

Il lève les mains en signe de reddition.

— Te fâche pas ! Je me rends !

Je glousse malgré moi.

— Excuse-moi. Tu peux me rendre un dernier service ?

— Bien sûr.

— Trouve qui sont le type et la fille. Peut-être que ça m'aidera à comprendre.

— Pas de problème. Je t'appelle sur ton portable. Et je vais faire venir du renfort pour nous aider au cas où.

— Merci.

Callie sort de l'appartement.

— Gene et son équipe arrivent, je les ai tirés du lit

Je lui résume la conversation que nous venons d'avoir avec Barry.

— Les vacances sont terminées, je suppose.

— Ça fait longtemps.

13.

Certaines journées n'en finissent pas.

Me voilà chez moi, seule. Bonnie passe la nuit chez Elaina et Alan. Je n'ai pas eu le cœur de la réveiller juste pour qu'elle me tienne compagnie. Après m'être douchée, je suis assise sur mon canapé, devant la télé éteinte, les pieds sur la table basse, le regard dans le vide.

J'ai du mal à prendre de la distance par rapport à la journée que je viens de passer.

C'est pourtant un truc qu'il m'a fallu assimiler très vite : comment laisser le crime derrière moi, une fois rentrée à la maison ? Comment séparer ces deux mondes, celui des morts et celui des vivants ? Comment les empêcher de saigner l'un sur l'autre ? Voilà la question que chaque flic doit résoudre à sa manière. Il m'arrive de ne pas y parvenir mais, en général, je ne m'en sors pas trop mal. Je commence par me forcer à sourire. Et si j'arrive à sourire, je peux ensuite rire et si je réussis à rire, il m'est possible alors de laisser le monde des morts là où il est.

Mon téléphone portable sonne. Barry.

— Oui ?

— J'ai tes informations sur les victimes de l'appartement. Je ne vois pas quel lien ça peut avoir avec le reste mais c'est intéressant.

J'attrape sur la table mon bloc-notes et un stylo.

— Vas-y.

— L'homme s'appelle José Vargas. Cinquante-huit ans. Originaire d'Argentine. Et ce n'est pas un petit saint. Il a fait de la prison pour vol, coups et blessures, tentative de viol et détournement de mineur.

— Charmant individu !

— Ouais. Il a été également soupçonné de proxénétisme et de maltraitance sur mineur et d'abus sur animaux.

— D'abus sur animaux ?

— De nature sexuelle, apparemment.

— Beurk !

— Par ailleurs, il a été soupçonné à la fin des années 1970 de trafic d'êtres humains, mais on n'a jamais pu le prouver. Voilà tout ce que je sais sur ce M. Vargas. Personne ne va le regretter.

— Et la fille ?

— Rien sur elle jusqu'à présent. Pas de papiers d'identité dans l'appartement. J'ai juste remarqué un tatouage sur son bras gauche avec une inscription en cyrillique.

— Du russe ?

— On dirait. Ce qui ne signifie pas pour autant qu'elle le soit. Et surtout, elle a des cicatrices sur la plante des pieds. Comme sur les empreintes trouvées chez les Kingsley. Mais plus récentes.

Je sens une décharge d'adrénaline me parcourir.

— Ça, c'est important, Barry ! Je suis sûre qu'on tient une piste.

— Ouais, tu as raison. En tout cas, c'est tout ce qu'on a pour l'instant. Callie et Sykes vont rentrer. Moi, je retourne chez les Kingsley. Je t'appelle dans la matinée.

— Bye.

Je renverse la tête en arrière et contemple le plafond. Il est recouvert de ce revêtement acoustique « pop corn » si populaire à une époque et si décrié à présent. Nous avions bien l'intention de l'enlever avec Matt, mais nous n'en avons jamais eu le temps.

Je réfléchis. Les cicatrices. Les cicatrices et les enfants. Les deux sont importants. Pourquoi ?

Sans témoin, ni aveux, ni vidéo montrant le meurtrier commettant le crime, il ne nous reste qu'une voie à suivre : la collecte de tous les indices, aussi vite qu'il est humainement possible, puis leur examen dans l'espoir de réussir à les interpréter. Le champ d'investigation ne doit pas s'élargir mais au contraire se rétrécir peu à peu.

Je me laisse glisser et me retrouve assise par terre devant la table. J'arrache plusieurs pages de mon bloc notes et les étale devant moi.

Il est temps d'organiser ma réflexion. Je dois tout écrire, tout bien mettre en évidence afin de voir les connexions possibles.

Sur le haut de la première page, j'inscris : **MEURTRIER**

Je réfléchis en mordillant mon stylo. Je commence à écrire :

MÉTHODOLOGIE :

IL TRANCHE LA GORGE DE SES VICTIMES, C'EST UN ACTE INTIME. IL LES VIDE DE LEUR SANG. LE SANG EST IMPORTANT POUR LUI, SYMBOLIQUE. IL ÉVISCÈRE LES ADULTES *POST-MORTEM*. IL LES A SANS DOUTE DROGUÉS AVANT, AFIN DE LES MAÎTRISER.

COMPORTEMENTS :

NE MUTILE PAS LES ENFANTS, SEULEMENT LES ADULTES, POURQUOI ?

MOINS D'AGRESSIVITÉ ENVERS LES FEMMES QU'ENVERS LES HOMMES COMME EN TÉMOIGNE LE FAIT QU'IL LEUR FERME LES YEUX. IL VEUT QUE LES HOMMES VOIENT TOUT PAS LES FEMMES. POURQUOI ?

EST-IL HOMO ?

Je réfléchis à cette dernière question. Il est bien trop tôt, et nous détenons trop peu d'indices, pour y répondre. Mais le simple fait qu'il se montre plus doux avec les femmes qu'avec les hommes est révélateur. Le rituel du meurtre en série comporte toujours une composante sexuelle et le sexe des victimes suit habituellement l'orientation sexuelle du meurtrier. Un homo a tendance à tuer des hommes. Un hétéro des femmes. Il y a d'autres cas de figure.

« On assassine ceux qui nous mettent en rage et qui nous frustrent, nous avait expliqué un jour un instructeur. Et qui mieux que l'objet de vos désirs peut nous rendre furieux et nous frustrer ? Ou pour parler crûment, quand le meurtrier se masturbe en fermant les yeux, que voit-il : un homme ou une femme ? La réponse donne le sexe de ses victimes. »

Je hoche la tête. Il faut garder cela en mémoire. Je reprends mes notes.

LE MEURTRIER OPÈRE EN PLEIN JOUR. POURQUOI CE RISQUE ? IL Y A UNE RAISON.
LE MEURTRIER A LAISSÉ LA VIE SAUVE À SARAH.
IL COMMUNIQUE AVEC LA POLICE, IL ANTICIPE.
IL VEUT DIRE QUELQUE CHOSE.
MESSAGE LAISSÉ CHEZ LES KINGSLEY : CET ENDROIT = SOUFFRANCE.
MESSAGE LAISSÉ CHEZ VARGAS : CET ENDROIT = JUSTICE
(Note perso : pourquoi « souffrance » pour Sarah et « justice » pour Vargas ?)
SEMBLE DÉSORGANISÉ.

Je contemple cette dernière ligne, me tapote les dents avec le stylo. Je décide de souligner un point et d'ajouter cinq mots.

SEMBLE DÉSORGANISÉ. MAIS NE L'EST PAS.

(Théorie : l'éviscération dans cette affaire ne témoigne pas d'une perte de contrôle. Elle fait partie d'un message global, comme le sang et l'attaque en plein jour.)
CONCLUSION : LE MEURTRIER = ORGANISÉ. LES ÉLÉMENTS QUI SEMBLENT DÉSORGANISÉS FONT PARTIE DE SON MESSAGE.

On en revient au rasoir d'Occam. Un tueur organisé peut paraître parfois désorganisé. L'inverse n'est pas vrai. Il se tient à un scénario, fait preuve d'anticipation et de contrôle de lui-même et de détermination : organisé.

CARACTÉRISTIQUES CONNUES :
CICATRICES SUR LA PLANTE DES PIEDS. SANS DOUTE DUES À UNE TORTURE (COUPS DE BÂTON) RÉPANDUE EN AMÉRIQUE DU SUD, AU MOYEN-ORIENT, À SINGAPOUR, EN MALAISIE, AUX PHILIPPINES.
(Note : Vargas vient d'Argentine. Est-ce une coïncidence ?)

Un gloussement sarcastique m'échappe. Ben voyons ! Une coïncidence ? Mon œil !

(Note : la jeune inconnue trouvée chez Vargas porte les mêmes cicatrices. Quel est le rapport entre les deux ?)

Je me souviens d'un autre détail chez les Kingsley. Je reprends ma rubrique **MÉTHODOLOGIE** et j'ajoute :

MARQUES D'HÉSITATION QUAND IL A OUVERT LE VENTRE DE M. ET MME KINGSLEY : SERAIENT-ELLES DUES À UNE EXCITATION SEXUELLE ?

Les flottements sont la marque d'un novice, d'un prédateur qui a perdu son calme ou qui n'a pas trouvé son rythme. Cela ne colle pas avec l'image que je me fais du meurtrier. Je ne le vois pas hésiter. Si sa main tremblait, ça ne peut être que d'excitation.

IL PROTÈGE LES FEMMES EN LEUR FERMANT LES YEUX, MÊME SI ÇA NE L'EMPÊCHE PAS DE LES TUER ET DE LES ÉVISCÉRER.

Je relis ce paragraphe. Une fois. Deux fois. Quelque chose me turlupine, quelque chose qui ne demande qu'à me sauter aux yeux. Je connais cette impression. Je dois rester calme en attendant qu'elle se révèle d'elle-même.

Pourquoi cette gradation ? Les hommes sont pires que les femmes et les femmes pires que les enfants ?

Et là, c'est l'illumination !

IL A ÉTÉ MALTRAITÉ PAR DES HOMMES ET N'A PAS ÉTÉ DIRECTEMENT BRUTALISÉ PAR DES FEMMES. MAIS CELLES-CI NE L'ONT PAS DÉFENDU. IL A SUBI CES SÉVICES PENDANT SON ENFANCE.

Je ne détiens aucune preuve qui corrobore ces conclusions, rien que je puisse passer sous un microscope ou sur un écran, mais je sais qu'elles sont correctes. Je le sens. Je perçois le meurtrier.

Les hommes sont l'objet de sa rage et de sa terreur. Il leur laisse les yeux ouverts afin qu'ils voient tout ce qui leur arrive. Les femmes meurent et méritent de mourir mais le fait qu'il leur ferme les yeux témoigne d'une certaine tendresse envers elles.

Une mère peut-être ? Qui ne l'a pas protégé du père qui abusait de lui. Si le père la maltraitait, elle aussi, le meurtrier pouvait la haïr tout en éprouvant de l'empathie pour elle.

Les enfants ne sont pas mutilés mais il leur laisse les yeux ouverts afin qu'ils voient.

Regardez ce que je lui ai fait, regardez ce que le monde nous fait.

L'inconnue de chez Vargas est un mélange des deux, il lui a clos les yeux mais ne l'a pas éviscérée. Était-ce en considération de son âge ? Presque une femme mais pourtant encore une enfant ? Cela l'aurait-il perturbé ?

De quoi s'agit-il ? Deux séries de crimes deux jours d'affilée. Haine des hommes, colère contre les femmes, empathie envers les enfants. Cet endroit = souffrance. Cet endroit = justice…

Nouvelle révélation. Bourrasque dans ma tête. Je cligne des yeux sous le choc.

Je reprends mon stylo.

IL S'AGIT D'UNE VENGEANCE POUR DES ABUS RÉELS ET NON IMAGINAIRES.

La souffrance pour certains, la justice pour d'autres. Les deux ramènent à la vengeance. Cela cadre avec ses victimes et sa méthodologie.

Je réfléchis à la question, tout excitée.

VOILÀ POURQUOI IL AGIT EN PLEIN JOUR. IL DIT À SES VICTIMES, OBJETS DE SA VENGEANCE : « VOUS N'ÊTES EN SÉCURITÉ NULLE PART. MA JUSTICE PEUT VOUS FRAPPER MÊME EN PLEIN SOLEIL. MÊME DANS UNE MAISON ENTOURÉE DE MONDE. »

Parce que la justice est rigoureuse et les justes sont invincibles.

Qu'il soit homo ou pas, la composante sexuelle ne se trouve pas dans le présent mais dans le passé. Il se venge d'abus qui étaient presque certainement sexuels. Perpétrés par des hommes.

Mon excitation retombe brutalement devant tout ce qui reste inexpliqué.

Et Sarah ? Pourquoi la laisser vivre et souffrir plutôt que de la tuer ? Ne pas oublier que la vengeance est personnelle. Quel lien y a-t-il entre lui et Sarah ?

J'avoue ne pas détenir de réponses à ces questions. Le reste me paraît néanmoins cohérent.

La vengeance. C'est bien sa motivation, la raison qui a guidé le choix de ses victimes et sa façon d'opérer. Sarah est juste un morceau de puzzle que je n'arrive pas encore à placer.

Je réfléchis encore et finis par décider que je n'ai plus rien à ajouter à cette page pour l'instant.

Passons à ses victimes.

J'attrape une autre feuille et j'écris en haut :

VICTIME JOSÉ VARGAS

CINQUANTE-HUIT ANS. D'ORIGINE ARGENTINE.
(Note : chercher depuis combien de temps il se trouvait aux États-Unis et comment il y est arrivé.)
ANCIEN CRIMINEL, VIOLENT. COUPABLE ÉGALEMENT D'ABUS SEXUELS SUR MINEURS.

Je considère ici le lien évident. Vargas aurait-il abusé de l'assassin ?

SOUPÇONNÉ DE TRAFIC D'ÊTRES HUMAINS PENDANT LES ANNÉES 1970.
MORT LA GORGE TRANCHÉE. ÉVISCÉRÉ *POST MORTEM*
QUESTION : VARGAS A-T-IL UN LIEN QUELCONQUE AVEC SARAH OU LES KINGSLEY ? OU AVAIT-IL UN LIEN SEULEMENT AVEC LE TUEUR ?

Une absence de lien entre les deux séries de victimes indiquerait que le meurtrier exécute un plan mûri de longue date.

Faire une liste, la lire et la relire…

VARGAS CONTINUAIT À ABUSER DE MINEURS (IL A ÉTÉ TROUVÉ EN COMPAGNIE D'UNE INCONNUE MINEURE).

Je relis la page avant de la mettre de côté et d'en prendre une autre sur laquelle j'écris :

SARAH KINGSLEY

FILLE ADOPTIVE DE DEAN ET LAUREL KINGSLEY (alors quel est son véritable nom ?).
SEIZE ANS. LAISSÉE EN VIE PAR L'ASSASSIN. POURQUOI ?
DIT QUE SES PARENTS BIOLOGIQUES SONT MORTS ASSASSINÉS. (Vérifier.)
AJOUTE QU'ILS AURAIENT ÉTÉ ASSASSINÉS PAR CE MEURTRIER.
SINGULARITÉ : PRÉTEND QUE CE MEURTRIER LA TRAQUE DEPUIS DES ANNÉES.

Je fixe de nouveau le plafond. L'importance de Sarah est évidente, aveuglante. Seul témoin vivant, elle prétend connaître le meurtrier. Elle représente également une anomalie significative dans le comportement de ce dernier : il ne l'a pas tuée. Il l'a laissée en vie car cela fait partie de son plan.

Si ce qu'elle dit est vrai, il mijote sa vengeance depuis longtemps. Il est lucide, capable de différencier ses pulsions. Tout cela ne nous arrange pas. Les tueurs qui planifient leur vengeance sont beaucoup plus difficiles à coincer que les sadiques sexuels ou les meurtriers rituels. Ils ne sont pas assez fous.

Mais pourquoi les peintures ?

Chez les tueurs par vengeance, vous percevez en général plus de colère que de plaisir. Ils veulent détruire. Les deux sentiments se trouvent presque à égalité dans ce que j'ai vu chez les Kingsley. Les messages sur les murs, les éviscérations témoignent de sa rage. Ça cadre. Mais les peintures sanglantes correspondent à un acte sexuel. Des souvenirs sur lesquels se masturber.

Je réalise que ce n'est qu'accessoire. La clé de l'investigation, c'est la vengeance. Le reste n'est qu'une anomalie, mais l'être humain n'est-il pas rempli de contradictions ? Intéressant mais pas probant.

Je retourne à mes notes.

SARAH M'A APPELÉE LE JOUR DES CRIMES CHEZ LES KINGSLEY MAIS ELLE AVAIT DÉJÀ PRÉVU DE LE FAIRE AVANT LE DRAME (pourquoi moi ?).

Je tombe de fatigue. Je voudrais continuer mais je suis au bout du rouleau.

Un dernier effort. Quel est le programme pour demain ?

AVEC BARRY : INTERROGER SARAH KINGSLEY.
CALLIE ET GENE : FINIR DE PASSER AU CRIBLE L'APPARTEMENT DE VARGAS.
DONNER À LIRE À CHACUN UNE COPIE DU JOURNAL.
DÈS LUNDI FOUILLER LE PASSÉ DE SARAH ET DE TOUTES LES VICTIMES : TROUVER LES CONNEXIONS.

Je lis ce que j'ai écrit et hoche la tête, satisfaite. Nous avons encore beaucoup de pain sur la planche, mais je commence à distinguer le meurtrier. À le sentir. Et c'est mauvais pour lui. Un frisson de contentement me parcourt.

Une journée ne s'est pas écoulée et je sais déjà pourquoi tu fais ce que tu fais.

Je pose mon stylo et m'étire. Dieu que je suis fatiguée ! Et pas que physiquement.

Mon téléphone portable sonne. Je regarde le numéro. Tommy. Je me sens aussitôt plus légère.

Tommy Aliguera est plus qu'un ami, mais moins qu'un mari. Davantage qu'un amant mais je n'ai pas besoin de l'avoir près de moi, nuit après nuit. Disons qu'il est une éventualité.

Ancien agent des services secrets, il travaille désormais à son compte comme consultant en sécurité. Nous avons fait connaissance alors qu'il était encore en service. J'enquêtais sur le fils d'un sénateur de Californie qui s'adonnait au viol et au meurtre. Tommy avait été affecté à la protection du sénateur bien décidé à rester en vie malgré les tonnes de lettres de menaces qu'il recevait. Mais dans le feu de l'action, Tommy fut forcé d'abattre ce fils indigne. Mon témoignage lui a évité une tempête politique qui aurait bien pu mettre un point final à sa carrière.

Il m'avait dit que je pourrais toujours compter sur lui. Je l'ai pris au mot il y a six mois et il nous est arrivé une chose étonnante : je l'ai embrassé, il m'a embrassée. Mieux encore, il m'a déshabillée et désirée comme un fou, malgré mes cicatrices et le reste. J'en ai pleuré mais cela m'a aidée à guérir. Matt était l'amour de ma vie. Mon âme sœur. Mais j'avais besoin qu'un homme me dise que j'étais belle. Et qu'il me le prouve autrement que par des mots. Tommy y est brillamment parvenu.

Nous passons ensemble trois ou quatre nuits par mois. Je suis débordée, lui aussi. Cet arrangement semble idéal pour le moment.

Je décroche.

— Bonsoir, Tommy.

— Bonsoir. J'avais envie de t'appeler. J'espère qu'il n'est pas trop tard.

Tommy est le laconisme même. Ce n'est pas que ça le gêne de parler ni qu'il manque de vocabulaire. Non, mais il préfère écouter.

— En fait, je viens à peine de rentrer. On m'a appelée pour un crime.

— Je croyais que tu étais en vacances. Que tu devais faire des rangements.

Tommy connaissait mes projets du week-end. Et il savait qu'il ne devait pas s'en mêler. Sa compréhension de ces subtilités n'est qu'une preuve de plus de la profondeur que masque son impassibilité.

— Oui, mais il y avait là-bas une gamine qui me réclamait, un revolver braqué sur sa tempe. J'ai dû y aller.

— Ça s'est bien terminé ?

— Pas vraiment, mais la fille est en vie.

— Bien. – Un long silence. – Je savais ce que tu avais prévu de faire aujourd'hui. Je ne voulais pas te déranger. Juste savoir comment tu allais.

— Je n'ai pas trop le moral. Tu peux venir ?

— J'arrive.

Il raccroche. Tommy préfère agir que parler, comme toujours.

Tommy frappe à ma porte et je le fais entrer. Il me regarde, me conduit vers le canapé sans piper mot, s'assoit et m'attire contre lui. Je soupire et me laisse aller.

Avec Tommy, il ne faut pas s'attendre à ce qu'il vous murmure des paroles de réconfort en vous caressant la tête. Non, mais il émane de lui tant de force et d'assurance ! Il semble vous dire : « Demande toujours, ça n'engage à rien. »

Je reste ainsi, la tête contre sa poitrine, à me demander ce que je ressens. C'est comme si je me lovais contre un roc gainé de velours. Tommy possède une beauté brute, avec des cheveux bruns de Latin, un corps musclé et nerveux de danseur et des mains épaisses de tueur. La version masculine de Callie : les femmes le trouvent irrésistible et, tels les rats de Hamelin se jetant à l'eau, elles rêvent de se noyer dans son regard sombre et secret. Il n'est pourtant pas parfait mais la grosse cicatrice qui lui barre la tempe gauche ne fait qu'ajouter à son charme.

Il m'écarte doucement.

— Tu veux me raconter ?

Je lui décris ma matinée, mon après-midi, Sarah, les corps éviscérés de Dean et Laurel Kingsley, la baignoire pleine de sang, les meurtres de Vargas et de la jeune inconnue.

— Quelle horreur ! commente-t-il.

— Oui. Ça m'a fichue par terre.

Il montre d'un signe de tête les pages étalées sur la table.

— C'est sur l'affaire ?

— Han-han.

— Ça t'ennuie si je regarde ?

— Vas-y.

Il parcourt les pages l'une après l'autre. Et secoue la tête en les reposant.

— Ça paraît compliqué.

— Toujours au début. – Je lui souris. – En tout cas, merci d'être venu. Je me sens déjà mieux. Un peu.

— Pas de problème. – Il regarde autour de lui. – Et où est Bonnie ?

— Elle passe la nuit chez Alan et Elaina.

Je vois un petit sourire se dessiner sur ses lèvres. Je lui donne un coup de poing dans la poitrine en riant.

— Pff ! J'ai juste dit que je me sentais un peu mieux et toi, tu m'imagines déjà toute nue.

Nouveau petit sourire.

— En fait, je ne t'imagine jamais habillée.

Il me taquine mais je sens que ça ne s'arrête pas là. Tommy aime écouter et pas seulement avec ses oreilles mais aussi avec ses yeux et son cœur. Et il m'a bien entendue. C'est pour cela qu'il me propose de faire l'amour. Il sait que j'ai besoin de caresses, de réconfort et de me changer les idées.

Je lève la tête, il baisse la sienne et nos lèvres se rejoignent. Mon désespoir rend ce contact électrique et le désir, à la fois physique et mental, m'irradie. Je prends son visage entre mes mains. Ma langue rencontre la sienne. Je retrouve le goût de Tommy additionné d'un soupçon de bière.

Je m'assois sur lui. Il passe une main sous ma jupe, l'autre sous mon soutien-gorge. La sensation de ses doigts calleux sur le bout de mon mamelon est exquise. Je gémis et je sens son sexe durcir contre moi.

L'une des raisons pour lesquelles j'ai toujours adoré faire l'amour, c'est que le sexe vous permet de mélanger comportement primal et tendresse. Vous pouvez jouer les vilaines, même vous montrer « animale », tout est pardonné à la fin. Si vous vous sentez bestiale et très libérée, comme c'est mon cas à présent, le sexe ne vous laissera pas tomber, il vous suivra jusqu'au bout.

Je recule la tête tout en gardant celle de Tommy entre mes mains. Ses doigts continuent à pétrir mon mamelon, son sexe continue à palpiter et le désir voile son regard.

— Prends-moi ici, dis-je d'une voix rauque. Arrache mes vêtements et prends-moi là, tout de suite, sur le canapé.

Il s'immobilise, ses doigts se figent tandis qu'il cherche mon regard. Apparemment, il y trouve encore suffisamment de raison pour considérer que je ne regretterai pas ma décision.

Il me redresse, m'assoit et tire ma chemise par-dessus ma tête, la lâche et, dans le même geste, passe la main dans mon dos, dégrafe mon soutien-gorge et l'enlève.

Il s'arrête un instant, contemple mes seins et me renverse sur le dos tandis que ses mains à la fois douces et rugueuses glissent sur mon corps et me pétrissent sans jamais me faire mal. Je me cambre en poussant un cri. Il prend un mamelon dans sa bouche puis l'autre et les lèche et les suce jusqu'à ce que je halète de désir.

À présent il déboutonne mon jean, ouvre la fermeture Éclair et baisse en même temps mon jean et mon slip jusqu'à mes chevilles... Je me retrouve entièrement nue, écartelée telle Jézabel.

Sa bouche descend entre mes cuisses et je jouis instantanément, en criant, le ventre et les cuisses parcourus d'ondes électriques. Le temps perd sa substance, le monde s'estompe et je m'abandonne au plaisir sans honte, Ève avec sa pomme, chatte en chaleur.

Sa bouche m'abandonne, il se redresse et je le regarde, hébétée, se déshabiller. Lorsque son sexe surgit, je grogne et l'attire contre moi pendant qu'il met un préservatif. Il me prend les poignets, me soulève par la taille et me retourne pour m'allonger le ventre sur l'accoudoir du canapé, les mains sur les coussins, les fesses en l'air.

Je le sens qui se positionne derrière moi et qui me pénètre, une main sur ma croupe tandis que l'autre m'agrippe par l'épaule, et il assouvit son désir et le mien.

C'est à la fois bestial et primitif. C'est ce dont j'ai besoin : une force irrésistible, un raz de marée qui me balaie et me noie et qui emporte ensuite les cadavres en se retirant.

Je me laisse aller et prends ce qu'il m'offre : un éblouissement dénué de toute culpabilité. Je jouis plusieurs fois avant qu'il n'atteigne l'orgasme, mais quand son tour arrive, le corps tendu, ses doigts s'enfoncent dans ma peau, pas au point de me meurtrir, mais juste assez pour me faire délicieusement mal.

C'est fini. Nous nous séparons et nous laissons tomber sur le canapé où nous nous serrons dans les bras l'un de l'autre, épuisés, satisfaits et tremblants.

Tommy me contemple quelques instants.

— Ouaouh !

— Ouaouh toi-même !

Je souris et plonge mes yeux dans les siens.

— Merci, Tommy.

Ses lèvres esquissent le petit sourire que je connais bien.

— On recommence quand tu veux. Et je dis bien, quand tu veux.

Je souris et pose un baiser sur sa joue.

Ma fébrilité s'est dissipée. J'entends encore les morts chuchoter, mais je m'en suis éloignée.

Tommy se dégage et va dans la cuisine. J'admire le côté pile quand il s'éloigne et le côté face quand il revient, une bière pour lui d'une main, de l'eau minérale pour moi de l'autre. Il se rassoit et nous nous emmêlons de nouveau.

Je bois une gorgée d'eau. Je renifle.

— Ça sent le sexe.

— Et ça sent comment le sexe ?

J'incline la tête et souris.

— La sueur fraîche et le sexe bien propre.

Il aspire une goulée de bière.

— Leste et cultivée à la fois. Et sexy, ajoute-t-il en m'embrassant dans le cou.

— Reconnaîtrais-tu que tu m'aimes pour mon intelligence ?

— Non, je t'aime pour tes fesses et je t'apprécie pour ton intelligence.

— Pour mon cul.

— Quoi ?

— Tu as dit « fesses » comme si tu avais quatre ans. Dis « cul ».

— J'peux pas.

Je me tourne vers lui.

— Tu plaisantes ?

— Non.

Je cherche ses yeux et m'aperçois qu'il parle sérieusement. Je me love contre lui en gloussant.

— Quel boy-scout tu fais ! Ça m'étonne de toi.

— En fait, j'étais éclaireur.

C'est plus fort que moi. J'explose de rire. Les secousses de mon corps déclenchent autre chose derrière moi. Et Tommy me prouve qu'il mérite au moins la médaille du boy-scout le plus ardent.

Une heure plus tard.

Nous sommes allongés nus sur le tapis, les pieds sur la table basse.

— Je crois que je suis mûr pour dormir, déclare Tommy, d'un petit ton satisfait.

— Finalement, y a des mauvaises journées qui se terminent bien.

— À propos, il m'est venu une ou deux petites idées.

Je me tourne sur le côté pour voir son profil.

— Lesquelles ?

— Quand tu m'as décrit les lieux. Le sang dans la baignoire. Tu sais qu'ils devaient être encore en vie pour qu'on les saigne ?

— Han-han.

Le sang ne coule plus quand on est mort. Quand le cœur s'arrête.

— Et il a bien fallu qu'il les maîtrise d'une manière ou d'une autre. Toi, tu supposes qu'il les a drogués. Je suis d'accord avec toi. Et je pense même qu'il a dû leur administrer plus précisément un décontractant musculaire. De cette façon, ils étaient conscients de ce qui se passait. C'était encore plus grisant pour lui. Enfin, c'est juste une idée comme ça.

Je passe les doigts dans le duvet de sa poitrine. Ce n'est pas un ours. Il a juste ce qu'il faut.

Je réalise qu'il a raison. Je lui ai décrit ma journée à peine dans les grandes lignes mais cela lui a suffi pour imaginer le tueur, ses pulsions et ce qui le branche. J'avais pensé à un somnifère, mais le relaxant musculaire est encore plus pertinent et mérite qu'on y réfléchisse.

Mais quand y as-tu songé, Tommy de mon cœur ? Avant qu'on fasse l'amour ? Après ? Ou pendant ?

Je me sens de nouveau excitée et ne me demande pas longtemps pourquoi. La plupart des gens que j'ai croisés aujourd'hui étaient morts. Pas moi. Le sexe représente une excellente façon de se sentir vivant.

Je descends ma main sur son ventre et la referme sur ma proie.

— Je vérifierai ça demain. Pour l'instant, je te demande juste de rassembler tes dernières forces et de faire ton devoir.

Il me tord un mamelon, pose sa bière et nous passons encore une heure à nous prouver mutuellement que nous sommes en vie.

Épuisée. Éreintée. Heureuse.

— Il m'est venu une autre idée, reprend Tommy, brisant le silence serein.

— Je trouve que tu réfléchis beaucoup quand on fait l'amour.

— Je pense mieux quand je suis tout nu.

— Ah bon ?

— Il existe un mobile qui rassemble souffrance et justice.

— Ouais, je sais.

— C'est vrai ?

— Le plus vieux de tous. La vengeance.

— Moi qui croyais avoir une longueur d'avance sur ce coup-là !

— Ne sois pas triste. Mais dis-moi, quand as-tu trouvé le temps d'y réfléchir ?

Il me sourit.

— Jouir m'éclaircit toujours les idées.

— Tu veux dire que ça t'a à proprement parler traversé l'esprit ?

Il lève les yeux au ciel.

Je m'aperçois que je me sens mieux. Beaucoup mieux. J'étais vannée, il m'a appelée, il est venu. Nous avons fait l'amour, parlé boulot et…

Je tressaille alors qu'une nouvelle idée germe dans mon esprit.

Oh, mon Dieu ! Serions-nous un couple ?

C'est une sensation aussi étrange et insolite que réconfortante et familière. L'un des avantages du mariage, c'est qu'il finit par développer au fil des années un sentiment de sécurité, la certitude de savoir qu'on aura toujours quelqu'un pour nous épauler. Si d'autres nous lâchent, meurent ou nous trahissent, il nous reste toujours ce soutien. On n'est jamais seul. Perdre ce soutien, c'est perdre une partie de soi-même. La place vide dans le lit nous fait souffrir la nuit comme un membre amputé.

Avons-nous franchi cette limite ? La frontière entre « aventure » et « couple ».

— Quoi ? demande Tommy.

— Je… – Je secoue la tête. – Je pensais juste à nous. Rien d'intéressant.

— C'est pas bien.

— Quoi ?

— De commencer une phrase et de dire ensuite que ce n'était rien. Tu n'es pas forcée de me dire ce dont il s'agit mais ne dis pas que c'était rien.

Je cherche son regard et n'y lis aucune colère, juste de la franchise, de l'inquiétude.

— Excuse-moi. Je me demandais juste… – Je déglutis. Pourquoi est-ce si difficile à sortir ? – Tommy, tu crois qu'on est un couple ?

Il me sourit.

— C'est tout ? Bien sûr que oui.

— Oh !

— Écoute, Smoky, je ne dis pas qu'il est temps qu'on habite ensemble ou qu'on se marie. Mais on est ensemble. C'est comme ça que je le vois.

— Ben ça alors !

Il secoue la tête, amusé.

— Tu as été mariée très longtemps. Pour toi, « ensemble » ça signifie amour et mariage. Mais je ne t'aime pas.

Je sens mon estomac se nouer. Un haut-le-cœur.

— Tu… tu ne m'aimes pas ?

Il me caresse la joue.

— Désolé, je me suis mal exprimé. Non, ce que je voulais dire, c'est que je ne te le dirai jamais à la légère. Et là, je ne suis pas encore prêt à le faire. Mais je sais bien que ça viendra si nous continuons comme ça. Je me réveillerai un matin en me disant que je t'aime. C'est parti pour. On est un couple.

Mon estomac reste noué mais la sensation de nausée se dissipe.

— Tu le penses vraiment ?

— Sincèrement. – Il me fait un clin d'œil. – Qu'est-ce que t'en dis ?

Je me blottis contre lui.

— Ça me plaît.

Et je réalise que c'est vrai.

Mieux encore, ça me déculpabilise. Je ne sens aucune désapprobation du fantôme de Matt.

Et Quantico dans tout ça ? Tu vas laisser Tommy tomber follement amoureux de toi et le plaquer là ?

C'est un autre facteur à prendre en compte, réponds-je en moi-même, butée. Un choix de plus. C'est bon d'avoir le choix.

Sauf que ce n'est pas si simple et j'en suis consciente. Je pourrais blesser Tommy par ma décision. Prendre un « nouveau départ » n'a rien d'évident dans mon cas. Je sais qu'Alan, Callie et Elaina me soutiendront jusqu'au bout si je décide d'accepter ce poste. Cela les attristera, mais nos liens sont trop forts et trop anciens pour ne pas résister.

Les amis et la famille supportent la distance. Pas l'homme qui vous aime.

Sans oublier ta fille adoptive muette, ton amie qui se shoote et 1pourtoi2pourmoi ! Plus la maison que tu n'as pas fini de vider et ton amie qui lutte contre le cancer. Et la tombe de Matt et d'Alexa qui se trouve ici, pas en Virginie ! Qui viendra la fleurir ?

Pour chasser mes fantômes, du moins dans l'immédiat, je lui chuchote :

— Tu sais ce que j'aimerais ?

Il secoue la tête.

— J'aimerais que tu me portes là-haut et que tu m'aides à m'endormir.

Il me soulève dans ses bras sans un mot et monte l'escalier. Nous passons devant la chambre d'Alexa mais je n'y pense pas, puis je me retrouve allongée dans mon lit, contre lui, et je me sens enfin sombrer dans l'inconscience, pendant qu'il veille sur moi et me protège des morts.

14.

— J'ai appelé l'hôpital ce matin pour Sarah, m'informe Barry tandis que nous traversons le parking. On m'a dit qu'on lui avait donné des médicaments pour la calmer, et qu'à part quelques meurtrissures aux chevilles et aux poignets, elle n'avait pas d'autres séquelles physiques.

— Eh bien, c'est déjà ça.

Je lui parle de mes cogitations de la veille et de ma théorie sur la vengeance comme mobile.

— Intéressant. La seule chose qui ne colle pas, c'est Sarah. Si on l'élimine du tableau avec les Kingsley, ça se tient. Vargas était pédophile depuis longtemps. Peut-être qu'il aimait aussi torturer ses victimes, leur battre la plante des pieds. L'un de ses jeunes souffre-douleur a grandi et l'a tué. Ça expliquerait même pourquoi il a fermé les yeux de la fille et ne l'a pas étripée.

— Oui.

— Mais Sarah et les Kingsley ? Je ne vois pas ce qu'ils viennent faire là-dedans. – Il hausse les épaules. – N'empêche que cette idée de vengeance me plaît bien.

— Peut-être Sarah pourra-t-elle nous éclairer un peu.

Barry s'arrête alors que nous arrivons devant l'entrée.

— Attends une seconde. J'ai besoin de fumer une cigarette avant d'y aller.

Je lui souris.

— Tu n'aimes pas les hôpitaux, toi non plus.

Il hausse de nouveau les épaules tout en allumant sa cigarette.

— La dernière fois que j'y suis allé, c'était pour la mort de mon père. Je n'en ai pas gardé un souvenir terrible.

Je m'aperçois qu'il a les yeux troubles. Et qu'il porte les mêmes vêtements qu'hier.

— Tu n'es pas rentré chez toi ?

Il tire quelques bouffées et secoue la tête.

— Non. Simmons n'a terminé qu'à sept heures du matin. J'ai dû appeler aussi quelques experts en informatique. Ils sont encore là-bas.

— Pourquoi ?

— Le garçon, Michael. Son ordinateur est protégé par un super programme inviolable. Ils m'ont tout expliqué en détail mais ça m'est passé au-dessus de la tête. Tout ce que j'ai compris, c'est qu'il suffisait d'entrer le mauvais mot de passe pour effacer tout le disque dur.

Tiens, tu devrais essayer 1pourtoi2pourmoi. On ne sait jamais !

— Intéressant.

— Ce n'est pas fini. Ils disent que c'est du boulot d'orfèvre, très sophistiqué. Et, tiens-toi bien, ils ne pensent pas que c'est le garçon qui l'a installé sur l'ordinateur.

— Pourquoi ?

— Trop pointu. Un truc sur le niveau de cryptage. Du style secret défense.

— Il aurait été mis en place par le meurtrier ?

— Sans doute.

— Ça se tient. Il veut nous transmettre un message. C'est pour ça qu'il a écrit sur les murs et qu'il m'a prévenue pour Vargas. Il veut nous faire comprendre quelque chose, mais à son rythme à lui.

— J'adore quand ils jouent aux plus malins avec nous. Ça veut dire qu'ils sont mûrs pour se planter.

— Qu'est-ce que vous avez trouvé d'autre ?

— Nous avons les empreintes de pieds et l'ordinateur, c'est tout. Pas d'empreintes digitales, ni de cheveux, ni de fibres. Enfin les pieds, c'est déjà pas mal. Quand on l'attrapera, ce sera facile de le confondre. Ouais, ils finissent toujours par merder. Les cadavres sont partis à l'autopsie. On verra ce que ça nous apprend. Tu as des nouvelles de Callie ?

— Non, pas encore. Je l'appellerai quand on repartira.

— Peut-être qu'il a commis une erreur, là-bas aussi. – Il tire sur sa cigarette. – Quant à la fille, tout ce que je sais, c'est qu'elle a été adoptée il y a un an par les Kingsley. Et qu'elle s'appelle en fait Sarah Langstrom.

Sarah Langstrom. Ce nom me dit quelque chose.

— J'ai regardé si elle avait un casier, continue Barry. Elle s'est fait arrêter pour possession de drogue à quinze ans : elle fumait un joint, ouvertement, à l'arrêt d'un bus. Rien d'autre. Les services sociaux devraient me transmettre tout son dossier demain.

— Elle m'a dit que ses parents avaient été assassinés. Quand elle avait six ans.

— Génial. J'adore les contes de fées ! Enfin, comment veux-tu qu'on mène l'interrogatoire ?

— Droit au but et sans dévier. Cette gamine… – Je secoue la tête. – Si elle sent que nous ne sommes pas honnêtes avec elle, ou qu'on ne la prend pas au sérieux, elle ne nous fera plus confiance. Déjà qu'elle ne nous en accorde guère…

— Ça se défend. – Il tire une dernière fois sur son mégot et le jette par terre. – Je te laisse la direction des opérations.

Sarah est installée dans une chambre particulière, un policier posté par Barry devant sa porte. C'est le jeune Thompson encore. Fatigué mais toujours d'attaque.

— De la visite ? demande Barry.

— Non, personne, monsieur.

— Fais-nous entrer.

La pièce est assez agréable pour une chambre d'hôpital, ce qui revient à dire, pour ma part, que je n'ai qu'une seule idée en tête, celle d'en repartir au plus vite. Les murs sont peints d'un beige assez chaud et le sol couvert d'un revêtement qui imite le bois. C'est déjà mieux que le lino blanc et le vert pissotière. Elle est éclairée par une grande fenêtre dont les rideaux ouverts laissent entrer le soleil à flots.

Le lit de Sarah se trouve près de la fenêtre. Elle tourne la tête vers nous quand nous entrons.

— Oh mon Dieu ! laisse échapper Barry à voix basse, épouvanté de la voir si petite, si pâle, si fatiguée.

C'est une des raisons pour lesquelles je l'apprécie : il n'est pas blasé.

Je m'approche du lit. Elle ne sourit pas mais je constate avec plaisir qu'elle n'a plus cet affreux regard vide.

— Comment te sens-tu ?
Elle hausse les épaules.
— Fatiguée.
Je montre Barry d'un signe de tête.
— Je te présente Barry Franklin, l'inspecteur de la Criminelle chargé de ton affaire. Un ami à moi. Je lui ai demandé de s'occuper de toi parce que j'ai toute confiance en lui.
Sarah le regarde, sans le moindre intérêt.
— Bonjour.
Puis elle se tourne vers moi en soupirant.
— J'ai compris. Vous me laissez tomber.
Je cligne des yeux, surprise.
— Voyons, ma chérie. La police locale participe toujours à ce genre d'enquête. Mais ça ne veut pas dire pour autant que je t'abandonne.
— C'est vrai ?
— Bien sûr.
Elle plisse les yeux et me fixe quelques secondes d'un regard soupçonneux.
— C'est bon, je vous crois.
— Parfait !
Son expression change. Espoir mêlé de désespoir.
— Vous avez pris mon journal ?
Je choisis mes mots avec soin.
— Je n'ai pas pu. Nous avons des règles très strictes sur la façon dont nous opérons sur les scènes de crime. Mais… – Je hausse la voix en voyant son visage se décomposer. – j'ai fait photographier toutes les pages, on va me les imprimer aujourd'hui et je pourrai les lire. Aussi bien que si je lisais ton journal directement.
— Aujourd'hui ?
— Je te le promets.

Elle me décoche un nouveau regard soupçonneux.

Elle ne fait aucune confiance. À personne. Qu'est-ce qui a pu la rendre ainsi ? Mais ai-je réellement envie de le savoir ?

— Sarah, dis-je d'une voix égale et douce, nous avons besoin de te poser quelques questions. Sur ce qui s'est passé chez toi, hier. Te sens-tu prête à y répondre ?

Le regard qu'elle m'adresse reflète un trop-plein d'expérience, une indifférence vide. Je l'ai déjà croisé chez certaines victimes. Il est plus facile de manifester de l'indifférence que de l'intérêt.

— Je pense, répond-elle d'une voix monocorde.

— Est-ce que ça t'ennuie si Barry assiste à notre conversation ? C'est moi qui poserai toutes les questions. Il va juste nous écouter.

— Ça m'est égal.

Je tire une chaise près de son lit. Barry s'assoit près de la porte. Il pourra tout entendre, mais sans jamais intervenir. Sarah oubliera très vite sa présence.

Les réminiscences d'une victime sont intimes. Personnelles. Le partage d'un secret. Barry le sait, tout comme il sait que Sarah se confiera plus facilement à moi.

Elle tourne la tête vers la fenêtre, loin de moi, vers le soleil. Ses mains sont jointes. Je vois du vernis noir sur ses ongles.

C'est parti, mon kiki ! lance ma petite voix intérieure.

— Sarah, sais-tu qui est le meurtrier ? – La question clé. – Sais-tu qui a tué les Kingsley ?

Elle continue à regarder par la fenêtre.

— Oui, mais je ne sais ni son nom ni à quoi il ressemble. Mais je l'ai déjà croisé autrefois.

— Quand il a tué tes parents ? – Elle opine. – Tu avais six ans quand c'est arrivé ?

— C'était le 6 juin. Le jour de mon anniversaire. Joyeux anniversaire, Sarah !

Je déglutis le temps d'encaisser cette révélation.

— Où cela s'est-il passé ?

— À Malibu.

Je glisse un regard vers Barry. Il hoche la tête et note quelque chose sur son carnet. Nous rechercherons tous les détails sur ce meurtre, s'il a bien eu lieu.

— Te rappelles-tu ce qui s'est passé ? Le jour de tes six ans ?

— Je me souviens de tout.

J'attends qu'elle continue. En vain.

— Comment sais-tu que l'homme qui a tué les Kingsley hier est le même que celui qui a assassiné tes parents il y a dix ans ?

Elle se tourne pour me dévisager, une expression de résignation et de colère muette sur le visage.

— C'est une question stupide.

Je la fixe un moment.

— Eh bien… qu'est-ce que tu proposes comme question intelligente ?

— Pourquoi est-ce le même homme ?

Je cligne des yeux. Elle a raison. C'est la question la plus cinglante de toutes.

— Tu le sais ?

Elle acquiesce d'un signe de tête.

— Tu veux bien me le dire ?

— Je ne vais vous raconter que le début. Le reste, vous devrez le lire.

— D'accord.

— Il… – Elle hésite. Peut-être cherche-t-elle ses mots ? – Il m'a dit un jour : « Je te crée à ma propre image. » Sans autre explication. Mais il a ajouté qu'il me considérait, moi et ma vie, comme un sculpteur considère l'argile et que j'étais son œuvre. Il a même donné un nom à sa sculpture.

— Lequel ?

Elle ferme les yeux.

— *Une vie ruinée.*

Le crissement du stylo de Barry s'arrête. Je dévisage Sarah en essayant de digérer ce qu'elle vient de dire.

Organisé. Oui, organisé mais mû par une obsession. La vengeance est le mobile et détruire Sarah en constitue une part. Une grosse part.

Elle continue à parler. D'une voix éteinte et détachée.

— Il fait tout pour modifier mon existence. Pour me rendre malheureuse, haineuse, solitaire. Pour me changer moi.

— T'a-t-il dit pourquoi ?

— Il m'a dit au tout début : « Même si tu n'y es pour rien, ta souffrance sera ma justice. » Je n'ai pas compris. Je ne comprends toujours pas. Et vous ? me demande-t-elle, scrutant mon visage d'un œil inquisiteur.

— Pas spécialement. Nous pensons qu'il s'agit d'une sorte de vengeance.

— Mais de quoi ?

— Nous ne le savons pas encore. Tu dis qu'il a fait en sorte de changer ta vie. De te changer. Comment ça ?

Un long, long silence. Je n'arrive pas à déchiffrer son expression. J'y lis seulement une énorme douleur, une douleur qui ne date pas d'hier.

— C'est moi qu'il vise, poursuit-elle d'une petite voix tranquille. Il tue tous ceux qui sont gentils avec moi. Il tue tous ceux que j'aime et qui m'aiment.

— Et personne ne s'en est aperçu ?

Elle pousse un rugissement qui me fait sursauter. Ses yeux bleus lancent des flammes.

— Tout est dans mon journal ! Vous n'avez qu'à le lire ! Combien de fois devrai-je vous le dire ? Oh, mon Dieu, mon Dieu, mon Dieu !

Elle se retourne vers le soleil, tremblante de rage. Je la sens qui s'éloigne, qui se referme sur elle-même.

— Pardonne-moi. Je te promets de le lire attentivement. Ce que j'ai besoin de savoir maintenant, c'est ce qui s'est passé hier. Tu te souviens ?

Nouveau silence interminable. Elle n'est plus en colère. Elle semble épuisée, vidée.

— Que voulez-vous savoir ?

— Commence par le commencement. Avant qu'il n'arrive chez toi. Qu'est-ce que tu faisais ?

— C'était le milieu de la matinée. Dix heures environ. J'enfilais ma chemise de nuit.

— Tu l'enfilais ? Pourquoi ?

Elle sourit et la vieille sorcière cachée au fond d'elle réapparaît brutalement, souriant de sa bouche édentée.

— Parce que Michael me l'avait demandé.

Je fronce les sourcils.

— Mais pourquoi ?

Elle redresse la tête.

— Ben, pour mieux me baiser, bien sûr !

15.

— Vous couchiez ensemble ?

Je suis fière de moi. J'ai réussi à garder une voix impassible, dénuée de tout jugement, devant cette révélation.

— Non, non. Coucher ensemble, c'est avoir des rapports à égalité. Moi je me faisais baiser par Michael. Pour qu'il n'aille pas raconter des mensonges à Dean et Laurel pour me faire virer.

— Il te forçait ?

— Pas physiquement. Mais il me faisait du chantage.

— Avec quoi ? Qu'est-ce que tu avais fait ?

Elle me jette un regard incrédule.

— Moi ? Rien du tout ! Mais personne n'en aurait rien eu à foutre. Michael était le fils parfait. Premier de sa classe, capitaine de l'équipe de course de relais. Jamais un faux pas. – L'amertume de sa voix ressemble à de l'acide. – Et moi, qui j'étais ? Juste une gamine paumée qu'ils avaient recueillie. Michael me menaçait de cacher du hasch dans ma chambre si je ne faisais pas ce qu'il voulait. Dean et Laurel étaient des gens bien. Et gentils avec moi. Mais ils ne toléraient pas le moindre écart. Ils m'auraient renvoyée. J'espérais pouvoir tenir encore deux ans, jusqu'à ma majorité. Ensuite j'aurais pu m'en aller.

— Alors… tu avais des relations sexuelles avec lui quand il voulait ?

— Il fallait bien que je survive !

Sous ce ton sarcastique perce un mépris de soi qui me retourne le cœur.

— Il voulait juste que je lui fasse des pipes et il adorait me baiser, poursuit-elle en baissant les yeux vers ses mains qui tremblent, en contraste profond avec le visage dur qu'elle affiche. Hé, ça fait longtemps que je ne suis plus vierge, alors quelle importance ?

— Les Kingsley ne se doutaient de rien ?

Sarah lève les yeux au ciel.

— Pitié ! D'accord, je vous ai dit qu'ils étaient gentils avec moi. Mais ils étaient surtout contents de se dire qu'ils m'offraient une belle vie. – Elle hésite. – Et c'est vrai, ils étaient très gentils avec moi. Je ne voulais pas qu'ils sachent pour Michael. Ça leur aurait brisé le cœur. Ils ne méritaient pas ça.

— Donc tu mettais ta chemise de nuit. Et que s'est-il passé ensuite ?

— Il est apparu à la porte de ma chambre.

— Michael ?

— Non, l'Étranger. D'un coup. Sans prévenir. Avec un bas sur le visage, comme toujours. – Elle se mordille la lèvre inférieure, perdue dans ses souvenirs. – Il tenait un couteau à la main. Il était heureux, souriant, détendu. Il m'a dit bonjour, d'un ton normal, joyeux et là… il a ajouté qu'il avait un cadeau pour moi. – Elle marque une pause. – Il m'a dit : « Il était une fois un homme qui méritait de mourir. Un poète très doué.

Mais malgré ses belles phrases, il n'était que noirceur à l'intérieur. Un jour, je suis allé le voir, j'ai braqué un revolver sur la tête de sa femme et je lui ai demandé de lui composer un poème. Je lui ai dit que ce serait la dernière chose qu'elle entendrait avant que je lui fasse sauter la cervelle. Il m'a obéi et je les ai tués en rendant grâce à Dieu. Ensuite je les ai vidés afin que le monde entier voie leur noirceur. »

Message reçu : il les a éviscérés pour que tout le monde voie leur noirceur.

Je note la connotation religieuse également. Le fanatisme chez les tueurs en série est presque toujours un signe de folie.

Mais pas dans ce cas. Sa foi n'est pas animée par son désir de vengeance. Elle fait partie de son éducation.

— T'a-t-il donné ce poème ? C'était ça, son cadeau ?

— Oui. Il m'a dit qu'il l'avait recopié pour moi. Il m'a forcée à le lire. Après je l'ai mis dans ma chemise de nuit. Il est dans le tiroir, ajoute-t-elle avec un signe du menton vers sa table de nuit. Prenez-le. Il avait raison, il est très bon, surtout quand on pense au contexte.

J'ouvre le tiroir. J'aperçois une feuille de papier à lettres standard pliée en quatre. Je la déplie.

C'EST TOI

Quand je respire
C'est toi

Quand mon cœur bat
C'est toi

Quand mon sang circule
C'est toi

Quand le soleil se lève
Quand les étoiles brillent

C'est toi
C'est toi

Je lis rarement de la poésie et suis donc mal placée pour juger le poème que je viens de lire. Mais j'aime sa simplicité, surtout sachant dans quelles circonstances il a été écrit.

— C'est vrai, vous savez, reprend Sarah.

Je relève la tête.

— Qu'est-ce qui est vrai ?

— S'il raconte que ça s'est passé comme ça… eh bien, ça s'est passé comme ça. – Elle ferme les yeux. – L'Étranger m'a dit que l'encre de l'original avait bavé parce que le poète pleurait en écrivant. Il y avait aussi du sang de sa femme dessus. « De belles petites taches grosses comme des têtes d'épingle qui ont plu sur le papier quand je lui ai fait sauter la cervelle », m'a-t-il dit.

— Continue. Que s'est-il passé ensuite ?

Elle détourne les yeux, sa voix faiblit.

— Il m'a demandé ce que je pensais du poème. Il avait l'air sincèrement intéressé. Je n'ai pas répondu. On aurait dit que ça lui était égal. « Ça me fait plaisir de te revoir. Ta souffrance est encore plus belle qu'avant. »

— Sarah, je ne voudrais pas te vexer, mais tu es sûre de bien te souvenir de ce qu'il a dit ?

— J'ai un don pour mémoriser les voix et les paroles des gens. Ce n'est pas une question de mémoire photographique ou de truc comme ça. Je ne me souviens pas mot à mot. Mais je suis douée. Et quand il parle, je ne laisse rien échapper. J'observe sa façon de parler. Les gestes qu'il fait.

Je l'encourage.

— C'est bien, ça va nous aider. Et quelle taille fait-il ?

— Un peu plus d'un mètre quatre-vingts.

— Il est blanc ou noir ?

— Blanc et toujours rasé de près.

— Est-il gros ? Enfin, je veux dire, enveloppé ou maigre ? Musclé ou chétif ?

— Ni l'un ni l'autre. Il est très fort. Il a un corps parfait. Oui, parfait. Sans un seul défaut. Ça doit être un malade de la musculation. Il est bien fichu sans être gonflé.

J'entends les grattements du stylo de Barry.

— Continue. Que s'est-il passé après ?

— Il m'a dit : « J'ai presque fini de te sculpter, Sarah. Dix longues années pleines de hauts et de bas, de tours et de détours et de douleur. Je t'ai regardée te tordre et te briser. Intéressant, non ? Combien de fois un être humain peut-il se rompre sans cesser d'avancer ? Tu n'es plus la petite fille que tu étais lorsque nous avons commencé ce voyage, n'est-ce pas ? Je vois les fêlures, les endroits que tu as dû recoller. » – Sarah s'agite nerveusement dans le lit. – Attention, ce n'est pas du mot à mot, d'accord ? Mais c'est ce qu'il a dit en gros.

— Tu t'en tires très bien.

— Il a ouvert son sac et il en a sorti une petite caméra vidéo qu'il a braquée sur moi.

— Il l'avait déjà fait, non ?

— Oui. Il dit qu'il réalise un documentaire sur ma ruine. Que c'est important, sinon, il n'y aurait pas de justice.

Les tueurs collectionnent les trophées. Lui collectionne les vidéos.

— Qu'a-t-il fait ensuite ?

— Il a zoomé sur mon visage en disant : « Je veux que tu penses à ta mère. » – Elle se tourne vers moi. – Ça vous dit de voir la tête que j'ai faite ?

Avant que j'aie pu lui répondre non, ça ne me dit rien, ses yeux changent et j'en ai le souffle coupé.

Ils se remplissent d'un chagrin et d'un manque aussi éblouissants que le soleil levant. J'y lis l'espoir inassouvi, le cœur complètement brisé.

Elle se détourne. Je peux de nouveau respirer.

Bon sang ! Comment a-t-elle fait ça ?

— Et alors ? poursuis-je, un peu tremblante.

— Il s'est assis un moment en me regardant à travers le viseur. Puis il s'est mis à me parler. « Tu sais ce qui m'excite le plus dans tout ça, Sarah ? *Ce que je ne peux pas contrôler.* Prends cette maison par exemple. Une famille gentille avec toi mais qui ne t'aime pas vraiment. Un fils que tout le monde croit parfait et qui te force à lui faire des pipes. C'est stupéfiant ! D'un côté, un hasard. Ce n'est pas moi qui t'ai choisi ce foyer. De l'autre, c'est uniquement grâce à moi si tu t'y trouves. Y as-tu jamais pensé pendant que tu avais la bite de Michael dans ta bouche ? Que sans moi tu ne serais pas là, à lever tes yeux vers les siens. »

Sarah me décoche un sourire sardonique.

— En fait, la réponse était oui. Je pensais à lui, en effet, de temps en temps.

— Continue.

Comment savait-il que Michael abusait d'elle ? noté-je mentalement, ne voulant pas interrompre le fil de ses idées.

— Il a commencé à s'énerver. – Elle fixe le vide en remontant le temps. – Il a dit : « Sais-tu ce que Michael a fait de toi, Sarah, dès l'instant où tu t'es agenouillée pour acheter son silence ? Il a fait de toi une putain. »

Je sursaute en la voyant enfouir son visage entre ses mains. Ses épaules tremblent.

— Ça ne va pas ? m'inquiété-je.

Elle laisse échapper un long soupir, presque un sanglot. Au bout d'un moment, elle repose ses mains sur ses genoux.

— Ça va, répond-elle, d'une voix atone. – Et elle reprend sa conversation avec l'Étranger. – « Enfin ce n'est pas tout à fait un hasard, a-t-il ricané. Je n'ai fait que te mettre sur la route, comme Dieu voulait que je le fasse. Je savais que je pouvais compter sur la nature humaine pour te rendre le chemin difficile, tant que je serais là pour éliminer les gentils. Ceux qui s'inquiètent vraiment ne sont qu'une minorité, ma Petite Douleur. Une goutte d'eau dans l'océan. » – Elle me regarde. – Il a raison. Il a peut-être pipé les dés en faisant basculer ma vie, mais les gens qui m'ont fait du mal, ce n'est pas lui qui les y a poussés ! – Elle se frotte les bras comme si elle avait froid. – Ils l'ont fait d'eux-mêmes.

Je veux la réconforter, lui dire que tout le monde n'est pas mauvais, qu'il y a des gens bien de par le monde. Mais j'ai appris à freiner cette impulsion. Les victimes ne veulent pas de compassion de ma part.

Elles voudraient que je remonte le temps, que je fasse en sorte que rien ne leur soit arrivé.

— Et ensuite ?

— Il a continué à parler. Il adore s'écouter. « Il ne nous reste plus beaucoup de temps. Mon œuvre est presque achevée. J'ai trouvé les dernières pièces que je cherchais et je vais bientôt révéler mon chef-d'œuvre. » Il a fourré sa caméra dans son sac et il s'est levé. « Il est temps d'entreprendre la dernière étape de notre voyage, ma Petite Douleur. Suis-moi. »

— Pourquoi t'appelle-t-il sa Petite Douleur ?

— C'est le surnom qu'il m'a donné. Sa Petite Douleur. – Un éclair sauvage traverse son regard. – Je le déteste.

— Je te comprends. Et après ?

— J'ai commencé par obéir, lorsque tout à coup, je me suis arrêtée. Un geste inutile, je le savais, mais je voulais qu'il me force à franchir cette porte. Comme pour marquer que je n'agissais pas de mon plein gré. C'était stupide !

Peut-être, mais cela me laissait quelque espoir pour elle.

— Et alors ?

— « Ne complique pas les choses ! » a-t-il crié, et il m'a attrapée par le bras. Il portait des gants épais mais j'ai quand même senti qu'il avait des mains puissantes et dures. Il m'a poussée dans le couloir jusqu'à la chambre de Dean et de Laurel. – Elle me jette un regard mélancolique. – Cette fenêtre sur laquelle vous m'avez trouvée assise, je me souviens que je l'ai regardée à ce moment-là en me disant « Qu'est-ce qu'il fait beau ! »

— Et ensuite ?

— Il m'a poussée vers leur salle de bains. – Elle frissonne. – C'est là qu'il les avait mis. Tous les deux.

— Ils étaient vivants ?

Elle tourne vers moi un regard las.

— Bien sûr. Nus et vivants. Immobiles. Je n'ai pas compris comment c'était possible jusqu'à ce qu'il m'explique. « Je les ai drogués. Je leur ai fait une injection. » Du chlorure de miva machin chose, je ne me souviens plus du nom exact qu'il a employé. Il m'a dit que ça les gardait éveillés, qu'ils pouvaient ressentir la douleur et nous entendre mais qu'il leur était impossible de bouger.

Un point pour moi pour avoir pensé à la drogue et un pour Tommy pour avoir identifié le relaxant musculaire.

Quelque chose me vient alors à l'esprit.

— Sarah, sa voix, tu pourrais la reconnaître ? Pas seulement sa façon de parler ou son vocabulaire, mais son timbre ?

Elle hoche la tête d'un air sinistre.

— Je ne l'oublierai jamais. J'en rêve même la nuit.

— Continue.

— Il avait allongé Dean à plat ventre et Laurel sur le dos. Il a fixé sa caméra sur un trépied et il l'a mise sur « Marche ». Puis il a ramassé Dean comme un bébé, sans aucun effort, et l'a mis debout dans la baignoire. Il m'a fait signe. « Viens ici, ma Petite Douleur. » Je me suis approchée. « Regarde-le dans les yeux. » J'ai obéi. – Sarah déglutit. – Il avait dit la vérité. Dean était… *là*. Il comprenait ce qui se passait. Il était conscient. – Elle frissonne. – Il était aussi terrifié. On le voyait dans ses yeux. Paniqué.

— Et que s'est-il passé ?

— L'Étranger m'a dit de reculer. Il a tiré la tête de Dean, le menton en avant. – Elle tend le cou pour me montrer. – « Lorsque vous connaissez le moment de votre propre mort, vous comprenez le sens de la vérité et de la peur, Kingsley, a-t-il continué. Et vous vous interrogez sur ce qui vous attend après : le paradis glorieux ou les feux de l'enfer ? J'ai torturé, il n'y a pas longtemps, un étudiant en philosophie, un garçon méchant, diabolique. Je l'ai coupé, brûlé, électrocuté. Je lui avais dit avant de commencer que, s'il trouvait une seule observation originale sur la vie, je cesserais de le supplicier. Au matin du deuxième jour, alors que je le castrais, il a hurlé : "Nous sommes tous vivants avant de mourir !" J'ai tenu ma promesse, j'ai mis fin à ses souffrances. Désormais je me souviens de cette vérité avant de tuer quelqu'un. »

Sarah déglutit.

— Puis l'Étranger a coupé la gorge de Dean. Comme ça, lâche-t-elle d'une voix distante et hébétée. Sans prévenir. Si *vite* ! Le sang a giclé. L'Étranger lui tenait toujours le menton en avant pour que le sang tombe dans la baignoire. Je n'en revenais pas de la quantité que ça faisait.

Le corps humain en contient en moyenne entre cinq et six litres. Même pas de quoi remplir la moitié d'un évier. Mais le sang est censé rester à l'intérieur, et quand il sort, six litres en paraissent soixante.

— Et ensuite ?

— Ça a duré un moment. Le sang coulait moins fort, puis il s'est arrêté. « Regarde-le encore dans les yeux », m'a-t-il ordonné. J'ai obéi. – Elle ferme les paupières. – Dean était parti. Y avait plus personne.

Elle reste un moment silencieuse, plongée dans ses souvenirs.

— Il a sorti Dean de la baignoire et il l'a allongé sur le tapis.

Un long silence.

— Et après ?

— Je sais ce que vous pensez, murmure-t-elle, incapable de me regarder en face, la voix rongée par la honte.

— Quoi, Sarah ? Qu'est-ce que je pense ?

— Pourquoi n'ai-je pas tenté de m'enfuir quand il a commis ces horreurs ?

— Regarde-moi, dis-je d'un ton ferme pour la forcer à me faire face. Tu te trompes, je sais pourquoi tu n'as rien fait. Il pouvait réagir vite. Il tenait un couteau. Tu ne pensais pas avoir la moindre chance de t'en tirer.

Son visage tressaille. Un frisson la parcourt de la tête aux pieds.

— C'est vrai mais… ce n'est pas la seule raison.

De nouveau, elle détourne les yeux.

J'insiste d'une voix douce, dépourvue de jugement.

— Et quelle était l'autre raison ?

Juste un petit haussement d'épaules triste.

— Je savais qu'il ne me tuerait pas. Je savais que si je restais là à faire ce qu'il voulait, sans tenter de m'enfuir, il ne me ferait pas de mal. Parce qu'il veut me garder vivante. Oui, vivante afin que je continue à souffrir.

— À mon humble avis, c'est mieux que morte.

— Vous croyez ?

— Oui. – Je montre mes cicatrices. – Je dois les affronter tous les jours et chaque fois que je les vois, ça me rappelle ce qui m'est arrivé. C'est douloureux. Mais je préfère quand même être en vie.

Un sourire amer.

— Vous changeriez peut-être d'avis si vous vous faisiez attaquer comme ça tous les deux ou trois ans.

— Peut-être. Mais le plus important, c'est que tu sois encore là aujourd'hui.

Elle y réfléchit. Je ne sais pas ce qu'elle en conclut.

— Après, reprend-elle, il s'est penché sur Laurel. Juste pour la contempler. Elle ne bougeait pas. Elle ne clignait même pas des yeux mais elle pleurait. – Sarah secoue la tête, hagarde. – Une seule coulée de larmes au coin des yeux. L'Étranger lui a souri mais d'un sourire sans joie. Il ne se moquait pas d'elle. Il paraissait presque triste. Alors il s'est penché pour lui fermer les yeux.

Nous ne savions pas encore qu'il les avait fermés avant la mort. Cela me confirme dans l'idée que les hommes sont sa première cible. Il a clos les yeux de Laurel parce qu'il ne voulait pas qu'elle voie ce qui allait arriver.

La belle affaire, il l'a quand même tuée !

Je range ces réflexions, pour l'instant.

— Et ensuite ?

Sarah détourne la tête. Son visage change avec sa voix qui devient mécanique, hachée.

— Il s'est levé. Il l'a ramassée, il l'a posée dans la baignoire. Il lui a coupé la gorge. Il l'a saignée et il l'a laissée retomber sur le tapis de bain.

Elle a hâte d'en terminer avec ce souvenir. Je mets un moment à comprendre pourquoi.

— Tu étais plus proche de Laurel que de Dean, n'est-ce pas ?

Elle ne pleure pas mais ferme les yeux un instant.

— Elle était gentille avec moi.

— Je suis désolée, Sarah. Que s'est-il passé après ?

— Il m'a forcée à l'aider à porter leurs corps dans la chambre. Il n'avait pas besoin de moi. Il voulait juste m'occuper pour m'empêcher de m'enfuir. Nous avons d'abord ramené Dean, puis Laurel. Il les prenait sous les bras et moi par les pieds. Ils étaient si pâles. Je n'avais jamais vu une peau aussi blanche. Comme du lait. Nous les avons allongés sur le lit.

Elle se tait.

— Qu'y a-t-il, Sarah ?

J'aperçois un peu de ce vide que j'ai vu en elle, hier soir. Un peu de la fille à la fenêtre, chantant sa mélopée monocorde, le revolver braqué sur sa tempe.

— Il a tiré une longue boîte en cuir de sa poche. Il l'a ouverte et en a sorti un scalpel. Il me l'a donné en me disant… en me disant… en me disant… de les découper. « De la gorge à la taille, m'a-t-il expliqué. D'un trait. Sans hésitation. Je te laisse faire, Sarah. À toi d'exposer ce qu'ils sont réellement à l'intérieur. » – Le regard de Sarah se voile. – C'était comme si je n'étais pas là. Comme si je n'étais pas dans mon corps. Je me souviens juste d'avoir pensé : « Fais ce qu'il faut pour rester en vie. » Et je n'ai pas arrêté de me le répéter tandis que je prenais le scalpel et que je découpais Dean. Ensuite j'ai écarté leur peau comme l'Étranger m'ordonnait de le faire et il m'a dit de couper aussi les muscles et de les écarter, là j'ai trouvé les os et les entrailles et il m'a forcée à mettre les mains dedans et à tirer, à tirer, à tirer, c'était comme de la gelée élastique, c'était mouillé et ça sentait et puis – elle laisse tomber sa tête – et puis c'était fini.

Les mots ont jailli de sa bouche, d'une traite, comme un torrent. Elle s'est vidée pour me remplir d'une coulée de boue, d'un déferlement, d'un raz de marée d'horreur. Je veux me lever, m'enfuir et ne jamais revoir ni entendre Sarah ni penser à elle.

Mais tu ne peux pas. Elle a encore des choses à dire.

Je la regarde. Elle contemple ses mains.

— Fais ce qu'il faut pour rester en vie, je ne pensais qu'à ça, chuchote-t-elle. Et lui, il se contentait de filmer la scène en souriant. Fais ce qu'il faut pour rester en vie. En vie.

— Veux-tu qu'on arrête ?

Elle se tourne vers moi, le regard vague, perdu.

— Quoi ?

— Veux-tu qu'on arrête ? Veux-tu faire une pause ?

Elle me fixe. Comme si elle retrouvait ses esprits. Elle pince les lèvres et secoue la tête.

— Non. Je veux aller jusqu'au bout.

— Tu es sûre ?

— Certaine.

Rien n'est moins sûr pourtant… Mais j'ai besoin d'entendre la suite, et je pense qu'elle a besoin de la raconter.

— Bien. Que s'est-il passé après ?

Elle se frotte le visage.

— Il m'a dit de descendre avec lui jusqu'à la salle de séjour. Michael était assis sur le canapé, nu. Paralysé, lui aussi. L'Étranger lui a tapoté la tête en riant. « Les garçons ne changeront jamais. Mais tu le savais déjà, ma Petite Douleur. Michael est un voyou. Il te filmait quand tu étais à genoux devant lui. J'ai trouvé les films lors d'une visite de reconnaissance. Mais ne t'inquiète pas, je les emporterai avec moi en partant d'ici. Ce sera notre petit secret. » Il a brusquement sorti Michael du canapé et l'a tiré jusqu'au tapis. – Elle fronce les sourcils. – J'avais toujours le scalpel. Il ne me l'avait pas repris. Il était vraiment sûr que je ne tenterais rien. – Elle hausse les épaules, misérable. – Bref, il a tiré Michael vers moi et il m'a dit que c'était mon tour. « Vas-y, tu as vu comment j'ai fait là-haut. D'une oreille à l'autre, un grand sourire rouge. » J'ai dit non. – Elle secoue la tête, désespérée. – Comme si ça comptait. Comme si ça changeait quelque chose. – Un petit sourire peiné, de travers, plein de mépris de soi. – En fin de compte, la seule chose dont on peut être sûr avec moi, c'est que je ferai tout pour survivre. « Fais-le, il a dit, sinon je te coupe le bout des seins et je te force à les manger. » – Elle se tait, les yeux baissés. – Je l'ai fait, bien sûr, murmure-t-elle d'une toute petite voix. – Elle me regarde, inquiète de ma réaction. – Je ne voulais pas qu'il meure, ajoute-t-elle d'une voix tremblante. Même s'il m'avait forcée à coucher avec lui et tout le reste, je ne voulais pas qu'il meure.

Je lui prends la main.

— Je le sais.

Elle me laisse sa main quelques instants, puis se dégage.

— Mon Dieu ! Michael a saigné, saigné. Oh, mon Dieu ! Et ensuite, j'ai dû aider l'Étranger à le monter dans la chambre. Et il l'a mis sur le lit entre Dean et Laurel. « Ce n'est pas ta faute », a-t-il dit. J'ai cru qu'il me parlait mais j'ai réalisé que c'était à Michael qu'il s'adressait. J'avais très peur qu'il me demande de lui ouvrir le ventre à lui aussi, mais non. Je commençais à perdre la tête. Je pense qu'il l'a vu, qu'il a craint que je fasse une bêtise parce qu'il m'a dit de lâcher le scalpel. J'ai vraiment pensé à le poignarder avec. Oui, vraiment. Mais en fin de compte, j'ai obéi.

— Et tu es ici et en vie, dis-je afin de l'encourager.

— Oui, soupire-t-elle d'une voix lasse.

— Et après ?

— Il m'a dit de l'accompagner à la salle de bains. Il s'est approché de la baignoire, il a plongé la main dedans et il m'a aspergée de sang en disant « Au nom du Père, de la Fille et du Saint-Esprit ». Et il m'a mis du sang sur la figure et un peu partout.

Les éclaboussures en forme de larmes que j'ai vues hier, sans doute.

— Est-ce exactement ce qu'il a dit ? Au nom du Père, de la Fille et du Saint-Esprit ? Pas au nom du Père et du Fils ?

— Non, non.

— Continue.

— Et ensuite il m'a dit qu'il était temps de se mettre au travail. Qu'il avait besoin de s'exprimer. Et il s'est déshabillé complètement.

— As-tu remarqué une particularité ? Une marque de naissance, une cicatrice, autre chose ?

— Un tatouage. Sur sa cuisse droite, là où personne ne peut le voir quand il est habillé.

— Qui représentait quoi ?

— Un ange. Mais pas un gentil. Avec un visage méchant et une épée enflammée. À donner la chair de poule.

Un ange vengeur, peut-être ? Était-ce ainsi qu'il se voyait ou symbolisait-il seulement ses actes ?

— Si je t'appelais un dessinateur, tu pourrais lui décrire ce tatouage ?

— Bien sûr !

Je n'imagine pas un tel meurtrier choisissant son tatouage dans un catalogue. Il a dû le faire réaliser sur mesure selon des directives bien précises. Nous pourrons peut-être retrouver l'artiste.

— Rien d'autre sur lui ?

— Si, j'ai remarqué aussi qu'il s'était rasé sur tout le corps. Les aisselles, la poitrine, les jambes, le sexe, partout.

C'est un usage que l'on rencontre chez les tueurs organisés intelligents. La plupart possèdent suffisamment de notions de médecine légale pour ne pas vouloir laisser d'indices derrière eux. Et les violeurs en série se rasent tout le temps.

— Et pas de grains de beauté ? De cicatrices ?

— Juste le tatouage.

— C'est bien, Sarah. Quand nous le retrouverons, ça nous aidera à le coincer.

Elle semble vidée de toute énergie.

— Il s'est déshabillé. Et ensuite ?

— Il bandait.

— Tu veux dire qu'il était en érection.

— Ouais.

Je me mords la lèvre et me résous à poser la question que je redoute.

— Il t'a… touchée ?

— Non. Il ne m'a jamais baisée, il n'a même pas essayé.

— Qu'est-ce qu'il a fait après ?

— Il a sorti deux paires de menottes des poches arrière de son pantalon. Il m'a dit : « Il faut que je t'attache maintenant, pour travailler sans craindre que tu t'enfuies. » Il m'a menotté les mains dans le dos, puis les pieds. Ensuite il m'a portée dans la chambre et m'a assise par terre. Je ne me suis pas débattue.

— Continue.

— Il est descendu et je l'ai vu revenir avec une grosse casserole. Il l'a remplie de sang dans la baignoire et après... – Elle hausse les épaules. – ... vous avez vu la chambre.

Il s'était éclaté. En peignant les murs avec des doigts sortis de l'enfer.

— Combien de temps ça a duré ?

— Aucune idée, répond-elle d'une voix atone. Tout ce que je sais, c'est qu'après il y avait du sang partout. Il en était couvert. – Elle grimace. – Mon Dieu, il était si fier ! Il s'est planté devant la fenêtre, une seconde, et s'est écrié « Quelle belle journée ! C'est Dieu qui l'a faite ! » Il a fait coulisser la fenêtre et il est resté là, tout nu, couvert de sang.

— Et il est allé se baigner après, non ?

Elle hoche la tête.

— Il m'a laissée là, il a quitté la pièce et, quelques minutes plus tard, je l'ai entendu dans la piscine. Mais j'étais dans les vapes. Je perdais conscience. Je commençais à devenir folle.

Il y avait de quoi !

Elle soupire.

— Bref, je ne sais pas combien de temps a passé. Je me souviens juste que j'étais allongée par terre. Et j'ai eu l'impression de m'endormir puis de me réveiller, sauf que je ne m'endormais pas vraiment, je ne sais pas. C'est comme si je n'arrêtais pas de m'évanouir. Il est revenu dans un de ces moments où je reprenais conscience. – Elle frissonne. – Il était de nouveau propre, sans plus aucune trace de sang. Il me regardait.

Je suis retombée dans les pommes. Quand je me suis réveillée, j'étais en bas et il était habillé, la casserole à la main, et il la déversait sur le tapis de la salle de séjour en disant « Un peu par ici, un peu par là ». Ensuite il est sorti dans le jardin finir de la vider dans la piscine.

— Sais-tu pourquoi il a fait ça ?

Son regard dur et usé réapparaît.

— Je pense… qu'il trouvait ça bien. Comme un tableau. Il devait considérer que le tapis et l'eau de la piscine manquaient de rouge pour être parfaits.

Je la considère un moment avant de m'éclaircir la gorge.

— Ça se tient. Et après, que s'est-il passé ?

— Il s'est assis en braquant sa caméra sur moi. « Tu es passée par beaucoup d'étapes, ma Petite Douleur. Orpheline, menteuse, putain. Mon ange de souffrance. Maintenant, tu es une meurtrière. Tu viens juste de tuer un autre être humain. Je te laisse y réfléchir. » Il s'est tu, la caméra fixée sur moi. Je ne sais pas combien de temps ça a duré. Je n'étais plus là. Il a défait mes menottes et m'a annoncé qu'il partait. « Nous y sommes presque, Sarah. Presque au terme de notre voyage. Je veux que tu te souviennes, ce n'est pas ta faute, mais ta douleur est ma justice. »

Et il est parti. Je suis restée un long moment à moitié inconsciente. Puis tout est devenu noir. Et la dernière chose que je me rappelle, c'est quand je vous ai parlé dans la chambre.

— Tu ne te souviens pas de m'avoir réclamée ?

— Non.

Je penche la tête vers elle.

— Pourquoi m'as-tu demandée ?

Elle me considère d'un air qui me rappelle brièvement Bonnie.

— Depuis que j'ai six ans, un homme ne cesse de venir tuer tous ceux que j'aime. Et personne ne croit à son existence. – Ses yeux balaient mon visage et dansent sur mes cicatrices. – Quand j'ai lu ce qui vous était arrivé, j'ai pensé, elle, peut-être, elle me croira. Vous saviez ce que c'était. De tout perdre. De s'en souvenir tous les jours. De se demander s'il ne vaudrait pas mieux mourir. Alors j'ai acheté un cahier, il y a quelques mois et j'ai tout écrit. Toutes les horreurs. J'avais l'intention de vous contacter pour vous le donner. C'est fait, ajoute-t-elle avec un petit haussement d'épaules triste.

Je lui souris.

— Oui, c'est fait. – Je me mords la lèvre. – Sarah, ce qu'il t'a dit, que tu étais devenue une meurtrière… tu sais que ce n'est pas vrai, bien sûr ?

Elle se met à trembler. Les tremblements se transforment en secousses qui lui parcourent le corps, elle écarquille les yeux, son visage blêmit, elle crispe ses lèvres qui deviennent livides.

— Barry, appelle l'infirmière !

— Noooon ! proteste Sarah.

Les bras serrés autour de son ventre, elle se balance d'avant en arrière en secouant la tête frénétiquement. Trente secondes s'écoulent, puis les secousses s'apaisent, remplacées par des tremblements qui se dissipent à leur tour. Le visage de Sarah reprend des couleurs.

— Ça va ?

La question m'a échappé ; je me sens stupide.

Elle écarte une mèche de son front.

— Ça m'arrive de temps en temps, dit-elle d'une voix étonnamment claire. Ça me prend brusquement, comme une crise cardiaque.

Elle ramène son regard sur moi et je suis stupéfaite par sa clarté et la force que j'y découvre.

— Je suis au bout du rouleau, vous comprenez ? Ou vous le trouvez et vous l'arrêtez, ou je devrai faire disparaître ce qu'il veut par-dessus tout.

— Quoi donc ?

Son regard ne vacille pas mais s'égare. Ferme et néanmoins perdu.

— Moi. C'est moi qu'il veut plus que tout. Alors si vous n'arrivez pas à l'attraper, je disparaîtrai définitivement. Vous comprenez ?

Elle se retourne vers la fenêtre, vers le soleil. Je pourrais discuter, protester, mais je me rends compte qu'elle n'est plus là.

— Oui, lui réponds-je d'une voix douce. J'ai compris.

— Alors qu'est-ce que tu penses de tout ça ? me demande Barry alors que nous sortons sur le parking.

Il fume et j'aimerais bien en faire autant.

— Je pense que c'est vraiment une histoire abominable.

— Tu as raison. Si elle dit la vérité.

— À ton avis ?

— J'ai déjà entendu des récits incroyables dans ma vie. Et des tas de mensonges. Je n'ai pas l'impression que ça en soit.

— Je suis d'accord.

— Et que penses-tu de sa menace de suicide ?

— Elle est vraie.

Je n'en dis pas plus. Pas besoin d'ajouter quoi que ce soit. Je sens que Barry est d'accord avec moi.

— Et notre meurtrier ?

— Je ne le cerne pas encore très bien. Je suis presque sûre à cent pour cent que son mobile, c'est la vengeance. Et il n'y a que ça qui compte pour lui. Il s'est privé du plaisir de mutiler personnellement ses victimes pour que Sarah le fasse. La contraindre à le faire était plus important, plus gratifiant pour lui que les éventrer lui-même.

— Mais pas les tuer.

— Sauf pour le garçon. Une fois de plus, ça lui suffisait de la forcer à le faire, de la voir souffrir. Mais quand elle a tué à sa place, ça lui a donné une érection. Jouer avec le sang… c'est rituel, sexuel. La regarder faire paraît trop cérébral.

Je me frotte le visage pour essayer de me ramener à un semblant de normalité.

— Désolée, je ne t'aide pas beaucoup.

— Hé, nous avons déjà résolu pas mal d'affaires ensemble. Et tu fonctionnes toujours comme ça.

Il a raison. Observer, observer encore, réfléchir, mettre en corrélation, renifler et recommencer indéfiniment jusqu'à ce que la routine du meurtrier se précise. Une procédure chaotique, confuse et contradictoire, mais ça marche.

— Pourrais-tu faire venir un portraitiste ? Le tatouage doit être caractéristique, unique.

— Je m'en occupe.

— Je vais appeler Callie pour savoir où ils en sont chez Vargas. Je lui demanderai aussi de te tenir au courant. Sauf de grandes révélations sur le plan médico-légal, je pense que c'est en fouillant le passé des victimes, surtout celui de Vargas, que nous aurons le plus de résultats. C'est là que nous trouverons la réponse. En prenant le mobile de la vengeance comme point de départ et la façon dont le meurtrier traite le corps des enfants : je pense qu'il faut s'intéresser tout particulièrement à cette histoire de trafic d'êtres humains.

— Je te la laisse.

— Pourquoi ?

— Apparemment, ce sont les fédéraux qui s'en sont occupés dès le départ. Et plus précisément le FBI.

— Celui d'ici ?

— Ouais, celui de notre belle Californie ! Moi, je vais fouiller dans la vie des Kingsley. Et aussi dans celle de Sarah. Et vérifier si ses parents ont été réellement assassinés. Ah oui, je dois voir également où en est l'autopsie. Bon sang, j'ai du pain sur la planche !

— Je demanderai à Callie de te faire parvenir une copie du journal.

Nous réfléchissons tous les deux en cherchant si nous n'avons rien oublié.

— Bon, je suppose qu'on peut y aller, décrète Barry. Je te rappelle dès que j'ai du nouveau.

— Cet appartement est une véritable porcherie, ma chérie, commence Callie au bout du fil.

— J'avais remarqué. Qu'est-ce que vous avez trouvé ?

— Voyons voir, par où commencer ? La façon de procéder est la même que chez les Kingsley. La gorge tranchée, puis saignés à blanc dans la baignoire. José Vargas a été éviscéré. Pas de trace d'hésitation dans la découpe, cependant.

Je lui raconte ce que Sarah nous a dit.

— Il l'a forcée à les éventrer ?

— Oui.

Silence.

— Eh bien, tout s'explique. Continuons. La jeune fille n'a pas été mutilée, comme tu avais pu le constater. Nous ne l'avons toujours pas identifiée mais elle était jeune. Je dirais entre treize et quinze ans. Nous avons trouvé le tatouage d'une croix sous laquelle est écrit en cyrillique *Rendons grâce à Dieu car Dieu est amour*.

— Ça m'étonnerait qu'une Américaine porte un truc pareil. Elle doit être russe ou d'Europe de l'Est. Ça se comprendrait mieux.

La mafia russe tient une grande place dans le trafic d'êtres humains, et en particulier dans le trafic sexuel de mineurs.

— Les cicatrices de ses pieds ressemblent beaucoup aux empreintes relevées chez les Kingsley tout en étant bien moins nombreuses. Et aussi relativement récentes. Le médecin légiste pense, d'après leur couleur et leur cicatrisation, qu'elles remontent à six mois.

— Drôle de coïncidence, tu ne trouves pas ? Que la fille et le meurtrier portent le même genre de cicatrices.

— Je ne pense pas qu'il s'agisse d'une coïncidence. Toutes les empreintes que nous avons relevées correspondent aux deux victimes. Nous avons une tonne de cheveux et de fibres. Et une tonne de taches de sperme, mais elles sont anciennes et desséchées. Croûteuses, si tu vois ce que je veux dire.

— Merci du détail.

— J'ai juste passé l'ordinateur en revue le temps de constater qu'il y avait des mails, divers documents et du porno à gogo. Je l'ai fait emporter au bureau pour le fouiller. Et quand je dis qu'il est rempli à bloc de porno… Ce Vargas était un drôle de coco.

— Le meurtrier a-t-il joué avec leur sang ?

— Si tu veux parler de peinture avec les doigts, non. Comme il a laissé Sarah mutiler les Kingsley, il a peut-être eu besoin de se défouler en repeignant leurs murs. En lot de consolation.

— Et le journal ?

— Je l'imprimerai dès mon arrivée au bureau.

— Appelle-moi dès que c'est fait.

J'appelle James sur son téléphone portable.

— Qu'est-ce que tu veux ? me demande-t-il.

Ce genre d'accueil ne me surprend plus. James est le quatrième et dernier membre de mon équipe. Celui qui nous fait tous grincer des dents, telle la craie qui crisse sur le tableau. Il est exécrable, antipathique et exaspérant. Entre nous, nous l'appelons Damien, du nom du fils de Satan dans le film *La Malédiction*.

Je l'ai choisi parce qu'il est brillantissime. Éblouissant d'intelligence. Bachelier à seize ans, avec des A dans toutes les matières, il a obtenu sa licence de criminologie à vingt ans et il est entré au FBI à vingt et un, atteignant ainsi le but qu'il s'était fixé neuf ans auparavant.

James avait une grande sœur, Rosa, qui a été assassinée quand il avait douze ans, par un tueur en série armé d'un chalumeau. C'est quand il est allé à l'enterrement avec sa mère, qu'il a trouvé sa vocation devant la tombe de sa sœur.

J'ignore ce qui l'intéresse en dehors de son boulot. Je ne sais rien de sa vie privée ni même s'il en a une.

Je n'ai jamais rencontré sa mère. Je ne l'ai jamais entendu parler de cinéma. La radio est toujours éteinte dans sa voiture quand il me véhicule, préférant le silence aux chansons.

Et il se moque complètement des états d'âme des autres, ne leur témoignant qu'une hostilité flagrante ou un inconcevable manque d'égards.

Pourtant il est brillant, c'est indéniable, éblouissant même. Et il possède une qualité qu'il partage avec moi et qui nous unit, bien malgré nous. Il peut plonger dans le cerveau d'un tueur sans ciller. Il est capable de regarder le diable en face et même de prendre une loupe afin de l'inspecter de plus près.

Il se révèle alors un compagnon irremplaçable et nous voguons de conserve, tels le bateau et la rivière, la rivière et la pluie.

— Nous sommes sur une nouvelle affaire.

Je le mets rapidement au courant.

— Et en quoi ça me concerne un samedi ?

— Callie va te faire porter le journal aujourd'hui.

— Et ?

Je bous intérieurement.

— Et je veux que tu le lises, voyons ! Je vais en faire autant de mon côté. Et après, on comparera nos notes.

Un long silence suivi d'un long soupir, très exagéré.

— Très bien.

Et il raccroche. Je regarde mon téléphone un instant, puis je secoue la tête en me demandant pourquoi je m'étonne encore.

16.

Une fois sur le parking, je réalise que toutes les tâches sont réparties et que le nécessaire est fait. Je peux donc enfin reprendre mon rôle de mère. Savoir jongler avec le temps, voilà une virtuosité qu'il faut vite acquérir dans notre métier. Les affaires dont nous sommes responsables sont urgentes. C'est littéralement une question de vie ou de mort. Mais il faut quand même rentrer de temps en temps dîner à la maison.

Je suis assise avec Bonnie sur le canapé dans la salle de séjour d'Elaina et d'Alan. Alan est sorti faire des courses. Je lui ai résumé l'affaire dans les grandes lignes mais je n'ai pas de mission à lui confier pour l'instant. Elaina est allée nous chercher à boire dans la cuisine.

— Comment ça va, ma chérie ?

Elle me répond par un sourire. *Bien.*

Elle me montre du doigt.

— Comment je vais ?

Elle hoche la tête.

— Très bien.

Elle fronce les sourcils. *Arrête de mentir.*

Je souris.

— Tu dois me laisser mes petits secrets, mon bébé. Les parents ne peuvent pas tout raconter à leurs enfants.

Elle hausse les épaules. L'air de dire *Nous, c'est différent*.

Bien que Bonnie n'ait que dix ans, j'ai plus souvent l'impression de vivre avec une adolescente qu'avec une petite fille. Au début, j'ai attribué cela à l'épreuve qu'elle avait traversée. Maintenant que je la connais mieux, j'ai changé d'avis.

Bonnie possède un don. Non pas qu'elle soit surdouée, mais elle possède une aptitude particulière à se concentrer, à observer, à comprendre. Quand elle décide une chose, elle s'y tient jusqu'au bout, en décortiquant tout en profondeur.

Il y a quelques mois, j'ai formulé quelques inquiétudes concernant ses études. Elle m'a fait comprendre que je ne devais pas me faire de souci, qu'elle rattraperait le temps perdu quand elle retournerait à l'école. Elle m'a prise par la main et m'a conduite dans la salle de séjour. Matt et moi y possédions une sacrée collection de livres. Nous avions foi dans la lecture, dans le pouvoir des livres. Décidés à transmettre notre passion à Alexa, nous avions fait réaliser sur mesure une bibliothèque qui couvrait la totalité du mur. Nous passions au moins une heure par mois à choisir ensemble de nouveaux volumes. Shakespeare, Mark Twain, Nietzsche, Platon. Dès que nous pensions qu'un livre contenait une chose intéressante à transmettre, nous l'achetions.

C'était donc à la fois une collection de livres et une bibliothèque de travail. Sans la moindre once de vanité.

Nous avions pour règle de ne jamais acheter un livre pour nous attirer l'approbation d'autrui.

Sans être pauvres, Matt et moi ne roulions pas sur l'or non plus. Nous ne laisserions pas derrière nous un énorme patrimoine. Nous espérions léguer à Alexa ce qu'on laisse habituellement : une maison dégagée de tout crédit, des souvenirs de notre amour de parents, un peu d'argent à la banque. Nous voulions également lui transmettre quelque chose qui vienne uniquement de nous, un héritage du cœur. Cette bibliothèque était notre legs, notre petit échantillon d'œuvres choisies. C'était un rêve que nous partagions avec Matt, un rêve accessible à toutes les bourses.

Alexa commençait à peine à s'y intéresser quand elle a été assassinée. Je n'ai rien ajouté depuis. Il m'est arrivé de rêver que je me réveillais devant la bibliothèque en feu et que les livres hurlaient sous les flammes.

Bonnie m'a ramenée dans cet endroit oublié ou peut-être évité. Elle a pris un livre et me l'a tendu. *Apprendre à dessiner*, d'un illustre inconnu néanmoins très doué. Elle s'est montrée du doigt. J'ai mis un moment à saisir ce qu'elle voulait dire.

— Tu l'as lu ?

Elle a opiné avec un grand sourire, ravie que j'aie compris. Elle en a attrapé un autre, *Les Bases de l'aquarelle*. Et un autre encore, *L'Art du paysage*.

— Eux aussi ?

Hochement de tête. Grand sourire.

Bonnie a mimé une réflexion intense, puis montré la bibliothèque d'un large geste de la main.

J'ai réfléchi sans cesser de la dévisager.

— Tu veux dire que, lorsque tu veux savoir quelque chose, tu viens ici ?

Nouveau hochement de tête enthousiaste.

J'aime lire et apprendre, me disait-elle. *N'est-ce pas suffisant ?*

Je n'en étais pas convaincue. Certes, elle était capable de s'instruire toute seule mais il lui manquerait tôt ou tard le côté social, le fait d'apprendre à vivre avec des filles et des garçons de son âge, d'apprendre aussi à dire non. Bref, d'acquérir les différents pas de cette chorégraphie délicate qui vous permet de partager le monde avec les autres.

J'ai ressassé tout cela. Le fait que Bonnie lise des livres sur la peinture et sur l'art, et peigne à présent bien et régulièrement m'a cependant rassurée. J'ai donc décidé de reporter le problème à plus tard.

— D'accord, ma chérie, ai-je finalement acquiescé. Pour le moment, ça ira.

Sa précocité intellectuelle ne se révélait pas seulement par ses peintures, mais aussi par sa faculté d'attention et sa patience incroyables, sa maturité surprenante sur le plan affectif.

Elle restait une enfant par bien des côtés, c'est vrai Mais par ailleurs, elle faisait preuve d'une perspicacité bien supérieure à la mienne.

— Aujourd'hui, je suis allée voir une jeune fille qui s'appelle Sarah, dis-je avec un soupir.

Je lui résume l'histoire de Sarah. En lui épargnant l'odieux chantage de Michael et les détails macabres de l'assassinat des Kingsley. Je lui dis ce qui est important : que Sarah est orpheline, qu'elle se croit traquée par un homme qu'elle appelle l'Étranger, qu'elle a atteint le fond du désespoir et qu'elle risque de sombrer dans les ténèbres à jamais.

Bonnie m'écoute avec un profond intérêt. Quand j'ai terminé, elle se plonge longuement dans ses pensées. Elle se retourne vers moi, pose son doigt sur elle puis sur moi et hoche la tête. Il me faut un moment avant que notre communication télépathique ne s'établisse.

— Elle est comme nous, c'est ça que tu veux dire ?

Elle acquiesce avec hésitation, puis se montre à grands gestes.

— Surtout comme toi.

Elle opine.

Je la regarde fixement.

— Parce qu'on a assassiné ceux qu'elle aimait sous ses yeux, ma chérie ? Comme toi avec ta maman ?

Elle fait signe que oui, puis secoue la tête. *Oui, mais ce n'est pas tout.* Elle réfléchit en se mordillant la lèvre. Puis elle me regarde, se montre du doigt et m'écarte d'elle.

C'est mon tour de me creuser les méninges. Je la fixe et soudain je comprends.

— Elle est comme tu serais si tu ne m'avais pas.

Elle opine tristement.

— Seule.

Hochement de tête.

Communiquer avec Bonnie, c'est comme lire des pictogrammes. Tout n'est pas littéral. Le symbolisme joue un grand rôle. Elle ne veut pas dire que Sarah et elle sont semblables. Sarah a perdu tous ceux qu'elle aimait – là s'arrête la similitude – et se retrouve seule au monde. Bonnie veut me faire comprendre : *Je serais comme elle si je ne t'avais pas, Smoky, si ma vie se limitait à des foyers d'accueil et au souvenir de la mort de ma mère.*

Je déglutis péniblement.

— Oui, ma chérie. C'est bien vu.

Bonnie a ses cicatrices. Elle est muette. Elle continue à avoir des cauchemars qui la font hurler dans son sommeil.

Mais elle n'est pas seule.

Elle m'a, et je l'ai… c'est ce qui fait toute la différence.

À présent, je perçois Sarah plus en profondeur. Quand elle hurle la nuit, il n'y a personne pour la réconforter à son réveil. Et ce, depuis très longtemps.

Une vie pareille a de quoi vous donner envie de vous entourer de noir, non ? Tout étant si sombre, autant faire en sorte de ne pas l'oublier, de ne pas se laisser piéger par un espoir insensé.

Un cliquetis de verres me sort de mes pensées. Elaina revient avec nos boissons.

— Du jus d'orange pour vous deux et de l'eau pour moi, annonce-t-elle gaiement en s'asseyant.

Je la remercie, Bonnie hoche la tête.

— J'ai entendu ce que tu racontais à Bonnie, reprend Elaina alors que nous dégustons notre jus de fruits. À propos de cette pauvre Sarah. Quel horrible drame !

— Elle est en piteux état.

— Que va-t-il lui arriver, maintenant ?

— Je suppose qu'à sa sortie de l'hôpital, on la mettra en détention préventive. Après, ça dépend. Elle a seize ans. Ou elle ira dans un foyer ou elle sera placée dans une famille jusqu'à sa majorité ou son émancipation.

— Tu veux bien me rendre un service ?

— Bien sûr !

— Tu pourras me prévenir ? Avant qu'elle ne sorte de l'hôpital.

Je m'interroge sur cette requête mais pas longtemps. Connaissant Elaina, je devine vite ses intentions. Surtout maintenant que je sais qu'elle a été orpheline.

— Elaina, ce ne serait pas une bonne idée de la prendre chez toi. Non seulement il y a un cinglé qui fait une fixation sur elle, mais elle est perturbée. Elle a souffert, c'est indéniable, mais elle a un côté très dur. Je ne sais rien d'elle. J'ignore si elle se drogue, si elle vole…

Elaina m'adresse un de ses adorables sourires pleins d'indulgence. Un sourire qui signifie « Je t'aime, mais Dieu que tu es bornée ! »

— J'apprécie ta sollicitude, Smoky, mais cela ne concerne qu'Alan et moi.

— Mais…

Elle m'arrête d'un geste.

— Promets-moi de me téléphoner avant sa sortie.

Fin de la conversation, les jeux sont faits, un conseil : laisse tomber, mais je t'aime.

Je souris. Je ne peux pas m'en empêcher. Elaina vous fait toujours sourire, elle est née pour ça.

— C'est promis.

Elaina garde Bonnie dans la journée (et souvent le soir). Avec Alan, ils font partie de sa famille. Ça marche bien. Ils n'habitent pas loin, je leur fais confiance plus qu'à quiconque. En plus, Bonnie les adore tous les deux. Je ne sais pas comment régler son problème de mutisme et je vais devoir l'inscrire bientôt à l'école, mais pour le moment, ça fonctionne.

Elaina et Alan se sont même pliés à mes exigences, sans me poser de questions ni dire quoi que ce soit qui risque de me blesser, et avec le sourire. Ils ont fait mettre des alarmes partout dans leur maison (un vrai fortin, comme chez moi) et Tommy a installé un système de vidéosurveillance. Sans compter qu'Alan, le bon géant armé d'un revolver, dort là.

Je leur suis infiniment redevable de tout cela à tous les deux. Alors je réitère ma promesse.

— Tu peux compter sur moi.

Alan est revenu. Il joue aux échecs avec Bonnie et il perd. Elaina nous prépare un repas tardif tandis que je parle avec Callie au téléphone.

— Je t'ai imprimé toutes les pages, ma chérie. Qu'est-ce que je fais maintenant ?

— Fais-en six autres copies. Une pour Barry, une pour James, une pour Alan, une pour le directeur adjoint Jones, une pour le Dr Child et une pour toi. Et envoie un coursier porter les exemplaires de Barry, de James, de Jones et du Dr Child à leur domicile. Je vais les appeler pour les prévenir. Je veux que tout le monde lise ce journal. Et ensuite qu'on compare nos notes.

— Ça se défend. Et qu'est-ce que je fais de ton exemplaire et de celui d'Alan ?

Je regarde la cuisine en souriant.

— Tu as faim ?

— Quelle question ? Le vent souffle-t-il, la terre tourne-t-elle, le…

— Amène-toi !

Je suis au téléphone avec le directeur adjoint Jones. Je l'ai appelé pour le tenir au courant. Règle numéro un dans toute bureaucratie : toujours mettre le patron au parfum.

— Attends, me coupe-t-il. Comment as-tu dit que s'appelait l'autre type assassiné ?

— José Vargas.

Il pousse un sifflement.

— Vaut mieux que tu viennes me voir demain, Smoky.

— Pourquoi ?

— Parce que je peux te parler de lui. Cette histoire de trafic ? C'est moi qui me suis occupé de l'affaire.

— Sans blague ?

Je savais par Barry que les fédéraux s'en étaient chargés. Je ne m'attendais pourtant pas à ce que Jones y ait participé en personne. C'était peut-être un plus.

— Pour de vrai, comme disent les enfants. Viens me voir demain.

— Oui, chef.

— Bien. As-tu réfléchi à notre conversation de l'autre jour ?

Il plaisante ou quoi ?

— Un peu.

Silence. Peut-être attend-il que je le brise, que je développe cette réponse un peu courte. Mais il finit par craquer.

— Je veux des rapports réguliers. Et je veux voir ce journal.

— Vous devriez le recevoir d'ici à une heure, chef.

Callie est arrivée peu après mon coup de fil avec Jones. Comme Bonnie jouait encore aux échecs avec Alan, elle s'est assise à ses côtés et toutes deux se sont mises à jouer contre Alan, qui a bien du mal à conserver des pièces sur l'échiquier.

C'est pendant la revanche qu'Elaina a réussi à me coincer dans la cuisine.

— Alors, me dit-elle, quand finirons-nous ce que nous avons commencé samedi ?

1pourtoi2pourmoi ?

Je me fige, un cracker dans la bouche. Je l'avale péniblement en me sentant coupable, sans savoir pourquoi.

Elle m'attrape par le menton et me force à lever la tête.

— Smoky. Regarde-moi.

Je la regarde et laisse un peu de sa bonté couler en moi et me réchauffer. Je soupire.

— Pardonne-moi. Bien sûr que nous finirons. Mais quand ? – J'écarte les mains. – Je n'en sais vraiment rien.

— Tu n'auras qu'à me faire signe.

Je grignote mon cracker du bout des dents. Comme un enfant.

— Oui. Bien sûr.

— C'était une bonne idée de vouloir ranger cette maison. Ce serait dommage de t'arrêter en si bon chemin.

Et elle conclut par un sourire qui rend toute parole superflue.

Le vent qui tombe annonce déjà le début de la soirée et les bâillements de Bonnie me font comprendre qu'il est temps de rentrer.

Je suis restée plus longtemps que prévu, mais j'en avais besoin. Les plaisanteries de Callie, la feinte colère d'Alan d'avoir été battu aux échecs, la chaleur omniprésente d'Elaina et les grands sourires de Bonnie, tout cela m'a aidée à retrouver ce qui m'a tant manqué ce week-end : un semblant de normalité.

Peux-tu abandonner tout cela ? Dois-tu le faire ? Quantico est-il la solution ?

Chut !

— Je retourne au bureau fouiller l'ordinateur de Vargas, me lance Callie du pas de la porte. Je suis sûre d'y découvrir des tas d'horreurs.

— Ne reste pas trop tard. Nous avons une réunion à la première heure, demain matin.

Nous embrassons Elaina, Alan et Callie. Je travaille en famille, ma famille c'est mon travail, c'est la vie qui l'a voulu !

Ça t'apprendra à avoir épousé un revolver.

Je suis de trop bonne humeur pour mordre à mon propre hameçon.

17.

— Je vais lire un peu, ma chérie, dis-je à Bonnie. Cela ne t'empêchera pas de dormir ?

Je lui ai déjà posé cette question des dizaines de fois. La réponse est toujours non. Bonnie pourrait dormir sous un bombardement, du moment qu'elle a quelqu'un près d'elle. Elle secoue la tête et me sourit en m'embrassant sur la joue.

Je l'embrasse à mon tour.

— Bonne nuit, ma chérie.

Un dernier sourire et elle se tourne de l'autre côté, vers l'ombre reposante, me laissant lire et réfléchir dans ma petite flaque de lumière.

Je reprends mes notes de l'autre soir pour y ajouter ce que nous avons appris.

MEURTRIER

Sous MÉTHODOLOGIE, j'écris :

L'ENTRETIEN AVEC SARAH CONFIRME QU'IL DROGUE SES VICTIMES.
IL A FORCÉ SARAH À ÉVISCÉRER LES PARENTS KINGSLEY ET À TRANCHER LA GORGE DE MICHAEL

(Son comportement vis-à-vis d'elle est particulier. Pourquoi ?)

Sous COMPORTEMENTS j'ajoute :

L'ÉVISCÉRATION EST UN MOYEN DE RÉVÉLER LA « VÉRITABLE NATURE » DE SES VICTIMES. CE QUI CONFIRME LA THÉORIE DE LA VENGEANCE COMME MOBILE.
IL FERME LES YEUX DE SES VICTIMES FÉMININES AVANT LEUR MORT MAIS LES ÉVISCÈRE QUAND MÊME. ELLES LE MÉRITENT MOINS QUE LES HOMMES, MAIS DANS SON ESPRIT LE MÉRITENT QUAND MÊME.
LE MEURTRIER REVENDIQUE DES VICTIMES ANTÉRIEURES DONT UN POÈTE MARIÉ ET UN ÉTUDIANT EN PHILOSOPHIE.
PEINDRE AVEC LE SANG EST INSOLITE, INCOHÉRENT ET INUTILE. POURQUOI L'A-T-IL FAIT ? POUR COMPENSER D'AVOIR LAISSÉ SARAH DÉCOUPER SES VICTIMES ? LE MEURTRE LUI DONNE UNE ÉRECTION MAIS AUCUNE TRACE D'ABUS SEXUEL SUR LES CORPS NI SUR SARAH, D'APRÈS SES DIRES.

Évidemment, je sais que c'est peut-être parce que le scalpel remplace son sexe. Le découpage de ses victimes peut représenter un acte sexuel pour lui.

ALLUSIONS RELIGIEUSES : REÇOIT-IL SES ORDRES DE DIEU ?

Sous CARACTÉRISTIQUES CONNUES, j'ajoute :

DE RACE BLANCHE DU MOINS EN APPARENCE.
ENVIRON 1,80 M.

SE RASE ENTIÈREMENT LE CORPS.

SPORTIF, MUSCLÉ « UN CORPS PARFAIT ». FAIT DE LA MUSCULATION : NARCISSIQUE.

INDICE : SUR SA CUISSE DROITE, TATOUAGE D'UN ANGE ARMÉ D'UNE ÉPÉE ENFLAMMÉE. L'A SANS DOUTE DESSINÉ LUI-MÊME.

Je rajoute des notes concernant le programme trouvé sur l'ordinateur de Michael Kingsley. S'il a été installé par le meurtrier, cela démontre des connaissances techniques poussées ou un accès à ces connaissances.

Je réfléchis au tatouage. L'ange peut représenter soit ses actions soit le meurtrier en personne. Ce dernier semble assez lucide pour que ce soit la première hypothèse, mais peindre avec le sang est un signe de folie, ce qui est étrange et déroutant.

COMMENCE-T-IL À DÉCOMPENSER ?

La décompensation, pour simplifier, représente le passage d'un état stable à un état instable. On ne la rencontre pas chez tous les tueurs, mais c'est un phénomène courant. Pendant des années, Ted Bundy s'est montré un assassin prudent, intelligent, charismatique. À la fin de sa « carrière », il a perdu le contrôle de ses actes et c'est ce qui a permis de l'arrêter.

Le Dr Child, l'un des rares profileurs que je respecte vraiment, m'a parlé de ce phénomène et notre échange à ce sujet me revient maintenant à l'esprit :

— Je crois que tous les criminels qui se livrent à des actes de violence répétés sont fous à un certain degré. Je ne parle pas de la définition légale de la folie. J'affirme seulement que trouver son bonheur dans le meurtre d'autres êtres humains n'est pas un comportement sensé.

— Je ne peux que vous approuver.

— Exactement. Le meurtre en série est un comportement précipité par une existence où se sont accumulés les stimuli anxiogènes. C'est un acte qui engendre encore davantage d'anxiété. Il exige une paranoïa, il est toujours obsessionnel et, facteur primordial, il n'est pas sous le contrôle de l'individu. Quelles que soient les conséquences possibles – comme l'éventualité de se faire prendre –, non seulement le meurtrier ne veut pas s'arrêter mais il en est incapable. Cette incapacité à s'arrêter, alors qu'on sait qu'elle peut mener à sa propre perte représente une forme de psychose, non ?

— Bien sûr.

— C'est la raison pour laquelle, à mon avis, tant de tueurs en série décompensent effectivement, qu'ils soient organisés, désorganisés ou entre les deux. Les pressions internes, externes, imaginées, réelles s'accumulent et finissent par faire craquer *l'esprit déjà dérangé*. Je pense que nous avons tous cette même folie tapie au fond de nous, latente, prête à émerger. Fournissez-lui juste l'anxiété qu'il faut et elle se réveille. Mais ce que je veux surtout souligner, Smoky, c'est qu'il faut résister à l'envie de classer ces monstres dans des boîtes. Il n'existe pas de règles précises ici, juste des grandes lignes.

Donc, pour en revenir au cas présent, la peinture au sang n'a pas d'importance. Le mobile de la vengeance tient la route et nous mènera à lui. La façon dont il traite les enfants est très significative et elle nous conduira aussi à lui. Le tatouage ? De la pure médecine légale. Je dois uniquement retrouver l'artiste qui l'a réalisé sans m'occuper de sa signification. Savoir s'il se sent comme l'ange ou s'il se prend pour lui n'offre aucun intérêt.

Je passe aux notes sur Sarah et commence par corriger son nom.

SARAH LANGSTROM

VIT AVEC LA FAMILLE KINGSLEY DEPUIS UN AN ENVIRON.

Et là, le blanc !

Qu'avons-nous appris d'autre sur elle ?

Deux choses me viennent à l'esprit. Je les inscris car elles sont vraies bien que peu significatives.

C'EST UNE SURVIVANTE.
ELLE PERD LA TÊTE. ELLE EST SUICIDAIRE.

C'est déjà un début.

Avec surtout des points d'interrogation, mais ce n'est pas grave. Le tout, c'est d'avancer. De regarder, examiner, déduire, postuler, prouver, encore prouver et profiler. Nous avons une description physique du meurtrier et une idée générale de ses motivations. Nous avons un témoin en vie. Une empreinte de pied. Nous savons que le meurtrier collectionne les vidéos comme trophées et que, lorsque nous l'arrêterons, ces films nous permettront de le coincer.

Nous avons également le journal de Sarah et je dois le lire pour voir où il nous mène. Les victimes devraient nous permettre de comprendre le meurtrier et, à mon avis, Sarah est sa préférée. La clé de tout.

J'écarte mes notes et examine ce que Callie m'a apporté.

Des pages plus grandes que les originales, faciles à lire. La noire écriture cursive de Sarah m'attire. Elle commence en s'adressant directement à moi.

Chère Smoky Barrett,

Je vous connais.

Enfin je devrais plutôt dire que je connais votre histoire. Je vous ai étudiée à la façon dont on examine quelqu'un qui représente votre dernier et unique espoir. J'ai fixé votre photo jusqu'à ce que mes yeux soient injectés de sang, et j'ai mémorisé la moindre de vos cicatrices.

Je sais que vous travaillez pour le FBI de Los Angeles. Je sais que vous traquez les criminels et que vous le faites avec succès. Évidemment, tout cela est très important, mais ce n'est pas ce qui m'a redonné espoir.

Vous m'avez redonné espoir parce que vous avez été une victime, vous aussi.

Vous m'avez redonné espoir parce que vous avez été violée, torturée et que vous avez perdu ceux que vous aimiez.

Si quelqu'un peut me croire, ce sera vous.

Si quelqu'un peut faire cesser ces horreurs, ou au moins vouloir les faire cesser, ce sera vous.

Me croirez-vous vraiment ? Ou suis-je en train de rêver alors que je devrais me couper les veines ?

Nous le saurons sans doute bientôt. Je pourrai toujours me couper les veines après.

J'appelle ce cahier un journal mais ce n'en est pas vraiment un. Non. C'est une fleur noire. Un recueil de rêves. Un chemin vers le point d'eau où de sombres créatures viennent se désaltérer.

Rien que ça ? Non, je veux juste dire que c'est une histoire. C'est là sur le papier que vous allez me voir courir. Le seul endroit où vous me verrez le faire. Là, sur la feuille blanche qui crisse, je peux vraiment bouger. En fait, mon truc, vous verrez, c'est plus le sprint que la course, mais une chose est sûre, demandez-moi de formuler oralement ce que j'écris, je n'arriverais pas à aligner deux mots, mais si vous me donnez un stylo et un papier, ou un ordinateur et un clavier, je deviens intarissable.

Cela, je le dois en grande partie à l'âme lumineuse de ma mère. C'était une artiste et elle a dû déteindre un peu sur moi. Et aussi au fait que je deviens folle. Folle à lier. Et c'est sur la page blanche que se déverse ma folie, fulgurante, à l'état brut. Telle une grosse nuée noire de corbeaux sortis tout droit de mon esprit.

J'en ai fait une comptine. (Une comptine de folie, bien sûr) : « Un petit peu de noir, un petit peu d'espoir, un petit peu de tico-tico par-ci, tico-tico par-là dans tout ce foutoir. »

Bref je transcris à ma manière ce que je ressens et mon écriture vous trace le chemin qui mène au point d'eau.

J'ai commencé à écrire il y a deux ans environ, dans une des nombreuses écoles que j'ai fréquentées. Quand le professeur de littérature, un type très bien (vous saurez bientôt pourquoi je dis ça) qui s'appelait M. Perkins, a lu ma première histoire, il m'a demandé de venir le voir après le cours. Dès que nous avons été seuls, il m'a déclaré que j'avais un don. Que j'étais peut-être même un prodige.

Pour je ne sais quelle raison, ce compliment a réveillé la Folle. La Folle est une des sombres créatures aux yeux globuleux qui viennent boire au point d'eau. C'est une furieuse. Une méchante. Bref la Folle est folle.

Alors j'ai plaqué la main sur l'entrejambe de M. Perkins et je lui ai dit : « Merci ! Ça vous dirait une petite pipe, M. Perkins ? »

Exactement comme ça !

Je n'oublierai jamais sa réaction. Son visage s'est décomposé et son sexe a durci. Les deux simultanément. Il s'est brutalement écarté de moi et il a pris la fuite. Il a dû avoir peur et je ne peux pas lui en vouloir. Mais j'ai aussi compris que sa première réaction, le visage décomposé, c'était celle du véritable M. Perkins. Je vous avais dit que c'était un type bien.

Je suis sortie de la classe, le cœur battant à tout rompre. Puis j'ai couru derrière l'école mettre le feu à mon histoire et j'ai pleuré pendant qu'elle brûlait et que la brise dispersait les cendres.

J'ai beaucoup écrit depuis et j'ai tout brûlé.

J'aurai bientôt seize ans, au moment où je commence ce récit, et bien que j'aie déjà envie de le brûler, je ne le ferai pas.

Pourquoi vous raconter cela ? Pour deux raisons.

La première est énorme, plus grosse qu'une montagne. Sachez que je me représente ma raison comme une ligne blanche ou une vibration lumineuse, autrefois forte et constante, mais qui faiblit et clignote de plus en plus. Des points noirs flottent autour d'elle, comme une nuée d'abeilles tueuses assoupies. Un jour prochain, si rien ne change, les points recouvriront la lumière et je serai perdue. Je chanterai à jamais sans plus entendre un mot.

Alors si je hoquette parfois, si mon saphir sort du sillon, c'est parce que je ne me retiens plus que par le bout des ongles. Je passe mon temps à surveiller cette ligne blanche car j'ai peur, si je détourne les yeux, de ne plus la retrouver, ou pis encore, de ne plus me souvenir qu'elle a existé.

La Folle est descendue boire au point d'eau, et à partir de là, plus rien ne m'empêche de dire ou de faire des choses regrettables, d'accord ?

D'accord.

La seconde raison concerne ce qui va suivre. J'aurais pu écrire un journal, raconter les faits proprement, sèchement. Mais je suis DOUÉE *voyons ! Un prodige !*

Pourquoi ne pas raconter plutôt une histoire ?

C'est ce que j'ai fait.

Tout est-il vrai ? Cela dépend de votre définition de la vérité. Pouvais-je lire dans l'esprit de mes parents ? Puis-je savoir ce qu'ils pensaient quand l'Étranger les a tués ? Non.

Mais je les connaissais. Ils étaient ma famille. Peut-être n'est-ce pas exactement ce qu'ils ont pensé, mais ça devait être quelque chose dans ce goût-là. Et c'est ça qui compte, vous comprenez ?

Comme dans les reconstitutions historiques : trois quarts de vrai pour un quart de fiction. La vérité concerne le temps, le lieu et les événements. La fiction intervient dans les motivations et les pensées. Une histoire n'existant que si l'on s'en souvient, quel mal y a-t-il à y mettre un peu d'humanité, même si celle-ci est inventée ?

C'étaient mes parents et je les aimais. Je les ai donc décrits comme des personnages en leur donnant des pensées, des espoirs et des sentiments. Et quand je me suis relue, j'ai pleuré, pleuré, et ensuite j'ai dit : « Oui. C'étaient bien eux. »

Je défie quiconque d'affirmer le contraire. En fait, vaudrait mieux pas, parce que la Folle lui sauterait dessus, vous pouvez me croire. Et je le frapperais jusqu'au sang, je hurlerais jusqu'à le rendre sourd, jusqu'à ne plus avoir de voix.

Et non, ils ne m'ont jamais parlé de leur vie sexuelle, mais merde, c'étaient mes parents, oui, mes parents, et je veux que vous les sentiez vivre, transpirer et rire, que vous compreniez bien quand vous les verrez souffrir, hurler et mourir.

D'accord ?

J'ai appris certaines choses plus tard, en posant des questions. J'ai interrogé Cathy, par exemple, et elle a été franche avec moi. Je ne pense pas qu'elle soit gênée par ce que j'ai écrit sur elle. J'espère que non.

Certains passages décrivent ce que j'ai personnellement pensé ou éprouvé. Même si je filtre ces souvenirs, bons ou mauvais, à travers ma maturité d'aujourd'hui, ils restent vrais en substance. Je suis encore capable maintenant, à presque seize ans, de formuler des pensées telles qu'elles me sont venues à six ou neuf ans ou même plus tard encore.

Il y a aussi ce que le monstre m'a dit.

Allez savoir où se trouve la vérité dans tout ça !

D'accord, d'accord. Je temporise, je sais.

Comment dois-je commencer ? Par « Il était une fois... » ?

Pourquoi pas ? Rien n'empêche de débuter une histoire d'horreur comme un conte de fées. Nous finirons au même endroit quel que soit le début : au point d'eau, au côté des sombres créatures aux yeux globuleux, avec l'eau qui clapote sur la rive comme un géant qui claque de la langue.

Cela vous aidera, quand vous lirez cette histoire, d'imaginer qu'il s'agit d'un rêve. Comme je le fais. Une fleur noire. Un recueil de songes. Une balade de minuit au point d'eau. Accompagnez-moi, venez cauchemarder les yeux ouverts et la lumière allumée.

Il était une fois, une petite Sarah qui ne surveillait pas la blanche ligne lumineuse et qui n'avait pas encore rencontré la Folle.

Non, non. C'est vrai, mais ce n'est pas par là que je voulais commencer.

Donc : il était une fois un ange et je l'appelais Maman.

Le premier souvenir qui me revient, c'est que ma mère adorait la vie. Le second, son sourire. Ma mère souriait sans arrêt.

Mon dernier souvenir d'elle, c'est qu'elle ne souriait pas quand il l'a tuée.

Et c'est cela qui m'a marquée plus que tout le reste.

Histoire de Sarah

Première partie

18.

Sam Langstrom secoua la tête en regardant sa femme, sidéré.

— Attends, je te demande à quelle heure nous devons emmener Sarah chez le dentiste. Et toi, tu trouves normal de me répondre en me demandant l'heure qu'il est ?

Linda fronça les yeux.

— Oui, pourquoi ?

— Écoute, ma chérie, il s'agit d'un rendez-vous. Il est déjà fixé. Comme nous savons le temps qu'il nous faut pour aller d'ici au cabinet dentaire, quel rapport y a-t-il entre l'heure qu'il est à présent et l'heure à laquelle nous devrions partir ?

Linda commençait à se sentir mal à l'aise. Elle scruta le regard de son mari et y distingua la petite lueur qui la faisait toujours sourire. Une lueur qui disait « Je ris, mais pas à tes dépens. Je ne fais que savourer une de tes excentricités ».

C'était son originalité qu'il aimait le plus en elle ! Et elle le savait. Linda était une épouvantable maîtresse de maison, lui était plutôt soigneux. Elle adorait sortir, il était du genre casanier. Elle se mettait vite en colère, il se montrait assez patient. Bref, ils s'opposaient sur tout sauf sur ce qui comptait réellement. Leurs différences les rendaient complémentaires, comme dans nombre de couples depuis la nuit des temps.

Et face à une véritable épreuve, ils ne faisaient plus qu'un, tendus vers un même objectif. Ils s'aimèrent jusqu'à la mort. Ils furent toujours fidèles l'un à l'autre, en dépit de tout. Ils aimèrent Sarah d'un amour inconditionnel, éternel.

Aimer et être aimé, telle était la priorité de leur vie, et leur fille était la plus belle représentation de cette priorité.

— Parce que c'est une question de calcul ! S'il faut partir à midi et demi pour arriver là-bas à l'heure, vu qu'il est déjà midi et quart et qu'il me faut vingt minutes pour me préparer… eh bien, ça nous fera partir à une heure moins vingt-cinq et tu n'auras qu'à rouler un peu plus vite.

— Ça ne tourne vraiment pas rond chez toi, gloussa-t-il en secouant la tête.

Elle s'approcha de lui et l'embrassa sur le nez.

— C'est pour ça que je te plais, pour la perfection de mes défauts. Alors, au fait, il est quelle heure ?

— Midi dix.

— Et bien, tu vois, ballot, on partira à midi et demi. C'était si difficile ?

Il éclata de rire malgré lui.

— Très bien. Je mets les molosses dehors et je prépare la Choupette.

Les molosses étaient deux labradors noirs, surnommés affectueusement les « sombres forces de la destruction », mais que Sarah appelait « mes boules de poils ». Deux monstres de trente kilos, débordant d'amour et de fidélité, absolument pas éduqués pour la vie en société.

Sam ouvrit la barrière pour bébé qu'il avait installée afin d'empêcher les fauves d'aller dans le reste de la maison ; il fut aussitôt récompensé par un coup de museau dans le derrière.

— Merci, Buster, dit-il au mâle.

Y a pas de quoi, répondit le chien en remuant la queue.

Doreen, la femelle, tournait autour de lui comme une folle ou un requin, en lui posant inlassablement la même question muette mais évidente.

C'est l'heure ? C'est l'heure ? C'est l'heure ?

— Désolé, Doreen. On déjeunera plus tard aujourd'hui. Mais… ajouta-t-il sur un ton de conspirateur, si vous êtes très sages, vous aurez peut-être une petite gâterie !

Au mot « gâterie », Doreen sauta comme un ressort, les quatre pattes décollées du sol, exprimant ainsi la joie la plus totale.

Hourra ! Hourra ! Hourra !

— Je sais, sourit Sam d'un air satisfait. Papa est gentil, très gentil !

Il alla prendre dans le placard deux gâteaux en forme d'os, pendant que Doreen continuait à gambader autour de lui. Buster, qui préférait se comporter avec un peu plus de dignité, manifesta néanmoins un certain enthousiasme, lui aussi.

— Allez, les enfants ! cria Sam en ouvrant les portes coulissantes qui donnaient sur le jardin.

Il sortit, suivi par les deux chiens. Vite, il referma la porte et attendit, les deux gâteaux à la main.

— Assis.

Ils obéirent, les yeux rivés sur les sucreries. « Assis » était un des rares ordres qu'ils comprenaient. Mais ils n'obtempéraient que s'il y avait une récompense à la clé.

Sam baissa les mains pour les mettre au niveau de leurs museaux.

— Attendez !

S'ils essayaient de prendre les gâteaux avant, il les ferait attendre encore davantage, ce qu'ils détestaient.

— Attendez ! répéta-t-il.

Doreen en tremblait, l'œil hagard. Sam eut pitié d'elle et prononça le mot qu'ils espéraient tant.

— D'accord.

Deux gueules hérissées de dents se précipitèrent sur les gâteaux et réussirent, Dieu seul sait comment, à les happer sans lui arracher les doigts. Sam en profita pour ouvrir la porte, se glisser à l'intérieur et refermer derrière lui.

Buster fut le premier à comprendre. Il s'arrêta net de croquer et jeta à Sam un regard bouleversé par sa trahison.

Tu nous abandonnes ? semblait-il demander.

— Je reviens vite, murmura Sam en souriant.

Il était temps de s'occuper de l'autre monstre qui habitait cette maison. Il était sûr qu'elle se cachait. Sarah détestait le dentiste. Sam l'approuvait secrètement. Il se sentait toujours un peu coupable quand ils l'emmenaient à un rendez-vous, sachant d'avance que cela se terminerait par des larmes. Il admirait le flegme de Linda. La douleur pour le bien des enfants, c'était du domaine des mères. Pas le point fort des pères.

— Choupette ? Tu es prête ?

Pas de réponse.

Sam s'avança vers sa chambre. La porte était ouverte. Il passa la tête à l'intérieur et vit sa fille assise sur son lit. Elle serrait Câlinou dans ses bras.

— Ma chérie ?

La petite fille tourna vers lui des yeux de bébé phoque et il sentit son cœur fondre. *Honte aux parents qui emmènent leurs enfants chez le dentiste !*

Câlinou, son singe fait de chaussettes, le fixait d'un œil accusateur.

— J'veux pas aller chez le dentiste, Papa.

— Personne n'aime y aller.

— Alors pourquoi ils y vont ?

— Parce que si tu ne prends pas soin de tes dents, tu risques de les perdre. Et ce n'est pas drôle de ne plus avoir de dents.

Il la regarda réfléchir à la question avec une grande concentration.

— Câlinou peut venir ?

— Bien sûr.

— Alors je viens, soupira Sarah, résignée.

— Merci, mon bébé. – Il jeta un regard à sa montre. Il était temps de mettre fin aux négociations. – Allons chercher Maman avec Câlinou.

Finalement la séance chez le dentiste s'était déroulée sans encombre. La suspicion de Sarah avait rapidement cédé la place à de grands sourires devant la jovialité du Dr Hamilton. Il avait même examiné Câlinou.

Toute la petite famille avait fêté cet heureux dénouement par une glace et une promenade sur la plage. Il était presque trois heures de l'après-midi quand ils rentrèrent chez eux. Sans rancune, les deux molosses leur firent la fête, d'autant plus heureux qu'ils allaient enfin pouvoir manger.

Suivirent la séance obligatoire de caresses, le ramassage du courrier, le réglage de l'enregistrement de diverses émissions du soir, bref ce que Sam appelait « le rituel du retour », la check-list incontournable après une absence de quelques heures de la maison. Les petites contraintes de la vie. Certains s'en plaignaient. Lui les aimait, les trouvant réconfortantes.

— Tu es prête pour demain, Sarah ? entendit-il sa femme demander.

Question purement rhétorique : on était à la veille de son anniversaire.

Le hurlement perçant qu'elle poussa le fit sursauter.

— Je vais avoir une fête ! Avec des cadeaux ! Un gâteau ! cria-t-elle en trépignant de joie.

Un peu comme Doreen, ce matin, songea Sam. La chienne et sa fille présentaient parfois d'inquiétantes similitudes.

— Ne saute pas sur le canapé, Choupette, soupira-t-il en feuilletant le courrier.

— Pardon, Papa.

Le silence plein d'attente qui suivit lui fit lever la tête. Il s'attendit au pire en voyant la mine jubilatoire de sa fille. Elle préparait une sottise.

— Je peux sauter sur toi, alors ?

Avec un cri de cochon qu'on égorge, elle prit son élan et s'abattit sur lui comme un oreiller rempli de duvet et… de plomb.

Il laissa échapper un petit « ouf ». Il se fit la réflexion qu'il ne pourrait plus continuer longtemps à jouer les trampolines humains. Ça lui manquerait.

Il sourit et serra sa fille dans ses bras.

— Dans zeu cas, commença-t-il en prenant un accent allemand exagéré, fou safez zeu gueu za feut dire ?

Il la sentit se raidir puis se tortiller en gloussant à la fois de plaisir et de terreur.

— Zela feut dire queu nous allons afoir recours à la *torture du guili-guili* !

Sarah hurla de plus belle, Doreen se mit à aboyer et à sauter sous le regard las de Buster.

Que ces humains et cette chienne sont bêtes ! semblait-il dire.

— Pas si fort ! protesta Linda d'un ton qui manquait de conviction.

Autant souffler dans un violon…

En vérité, elle partageait leur plaisir. Sam se montrait toujours si calme et si pragmatique, à l'opposé de son tempérament fougueux. Non pas qu'il fût coincé, il possédait un humour pince-sans-rire, un don qu'elle adorait pour relever les absurdités de la vie, mais il ne se départait jamais de son calme. Il avait tendance non pas à se prendre au sérieux mais à être sérieux. Heureusement, il était toujours prêt à faire des efforts pour sa famille.

Et des efforts, il en avait fait le jour où il avait demandé la main de Linda.

Ils allaient tous les deux à l'université. Lui préparait un diplôme en informatique, elle en arts appliqués. Parfois, leurs emplois du temps ne correspondaient pas du tout. Elle avait un cours du soir qui commençait une heure avant la fin de son dernier cours à lui et comme il travaillait la nuit, ils avaient bien du mal à se retrouver.

Sam avait décidé de la demander en mariage et de porter un smoking pour l'occasion. Et quand il avait décidé de faire une chose à une certaine heure et d'une certaine façon, plus rien ne pouvait l'en dissuader. Une manie attendrissante ou exaspérante selon les circonstances.

C'était donc une de ces journées où ils n'avaient qu'une « fenêtre » d'une heure. Et il n'avait pas le temps de rentrer à leur appartement (ils vivaient ensemble depuis un an) mettre son smoking pour revenir faire sa demande avant d'aller travailler.

Sa solution ? Il avait porté son smoking toute la journée, malgré la chaleur et les quolibets des autres étudiants.

La fenêtre d'une heure arrivée, il s'était jeté aux pieds de Linda, à la fois beau et ridicule, et elle en avait eu le souffle coupé. Elle avait répondu oui, bien sûr. Il n'était pas allé travailler, elle avait séché ses cours et ils avaient fait l'amour toute la nuit en fumant de l'herbe, la musique à fond. Ils n'avaient même pas pris le temps de se déshabiller complètement et, quand elle s'était réveillée le lendemain matin, Sam portait toujours son nœud papillon autour du cou.

Un an plus tard, ils étaient mariés. Deux ans après, ils quittaient l'université, diplôme en poche. Sam avait tout de suite trouvé un excellent job dans une boîte d'informatique. Elle peignait, sculptait et faisait de la photo en attendant d'être « découverte ».

Deux ans plus tard, et toujours inconnue, Linda avait commencé à douter sérieusement d'elle. À vingt-cinq ans, elle avait perdu l'assurance de ses vingt ans.

Mais Sam avait dissipé ses doutes d'une manière si radicale qu'elle l'en avait aimé encore davantage.

— Tu es une grande artiste, ma chérie, lui avait-il dit en plongeant ses yeux dans les siens. Ça va marcher.

Trois semaines plus tard, au retour du bureau, il avait surgi dans son atelier en dansant le tango, le visage plus que sérieux, une rose imaginaire entre les dents.

— On y va ! avait-il annoncé en la prenant par la main.

— Une minute ! avait-elle protesté, penchée sur son chevalet.

Elle peignait un bébé, seul dans une forêt et elle l'adorait.

Il avait patienté en continuant à danser le tango tout seul.

Linda avait fini par se tourner vers lui en croisant les bras, un sourire aux lèvres.

— Je peux savoir à quoi rime tout ce cinéma ?

— C'est une surprise. On y va.

— Une surprise ?

— Ouais !

— Et quel genre de surprise ?

— Une surprise qui surprend, bien sûr. Allez, on s'active. Au trot !

— Hé, je ne suis pas un cheval ! Et je dois d'abord me changer.

— Pas question. Tarzan dire Jane partir maintenant !

Elle avait gloussé (personne ne la faisait glousser comme Sam) et s'était laissé entraîner jusqu'à la voiture. Il avait pris l'autoroute, puis la sortie vers le nouveau centre commercial qui venait juste d'ouvrir. Et il s'était garé sur le parking.

— Ta surprise se trouve ici ?

Il avait haussé les sourcils à plusieurs reprises ; elle avait gloussé de plus belle.

Il l'avait conduite à l'intérieur de la galerie marchande grouillante de monde et ils avaient marché, marché. Et, soudain, il s'était arrêté.

Ils se trouvaient devant un magasin de taille moyenne et vide.

Elle avait froncé les sourcils.

— Je ne comprends pas.

Il avait montré le local d'un geste large.

— C'est à toi, ma chérie. Voici ta boutique. Il ne te reste plus qu'à lui trouver un nom, à accrocher tes peintures et tes photos, bref à faire en sorte que le public te découvre. Tu as juste besoin qu'on voie ce que tu fais, Linda, avait-il ajouté en lui caressant le visage.

— Mais… mais… ça ne coûte pas trop cher ?

— Ça n'est pas donné, avait-il répondu avec un sourire contraint. J'ai hypothéqué la maison. Tu peux tenir un an sans réaliser de bénéfices. Après, ça sera plus délicat.

— Est-ce bien… bien malin ? demanda-t-elle dans un soupir, à la fois comblée par ce cadeau et affolée à l'idée des risques qu'elle leur faisait courir.

Il avait répondu par un sourire rayonnant de bonheur et de force. Il était un homme maintenant, plus un petit garçon.

— La question n'est pas là. Je l'ai fait pour nous. C'est un pari sur toi, ma chérie. Et gagnant ou perdant, il faut le faire.

Et ils avaient gagné. L'emplacement était parfaitement choisi, et, sans gagner des fortunes, elle réalisait un bon chiffre d'affaires. Mais le plus important, c'est qu'elle faisait ce qu'elle aimait et cela grâce à son mari. Elle ne l'en aima pas davantage, c'était impossible. Mais leur couple se trouva consolidé par une nouvelle strate de pérennité et de certitude. C'était cela le secret de leur amour : sa priorité. Ils le faisaient passer avant tout, avant l'argent, l'orgueil ou l'approbation d'autrui.

Ils avaient continué à s'aimer ainsi. Deux ans plus tard, Sarah naissait.

Linda avait regardé, émerveillée, sa minuscule bouche trouver son sein sans une hésitation. Elle avait frissonné, parcourue par une émotion indéfinissable. Elle avait essayé de la traduire sur la toile sans jamais y parvenir, mais toutes ses tentatives étaient magnifiques.

Linda regarda son mari et sa fille continuer leur combat de chatouilles auquel Doreen aurait bien aimé participer.

Sarah était une enfant exceptionnelle. Toujours plus belle, d'année en année. Devenant papillon dès la sortie du cocon, sans passer par l'étape de la chenille. Linda se demandait de qui elle pouvait tenir.

— Peut-être qu'avec un peu de chance, elle deviendra laide à l'adolescence, plaisantait Sam. Ça m'évitera d'acheter un fusil.

Non, Linda était sûre que sa Choupette ferait tourner les têtes.

— Je pense qu'elle a pris ce qu'il y avait de meilleur en chacun de nous, avait déclaré Sam un jour.

Linda avait adoré cette explication.

19.

Pendant tout le souper, Sarah n'avait cessé de parler de son anniversaire. Linda se demandait comment la calmer pour qu'elle dorme.

— Tu crois que j'aurai beaucoup de cadeaux, Maman ?

— Des cadeaux ? s'exclama Sam. En quel honneur ?

— Et un gros gâteau, Maman ? poursuivit Sarah sans s'occuper de lui.

Sam secoua la tête d'un air désolé.

— Alors là, pas question. Les gâteaux, ça ramollit le cerveau !

— Papa ! le rabroua Sarah.

Linda sourit.

— Ne t'inquiète pas, tu auras plein de gâteaux et de cadeaux, ma chérie, mais tu devras attendre. Nous ne fêterons ton anniversaire qu'après le déjeuner, tu sais ?

— Oui, je sais. J'aimerais bien que ce soit comme à Noël, quand vous me donnez votre cadeau le matin !

Bien joué, pensa Linda. Perfide mais bien trouvé. Pourquoi n'y ai-je pas songé plus tôt ?

— Voilà ce que je te propose, ma chérie. Si tu vas te coucher bien sagement, je te permettrai d'ouvrir un cadeau demain matin. Alors, qu'en dis-tu ?

— C'est vrai ?

— C'est vrai. Si… – Linda leva un doigt en l'air – tu vas te coucher bien sagement.

Sarah opina avec l'enthousiasme débridé des petits enfants, en balançant la tête de la nuque au menton.

— Promis.

Sam mit sa fille au lit. Buster les avait suivis, comme d'habitude. Il aimait Sarah plus que tout et dormait toujours sur son lit. Doreen, elle, aimait tout le monde. Elle aurait sans doute accueilli un cambrioleur en remuant la queue, contente d'avoir de la compagnie, espérant recevoir une petite gâterie. Buster, lui, réservait son amour à ses maîtres.

Dès que Sarah se glissa sous les couvertures, Buster sauta sur le lit et se roula contre elle, sa grosse tête sur son petit ventre.

— Tu es bien installée, Choupette ? demanda Sam.

Elle lui tendit les bras.

— Un bisou !

Sam lui planta un baiser sur le front et se laissa enfermer par ses petits bras.

— Si j'y allais maintenant ?

Elle rouvrit grand les yeux.

— Mon petit poney !

C'était une peluche qui réunissait l'univers des poneys et celui de la magie sous les traits improbables d'un poney bleu clair à la crinière rose. Sarah ne pouvait pas dormir sans lui.

— Hum, marmonna Sam. Où peut bien être ton petit baudet ?

— Papa ! hurla Sarah, à la fois exaspérée et ravie.

Les pères taquinent leurs filles de bien des façons. Ça faisait plus d'un an qu'il avait remplacé poney par baudet. La première fois, Sarah avait boudé, mais avec le temps, c'était devenu une tradition entre eux, une plaisanterie dont ils riraient encore quand elle serait grande, il le savait.

Il retrouva la peluche par terre près du lit et la déposa dans les bras qu'elle lui tendait. Elle la serra contre elle et la glissa sous les draps. Buster entrouvrit les paupières et poussa un énorme soupir désabusé. *Quelle vie de chien !* semblait-il dire.

— Et maintenant ? demanda Sam.

— Il faut t'en aller, Papa. Je dois dormir si je veux avoir un cadeau quand je me réveille.

— Jeu d'dame, ma puce.

— Jeu d'dame, Papa.

Encore une de leurs habitudes idiotes. Quand on prononce « Jeu d'dame », de loin on lit « Je t'aime » sur les lèvres. Sam lui en avait fait la démonstration quand elle avait quatre ans. Elle avait adoré et depuis, ils se le disaient tous les soirs.

Comment Sam aurait-il pu savoir que c'était l'avant-dernière fois qu'il le lui disait ?

Sarah ferma les yeux de toutes ses forces et caressa Buster en essayant de mettre son cerveau en veilleuse.

Demain, ce serait son anniversaire ! Elle aurait six ans, elle serait une grande. Mais ce qui l'intéressait le plus, c'étaient les cadeaux.

Elle regarda les murs de sa chambre, éclairés par la lumière du couloir qui passait par l'entrebâillement de sa porte. Ils étaient couverts de tableaux de sa mère. Elle chercha des yeux son préféré, le bébé seul dans la forêt.

On aurait pu croire qu'il était triste, mais pas du tout.

Le bébé, une petite fille, dormait tranquillement sur un lit de mousse. Il y avait des arbres sur sa gauche, un ruisseau à sa droite. Le soleil brillait, quelques nuages s'étiraient dans le ciel, et en les regardant de plus près, on pouvait y distinguer un visage souriant qui veillait sur l'enfant.

— Elle la surveille, Maman ? avait demandé Sarah.

— Exactement, ma chérie. Même si la petite fille semble seule dans la forêt, elle ne l'est pas vraiment, parce que la dame dans les nuages veille sur elle.

Sarah avait regardé attentivement le tableau. Elle l'adorait.

— Le bébé, c'est moi, hein, Maman ? Et la dame dans les nuages, c'est toi ?

Sa mère avait souri, de ce sourire qu'elle aimait tant. Franc et ouvert. Comme un soleil éblouissant, radieux et chaud sur le visage.

— Exactement, ma chérie. C'est ce qu'il représente pour toi et moi, et pour tous ceux qui le regardent.

Sarah l'avait dévisagée, sans comprendre.

— C'est toi aussi pour les autres ?

— Non, ils voient leur maman. Ils ont beau être grands, loin d'elle, ils ne sont jamais seuls parce que leur maman veille toujours sur eux.

Elle avait pris Sarah dans ses bras et l'avait serrée si fort qu'elle avait éclaté de rire.

— C'est à ça qu'elles servent, les mamans ? À nous regarder tout le temps ?

Elle avait reçu ce tableau pour ses cinq ans. Il était suspendu sur le mur en face de son lit, tel un talisman.

Sa mère ne lui achetait jamais de cadeau, elle les confectionnait. Sarah les adorait. Elle avait hâte de voir celui qu'elle lui réservait pour le lendemain.

Elle ferma les yeux, caressa Buster qui lui lécha la main et s'endormit un sourire aux lèvres.

En se réveillant, elle prit tout de suite conscience que Buster n'était plus là. Cela lui parut bizarre ; le chien se couchait et se levait en même temps qu'elle depuis toujours.

Ensuite elle s'aperçut que le soleil ne brillait pas. Ça aussi, c'était étrange. Il faisait nuit quand elle fermait les yeux et c'était le matin quand elle les rouvrait. Ça marchait comme ça.

Et cette obscurité lui pesait et l'effrayait. Rien à voir avec l'obscurité habituelle d'une veille d'anniversaire. C'était comme si elle avait été enfermée dans un placard. À la fois étouffant, chaud et oppressant.

— Maman ? chuchota-t-elle.

Elle se demanda pourquoi elle ne l'appelait pas plus fort. Si elle voulait qu'elle l'entende, pourquoi chuchoter ?

Son cerveau de six ans lui fournit la réponse : parce qu'elle avait peur d'être entendue par la « chose » qui avait un lien avec cette obscurité inquiétante.

Son cœur battit de plus en plus vite, sa respiration s'accéléra, elle plongea tête la première dans une terreur totale, comme au moment où un cauchemar la réveillait en sursaut, sauf que d'habitude, elle avait toujours Buster près d'elle et que, là, il avait disparu…

Regarde le tableau, idiote, se dit-elle.

Elle distingua la peinture de sa mère dans l'obscurité. Le bébé qui dormait tranquillement sur la mousse, en sécurité. Elle fixa le visage dans les nuages. Ce visage, qui représentait sa maman et qui repoussait cette obscurité terrifiante, lui disait que Buster était sorti par la trappe de la porte dans le jardin, pris d'un besoin pressant. Oui, c'était ce qui l'avait réveillée, il reviendrait bientôt et elle se rendormirait, et elle se réveillerait le matin et ce serait son anniversaire.

Son cœur se calma à ces pensées rassurantes. Sa respiration ralentit et sa peur s'estompa. Elle commença même à se sentir ridicule.

Une grande fille comme elle qui avait peur du noir comme un bébé !

C'est alors qu'elle entendit une voix et, tout de suite, elle sut qu'il y avait un étranger dans la maison, dans le noir. Sa terreur la reprit et son cœur s'arrêta. Elle se figea, les yeux écarquillés d'épouvante.

— *Je n'ai jamais vu une bête sauvage s'apitoyer sur son sort*, déclamait la voix en s'approchant de sa porte. *Même un oiseau préférerait mourir de froid et tomber de sa branche plutôt que de s'apitoyer sur son sort*[1].

Une voix ni grave ni aiguë, entre les deux.

— Tu m'entends, Sarah ? C'est le célèbre poète D. H. Lawrence qui a écrit ces vers.

Il se tenait sur le seuil de sa chambre. Elle se mit à claquer des dents, sans même s'en apercevoir.

1. *La Verge d'Aaron*, traduit par Robert Cornaz et paru en 1935 aux Éditions Gallimard. (*N.d.T.*)

C'était pire que de la terreur. Pire que de se réveiller en sursaut et de découvrir que les monstres qui vous poursuivaient dans votre cauchemar *vous ont suivi dans la réalité*, qu'ils dévalent votre couloir et *vous serrent dans leurs bras* en ricanant tandis que vous hurlez à en perdre la raison.

— Nous aurions beaucoup à apprendre des bêtes sauvages. La pitié, envers toi comme envers les autres, est inutile. La vie continuera avec ou sans toi, que tu sois heureuse ou pas. La vie s'en moque. La cruauté, voilà un sentiment utile. Dieu est impitoyable. C'est ce qui fait sa beauté et sa puissance. Il fait ce qui est juste : au diable les conséquences ou la mort des innocents.

Il s'arrêta. Sarah l'entendait presque respirer. Elle entendait aussi son propre cœur qui cognait si fort qu'elle sentait ses tympans sur le point d'éclater.

— Buster ne s'est pas apitoyé sur son sort, Sarah. Je veux que tu saches qu'il m'a sauté dessus. Sans hésitation. Il savait que je venais pour toi et il m'a foncé dessus sans y réfléchir à deux fois. Il était prêt à me tuer pour te sauver.

Autre silence. Puis un gloussement, grave et long.

— J'espère que tu as bien compris, Sarah : Buster est mort parce qu'il t'aimait.

La porte s'ouvrit à toute volée, l'Étranger entra et jeta quelque chose sur le lit de Sarah.

La lumière du couloir éclaira la tête coupée de Buster, les babines retroussées, les yeux écarquillés de rage.

Sarah sortit alors de sa transe et se mit à hurler.

20.

— J'ai besoin que tu me regardes, Sarah, et j'ai besoin que tu m'écoutes. Ça ne fait que commencer.

Ils se trouvaient dans la salle de séjour. Ses parents étaient assis sur des chaises, les poignets et les chevilles menottés. Nus. Voir son père déshabillé gênait Sarah et augmentait son angoisse. Doreen, couchée par terre, les contemplait tous, sans se rendre compte de rien.

Reste stupide, boule de poils, et peut-être qu'il ne te tuera pas comme il a tué Buster, songea Sarah.

Elle était assise sur le canapé, en chemise de nuit, menottée, elle aussi.

L'Étranger, ainsi qu'elle l'avait baptisé, se tenait debout, un revolver à la main, le visage dissimulé sous un bas qui lui aplatissait les traits, comme s'ils avaient fondu, telle de la cire.

Sa terreur était toujours présente, aussi forte, mais elle s'était détachée d'elle. Ce n'était plus qu'un cri dans le lointain. Ou une attente, une horrible attente. La hache du bourreau suspendue dans les airs.

Ses parents étaient terrifiés. Leurs bouches étaient couvertes de ruban adhésif mais leurs yeux exprimaient leur épouvante. Sarah sentait qu'ils avaient peur davantage pour elle que pour eux.

L'Étranger s'approcha de son père et se pencha pour le regarder dans les yeux.

— Je sais ce que vous pensez, Sam. Vous aimeriez savoir pourquoi. Croyez-moi, j'aimerais pouvoir vous le dire. Plus que tout au monde. Mais Sarah nous écoute, vous comprenez, et elle pourrait le répéter. Et je ne veux pas qu'on raconte mon histoire avant que je sois prêt. Je peux seulement vous dire deux choses. Ce n'est pas votre faute, Linda, mais votre mort est ma justice. Ce n'est pas la faute de Sarah, mais sa souffrance est ma justice. Je sais. Vous n'y comprenez rien. Ce n'est pas grave. Vous n'avez pas besoin de comprendre, contentez-vous de savoir que c'est la vérité.

Il se redressa.

— Parlons de la souffrance. La souffrance est une forme d'énergie. On peut la fabriquer comme l'électricité. Elle peut circuler comme un courant. Elle peut être constante ou palpiter. Être forte et insupportable ou faible, à peine gênante. La souffrance peut forcer un homme à parler. Ce que beaucoup de gens ignorent, c'est qu'elle peut aussi le forcer à penser. Elle peut le former, le sculpter, le forger.

» Je connais la souffrance. Je la comprends. Elle m'a beaucoup appris. Entre autres que, même si on la craint, notre seuil de douleur est beaucoup plus élevé qu'on ne le croit. Par exemple, si je vous dis que je vais vous planter une aiguille dans le bras, vous aurez peur. Et si je le fais, la douleur vous paraîtra atroce. Mais si je recommence, heure après heure, jour après jour, pendant un an, vous finirez par vous y habituer. Vous ne l'aimerez jamais, mais vous ne la craindrez plus. Et c'est à ça que je veux arriver. – L'Étranger se tourna vers Sarah. – Je vais planter cette aiguille métaphorique dans le bras de Sarah, sans arrêt, pendant des années et des années. Je me servirai de sa souffrance pour la sculpter, comme un artiste. Je la formerai à ma propre image. Et je l'appellerai du nom de ce qu'elle sera devenue : *Une vie ruinée.*

— Je vous en prie, ne faites pas de mal à mes parents ! supplia Sarah.

Elle fut surprise d'entendre sa voix. Elle lui parut étrange, lointaine, trop calme pour ce qui leur arrivait.

L'Étranger fut surpris, lui aussi. Et il parut l'approuver car il hocha la tête avec enthousiasme.

— Bien ! Nous y voilà ! L'amour avec un grand A. Je veux que tu te souviennes de cet instant à jamais, Sarah. Je veux que tu le marques comme ton dernier moment sans souffrance. Fais-moi confiance, cela te soutiendra dans les années à venir. Et maintenant, chut ! Regarde !

Elle le vit se tourner vers ses parents, mais, comme dans un rêve, tout lui semblait flou et confus. Elle ressentait de la peur, de l'horreur, elle sentait ses larmes mais c'était comme des coups d'épingle détachés d'elle, ou des appels lointains. Elle devait tendre l'oreille pour les percevoir et sa réticence à le faire l'écrasait d'un poids qu'elle ne pouvait pas soulever.

Quand elle avait plongé son regard dans les yeux morts de Buster, elle avait hurlé et ensuite son cœur s'en était allé. Pas pour de bon, pas très loin, mais assez pour qu'elle n'eût plus à écouter ses propres cris.

Buster…

Une angoisse était tapie dans ce nom, une douleur suffisamment intense pour faire sombrer une âme à jamais. Sarah devinait confusément que Buster n'était qu'un début. L'Étranger personnifiait un océan de noirceur. Un abîme vide et sans fin, déguisé en être humain, doté d'une telle force de gravitation qu'il pouvait gauchir les ondes lumineuses, les rires et la bonté.

La société, dont l'instinct premier est de protéger ses petits du mal, perd parfois de vue une vérité élémentaire : un enfant est toujours prêt à croire à l'existence des monstres.

Sarah savait que l'Étranger était un monstre. Elle l'avait pleinement accepté dès l'instant où il avait jeté la tête de Buster sur son lit.

— Sam et Linda Langstrom, reprit l'Étranger, je vous en prie, écoutez-moi bien attentivement. Vous devez comprendre que votre mort est inévitable. Je vais vous tuer tous les deux. Donc vous pouvez abandonner tout espoir de rester en vie. Je vous demande plutôt de vous concentrer sur ce qui dépend encore de vous : l'avenir de Sarah.

Le cœur de Linda avait accéléré quand l'inconnu avait annoncé qu'il allait les tuer. C'était plus fort qu'elle, ce désir viscéral de vivre. Mais quand il leur dit que le destin de Sarah n'était pas encore scellé, son pouls ralentit. Elle regarda sa fille, rongée d'inquiétude, n'écoutant plus qu'à demi. Puis elle tourna les yeux vers lui et se força à se concentrer.

L'Étranger sourit.

— Oui. La voilà. Cette forme d'amour autre que l'amour de Dieu qui pourrait presque avoir un réel pouvoir : l'amour maternel. Les mères sont prêtes à tuer, à torturer, à mutiler pour sauver leur enfant. Prêtes à mentir, à voler, à se prostituer pour le nourrir. Cela leur confère une certaine divinité. Mais rien n'égalera jamais la force qu'on reçoit en se donnant à Dieu.

Il se pencha pour que ses yeux soient au niveau de ceux de Linda.

— Je possède cette force. Et c'est à cause d'elle que je dois vous tuer. À cause d'elle que je dois accomplir mon œuvre sur Sarah. À cause d'elle que je n'aurai jamais à m'excuser. Les forts n'ont pas à se disculper. Ils n'ont qu'un devoir, continuer à respirer. – Il se redressa. – Alors que fait cette force suprême lorsqu'elle est défiée par un amour inférieur ? Elle prouve sa puissance en imposant un choix. Je vais donc vous donner un choix, Linda. Êtes-vous prête ?

Linda contempla le visage de l'Étranger, examina les traits déformés par le collant. Elle avait compris qu'essayer de marchander avec ce monstre équivalait à vouloir marchander avec un roc, un bloc de bois, un serpent à sonnettes. Elle ne représentait rien pour lui, rien du tout. Elle lui répondit par un hochement de tête.

— Bien.

Se faisait-elle des idées ou respirait-il plus vite, tout à coup ? Cela l'excitait-il ?

— Voilà le scénario. Sam, vous devez écouter, vous aussi.

Il n'avait pas besoin de réclamer son attention. Sam le transperçait du regard, le cœur rempli d'une haine si pure qu'elle en devenait presque insupportable. Son désir de le tuer le dévorait.

Enlève-moi juste ces menottes que je te pulvérise, rugissait-il intérieurement. Que je te fasse éclater la tête en la cognant par terre jusqu'à ce que ton crâne explose et que ta cervelle gicle…

— Sarah vivra. Vous allez mourir tous les deux mais elle vivra. Si vous aviez des inquiétudes, cela devrait les alléger. Je ne vais pas la tuer. En revanche… je pourrais décider de la faire souffrir.

Il transféra son arme dans sa main gauche, plongea la droite dans sa poche arrière et en sortit un briquet clinquant, un mélange de plaqué or et de nacre, avec un domino gravé d'un côté, le deux/trois.

Il ouvrit le briquet d'un coup sec et fit rouler la molette avec son pouce. Une petite flamme apparut, bleue à la base.

— Je pourrais brûler Sarah, poursuivit l'Étranger dans un murmure, les yeux rivés sur cette flamme. Je pourrais lui griller le visage. Faire fondre son nez comme de la cire, frire ses sourcils, carboniser ses lèvres. – Il sourit, le regard toujours fixe. – Je pourrais la sculpter au sens littéral, et non plus figuré, en me servant de cette flamme comme d'un couteau. Le feu est fort et impitoyable, dénué d'amour. Une représentation vivante de la puissance de Dieu.

Il referma le briquet d'un geste brusque, le remit dans sa poche et reprit le revolver dans sa main droite.

— Je pourrais la brûler pendant des jours, croyez-moi. Je sais comment faire durer cette torture sans la faire mourir. Mais elle me suppliera de l'achever dès la première minute et elle sera folle de douleur bien avant l'heure d'aller au lit.

Ses mots et la certitude avec laquelle il les assénait épouvantaient Linda, d'une terreur brute, effrénée. Elle le croyait. Sans le moindre doute. Il brûlerait son bébé tout en sifflotant gaiement. Elle s'aperçut qu'elle craignait cela plus que de mourir, et un instant (juste un instant) elle en fut soulagée. Les parents aiment à penser qu'ils donneraient leur vie pour leurs enfants, mais le feraient-ils vraiment ? Si un revolver surgissait, se mettraient-ils entre lui et leur enfant ? Ou auraient-ils une réaction plus primaire et moins noble ?

Je suis prête à mourir pour elle, venait de comprendre Linda. Et, en dépit de l'horreur de la situation, elle éprouva un sentiment de fierté. Une libération. Elle avait un but. Elle se concentra sur ce que l'Étranger disait. Que devait-elle faire pour l'empêcher de brûler son bébé ?

— Vous n'avez qu'une solution. Vous devez étrangler votre mari.

Sam sortit brutalement de sa rage aveuglante.

Qu'avait-il dit ?

L'Étranger plongea la main dans un sac posé près du canapé et en sortit une petite caméra vidéo et un trépied pliant. Il fixa le caméscope sur le trépied et l'orienta vers Sam et Linda. Il enfonça un bouton, Linda entendit unc tonalité musicale et comprit qu'il les filmait.

Qu'avait-il dit ?

— Je veux que vous mettiez les mains autour du cou de votre mari, Linda, que vous le regardiez dans les yeux et que vous l'étrangliez. Je veux que vous le regardiez mourir. Faites-le et je ne brûlerai pas Sarah. Refusez et j'applique la flamme contre sa peau jusqu'à ce qu'elle fume.

La rage de Sam s'était envolée, loin, très loin. Il se demandait s'il l'avait même éprouvée. Il se sentait hébété. Comme s'il avait reçu un coup de massue en pleine figure.

Il eut brusquement l'impression d'atteindre le niveau de compréhension d'un surhomme. Il pensait comme par fractales, décelait l'interconnexion de toutes choses par flashs stroboscopiques. La vérité lui arrivait par éblouissements, en rafale.

Mais une chose entraînant l'autre, on arrivait toujours au même résultat. Linda et lui allaient mourir. Il le comprenait avec une soudaine certitude.

Si soudaine que ça ?

Non. Ce monstre était implacable. Il ne s'agissait pas d'un test ni d'une mauvaise plaisanterie. Il était là pour les tuer. Sam n'arriverait jamais à se libérer ni à sauver sa famille. Et inutile d'espérer le grand moment de rédemption subite des films hollywoodiens. Les méchants gagneraient et s'en tireraient sans une égratignure.

Une chose entraînant l'autre…

Un seul point restait à décider, le plus important : ce qui allait arriver à Sarah.

Il regarda sa fille. La tristesse le submergea.

Qu'allait-il advenir de Sarah ? Il s'aperçut qu'il n'en saurait jamais rien. Son enfant, si elle survivait, continuerait sa route. Celle de Sam s'arrêtait ici. Il ne saurait jamais si son sacrifice l'avait sauvée ou non.

Elle paraissait si minuscule. Le canapé, à moins d'un mètre, aurait pu se trouver tout aussi bien à une année-lumière de lui. Une nouvelle vague de tristesse le submergea, étouffante et désespérante. Jamais plus il ne toucherait sa petite fille ! Le baiser qu'il lui avait donné la veille en la couchant était le dernier.

Il regarda Linda. Elle écoutait l'Étranger, le regard rivé sur lui. Sam s'imprégna de ses cheveux châtains et de ses yeux bruns, puis ferma les paupières ; son souvenir était si vif qu'il sentait presque son parfum, un mélange de savon et de son odeur à elle, aussi unique que son ADN.

Il la revit élégante et bien habillée, puis nue sous lui, dans son atelier, couverte de peinture et de sueur.

Il se souvint de sa fille aussi. Et de la bouffée d'amour qu'il avait éprouvée en entendant son premier cri. Il se souvint de ses rires, de ses larmes et de sa confiance.

Enfin, il se souvint de sa femme et de sa fille ensemble. Sarah, bébé, endormie dans les bras de Linda, après une mauvaise nuit.

Et plus il se souvenait, plus la tristesse et la fureur l'étreignaient, plus il voulait se battre mais…

Il en revenait toujours au même.

Il rouvrit les yeux et se tourna vers Linda et, cette fois, elle le regardait. Il essaya de rire des yeux, de lui montrer tout ce qu'il y avait en lui, puis il cligna des paupières, une fois, et hocha la tête.

C'est d'accord, ma chérie, lui disait-il. *Vas-y. C'est d'accord.*

Linda l'avait compris, bien sûr. Ils avaient si souvent communiqué sans dire un mot. *Nous avons beau être différents par bien des côtés,* disait-il, *quand on en revient à l'essentiel, nous ne formons qu'un seul être.*

Une larme coula de l'œil droit de Linda.

— Je vais retirer le bâillon de Sam et vous enlever vos menottes, reprit l'Étranger. Vous mettrez vos mains autour de son cou et vous serrerez jusqu'à ce qu'il meure. Vous le tuerez sous le regard de Sarah. Ce sera terrible pour vous, je sais, mais je ne la toucherai pas quand j'en aurai terminé avec vous deux.

Il inclina la tête, semblant remarquer seulement qu'un dialogue s'était établi entre Sam et Linda.

— Vous avez déjà décidé, non ? Tous les deux. – Il se tut un instant. – Tu as entendu, petite ? Maman va tuer Papa pour m'empêcher de te brûler. Tu sais quelle leçon tu dois en tirer ?

Pas de réponse.

— La même leçon qu'avant. Maman va être cruelle et cela te sauvera. Tu m'as bien entendu, Sarah ? La cruauté de Maman te sauvera. Ta maman est prête à souffrir à ta place pour te sauver.

Sarah entendait ses paroles, pourtant elles lui semblaient irréelles. Elle croyait aux monstres. Et à la fin, les monstres perdaient toujours.

Non ?

Dieu faisait toujours en sorte que rien de très grave n'arrive aux gentils. Et là, ce serait pareil. C'était horrible, terrifiant, affreux que Buster soit mort. Mais si elle tenait le coup, l'Étranger ne pourrait pas triompher. Papa l'arrêterait ou Dieu l'arrêterait ou peut-être même serait-ce Maman qui le ferait.

Elle se refusait à croire ce qu'il disait, ne pensant qu'au moment où tout serait fini, au moment où Maman, Papa et Doreen seraient sains et saufs.

Linda écoutait l'Étranger parler à sa fille, déchirée par la rage et le désespoir. Qui était cet homme ? Il était entré chez eux au milieu de la nuit sans crainte ni hésitation. Il avait fait irruption dans leur chambre, un revolver à la main, et les avait réveillés en chuchotant : « Si vous hurlez, vous êtes morts. Si vous faites autre chose que ce que je vous dis, vous êtes morts. »

Il avait totalement contrôlé la situation dès le début. Et à présent, il les acculait, ne leur laissant qu'une seule issue. Elle devait tuer Sam, sinon ce monstre torturerait Sarah. Quelle latitude lui laissait-il devant des options aussi inexorables ? L'Étranger les manipulait, elle le savait. Rien ne l'empêcherait de faire du mal à Sarah après. Il pouvait même la tuer.

Mais ce n'était pas certain. Et face à cette éventualité, quel choix lui restait-il ?

Sa rage était impuissante, elle le savait. Son désespoir la suffoquait. Sam mourrait. Elle mourrait. Sarah vivrait *peut-être*. Mais qui l'élèverait ? Qui l'aimerait ?

Qui veillerait sur son bébé du haut des nuages ?

— Je vais retirer vos bâillons. Sam, je vous autorise deux phrases d'adieu, une à votre femme, une à votre fille. Linda, je vous autorise une seule phrase à Sam. Si vous ne respectez pas ces consignes, je brûle Sarah. Compris ?

Ils hochèrent la tête tous les deux.

— Très bien.

Il retira le bâillon de Linda en premier, puis celui de Sam.

— Je vous donne une minute. Une phrase, ça fait peu quand c'est votre dernière chance de parler. Je vous en prie, ne vous perdez pas en frivolités.

Sam regarda sa fille et sa femme, puis baissa les yeux vers Doreen, qui remuait la queue, cette adorable idiote.

Il s'étonna de n'éprouver aucune peur. D'un côté, tout lui semblait très clair, très net, de l'autre, tout paraissait surréel. Était-il sous le choc ? Sans doute.

Il se força à se concentrer. Quelles seraient ses dernières paroles ? Que devrait-il dire à Linda, qui allait être forcée de le tuer ? Que voulait-il que sa fille retînt de ce moment ?

Toutes sortes de choses lui traversèrent l'esprit, des phrases de cinquante mots, des excuses, des adieux. En fin de compte, il laissa les mots sortir sans les contrôler en espérant que ce serait les bons.

Il regarda sa femme.

— Tu es une œuvre d'art.

Il regarda sa fille et lui sourit.

— Jeu d'dame.

Sarah le dévisagea un instant, surprise, puis elle lui sourit de ce sourire qui avait ravi son cœur dès le premier jour.

— Jeu d'dame, Papa.

Linda dévisageait son mari en luttant pour ne pas suffoquer de douleur. Qu'allait-elle lui dire ? Que dire à son Sam qui l'avait sauvée de tant de façons ? Il l'avait sauvée de ses propres doutes, d'une vie qui aurait été si creuse sans son amour pour lui. Une seule phrase ? Elle pourrait parler un an sans s'arrêter que ça ne suffirait pas…

— Je t'aime, Sam.

Les mots lui avaient échappé et, aussitôt, elle aurait voulu hurler, les rattraper, ils ne suffisaient pas, ils ne pouvaient pas être la dernière parole qu'elle adresserait à son mari.

Mais elle comprit au sourire et au regard de Sam que, même si ce n'était pas la phrase parfaite, c'était la seule qui convenait. Elle avait épousé son premier amour, son amour de jeunesse. Elle l'avait aimé dans les rires et aussi dans les larmes, dans les baisers et les hurlements. Tout avait commencé par l'amour et tout se terminerait par l'amour.

Elle s'attendait à ce que l'Étranger dise quelque chose, à ce qu'il se moque, mais il resta muet, presque respectueux.

— Merci de votre obligeance. Je n'avais vraiment aucune envie de brûler Sarah. – Une pause. – Maintenant, nous allons passer à la strangulation. Ce n'est pas aussi aisé qu'on pourrait le croire, alors écoutez bien mes explications.

Linda et Sam tendirent l'oreille mais sans se quitter des yeux. Ils parlaient sans mots. L'Étranger poursuivit.

— Il n'est pas nécessaire que ce soit douloureux, ni que ça dure longtemps. Si Sam meurt rapidement, tant mieux. Les zones sur lesquelles vous devez appuyer se trouvent ici et ici. – Il toucha la gorge de Sam de chaque côté, sous la mâchoire. – Les carotides. En lui coupant ainsi la circulation du sang, il sombrera dans l'inconscience avant que le manque d'air ne le tue. Il vous faudra simultanément presser très fort des deux mains sur la trachée pour lui couper la respiration. – L'Étranger mima le geste sans toucher Sam. – Et tenir jusqu'à ce qu'il cesse de respirer. C'est simple ! Je vais le menotter dans le dos pour qu'il ne soit pas tenté de repousser vos mains. Ça arrive, même en cas de suicide, ajouta-t-il avec un haussement d'épaules. C'est ainsi qu'un homme, qui avait mis sa tête dans un sac en plastique serré avec du Scotch autour de son cou et qui s'était ensuite menotté les mains dans le dos, s'est presque arraché les pouces en essayant de se libérer quand il a commencé à étouffer. Nous ne voudrions pas de ça ici.

Sam pensa que l'Étranger avait raison. Il sentait sa propre peur, distante mais persistante, qui frappait à sa porte.

Petit cochon, petit cochon, laisse-moi entrer dans ta maison…

Non. Il ne voulait pas mourir, c'est vrai. Mais il mourrait quand même. Une chose entraînant l'autre, on en arrivait toujours au même résultat. Sauver Sarah. On ne peut pas toujours avoir ce qu'on veut. La vie est une salope… *et elle finit par vous tuer.*

Sam soupira. Il regarda de nouveau autour de lui. D'abord la pièce, la cuisine, l'entrée plongée dans l'ombre. Sa maison où il avait aimé sa femme et élevé son enfant, où il s'était battu pour la bonne cause. Puis Sarah, la preuve vivante de leur amour. Enfin, il plongea les yeux dans ceux de Linda. Longuement, profondément en espérant qu'elle comprendrait tout ce qu'il mettait dans ce regard, puis il ferma les paupières.

Oh, Sam, non… Linda avait compris. Il lui disait adieu. Il avait fermé les yeux et elle savait qu'il n'avait pas l'intention de les rouvrir. Sam était quelqu'un de très logique, c'était une des qualités qu'elle appréciait chez lui et aussi une de celles qui la rendaient folle. Il avait toujours trois trains d'avance sur elle et il avait sans doute deviné qu'ils mourraient avant même que l'Étranger ne le leur eût annoncé. Il avait évalué la situation, imaginé quelles pouvaient être les motivations du tueur et conclu que leur mort était inévitable. Et, depuis, il n'avait cessé d'attendre et de se torturer.

— Allez vous faire foutre !

Les mots avaient jailli de sa bouche sans qu'elle ait pu les arrêter. L'Étranger marqua une pause, la dévisagea et inclina la tête.

— Pardon, qu'avez-vous dit ?

— Je vous ai dit d'aller vous faire foutre ! rugit-elle. Je refuse de l'étrangler.

Elle se tourna vers Sam. Pourquoi n'ouvrait-il pas les yeux ?

L'Étranger se pencha vers elle et la fixa un long moment. Telle une statue, pensa Linda. De pierre, insensible, déterminé.

— Vous avez tort.

Il remit du ruban adhésif sur sa bouche et celle de Sam. Il ne semblait pas en colère. Sans dire un mot, il s'approcha de Sarah, la bâillonna, attrapa ses mains menottées et les tira brutalement en avant. Il glissa son revolver dans son pantalon et sortit de sa poche arrière son briquet clinquant en plaqué or. Le cœur de Linda s'arrêta quand elle entendit le clic de l'ouverture. Il donna un coup de pouce sur la roulette et le gaz s'enflamma.

S'assurant que Linda le regardait, il maintint la paume de Sarah sur la flamme pendant trois longues secondes.

L'Étranger accomplit ce qui, d'après lui, représentait le seul devoir des forts : il continua à respirer, calme et sûr de lui.

21.

Sarah ne s'attendait pas à une telle souffrance. Mais avec le bâillon, elle avait été forcée de refouler ses pleurs pour pouvoir respirer par le nez.

Toutes les lointaines menaces s'étaient soudain rapprochées. Sarah était aveuglée par les sentiments qui se succédaient en elle, la terreur, le chagrin, l'horreur. Impossible d'échapper à ce monstre ! Elle le savait à présent. Et cette certitude l'anéantissait.

Sa mère s'était débattue quand il l'avait brûlée. À tel point qu'elle se serait arraché la peau des poignets si ses menottes n'avaient pas été rembourrées. Jamais Sarah n'avait vu sa mère exploser d'une telle rage meurtrière.

Même l'Étranger s'était montré impressionné.

— Magnifique ! avait-il dit. Vous me feriez presque peur.

Sarah était bien d'accord avec lui.

— Le problème, Linda, c'est que je suis encore plus effrayant que vous, avait-il ajouté en secouant la tête. Vous ne comprenez donc pas ? Vous n'avez aucune chance de gagner. Vous ne pouvez pas me battre. Je suis la force. Je suis la certitude. Vos options restent les mêmes. Faites ce que j'ai dit ou vous me verrez brûler Sarah jusqu'à ce qu'elle ressemble à ces monstres qu'on exhibe dans les foires.

Sa mère s'était aussitôt calmée. Sarah avait cherché le regard de son père mais il avait les yeux fermés.

— Je vais vous laisser quelques instants rassembler vos esprits. Une minute entière. Après ça, ou vous me direz que vous êtes prête et nous poursuivrons, ou je brûlerai Sarah pour de bon.

Sarah trembla de peur à l'idée de souffrir de nouveau. Et que voulait-il dire par « nous poursuivrons » ? Elle s'était de nouveau réfugiée dans des pensées lointaines, en attendant que les monstres disparaissent. Mais il avait dit quelque chose d'important. Elle essaya de se souvenir.

C'était quelque chose sur Maman et Papa.

Maman qui devait tuer Papa.

La mémoire lui revint, elle écarquilla les yeux avant de replonger précipitamment dans le refuge de sa torpeur.

Linda luttait pour retrouver ses esprits. Elle se sentait parcourue de décharges électriques et d'éblouissements, comme si son âme subissait un énorme court-circuit. Sa rage l'avait emportée. Elle n'avait pas su la contenir. Aveuglée par sa fureur devant tant d'absurdité, elle avait perdu le peu d'équilibre qui lui restait. Ses poignets la faisaient souffrir, elle se sentait suroxygénée, l'estomac retourné par l'afflux d'adrénaline.

Sam, ce sacré Sam, gardait les yeux fermés. Elle savait pourquoi et elle lui en voulait. Elle le détestait d'avoir raison. De savoir que c'était fini, de savoir qu'il n'y avait pas d'alternative, et de l'accepter.

Non, non, elle aimait Sam, elle ne le détestait pas. C'était lui, il était ainsi. Et son esprit était une des choses qu'elle appréciait le plus en lui. Sa clarté, son génie. Il se montrait si courageux maintenant. Il lui avait dit au revoir avant de fermer les yeux et de tendre son cou pour qu'elle l'étrangle.

QFS ?

Le sigle magique avait jailli dans son esprit. « Que Ferait Sam » ?

C'était un mantra qu'elle invoquait lorsque son bon sens était dépassé par des émotions incontrôlables. Sam était calme. Logique. Posé. Capable de se mettre en colère quand c'était nécessaire, mais prêt à laisser passer ce qui n'en valait pas la peine, d'un simple haussement d'épaules.

Quand quelqu'un lui coupait la route et qu'elle commençait à l'insulter devant Sarah, elle prenait une profonde inspiration et se demandait : QFS ? Que ferait Sam ?

Ça ne marchait pas toujours mais cette question faisait partie de ses réflexes et voilà qu'elle surgissait au moment où elle en avait le plus besoin.

Sam saurait jauger la situation. Linda respira profondément et ferma les yeux.

Réalité : nous ne pouvons pas nous échapper. Il nous a menottés. Nous sommes coincés.

Réalité : il va nous tuer.

Ces deux faits étaient incontestables. La calme résolution de l'Étranger, le professionnalisme qu'il appliquait dans chacune de ses actions, jusque dans la façon dont il avait brûlé la paume de la main de Sarah, ne laissaient planer aucun doute sur son personnage et ses intentions. Il ferait ce qu'il disait.

Mais épargnera-t-il Sarah si nous faisons ce qu'il veut ?

Réalité : nous ne pouvons pas savoir avec certitude s'il le fera.

Réalité : nous ne pouvons pas savoir avec certitude s'il ne le fera pas.

Tout cela la ramenait à ce qui avait poussé Sam à fermer les yeux : une chose en entraînait une autre et ainsi de suite et on arrivait toujours au même résultat.

Réalité : la possibilité qu'il épargne Sarah est tout ce qui nous reste. La seule chose que nous pouvons peut-être encore contrôler.

Elle ouvrit les yeux. L'Étranger la dévisageait.

— Avez-vous pris votre décision ?

Elle cligna une fois des yeux. Il retira le ruban adhésif de sa bouche.

— J'accepte, dit-elle.

De nouveau, une brève lueur d'excitation apparut comme un fantôme dans le regard de l'Étranger.

— Parfait ! Je vais d'abord rattacher les mains de Sam dans son dos.

Ce qu'il fit d'un geste expérimenté. Sam, les yeux toujours fermés, n'opposa aucune résistance.

— Maintenant, Linda, je vais retirer vos menottes. Au cas où vous auriez l'intention de faire une nouvelle action d'éclat, je vous le déconseille fortement. Cela ne vous mènera à rien et je brûlerai la main de Sarah jusqu'à ce qu'il ne lui reste qu'un moignon calciné. Vous avez compris ?

— Oui, répondit-elle d'une voix haineuse.

— Bien.

Il lui libéra les mains. Et si elle n'envisagea pas une seule seconde de lui sauter dessus, elle rêva néanmoins de lui saisir la gorge et de la serrer avec toute la rage et tout le chagrin qui lui étreignaient le cœur, de la serrer jusqu'à faire jaillir ses yeux hors de leurs orbites.

Mais elle savait que ce n'était qu'un rêve. Elle avait affaire à un prédateur chevronné, qui connaissait les ruses de ses proies.

Ses poignets la lançaient. Cette douleur lancinante et profonde la réconfortait. Elle lui rappelait la naissance de Sarah. Une agonie à la fois terrible et belle.

— Allez-y, ordonna l'Étranger, d'une voix plate et tendue.

Linda regarda Sam, Sam aux yeux toujours clos, son Sam si beau. Fort là où elle était faible, tendre quoique parfois dur et arrogant. Elle lui devait ses plus grands fous rires et ses plus lourds chagrins. Ne s'arrêtant pas à sa beauté extérieure, il avait contemplé ses replis les plus sombres sans cesser de l'aimer. Même hors de lui, il ne lui avait jamais manifesté une once d'agressivité. Ils avaient partagé plaisir et tendresse. Ils avaient fait l'amour sous la pluie, frissonné ensemble sous l'eau glacée qui ruisselait sur leurs corps nus…

Elle aurait pu poursuivre cette liste éternellement…

Elle tendit vers lui des mains tremblantes. Quand elles touchèrent son cou, elle suffoqua.

La mémoire des sens…

Le simple fait de toucher Sam ranimait des milliers d'autres souvenirs. Un million de petites coupures par lesquelles son âme saignait.

Il ouvrit les yeux. Le million de coupures se fondit en une douleur unique et dévastatrice.

De tous les traits de Sam, c'étaient ses yeux qu'elle préférait. Gris, intenses, ourlés de cils d'une longueur à faire pâlir les femmes d'envie. Et ils exprimaient tant de profondeur, tant d'émotion.

Elle se souvint d'un de leurs anniversaires de mariage.

— Sais-tu ce que je préfère en toi ? lui avait-il demandé avec un sourire en coin.

— Quoi ?

— Ta superbe folie ! La façon dont tu sais ordonner une peinture ou une sculpture alors que tu es incapable de ranger un tiroir de sous-vêtements, ta vie dût-elle en dépendre. Ta façon chaotique de nous aimer Sarah et moi, de tout ton être. Que tu puisses te souvenir d'un ton de bleu mais que tu ne penses jamais à payer la facture de téléphone. Tu sèmes dans ma vie une pagaille dont je ne pourrais plus me passer.

Sam l'aimait en cet instant, elle le voyait. Ses yeux d'un gris intense irradiaient d'émotions. L'amour, la tristesse, la colère et la joie. Elle s'y noya en espérant qu'il comprenait absolument tout ce qu'elle ressentait.

Il cligna de l'œil et elle laissa échapper un rire, étranglé certes, mais néanmoins un rire, puis il referma les yeux et elle sentit qu'il était prêt, que le moment était venu.

Elle commença à serrer.

— Si vous ne pressez pas plus fort, il mettra longtemps à mourir, dit l'Étranger.

Linda serra davantage. Elle sentait battre le pouls de Sam sous ses doigts. C'était sa vie ! Elle fondit en larmes. Des sanglots rauques, profonds, arrachés à cette partie indéfinissable d'elle-même capable d'une souffrance insondable.

Sam l'entendait pleurer. Il sentait l'étau de ses mains se refermer autour de son cou. Elle appuyait là où il fallait : l'irrigation de son cerveau était coupée. Il ressentait une pression énorme dans son crâne, accompagnée d'étourdissements et d'une faible douleur dans la poitrine. Ses poumons commençaient à brûler.

Les paupières closes, le regard perdu sur l'obscurité, il priait le ciel d'avoir la force de garder les yeux fermés quand il mourrait. Il ne voulait pas que Sarah voie la vie le quitter.

La brûlure s'intensifiait à présent, la panique montait, il la sentait venir.

Résiste, Sam ! Tiens bon, ça ne sera plus long, tu vas bientôt y passer.

Il allait mourir, il le sentait au noir qui rongeait peu à peu les bords de sa conscience. Et aux éclairs. Une fois qu'il sombrerait dans cette noirceur, ce serait terminé. Ces éclairs étaient tout ce qui restait de lui. D'abord, le noir l'enveloppait, ensuite, lui-même deviendrait ce noir.

Tiens, il n'avait pas prévu ça !

Au lieu des étincelles, il venait d'avoir un flash d'obscurité. Il comprit alors que sa fin viendrait sournoisement. Par un flash noir qui s'éterniserait à jamais.

Un autre flash, cette fois lumineux, aveuglant, atroce dans sa beauté. Linda et lui, nus sous une pluie drue et glaciale. Ils continuent à faire l'amour tout en grelottant, elle couchée sur lui, et un éclair illumine le ciel autour de sa tête au moment où il jouit…

… Sarah vagissant dans la salle d'accouchement et lui qui ne peut plus respirer, les jambes coupées, éprouvant un tel *triomphe*…

… Sarah courant vers lui, cheveux au vent, les bras écartés, riant aux éclats, Linda courant vers lui, cheveux au vent, les bras écartés, riant aux éclats…

Jeud'dameJeud'dameJeud'dame…

Un dernier flash et il mourut.

Sam Langstrom souriait.

22.

Linda avait l'esprit vide.

Sam s'était effondré sur son siège. Elle avait senti son pouls accélérer sous ses doigts puis faiblir et finalement s'arrêter.

Elle sentait le sang de Sam sur ses mains même s'il n'y était pas. Un mot ne cessait de lui revenir à l'esprit, comme une énorme chauve-souris occultant les étoiles : horreur, horreur, horreur, horreur…

— Vous vous en êtes très bien sortie, Linda.

Pourquoi sa voix ne changeait-elle jamais ? Elle semblait toujours la même. Calme et heureuse, alors que ces terribles, terribles atrocités…

Linda refoula un sanglot en frissonnant.

Peut-être qu'il n'a rien à l'intérieur, tel un golem fait d'argile, qui avance sans âme pour le guider.

Linda regarda sa fille. Elle sentit son cœur lui manquer. Sarah avait les yeux ouverts mais ils ne voyaient rien. Ils fixaient le vide d'un regard absent. Elle se balançait d'avant en arrière, les lèvres si fortement pincées qu'elles en étaient blanches.

Je sais ce que tu ressens, mon bébé, pensa-t-elle avec désespoir.

— Je sais que vous souffrez, reprit l'Étranger Nous allons mettre fin pour toujours à cette terrible douleur, ajouta-t-il d'un ton apaisant.

Il se tourna vers Sarah, la regarda se balancer. Un filet de bave coulait au coin de sa bouche.

— Je tiendrai ma promesse, vous savez. Du moment que vous vous cantonnez à ce que je vous demande, sans en dévier, je ne lui ferai pas de mal.

Vous l'avez déjà blessée à tout jamais, songea Linda. Mais peut-être s'en sortira-t-elle s'il la laisse en vie. On peut se remettre d'un choc émotionnel, on ne revient pas de la mort.

— Voilà ce qu'on va faire, poursuivit l'Étranger. Je vous donne ces clés. Tenez. Maintenant, s'il vous plaît, retirez les menottes de vos chevilles.

Linda s'exécuta.

Il sortit un second revolver de sa ceinture et le posa par terre. Puis il passa derrière Linda et appuya son arme sur sa nuque.

— Je vais compter jusqu'à cinq. Si, à cinq, vous ne vous êtes pas fait sauter la cervelle, je tuerai Sarah d'une balle dans la tête. Ensuite je vous violerai pendant des heures et je vous torturerai des jours durant. C'est compris ?

Linda hocha la tête, hébétée.

— Parfait ! Bon, les revolvers sont des armes puissantes. Et quand vous ramasserez celui-là, vous aurez peut-être l'impression de devenir puissante, vous aussi. Vous pourriez alors être tentée de jouer les héros. Je vous le déconseille. À la seconde où vous braquerez ce canon sur moi, je tuerai Sarah. Si ce canon s'écarte un seul instant de votre tête, je tue Sarah. Vous me suivez ?

Linda ne répondit pas.

— Linda ? Avez-vous entendu ce que j'ai dit ?

Elle réussit à opiner. Cela lui prit toute son énergie. Elle était vidée.

Mon Sam est parti, pensait-elle. Je suis déjà morte.

Elle baissa les yeux vers le revolver sur la moquette. Celui qu'elle tiendrait bientôt. Celui qui mettrait un terme à tout cela, qui lui permettrait de rejoindre Sam, qui sauverait Sarah (espérait-elle).

— Je vais vous offrir le même cadeau qu'à votre mari. Une seule phrase. Votre dernière chance de dire quelque chose à Sarah.

Linda regarda sa fille aux lèvres blanches, tremblante et si belle.

Se souviendra-t-elle de ce que je vais lui dire ?

Il ne lui restait qu'à espérer. Espérer que ses mots parviendraient à sa conscience, et qu'ils referaient surface plus tard pour la réconforter.

Peut-être lui reviendraient-ils en rêve.

— Je serai toujours dans les nuages à te regarder, Sarah.

Sarah continua à se balancer en bavant.

— C'était très gentil, dit l'Étranger. Merci de votre coopération.

Elle sentit une rage chauffée à blanc la submerger, telle une couvée de lave.

— Un jour, vous mourrez, chuchota-t-elle d'une voix vacillante. Et d'une horrible mort. À cause de toutes ces abominations.

L'Étranger la dévisagea, puis il sourit.

— Le karma. Quel concept intéressant ! – Il haussa les épaules. – Peut-être avez-vous raison. Mais de toute façon, cela n'arrivera que plus tard. Et là, nous sommes dans le présent. Et je vais commencer à compter. Sans hâte. Au rythme de lents battements de cœur. Vous avez jusqu'à cinq.

— Ma dernière pensée sera pour vous et votre mort horrible.

Les mots ne servaient à rien, ils ne changeraient rien mais ils représentaient la dernière résistance qu'elle pouvait lui opposer. Mais l'Étranger ne parut même pas l'entendre.

— Un, commença-t-il.

Linda se força à refouler sa rage. Et à regarder l'arme qu'il avait posée par terre.

C'était la fin.

Le monde extérieur s'estompa comme si on baissait le volume de sa vie. Elle n'entendait plus que les battements de son cœur et le lent compte à rebours de l'Étranger.

Un était passé. Deux viendrait. Puis trois. Quatre. Et ensuite… ? Pouvait-elle entendre le cinq ? Ou devait-elle appuyer sur la détente avant ?

Pourquoi attendre ? N'hésite pas…

Le « un » résonnait encore dans sa tête quand elle se pencha vers le revolver. L'air vibrait autour de celui-ci. Elle se retrouva dans une extension du temps, comme si chaque seconde était hérissée d'une vie entière de souffrance et qu'elle s'y déchirait.

L'existence réservait plus de douleur que de plaisir. C'était une réalité qu'elle avait perçue en tant qu'artiste, un ingrédient secret qu'elle avait ajouté au pot-pourri de ses œuvres.

C'était à la douleur qu'on se savait toujours en vie.

Elle s'agenouilla sur la moquette et ramassa le revolver en faisant bien attention de ne pas le pointer vers l'Étranger.

— Deux.

Ce deux lui fit l'effet d'une gifle.

La douleur se dissipa aussitôt.

Linda s'émerveilla de la froideur de l'acier. De la douceur de son poli. De sa masse lourde de menace.

Ce côté vers l'ennemi, songea-t-elle en considérant le canon.

Un homme avait inventé cette arme. Il l'avait imaginée, dessinée, tournée et retournée dans sa tête. *Prenons un bout de métal et remplissons-le d'oiseaux d'acier qu'on enverra transpercer d'autres êtres humains.*

— Trois.

Sa perception du nombre fut plus clinique cette fois-ci.

L'arme portait un silencieux. C'était un revolver qui évoquait le meurtre, le sang, la mort secrète.

Et pourtant ce n'était qu'un bout de métal. Ni plus ni moins. Sans rien d'humain. On n'attribuait pas de qualités humaines à un revolver : on le pointait et on tirait.

Que disaient les marines ? *C'est mon arme. Il en existe de nombreux exemplaires, mais celle-ci m'appartient…*

— Quatre.

Le temps s'arrêta. Il n'avait pas juste ralenti, il s'était immobilisé. Linda était couverte de glace. Prise dans l'ambre.

Et soudain, un flash stroboscopique.

Sam par terre.

Flash.

Sam dans ses bras.

Flash.

Sam raccrochant le téléphone. Le visage livide. « Mon grand-père est mort. » Sam en pleurs dans ses bras.

Flash.

Sam au-dessus d'elle, les yeux brouillés par l'amour mêlé de désir, le visage déformé par le plaisir. Elle le supplie d'attendre, juste une seconde, encore une, encore une…

Elle reconnut cet instant avec stupeur. C'était la sensation qu'on éprouvait suspendu à l'extrême limite de l'orgasme, quand on essayait de retenir de toutes ses forces l'explosion et l'éblouissement tant attendus. Le moment où on arrêtait de respirer, où le cœur cessait de battre, un moment de vie et de mort.

Flash.

Sarah.

Flash.

Sarah qui rit.

Sarah qui pleure.

Sarah qui vit.

Oh.

Mon Dieu.

Sarah.

Linda réalisa dans un dernier éblouissement que ce qui lui manquerait le plus, ce serait d'aimer sa fille. Elle était transpercée par un manque qui était la somme de tous les manques qu'elle avait ressentis, peints ou sculptés.

Si la douleur était une pluie, la sienne serait un océan.

Et soudain, sans qu'elle puisse le contrôler, un cri jaillit de sa poitrine. Un hurlement d'agonie à figer les oiseaux en plein vol.

Même l'Étranger grimaça malgré lui en l'entendant.

SarahSamSarahSamSarahSam

Flash.

Le coup partit et seule une détonation assourdie résonna dans la pièce.

Sarah cessa de se balancer un instant.

Le côté gauche de la tête de Linda explosa.

Linda s'était trompée.

Ce n'était pas à la mort qu'elle avait accordé sa dernière pensée.

C'était à l'amour.

Hé, c'est moi ! La Sarah d'aujourd'hui. Je ne vais pas toujours parler du passé. Je ferai des pauses pour revenir au présent. Je ne vois pas d'autre façon de m'en sortir.

Quant à ma mère, peut-être n'a-t-elle accordé sa dernière pensée qu'à la peur, ou n'a-t-elle pensé à rien, je l'ignore. Je ne peux pas le savoir. Il y avait elle, Papa, moi, l'Étranger, ça c'est vrai. Il l'a forcée à tuer Papa et à se tuer sous mes yeux, c'est vrai. Mais ma mère a-t-elle été aussi noble à la fin, a-t-elle autant souffert ? Je l'ignore.

Et personne ne peut le savoir.

Ce que je sais, c'est que ma mère débordait d'amour. Elle disait que sa famille faisait partie intégrante de son art. Que, sans Papa et moi, ses peintures seraient très sombres.

Je me plais à croire qu'elle avait acquis la certitude, dans ses derniers moments, de me sauver la vie en faisant ce qu'elle a fait, et elle a réussi, quelle que soit la suite des événements.

Je ne suis pas sûre que l'amour ait été la dernière de ses pensées. Mais ce fut la dernière de ses actions.

23.

Je referme le journal de Sarah d'une main tremblante et jette un coup d'œil à mon réveil. Il est trois heures du matin.

J'ai besoin d'une pause. Je commence à peine à découvrir le calvaire de Sarah et déjà je suis bouleversée. Elle n'avait pas tort : elle est douée. Son écriture est saisissante. Le bonheur de son ancienne vie contraste avec l'humour amer de son prologue. Je me sens salie, triste, lessivée.

Comment a-t-elle appelé cela ? *Une descente au point d'eau.*

J'imagine la scène. Une pleine lune obscène dans le ciel, de sombres créatures s'abreuvant à des eaux troubles…

Je frissonne car je sens aussi la *peur* monter en moi. Le drame vécu par Sarah est si proche du drame vécu par Bonnie…

Je me tourne vers elle. Bonnie dort profondément, le visage détendu, un bras en travers de mon ventre. Je me dégage et repousse son bras sur le lit avec la délicatesse que je prendrais pour déposer une coccinelle dans le jardin. Elle ouvre la bouche, puis se roule en boule sans cesser de dormir.

Au début, elle se réveillait au moindre mouvement. Le fait qu'elle dorme plus profondément me rassure. Certes, elle ne parle toujours pas, mais elle va mieux. Maintenant, si je peux juste la maintenir en vie…

Je me glisse hors du lit, sors de la chambre et descends l'escalier sur la pointe des pieds. Dans la cuisine, je me dirige vers le placard au-dessus du réfrigérateur pour m'adonner à mon vice secret : la tequila. Du José Cuervo, un bon ami à moi, comme dans la chanson.

Je regarde fixement la bouteille : non, je ne suis pas alcoolique.

J'ai beaucoup réfléchi à la question, partant du principe que tous les fous prétendent qu'ils ne sont pas fous. J'en suis arrivée à la conclusion que je ne devais pas m'inquiéter. Je ne bois que deux ou trois fois par mois. Jamais deux jours d'affilée. Et je me grise seulement, je ne me soûle pas.

Mais l'éléphant dans la mare de mon raisonnement, c'est que je n'avais jamais bu pour me remonter le moral avant la mort de Matt et d'Alexa. Non, pas une seule fois.

C'est ce qui m'inquiète.

J'avais un grand-oncle alcoolique, du côté de mon père. Et il n'avait rien du tonton charmant et jovial qui lève le coude trop facilement. Ni de l'ivrogne qui bredouille en s'apitoyant sur son sort. Non, l'alcool le rendait violent et méchant. En plus, il empestait. Lors d'une réunion de famille, il m'avait agrippée avec une telle force que j'en avais eu le bras marqué. Collant sa bouche fétide à deux doigts de mon visage terrifié (je n'avais que huit ans), il m'avait alors baragouiné je ne sais quelle grossièreté salace que je n'avais heureusement pas comprise.

Depuis mon enfance, voilà le portrait de l'ivrogne qui me hante. Je ne pourrai jamais oublier son regard vicieux et son haleine pestilentielle chargée de whisky. Chaque fois que je sens que je bois peut-être un peu trop, son visage mal rasé aux yeux chassieux surgit devant mes yeux. Et je repose instantanément mon verre.

Peu après la mort de mon mari et de ma fille, je me suis retrouvée au rayon alcool d'un supermarché, soudain consciente que je n'avais jamais acheté autre chose que du vin, jamais dans une grande surface de surcroît, et encore moins au milieu de l'après-midi. La tequila a attiré mon regard, tel le chant des sirènes.

— Et merde ! ai-je pensé en attrapant une bouteille.

Je l'ai payée sans regarder la caissière et je suis vite rentrée chez moi.

J'ai passé au moins dix minutes, le menton dans la main, à regarder la bouteille en me demandant si je n'allais pas devenir comme mon oncle Joe.

Non. Personne n'a jamais plaint oncle Joe. Toi, on te plaindra.

Cette idée m'a réconfortée.

Je ne me suis pas enivrée. J'ai bu juste de quoi me griser. Et je ne suis jamais allée plus loin.

Le problème, me dis-je à présent en me versant deux doigts (jamais plus), c'est que cette mauvaise habitude se poursuit alors que ma souffrance s'est atténuée. À présent, l'alcool m'aide à étouffer mes peurs ou à me détendre en période de grand stress. C'est en cela que réside le danger. Boire non pas par envie mais par besoin. Voilà une fâcheuse tendance !

Je porte un toast.

— À tous ceux qui ont besoin de se justifier !

Je vide le verre d'une seule traite et même si j'ai l'impression d'avaler du décapant ou du feu liquide, ça me fait du bien. J'éprouve une sensation de satisfaction immédiate. C'est le but. La satisfaction est tellement plus difficile à atteindre que la joie. Alors qu'une simple dose de tequila me suffit. Et je chantonne :

— José Cuervo, la la la la la la.

J'envisage une seconde rasade, mais décide que non. Je rebouche la bouteille et la range dans le placard. Je lave soigneusement le verre. Encore un signal d'alarme, je sais : c'est mal de boire seule et en cachette. Mais ne dramatisons pas, je me contrôle encore. Et j'espère que je m'en apercevrai si jamais ça dégénère.

Je réfléchis. Pourquoi le récit de Sarah me met-il dans cet état ? Pourquoi ce soudain besoin de tequila ? C'est une histoire horrible, mais j'en ai vu d'autres. Merde ! Je suis même passée par là. Pourquoi celle-ci me bouleverse-t-elle autant ?

Bonnie l'a déjà compris : parce que Sarah est Bonnie et Bonnie est Sarah. Bonnie peint, Sarah écrit, les deux ont perdu leurs parents, les deux sont sombres et brisées. Si Sarah est condamnée, cela signifie-t-il que Bonnie l'est aussi ? Ces similarités alimentent mes frayeurs. Oui, c'est la peur ma grande ennemie, ces derniers temps.

J'ai minimisé mes terreurs concernant Bonnie quand j'en ai parlé à Elaina. Cependant il m'arrive d'être malade d'angoisse, d'en suffoquer. Alors je m'enferme dans la salle de bains et je me roule en boule, les bras serrés autour de mes genoux, dévorée de frayeur.

Un psy diagnostiquerait sans doute un stress post-traumatique. Mais je n'ai pas envie de m'en sortir en en parlant. J'ai besoin de m'en tirer toute seule, et sans déglinguer Bonnie, j'espère.

Le meilleur moyen, à mon avis, c'est de penser à autre chose. Mais ce qui me vient alors à l'esprit ne m'aide pas beaucoup.

— *1pourtoi2pourmoi, ma chérie.*

— *Pourquoi, Matt ? Je suis en paix avec Alexa. Pourquoi ne puis-je pas être en paix avec toi ? Pourquoi ne puis-je pas oublier cette histoire de mot de passe ?*

Il secoue la tête.

— *Parce que tu es comme ça. Tu veux toujours tout savoir. C'est plus fort que toi.*

Il a raison, bien sûr. Cette vérité s'applique à tout : le journal de Sarah, 1pourtoi2pourmoi, l'avenir. C'est ce qui me fait aller de l'avant, ce qui m'aide à naviguer à travers mes frayeurs : mon besoin viscéral de connaître la fin de l'histoire. L'histoire de Bonnie, l'histoire de la prochaine victime. Et ainsi de suite.

Et mon histoire ?

Quantico. Le deuxième éléphant dans la mare. Il m'apparaît, le regard las empreint de sagesse. Je caresse sa vieille peau grisâtre, comprenant soudain pourquoi il me tracasse : je ne m'en soucie pas assez.

Voilà qu'on me propose un boulot en or parce que je ne suis plus photogénique. Et voilà que j'envisage gaillardement un changement qui me coupera de la seule famille qu'il me reste, qui mettra fin à tout espoir de relation avec Tommy, qui me fera quitter pour de bon cette maison et tous les souvenirs qui s'y rattachent, persuadée que c'est une occasion fantastique !

Envisager de quitter mes amis et de changer de vie devrait me déchirer. Et pourtant j'y songe. Pourquoi ?

Surtout que ma situation s'arrange un peu. Empaqueter les affaires de Matt et d'Alexa représente déjà un pas en avant. Ne plus faire de cauchemars aussi. Laisser entrer dans ma vie un autre homme que Matt également. Alors pourquoi ne suis-je pas plus attachée à cette existence ?

Je ne saurais l'expliquer pour l'instant mais je m'aperçois, au moins, que mon malaise vient de là. Peut-être que je me leurre. Moi qui crois avoir tissé de nouveaux liens affectifs, peut-être ai-je juste appris à avancer malgré mes handicaps.

Peut-être que la partie de moi-même conçue pour éprouver des sentiments profonds a été endommagée à jamais.

Mais ça n'explique pas ce besoin de boire à présent, si ?

Sur ce, je décide qu'il est temps de chasser cet éléphant. Il s'en va tranquillement, après, bien sûr, m'avoir regardée de ses yeux tristes et sages qui disent : *C'est vrai, nous les éléphants, nous avons une mémoire aussi longue que notre trompe, mais nous sommes sans défenses, même si certains souvenirs ont parfois la dent dure.*

Je passe la langue sur mes propres dents en cherchant une éventuelle satisfaction, mais je sens déjà que, ce soir, je ne devrai compter ni sur elle, ni sur le sommeil.

La satisfaction…

Attends, éléphant ! Reviens !

Et il revient. C'est normal, c'est mon éléphant à moi, après tout.

J'ai compris ! C'est parce que malgré les progrès que j'ai faits... je ne suis toujours pas heureuse. Tu comprends ?

Il me caresse avec sa trompe. Il me regarde avec ses grands yeux tristes et sages. Il comprend.

Je ne suis pas triste ni suicidaire, mais je ne suis pas heureuse pour autant.

En effet, les souvenirs ont parfois la dent dure, me répondent ses yeux tristes et sages.

Surtout les souvenirs heureux.

C'est ça le problème : j'ai connu le véritable bonheur. Réel, épanouissant, profond. Me sentir « bien » ne me suffit plus. C'est comme si j'avais pris une drogue qui me faisait voir le monde en couleurs et, maintenant que j'ai arrêté, que je suis en manque, ce n'est pas que la vie soit mauvaise en elle-même, mais elle a perdu tout son éclat.

Je ne suis pas sûre que Tommy, Elaina, Callie ou mon boulot avec un grand B, voire Bonnie, puissent me rendre un jour mon bonheur d'antan. Je les aime tous, mais je doute qù'ils puissent remplir ce vide, ou redonner à mon univers son éclat d'autrefois. C'est affreusement égoïste, je sais, mais c'est la réalité.

Voilà pourquoi Quantico m'attire. Un bouleversement nucléaire, un nuage « champignonnesque » de changements, voilà peut-être ce qu'il me faut. Un bouleversement qui ébranlerait mes fondations et qui secouerait ma charpente.

Mon éléphant s'éloigne de lui-même, à pas lourds. Je peux parler impunément à mes métaphores quand je bois de la tequila.

Éléphant, ton nom est Tristouille. Ou Grisaille, peut-être…

Quantico m'apportera-t-il la solution ?

Qui peut le savoir, bon sang ? Il me faut une cigarette.

Je soupire, résignée à rester éveillée. Il est temps de passer du personnel au professionnel. C'est un vieux remède mais toujours efficace. Et s'il manque de panache, il chasse sans coup férir les éléphants qui vous harcèlent.

Je remonte à l'étage chercher mes notes et je redescends m'installer sur le canapé en essayant d'ordonner mes idées.

Je prends la page intitulée **MEURTRIER** et y ajoute : **ALIAS L'ÉTRANGER**.

Je songe à ce que j'ai lu dans le journal. J'inscris quelques remarques, moins élaborées, plus spontanées.

ON L'A FAIT SOUFFRIR = IL FAIT SOUFFRIR LES AUTRES.
REVANCHE.
Reste la question : pourquoi Sarah ?

On pourrait logiquement penser qu'il fait payer à Sarah le mal que ses parents lui ont fait. Mais il a dit à Sam et à Linda qu'ils n'y étaient pour rien. *Ce n'est pas votre faute, mais votre mort sera ma justice*. A-t-il choisi Sarah au hasard ?

Je secoue la tête. Non. Il existe un lien et qui n'est pas imaginaire. J'ai l'impression qu'une partie de la réponse se trouve là, sous mon nez. À qui s'adressait-il exactement en disant cela ?

Je me redresse, électrisée.

Si le récit de Sarah est exact, l'Étranger s'adressait à Linda quand il a dit « Votre mort sera ma justice ».

À Linda uniquement.

Une phrase que Sarah a prononcée aujourd'hui me revient à l'esprit : « Au nom du Père, de la Fille ».

Il ne se venge pas au hasard et il adore ses messages. Il n'a pas fait de lapsus.

J'écris :

Et si l'objet de la revanche remontait à une génération ? Il a dit hier à Sarah, pendant qu'il l'aspergeait de sang : « Au nom du Père, de la Fille et du Saint-Esprit. » Il a dit à Linda Langstrom : « Ce n'est pas votre faute, mais votre mort sera ma justice. » Pourrait-il s'agir du père de Linda ? Du grand-père de Sarah ?

Je me relis, prise d'une nouvelle énergie. Je suis à présent dans mon bureau, à la maison, et je faxe mes notes à James. Je ne l'ai pas appelé ; le bruit de l'appareil le réveillera. Et il aura beau pester, je sais qu'il les lira. J'ai besoin qu'il sache ce que je sais.

Le grand-père.

Ça pourrait bien être une piste.

L'appareil bipe pour m'indiquer qu'il a terminé et je redescends. Je regarde la pendule. Cinq heures. Le temps piétine.

Je voudrais déjà être au matin, bon sang !

Une idée me vient : Sarah a dit que personne n'avait cru à l'existence de l'Étranger. Pourquoi ? D'après ce que j'ai lu jusqu'à présent, c'est incompréhensible.

Je regarde le journal qui m'attend sur la table basse. Je considère l'horloge et les heures qu'il me reste à griller.

Il n'y a qu'une façon de le savoir.

Histoire de Sarah

Deuxième partie

24.

Alors, mon histoire vous plaît ? Pas mal pour une fille de seize ans, hein ? Comme je vous le disais, je suis plus une coureuse de vitesse qu'une coureuse de fond, et nous avons vite franchi cette première partie, non ? Pour résumer : je suis heureuse, le méchant arrive, Buster meurt, Maman meurt, Papa meurt, et me voilà malheureuse.

Nous allons faire un bond dans le temps, maintenant. Un saut jusqu'au prochain paragraphe.

D'abord, un peu de contexte : j'étais perdue et affolée après tout ce qui s'était passé et Dieu seul sait comment j'avais atterri avec Doreen dans le jardin. Doreen, la pauvre bête, devait avoir faim ou soif et, comme elle n'arrivait pas à attirer mon attention (j'étais allongée par terre à contempler le béton), elle s'est mise à hurler. Et ça, pour hurler, elle a hurlé !

Bref, elle a fait un tel vacarme que nos voisins, John et Jamie Overman, ont fini par appeler les flics. Je crois aussi qu'ils ont regardé par-dessus la clôture et qu'en voyant dans quel état j'étais, ils se sont dit qu'il se passait des trucs bizarres.

Deux flics ont rappliqué (sauve qui peut !), un vieux, Ricky Santos et une petite jeune, Cathy Jones. Cathy va devenir ce qu'on appelle un PERSONNAGE PRINCIPAL dans mon histoire.

Au fil des années, Cathy a été une des rares personnes à me manifester un peu de tendresse.

Enfin, on en reparlera plus tard. Voilà pour mon petit récapitulatif. À présent, revenons à la narration à la troisième personne.

Il est temps de faire une nouvelle descente au point d'eau. Prête ?

Un, deux, trois, c'est parti !

Il était une fois où tout allait très, très mal...

Sarah aspira de l'eau à travers sa paille en essayant d'oublier sa fatigue.

Une semaine entière s'était écoulée. Une semaine dans les vaps, abrutie par les calmants qu'on lui administrait. Une semaine de chuchotements sournois dans sa tête. Une semaine de souffrance.

Un jour, elle s'était réveillée sans hurler. C'était la fin de ses visites à Vapoland ! Mais ses rêves se poursuivaient. Dans ses rêves, ses parents étaient

(rien, ils n'étaient rien du tout).

Et Buster était

(une boule de poils, une boule de poils ?)

(non, rien, rien, rien).

Elle se réveillait de ses rêves en transe, refusant d'accepter la vérité.

Cependant, là, elle était bien réveillée. Une policière, assise sur la chaise, près de son lit, l'interrogeait. Elle s'appelait Cathy Jones, elle avait l'air gentille, mais elle lui posait des questions déroutantes.

— Sarah, sais-tu pourquoi ta maman a fait du mal à ton papa ?

Sarah fronça les sourcils.

— Parce que l'Étranger l'a forcée à le faire.

Cathy fronça les sourcils,

— Quel étranger, ma chérie ?

— Celui qui a tué Buster. Celui qui m'a brûlé la main. Il a forcé Maman à faire du mal à Papa et ensuite il l'a forcée à se tuer, elle aussi. Il a dit qu'il me ferait du mal s'ils ne faisaient pas tout ce qu'il disait.

Cathy la dévisagea, perplexe.

— Tu veux dire que quelqu'un s'est introduit dans ta maison, ma chérie ?

Sarah hocha la tête.

Cathy se recula sur son siège, mal à l'aise.

Qu'est-ce que c'était que cette histoire ?

Cathy savait que les médecins légistes avaient passé au peigne fin la maison des Langstrom et que rien de ce qu'ils avaient trouvé n'indiquait autre chose qu'un meurtre suicidaire. La mère avait laissé un mot : *Je suis désolée, prenez soin de Sarah.* Et on avait relevé ses empreintes dans pas mal d'endroits affreusement compromettants comme sur la scie à métaux qui avait décapité le chien, le cou de son mari et sur le revolver dont elle s'était servie pour se tirer une balle dans la tête.

À cela s'ajoutait le fait qu'ils avaient découvert qu'elle prenait des antidépresseurs, qu'il n'y avait aucun signe d'effraction, que Sarah avait eu la vie sauve... Bref, tout confirmait la thèse du meurtre suicidaire. On avait juste demandé à Cathy d'interroger Sarah pour corroborer les faits.

Alors là, qu'est-ce que je fais ?

La voix de Ricky lui revint.

« Prends juste sa déposition. C'est tout ce qu'on te demande. Ensuite transmets-la aux inspecteurs et basta. Après, c'est plus notre problème. »

— Raconte-moi tout ce dont tu te souviens, Sarah.

Sarah regarda la policière sortir de sa chambre.

Elle ne t'a pas crue.

Sarah l'avait senti vers le milieu de son histoire. Les adultes croyaient que les enfants ne se rendaient compte de rien. Ils se trompaient. Sarah savait quand on se moquait d'elle. Cathy était gentille, mais elle ne l'avait pas crue pour l'Étranger. Sarah plissa le front. Non, ce n'était pas exactement ça. Elle avait paru… comment dire…

C'est comme si elle ne croyait pas que je mens, mais elle ne croit pas non plus que je dis la vérité.

Comme si j'étais

(*folle*).

Sarah se rallongea sur son lit d'hôpital et ferma les yeux. Elle sentait la souffrance revenir comme une horde de sombres coursiers au galop qui piétinaient son âme et faisaient jaillir de son cœur des étincelles noires sous leurs sabots.

Parfois, elle percevait une certaine limpidité dans sa souffrance. Ce n'était plus une douleur indéfinie ou une vague gêne latente. C'était une gangrène mortifère, un feu qui la dévorait. Une noirceur qui la balayait et lui donnait envie de mourir. Dans ces moments-là, elle restait couchée dans le noir à essayer d'arrêter les battements de son cœur comme ces vieux sages chinois d'autrefois dont sa mère lui avait parlé : ils creusaient leur tombe, puis s'asseyaient à côté et décidaient de mourir. Leur cœur s'arrêtait et ils basculaient dans la fosse fraîchement creusée.

Sarah aurait voulu en faire autant, mais elle avait beau se concentrer et le souhaiter de toutes ses forces, elle continuait malgré elle à respirer, son cœur continuait de battre et, le pire de tout, elle continuait à souffrir d'une douleur qui ne voulait pas s'en aller, ni s'estomper, ni même diminuer.

Alors elle se recroquevillait sur elle-même et pleurait en silence, pendant des heures et des heures. Elle pleurait car elle avait compris que sa mère, son père et Buster étaient partis et qu'ils ne reviendraient jamais. Jamais.

Après le chagrin arrivèrent la colère et la honte.

Tu as six ans ! Arrête de chougner comme un bébé !

Aucun adulte n'était là pour lui dire que c'était normal de pleurer à son âge.

Et que Cathy ne la croie pas, que Cathy la croie folle redoubla son chagrin.

Elle en éprouva une profonde tristesse et de la colère. Et, surtout, une angoissante solitude.

Cathy s'assit dans la voiture de patrouille et regarda par la fenêtre. Son coéquipier, Ricky Santos, la dévisagea tout en buvant son milk-shake.

— C'est l'histoire de cette gamine qui te tracasse ?

— Ouais. Quel que soit l'angle sous lequel on examine sa situation, elle est mal barrée. Ou on a raison et elle est folle. Ou on se trompe et elle est en danger.

Ricky tira sur sa paille en contemplant l'intérieur de ses lunettes de soleil.

— Laisse tomber. C'est l'avantage de porter un uniforme. On nous demande rarement de suivre les affaires jusqu'au bout. On nous envoie sécuriser les lieux et on laisse aussitôt la place aux inspecteurs. Si tu commences à te tourmenter pour des trucs auxquels tu ne peux rien faire, tu vas devenir folle. C'est comme ça que des flics se mettent à boire ou se tirent une balle dans la tête.

Cathy se tourna vers lui.

— Qu'est-ce que vous voulez dire ? Qu'il faut s'en foutre ?

Santos lui adressa un petit sourire triste.

— Contente-toi de faire ce qu'on te demande, voilà mon conseil. Tu verras des centaines de Sarah. Alors fais ce que tu peux pour chacune d'elles tant que c'est ton job, après, tu oublies et tu passes à la suivante. Nous livrons une guerre d'usure, Jones, pas seulement une bataille.

— Peut-être…

Mais je parie que vous avez eu au moins une affaire que vous n'avez pas pu lâcher. Et je crois que ce sera pour moi le cas de Sarah, songea Cathy, rassérénée à cette pensée.

— Je reviens tout de suite, dit-elle.

Santos la considéra, imperturbable, tel un sphinx.

— D'accord, répondit-il avant d'aspirer une nouvelle gorgée de milk-shake.

Ils étaient garés devant le fast-food, au coin de l'hôpital. Cathy retraversa tout le bâtiment jusqu'à la chambre de Sarah.

Elle trouva Sarah tournée vers la fenêtre avec vue démoralisante sur le parking.

— C'est encore moi, dit-elle.

Sarah pivota et lui sourit. Cathy fut de nouveau frappée par sa beauté.

Elle s'approcha de son lit.

— Je voulais te donner ça, dit-elle en lui tendant une carte de visite. Il y a mon nom et mon numéro de téléphone dessus et aussi mon mail. Si tu as besoin de quoi que ce soit, n'hésite pas à me contacter.

Sarah prit la carte, l'examina et ramena son regard sur Cathy.

— Madame ?

— Oui, ma chérie.

— Qu'est-ce que je vais devenir ?

La peine que Cathy essayait désespérément de tenir à distance lui étreignit la gorge. Elle déglutit péniblement.

Elle savait que Sarah n'avait plus aucune famille. C'était peu courant, mais ça arrivait. Ce qui voulait dire qu'elle allait devenir pupille de l'État.

— Des gens vont s'occuper de toi.

Sarah retourna ces paroles dans sa tête.

— Ils seront gentils ?

— Bien sûr. Il ne faut pas t'inquiéter, Sarah, grimaça-t-elle pressée de partir, incapable de soutenir son regard plus longtemps. Garde bien ma carte, d'accord ? Et appelle-moi si tu as besoin de moi. Quand tu veux.

Sarah hocha la tête. Elle réussit même à sourire. Cathy n'avait plus seulement envie de quitter la pièce mais de fuir à l'autre bout du monde tant ce sourire lui brisait le cœur.

(Il lui arrachait les tripes.)

— Au… au revoir, ma chérie, bafouilla-t-elle en repartant vers la porte.

— Au revoir, madame, répondit Sarah.

— Ça t'a soulagée ? demanda Santos dès qu'elle remonta dans la voiture.

— Pas vraiment, Ricky.

Il la fixa encore un instant.

— Tu feras un bon flic, Cathy.

Il tourna la clé de contact et passa la marche arrière tandis que Cathy le regardait, sidérée.

— C'est la plus gentille chose qu'on m'ait jamais dite, Santos.

Il lui sourit et sortit du parking.

— Alors il serait temps que tu te fasses de nouveaux amis, Jones. Mais, merci quand même.

25.

Sarah s'assit dans la voiture et regarda la dame sans comprendre.

Lorsque Karen Watson était venue la chercher en lui expliquant qu'elle était envoyée par les services sociaux et qu'elle allait s'occuper d'elle, elle lui avait paru gentille et souriante.

Mais à peine avaient-elles franchi la porte de l'hôpital que son attitude avait changé. Elle s'était mise à marcher vite en poussant Sarah sans ménagements devant elle.

— Monte ! avait-elle ordonné d'un ton sec en arrivant à la voiture.

Sarah se posait à présent des questions.

— Vous êtes en colère contre moi ? demanda-t-elle.

Karen la toisa et démarra. Sarah nota son regard terne, ses cheveux bruns mal coiffés, son visage empâté. Elle semblait fatiguée. Sarah se dit qu'elle devait toujours avoir l'air fatigué.

— Si tu veux savoir, je me fiche complètement de toi, princesse ! Mon boulot c'est de te trouver un toit, pas de faire amie-amie avec toi. Compris ?

— Oui, répondit Sarah d'une toute petite voix.

Les Parker vivaient dans une maison délabrée de Canoga Park, dans la vallée de San Fernando. Elle ressemblait à ses propriétaires : elle avait bien besoin d'être retapée.

Dennis Parker était mécanicien. Il détestait ce travail, ou plutôt il détestait travailler et ça se voyait.

C'était un homme massif, d'un peu plus d'un mètre quatre-vingts, carré d'épaules et costaud des bras. Brun, pas coiffé, toujours mal rasé et des yeux glauques et méchants.

Dennis se vantait devant ses amis de ne s'intéresser qu'à trois choses dans la vie : les cigarettes, le whisky et les nanas.

Quant à Rebecca Parker, c'était la caricature de la blonde californienne. Elle avait été belle entre seize et vingt ans. À présent, malgré une taille encore assez mince, tout s'affaissait, à commencer par sa lourde poitrine, mais elle compensait la dégradation de son physique par son activité au lit… sans qu'il fallût, au demeurant, beaucoup de virtuosité pour satisfaire Dennis ! Il était habituellement ivre quand il lui sautait dessus.

La tâche de Rebecca était simple : élever les trois enfants placés sous sa garde, trois étant le nombre maximum autorisé. L'argent que cela leur rapportait constituait la majeure partie de leurs revenus.

Il était également du devoir de Rebecca de nourrir ces enfants, de les envoyer en classe, et de s'assurer que Dennis et elle ne leur laissaient aucune trace de coup quand ils les frappaient. L'astuce consistait à s'occuper juste assez des enfants pour ne pas inquiéter les services sociaux, mais pas trop pour ne pas empiéter sur leurs loisirs ni leur petite vie.

Karen frappa à la porte des Parker. Sarah entendit des pas et la porte s'ouvrit. Rebecca Parker apparut derrière la moustiquaire, vêtue d'un débardeur et d'un short, une cigarette à la main. Elle poussa la porte grillagée.

— Salut, Karen. Entrez. Tu dois être Sarah, ajouta-t-elle en lui souriant.

— Bonjour, répondit Sarah.

Elle trouvait que la dame avait l'air gentil, mais elle commençait à se méfier des apparences. Surtout que la dame fumait, beurk !

Karen et Sarah entrèrent dans la maison, assez propre du reste, mais qui empestait le tabac froid.

— Jesse et Thérésa sont à l'école ? s'enquit Karen.

— Ouais, répondit Rebecca.

Elle les guida vers la salle de séjour et les invita d'un geste à s'asseoir sur le canapé.

— Comment vont-ils ? poursuivit Karen.

Rebecca haussa les épaules.

— Ils ont la moyenne partout. Ils mangent bien. Aucun des deux ne se drogue.

— Tout va bien, alors. Ainsi que je vous l'ai dit au téléphone, reprit-elle avec un signe de tête vers Sarah, la petite a six ans. Comme j'ai besoin de la placer rapidement, j'ai pensé à vous et à Dennis. Je sais que vous en cherchiez une troisième.

— Ben oui, vu qu'Angela s'est enfuie…

Angela était une jolie gamine de quatorze ans dont la mère était morte d'une overdose d'héroïne. C'était une rebelle et Karen l'avait placée chez les Parker sachant qu'ils sauraient la mater. Mais Angela s'était enfuie deux mois auparavant. Sans doute pour suivre les traces de sa prostituée de mère, pensait Karen.

— C'est la routine habituelle. Vous devez l'inscrire à l'école, vérifier que ses vaccins sont à jour et ainsi de suite.

— Pas de problème.

Karen hocha la tête.

— Bon, alors je vous laisse. Je vous ai apporté ses affaires, elle a tout ce qu'il faut pour l'instant, donc ne vous bilez pas pour ça.

— Parfait !

Karen se leva, serra la main de Rebecca et se dirigea vers la porte.

Sarah se leva pour la suivre.

— Tu restes là, petite. – Karen se tourna vers Rebecca. – Je vous appellerai.

Et elle partit.

— Je vais te montrer ta chambre, ma puce, dit Rebecca.

Sarah la suivit dans un brouillard.

Que se passait-il ? Pourquoi la laissait-on ici ? Et où était Doreen ? Qu'avait-on fait de sa boule de poils ?

— Nous y voilà.

Sarah contempla la pièce : petite, trois mètres sur trois environ, une seule commode, des murs nus, deux lits.

— Pourquoi y a-t-il deux lits ? s'étonna-t-elle.

— Tu partages la chambre avec Thérésa. T'as qu'à mettre tes vêtements dans le tiroir du bas, ajouta-t-elle en montrant la commode. Et si tu le faisais tout de suite ? T'auras qu'à venir me rejoindre à la cuisine quand t'auras fini, d'accord ?

Sarah avait réussi à fourrer toutes ses affaires dans la commode puis elle avait rangé ses chaussures sous son lit. En sortant ses vêtements, elle avait soudain senti la bonne odeur de l'assouplissant que sa mère employait. La surprise lui avait fait l'effet d'un coup de poing dans le ventre. Elle avait enfoui son visage dans une chemise pour étouffer ses sanglots.

Le temps qu'elle finisse de vider le sac que Karen avait apporté, ses larmes avaient séché. Elle s'assit sur le bord du lit, sonnée par son chagrin et tout ce qui lui arrivait.

Qu'est-ce que je fais là ? Pourquoi je n'ai pas de chambre à moi ?

Elle n'y comprenait rien.

Peut-être que Rebecca pourrait lui expliquer.

— Ah, te voilà ! s'écria Rebecca en la voyant entrer dans la cuisine. Tu as tout rangé ?

— Oui.

— Viens t'asseoir. Je t'ai fait un sandwich et voilà du lait. Tu aimes ça, n'est-ce pas ? Tu n'es pas allergique au lactose ou à autre chose, j'espère ?

— Non, non.

Sarah s'assit et se jeta sur le sandwich. Elle mourait de faim !

— Merci.

— Y a pas de quoi, ma puce.

Rebecca s'assit en face d'elle et alluma une cigarette. Elle se mit à fumer en regardant la fillette manger.

Dieu qu'elle était triste, pâle, petite ! Chienne de vie !

— Je vais t'expliquer les règles de la maison, Sarah. Les choses à savoir tant que tu vivras chez nous, d'accord ?

— D'accord.

— D'abord, nous ne sommes pas là pour te distraire, compris ? Nous sommes là pour te donner un toit, pour te nourrir, t'habiller, t'envoyer à l'école et tout ça. Et toi, tu dois t'occuper toute seule dans ton coin. Dennis et moi, on a notre vie et des tas de trucs à faire. On n'a pas le temps de jouer avec toi. Compris ?

Sarah opina.

— Bien. Ensuite, tu auras des tâches à faire dans la maison. Si tu les fais bien, tu n'auras pas de problèmes. Sinon, gare à toi ! Le coucher est à dix heures. Sans exception. Ça veut dire les lumières éteintes et sous les draps. La dernière règle est simple, mais c'est important : tu ne dois jamais répondre. Tu fais ce qu'on te dit. Les adultes, c'est nous, et on sait ce qui te convient. Nous te donnons un endroit pour vivre et, en échange, tu nous dois le respect. Compris ?

Nouveau hochement de tête.

— Parfait ? Tu as des questions ?

Sarah contempla son assiette.

— Pourquoi je dois vivre ici ? Pourquoi je ne peux pas retourner chez moi ?

Rebecca plissa le front, bien ennuyée.

— Parce que ton papa et ta maman sont morts, ma chérie, et il n'y a personne d'autre qui peut te prendre. C'est pour ça qu'on est là, Dennis et moi. Nous prenons les enfants qui ne savent pas où aller. Karen ne t'a pas expliqué ?

Sarah secoua la tête, les yeux rivés sur son assiette, hébétée.

— Merci beaucoup pour le sandwich, dit-elle d'une petite voix. Je peux monter dans ma chambre maintenant ?

— Vas-y, ma puce, répondit Rebecca en écrasant une cigarette pour en allumer une autre. Quand vous arrivez ici, vous pleurez tous pendant quelques jours et c'est normal. Mais tu vas vite t'habituer. La vie continue, tu sais !

Sarah regarda fixement Rebecca, assimilant ce qu'elle venait d'entendre. Puis son visage se chiffonna et elle s'enfuit en courant.

Rebecca tira longuement sur sa cigarette en la regardant partir.

Jolie gamine. Si c'est pas malheureux ce qui lui est arrivé ! Ouais, sacrée chienne de vie !

Sarah était roulée en boule sur ce lit inconnu, dans cette maison inconnue. Elle essayait de se faire toute petite. De

(disparaître.)

Parce que peut-être que si elle arrivait à

(disparaître),

elle réapparaîtrait chez elle, avec ses parents. Peut-être – et cette idée la remplit soudain d'espoir – peut-être que ce n'était qu'un long et terrible cauchemar. Peut-être qu'elle s'était endormie la veille de son anniversaire et qu'elle ne s'était jamais réellement réveillée.

Elle plissa le front, concentrée sur cette pensée. Si c'était vrai, il ne lui restait plus qu'à se rendormir dans son rêve.

Oui !

C'était ça ! Et elle se réveillerait dans le monde réel, avec Buster, blotti contre elle et le tableau de sa mère accroché sur le mur, en face d'elle. Ce serait le matin.

Elle se lèverait et Papa la taquinerait en lui disant qu'il n'y avait pas de cadeau ni de gâteau pour elle, mais il y en aurait…

Sarah serra ses bras autour d'elle, brûlant d'impatience. C'était la solution à… à tout ça, songea-t-elle en regardant autour d'elle.

Ferme juste les yeux et endors-toi et, quand tu te réveilleras, tout ira bien.

Et comme elle n'avait que six ans et qu'elle était épuisée, Sarah s'endormit sans aucun effort.

26.

— Réveille-toi.

Quelqu'un la secouait. Quelqu'un avec une voix douce et féminine.

— Allez, réveille-toi, petite fille.

Sa première pensée fut : ça a marché ! C'est Maman qui me dit de me lever le matin de mon anniversaire !

— J'ai fait un horrible cauchemar, Maman.

Un silence.

— Je ne suis pas ta maman, petite fille. Allez, réveille-toi. Ça va être l'heure de dîner.

Sarah ouvrit les yeux de surprise. Il lui fallut un moment pour voir clairement l'adolescente qui lui parlait. Elle lui avait dit la vérité. Ce n'était pas sa mère.

Alors elle n'avait pas rêvé. C'était bien la réalité, comprit-elle avec horreur.

Maman est morte. Papa est mort. Buster est mort et Doreen est partie, et je suis toute seule et ils ne reviendront jamais.

Sa douleur devait se refléter sur son visage car l'adolescente s'inquiéta.

— Hé, ça va pas ?

Sarah secoua la tête, incapable de parler.

Le visage de l'adolescente s'adoucit.

— Je comprends. Enfin, moi, je m'appelle Thérésa. On peut dire qu'on est des sœurs adoptives. Et toi, comment tu t'appelles ? demanda-t-elle après une pause.

— Sarah, répondit-elle d'une voix faible, lointaine.

— Sarah. C'est joli comme nom. J'ai treize ans. Et toi ?

— Six. Je viens juste de les avoir.

— C'est super !

Sarah examina cette fille bizarre mais gentille. Thérésa était jolie, de type vaguement latin avec des yeux marron et une épaisse tignasse brune qui lui tombait sur les épaules. Sarah aperçut une petite cicatrice près de la racine de ses cheveux. Des lèvres pleines et sensuelles adoucissaient son visage sérieux. Elle était jolie mais Sarah trouva qu'elle avait aussi l'air fatigué, comme quelqu'un de gentil qui vient de passer une mauvaise journée.

— Pourquoi tu es là, Thérésa ?

— Ma mère est morte.

— Oh ! – Sarah hésita. – La mienne aussi. Et mon père aussi.

— Ça craint. – Un long silence. – Je suis vraiment désolée, Sarah, ajouta-t-elle d'une voix sincèrement tendre et compatissante.

Sarah hocha la tête et sentit son visage s'empourprer, ses yeux picoter.

Tu ne vas pas pleurer comme un bébé !

Thérésa ne parut rien remarquer.

— J'avais huit ans quand ma mère est morte. J'étais un peu plus grande que toi, mais pas tellement. Alors je sais ce que tu ressens et surtout ce qui t'attend. Faut que tu saches que tu ne dois pas compter sur les gens qui s'occupent de nous. Tu es toute seule. Je sais que c'est dur, mais plus vite tu le comprendras, mieux tu te porteras. Tu n'es pas de leur famille, qu'est-ce que tu veux !

— Mais... mais, s'ils s'en fichent, pourquoi ils nous prennent chez eux ?

Thérésa sourit d'un air las.

— Pour l'argent. Ils sont payés pour ça.

Sarah détourna les yeux. Une pensée affreuse lui vint à l'esprit.

— Est-ce qu'ils sont méchants ?

— Oui, parfois. De temps en temps, on tombe sur une bonne famille, mais la plupart du temps, ça craint.

— Et ici, ça craint ?

Une expression amère, sombre et complexe obscurcit le visage de Thérésa, telle une nuée menaçante.

— Ouais.

Elle se tut et détourna les yeux. Puis elle prit une profonde inspiration et sourit.

— Enfin, ça ira peut-être pour toi. C'est pas Rebecca la pire. Elle boit moins que Dennis. Et tant que tu fais ce qu'elle te demande, elle te fiche la paix. Je pense pas qu'ils te frapperont.

Sarah pâlit.

— Ils... ils nous battent ?

Thérésa lui pressa la main.

— Non, si tu es sage, tout se passera bien. Mais faut pas que tu parles à Dennis quand il est soûl.

Le monde lui paraissait de plus en plus terrifiant et elle se sentait de plus en plus seule. Elle contempla ses mains.

— Tu as dit qu'on était sœurs adoptives. Ça… ça veut dire qu'on est amies ?

Elle murmura ces mots sur un ton si humble, si plaintif que Thérésa en eut la gorge nouée.

— Bien sûr qu'on est sœurs, Sarah ! Et faut pas l'oublier, d'accord ?

Sarah réussit à sourire.

— Oui.

— C'est bien. Maintenant, dépêche-toi, il est temps d'aller dîner. – Thérésa redevint soudain sérieuse. – Attention, n'arrive jamais en retard au repas ! Ça met Dennis dans une colère noire.

Sarah fut terrifiée par Dennis dès l'instant où elle posa les yeux sur lui.

C'était un volcan sous pression, prêt à exploser. On le sentait dès qu'on le voyait.

Il lui parut

(*dangereux*)

et

(*méchant*).

Il regarda fixement Sarah et Thérésa pendant qu'elles s'asseyaient.

— C'est toi, Sarah ?

Sa question claqua comme un coup de tonnerre.

— Ou-oui.

Il la dévisagea un long moment avant de ramener son attention sur Rebecca.

— Où est Jesse ?

Rebecca haussa les épaules.

— J'en sais rien. Mais il ne perd rien pour attendre.

Comme Sarah regardait toujours Dennis, les yeux écarquillés, elle vit la rage lui tordre le visage. Une expression de haine pure.

— Je m'en occuperai, gronda-t-il. Mangeons.

Rebecca leur servit un pain de viande. Sarah le trouva correct. Pas aussi bon que celui de sa mère, évidemment. Le dîner se passa en silence, seulement ponctué par le cliquetis des couverts, les bruits de mastication et le choc répété de la cannette de bière que Dennis reposait brutalement. Sarah remarqua qu'il passait beaucoup de temps à dévisager Thérésa et que celle-ci évitait de croiser son regard.

— Les filles, vous débarrassez la table et vous vous occupez de la vaisselle, ordonna Rebecca à la fin du repas alors que Dennis finissait sa troisième cannette. Après, vous pourrez monter dans votre chambre.

Thérésa se leva en hochant la tête et commença à ramasser les assiettes. Sarah l'aida. Le silence se prolongea. Rebecca fumait sa cigarette en regardant Dennis avec un mélange de désespoir et de résignation, pendant que Dennis contemplait Thérésa d'un air que Sarah n'arrivait pas à définir.

La petite fille n'avait jamais mangé dans une telle ambiance. Les dîners chez elle se déroulaient toujours dans la gaieté et la bonne humeur. Son père la taquinait, sa mère le regardait en souriant. Buster et Doreen attendaient, sagement assis, dans l'espoir de récolter quelques miettes qui ne venaient (presque) jamais.

Chez elle, Sarah occupait une place importante dans une atmosphère légère et détendue.

Là, l'atmosphère était pesante. Lourde de menaces. Et Sarah ne comptait pas, pas du tout.

Elle suivit Thérésa jusqu'à l'évier.

— Moi, je rince la vaisselle, dit Thérésa. Et toi, tu la mets dans le lave-vaisselle. Tu sauras faire ?

— Oui, j'aidais souvent Maman.

Thérésa lui sourit et commença. Tout semblait presque normal.

— Qui est Jesse ? demanda Sarah.

— C'est un garçon qui a été placé ici, comme nous. Il a seize ans. Il n'est pas méchant mais il commence à avoir des problèmes avec Dennis et je ne pense pas qu'il restera très longtemps.

Sarah posa une poignée de fourchettes dans le panier à couverts.

— Pourquoi ? Qu'est-ce qui va se passer ?

— Il va pousser Dennis à bout et Dennis va le frapper. Cette fois, Jesse ne se laissera pas faire. Et là, il faudra bien que cette salope de Karen Watson fasse quelque chose !

Sarah prit l'assiette qu'elle lui tendait.

— Mme Watson est méchante ?

Thérésa la dévisagea, surprise.

— Si elle est méchante ? Rebecca et Dennis sont méchants. Mais Karen Watson, c'est le diable en personne !

Le diable en personne, répéta Sarah dans sa tête.

Elles finirent de ranger la vaisselle. Thérésa versa du détergent dans la machine et la mit en marche. Sarah se sentit rassurée par le tchoc, tchoc, tchoc de l'appareil. Il faisait le même bruit que le sien, à la maison.

— Maintenant, on monte dans notre chambre direct, dit Thérésa. Dennis doit être complètement soûl.

Sarah frissonna. Elle commençait à comprendre à quoi ressemblait la vie ici. Comme si elle devait traverser un champ de coquilles d'œufs dans l'obscurité, alors qu'un ennemi à l'ouïe de chauve-souris guettait le moindre craquement.

Sarah suivit Thérésa et jeta un regard furtif vers le canapé alors qu'elles passaient devant la salle de séjour. Ce qu'elle vit la fit cligner des yeux d'horreur. Rebecca et Dennis s'embrassaient – ce n'était pas cela qui la choqua, elle avait déjà vu ses parents s'embrasser bien des fois – mais Rebecca avait enlevé son chemisier et on voyait ses nénés !

À cette vision, Sarah sentit son estomac se nouer. Elle comprenait viscéralement qu'elle n'aurait jamais dû voir une chose pareille. S'embrasser c'était bien, et les nénés aussi (elle était une fille, après tout) mais les deux à la fois… ça la mettait horriblement mal à l'aise.

Elles entrèrent dans leur chambre et Thérésa referma tout doucement la porte.

Sarah se laissa tomber sur son lit, au bord de l'évanouissement.

— Désolée que t'aies vu ça ! marmonna Thérésa, hors d'elle. Ça se fait pas, encore moins devant nous.

— Je me plais pas ici, murmura Sarah d'une toute petite voix.

— Moi non plus, Sarah. Moi non plus. Et je vais te dire un truc. Tu ne peux pas comprendre maintenant, mais tu comprendras plus tard. Ne fais jamais confiance aux hommes. Ils ne veulent qu'une chose… ce que tu as vu sur le canapé. Et y en a qui se moquent que tu sois toute jeune. Ils trouvent même que c'est encore mieux.

Il y avait une telle amertume dans la voix de Thérésa que Sarah la dévisagea et vit qu'elle pleurait en silence, les joues inondées de larmes qui coulaient sans bruit.

Sarah se précipita vers elle et la prit dans ses bras. Elle le fit sans réfléchir, de façon instinctive, comme la fleur se tourne vers le soleil.

— Chut… ne pleure pas, Thérésa. Ça va passer. Ne pleure pas.

La grande fille essuya ses larmes.

— Je devrais avoir honte de pleurer comme un bébé, dit-elle avec un petit sourire tremblant.

— C'est pas grave, dit Sarah. On est sœurs. Et on peut pleurer entre sœurs, non ?

Thérésa lui jeta alors un regard accablé.

Pendant des années, Sarah se souviendrait de ce regard, persuadée que c'était à cet instant que Thérésa avait décidé d'agir comme elle l'avait fait.

— Oui, répondit Thérésa d'une voix tremblante. Nous sommes sœurs.

Elle serra Sarah contre elle. La petite fille ferma les yeux et l'étreignit à son tour en humant son parfum. Thérésa sentait les fleurs du plein été.

Et un instant, un court instant, Sarah se sentit en sécurité.

— Bon, dit Thérésa en s'écartant d'elle avec un sourire, tu veux qu'on joue aux sept familles ? C'est tout ce qu'on a comme jeu.

— J'adore ça.

Avec un sourire ravi, elles s'assirent face à face et se mirent à jouer, ignorant les grognements et les gémissements qui venaient d'en bas, bien à l'abri sur leur île entourée d'une mer de coquilles d'œufs.

27.

Elles avaient joué pendant une heure et demie, puis elles avaient bavardé. La chambre les protégeait, tel un sanctuaire, des cruelles réalités qui les avaient conduites ici. Thérésa avait parlé de sa mère et lui avait montré la seule et unique photo qu'elle en avait.

— Elle était belle ! avait dit Sarah, impressionnée.

C'était vrai. La femme sur le cliché devait avoir dans les vingt-cinq ans, des origines latines et une touche d'exotisme qui transparaissaient dans ses yeux rieurs et sa crinière de cheveux châtains.

Thérésa l'avait regardée une dernière fois avant de remettre la photo sous son matelas.

— Oui, elle était jolie. Et elle était aussi très drôle, tu sais ? Elle riait tout le temps.

Soudain son sourire avait disparu : son visage se durcit et son regard se fit distant.

— Elle a été violée… pardon, elle a été tuée par un homme qui aimait faire souffrir les femmes.

— Ma mère a été tuée par un méchant, elle aussi.

— Vraiment ?

La fillette avait hoché la tête avec tristesse.

— Oui, mais personne ne veut me croire.

— Pourquoi ?

Sarah lui avait alors raconté l'histoire de l'Étranger. Et ce qu'il avait forcé ses parents à faire. À la fin de son récit, Thérésa était restée un long moment sans voix.

— Quelle horreur ! s'était-elle enfin exclamée.

Sarah avait regardé sa nouvelle sœur, pleine d'espoir.

— Tu me crois ?

— Bien sûr que je te crois !

C'était à cet instant qu'était né son amour farouche pour Thérésa.

Elle se demanda, bien plus tard, si Thérésa l'avait réellement crue. Elle avait fini par chasser cette question d'un haussement d'épaules. Quelle importance ? Thérésa l'avait rassurée et lui avait redonné un peu d'espoir au moment où elle en avait le plus besoin. Pour cela, elle lui vouerait un amour éternel.

Rebecca était venue frapper à leur porte juste avant dix heures.

— C'est l'heure de se coucher.

À présent, elles étaient allongées dans le noir, les yeux fixés sur le plafond.

Sarah se laissa aller à un relatif soulagement. Elle avait vécu tant d'horreurs ! Et ce n'était pas fini : elle sentait qu'elle n'aurait jamais dû venir ici. Elle ignorait ce que l'avenir lui réservait, mais elle n'était plus seule et c'était tout ce qui comptait dans l'immédiat !

— Thérésa ? chuchota-t-elle.

— Ouais ?

— Je suis contente que tu sois ma sœur adoptive.

Une pause.

— Moi aussi, Sarah. Maintenant, dors !

Sarah dormait de son premier sommeil sans cauchemar depuis des jours, lorsqu'un bruit la réveilla.

Il y avait un homme, dissimulé dans l'ombre, couché sur le lit de Thérésa.

L'Étranger !

Sarah se mit à pleurnicher.

Le bruit s'arrêta. Un silence de plomb écrasa la chambre.

— Qu'est-ce que c'est ? Sarah ? Tu ne dors pas ?

Elle reconnut la voix de Dennis. Sa terreur céda la place à l'incompréhension puis à un malaise grandissant.

Que faisait-il ici ?

— Ben, réponds ! souffla-t-il d'une voix méchante. T'es réveillée ?

— Ou-oui, bafouilla-t-elle.

Silence. Elle l'entendait respirer.

— Rendors-toi. Ou tais-toi. J'veux plus t'entendre !

— Tout va bien, Sarah, la rassura Thérésa d'une petite voix. Tu n'as qu'à fermer les yeux et te boucher les oreilles.

Sarah ferma les yeux et remonta en tremblant les couvertures par-dessus sa tête. Mais elle tendit l'oreille.

— Allez, mets-le dans ta bouche ! entendit-elle Dennis chuchoter.

— Je... je ne veux pas. Je vous en prie, Dennis, laissez-moi tranquille, protesta Thérésa d'une voix malheureuse.

Un bruit sec suivi d'un petit cri de Thérésa fit frissonner Sarah.

— Prends-le dans ta bouche ou je te le fous ailleurs. Là où ça va vraiment te faire mal, si tu vois ce que je veux dire.

Le silence qui suivit lui parut interminable. Puis des bruits mouillés lui succédèrent.

— C'est ça. T'es une bonne petite.

Sarah ne savait pas ce qu'il entendait exactement par « bonne petite » mais elle savait que ce n'était pas bien.

(*Pas bien du tout.*)

Oui, elle sentait dans cette pièce une présence malfaisante. Hideuse. Qui la salissait et qui lui faisait honte sans qu'elle sût pourquoi.

Les bruits s'accélérèrent, puis Dennis poussa un horrible rugissement qui la fit trembler.

Un nouveau silence interminable. Des mouvements. Un froissement de draps. Un craquement de plancher. Des pas qui s'approchaient de son lit.

(*Les monstres !*)

Ils s'arrêtèrent et elle sentit Dennis là, tout prêt, debout au-dessus d'elle. Elle essaya de ne pas bouger, de ne plus respirer, de n'être

(*plus rien.*)

Elle le sentait. Odeurs de fumée et d'alcool mêlées de relents musqués de transpiration qui lui donnaient envie de hurler et de vomir en même temps.

— T'es jolie, Sarah, chuchota-t-il. Et tu vas devenir une belle fille. Peut-être que je viendrai te rendre visite d'ici deux ou trois ans !

(*Plus rien. Plus rien. Plus rien.*)

Sarah avait tellement peur qu'elle en avait la nausée.

Elle sentit qu'il s'éloignait et entendit à ses pas qu'il se dirigeait vers la porte, puis qu'il sortait de la chambre.

Elles étaient seules. Son cœur battait à tout rompre, rapide comme les ailes d'un colibri, bruyant comme un tambour. Quand il se calma, Sarah s'aperçut que Thérésa pleurait tout doucement.

Parle-lui, andouille !

J'ai peur. Je ne veux pas sortir de dessous les draps. Pitié, ne me forcez pas, je n'ai que six ans...

Tais-toi ! C'est ta SŒUR, *grosse froussarde !*

Sarah ouvrit les yeux. Elle prit une profonde inspiration et rassembla tout son courage. Elle rabattit les couvertures.

— Thérésa, chuchota-t-elle. Ça va ?

Reniflements.

— Je vais bien, Sarah, dors.

Elle n'avait pas l'air d'aller bien, alors là, pas du tout.

— Tu veux que je vienne dormir avec toi ?

Une pause.

— Non, pas dans... ce lit. J'arrive.

Sarah vit l'ombre de Thérésa se lever et venir vers elle. Les ressorts grincèrent tandis qu'elle s'allongeait à côté d'elle.

Sarah toucha les épaules de Thérésa et comprit qu'elle pleurait, le visage enfoncé dans l'oreiller pour étouffer ses sanglots.

— Chut... tout va bien, Thérésa. Tout va bien.

Thérésa se laissa prendre sans résistance dans ses bras et, la tête appuyée sur sa poitrine, elle pleura, pleura, pleura. Sarah la serrait contre elle en lui tapotant les cheveux et en pleurant aussi un peu.

Que s'est-il passé ? Il y a à peine une heure, on jouait aux sept familles et on riait, ensuite Dennis est arrivé et il a fait des choses très, très, très vilaines.

Une nouvelle peur transperça Sarah.

Peut-être que sa vie serait toujours comme ça, maintenant !

Elle crispa les mâchoires et secoua la tête.

Non, Dieu ne le permettrait pas.

Elle pensait à tout cela tandis que Thérésa pleurait. Les sanglots devinrent pleurs, puis reniflements et Thérésa se calma. Elle resta la tête sur la poitrine de Sarah qui continuait à lui caresser les cheveux. Comme sa mère quand Sarah avait du chagrin, car cela finissait toujours par la consoler.

Peut-être que toutes les mamans font ça. Peut-être que la maman de Thérésa le faisait aussi.

— Les hommes sont tous mauvais, chuchota Thérésa, brisant le silence.

— Pas mon papa, protesta Sarah, regrettant aussitôt ses paroles.

Elle avait beau n'avoir que six ans, elle savait que Thérésa ne parlait pas des hommes comme son père mais de ceux qui ressemblaient à Dennis. Bien qu'elle n'eût encore jamais côtoyé d'aussi sinistre individu, elle savait que Thérésa avait raison à cent pour cent à son sujet.

— Je sais, répondit Thérésa, sans se fâcher.

— Thérésa ?

— Oui ?

— Pourquoi il a dit qu'il viendrait me rendre visite ?

Nouveau silence, lourd de mille angoisses que Sarah n'arrivait pas à identifier.

— Ne t'inquiète pas pour ça, petite fille.

La tendresse de la voix de Thérésa lui fit monter les larmes aux yeux. La grande fille lui caressa la joue.

— Je le laisserai jamais s'approcher de toi. Jamais.

Sarah la crut et s'endormit.

28.

— Quelle couleur, ma chérie ?

On était dimanche et Sarah regardait sa mère travailler. Elle aimait bien venir s'asseoir ainsi dans son atelier. Sa mère lui semblait encore plus belle quand elle peignait ou quand elle sculptait.

Elle était en train de peindre un paysage. Avec des montagnes dans le fond et, au premier plan, une grande prairie entourée d'arbres luxuriants. Un paysage aux couleurs vibrantes et irréelles : un ciel violacé, de l'herbe jaune beurre, un soleil d'un orange impossible. Sarah le trouvait stupéfiant. Et sa mère lui demandait de quelle couleur elle devait peindre les feuilles.

Sarah se concentra, le front plissé. Elle n'avait pas de mots pour expliquer pourquoi cette peinture lui plaisait. Sa mère lui avait dit que ce n'était pas grave, que ce qu'on ressentait comptait davantage que ce qu'on pensait. Et ce tableau évoquait pour elle les mots « joyeux » et « joli ».

— Les vraies couleurs, Maman, mais plus brillantes.

Sarah ne possédant pas le vocabulaire adéquat, il revenait à Linda de traduire ce qu'elle entendait par cette description succincte.

— Plus brillantes... tu veux dire plus lumineuses ? Comme une ampoule qui donne plus de lumière ?

Sarah hocha la tête.

— D'accord, ma chérie.

Linda se mit à mélanger du rouge et de l'orange, perplexe.

Peut-être sa fille avait-elle un don, elle aussi.

— Il te plaît ce tableau, mon bébé ?

— Je l'adore. Il me donne envie de jouer, de sauter, de courir.

Alors il est réussi ! songea Linda, heureuse et satisfaite.

Elle se retourna vers la toile et commença à peindre les feuilles de couleurs éclatantes.

Sarah regardait sa mère, consciente d'être heureuse. Comme tout enfant, elle vivait dans le présent et le présent était très, très agréable.

Brusquement sa mère se raidit et s'arrêta, le dos tourné à Sarah, pétrifiée.

— Qu'est-ce qu'il y a, Maman ?

Linda sursauta en entendant la voix de sa fille et, lentement, elle se retourna. Quand son visage apparut, Sarah recula d'un bond, horrifiée.

Sa mère hurlait en silence, les yeux écarquillés, la bouche ouverte, les dents cassées.

— Ma-Maman... ?

Linda prit sa tête entre ses mains et le pinceau s'envola en arrosant Sarah de sang.

Sarah vit alors que, sur le tableau derrière sa mère, les feuilles des arbres brûlaient.

Un cri perça soudain le silence, un hurlement terrible comme si on avait arraché le toit de l'enfer. Il résonna en stéréo, et se répercuta plein d'échos, et de rage.

— Qu'est-ce que tu as fait ? Qu'est-ce que tu as fait ? Qu'est-ce que tu as…

Sarah se réveilla.

— Qu'est-ce que tu as fait ?

Le cri était réel. Elle l'entendait là, dans cette maison.

L'Étranger ?

La porte de sa chambre était ouverte.

— Dennis ! Oh, mon Dieu ! Qu'est-ce que tu as fait, Thérésa ?

Sarah reconnut alors la voix de Rebecca.

Sors du lit, trouillarde ! Thérésa a peut-être besoin de ton aide !

Sarah se mit à pleurnicher de terreur, de désespoir, de colère.

Je ne veux plus faire la brave.

Silence.

Tant pis pour toi, froussarde. Tu n'as pas le choix.

Sarah pleurait et tremblait de peur mais elle se força à sortir du lit. Elle avait l'impression de ne plus commander ses jambes qui se dérobaient sous elle.

Quand elle arriva à la porte, elle se figea.

Et s'il y avait encore des

(*riens*)

qui l'attendaient ?

Et si Thérésa était devenue une

(*rien*)

(*boule de poils*)

?

Bouge-toi, trouillarde. T'as six ans. Arrête de faire le bébé.

Sarah se força à avancer, à sortir dans le couloir. Sa terreur était si forte qu'elle en sanglotait.

— Qu'est-ce que tu as fait ? continuait à crier Rebecca.

Sanglotant de plus belle, Sarah se força à avancer dans la direction des cris. Son nez se mit à couler et le monde se brouilla.

J'veux pas aller voir ! J'veux pas !

La petite voix se fit plus gentille.

Je sais que tu as peur. Mais tu dois le faire. Pour Thérésa. C'est ta sœur.

Sarah se mit à beugler mais elle avança.

Elle arriva sur le seuil de la chambre de Dennis et Rebecca. Thérésa était assise par terre, la tête courbée, un couteau couvert de sang sur ses genoux. Rebecca, nue sur son lit, hystérique, passait frénétiquement les mains sur Dennis. Elle aussi était couverte de sang.

Dennis ne bougeait pas, les yeux grands ouverts.

Sarah réalisa dans un éclair que Dennis était

(*rien*)

une

(*boule de poils*)

à présent.

— Qu'est-ce que tu as fait ?

Sarah poussa un cri.

Oh, non ! C'était Thérésa qui avait fait ça.

Elle se précipita vers l'adolescente et la secoua.

— Thérésa ! Qu'est-ce qui s'est passé ?

La grande fille avait le visage livide, le regard vide.

— Tu vois, petite sœur, chuchota-t-elle. Je te l'avais bien dit. Il ne viendra jamais t'embêter la nuit. Jamais.

Sarah recula, horrifiée.

— Appelle la police, Sarah.

Thérésa baissa la tête et se mit à se balancer d'avant en arrière.

Sarah la regarda, perdue et paniquée.

Qu'est-ce que je dois faire ?

La carte de la policière.

— Qu'est-ce que tu as fait ?

Appelle-la tout de suite.

Alors qu'elle sortait de la chambre en courant, elle prit vaguement conscience que les coquilles d'œufs et le danger avaient quitté cette maison. Elle se demanda comment c'était possible.

Quelques années plus tard, elle comprit pourquoi. Mais elle ne croyait plus en Dieu depuis longtemps.

29.

Cathy Jones était assise avec Sarah dans sa voiture. Elle n'était pas de service quand la fillette l'avait appelée, mais elle était venue aussitôt après avoir prévenu le commissariat.

C'était vraiment trop horrible ! songeait-elle.

Elle regarda Sarah. Elle avait les yeux et les joues rouges et bouffis d'avoir pleuré.

Bon sang, il y avait de quoi ! On la case dans un nouveau foyer et son père adoptif se retrouve assassiné par un des enfants dès le premier soir. Quel malheur !

— Sarah ? Que s'est-il passé ?

La fillette soupira. D'un soupir profond, lourd d'une lassitude qui sidéra la jeune policière.

— Dennis est venu dans le lit de Thérésa lui faire des vilaines choses. Et il a dit qu'il viendrait dans mon lit quand je serais plus grande. Alors Thérésa a dit qu'elle ne le laisserait jamais faire ça. C'est pour ça qu'elle a tué Dennis. À cause de moi !

Sarah se jeta dans les bras de Cathy en sanglotant.

Cathy se raidit. Célibataire, sans enfant et fille unique d'un père très peu démonstratif, elle se donnait un zéro pointé côté tendresse.

Serre-la dans tes bras, andouille !

Elle referma ses bras sur la fillette. Sarah pleura plus fort.

Maintenant dis-lui quelque chose.

— Chut. C'est fini, Sarah. Tout va s'arranger.

Elle songea alors que son père n'avait peut-être pas tort de se montrer si peu disert quand il s'agissait de la féliciter ou de la réconforter. Car elle ne croyait pas un mot de ce qu'elle venait de dire, non, pas un traître mot. Et elle ne pensait pas que ça s'arrangerait un jour. Non, jamais !

— Elle a dit ça ?

Lorsque Sarah s'était un peu calmée, Cathy l'avait laissée, le temps d'aller parler à Nick Rollins, l'inspecteur chargé de l'enquête.

— Oui. Elle a dit que ce Dennis, l'homme assassiné, était allé voir l'autre fille dans son lit.

— Merde ! Si c'est vrai, ça change tout. S'il la violait et s'il menaçait d'en faire autant avec la petite… – Il haussa les épaules avec tristesse. – Eh bien, je ferai en sorte qu'elle ne soit pas accusée de meurtre.

Ils se turent tandis que Thérésa passait devant eux, menottée, encadrée par deux policières. Le regard rivé au sol, elle avançait en traînant les pieds, tel un fantôme tirant sa chaîne.

— Qu'est-ce que vous voulez que je fasse ? demanda Cathy.

— Restez avec la petite. Les services sociaux nous envoient quelqu'un.

— Très bien.

Cathy regarda Thérésa monter à l'arrière de la voiture de police, puis elle se tourna vers son propre véhicule. Sarah regardait droit devant elle, les yeux perdus dans le vide, sans rien voir.

Cathy avait rejoint Sarah dans la voiture en attendant l'assistante sociale. Rollins avait pris sa déposition. Il s'était montré très gentil avec la petite fille et Cathy lui en était reconnaissante.

— Cathy ? demanda Sarah, brisant le silence.

— Oui ?

— Vous ne m'avez pas crue quand je vous ai dit qu'il y avait un homme chez moi ?

Cathy se tortilla sur son siège, mal à l'aise.

Comment se sortir de là ?

— Je ne savais pas si je devais te croire ou pas, Sarah. Tu étais tellement… bouleversée.

Sarah la scruta longuement.

— Et vous en avez parlé aux autres policiers ?

— Oui, bien sûr.

— Ils ne m'ont pas crue, hein ?

Cathy soupira.

— Non, Sarah.

— Pourquoi ? Ils pensaient que je mentais ?

— Non, non. Ce n'est pas du tout ça. C'est… c'est qu'il n'y a rien qui prouve la présence d'une autre personne chez toi. Et parfois, quand il y a un drame, les gens… se font des idées. Pas seulement les enfants. Les adultes aussi. Et ils ont pensé que tu t'étais trompée, pas que tu mentais.

Sarah se retourna vers le pare-brise.

— Non. Je ne me suis pas trompée. Mais ça n'a plus d'importance. Voilà la méchante !

Cathy vit une femme usée, entre deux âges, s'avancer vers elles.

— Elle est méchante ?

— Thérésa a dit que c'était le diable en personne.

Cathy dévisagea la petite fille. Elle n'aurait pas pris garde à ce genre de déclaration la veille. Mais aujourd'hui ? La fille qui avait tué un pédophile pour sauver Sarah avait dit que cette femme était le diable en personne.

— Sarah, regarde-moi.

La petite fille se tourna vers la policière.

— Tu as ma carte. Alors, appelle-moi si tu as besoin de moi, ajouta-t-elle avec un signe de tête en direction de Karen Watson. D'accord ?

— D'accord.

Quoi ! C'est tout ce que tu vas faire pour elle ?

La réponse incontournable vint aussitôt, celle que Cathy sortait chaque fois que les circonstances lui demandaient de témoigner plus de chaleur qu'elle n'était prête à en donner.

C'est tout ce que je peux faire pour l'instant.

Elle était passée maître dans l'art d'étouffer ses remords. Mais pas au point d'en accuser son vieux papa.

Karen avait aidé Sarah à faire sa valise avec beaucoup de gentillesse. Sarah savait pourquoi : il y avait du monde qui la voyait. Mais elle ne se faisait pas d'illusions : dès qu'elles seraient seules, Karen redeviendrait méchante.

Elles roulaient à présent et, comme Sarah s'y attendait, Karen lui jetait des regards furieux. Sarah s'en moquait. Elle était trop fatiguée.

— T'as tout gâché, marmonna Karen. Comme si t'avais le choix. Eh bien, tu vas voir ce qui attend celles qui ne savent pas s'adapter.

Sarah n'avait aucune idée de ce dont elle parlait. Encore des ennuis en perspective, sans doute. Mais elle était trop triste pour avoir peur.

Thérésa, Thérésa, pourquoi, pourquoi, pourquoi ? Tu aurais dû me parler. Nous étions sœurs. Maintenant je suis de nouveau toute seule.

Elles venaient de se garer devant un gros immeuble en béton d'un seul étage, entouré d'une clôture.

— Tu es arrivée, princesse, annonça Karen. Voilà le foyer. Tu y resteras jusqu'à ce que je décide de t'accorder une nouvelle chance dans une autre famille.

Elles descendirent de la voiture. Sarah suivit Karen. Elles franchirent la porte d'entrée et traversèrent un grand hall jusqu'au bureau de la réception. Une femme d'une quarantaine d'années, à l'air épuisé, se leva. Jamais Sarah n'avait vu quelqu'un d'aussi maigre. Karen tendit un formulaire à l'employée.

— Sarah Langstrom.

La femme maigre lut l'imprimé et regarda Sarah.

— Très bien, dit-elle à Karen.

— À plus tard, princesse.

Sur ces mots, Karen tourna les talons et repartit en sens inverse.

— Bonjour, Sarah, reprit la femme maigre. Je vais aller te mettre au lit tout de suite. Et demain, je te ferai visiter la maison, d'accord ?

Sarah hocha la tête.

M'en fiche, songeait-elle. Me fiche de tout. Veux juste dormir.

— Par ici, dit Janet.

Sarah suivit Janet jusqu'au bout du couloir où elles franchirent une porte fermée à clé, puis une autre encore. Partout les murs peints d'un vert hôpital et le sol au lino usé témoignaient de la triste indigence de ce type d'institution gouvernementale.

Une série de portes donnaient dans le couloir dans lequel elles venaient d'arriver. Janet s'arrêta devant l'une d'elles et l'ouvrit tout doucement.

— Chut, dit-elle, un doigt sur les lèvres. Tout le monde dort.

Janet laissa la porte légèrement entrouverte pour trouver son chemin à la lueur du couloir. Sarah vit qu'elle entrait dans une grande salle, remplie de six rangées de lits métalliques superposés.

— Tu dormiras ici, chuchota Janet en lui indiquant la couche à l'étage inférieur. Les toilettes sont au bout du couloir. Tu veux y aller ?

Sarah secoua la tête.

— Non, merci, je suis fatiguée.

— Alors, va vite dormir. Je te verrai demain.

Elle attendit que Sarah se soit glissée sous les draps avant de repartir. La porte se referma avec un déclic et ce fut l'obscurité totale. Sarah n'en avait pas peur, parce qu'elle se retrouvait à nouveau dans cet endroit, là où elle voulait

(*ne plus exister.*)

Elle ne voulait pas penser à Thérésa ni à Dennis, ni à la mort, ni aux étrangers, ni à sa solitude. Elle voulait juste fermer les yeux et ne voir que du noir.

Elle sombrait dans un sommeil épuisé quand elle fut réveillée par une main sur sa bouche. Elle écarquilla les yeux de terreur.

— Chut ! murmura une voix.

Elle appartenait à une fille, une force de la nature. Sarah le sentait à sa poigne.

— Je m'appelle Kirsten. C'est moi qui commande ici. Et tout le monde m'obéit, compris ?

Elle souleva sa main. Sarah toussa.

— Pourquoi ? demanda-t-elle une fois qu'elle eut repris son souffle.

— Pourquoi quoi ?

— Pourquoi faut t'obéir ?

Une main surgit du noir et une gifle lui dévissa la tête. La douleur la submergea.

— Parce que je suis la plus forte. Je te verrai demain matin.

L'ombre disparut. La joue de Sarah la brûlait. Elle se sentait plus seule que jamais.

Ouais, mais tu sais quoi ?

Quoi ?

Au moins, tu ne pleures plus comme un bébé.

Elle s'aperçut que c'était vrai. Ce n'était plus du chagrin qu'elle éprouvait.

C'était de la colère.

Alors qu'elle s'enfonçait de nouveau dans le sommeil, les paroles de Kirsten lui revinrent.

Je suis la plus forte.

Nouvelle bouffée de colère.

Pas pour toujours.

Elle sombra dans le noir tant espéré.

Hé, c'est encore moi, Sarah, qui écris ces lignes.

En y réfléchissant, Kirsten n'avait pas totalement tort, vous savez. C'est une des règles des foyers : ce sont les plus forts qui commandent. Certes, je ne lui ai pas été reconnaissante de cet enseignement, sur le moment. Que diable ! Je n'avais que six ans ! Mais, maintenant que je suis plus âgée, je sais qu'il fallait bien que quelqu'un me l'apprenne.

Et cette leçon m'a servi.

Je repose le journal de Sarah tandis que le soleil levant me salue derrière les fenêtres. Je n'ai pas le temps de finir ma lecture car je dois aller travailler, mais au moins, je tiens ma réponse : personne n'a cru Sarah parce que l'assassin n'a laissé aucune trace quand il a tué les Langstrom. Personne ne la traquait, avaient-ils sans doute pensé, elle était juste poursuivie par la malchance, c'est tout. Comme l'illustraient d'ailleurs les tristes événements qui avaient suivi son premier placement en famille d'accueil.

Cela étant, une nouvelle question m'intrigue : pourquoi l'Étranger a-t-il décidé de révéler son existence aujourd'hui ?

Je préfère ignorer les autres questions, celles qui concernent Sarah et le paysage de son âme. Leurs bords sont bien trop tranchants pour un si beau lever de soleil.

LIVRE DEUX

Les dévoreurs d'enfants

30.

Maudissant la pluie, je m'apprête à courir jusqu'à l'entrée de l'immeuble du FBI de Los Angeles.

Il pleut rarement dans le sud de la Californie depuis dix ans. Mais il faut croire que dame Nature a décidé de rattraper le temps perdu car elle nous inflige de véritables déluges tous les deux ou trois jours. Ça fait déjà deux mois que ça dure et ça devient fatigant.

Personne n'a de parapluie à Los Angeles et je ne fais pas exception à la règle. Je fourre la copie du journal de Sarah dans ma veste pour la protéger, attrape mon sac, le doigt sur le bouton de ma clé pour verrouiller la voiture sans m'arrêter.

J'ouvre la portière et je cours en pestant. Le temps d'arriver, je suis trempée.

— Alors, on s'est fait rincer, Smoky ! me lance Mitch tandis que je franchis le filtre de sécurité.

Il n'attend pas d'autre réponse qu'un sourire ou une grimace. Mitch est le responsable de la sécurité dans tout le bâtiment. Ancien militaire, environ cinquante-cinq ans, musclé, un regard d'aigle et une certaine froideur.

Je dégouline dans l'ascenseur qui m'emporte vers mon étage, parmi d'autres agents aussi trempés que moi. Chaque région a ses blocages. Voilà le nôtre.

J'occupe la position de coordinatrice du NCAVC, le Centre national d'analyse des crimes violents, dont le siège se situe à Washington. Chaque antenne du FBI délègue à l'un de ses agents la représentation du NCAVC, une sorte de chaîne de la mort. Dans des endroits plus calmes, un agent couvre plusieurs domaines de responsabilité, la coordination du NCAVC n'en étant qu'une branche.

Ici, c'est différent. Nous avons, au sein de la population locale, une telle quantité de malades mentaux que cela nécessite un coordinateur à plein temps, moi en l'occurrence, et une équipe de plusieurs agents. Je les dirige depuis pratiquement une décennie et je les ai personnellement sélectionnés : chacun est le meilleur dans son domaine, à mon humble avis, qui n'a rien d'humble, je le reconnais.

Le FBI étant une bureaucratie, il court toujours des rumeurs sur d'éventuels changements d'appellation ou de composition de mon département. Pour le moment, nous sommes toujours là, et plus que débordés, la plupart du temps.

Je longe le couloir, tourne à droite puis à gauche tout en continuant de ruisseler sur l'épaisse moquette grise pour arriver au service du NCAVC, surnommé par mes collègues des autres services le « Central de la mort ». Dès que j'entre, mes narines sont chatouillées par une bonne odeur de café.

— Mon Dieu ! Mais tu es trempée !

Je jette à Callie un regard torve. Elle, bien sûr, comme toujours, est impeccable et sèche de surcroît.

Enfin, impeccable, peut-être pas… Je remarque ses yeux las. Un cocktail de douleur et d'analgésique ? Ou juste le manque de sommeil ?

Je marmonne :

— Le café est prêt ?

J'ai besoin d'une bonne dose de caféine.

— Quelle question ! me répond-elle d'une voix faussement offensée en montrant la cafetière. Moulu de ce matin et fraîchement passé par votre servante.

Je m'approche et me verse une tasse. Je bois une gorgée et fais mine de frissonner de plaisir.

— T'es vraiment ma préférée, Callie.

— C'est évident !

Alan arrive du fond du bureau, une tasse à la main.

— Je croyais que c'était moi.

— Tu l'es aussi.

— Voyons, proteste Callie, on ne peut pas avoir deux chouchous.

Je lui porte un toast avec ma tasse en souriant.

— Je suis le chef. Des chouchous, je peux en avoir autant que je veux. Je peux même faire un roulement. Alan, le lundi, toi, le mardi, James… bon d'accord, James, c'est un peu excessif. Mais tu vois le principe ?

— Pas mal comme idée ! dit Alan en trinquant avec moi.

Nous partageons un silence confortable tout en sirotant le café divin de Callie, histoire de nous mettre au travail en douceur. Ce n'est pas toujours le cas. En fait, nous en avons rarement l'occasion. Car le plus souvent c'est d'un jus infâme, versé dans des gobelets en polystyrène et ingurgité à la va-vite qu'il faut nous contenter.

— Vous êtes tous arrivés avant moi ? Mince ! Moi, qui me prenais pour une lève-tôt. Une chef modèle !

— James n'est pas encore là, me rassure Alan. Et moi, je n'ai pas pu dormir cette nuit. J'ai commencé à lire le journal. Merci du cadeau ! ajoute-t-il en trinquant une nouvelle fois.

— Oui, merci mille fois, renchérit Callie.

Je me frotte les yeux.

— Bienvenue au club ! Et vous êtes allés jusqu'où ?

— Jusqu'à son arrivée dans sa seconde famille d'accueil, dit Alan.

— Je n'en suis pas encore là, dis-je. Et toi, Callie ?

— Je l'ai fini.

La porte s'ouvre et James entre. J'éprouve une satisfaction secrète à le voir aussi trempé que moi et, qui plus est, après moi, tralalère !

Sans prononcer le moindre mot, il fonce vers son bureau.

— Bonjour ! lui lance Callie.

— J'ai fini le journal cette nuit, répond-il.

C'est tout. Ni salut ni bonjour, droit au but.

Je pose ma tasse.

— Eh bien, allons-y. Au boulot !

Ils sont tous assis. Je me tiens debout devant eux.

— Commençons par le journal. – Je leur dis où je me suis arrêtée. – James et Callie, vous qui l'avez terminé, avez-vous relevé des éléments de preuves dans la suite ?

James réfléchit.

— Oui et non. Elle va dans une autre famille d'accueil et ça se termine mal. Après, elle a des problèmes au foyer. Oh ! Et à un moment, elle laisse entendre qu'elle a été sexuellement abusée.

— Génial !

— Du strict point de vue de l'enquête, on peut retenir trois points dans ce qu'elle écrit. Un, la scène originale du crime : le meurtre de ses parents. Deux, la policière qui s'est intéressée à elle : Cathy Jones, et qui disparaît ensuite sans que Sarah sache pourquoi.

— Intéressant, note Alan. Et trois, l'allusion que fait le meurtrier à deux assassinats précédents. Le poète et l'étudiant en philo.

J'opine.

— Très bien. Parlons à présent du mobile : la vengeance. Tout le monde est d'accord ?

— Ça se tient, répond Alan. « Souffrance », « Justice », tout ça. La question maintenant, c'est de savoir de quoi il se venge. Et ce que Sarah vient faire là-dedans.

— Les péchés du père.

Certains me dévisagent. Je leur livre mes déductions de la nuit.

— Intéressant, murmure Callie. Son grand-père aurait fait du mal au meurtrier. C'est une éventualité.

— Examinons le tableau général. L'Étranger a déclaré qu'il créait Sarah à sa propre image. Il l'appelle sa sculpture et il lui donne un nom : *Une vie ruinée*. Qu'est-ce que ça nous révèle ?

— S'il la crée à son image, ça veut dire qu'il a eu sa vie ruinée, lui aussi, déduit Alan.

— Exact. Il conçoit alors un plan à long terme, pas pour la tuer mais pour la détruire moralement. Il souffre d'une pathologie sévère. Ce n'est pas juste la dérive d'un petit garçon ignoré par sa mère. Quelque chose de plus grave s'est passé pour qu'il en vienne à détruire la vie d'une gamine en guise de réparation. Qu'est-ce qui a pu lui arriver ?

— En partant du concept qu'il la crée à son image et qu'il l'a rendue orpheline, on peut en déduire qu'il a dû être lui-même orphelin très jeune, avance Alan.

— Bien. Quoi d'autre ?

— Je pense qu'il a été élevé dans un environnement hostile, intervient James. Il a détruit tout ce qui aurait pu soutenir Sarah. Il l'a complètement isolée.

— D'accord.

— Par ailleurs, continue James, nous pouvons considérer qu'il a été victime d'abus sexuels.

— En se basant sur quoi ?

— Une intuition. Orphelin, sans personne pour le soutenir, il est tombé entre de mauvaises mains. D'où de fortes présomptions pour qu'il ait été abusé sexuellement. Ce qui cadre avec le but qu'il s'est fixé pour Sarah.

Je me tourne vers Callie.

— Callie ? Tu n'as rien à ajouter.

Elle me répond par un sourire énigmatique.

— Si, mais pour le moment je me contenterai d'approuver. Je parlerai en dernier.

Je fronce les sourcils. Elle boit une gorgée de café et sourit, sans se laisser impressionner le moins du monde.

— Donc il était orphelin et a été maltraité, poursuis-je. La question : de quoi veut-il se venger, des deux ou d'un point seulement ? Et pourquoi tant de victimes ?

— Je ne te suis pas, dit Alan.

— Nous avons Sarah comme victime vivante, objet symbolique de sa vengeance. Très bien. Si nous suivons cette ligne de raisonnement, les Kingsley deviennent accessoires. Simples dommages collatéraux. Ils ont juste eu la malchance d'adopter Sarah. Mais nous avons également, d'après le récit de Sarah, le poète et l'étudiant en philo. Pourquoi se sont-ils trouvés dans la ligne de mire de l'Étranger ? Et pourquoi cette différence entre eux et Vargas dans son mode opératoire ?

Alan secoue la tête.

— Je ne vois toujours pas où tu veux en venir.

— Vargas a été traité comme les Kingsley, explique James. La gorge tranchée, éviscéré. Une fin terrible, mais ce n'est pas la façon la plus douloureuse de mourir. Quand l'Étranger parle du poète et de l'étudiant, c'est différent. On a l'impression que leurs morts n'ont pas été drôles du tout. Pareil pour Sam et Linda Langstrom. Il leur a réservé une agonie longue et atroce.

— Tu veux dire qu'il changerait son mode opératoire selon la sévérité de leur crime ? demande Callie.

— Oui, il donne l'impression d'administrer la justice. Et suivant ce protocole, toutes les fautes ne méritent pas le même châtiment.

Alan hoche la tête.

— Admettons. Appelons-les victimes primaires et secondaires. Vargas et les Kingsley seraient des victimes secondaires. Sarah, ses parents, le poète et le philosophe, des victimes primaires à qui il réserve le pire.

— Oui, acquiesce James.

— Sauf que, selon notre théorie, Sam et Linda sont aussi secondaires à leur façon, proteste Alan. Ils ne sont que les descendants du vrai méchant.

— Mais pas pour l'Étranger. Ça tient toujours la route. Si le grand-père Langstrom l'a maltraité quand il était enfant, et que la justice ne puisse plus le punir, sa progéniture mérite de souffrir par procuration, insiste James.

— Ce qui signifie aussi que l'Étranger considère les crimes du grand-père comme particulièrement graves, dis-je.

— Tu te bases sur ce qu'il a fait à Sarah ? demande James.

— Bien sûr.

— Qu'est-ce qui te prouve que le poète et l'étudiant n'avaient pas des enfants eux aussi ? Comment peux-tu savoir s'il n'y a pas d'autres Sarah ?

Je réfléchis à cette idée atroce et fort désagréable.

— Je n'en sais rien. D'accord, on peut postuler qu'il était orphelin, qu'il est tombé entre de mauvaises mains et qu'il a été maltraité. Les cicatrices sous ses pieds étayent cette théorie. Quoi d'autre ?

Silence.

— À mon tour, dit Callie. J'ai passé une grande partie de ma soirée à fouiller l'ordinateur de Vargas. Il est infesté de pornographie sous toutes ses formes, y compris de la pornographie infantile dure. Et toutes les perversions lui sont bonnes. Il s'intéresse aussi bien à la scatophilie, qu'à la zoophilie, ou à l'émétophilie, les gens qui mangent du vomi… ajoute-t-elle avec une grimace.

— D'accord, on voit le genre, l'interrompt Alan, visiblement incommodé.

— Désolée. Cependant tout cela semble n'être là que pour son usage personnel. Ce qui confirme ce que nous pensions déjà : Vargas était un pervers. Et même si je n'ai rien trouvé dans ses mails, ses vidéos sont très révélatrices.

— Des vidéos de quoi ?

— Venez, je vais vous montrer, répond-elle avec un geste vers son ordinateur.

Nous formons un demi-cercle autour de l'écran.

— Vous êtes prêts ?

Je hoche la tête.

— Vas-y.

Elle enfonce une touche. Tout devient noir. Un horrible tapis apparaît.

— Je le reconnais, dis-je dans un murmure. C'est le tapis de Vargas.

La caméra tremble et filme en tanguant comme un ivrogne tandis qu'on la fixe sur un trépied. Elle cadre le lit sur lequel j'ai trouvé les corps de Vargas et de la fille. Une fille nue grimpe sur le matelas. Elle est trop jeune, à peine pubère. Elle met un moment à s'installer à quatre pattes. Elle a les mains menottées.

— C'est la fille d'hier soir.

Une voix hors champ marmonne quelque chose. Je n'arrive pas à comprendre ce qu'elle dit mais la fille lève la tête et regarde droit dans l'objectif. Son expression est placide, presque docile. Pas très différente de celle qu'elle avait, morte. Elle a de beaux yeux bleus, mais ils sont inexpressifs. Remplis de vide.

José Vargas apparaît. Il est vêtu d'un jean bleu et d'un T-shirt blanc crasseux. Il fait son âge. Dos légèrement voûté. Pas rasé. Visage fatigué mais regard ardent. Il se régale déjà de ce qui va suivre.

— Est-ce une cravache qu'on voit dans sa main ? s'enquiert Alan.

— Oui, répond Callie.

Il s'agit en fait d'une petite branche d'arbre. J'aperçois le bois vert, là où elle a été coupée. Vargas envisage donc une punition corporelle à l'ancienne.

Il se place derrière la fille. Il se penche en avant, semble vérifier la caméra, puis il hoche la tête et inspecte la fille d'un œil critique.

— Le cul en l'air, sale *puta* ! aboie-t-il.

Sans même ciller, la fille se tortille pour remonter ses fesses.

— C'est mieux. – Il examine de nouveau la pièce – Parfait.

Un dernier hochement de tête et Vargas reporte toute son attention sur la caméra. Il sourit d'un affreux rictus, qui découvre des chicots marron et des trous.

— Il aurait bien besoin d'aller chez le dentiste, marmonne Alan.

— Bonjour, monsieur Vous-Savez-Qui, commence Vargas. *Buenos días*. C'est votre vieil ami José. Certaines choses ne changent pas – il montre la fille – et d'autres changent beaucoup – il écarte les mains pour indiquer la pièce et hausse les épaules. – Je manque un peu d'argent en ce moment. Tout ce temps en prison, ça m'a fait rater… comment dit-on déjà ? Ah oui, des opportunités professionnelles. – Nouveau sourire édenté. – Pourtant je ne manque pas de compétences, n'est-ce pas ? Vous êtes bien placé pour le savoir. Et je n'ai pas oublié tout ce que vous m'avez enseigné quand j'étais plus jeune, en des temps meilleurs. Je vais vous montrer tout ce dont je me rappelle. D'accord ?

Vargas montre la cravache et sourit.

— Nous devons éduquer notre cheptel, mais sans laisser de marques qui risquent de le déprécier. José n'a pas oublié.

Il lève la baguette. Sa bouche s'ouvre, caverneuse. Il a une expression d'une avidité indescriptible. Je ne pense pas qu'il en soit conscient. La cravache tremble dans sa main excitée et s'abat dans un sifflement. L'impact sur les pieds s'entend à peine mais la réaction de la fille est extrême. Ses yeux jaillissent littéralement de leurs orbites et sa bouche dessine un grand O. Une seconde plus tard, des larmes silencieuses ruissellent sur ses joues. Elle serre les dents en essayant de surmonter sa douleur.

— Dis-le, *puta* ! aboie Vargas.

— V-vous êtes Dieu, bégaie la fille. Et j-je remercie Dieu.

— On dirait un accent russe, remarque James.

Vargas abat la cravache une nouvelle fois, les yeux de plus en plus brillants, la bouche encore plus béante. Il bave un peu. La folie.

Cette fois, tout le corps de la fille se cabre et elle hurle.

— Dis-le ! répète Vargas, radieux.

La scène se répète encore et encore. Quand c'est terminé, Vargas halète et transpire, l'œil hagard. Je distingue une bosse dans son jean. La fille sanglote sans retenue.

Vargas tangue un peu, puis il semble se rappeler la raison de cette mise en scène. Il écarte une mèche de cheveux gras qui lui tombe dans les yeux et décoche à la caméra un nouveau sourire sournois et lubrique.

— Vous voyez. Je me souviens de tout. – La fille sanglote de plus belle. – Ferme-la, sale *puta* ! rugit Vargas, furieux de cette interruption.

Elle plaque précipitamment ses mains sur sa bouche.

— Alors, monsieur Vous-Savez-Qui, je pense que José mérite d'être payé pour son excellente mémoire. – Nouveau sourire grotesque. – Mais allez-y, vous pouvez vous repasser ce film autant que vous voulez. Tel que je vous connais, vous n'allez pas vous en priver. José sait qu'il va vous plaire. Regardez bien et réfléchissez à ce que vous direz à José lorsqu'il vous appellera. *Adios*.

Vargas regarde la fille, se frotte l'entrejambe et sourit à la caméra.

L'écran redevient noir.

J'ai la nausée.

— M. Vous-Savez-Qui ! Voilà qui est original ! Vargas faisait donc chanter quelqu'un qui pratiquait cette torture, résume Alan.

— Modification de comportement, opine James. Torture associée à la répétition d'une phrase dégradante reconnaissant l'asservissement.

— Il frappe les pieds pour ne pas laisser de marques sur le corps et le déprécier, ajoute Alan.

— Ça correspond toujours, dis-je. L'Étranger porte les mêmes marques. Il ne s'agit pas d'une coïncidence. La tentative de chantage de Vargas confirme l'implication d'autres personnes et la piste de l'abus sexuel.

Alan secoue la tête.

— Vous savez, s'il s'acoquine à des types comme Vargas, ça ne devrait pas me poser trop de problèmes pour lui régler son compte, à notre assassin. Un homme capable de faire ça à un enfant ? Mais il mérite la mort !

Personne ne le contredit.

— J'ai fouillé son disque dur en profondeur, reprend Callie. Comme Vargas a crypté la vidéo, pour je ne sais quelle raison, j'espérais qu'il avait téléchargé le logiciel sur un serveur quelconque. Manque de bol, je pense qu'il a détruit le logiciel après avoir envoyé la vidéo à celui qu'il faisait chanter.

— Je crois que ça nous ramène au trafic d'êtres humains, dis-je. Barry m'a appris que c'était nous qui avions été chargés de cette enquête car ça se serait passé, ici, en Californie. On n'aura donc aucun mal à retrouver le dossier. – Je me frotte le visage. – Très bien. Quoi d'autre ?

— Il vient d'opérer un changement total de comportement, reprend James. Quand il a assassiné les Langstrom, il a tout fait pour se cacher. Et maintenant, il se montre à découvert. Pourquoi ?

— Il peut y avoir toutes sortes de raisons, grommelle Alan. Peut-être est-il malade, mourant, à court de temps. Peut-être lui a-t-il fallu plus de temps que prévu pour découvrir l'identité des personnes qu'il devait tuer. Là, ce qui est intéressant, c'est que tout arrive au moment où Vargas se lance dans son petit chantage. Des choses profondément enfouies commencent à ressortir.

— Ça sent le dernier round. Il sait que nous sommes sur sa piste. Bon sang, il l'a cherché ! Il voit arriver la conclusion.

— Alors qu'est-ce qu'on fait maintenant, ma chérie ?

Je réfléchis à la question. Plusieurs directions s'offrent à nous. Laquelle pourrait être la plus fructueuse ?

— Il est temps de se diviser pour régner. Alan, je veux que tu t'occupes des Langstrom. Rassemble toutes les infos que tu peux dégoter sur eux, leur mort, leur passé. Ne laisse rien de côté. Trouve qui était le grand-père. Si je me fie à mon intuition, ça devait être quelqu'un d'important. Appelle Barry si tu as besoin qu'on t'ouvre des portes.

— Compris.

— James, je veux que tu travailles sur deux points. Il faut que tu me fasses une recherche sur le VICAP pour le meurtre de notre poète et celui de notre philosophe. Ce serait bien de savoir de qui il s'agit.

Le VICAP, programme pour l'arrestation des criminels violents, est un fichier qui rassemble toutes les informations sur les crimes à l'échelle nationale.

— Parfait. Et la seconde ?

Je lui parle du logiciel installé sur l'ordinateur de Michael Kingsley.

— Vois où ils en sont, s'ils ont besoin d'aide. J'aimerais aussi qu'on discute tous les deux dès que possible.

— Très bien.

Il ne me demande pas de quoi je veux discuter. Il sait que je veux qu'on examine ensemble le profil psychologique de l'Étranger, seule communion d'esprit dont nous soyons capables, lui et moi.

— Et moi ? demande Callie.

— Appelle Barry et vois où ils en sont avec le dessinateur pour le tatouage. Et essaie de savoir si on progresse pour l'identification de la Russe.

— Rien d'autre ?

— Pas pour l'instant. C'est bon, j'ai terminé.

Chacun part de son côté. Je rentre dans mon bureau et je ferme la porte. Je dois aller voir Jones afin qu'il me dise ce qu'il sait sur Vargas, mais, après ce que j'ai lu hier soir, j'ai une autre priorité. Je compose le numéro de Tommy. Il répond dès la seconde sonnerie.

— Salut.

— Salut, réponds-je en souriant. J'aurais un service d'ordre professionnel à te demander.

— Je t'écoute.

— Il me faut un garde du corps.

— Pour toi ?

— Non. Pour la victime dont je t'ai parlé. La fille de seize ans, Sarah Langstrom.

— On connaît celui qui la menace ?

— Pas physiquement.

— Sait-on quand il risque de passer à l'attaque ?

— Non. Et il y a un blème. Elle est sans doute la seule cible par procuration au monde : ce sont les gens qui l'entourent qui sont tués.

Il marque une pause.

— Je ne peux pas m'en occuper personnellement. Tu sais que je l'aurais fait volontiers, mais là, je suis sur un truc.

— Je sais.

Je ne l'interroge pas pour savoir sur quel « truc » il est. Tommy pratique en virtuose l'art de la litote. Tel que je le connais, il peut très bien me parler tranquillement sur son portable alors que sa voiture est encerclée par des gangsters.

— Vous n'avez personne chez vous pour faire ça ?

— Si, quand il s'agit de surveillance globale, mais là, je voudrais un garde du corps à temps plein. Je me charge de convaincre mon boss ; c'est le Bureau qui paiera la note.

— Je vois. J'aurais bien quelqu'un… une femme… elle est super.

Je sens une hésitation dans sa voix.

— Mais ?

— C'est une dure ! Elle aurait supprimé quelques personnes gênantes pour le compte du gouvernement. Enfin, c'est ce qu'on raconte.

— Et toi, qu'est-ce que tu penses d'elle, Tommy ?

— Loyale et… létale. Tu peux lui faire confiance.

Je me frotte les yeux en réfléchissant. Je soupire.

— Parfait. Donne-lui mon numéro.

— D'accord.

— Tu connais vraiment des gens passionnants, Tommy.

— Comme toi.

Je souris de nouveau.

— Ouais. Comme moi.

— Je dois y aller.

— Je sais, je sais. Tu es sur un truc. Je t'appelle plus tard.

Il raccroche. Je reste assise un moment à me demander à quoi peut ressembler une femme « loyale et létale ».

Un coup frappé à la porte me sort de mes pensées.

James passe la tête dans l'entrebâillement.

— On peut se voir ?

Je regarde l'horloge sur le mur. Jones attendra encore un peu.

— Oui. Parlons de notre psychopathe.

31.

Nous sommes enfermés tous les deux dans mon bureau, James et moi.

James, tout misanthrope qu'il est, possède le même don que moi. De par son manque de tact et sa grossièreté, c'est un vrai chien, c'est indiscutable, mais j'oublie tout ça dès que nous nous asseyons côte à côte pour examiner le mal. Il le voit comme moi. Il l'entend, il le perçoit, il le comprend.

— Tu as de l'avance sur moi, James, tu as fini le journal de Sarah. As-tu lu les notes que je t'ai faxées ?

— Oui.

— Alors, qu'en penses-tu ?

Il fixe l'espace au-dessus de ma tête.

— Je suis d'accord avec toi pour la vengeance comme mobile. La vidéo de Vargas, les messages sur le mur, la référence à la justice en particulier, tout concorde. Mais mon premier sentiment, après avoir lu ce journal, c'est que l'Étranger commence à se mélanger dans son protocole.

— Tu peux parler en clair, James ?

— Voilà, son but initial est pur en lui-même : la vengeance. L'Étranger a subi des sévices : il fait subir des sévices à ceux qui en sont directement responsables ou, d'après nos hypothèses, dans le cas de Sarah, à leurs descendants directs. C'est la piste que nous suivons et je crois qu'elle sera fructueuse. – Il se renfonce dans son fauteuil. – Mais examinons la façon dont il dispense sa justice.

— Par la souffrance.

James sourit, chose rare.

— Exactement ! Son but final reste le meurtre, bien sûr. Mais à quelle vitesse donne-t-il la mort ? ... Eh bien, tout dépend de la souffrance que mérite sa victime. Il est obsédé par le sujet. Mais je crois qu'au lieu d'administrer la justice avec discernement, il se laisse désormais entraîner par le plaisir de faire souffrir.

Je réfléchis à cette idée. Le comportement que décrit James est commun, trop commun. Les victimes se transforment en bourreaux. Maltraitez un enfant et, adulte, il deviendra maltraitant à son tour. La violence est contagieuse.

J'imagine l'Étranger, à genoux, comme la pauvre fille de la vidéo, martyrisé par un cinglé qui lui fouette les pieds à coups redoublés.

Il grandit, écumant de rage, et décide qu'il est temps de se venger. Il élabore un plan, tout se déroule bien, mais en cours de route, il perd les pédales. Sa rage débordante se transforme en un plaisir malsain.

C'est tellement mieux de tenir la cravache que de recevoir les coups ! Ça fait du bien. C'est même jouissif ! Une fois qu'un individu sombre dans cet engrenage, ses garde-fous tombent et le retour en arrière est quasi impossible. Ce qui expliquerait les contradictions entre les différentes scènes de crime. La peinture au sang et l'érection, opposées au calme et au flegme du stratège qui applique un plan.

— Donc, maintenant, ça lui plaît, dis-je.

— Je crois même qu'il en a besoin, répond James. Et le pire, c'est qu'à ses yeux, son attitude reste parfaitement rationnelle, selon le vieil adage « la fin justifie les moyens ». Il a été lésé, donc le coupable doit payer. Et si des innocents trinquent au passage, c'est simplement regrettable.

— Pas tant que ça, d'après ce que tu viens de dire.

— Exact. Regarde Sarah. Il adore le mal qu'il lui inflige. Ça le fait vibrer. Il est accro. Je parie que sa créativité s'étend à d'autres victimes. Si nous grattons en profondeur, je pense que nous découvrirons des morts imaginatives, colorées, comme autant de variations sur la quintessence de la douleur.

Rien de ce que dit James n'est prouvé ni, pour l'instant, prouvable. Mais c'est bien vu et son avis trouve un écho en moi. L'Étranger est lucide. Il sait ce qu'il fait et pourquoi. Et ses victimes n'appartiennent pas seulement à un type, elles sont aussi directement impliquées dans son passé. Mais, et c'est un grand « mais », il est accro à la mort maintenant. Le meurtre n'est plus seulement la sanction d'une injustice. Il s'est mué en acte sexuel.

— Parlons plus précisément de deux points. Son changement de comportement et la façon dont il a prévu d'en finir avec Sarah.

James secoue la tête.

— Le premier m'inquiète beaucoup. Je peux comprendre qu'il veuille rendre ses actions publiques, cela va dans le sens de la vengeance comme mobile. Se faire justice ne lui suffit plus, il veut que le monde sache pourquoi.

— Bien sûr.

— Des changements s'opèrent en lui et il en est conscient. Son plan originel prévoyait peut-être de se faire prendre, de disparaître avec panache en faisant connaître son histoire au monde entier. Mais il a découvert qu'il adorait tuer. S'il meurt, c'est terminé. Et c'est une addiction dont on a du mal à se défaire.

— S'il ne veut pas se faire prendre, il a eu tout le temps de prévoir une échappatoire.

— Exactement. Je crois que le but initial de son plan reste inchangé. Il veut que son histoire soit rendue publique et que les coupables et leurs fautes soient punis. Cependant il préférera peut-être y renoncer afin de poursuivre son « œuvre ». Il y a encore beaucoup de coupables en liberté, finalement.

— Alors prudence ! Tôt ou tard, il va vouloir nous mener par le bout du nez. Nous devons nous tenir sur nos gardes et ne jamais tirer de conclusions hâtives.

— Oui.

Je soupire.

— Très bien. Et Sarah ? Finira-t-il par la tuer ou lui laissera-t-il la vie sauve ?

James réfléchit, les yeux fixés au plafond.

— Tout dépend s'il réussit à la transformer à son image ou pas, et s'il réussit ensuite à s'identifier à elle. Est-elle réellement lui ? Si oui, doit-il la laisser vivre et souffrir, ou doit-il la tuer par charité ? Je ne sais pas.

— Je vais la faire protéger vingt-quatre heures sur vingt-quatre.

— Cela me paraît judicieux !

Je tapote des doigts sur le bureau.

— D'après la vidéo de Vargas, le mobile et les cicatrices sur ses pieds, voilà ce que j'en déduis : il a été victime d'un trafic d'enfants et de sévices sexuels et ce, sur une longue période ; à présent qu'il est adulte, il veut redresser les torts, si on peut dire.

James hausse les épaules.

— C'est plausible. Du moins en partie. Quel gâchis !

— Comment ça ?

— Tu as vu la Russe. Elle était brisée. Complètement creuse. En revanche, notre meurtrier, lui, n'est pas brisé du tout. Ce qui veut dire qu'il était fort au départ, qu'il avait des fondations solides.

— Oui, mais globalement, il est brisé lui aussi. Enfin, je vois ce que tu veux dire. As-tu autre chose à ajouter ?

— Un dernier point. Tu m'as demandé si j'avais trouvé quoi que ce soit de probant dans le journal de Sarah. À l'évidence, tout est vrai en grande partie, que ce soit sa version ou sa perception de la vérité, mais…

— Attends. Qu'est-ce qui te fait croire que c'est vrai ?

— Simple logique. Nous prenons pour acquis qu'elle ne peut pas être la meurtrière des Kingsley. Bien. Cette fille passe les derniers mois à écrire qu'un cinglé tue tous les gens autour d'elle et *cela se produit réellement* ! Il ne peut s'agir d'un hasard. À la lueur de l'assassinat des Kingsley, le récit de Sarah n'a de sens que s'il est vrai, au moins en partie… à moins que Sarah ne soit devin.

— Exact. Ça se tient. Et tu disais ?

— Je disais que, tout en croyant plus ou moins à son histoire, il y a quelque chose qui manque. Je n'arrive pas à mettre le doigt dessus, mais il y a un aspect de son récit qui me chiffonne.

— Tu crois qu'elle déforme la vérité ?

— Je n'irais pas jusque-là. C'est juste une impression. Je vais relire son journal. Si je trouve, je te préviendrai.

— Oui, fie-toi à ton instinct.

Il se lève pour partir. Il s'arrête à la porte et se tourne vers moi.

— As-tu réalisé ce que Sarah est pour nous ?

Je fronce les sourcils.

— Que veux-tu dire ?

— Ce qu'elle représente pour nous ? L'Étranger, lui, la considère comme sa sculpture : une œuvre de souffrance qui doit le venger. Mais elle symbolise aussi quelque chose pour nous. Je m'en suis rendu compte la nuit dernière. Et je me demandais si tu en avais pris conscience, toi aussi.

Je le regarde fixement, cherchant vainement la réponse.

— Désolée. Je ne vois pas où tu veux en venir.

— Elle représente toutes les victimes, Smoky. Quand tu lis son histoire, tu comprends qu'elle incarne toutes les victimes que nous n'avons pas réussi à sauver. Et l'Étranger le sait. C'est pour ça qu'il nous nargue en la torturant sous notre nez.

Il sort, me laissant abasourdie.

Il a raison, c'est évident. Ça cadre avec tout ce que je ressens.

Mais je ne m'attendais pas à une telle sensibilité chez James.

Je me souviens alors de sa sœur et je m'interroge sur la douleur qu'il doit encore ressentir pour en être arrivé à cette conclusion. Rosa symbolise pour lui la première victime qu'il n'a pas pu sauver. Est-ce la raison pour laquelle il est toujours si désagréable ? Parce qu'il ne s'est toujours pas remis de la mort de sa sœur ?

Peut-être.

Quoi qu'il en soit, il a raison et sa remarque nous dicte encore davantage d'être prudents.

Sarah ne représente pas seulement la vengeance de l'Étranger. Elle est également son appât.

32.

— Je vais voir Jones. Accompagne-moi, dis-je à Callie en sortant de mon bureau.

— Pourquoi ?

— L'affaire de trafic. Figure-toi qu'il s'en est occupé.

— C'est pas vrai !

— Croix de bois, croix de fer…

Me revoilà dans cette pièce sans fenêtre, assise avec Callie devant le mégalithe que Jones appelle un bureau.

— Raconte-moi tout, dit mon chef sans préambule.

Je me lance dans la récapitulation de tout ce qui s'est passé jusqu'à présent. Quand j'ai terminé, Jones se renverse en arrière et me fixe tout en tapotant le bras de son fauteuil.

— Vous pensez que votre meurtrier, l'Étranger, serait une ancienne victime de Vargas ?

— C'est notre théorie actuelle.

— Elle me paraît bonne. J'ai déjà vu des cicatrices sur les pieds comme celles du meurtrier et de la Russe.

— Vous m'avez dit que vous vous étiez occupé de l'affaire de trafic dans laquelle Vargas a été impliqué.

— Oui, j'étais directement sous les ordres de l'inspecteur Daniel Haliburton, à l'époque. C'était une personnalité, un dinosaure certes, mais un grand enquêteur. Un dur. Moi, j'étais nouveau, ça faisait à peine deux ans que j'étais sorti de l'école de police. Une sale affaire, vraiment ! Mais passionnante pour moi. Vous savez ce que c'est.

— Oui.

— La police des mœurs de Los Angeles enregistrait une montée de la prostitution et de la pornographie infantiles. Le problème avait toujours existé, mais là, c'était différent. Ils avaient remarqué qu'on retrouvait beaucoup de similitudes entre ces enfants.

— Laissez-moi deviner. Des cicatrices de coups sur les pieds, peut-être ?

— C'en était une. Une autre, c'est qu'aucun ne venait des États-Unis. On voyait surtout des Sud-Américains. Il y avait aussi quelques Européens mais ils avaient dû passer par l'Amérique du Sud avant d'arriver chez nous. – Il fait appel à ses souvenirs. – Dans la majeure partie des cas, les victimes étaient des filles, mais il y avait également quelques garçons. L'âge de ces enfants variait de sept à treize ans, pas plus. Ils étaient tous en mauvaise santé. Nombre d'entre eux souffraient de MST, de déchirements anaux ou vaginaux… – Il agite la main. – L'horreur, quoi ! Bref, le genre d'affaire qui nous marque tous.

— Le seul point positif sur les pédophiles, c'est que tout le monde les déteste, commenté-je.

— C'est certain ! Donc la police de Los Angeles nous a appelés. À l'époque, on ne s'occupait pas de ce que ça coûtait, ni de l'opinion publique ou de la politique. C'était le bon temps ! Nous avons formé une équipe de choc, eux aussi, et on s'est jetés tous ensemble dans la bagarre. Ce qui, dans ce temps-là, avait un sens moins figuré qu'aujourd'hui. On ne remettait pas alors en question les méthodes de la police.

— Vous voulez dire que, parfois, les suspects étaient interrogés avec une certaine vigueur.

Il sourit tristement.

— Oui, on écrivait : « L'interpellé présente des traces de coups inexplicables », ou quelque chose du genre. C'était pas mon truc mais – petit haussement d'épaules peiné – Haliburton et sa bande venaient d'une autre époque. Les trafiquants étaient intelligents : un seul contact, l'argent changeait de main en même temps que l'enfant, et plus aucun rapport entre le vendeur et l'acheteur après ça.

— Combien d'enfants y avait-il ?

— Cinq, dans cette affaire. Trois filles et deux garçons. Mais peu après que nous les avons placés en détention provisoire pour les protéger, ce nombre est tombé à deux filles et un garçon.

— Pourquoi ?

— Nous avons eu deux suicides. Un garçon et une fille qui étaient au bout du rouleau. Donc on s'est retrouvé avec, d'un côté, des enfants qui voulaient s'en sortir, enchaîne-t-il aussitôt, pressé de changer de sujet, et on tenait les dégénérés qui les avaient achetés. Une fille et un garçon appartenaient à un proxénète, un vrai salaud qui s'appelait Leroy Perkins. Avec un bloc de glace à la place du cœur. Il n'était pas pédophile ; il ne faisait ça que pour le fric.

— Ça me paraît presque pire, quelque part ! dis-je.

— L'autre fille appartenait à un pervers qui se filmait pendant qu'il violait des enfants et qui vendait ensuite les vidéos à d'autres ordures comme lui. Il s'appelait Tommy O'Dell. Malgré nos méthodes musclées, ces types ont refusé de parler. Nous les avons menacés de les mettre en prison en laissant filtrer la raison de leur incarcération à leurs codétenus. Rien à faire. J'ai vraiment cru que Tommy O'Dell allait craquer mais je me fichais le doigt dans l'œil. Il a juste dit un jour à Haliburton : « Si je vous parle, ils me feront mourir à petit feu. Ensuite, ils tueront ma sœur et ma mère. Bon sang ! Ils arriveront même à faire crever mes plantes vertes ! Je préfère tenter ma chance en prison. »

— Apparemment, il avait affaire à des gens sacrément dangereux, remarque Callie.

— Plus effrayants que nous, en tout cas ! Nous avons insisté sans doute un peu lourdement, mais sans aucun résultat. Il ne nous restait plus que les enfants. Et ça nous a pris encore du temps pour les convaincre de nous raconter ce qu'ils avaient vécu. – Jones fait une grimace. – L'horreur ! Conditionnement (à coups de bâton sur les pieds) combiné à la dégradation verbale et au viol. La plupart du temps, ils étaient bâillonnés, encapuchonnés et isolés totalement, aussi bien les uns des autres que des trafiquants. Malgré ces précautions, un enfant avait vu Vargas et entendu son nom. Il a pu le décrire, ce qui nous a permis de le coffrer. Nous étions décidés à faire parler Vargas, coûte que coûte, et, cette fois, j'étais prêt à donner un coup de main, ajoute Jones, le regard assassin. – Il marque une longue pause où perce une profonde amertume. – Le garçon s'appelait Juan. Il avait neuf ans. Mignon, intelligent. Une fois qu'il était lancé, on ne pouvait plus l'arrêter, malgré son léger bégaiement. Il venait d'Argentine. On l'admirait tous : il avait vécu l'enfer mais il se battait pour garder la tête hors de l'eau.

Et avec dignité, en plus. Oui, avec dignité, répète Jones en me jetant un regard vieux d'un million d'années. Et il n'avait que neuf ans !

— Que s'est-il passé ?

— Nous avions mis les gamins dans une planque sûre. Mais la nuit précédant l'enregistrement du témoignage de Juan, les trafiquants nous ont attaqués. Ils ont tué un flic et un de nos agents, et ils ont embarqué les trois gosses.

— Ils les ont repris ?

— Oui, pour les ramener en enfer, ai-je pensé à l'époque.

Je me retrouve sans voix. Ces pauvres enfants avaient été arrachés à des monstres. Or ils auraient dû être en sécurité.

— Mais cela signifie qu'il y avait…

— … un traître parmi nous ? – Il hoche la tête. – Bien sûr ! Ça a déclenché un véritable raz de marée, chez nous comme dans la police de Los Angeles. Toute l'équipe a été passée au crible. On n'a jamais rien trouvé. Et vous voulez savoir la meilleure ? Nous n'avions aucune preuve matérielle qui permette d'inculper Vargas dans ce trafic d'enfants. Nous avons donc dû le relâcher. O'Dell et Perkins sont allés au trou. Perkins a survécu. O'Dell s'est fait descendre d'un coup de couteau. Et nous n'avons plus jamais vu de gamins avec de telles cicatrices sur les pieds. Nous n'avons jamais retrouvé Juan ni les deux autres filles, mais nous avons appris, par un informateur, que des enfants répondant à leur signalement auraient été ramenés à Mexico et tués. – Jones hausse les épaules, encore révolté. – Toutes les autres pistes ont fini dans une impasse, de l'Immigration aux Mœurs en passant par la Criminelle. Nous avons élargi nos recherches, prévenu les polices des autres villes. Sans résultat. Alors notre équipe a été dissoute.

— Il semblerait donc que celui qui était derrière tout ça à cette époque soit toujours dans le coup, dis-je. Et Vargas aurait réalisé cette vidéo pour le faire chanter.

— Ça ne vous semble pas bizarre ? demande Callie.

— Quoi donc ?

— Rien n'arrêtait ces salopards en 1979. Et je n'ai pas l'impression que Vargas soit du genre héroïque.

— Sors les dossiers, Smoky. Ensuite, si tu as des questions auxquelles seul un témoin de l'époque peut répondre, fais-le-moi savoir, ajoute-t-il avec un sourire sans humour. Cette affaire a marqué un tournant dans ma carrière. Avant, j'étais persuadé qu'on finissait toujours par arrêter les méchants. Que la justice l'emportait quoi qu'il arrive. Mais à partir de ce moment-là, j'ai compris que, désormais, bien des fois, les méchants s'en sortiraient. Et j'ai compris que ces salauds étaient de… de véritables dévoreurs d'enfants. Métaphoriquement parlant, bien sûr.

Sauf que ce n'est pas vraiment une métaphore, chef, n'est-ce pas ? Ils les croquent tout crus et ils les avalent tout ronds.

Je regagne le Central de la mort. Callie s'occupe de mettre en marche la machine administrative pour obtenir les dossiers. Mon téléphone portable sonne.

— Tu devineras jamais… commence Alan.

— Quoi ?

— Pendant que je vérifiais le passé des Kingsley, j'en ai profité pour m'occuper de Cathy Jones, la flic dont parle Sarah dans son journal.

— Bonne idée. – C'était une observatrice chevronnée et elle avait suivi Sarah durant des années. – Et qu'as-tu trouvé ?

— Il lui est arrivé un truc vraiment effroyable. Et incroyable aussi. Jones est passée inspectrice il y a deux ans et, un mois plus tard, elle quittait la police définitivement.

— Pourquoi ?

— Elle a été attaquée à son domicile. L'agresseur l'a frappée à coups de tuyau. Après trois jours de coma, elle s'est réveillée pratiquement aveugle !

J'encaisse la nouvelle en silence, le moral en chute libre.

— Et c'est pas tout !

— Quoi encore ?

— Son agresseur l'a battue sur la plante des pieds. Et assez fort pour lui laisser des cicatrices.

— Quoi ? !

— Moi aussi, je n'en revenais pas. Mais ce qui cloche…

— … c'est qu'il l'ait laissée en vie, finis-je à sa place.

— Exactement ! Il a tué toutes les victimes que nous lui connaissons jusqu'à présent, à part Sarah. Alors pourquoi a-t-il épargné Cathy Jones ?

— Tu l'as contactée ?

— C'est pour ça que je t'appelle. J'ai trouvé son adresse mais je suis en plein…

— Donne-la-moi. Je vais y aller avec Callie… Nous… nous allons lui parler.

33.

Cathy Jones vit dans un appartement à Tarzana, nouvel exemple de ces bulles de calme nichées au cœur de la banlieue de Los Angeles. L'immeuble est assez joli, bien entretenu, même s'il commence peut-être à accuser les années.

Il nous faut près d'une heure pour nous y rendre. Si le déluge s'est arrêté, le ciel est encore lourd de nuages menaçants et Los Angeles déteste la pluie. Ça se voit : nous avons dépassé deux accidents sur l'autoroute.

Nous avons appelé Cathy Jones avant de partir mais n'avons eu que son répondeur.

Je me tourne vers Callie alors que nous nous arrêtons devant sa porte.

— Prête ?

— Non, mais vas-y, sonne.

Je m'exécute.

Au bout d'un moment, j'entends des pas sur le parquet et une voix claire mais inquiète.

— Qui est là ?

— Cathy Jones ?

Quelques secondes, puis une réponse sèche :

— Non, Cathy Jones, c'est moi.

Callie me regarde en haussant les sourcils.

— Madame Jones, ici l'agent spécial Smoky Barrett du FBI. Je suis accompagnée d'un autre agent, Callie Thorne. Nous aimerions vous parler.

Un silence pesant.

— À quel sujet ?

Je pourrais répondre « votre attaque » mais je décide de tenter une autre approche.

— Sarah Langstrom.

— Que lui est-il arrivé ?

Je perçois une certaine angoisse dans sa voix, teintée peut-être d'un soupçon de résignation.

— Pouvons-nous entrer, madame Jones ?

Une autre attente suivie d'un soupir. Un bruit de verrou et la porte s'ouvre.

Cathy porte une paire de lunettes de soleil. Je distingue de fines cicatrices près de la racine de ses cheveux et sur ses tempes. Petite, mince mais compacte, sportive, elle porte un pantalon et un chemisier sans manches, qui découvre ses bras musclés.

Nous entrons. L'appartement est sombre.

— N'hésitez pas à allumer. Moi, ça ne me sert plus à rien. Mais il ne faudra pas oublier d'éteindre avant de partir.

Elle nous conduit au salon d'un pas assuré. L'intérieur de l'appartement est plus moderne que l'extérieur. Une moquette d'un beige discret, des murs blanc écru, des meubles propres et de bon goût.

— Vous êtes bien installée, dis-je poliment.

Elle s'assoit dans un fauteuil et nous indique le canapé d'un geste.

— J'ai tout fait refaire il y a six mois.

— Madame Jones…
— Appelez-moi Cathy.
— Cathy. Nous venons vous voir au sujet de Sarah Langstrom.
— Vous l'avez déjà dit. Alors crachez le morceau ou repartez.
— Ce n'est pas parce que vous êtes aveugle que vous devez vous montrer désagréable ! lâche Callie.
Je la fusille du regard, sidérée. Mais j'ai tort de m'inquiéter car Callie est maître dans l'art de briser la glace. Elle a tout de suite jaugé Cathy Jones et compris avant moi que celle-ci ne supportait pas la pitié des autres.
Cathy sourit aussitôt à Callie.
— Désolée, mais je ne supporte plus d'être traitée comme une handicapée. Et je préfère mettre d'emblée les points sur les i. – Son sourire disparaît. – Mais je vous en prie, dites-moi tout pour Sarah !
Je lui raconte l'histoire des Kingsley, du journal. Je lui parle de l'Étranger et lui décris comment nous l'imaginons.
Quand j'ai fini, elle se rencogne dans son fauteuil et tourne la tête vers la fenêtre de la cuisine. Un geste machinal, sans doute, qui date de l'époque où elle voyait encore.
— Alors il a enfin montré son visage ! murmure-t-elle. Si l'on peut dire…
— Oui, acquiesce Callie.
— Eh bien, c'est une première ! Il n'a jamais laissé la moindre trace de son passage jusqu'à présent. Ni chez les Langstrom ni chez les autres ni même chez moi.
Je fronce les sourcils.

— Je ne comprends pas. Après ce qu'il vous a fait, vous ne trouvez pas qu'il a plus que révélé son existence au grand jour ?

Cathy sourit d'un rictus désenchanté.

— Non, parce qu'il s'est assuré de mon silence.

— Comment ça ?

— Il tient toujours ses victimes par du chantage aux sentiments. Dans mon cas, c'était Sarah. Il m'a dit que j'avais intérêt à la fermer si je ne voulais pas qu'il lui fasse ce qu'il allait me faire. – Elle esquisse une grimace qui traduit la colère, la peur et la douleur. – Et comme j'ai voulu épargner Sarah, je n'ai rien dit. Et…

Elle s'arrête, malheureuse.

— Et quoi ?

— C'est pour ça que vous êtes là, n'est-ce pas ? Vous voulez savoir pourquoi il m'a laissée en vie ? C'est parce qu'il m'a chargée d'une mission et qu'il a menacé de revenir me tuer si je ne lui obéissais pas à la lettre, avoue-t-elle d'une voix tremblante. Et c'est pour cela que je n'ai rien dit. J'avais peur. Pas pour elle, pour moi.

— Je vous comprends, Cathy. Franchement.

Cathy hoche la tête. Sa bouche se tord et elle enfouit son visage entre ses mains. Ses épaules tremblent, pas beaucoup, pas longtemps. Ce sont des pleurs discrets, juste une ondée d'été, déjà partie à peine arrivée.

Elle se redresse.

— Je suis désolée. Surtout que ça ne rime à rien : je ne peux même plus pleurer. Mes glandes lacrymales ont été détruites avec le reste.

— Ce ne sont pas les larmes qui comptent, dis-je et ma phrase sonne creux à l'instant même où elle sort de ma bouche.

Elle fixe ses yeux aveugles sur moi. Je ne peux pas les voir à travers ses épaisses lunettes noires, mais je les sens.

— Je vous connais. Enfin, disons que j'ai déjà entendu parler de vous. C'est vous qui avez perdu toute votre famille ? Qui avez été violée, qui avez eu le visage tailladé ?

— C'est moi. Il avait une raison.

Même regard aveugle et pourtant perçant.

— Pardon ?

— Moi aussi, mon agresseur avait une raison de ne pas me tuer. Mais on en reparlera plus tard. Dites-moi tout ce dont vous vous rappelez.

Nous passons en revue le meurtre des Langstrom. Cathy nous confirme que tout ce que Sarah a écrit est exact.

— Je suis surprise qu'elle se souvienne de tant de détails, remarque-t-elle. Il est vrai qu'elle a eu tout le temps d'y réfléchir.

— Dites-moi, vous étiez bien l'un des premiers policiers sur les lieux du crime ? Vous avez donc vu les corps ?

— Oui.

— Dans son journal, elle nous dit que personne n'a jamais cru à la présence d'un assassin qui aurait forcé sa mère à tuer son père. Est-ce vrai ?

— Oui. Sortez le dossier et vous verrez qu'il a été classé comme meurtre suivi de suicide.

— Mais vous n'allez pas me faire croire que ce boucher n'a laissé aucune trace de son passage !

Cathy lève un doigt.

— Non, je n'ai pas dit ça. Mais l'affaire semblait tellement évidente, à première vue, qu'on n'a pas cherché plus loin. Parfois, on sent qu'on se trouve devant une mise en scène, vous savez, mais là ce n'était pas le cas. Vous aviez une lettre de Mme Langstrom, posée près d'un verre d'eau portant ses empreintes et sa salive. Vous aviez ses empreintes sur le revolver ainsi que des résidus de poudre et de sang correspondant à un suicide d'une balle dans la tête. Vous aviez ses empreintes sur le cou de son mari. Ses empreintes sur la scie à métaux qui a servi à décapiter le chien. Et elle prenait des antidépresseurs. Qu'en auriez-vous déduit ?

— Je comprends.

Entendre l'histoire de la bouche d'un autre professionnel me la présente sous un éclairage différent. Je vois la scène comme Cathy l'a vue, comme les inspecteurs de la Criminelle ont dû la voir, sans l'aide de la scène de crime chez les Kingsley ni celle du journal de Sarah.

— Vous laissiez entendre qu'il y avait toutefois un détail qui clochait, murmure Callie.

— Deux, en fait. Infimes mais réels. Le rapport d'autopsie de Linda Langstrom note la présence d'hématomes sur ses poignets. Cela n'a intrigué personne car nous ne cherchions aucune preuve dans ce sens. Mais si nous avions eu des doutes…

— … cela vous aurait confirmé que Mme Langstrom s'était débattue en tirant sur ses menottes au point de se meurtrir les poignets, comme Sarah le prétendait.

— Exactement.

— Et quel était l'autre détail ?

— Toujours selon les conclusions de l'enquête, Linda Langstrom aurait abattu le chien d'un coup de revolver et se serait aussi tiré une balle dans la tête. Pourtant personne n'a entendu de coups de feu, et il ne s'agissait pas d'un petit pistolet à bouchon. Ce qui laisse penser qu'il y avait un silencieux, et pourtant l'arme n'en portait pas quand on l'a retrouvée.

— Et qu'est-ce qui vous a décidé, vous, à entamer des recherches ? demande Callie.

Cathy réfléchit en silence quelques instants.

— C'est Sarah. Ça n'est pas venu tout de suite, mais au fur et à mesure que le temps passait et que je la connaissais mieux, j'ai commencé à me poser des questions. C'était une gamine franche. Et cette histoire était trop noire pour une petite fille de son âge. Les gens n'arrêtaient pas de mourir autour d'elle. Une fois que j'ai commencé à la croire, je n'ai plus cessé de voir des preuves partout. – Elle se penche vers moi. – Mais là où cet assassin manifeste son génie, c'est dans la façon dont il comprend le mécanisme de nos pensées et dans le choix de ses victimes. Il n'en fait jamais trop, alors ça semble naturel. Il nous mène à une conclusion, mais sans trop baliser la piste, afin qu'on ne se doute de rien. Il sait que nous sommes entraînés à reconstituer les événements le plus simplement possible. Et il a choisi Sarah parce qu'elle n'avait pas de famille et donc personne pour demander qu'on y regarde de plus près, personne pour s'en soucier.

— Mais quelqu'un s'en est soucié finalement, dis-je d'une voix tranquille. Vous !

Cathy se tourne de nouveau vers la fenêtre.

— C'est vrai.

— Est-ce pour cette raison qu'il vous a agressée ?

Cathy déglutit.

— En partie seulement. – Elle soupire. Ses mains tremblent et sa respiration s'accélère. – C'est drôle. Ça fait deux ans que je rêve de raconter la vérité et, maintenant que cela m'est possible, je meurs de peur.

Je joue le tout pour le tout et saisis sa main moite et tremblante. Elle ne la retire pas.

— Ne le répétez pas, mais moi, je tombais dans les pommes, à tout bout de champ, après.

— C'est vrai ?

— C'est vrai, lui confirme doucement Callie.

Cathy retire sa main et essaie de se ressaisir.

— Je suis désolée, s'excuse-t-elle. Ça fait quinze jours que je ne prends plus mes comprimés contre l'anxiété. Ils me transformaient en zombie et j'ai décidé qu'il était temps de me reprendre en main. Mais c'est pas toujours évident.

— Vous avez du café ? demande Callie.

Cathy fronce les sourcils.

— Pardon ?

— Du café. De la caféine. Du nectar des dieux. Si nous devons encore entendre une histoire horrible, le café me paraît particulièrement recommandé.

Cathy lui décoche un petit sourire reconnaissant.

— C'est une excellente idée !

Ramenée à un semblant de normalité par le simple fait de partager un café, Cathy semble se calmer. Elle parle tout en serrant sa tasse et s'arrête pour boire une gorgée quand ses souvenirs deviennent trop pénibles.

— J'ai fouillé les dossiers pendant des années, à la recherche d'un détail qui permettrait de rouvrir l'enquête. Il faut comprendre que, même si j'étais considérée comme un bon agent de police, je n'étais qu'une simple flic. Ce sont deux strates sociales tout à fait différentes, les policiers en uniforme et les autres. Les gars de la Criminelle sont régis par les statistiques. Le taux de résolution des affaires, le taux de criminalité par personne, tous ces trucs. Si vous voulez qu'ils ajoutent un cas non résolu à leur pile, en particulier s'il s'agit de le sortir des affaires classées, vous avez intérêt à ce que ça tienne la route et ce n'était pas le cas.

— Les meurtrissures aux poignets ne suffisaient pas ?

— Non, et soyons honnêtes, je ne sais pas si je m'en serais contentée si les rôles avaient été inversés. Le médecin légiste avait bien relevé ces meurtrissures, mais, d'après lui, elles pouvaient aisément s'expliquer. Son mari pouvait l'avoir prise brutalement par les poignets, par exemple. Il ne faut pas oublier qu'elle était censée l'avoir étranglé.

— C'est vrai.

— Quoi qu'il en soit, pendant des années, j'ai passé mon temps libre à chercher sans rien trouver. Parfois, il m'arrivait de douter complètement. Alors je décidais de ne plus croire Sarah, convaincue qu'elle n'était qu'une enfant perturbée, qu'elle avait inventé cette histoire pour expliquer la mort insensée de ses parents. Puis je finissais par revenir à la raison mais – elle hausse les épaules – c'est sûr que j'aurais dû me bouger. Je l'ai toujours su inconsciemment. Mais la vie continuait. Je ne peux pas vraiment l'expliquer. En attendant, je faisais mon boulot et j'obtenais des promotions jusqu'au jour où je suis devenue inspectrice. – Elle sourit à ce souvenir sans même s'en rendre compte. – J'ai passé l'examen haut la main. C'était génial ! Un grand moment. Même mon père aurait été fier de moi.

Je note l'emploi du passé concernant son père mais je n'insiste pas.

— Je voulais la Criminelle… j'ai été nommée aux Mœurs. – Elle hausse les épaules. – Ils avaient besoin d'une fille pour leur servir d'appât. Et vu que je n'étais pas trop moche et en même temps dure à cuire, ils m'ont choisie. J'ai été déçue au début, et puis ça a fini par me plaire. J'étais douée pour ça.

Encore ce sourire inconscient. Son visage s'est animé.

— Je suis toujours restée en contact avec Sarah. Elle devenait de plus en plus dure et distante avec les années. J'étais la seule à m'occuper d'elle. – Elle tourne son regard aveugle vers la fenêtre de la cuisine. – Je pense que c'est pour ça qu'il s'est attaqué à moi. Pas parce que j'étais devenue inspectrice. Ni parce que je fouillais partout. Mais parce qu'il savait que je tenais à elle. Il savait que je lui transmettrais son message.

— Quel message ? demande Callie.

— J'y arrive. Par ailleurs… il devait penser qu'il était temps de m'éloigner d'elle. – Elle tourne la tête vers moi. – Vous savez pourquoi ?

— Vous voulez sans doute parler de son plan global pour Sarah.

— Oui. J'étais la dernière à avoir connu la vraie Sarah. La dernière personne sur laquelle elle pouvait encore compter. Je ne sais pas pourquoi il a laissé nos relations se prolonger aussi longtemps. Peut-être pour qu'elle reprenne espoir.

— Pour mieux le détruire ensuite.

— Ouais.

— Parlez-nous de ce jour-là, insiste Callie d'une voix rassurante.

Par réflexe, sous le coup de l'émotion, Cathy crispe les mains sur la tasse.

— Le plus déconcertant, c'est que c'était un jour comme les autres. Je n'avais eu aucun problème ni au boulot ni sur le plan personnel. La date n'avait pas de signification particulière et le temps était normal pour la saison. La seule chose qui différenciait ce jour-là des autres, c'est qu'il l'avait choisi. – Elle boit une gorgée de café. – Je travaillais tard. Il était minuit passé quand je suis rentrée chez moi. Tout était sombre. Tranquille. J'étais fatiguée. Je suis allée directement prendre une douche. Comme toujours. C'était symbolique pour moi. Quand on fait un sale boulot, on a besoin de se laver à peine rentré chez soi.

— Bien sûr.

— Je me suis donc déshabillée et je me suis douchée. J'ai enfilé un peignoir, attrapé un bouquin, nul mais distrayant, je me suis versé une tasse de café et je me suis assise là, à cette place, précise-t-elle en tapotant le bras de son fauteuil. Un autre siège, mais au même endroit. Je me souviens d'avoir reposé ma tasse sur la table – elle mime le geste, plongée dans ses souvenirs – et sans rien voir venir, je me suis retrouvée brutalement tirée en arrière, une corde autour du cou. C'était si rapide, si violent ! Je me suis débattue, j'ai essayé de mettre mes mains entre la corde et mon cou mais il était trop rapide, trop fort.

— L'attaque surprise, intervient doucement Callie, quand l'attaquant est musclé, c'est presque gagné d'avance. Vous ne pouviez pas y faire grand-chose.

— C'est ce que je me répète. Et j'arrive presque à le croire. – Elle boit une gorgée. C'est sa lèvre qui tremble, cette fois. – Il savait ce qu'il faisait. Il m'a tirée en arrière vers le haut… – elle mime le geste, les mains serrées sur sa gorge – et je me suis évanouie en quelques secondes. – Elle secoue la tête. – Non, instantanément ! À peine croyable ! Il aurait pu me tuer à ce moment-là. Je ne me serais jamais réveillée. Je serais morte. Enfin… je suis revenue à moi, mais par intermittence. Il m'avait ficelée comme dans un western. Quand il serrait, le sang n'alimentait plus mon cerveau et je m'évanouissais. Dès qu'il desserrait, je reprenais mes esprits. À un moment, je me suis aperçue que je n'avais plus de peignoir, que j'étais nue. La fois d'après, j'avais les mains menottées dans le dos, la bouche bâillonnée. J'avais l'impression de me réveiller à chaque fois dans la nouvelle phase d'un cauchemar. Mais ce qui me semblait le plus insupportable, allez savoir pourquoi, c'était qu'il ne parlait pas.

Je sens la tension dans sa voix, l'angoisse qu'elle éprouve à ce souvenir.

— Et tout ce que je demandais, c'était qu'il dise quelque chose, qu'il s'explique, que je comprenne. Mais rien.

Elle serre ses mains tremblantes sur ses genoux, puis se frotte les bras, l'anxiété personnifiée.

— Je ne sais pas combien de temps ça a duré, murmure-t-elle avec un petit sourire désabusé. Trop longtemps en tout cas. – Ses lunettes noires se tournent de nouveau vers moi. – Vous connaissez.

— Je connais.

— Puis quand je suis revenue à moi pour la dernière fois, j'étais sur mon lit, les poignets et les chevilles menottés. J'avais mis un peu de temps à reprendre mes esprits. Je me souviens de m'être demandé s'il m'avait violée, et je me suis dit que je ne pouvais pas le savoir.

— Il vous a violée ?

— Non.

Il ne présente donc toujours pas de pathologie sexuelle avec les femmes.

— Continuez.

— Il s'est mis à parler. Il a dit : « Cathy, je veux que vous sachiez que je n'ai absolument rien contre vous. Vous avez un rôle à jouer, c'est tout. Un service à rendre à Sarah. » – Sa lèvre inférieure tremble. – C'est à ce moment-là que j'ai compris qui il était. Je ne sais pas pourquoi ça ne m'était pas venu plus tôt à l'esprit. « Voilà ce qui va se passer, a-t-il continué. Je vais vous frapper et vous ne pourrez plus jamais exercer votre métier de flic, Cathy Jones. Et vous direz à la police que vous n'avez aucune idée de qui a pu vous faire ça ni pourquoi. Sinon, je réduirai en bouillie le visage de Sarah et je lui arracherai les yeux. »

Cathy poursuit dans un chuchotement :

— Je ne comprenais pas ce qu'il disait, et pourtant, je l'enregistrais. Et je l'ai supplié, supplié comme un bébé. Je… j'en ai même mouillé mon lit.

— Il voulait que vous ayez honte de vous-même. Honte de votre peur, comme si ça voulait dire quelque chose.

— Oui. Je sais. En principe, j'arrive à relativiser. Mais ce n'est pas toujours facile.

— Oui. – Cela semble la calmer un peu. Elle continue. – Alors il a glissé quelque chose dans le tiroir de ma table de nuit. Et il m'a dit : « Dans quelques années, on viendra frapper à votre porte pour vous poser des questions. Vous pourrez leur répondre et vous leur donnerez ce qu'il y a dans ce tiroir en leur disant : *les symboles ne sont que des symboles.* »

Je me bats contre mon impatience. Quoi ? Qu'y a-t-il dans son tiroir ? Et bon sang ! Qu'est-ce que ça peut bien vouloir dire « Les symboles ne sont que des symboles » ?

— Je ne me souviens pas de grand-chose. J'ai des flashs parfois, éblouissants, presque irréels. Comme une peinture où il y a trop de blanc. Je me souviens du bruit de ses coups plus que de la douleur. Des bruits sourds, de profondes vibrations au fond de mon crâne. C'était sans doute quand il m'a tapé sur la tête avec le tuyau. Je me souviens d'avoir senti le goût du sang et de m'être dit que ce qui m'arrivait était grave, mais je n'en suis pas sûre. Il m'a fouetté les pieds si fort que je n'ai plus pu marcher pendant un mois. – Nouveau regard vers la fenêtre. – La dernière chose que je me rappelle avoir vue, c'est son visage. Trop éclairé, trop brillant, avec ce satané bas qui masquait ses traits. Et il me souriait. Ensuite je me suis réveillée dans le lit d'hôpital en me demandant pourquoi je n'arrivais pas à ouvrir les yeux.

Elle se tait. Nous attendons.

— J'ai fini par retrouver mes esprits. Je me suis souvenue et j'ai compris que j'étais aveugle. – Elle s'arrête, perdue dans ses pensées. – Vous savez ce qui m'a convaincue qu'il ne plaisantait pas quand il m'a dit qu'il s'en prendrait à Sarah ? Son flegme. Il n'était ni en colère, ni fou ou hors de lui. Non, normal, même souriant, comme quelqu'un qui vous parle d'un bon livre qu'il vient de lire. – Elle cherche sa tasse à tâtons, la trouve et boit. – Alors j'ai fait ce qu'il me disait : je l'ai bouclée.

— À mon avis, c'était le plus sage. D'après le portrait que nous nous faisons de lui, ce type ne bluffe pas.

Si vous aviez parlé, Sarah l'aurait payé cher et vous aussi.

— J'essaie toujours de m'en convaincre, répond-elle avec un faible sourire. De toutes façons – elle boit une gorgée –, il m'a bien arrangée. Il m'a donné de tels coups sur le crâne qu'il a fallu enlever des éclats d'os des fractures. Toujours avec le tuyau, il m'a cassé les deux bras, les deux jambes et m'a fait sauter presque toutes les dents. Je n'ai plus que des implants. Mais le pire, c'est qu'aujourd'hui encore, je ne peux pas mettre un pied dehors sans être submergée par une panique incontrôlable.

Elle s'arrête, attendant une réponse. Je me souviens de l'après-midi de ma propre attaque et combien j'avais détesté les phrases convenues, toutes faites, que me sortaient les gens parce qu'il n'existait pas de mots adéquats.

— Je ne sais pas quoi dire.

Son sourire, cette fois, est chaleureux et sincère. Il me prend par surprise.

— Merci.

Elle comprend que je comprends.

— Maintenant, Cathy, puis-je voir ce qu'il vous a donné ?

Elle montre le fond de l'appartement.

— La chambre est sur la droite. C'est dans le tiroir du haut.

Callie hoche la tête vers moi et s'y rend.

Elle revient quelques instants plus tard, perplexe. Elle s'assoit et ouvre la main, me révélant ce qu'elle contient.

Un éclat doré… je reconnais un insigne d'inspecteur.

— C'est le mien, explique Cathy.

Je le regarde fixement.

Les symboles ne sont que des symboles.

Je reste comme deux ronds de flan. Je lève vers Callie un sourcil interrogateur. Elle hausse les épaules. Je me tourne vers Cathy.

— Savez-vous pourquoi il donne tant de signification à ce badge ?

— Non, j'aimerais bien, mais je ne vois pas. Et croyez-moi, j'y ai longuement réfléchi.

Ma frustration augmente. Je suis venue ici, espérant des réponses et me voilà avec une énigme de plus.

— Puis-je vous poser une question ? me demande Cathy.

— Bien sûr.

— Vous pensez être capable de l'attraper ?

Je reconnais la voix de la victime : haletante, presque avide, remplie de doute et d'espoir. Je suis incapable de déchiffrer les émotions qui défilent sur son visage. La joie, la colère, le chagrin, l'espoir, la rage, d'autres encore. Un arc-en-ciel de lumière et de ténèbres.

Je la dévisage, notant les cicatrices au ras des cheveux, mon propre visage reflété par les verres de ses lunettes. Je vois, sous la laideur qu'il a engendrée, la beauté qu'il n'a pas pu détruire. Une vague terrible d'émotions me submerge, faite de souffrance, de rage et d'un désir insupportable d'exterminer le mal.

Callie répond à ma place.

— C'est la meilleure des enquêtrices, ma chérie. La meilleure !

Cathy nous fixe et je sens qu'elle me voit, tout aveugle qu'elle est.

Elle hoche la tête.

— D'accord. D'accord.

— Cathy, voulez-vous être protégée ?

Elle fronce les sourcils.

— Pourquoi ?

— Nous sommes à la poursuite de ce type. Tôt ou tard, il s'en apercevra. Peut-être même l'a-t-il souhaité. Cela peut le réveiller.

— Vous craignez qu'il s'en prenne encore à moi ?

— C'est possible. Je sais qu'il vous a promis de vous laisser tranquille si vous faisiez ce qu'il disait, mais il ne faut vraiment pas lui faire confiance.

— Non, ce n'est pas la peine. Je dors avec mon arme sous mon oreiller. J'ai un système d'alarme dément. Et, ajoute-t-elle avec un petit sourire triste, j'espère presque qu'il me rendra visite. Je serai ravie de lui faire sauter la cervelle.

— Vous êtes sûre ?

— Archisûre.

Je croise le regard de Callie et un message muet passe entre nous. *Nous mettrons une voiture de patrouille devant chez elle, qu'elle le veuille ou non.*

Elle prend une nouvelle gorgée de café. Il ne doit plus être très chaud.

— Pouvez-vous me rendre un service ?

— Tout ce que vous voudrez, réponds-je avec sincérité.

— Quand tout sera terminé, dites-le-moi.

Je me penche pour lui saisir la main.

— Quand tout sera terminé, j'enverrai Sarah vous le dire.

Un silence, puis elle me presse la main.

— J'y compte bien.

34.

Je regarde par la fenêtre du passager. J'ai demandé à Callie de conduire afin de pouvoir réfléchir. Nous avons parlé de notre visite chez Cathy, en essayant de percer le mystère de l'insigne et de l'énigme stupide qui s'y rattache. Sans résultat.

Je me sens à la fois euphorique, abattue, et complètement larguée, un curieux cocktail d'enthousiasme et d'irréalité. Je suis euphorique parce que ça bouge. Nous sommes sur une piste et nous avons relevé de nouveaux indices. Et je suis abattue par les questions sans réponses qui continuent à s'amonceler.

Le caractère irréel de la situation m'a frappée en allant à la voiture. Hier soir, en lisant le journal de Sarah, j'ai rencontré Cathy Jones pour la première fois. C'était une jeune policière, en bonne santé, passionnée, pas parfaite mais pas mauvaise non plus. Humaine. En faisant sa connaissance aujourd'hui, chez elle, en voyant ce qu'elle est devenue… j'ai eu comme l'impression de découvrir le dénouement d'une histoire sans l'avoir lue. Comme si je voyageais dans une machine à remonter le temps.

Je suis subitement tirée de ma rêverie par la sonnerie de mon téléphone. Je regarde le numéro qui s'affiche. C'est Alan.

— Quoi de neuf ?

— Un truc qui t'intéressera. Et qui sera peut-être bon pour nous.

Je me redresse.

— Quoi ?

— Eh bien, je suis devant la maison des Langstrom. Et tu sais quoi ? C'est toujours la maison des Langstrom.

Je secoue la tête.

— Je ne te suis pas.

— Je suis allé retrouver Barry pour passer l'affaire en revue avec lui et ça m'a d'ailleurs donné quelques idées, je t'en parlerai plus tard. Bref, comme j'avais du mal à situer la scène, j'ai décidé d'aller voir à quoi ressemblait l'endroit, même dix ans après.

— Bien sûr.

— Et grâce à une copine de Barry, qui bosse aux renseignements téléphoniques, nous avons découvert que la maison appartenait, tiens-toi bien, à la donation Sarah Langstrom.

— Quoi ?

J'ai poussé un tel cri que Callie me dévisage.

— Ouais, moi aussi, ça m'a surpris. Ensuite je me suis dit que les parents étaient peut-être plus riches qu'on le croyait et que, peut-être, tout finirait bien pour Sarah si elle héritait d'un paquet de fric. En fait, ils n'étaient pas si riches que ça.

— Et alors ?

— Alors il s'avère que la donation a été constituée *après* la mort des Langstrom par un donateur anonyme, soi-disant grand admirateur de l'œuvre de feu Mme Langstrom.

— Ouaouh !

— Ouais. La société n'a pas pignon sur rue. C'est un avocat du nom de Gibbs qui l'administre. Pour le moment, il refuse de nous communiquer le nom du donateur. Mais je ne crois pas qu'on ait affaire à un con, en fait, il ne fait que suivre les règles du barreau.

— Il n'y aura qu'à lui envoyer une assignation, lancé-je tout excitée. Un fan de peinture ! Bon sang, on s'en sortira pas de ces artistes !

— Je me suis fait la même réflexion. De toute façon, Gibbs n'est pas fou, il dit que du moment que nous obtenons la permission de Sarah par écrit et sa confirmation par téléphone, il nous laissera entrer dans la maison. Nous sommes donc allés la voir à l'hôpital.

— Comment va-t-elle ? Comment a-t-elle réagi à cette nouvelle ?

Le silence gêné qui suit me fait hausser les épaules.

— Ça l'a sacrément secouée. Elle voulait aller voir la maison tout de suite. J'ai dû lui promettre qu'on la conduirait là-bas.

Je soupire.

— Bien sûr qu'on l'emmènera.

— Parfait. Donc nous avons obtenu son accord, elle a appelé Gibbs et l'avocat nous a conduits ici. Tu devineras jamais ? Il marque une pause. Personne n'est entré dans la maison depuis l'identification criminelle, il y a dix ans.

— Tu plaisantes ?

J'exprime une telle stupeur que Callie se tourne de nouveau vers moi.

— Non. Et tout est resté en l'état à part quelques objets qui manquent dans la chambre de Sarah. Peut-être que le meurtrier est revenu chercher des souvenirs.

— Donne-moi l'adresse.

Je la note et raccroche, tout excitée.

— Raconte ou je commence à chanter ! s'écrie Callie.

La menace n'est pas à prendre à la légère. Callie chante comme une casserole.

J'ai toujours pensé que la population de Malibu se composait de riches et de veinards. Les riches sont ceux qui peuvent encore se payer une maison dans cette agréable et attirante station balnéaire, les veinards, ceux qui ont acheté avant que les prix n'atteignent des sommets vertigineux, inaccessibles au commun des mortels.

— Magnifique ! s'exclame Callie alors que nous descendons la Pacific Coast Highway.

C'est le début de l'après-midi et le soleil se décide enfin à faire une apparition. Sur notre gauche, l'océan, immense, bleu, immuable. Sur la droite, les collines sillonnées de routes sinueuses, d'un vert intense après la pluie.

Nous trouvons notre sortie et, au bout de dix minutes et de quelques errements, nous nous arrêtons à l'adresse indiquée. Alan et Barry nous attendent dehors. Alan écoute Barry qui parle tout en fumant, appuyé contre sa voiture. Dès qu'ils nous aperçoivent, ils viennent à notre rencontre.

— Pas mal ! dis-je en montrant la maison.

— Il y a quatre chambres, répond Barry en consultant son bloc-notes, son Ned à lui. Plus de trois cents mètres carrés, trois salles de bains. Achetée trois cent mille dollars il y a vingt ans, elle en vaut bien un million et demi maintenant. Notre mystérieux bienfaiteur a dû le sentir passer.

Une grande clôture blanche entoure le jardin avec son incontournable arbre d'escalade. Un chemin en dalles de pierre mène à la porte d'entrée d'une maison cossue peinte en blanc cassé et en beige.

— Ça m'a l'air bien entretenu ! dis-je à Alan.

— Ouais. Les jardiniers viennent une fois par semaine, tout est débroussaillé avant la saison des incendies et la maison est repeinte tous les deux ans.

— Tous les deux ans ! s'exclame Barry. Moi qui ne le fais que tous les cinq ans !

— L'air salin, explique Alan.

— Où est l'avocat ?

— Il a reçu un appel d'un client et il a dû repartir.

— Nous avons la clé ?

— Oui ! répond Alan avec un large sourire, en ouvrant son énorme main qui serre un trousseau de deux clés.

— Allons-y.

Dès que j'entre dans la maison, j'éprouve de nouveau cette sensation de déconnexion comme si j'étais encore emportée par la machine à remonter le temps.

C'est sans doute parce que le récit de Sarah est trop saisissant. Elle a recueilli toutes ses impressions les plus vives pour donner vie à son histoire… pour nous attirer jusqu'au point d'eau. Du coup, je m'attends presque à voir Buster et Doreen venir nous faire la fête.

Et je ressens une bouffée de tristesse quand seul le silence nous accueille.

La maison n'est pas éclairée. Le soleil couchant qui filtre à travers les volets intérieurs ne fournit qu'une lumière crépusculaire. Dès le seuil de la porte d'entrée, je pose les pieds sur un superbe parquet en cerisier recouvert d'une patine de poussière. Le parquet se poursuit dans la cuisine, sur la droite. Je distingue des comptoirs en granit, des placards joliment assortis et de l'inox poussiéreux. La partie gauche est dominée par une grande pièce ouverte, pas vraiment une salle de séjour, mais un endroit pour recevoir. Dix personnes peuvent y évoluer très confortablement, et vingt encore aisément.

Derrière cette pièce, un autre espace ouvert, bordé sur la droite par la cuisine, qui conduit à la salle à manger proprement dite où commence la moquette. Une moquette d'un ton osé, marron foncé. Je m'avance et esquisse un sourire triste. Ce brun est assorti au reste de la salle de séjour visiblement décorée par une artiste douée d'un sens inné des couleurs.

Le couloir, sur la gauche de la salle de séjour, mène au reste de la maison. Sur la droite, derrière un immense canapé visiblement très confortable, une série de fenêtres coulissantes, aux vitres très épaisses, donne sur le jardin.

La maison est silencieuse, c'en est presque oppressant.

— On se croirait dans une tombe, marmonne Barry, faisant écho à mes pensées.

— C'en est une. – Je me tourne vers Alan. – Vas-y, je t'écoute.

Il ouvre le dossier, que je trouve très mince, et le consulte.

— Pas de trace d'effraction. Le meurtrier devait donc avoir une copie des clés, à mon avis. Les policiers Santos et Jones sont passés par les portes coulissantes qui donnent sur le jardin, à l'arrière. Ils ont trouvé les corps de M. et Mme Langstrom juste là.

Nous nous approchons pour inspecter l'endroit.

— Tu ne plaisantais pas quand tu disais que personne n'était entré ici depuis le passage du CSU, murmuré-je.

Je remarque un endroit où la moquette a été découpée par l'équipe médico-légale afin d'analyser le sang qui s'y trouvait. On voit encore des taches sombres alentour, y compris sur le canapé et les murs. Les balles dans la tête causent de violentes projections.

— M. Langstrom a été menotté nu, comme sa femme. Position du corps : allongé sur le ventre. Mme Langstrom : sur le dos avec la tête posée là où il manque un morceau de moquette.

Je baisse les yeux et imagine le tableau.

— D'après les notes prises *in situ* par l'équipe médico-légale, les yeux de M. Langstrom témoignaient d'une hémorragie pétéchiale et les meurtrissures sur le cou pouvaient correspondre à une strangulation. L'autopsie l'a confirmé.

— Mme Langstrom a-t-elle été autopsiée ? (On n'autopsie pas toujours les suicidés.)

— Oui.

— Continue.

— La lividité a confirmé qu'ils n'ont pas été déplacés *post mortem*. Ils sont morts là où on les a découverts. La température du foie situe leur mort aux alentours de cinq heures du matin.

— C'est la première chose que je trouve bizarre, intervient Barry.

Je le regarde.

— Pourquoi ?

— Les flics n'ont été appelés que bien plus tard. Quel type d'arme a-t-elle utilisé ?

Alan n'a pas besoin de consulter le dossier. Il a déjà considéré la question.

— Un 9 mm.

— Bruyant ! opine Barry. Elle a tué le chien et elle s'est tuée. Pourquoi personne n'a rien entendu ?

— Cathy Jones a posé la même question, répond Callie.

— Du travail bâclé ! soupire Alan, dégoûté.

Il parle de l'enquête. Alan a passé dix ans à la Criminelle de Los Angeles avant de venir au FBI, et il était réputé pour sa manie du détail et son refus de faire la moindre impasse. Il aurait pensé au bruit des détonations si c'était lui qui avait mené l'enquête, il y a dix ans.

Continue.

— Sarah a été retrouvée dehors, dans un état quasi catatonique. Aucune allusion dans le dossier au sujet de sa brûlure à la main, alors que lorsque nous sommes allés la voir à l'hôpital, j'ai vérifié : elle a bien une petite cicatrice ici, soupire Alan en me jetant un regard éloquent. Encore un loupé ! Ils n'ont rien approfondi. Ils se sont contentés de ce qu'on leur a servi sur un plateau.

Il secoue la tête de plus en plus dégoûté.

— Tant mieux pour nous. S'ils n'ont pas cherché, peut-être dénicherons-nous des indices qui nous permettront de retrouver le meurtrier.

— Et le revolver ? demande Callie, rêveuse.

Alan la regarde sans comprendre.

— Quoi, le revolver ?

— Ils l'ont examiné ? Est-ce que les Langstrom en possédaient un, d'abord ?

Alan feuillette le dossier et hoche la tête.

— Arme non enregistrée. Numéro de série limé. Ils en ont déduit qu'elle avait été achetée au marché noir. Ben voyons ! ricane-t-il, comme si Linda Langstrom savait où dégoter une arme volée ! Et pourquoi prendre cette peine ? Si elle avait décidé de se suicider, qu'est-ce que ça pouvait lui faire qu'on retrouve la provenance de l'arme ?

Je me tourne vers Barry.

— Le revolver pourrait-il encore être aux archives ?

— Je suppose que oui. Ça demande tellement de paperasse avant de pouvoir détruire une preuve ! Ça prend déjà une heure rien que pour remplir le formulaire et, d'après ce que j'ai vu, le gars qui a mené l'enquête n'est pas du genre bourreau de travail.

— Alors il faut la sortir, Alan. Et la faire examiner par les gars de la balistique.

— Oui, elle est peut-être fichée.

J'embraie aussitôt :

— Quoi d'autre ?

Il tourne une page.

— Les empreintes de Linda Langstrom ont été retrouvées sur le cou de son mari. Ce qui semble confirmer qu'elle est la meurtrière. Il y a aussi sa lettre et les antidépresseurs.

— Qu'est-ce qu'ils en disent ?

— *Nada*. Juste qu'ils les ont trouvés. Rien de plus.

— Pas d'autres preuves matérielles ?

Il secoue la tête.

— Le CSU a passé la pièce en revue d'une manière tout à fait superficielle. Ils n'ont pas touché au reste de la maison.

— Normal ! remarque Callie. Ils cherchaient juste à confirmer ce qu'ils savaient.

— Ou ce qu'ils croyaient savoir, la corrige Alan.

— Où le chien a-t-il été tué ?

Alan consulte de nouveau le dossier.

— Près de la porte. – Il fronce les sourcils. – Regarde ça ! – Il me tend une photo. Je l'examine en faisant la grimace et je plisse les yeux.– Intéressant, hein ?

— Tu peux le dire !

Le cliché montre le cadavre de Buster décapité et couché sur le flanc, le corps tourné vers la porte, une scie à métaux ensanglantée abandonnée à côté de lui.

— Si c'est Linda Langstrom qui a tué le chien, pourquoi se trouve-t-il dans l'entrée, face à la sortie, comme s'il était allé accueillir quelqu'un qui arrivait ?

Ce n'est pas tout, enchaîne Alan. Concernant le sang trouvé dans la chambre de Sarah, les analyses ont prouvé que ce n'était pas du sang humain, ce qui corrobore la version de Sarah selon laquelle la tête du chien aurait été jetée sur son lit. Là, on nage en plein délire. On a déjà du mal à imaginer Linda Langstrom coupant la tête du chien, mais je la vois encore moins la lancer sur le lit de sa fille ! C'est tout simplement impossible, bordel ! – Je sens la colère monter en lui. Je ne l'interromps pas. – Il ne faut pas croire que le meurtrier était si malin que ça ! Non, les flics qui se sont occupés de cette affaire n'étaient que des glandouilleurs, des cossards ! Ils s'en foutaient. Déjà l'origine du flingue, ça m'aurait mis la puce à l'oreille, mais le chien, je n'aurais jamais laissé passer ça. Il m'aurait suffi d'entendre l'histoire de Sarah et de voir sa brûlure à la main, pour que je retourne la maison de fond en comble, merde !

Il bout encore quelques secondes, puis gonfle ses joues et pousse un long soupir.

— Excusez-moi. Ça me fout hors de moi. Surtout quand on pense que rien de ce qui a suivi ne serait arrivé !

— Peut-être. Ou tu aurais mis la maison sens dessus dessous sans rien trouver et tu aurais conclu à un suicide. – Je me tais alors qu'une idée m'assaille. – Tu sais ce qui est le plus terrible ? C'est que ça n'aurait rien changé ! Sarah n'avait pas de famille. Le résultat aurait été le même pour elle, même si on l'avait crue.

— Oui, de toutes façons, elle aurait été placée en foyer avec toutes les catastrophes que cela a entraînées.

— Exactement. Mais à présent que nous détenons de nouvelles informations, il est temps de redresser la situation. – Je me tourne vers Callie. – Je veux que tu passes cette maison au crible avec Gene. Voyons si nous découvrons quelque chose en cherchant vraiment.

— Avec plaisir.

— En fait, tu peux t'y attaquer tout de suite. Je te laisse la voiture, je rentrerai avec Alan.

Elle répond d'un simple hochement de tête. Je la sens hésiter et vois sa main faire un mouvement vers la poche de sa veste.

Elle souffre. Ça la lance brusquement. Sans prévenir.

Nos regards se croisent et elle m'envoie un message limpide : *Laisse tomber, c'est moi que ça regarde !*

— Qu'est-ce que je peux faire pour vous ? me demande Barry. C'est pas que je manque de travail…

— Je te suis très reconnaissante d'être venu si vite, Barry. Franchement.

Il hausse les épaules en esquissant un petit sourire.

— Tu n'as jamais crié au loup pour rien, Smoky, donc j'accours à chaque fois. Bon, alors, qu'est-ce que je peux faire ?

— Il me faudrait les preuves, Barry. Toutes les preuves. Surtout le revolver.

— D'accord. Tu auras tout ça demain.

— Et une dernière chose qui risque de ne pas te plaire.

— Quoi ?

— Je voudrais mener une petite enquête discrète sur les inspecteurs qui ont suivi l'affaire.

Un long silence pendant qu'il réfléchit à ce que je lui demande et aux raisons qui m'y poussent.

— Tu penses que l'un d'eux pourrait être le meurtrier ?

— Tout a été bâclé. D'accord, j'ai vu pire… et je comprends comment ils en sont arrivés à leurs conclusions, mais je ne pige pas pourquoi il n'y a jamais eu d'interrogatoire de Sarah. J'ai vu les notes de Cathy Jones, qui était une bleue à l'époque, mais aucun interrogatoire par les inspecteurs chargés de l'affaire. Je veux savoir pourquoi. Mais si c'est moi qui commence à fouiller, ça risque de les mettre sur la défensive.

Barry secoue la tête en soupirant.

— Merde ! D'accord, je m'en occupe.

— Merci.

Je contemple la pièce. J'opine, satisfaite pour l'instant.

— Allons-y, dis-je à Alan.

— Où ça ?

— Voir Gibbs. Je veux faire la connaissance de cet avocat.

— Et comment sait-on qu'un avocat est en train de mentir, ma chérie ? Parce que ses lèvres bougent ! plaisante Callie du seuil de la maison.

— Et toi, qu'est-ce que tu fais quand tes lèvres bougent, la rouquine ? rétorque Barry alors que nous nous dirigeons vers la porte.

Elle sourit.

— J'illumine le monde, bien sûr.

C'est du Callie tout craché. Elle ne changera jamais, et qu'elle se shoote ou pas, elle sera toujours ma délicieuse amie, mon ineffable croqueuse de beignets !

Nous montons dans nos véhicules respectifs et partons dans des directions différentes.

Je me tourne vers Alan.

— Combien de temps nous faut-il pour aller là-bas ?

— Une quarantaine de minutes.

— Je vais en profiter pour lire.

Je sors le journal de Sarah de mon sac et songe alors : *Elle est lui et il est elle*.

Sarah est un microcosme. L'Étranger nous la montre en contrepoint de sa propre vie. Comprendre ce qu'elle a traversé représente pour moi le meilleur moyen d'imaginer ce qu'il a vécu.

Je me renfonce dans mon siège. Les nuages se remettent à pleurer.

Histoire de Sarah

Troisième partie

35.

Soyons honnête. Je dois avouer que coucher par écrit ces événements sous forme de récit ne vise pas uniquement à prouver que je suis un bon écrivain. Cela me permet surtout de prendre du recul par rapport aux faits : quand j'écris à la troisième personne, c'est comme si tout cela était arrivé à quelqu'un d'autre, à un personnage fictif. N'est-ce pas génial, le déni ?

Si les métaphores ne vous font pas peur, nous pouvons établir des similitudes avec un conte de fées carrément foireux. Me voilà Gretel sans son Hansel, face à une sorcière un peu trop maligne qui a réussi à me coller dans son four et me fait rôtir à petit feu. Ou je suis le petit Chaperon Rouge, mais quand le loup m'attrape, au lieu de m'avaler tout rond, il me mastique longuement.

Alors, où en étions-nous ? Ah oui, au foyer.

Le foyer était une arène et nous étions ses gladiateurs.

C'est au foyer que j'ai appris à me battre et que j'ai compris la différence entre une semonce et une attaque. J'ai appris qu'il ne fallait pas avoir peur de faire mal et qu'il n'y avait pas que la taille qui comptait.

J'ai appris à être violente, d'une façon que je n'aurais jamais imaginée avant. Cela faisait-il partie de son plan ?

Je me le suis demandé. Je me le demande encore. Peu importe, ce n'est pas vraiment de moi dont il s'agit, n'est-ce pas ?

— Je t'ai dit de me donner cet oreiller !

Sarah crispa les mâchoires et se força à soutenir le regard de Kirsten.

— Non.

La grande écarquilla les yeux d'étonnement.

— Qu'est-ce que t'as dit ?

Sarah tremblait intérieurement.

Tiens-lui tête. Fini de jouer les poules mouillées, souviens-toi.

Plus facile à dire qu'à faire. Non seulement Kirsten avait trois ans de plus qu'elle, mais c'était une géante. Avec des épaules encore plus larges que les filles de son âge, de grandes mains et une force impressionnante. Elle aimait la violence. Elle en raffolait même.

C'est pas grave ! Tu as huit ans maintenant. Tiens-lui tête.

— J'ai dit non, Kirsten. Laisse-moi tranquille !

Un rictus horrible retroussa les lèvres de la grande.

— C'est ce qu'on va voir !

Sarah vivait au foyer Burbank depuis deux ans. C'était un univers digne de *Sa Majesté des mouches*, où la force faisait la loi, et où la surveillance des adultes se limitait à corriger sans jamais faire de prévention.

Une atmosphère idéale pour alimenter la colère et la cruauté des enfants comme Kirsten.

Sarah n'y avait pas d'amies. Ayant choisi de raser les murs, tout en gardant l'œil aux aguets, elle avait laissé Kirsten lui voler ses desserts, la dépouiller de ses affaires, supportant ses brimades sans rien dire. Mais quand elle avait découvert ce qui se passait dans les dortoirs des grandes, elle avait totalement changé de point de vue. Ici, elle devait donner son oreiller. Là-bas, ce serait son corps qu'il lui faudrait livrer.

Cette découverte avait réveillé sa colère et sa combativité.

Après avoir longuement observé Kirsten, elle avait remarqué que cette brute ne comptait que sur sa force. Il n'y avait aucune finesse dans ses attaques. Et lorsque Kirsten se jeta sur elle, le bras en l'air, prête à la frapper, Sarah fit ce que tout être préparé à se battre aurait fait : elle esquiva le coup.

La main de Kirsten lui passa au-dessus de la tête. Une surprise totale se peignit sur son visage.

Vas-y ! Profite de ce qu'elle est déséquilibrée !

Sarah se redressa et écrasa son poing sur le nez de Kirsten de toutes ses forces et de tout son poids. Elle vacilla sous le choc et la douleur.

Mais Kirsten avait mal, elle aussi. Le sang coulait de ses deux narines : la brute tituba et tomba sur le derrière.

Maintenant, achève la ! Ne la laisse pas se relever !

Sarah avait vu la façon dont Kirsten avait réduit en bouillie deux filles qui avaient osé s'opposer au régime de terreur qu'elle avait instauré et elle savait donc qu'elle devait à tout prix lui infliger une défaite décisive.

Kirsten se relevait déjà. Sarah lui décocha un coup de pied dans la figure qui la percuta en pleine bouche et fit exploser sa lèvre inférieure. Les yeux exorbités, Kirsten poussa un hurlement de douleur. Il y avait du sang partout.

Une joie sombre et sauvage envahissait Sarah. Là, elle n'attendait plus dans l'angoisse d'encaisser des coups. Ou de se réveiller d'un cauchemar pour basculer dans un autre. C'était elle qui imposait sa loi.

Elle donna un nouveau coup de pied qui, cette fois, atteignit Kirsten en plein nez. Sa tête bascula en arrière. Elle pissait le sang de partout. Elle dévisagea Sarah, terrorisée.

Les narines de Sarah palpitèrent à cette vue.

Encore. Ne t'arrête pas.

Elle sauta sur Kirsten, la renversa en arrière et se mit à la marteler de coups de poing jusqu'à en avoir mal aux mains. Puis elle se releva d'un bond et continua à s'acharner sur elle à coups de pied dans le ventre, les bras, la poitrine tandis que Kirsten se roulait en boule pour essayer de se protéger le visage.

Sarah ne se sentait pas du tout hors d'elle. Au contraire. Elle se sentait détachée. Joyeuse mais détachée. Comme si elle dégustait en rêve un gâteau délicieux.

Elle s'arrêta quand Kirsten se mit à pleurer.

Elle resta debout au-dessus d'elle, un moment, à reprendre sa respiration. Kirsten sanglotait, la tête enfouie entre ses bras. Sarah entr'aperçut des lèvres sanguinolentes, un nez écrasé et un œil tuméfié à demi fermé.

Tu vivras.

Elle s'agenouilla et se pencha vers l'oreille de Kirsten.

— Si tu essaies encore une seule fois de m'embêter, je te tue. Tu as compris ?

— O-o-oui !

Quelque chose explosa en elle et sa rage s'envola. D'un coup. Il lui revint alors en mémoire une réflexion de sa mère : « Si tu arrives à te faire un ami d'un ennemi, ta vie n'en sera que meilleure, ma chérie. »

À l'époque, elle n'avait pas saisi sa signification. Mais maintenant, elle croyait comprendre.

Elle tendit la main à Kirsten.

— Viens, je vais t'aider à te nettoyer.

Kirsten la regarda par en dessous, toujours terrifiée, en jetant un œil méfiant vers sa main.

— Et pourquoi tu m'aiderais ?

— Je n'ai pas envie de te commander, Kirsten. Je veux juste que tu me fiches la paix. Allez, viens.

Après quelques secondes d'incrédulité, Kirsten s'assit en fixant Sarah d'un œil à la fois inquiet et intrigué. Puis elle lui tendit une main tremblante. Un tressaillement de douleur la parcourut alors qu'elle se relevait.

Elle avait le visage en bouillie.

— Je crois que je t'ai cassé le nez.

— Ouais.

Sarah haussa les épaules.

— Désolée. Tu veux que je t'aide à te nettoyer dans la salle de bains ?

Kirsten l'avait dévisagée un instant.

— Non. J'y arriverai toute seule. Et ensuite j'irai voir l'infirmière. – Kirsten voulut sourire mais se contenta de soupirer. – Je lui dirai que je suis tombée dans l'escalier.

Sarah la suivit des yeux tandis qu'elle s'éloignait en clopinant. Puis elle s'assit sur son lit et enfouit son visage entre ses mains. L'adrénaline était retombée. Elle frissonna, au bord de la nausée.

Elle s'allongea et regarda le dessous du lit au-dessus de sa tête.

Peut-être que ça irait mieux désormais.

Ça faisait deux ans. Deux ans que ses parents étaient morts, que Thérésa avait tué Dennis et qu'on l'avait amenée dans cet horrible endroit. L'Étranger venait encore hanter ses rêves mais de moins en moins souvent.

Elle n'avait que huit ans mais ce n'était plus une innocente. Elle savait tout de la mort, du sang et de la violence. Elle avait compris que les forts avaient plus de chances de survivre que les faibles. Et le sexe n'avait plus de secrets pour elle, bien qu'elle ne l'eût (heureusement) pas expérimenté personnellement.

Elle avait également appris à cacher ses sentiments. Elle possédait trois objets, trois talismans, dont elle cachait soigneusement l'importance aux autres filles. Il y avait Câlinou, une photo de sa famille, où on la voyait en compagnie de ses parents, de Buster et de Doreen, et la photo de la mère de Thérésa, qu'elle avait récupérée dans sa cachette, sous son matelas, avec la ferme intention de la lui restituer un jour.

Elle pensait beaucoup à elle, par moments. Elle savait qu'elle la considérerait toujours comme sa sœur, qu'elle se souviendrait à jamais de cette soirée où elles avaient joué au jeu des sept familles en riant aux éclats. Elle n'oublierait jamais pourquoi Thérésa avait fait ce qu'elle avait fait. Sarah comprenait tout désormais.

Elle plongea sa main dans sa poche arrière et en sortit la photo de sa jolie maman. Elle passa les doigts dessus et sourit devant ses yeux rieurs et ses cheveux châtains. Elle savait par Cathy Jones que Thérésa se trouvait dans un centre de détention pour mineurs et qu'elle en sortirait à dix-huit ans. Encore trois ans à tenir et elle serait libre.

Elle rangea la photo et croisa les mains sous sa tête.

Elle avait essayé d'écrire à Thérésa, une fois. Juste une petite lettre idiote, insipide. Elle avait reçu deux phrases en réponse.

Ne m'écris plus tant que je suis là. Je t'aime.

Sarah avait compris. Il lui arrivait de rêver que Thérésa avait dix-huit ans et venait l'adopter. C'était idiot, elle le savait. Mais elle ne pouvait pas s'en empêcher.

Cathy venait la voir tous les trois ou quatre mois. Sarah appréciait ses visites, quoique curieuse d'en connaître les raisons. Cathy était très dure à cerner.

Quoi qu'il en soit, elle ne devait surtout pas perdre sa carte.

Sarah commençait à penser comme une survivante. À classer les choses en actif et en passif. Les actifs étaient importants. Cathy en faisait partie. Grâce à elle, elle avait pu avoir des nouvelles de Thérésa et savoir que Doreen avait été adoptée par John et Jamie Overman.

En dehors de Cathy, Karen Watson représentait son seul contact avec le monde extérieur. Sarah fit la grimace. À présent, elle comprenait ce que Thérésa voulait dire quand elle avait affirmé que cette femme était le diable en personne. Non seulement Karen Watson s'occupait très mal des enfants qui lui étaient confiés, mais elle les méprisait. Elle faisait partie des rares personnes que Sarah haïssait.

Un coup frappé à sa porte la sortit brutalement de sa rêverie. Elle s'assit. Janet apparut.

— Sarah ? Karen voudrait te voir.

— D'accord.

La femme maigre lui sourit et repartit. Sarah fronça les sourcils.

Que pouvait lui vouloir cette sorcière ?

Karen était assise à une table de la salle commune. Sarah prit place face à elle. Karen étudia la fillette.

— Comment ça va, princesse ?

— Bien.

Elle lui aurait volontiers répondu « Qu'est-ce que ça peut bien te faire ? » mais elle savait que les forts l'emportaient toujours sur les faibles, et dans le cas présent, c'était Karen la plus forte.

— Alors, tu as compris la leçon, cette fois ? Sur la vie en foyer ?

La première fois que Karen lui avait posé cette question remontait à un an. Sarah venait juste de passer un anniversaire sans gâteau. Elle était à la fois triste et furieuse. Elle avait hurlé au visage de Karen avant de s'enfuir. Elle avait eu une année pour y réfléchir et, cette fois, elle était prête. Sarah voulait partir d'ici et cela ne dépendait que du bon vouloir de Karen Watson.

— Oui, je crois que j'ai compris, madame.

Karen sourit devant cette capitulation.

— Eh bien, je suis ravie de l'entendre, Sarah, car j'ai une famille pour toi. Ce ne sont pas des gens riches, mais tu seras la seule enfant là-bas.

— Je serais très contente d'y aller, madame, répondit-elle imperturbable.

— C'est bien, je crois que tu as compris la leçon. Fais tes bagages ce soir. Je passerai te prendre demain.

Sarah la regarda partir en souriant intérieurement.

Va te faire foutre, vieille sorcière !

Sarah était de nouveau allongée sur son lit, les yeux fixés sur le matelas au-dessus d'elle, lorsque Kirsten revint de l'infirmerie, les deux yeux au beurre noir, le nez plâtré et les lèvres recousues. Elle boitait et faisait la grimace à chaque inspiration. Elle alla droit vers son lit, hors de la vue de Sarah qui entendit seulement le sommier gémir tandis qu'elle s'asseyait. Puis ce fut le silence. Elles étaient seules.

— Tu m'as pété les côtes avec tes coups de pied, Langstrom, lança Kirsten d'une voix qui ne semblait pas fâchée.

— Désolée, répondit Sarah, d'un ton qui ne laissait transparaître aucun remords.

— T'as fait ce que tu devais faire.

Un autre long silence suivit.

— Pourquoi t'as fait tes bagages ?

— Je pars demain dans une famille d'accueil.

Nouveau silence.

— Ben… bonne chance, Langstrom. Sans rancune.

— Merci.

Sarah s'aperçut avec stupeur qu'elle avait les larmes aux yeux. Cette phrase gentille l'avait émue sans qu'elle comprenne pourquoi. Mais elle savait à qui elle en était redevable.

— Merci, Maman, murmura-t-elle en s'essuyant les yeux.

Actif et passif. Les larmes, c'était du passif.

36.

— Bonjour, madame Watson. Bienvenue, Sarah. Entrez, je vous en prie.

Désirée Smith plut à Sarah dès le premier regard. Une trentaine d'années, petite, blonde décolorée, elle semblait posséder un heureux naturel : des yeux rieurs, des lèvres souriantes, un véritable livre ouvert. De constitution solide sans être épaisse, jolie sans être belle, à la fois chaleureuse et franche, Désirée affichait une conception simple de l'existence.

Sarah examina la maison autour d'elle : propre, sans prétention, un peu encombrée mais sympathique.

Désirée les conduisit à la salle de séjour.

— Je vous en prie, asseyez-vous, dit-elle en indiquant le canapé. Puis-je vous offrir quelque chose ? De l'eau ? Un café ?

— Non, merci, Désirée, refusa poliment Mme Watson.

Sarah secoua la tête. Elle avait intérêt à faire comme la sorcière, elle le savait.

— J'ai tout préparé comme vous me l'avez demandé, madame Watson. Sarah a sa propre chambre, avec un lit tout neuf. J'ai rempli le frigo de produits de base. J'ai accroché la liste des numéros d'urgence près du téléphone… oh ! Et j'ai les papiers nécessaires pour l'inscrire en classe.

Mme Watson l'approuva d'un sourire.

Vas-y, fais semblant de t'intéresser ! songea Sarah. *Et fous le camp vite fait !*

— Bien, Désirée, c'est très bien !

Mme Watson plongea la main dans son vieux cabas en cuir et sortit un dossier qu'elle lui tendit.

— Vous y trouverez son carnet de vaccination ainsi que ses relevés de notes. Vous devez l'inscrire immédiatement.

— J'irai dès lundi, à la première heure.

— Parfait. Mais où est Ned, à propos ?

Désirée s'empourpra, très embarrassée.

— C'est que… il a été appelé à l'improviste pour un transport urgent. Nous n'avons pas pu refuser. Ça représentait beaucoup d'argent. Lui qui tenait tellement à être là ! J'espère que ça ne pose pas de problème, dites-moi ?

Mme Watson secoua la tête en agitant la main.

— Non, puisque je l'ai déjà rencontré et que l'entretien préalable s'est bien passé.

— Tant mieux ! soupira Désirée, visiblement soulagée. – Elle se tourna vers Sarah. – Mon mari est chauffeur routier. Il était vraiment désolé de ne pas être là pour t'accueillir, mais il reviendra mercredi prochain.

— Ce n'est pas grave, la rassura Sarah avec un sourire.

T'inquiète pas. La sorcière n'a qu'une idée, se débarrasser de moi le plus vite possible.

— Vous n'avez pas d'autres questions à me poser, Désirée ?

— Non, madame Watson. Je ne crois pas.

L'assistante sociale se leva.

— Alors je vais vous laisser. Je reviendrai vous voir dans un mois. Et toi, Sarah, sois sage et obéis bien à Mme Smith.

— Oui, madame, répondit Sarah.

Va-t'en, sorcière !

Sarah resta sur le canapé pendant que Désirée raccompagnait Mme Watson. La porte se referma. Désirée revint et se laissa tomber sur le canapé à côté d'elle.

— Ouf ! Je suis bien contente que ce soit terminé ! J'avais une peur bleue !

Sarah la regarda avec curiosité.

— Pourquoi ?

— Nous n'avons encore jamais pris d'enfant, Sarah. Et nous en avions très, très envie. Et jusqu'au dernier moment, j'ai eu peur que Mme Watson ne reparte avec toi.

— Pourquoi était-ce si important pour vous ?

— Eh bien, ma chérie, Ned s'absente parfois très longtemps. Et vu que je travaille à la maison, comme agent de voyages, je me sens souvent très seule. Et comme nous aimons tous les deux les enfants, nous avons pensé que ce serait une bonne solution d'en prendre un chez nous, pas toi ?

Sarah hocha la tête et montra une photographie.

— C'est Ned ?

Désirée sourit.

— Oui, c'est lui. Il te plaira, Sarah, je peux te l'assurer. C'est un homme merveilleux. Il est tellement gentil !

C'est toi qui le dis.

Elle montra une autre photo où l'on voyait Ned et Désirée avec un bébé.

— Qui est-ce ?

Le petit sourire triste de Désirée révéla un chagrin toujours présent mais supportable. Un événement avait teinté son âme sans la briser.

— C'était notre fille, Diana. Elle est morte il y a cinq ans, alors qu'elle était encore bébé.

— Que lui est-il arrivé ?

— Elle est née avec le cœur malade.

Sarah étudia la photo en réfléchissant.

Peux-tu lui faire confiance ? Elle a l'air gentille. Vraiment gentille. Mais peut-être est-ce une ruse.

Sarah n'avait que huit ans, mais son expérience chez les Parker et ses deux années en foyer lui avaient appris une grande leçon : ne faire confiance à personne. Elle se voulait donc dure et froide. Mais c'était encore une petite fille et elle espérait de tout son cœur que la gentillesse de Désirée n'était pas feinte. Elle le souhaitait tellement que son cœur en tremblait.

— Elle vous manque ?

— Oui, à chaque jour, à chaque minute.

Sarah chercha dans son regard si elle mentait. Elle n'y vit qu'un profond chagrin, tempéré d'une lueur d'espoir.

— Mes parents sont morts, avoua-t-elle malgré elle.

Le chagrin se transforma en compassion.

— Je le sais, ma chérie. Et je sais également ce qui s'est passé chez les Parker. – Désirée baissa les yeux, comme si elle cherchait ses mots. – Je veux que tu saches une chose, Sarah. J'ai parfois du mal à comprendre tous les malheurs qui arrivent dans ce monde. Et si, même après la perte de Diana, je reste optimiste, je ne suis pas idiote pour autant. Je sais que le mal existe et que tu as trop souffert. Alors je veux que tu saches qu'à partir d'aujourd'hui je te protégerai.

L'espoir s'épanouit dans le cœur de Sarah. Aussitôt enseveli sous une avalanche de cynisme.

— Prouvez-le, dit-elle.

Désirée écarquilla les yeux de surprise.

— Eh bien… d'accord. – Elle hocha la tête en souriant. – Et si je te disais que je sais que Karen Watson n'est pas gentille ?

Ce fut au tour de Sarah d'être étonnée.

— Vous le savez ?

— Oui. Elle m'a fait tout un cinéma mais je l'ai bien observée avec toi. Elle se fiche complètement de ce qui peut t'arriver, n'est-ce pas ?

— Oui et vous savez comment je l'appelle ?

— Comment ?

— La sorcière.

Désirée éclata de rire.

— La sorcière ! Ça lui va comme un gant.

Sarah ne put s'empêcher de rire, elle aussi.

— Alors, ça te suffit ? demanda Désirée.

— Ça me suffit, répondit Sarah.

On verra.

— Parfait. Maintenant que c'est réglé, je veux te présenter quelqu'un. Je l'ai enfermé dans le jardin pendant que Mme… euh… pardon, pendant que la sorcière était là mais il est temps de te le présenter. Je suis sûre qu'il va te plaire.

Sarah n'y comprenait plus rien. Désirée serait-elle folle finalement ? Qui pouvait-elle avoir enfermé dans le jardin ?

— Euh… d'accord.

— Il s'appelle Pumpkin. N'aie pas peur. Il est très gentil.

Désirée s'approcha de la baie coulissante qui donnait sur le jardin et l'ouvrit.

— Viens, Pumpkin. Tu peux rentrer.

On entendit un féroce « Ouaf ! »

Un chien !

Le bonheur transperça le cœur de Sarah comme une flèche.

Pumpkin apparut à la porte et Sarah comprit pourquoi il s'appelait Pumpkin[1]. Il avait une tête gigantesque, grosse comme une citrouille.

C'était un pitbull couleur café et il avait l'air à la fois terrifiant et ridicule avec ses bajoues qui ballottaient, sa langue qui pendait et son crâne démesuré. Il courut vers Désirée.

— Ouaf !

Désirée se pencha pour le caresser.

— Salut, Pumpkin. Nous avons de la visite. Une petite fille qui vient vivre avec nous. Elle s'appelle Sarah.

Le chien inclina la tête sans comprendre un traître mot de ce que disait sa maîtresse.

Sarah se leva du canapé. Le chien tourna la tête en l'entendant.

— Ouaf !

1. *Pumpkin* signifie citrouille en anglais. (*N.d.T.*)

Il se rua sur elle et Sarah aurait eu peur si elle ne l'avait pas vu remuer la queue joyeusement. Il la bouscula de sa tête massive et entreprit de lécher la main qu'elle lui tendait, la couvrant de bave.

Sarah éclata de rire et caressa le pitbull qui s'assit devant elle sans la quitter des yeux.

— Tu sais que t'as vraiment une drôle d'allure, Pumpkin ?

— Je l'ai trouvé dans un bar, il y a huit ans, expliqua Désirée. J'étais encore jeune et pas très futée. J'avais remarqué un groupe de motards qui rigolaient autour d'un billard. Et quand je suis allée voir ce qui les amusait tant, j'ai vu un chiot qui gémissait, affolé par les boules qu'ils lançaient vers lui. C'était Pumpkin.

— Le pauvre !

— Alors, je me suis mise à les engueuler, prête à déclencher une bagarre. Heureusement l'amie qui m'accompagnait m'a entraînée plus loin. Toujours est-il que nous avons bu sans doute un coup de trop, je ne me souviens plus de ce qui s'est passé ensuite, mais quand je me suis réveillée, le lendemain matin, Pumpkin était couché dans mon lit contre moi.

Sarah, qui caressait toujours le chien, s'aperçut à sa grande honte qu'elle pleurait.

— Qu'est-ce qui t'arrive ? s'inquiéta Désirée.

Sarah essuya ses yeux d'un geste rageur.

— C'est juste... qu'on avait des chiens, et ma maman aurait adoré l'histoire de Pumpkin. Excusez-moi, faut pas croire que je suis une pleurnicheuse.

Pumpkin posa la tête sur ses genoux et leva les yeux vers elle comme pour dire : *Je suis désolé que tu sois triste, mais tu pourrais continuer à me caresser ?*

— C'est normal de pleurer quand on a de la peine, Sarah, protesta Désirée tout attendrie.

Si précoce et endurcie qu'elle fût, Sarah fondit en larmes devant cette gentillesse à laquelle elle n'était plus habituée.

Désirée s'assit à côté d'elle sur le canapé, sans la toucher. Sarah lui en fut reconnaissante. Elle n'était pas encore prête à se laisser aller dans les bras d'un adulte. Mais c'était bon de la sentir près d'elle. Et Pumpkin essayait de la consoler à sa manière : il lui léchait le genou.

Désirée attendit que Sarah eût cessé de pleurer pour reprendre la parole.

— Maintenant que tu as fait la connaissance de Pumpkin, veux-tu voir ta chambre ?

Sarah réussit à esquisser un sourire.

— Oui, s'il vous plaît. Je suis fatiguée.

Vous savez ce que j'ai compris ? Le chien est vraiment le meilleur ami de l'homme.

Tant que vous les nourrissez et que vous les aimez, les chiens vous rendent votre amour. Vous ne risquez jamais qu'ils vous volent, qu'ils vous frappent ou qu'ils vous trahissent. Ils sont honnêtes. Ils ne cachent jamais ce qu'ils pensent.

Les gens, c'est différent.

— Nous sommes arrivés ! m'annonce Alan, me sortant de ma lecture.

Je plie les feuilles en deux et les remets à contrecœur dans mon sac.

La terrible expérience de Sarah avait éveillé en elle le goût de la violence. Pourtant, elle faisait encore preuve d'un déplorable espoir.

Cela s'est-il déroulé de la même façon pour le tueur ? Une lente érosion de l'âme ? À quel moment son goût s'est-il transformé en besoin ?

Lui restait-il un peu d'espoir ?

37.

Terry Gibbs, l'avocat, a installé son cabinet à Moorpark, une petite ville que je connais par hasard, car la fille et le petit-fils de Callie y habitent.

Callie avait toujours caché qu'elle avait eu un enfant. Mais un psychopathe avait percé son secret et lui avait fait croire qu'il allait l'assassiner. Résultat : Callie et moi, nous nous étions précipitées chez sa fille à tombeau ouvert, arme au poing, préparées au pire.

Marilyn va bien, le tueur est mort, et Callie entretient désormais une relation suivie et au grand jour avec sa fille. Un tel dénouement satisfait aussi bien mon sens de la justice que mon sens de l'ironie, satisfaction sans doute mesquine mais gratifiante. Car je pense sincèrement que la mort de ce tueur mérite plus de jubilation que de remords de ma part.

Moorpark est une banlieue en plein essor, située dans le comté de Ventura, à l'ouest de Los Angeles. Par bien des côtés, c'est la bonne vieille Californie : si vous vous y rendez par la 118, vous traversez des kilomètres durant des collines désertes et de petites montagnes. Parfois même, on y voit des vaches.

Ville rurale autrefois, c'est à présent une banlieue huppée, qui attire le haut de la classe moyenne, avec le plus fort rendement immobilier de la Californie du Sud.

— Dire que dans vingt ans, ça sera une abominable cité tentaculaire ! commente Alan devançant mes pensées.

— Peut-être pas, finalement. Simi Valley, la localité voisine, a su garder son cachet.

Alan hausse les épaules d'un air désabusé. Nous quittons la 118 pour prendre Los Angeles Avenue.

— C'est un peu plus loin sur la droite. Au centre d'affaires.

Nous débouchons dans une rue bordée d'immeubles de bureaux de quatre ou cinq étages, aussi neufs que le reste de Moorpark, et dont les façades en verre étincèlent au soleil.

— Gare-toi là, m'indique Alan.

Tandis que j'arrête la voiture, mon portable sonne.

— Smoky Barrett ? me demande une voix féminine toute guillerette.

— Oui. Qui est à l'appareil ?

— Kirby. Kirby Mitchell.

— Excusez-moi, mais… je vous connais ?

— Ah, ça ne m'étonne pas de Tommy ! Vous lui avez demandé quelqu'un pour une garde rapprochée. C'est moi.

Je réalise brusquement que cette voix chaleureuse appartient à ma tueuse à gages « loyale et létale ».

— Oh, mais bien sûr ! Pardonnez-moi. Non, Tommy ne m'avait pas donné votre nom.

Kirby éclate de rire. Un rire qui correspond bien à sa voix. Léger, mélodieux. Le rire d'une femme sans le moindre souci, une femme heureuse de se réveiller le matin et qui, dès le saut du lit, sans même avoir eu besoin d'un café, a dû faire un jogging de dix kilomètres, sourire aux lèvres.

Je me demande si je ne vais pas la prendre en grippe mais le problème avec les gens sympathiques, c'est qu'on se sent obligé de leur donner une chance. Je suis également intriguée : l'idée de rencontrer une tueuse à gages optimiste à tout crin titille mon côté pervers.

— Eh bien, ce n'est pas grave ! enchaîne-t-elle plus gaie que jamais. Les hommes et les détails, ça fait deux. Et encore, Tommy se classe plutôt dans les bons ! Et comme, en plus, il est beau mec, on lui pardonne, d'accord ?

— D'accord, dis-je, sidérée.

— Alors quand et où voulez-vous qu'on se rencontre ?

Je jette un coup d'œil à ma montre tout en réfléchissant.

— Pouvez-vous me retrouver dans le hall du FBI, à dix-sept heures trente ?

— Au FBI ! Trop cool ! J'ai intérêt à laisser mon arsenal dans la voiture. – Nouveau rire mélodieux, à la fois amusant et perturbant, vu le contexte – Alors à tout à l'heure. Bye !

— Bye, murmuré-je tandis qu'elle raccroche.

— Qui était-ce ? demande Alan.

Je le regarde un moment, hébétée. Je hausse les épaules.

— La future garde du corps de Sarah. Je sens qu'on va s'éclater.

Trop cool !

Terry Gibbs, tout sourires, nous fait entrer dans son cabinet. La pièce est petite, le bureau placé devant des classeurs à tiroirs alignés sur le mur du fond : le mobilier paraît usagé mais solide.

Je jauge l'avocat tandis qu'il nous invite d'un geste à nous asseoir sur les deux fauteuils capitonnés, face à son bureau.

Gibbs présente un curieux mélange de personnalités. Comme s'il était tiraillé entre deux tendances : il est grand, à la fois chauve et barbu, les épaules larges et la démarche souple d'un sportif et pourtant il sent la cigarette. Il porte des lunettes aux verres épais mais qui soulignent des yeux d'un bleu intense, presque beaux. Il arbore un costume mais pas de cravate, et ce costume semble cher et taillé sur mesure, ce qui ne cadre pas avec le mobilier.

— Je lis dans vos pensées, agent Barrett, dit-il en souriant. – Il a une voix agréable, douce et naturelle, ni trop grave ni trop aiguë. Une voix parfaite pour un avocat. – Cela vous intrigue que je porte un costume à mille dollars alors que mon cabinet est plutôt miteux.

— Effectivement.

— Je travaille seul. Je ne gagne pas des mille et des cents mais je ne m'en sors pas trop mal. D'où un dilemme : un beau costume ou un beau cabinet ? J'ai opté pour le costume. Les clients pardonnent le bureau minable mais ils ne supporteraient jamais un avocat mal fagoté.

— C'est un peu comme nous, remarque Alan. On a beau montrer notre badge, tout ce qui les intéresse, c'est de savoir si on a un revolver.

Gibbs hoche la tête.

— Exactement. – Il se penche en avant et pose les avant-bras sur son bureau, les mains jointes, soudain sérieux. – Je veux que vous sachiez, agent Barrett, que je ne refuse aucunement de coopérer en ce qui concerne la donation Langstrom, mais je suis tenu sur le plan éthique et légal par les règles du barreau.

— Je comprends, maître. Et j'en déduis que cela ne vous ennuiera pas si nous demandons une assignation ?

— Tout ce que vous voulez, du moment que je suis libéré légalement de mon secret professionnel.

— Que pouvez-vous nous dire ?

Il se cale dans son fauteuil et fixe le vide au-dessus de nos têtes.

— J'ai été contacté par mon client, il y a environ une dizaine d'années, pour constituer une donation au profit de Sarah Langstrom.

— Un homme ou une femme ?

— Je suis désolé, je ne peux pas vous répondre.

— Pourquoi ?

— Mon client m'a demandé une confidentialité absolue. C'est pour cette raison que tout est à mon nom. Je détiens la procuration sur la donation, j'en suis le fiduciaire et mes honoraires sont réglés par la donation.

— Avez-vous envisagé qu'une personne demandant une telle confidentialité pouvait avoir de mauvaises intentions ? s'enquiert Alan.

Gibbs le fusille du regard.

— Évidemment ! J'ai fait mon enquête. J'ai donc appris que cette donation concernait une petite fille, orpheline à la suite d'un meurtre suicidaire. Si les parents de Sarah Langstrom avaient été assassinés par un inconnu, j'aurais refusé de m'occuper de cette affaire. Mais comme il avait été clairement établi que c'était la mère qui avait tué le père, je n'ai vu aucune raison de ne pas l'accepter.

— Eh bien, précisément, nous nous demandons actuellement si c'était bien un meurtre suicidaire, dis-je, guettant sa réaction. Il s'agissait peut-être d'une mise en scène.

Gibbs ferme les yeux et se frotte le front. Il semble perturbé.

— Mon Dieu, mais c'est horrible ! – Il rouvre les yeux en soupirant. – Malheureusement, cela ne me délie pas pour autant de mon secret professionnel.

— Que pouvez-vous nous dire d'autre sans le violer ? insiste Alan.

— Cette donation a pour but de maintenir la maison familiale en état et de donner certains moyens à Sarah Langstrom : c'est elle qui en prendra le contrôle le jour de ses dix-huit ans.

— Quel en est le montant ?

— Je ne peux pas vous en communiquer la valeur exacte, mais elle aura de quoi vivre confortablement pendant de nombreuses années.

— Rendez-vous des comptes à votre client ?

— En fait, non. Il doit me contrôler d'une manière ou d'une autre, histoire de vérifier que je ne détourne pas à mon profit la poule aux œufs d'or. Mais je n'ai pas eu de contact avec lui depuis la formation de la donation.

— N'est-ce pas surprenant ? s'étonne Alan.

Gibbs acquiesce.

— Si, très surprenant.

— J'ai remarqué que l'extérieur de la maison était parfaitement entretenu. Pourquoi pas l'intérieur ? Tout disparaît sous la poussière.

— Cela faisait partie des conditions de la donation. Personne ne devait entrer dans la maison sans la permission de Sarah.

— Étrange !

Il hausse les épaules.

— J'ai vu des cas encore plus étonnants. – Il s'arrête de parler quelques instants. Une expression peinée, presque délicate, voile son visage. – Agent Barrett, je veux que vous sachiez que jamais je ne participerais sciemment à quoi que ce soit qui puisse nuire à un gamin. Jamais. J'ai perdu une sœur quand j'étais enfant. Une petite sœur. Celle qu'un grand frère est censé protéger. Vous comprenez ? Pour moi, les enfants sont sacrés, ajoute-t-il, profondément malheureux.

Je reconnais la culpabilité que je vois apparaître dans son regard. C'est celle que l'on ressent lorsqu'on n'a pas pu empêcher un malheur inévitable. Celle qui nous ronge lorsque le destin fait un faux pas tout en nous en rendant responsable.

— Je comprends, maître.

Nous avons passé une heure à batailler avec l'avocat sans réussir à en tirer davantage d'informations. De retour dans la voiture, je réfléchis à ce que nous allons faire.

— J'ai comme dans l'idée qu'il brûlait de nous en dire plus, remarque Alan.

— Moi aussi. Je suis d'accord avec ta première impression. Je ne crois pas qu'il veuille nous entourlouper. Il a les mains liées légalement.

— Il est temps de s'occuper de l'assignation.

— Oui. Rentrons au bureau demander conseil à notre service juridique.

Mon téléphone sonne.

— Tu connais la dernière ? me demande Callie.

— Vas-y.

— Figure-toi que les deux dossiers sur l'affaire Vargas, le nôtre comme celui de la police de Los Angeles, ont disparu !

Mon cœur s'arrête.

— Non ! Tu plaisantes ?

— J'aimerais bien. Et je ne vois qu'une explication : ils ont été volés.

— Quoi qu'il en soit, nous voilà le bec dans l'eau. – Je me frotte le front. – Parfait ! Je sais que tu es en train de passer au crible la maison des Langstrom mais rends-moi un service. Appelle Jones et vois s'il peut te donner la liste des agents et des policiers qui ont travaillé sur l'affaire.

— Je m'en occupe.

Je raccroche.

Alan se tourne vers moi.

— Des mauvaises nouvelles ?

— Tu l'as dit.

Je lui résume brièvement notre conversation.

— Qu'en penses-tu ? Perdus ou volés ?

— Volés, à mon avis. Ça fait trop de coïncidences. Le tueur a prévu son coup depuis des années et il nous dévoile son jeu au rythme qu'il a choisi.

— Tu as raison. Qu'est-ce qu'on fait maintenant ?

Mon téléphone sonne de nouveau.

— Salut, Smoky. C'est Barry. Vous êtes toujours à Moorpark ?

— On en sort à l'instant.

— Bien. J'ai passé en revue les inspecteurs qui se sont occupés autrefois de l'affaire Langstrom. Tiens-toi bien : il y en a un de mort. Il s'est tiré une balle dans la tête il y a cinq ans. Ce qui, honnêtement, ne prouve rien, car le gars était dépressif depuis des années. Mais ce que je trouve bizarre, c'est que son coéquipier a quitté la police, deux ans plus tard. Il est parti comme ça, à quatre ans de la retraite.

— Oui, ça, c'est intéressant !

— Ouais. Et c'est pas tout. Je l'ai retrouvé et, tu le croiras jamais, quand je lui ai raconté ce qui se passait, il m'a dit qu'il voulait te voir de toute urgence !

— Où habite-t-il ?

— C'est pour ça que je te demandais si vous étiez toujours à Moorpark. Il a pris sa retraite juste à côté. À Simi Valley.

38.

David Nicholson, m'a appris Barry, avait été un bon flic. Il descendait d'une famille de policiers. Son grand-père avait commencé sa carrière à New York, sur la côte est, avant d'émigrer vers l'ouest, dans les années 1960. Son père avait été tué en exercice alors que David n'avait que douze ans.

Nicholson avait atteint le grade d'inspecteur en un temps record, et il le méritait, semble-t-il. Il était connu pour sa vivacité d'esprit et sa méticulosité. Doué d'une grande intuition, c'était un redoutable enquêteur. Bref un frère d'Alan, en blanc.

Mais quel rapport pouvait-il avoir avec les tenants et les aboutissants de l'affaire Langstrom ?

J'ai hâte de le rencontrer.

— Nous y voilà, annonce Alan en se garant le long du trottoir.

La maison se situe à la sortie de Simi Valley, sur la route de Los Angeles, dans la partie la plus ancienne de la ville. Aucune maison ne dépasse un étage. Elles ont toutes le style ranch, si répandu dans les années 1960. Le jardin est bien entretenu, avec son allée cimentée qui mène à la porte d'entrée. Un rideau se met à bouger sur la droite et j'entr'aperçois un visage qui nous observe.

— Il nous attend, dis-je à Alan.

Nous descendons. La porte s'ouvre et un homme s'avance sur le perron, pieds nus, en jean et T-shirt. Grand, balèze, environ un mètre quatre-vingt-cinq, large d'épaules et de poitrine, cheveux sombres, épais, mâchoire carrée, beau visage. Il paraît plus jeune que ses cinquante-cinq ans. Cependant, ses yeux manquent de vitalité : sombres, creux, remplis de vide.

Je m'approche.

— Monsieur Nicholson ?

— C'est moi. Je peux voir votre carte ?

Nous sortons nos badges respectifs. Il les inspecte, puis nous examine tour à tour. Son regard s'attarde sur mes cicatrices, juste ce qu'il faut.

— Entrez, nous dit-il.

L'intérieur nous ramène aux années 1960, 1970, avec des murs en lambris et une cheminée de pierre. Seule touche contemporaine, le parquet sombre qui s'étend apparemment d'une pièce à l'autre.

Nous suivons David Nicholson dans le salon. Il nous indique un canapé bleu à l'aspect cossu et nous nous asseyons.

— Voulez-vous boire quelque chose ?

— Non, merci.

Il nous tourne alors le dos et regarde par les baies coulissantes qui donnent sur un petit jardin, plus long que large, au gazon râpé, entouré d'une clôture en bois. Je n'y vois aucun arbre.

Le temps passe. Nicholson continue à fixer le vide, figé sur place.

— Monsieur ?

Il sursaute.

— Pardonnez-moi.

Il vient s'asseoir sur un fauteuil, en diagonale par rapport au canapé. Il est d'un affreux vert mais semble confortable quoique bien usé. Il fait face à une table pliante et un petit téléviseur.

J'imagine notre hôte assis là, le soir, regardant la télévision tout en mangeant un plat réchauffé au micro-ondes sur sa table pliante. Une vision assez banale, mais qui, pour je ne sais quelle raison, m'attriste profondément. On a l'impression qu'il faudrait recouvrir les meubles de draps et balayer d'un grand coup de vent toute la maison.

— Écoutez-moi bien, commence-t-il sans me laisser le temps de lui poser la moindre question. Je vais d'abord vous donner un message qu'on m'a chargé de vous transmettre, puis je vous dirai une chose que je ne suis pas censé vous dire, et enfin je ferai ce que je suis censé faire.

— Monsieur…

Il m'interrompt d'un geste.

— Voilà ce que je dois vous dire : « C'est l'homme qui compte derrière le symbole, et non le symbole en lui-même. » Vous avez bien entendu ?

Sa voix monocorde est en parfaite harmonie avec son regard vide.

— Oui, mais…

— Maintenant la suite. J'ai étouffé certains détails lors de l'enquête sur l'affaire Langstrom. Il m'avait dit que tout indiquerait un meurtre suicidaire, tant que je ne creuserais pas en profondeur. Alors j'ai obéi. – Nicholson soupire, visiblement rongé par les remords.

– Il voulait que la fille Langstrom, Sarah, se retrouve seule au monde. Il avait des projets pour elle. Je n'aurais pas dû accepter, je le sais, mais il faut me comprendre, je l'ai fait uniquement parce qu'il tenait ma fille.

Je reste figée sous le choc.

— Votre fille ?

Nicholson fixe le vide au-dessus de ma tête et poursuit, presque pour lui-même.

— Elle s'appelle Jessica. Il l'a enlevée il y a dix ans. J'étais coincé. Il m'a prévenu qu'on viendrait me poser des questions, dans quelques années, et que je n'aurais qu'à répéter le message que je vous ai transmis. Et il a promis de la relâcher si j'exécutais ses ordres scrupuleusement. – Ses yeux me supplient. – Comprenez-moi ! J'ai toujours été un flic honnête, mais c'était ma fille !

— Vous voulez dire qu'il l'a prise en otage ?

Il tend un doigt épais vers moi.

— Vous avez intérêt à veiller à ce qu'elle aille bien. Et faire en sorte qu'il tienne sa parole. Je crois qu'il le fera. – Il passe sa langue sur ses lèvres, opine trop vite. – Oui, je crois qu'il le fera.

— David, il faut vous calmer.

— Non, j'en ai déjà trop dit. Il ne me reste plus qu'une chose à faire maintenant.

Il passe la main sous son T-shirt et sort un gros revolver. Je me lève d'un bond, en dégainant mon arme, suivie par Alan. Mais ce n'est pas moi que Nicholson veut tuer. Il met le canon dans sa bouche d'un geste brutal, l'oriente vers le haut. Je plonge vers lui en hurlant :

— Noooon !

Il ferme les yeux, enfonce la gâchette. Pan ! Sa tête explose et je me retrouve éclaboussée de sang.

Je le regarde, bouche bée, tandis qu'il bascule en avant et tombe du fauteuil.

— Seigneur ! s'écrie Alan en se précipitant vers lui.

Je reste pétrifiée. Dehors, les nuages crèvent. Il se remet à pleuvoir.

39.

Nous sommes toujours chez Nicholson. La police locale est arrivée et voudrait prendre les choses en main, mais je l'ignore dans ma fureur.

Un homme, un policier, est mort et je sais que cette mort n'est pas qu'un suicide. Je veux savoir pourquoi.

Je me suis lavé les mains, j'ai enfilé des gants mais je sens encore, sur mon visage, les endroits que j'ai frottés pour ôter son sang.

Je traverse d'un pas décidé la grande pièce, puis le couloir et j'entre dans la chambre de Nicholson. Alan me suit.

— Qu'est-ce que tu cherches, Smoky ? demande-t-il d'une voix prudente.

— Une putain d'explication !

Ma réponse claque d'une voix dure, furieuse, qui commence à se fissurer.

La soudaineté du drame, son horreur, m'ont fait l'effet d'une gifle. La poussée d'adrénaline m'a levé le cœur. Je n'arrive pas encore à me faire à l'idée de cette mort. J'étouffe de rage. C'est encore lui le coupable !

C'est encore la faute de l'Étranger ! Je suis lasse de ses jeux, de ses énigmes et de tout le reste.

Le fumier ! Je n'ai plus qu'une seule idée : le tuer.

La chambre de Nicholson est aussi spartiate et sans recherche que les autres pièces. Tout est relativement propre cependant, même si cette maison n'a aucune âme avec ses murs nus, ses doubles rideaux bon marché et mal assortis. Il ne faisait que dormir et manger ici. C'était juste un toit qui le protégeait de la pluie. Rien de plus.

J'aperçois une photo dans un cadre, sur la table près du lit. On y voit Nicholson, souriant, l'œil encore vif. Il serre dans ses bras une fille de seize ans environ. Elle a les cheveux foncés et épais de son père.

Alan examine la photo lui aussi.

— C'est lui et sa fille.

Je hoche la tête, toujours muette.

Alan ouvre le dressing et commence à fouiller les étagères. Il s'arrête. Silence.

— Bon sang ! Regarde ça !

Il sort du dressing, une boîte à chaussures dans une main, le couvercle dans l'autre. J'aperçois des polaroïds. Il y en a beaucoup. Alan en prend un et me le tend.

On y voit une fille pâle et nue. On lui donne vingt ans. La photo a été prise de face. La fille se tient debout, les mains croisées derrière le dos, les pieds légèrement en dedans, le regard fuyant et soumis. Elle a une forte poitrine et son pubis n'est pas rasé. Elle semble vulnérable, hébétée.

Je compare la photo à celle du cadre.

— En tout cas, c'est la même fille.

— La boîte en est pleine. Elles sont apparemment classées par ordre chronologique. La fille est toujours nue, à des âges différents. Seigneur ! À voir l'évolution de son corps et de ses traits, les photos couvrent pas mal d'années.

— Plus de dix, j'imagine.

Je me sens complètement anéantie. Ma rage s'est dissipée, ne laissant qu'un abîme derrière elle.

Alan secoue la boîte dans sa main de géant.

— Oui, oui, ça concorde. Notre tueur prend la fille de Nicholson en otage. Et pour maintenir la pression, il lui envoie régulièrement la preuve qu'elle est vivante. Bon Dieu de bon Dieu ! Pourquoi Nicholson n'est-il pas allé trouver le FBI ? Pourquoi a-t-il laissé sa fille entre les mains de ce monstre pendant si longtemps sans rien faire ?

— Parce qu'il le croyait, Alan. Parce qu'il avait peur que l'Étranger mette ses menaces à exécution. Il avait promis de tuer sa fille au moindre faux pas et, au contraire, de lui laisser la vie sauve si Nicholson exécutait son plan à la lettre. Et ce salaud lui envoyait régulièrement la preuve que sa fille était toujours en vie.

— Oui, ça se comprend... et pourtant... toi, tu aurais agi comme lui ? Pendant si longtemps ?

Ma réponse est instantanée. Je n'ai pas besoin d'y réfléchir une seconde. Si j'avais eu le choix entre une chance qu'Alexa survive et la cruelle certitude de sa mort ?

— Oui, sans doute. Si l'Étranger s'était montré assez convaincant. Oui. Et toi, qu'aurais-tu fait s'il t'avait enlevé Elaina ?

— Tu as raison.

Je ramène mon attention sur les photos.

— Pourquoi ? Pourquoi Nicholson ?

— Je croyais qu'on le savait : l'Étranger avait besoin de Nicholson pour étouffer l'affaire Langstrom.

Je secoue la tête et passe une main dans mes cheveux.

— Des conneries ! Enfin, oui, il s'est servi de lui pour ça, mais pourquoi prendre un tel risque ? Bon sang, il a toujours si bien couvert ses arrières, à quoi bon impliquer Nicholson ? Il faut absolument fouiller le passé de ce flic. Dans cette affaire, tout remonte au passé, nous n'avons pas encore établi les connexions, c'est tout. Qui ai-je chargé de trouver l'identité du grand-père de Sarah ?

— Moi. Je n'ai pas encore eu le temps de m'en occuper. Il y a eu la piste de la maison des Langstrom, la donation Nicholson. Tout est allé si vite…

— Je sais, mais c'est primordial.

— Compris.

Je regarde la pauvre fille sur un des tristes clichés. Il est à l'image de cette affaire : une souffrance sans fin, horrible, qui remonte à un lointain passé. Nicholson, le grand-père de Sarah, tout nous ramène aux années 1970.

Où leurs chemins se sont-ils croisés ?

Je parle à Christopher Shreveport, le chef du CMU, notre cellule de crise. Ce sont eux qui s'occupent des cas critiques comme les enlèvements.

— Elle est retenue en otage ? répète-t-il.

— Oui. À moins qu'elle ne soit déjà morte.

Silence. Shreveport ne jure pas mais je sens qu'il se retient.

— Je vous envoie l'agent Mason Dickson. Il a suivi la formation du CMU à Quantico et c'est lui notre correspondant dans votre coin. Un gars super. Mais ne vous faites pas d'illusions. Quelque chose me dit qu'il ne pourra rien faire tant que vous n'aurez pas résolu votre affaire.

— Peut-être que le tueur tiendra sa parole et la relâchera.

— Tout le monde peut rêver, Smoky !

40.

C'est la fin de l'après-midi. La pluie vient de nouveau de s'arrêter mais les nuages gris refusent de se dissiper. Le soleil qui tente de les percer mène un combat perdu d'avance. Tout semble terne, triste et détrempé. Ce genre de temps, à l'image de mon humeur, n'est guère flatteur pour Los Angeles dont il fait ressortir tout le béton.

L'agent Mason Dickson nous a rejoints une petite heure après la fin de ma conversation avec Shreveport. Ce grand rouquin d'un mètre quatre-vingt-quinze au visage poupin n'a pas le physique de l'emploi, mais il m'a paru assez compétent, finalement. Nous lui avons résumé les faits et, après lui avoir remis la boîte à chaussures remplie de polaroïds, nous l'avons quitté non sans un certain sentiment d'impuissance.

Alan reçoit un appel sur son portable alors que nous nous garons sur le parking du FBI. Il ponctue la conversation de quelques onomatopées puis d'un merci laconique et raccroche.

— Sarah Langstrom quittera l'hôpital demain, m'annonce-t-il.

Je tapote mon sac nerveusement avant de me lancer.

— Justement ! Nous en avons parlé hier avec Elaina. Je crois qu'elle voudrait que Sarah vienne vivre avec vous.

Ses lèvres esquissent un sourire triste, presque désabusé.

— Ouais. Je sais. Et quand elle m'a annoncé ça, j'ai explosé. Et j'ai tout de suite mis le holà !

— Et…

— Et nous allons prendre Sarah, fulmine-t-il, les yeux levés vers les nuages. J'ai toujours eu du mal à lui dire non, Smoky, je n'ai jamais su. Et depuis son cancer, je n'y arrive plus.

— Puis-je te poser une question, Alan ?

— Bien sûr.

— As-tu pris une décision au sujet de ta retraite ?

Il ne répond pas et, les yeux toujours perdus dans le ciel gris, il réfléchit.

— Tu regardes les séries policières à la télé ?

— Oui, bien sûr.

— Moi aussi. Et tu sais ce qui me frappe à chaque fois qu'ils interrogent d'anciens flics sur les vieilles affaires non résolues ? C'est qu'ils soient partis si jeunes à la retraite. Tu remarqueras que c'est rare de voir de vieux flics encore en activité.

— Je n'y avais encore jamais songé, mais tu as raison.

— Et tu sais pourquoi ? Parce que c'est dangereux de travailler à la brigade criminelle. Pas physiquement mais mentalement… ou moralement, si tu préfères. Oui, si on y reste trop longtemps, on risque de ne pas s'en remettre, à force de voir tant d'horreurs. Et j'en ai tellement vu, Smoky ! ajoute-t-il en serrant les poings.

Un jour, j'ai même vu un bébé à moitié dévoré par sa mère. Elle avait pris de l'héroïne et elle avait eu une petite faim. C'est cette affaire qui m'a rendu alcoolique.

Je sursaute, surprise.

— Je ne savais pas.

Il hausse les épaules.

— C'était avant que je rentre au FBI. Et tu sais grâce à qui j'ai arrêté de boire ? – Il détourne les yeux. – Grâce à Elaina. Un soir où je suis rentré bien imbibé, elle m'a supplié d'arrêter et moi, je l'ai empoignée violemment par le bras en lui hurlant de se mêler de ses affaires, avant de m'écrouler dans un état comateux sur le canapé. J'ai été réveillé le lendemain matin par une bonne odeur de bacon. Elaina me préparait tendrement mon petit déjeuner comme elle l'avait toujours fait, comme si de rien n'était. Mais elle portait un petit haut sans manches qu'elle aimait bien et elle avait des ecchymoses sur le bras.

Il ne dit plus rien, rassemblant de nouveau ses idées. J'attends, suspendue à ses lèvres.

— Quand la mère qui avait mangé son bébé a recouvré ses esprits et qu'elle a réalisé ce qu'elle avait fait, elle a poussé un cri inhumain, Smoky, un véritable cri de bête. Et quand j'ai vu les bleus sur le bras d'Elaina, j'ai eu envie de hurler comme elle. Tu comprends ?

— Oui.

Il se retourne vers moi.

— J'ai arrêté de boire et je m'en suis sorti, grâce à Elaina. J'ai passé d'autres sales moments et je les ai surmontés grâce à Elaina, toujours grâce à Elaina. Elle est… elle est ce que j'ai de plus cher au monde. – Il tousse, un peu gêné. – Quand elle est tombée malade, l'an dernier, et que ce taré s'en est pris à elle, j'ai eu très peur, Smoky. Peur de la perdre et de sombrer dans un abîme dont elle était la seule à pouvoir me sortir. Je ne m'en serais jamais remis. Tout est une question d'équilibre, tu sais. Savoir jusqu'où je peux aller et tout ce que je peux encaisser sans m'enfoncer. Un jour, je m'arrêterai et j'espère que je prendrai ma décision à temps. – Il me sourit, d'un vrai sourire mais encore trop mitigé pour être qualifié d'heureux. – Alors, pour répondre à ta question, pour le moment je suis encore là, et un jour, je partirai, c'est sûr, mais je ne sais pas quand.

Nous passons la sécurité et traversons la réception lorsqu'une blonde d'une trentaine d'années nous intercepte, un grand sourire aux lèvres. Elle pétille littéralement d'assurance et d'énergie.

— Agent Barrett ? Kirby Mitchell.

Je sursaute en réalisant qu'il doit être cinq heures et demie passées. J'ai complètement oublié notre rendez-vous.

Ah oui, la tueuse, ai-je envie de dire, *ravie de faire votre connaissance !*

Je lui serre la main tout en l'examinant subrepticement.

Son physique s'accorde parfaitement avec sa voix au téléphone. Séduisante, mince, environ un mètre soixante-dix, blonde, elle affiche un sourire naturel qui découvre des dents éclatantes. Elle a l'allure d'une fille qui a passé sa jeunesse sur les plages à boire de la bière avec des surfeurs autour d'un feu de camp et à coucher avec des garçons aussi blonds qu'elle, qui sentaient bon la mer, la wax et peut-être aussi la marijuana. Le genre de fille toujours prête à enfiler une petite robe de cocktail le vendredi à cinq heures du soir et à danser jusqu'à la fermeture des boîtes. J'ai eu des amies comme elle, fêtardes en diable.

Sauf qu'elle est garde du corps et, d'après Tommy, ancienne tueuse à gages. Le décalage entre son physique et le métier qu'elle exerce m'intrigue et m'inquiète à la fois.

Je réussis néanmoins à articuler :

— Ravie de vous rencontrer.

Je la présente à Alan.

Elle lui décoche un coup de poing dans le biceps.

— Vous êtes sacrément grand ! Vous trouvez que c'est un avantage ou un inconvénient ? Dans votre boulot, je veux dire !

— Plutôt un avantage, répond-il, médusé, en se frottant le bras. Mais vous m'avez fait mal !

— Et douillet en plus ! glousse-t-elle en m'adressant un clin d'œil.

— Montons à notre bureau, lui dis-je.

— Après vous, les Feds !

Mon service est désert. Chacun s'active à la tâche que je lui ai assignée : Callie passe la maison des Langstrom au peigne fin et James s'occupe sans doute de l'ordinateur de Michael Kingsley. Une journée de folie et ce n'est pas terminé !

Kirby continue à jacasser tandis que nous traversons les bureaux mais je m'aperçois que, pendant ce temps, son regard scanne les lieux, s'attarde juste une seconde sur un tableau et continue sans rien laisser échapper.

J'ai déjà vu ce genre de regards, chez les léopards, les lions ou leurs homologues humains. Ils vacillent comme des bougies mais ils enregistrent tout, mine de rien.

Nous entrons dans mon bureau et nous nous asseyons.

— Eh bien, maintenant que la glace est rompue, poursuit Kirby, toujours guillerette, si nous parlions de la façon dont je travaille ? D'abord sachez que je suis excellente. Je n'ai jamais perdu un seul client et je n'ai pas l'intention de commencer. Je touche du bois. – Elle tape sur mon bureau avec un large sourire. – Je suis entraînée à la surveillance, au combat au corps à corps et je sais me servir de pratiquement toutes les armes qui existent. Le poignard, la plupart des armes automatiques… Je vise très bien jusqu'à quatre cents mètres. La routine, quoi ! Vivre avec les bons, mourir comme un con[1], cette devise est stupide, je sais, mais je l'adore, pas vous ?

— Si, bien sûr.

— J'ai une seule règle, reprend-elle en agitant un doigt amical dans ma direction. Je dois être au courant de tout pour bien faire mon boulot. Si vous me cachez quoi que ce soit et que je m'en aperçois, j'arrête. Je ne veux pas jouer les grosses méchantes mais c'est à prendre ou à laisser.

— Je comprends.

Les grosses méchantes ? Tiens donc !

1. Dans le texte *Mess with the best, die like the best*, variation populaire de la devise militaire *Fight with the best, die like the rest* (meilleurs au combat, égaux devant la mort). (*N.d.T.*)

Elle continue à nous noyer sous un flot de paroles. On dirait un train de marchandises qui nous fonce dessus. Sautez à bord ou passez dessous, à vous de choisir.

— Bon, je sais, vous vous demandez : mais qu'est-ce que c'est que cette nana ? Tommy est un mec franc, et très craquant de surcroît, ajoute-t-elle avec un clin d'œil dans ma direction, et il a donc dû vous dire que, d'après certaines rumeurs, j'aurais éliminé quelques personnes gênantes pour le département de la Défense. Et ça vous donne à réfléchir, surtout quand vous voyez mon allure. Et vous vous demandez si je ne suis pas complètement givrée, est-ce que je me trompe ?

— Cette idée m'a effleurée, reconnais-je.

— Eh bien, je suis comme ça ! Je suis une vraie Californienne, je l'ai toujours été et je le serai toujours. J'aime mes cheveux blonds, les bikinis et le parfum de l'océan. Et j'adore danser ! ajoute-t-elle en se tortillant sur son siège. – Nouveau sourire de mille kilowatts. – Je suis dotée, d'après mon évaluation psychologique, « d'une capacité ahurissante à classer certains êtres humains dans la catégorie des *autres* ». La plupart des gens ne sont pas faits pour tuer, voyez-vous. Ils ne sont tout simplement pas conçus pour. Pourtant, on n'a pas le choix. Les soldats doivent tuer. Les tireurs du SWAT aussi. – Elle fait un signe du menton vers moi. – Vous également. Alors comment faire ? Big problème ! La réponse est simple : nous décidons qu'ils sont « autres ». Ils ne sont pas comme nous, peut-être ne sont-ils pas vraiment humains… peu importe. Une fois cette conviction acquise, et je vous assure que c'est un procédé que les milieux psychologiques et militaires connaissent depuis longtemps, ces gens deviennent beaucoup plus faciles à zigouiller, croyez-moi.

Encore un sourire guilleret mais qui ne gagne pas son regard, cette fois. Je pense que c'est voulu : elle veut me montrer la tueuse qui sommeille en elle.

— Je ne suis pas une psychopathe, ça ne me réjouit pas de descendre les gens quels qu'ils soient, je ne suis pas du style à prendre leurs tripes pour graisser les chenilles de nos chars[1] ! s'esclaffe-t-elle comme si c'était l'idée la plus idiote qu'elle eût jamais entendue. Non, c'est juste que je sens tout de suite qui est mon ennemi et, que je n'hésite pas à le rayer définitivement de la liste de mes copains, vous voyez ?

— Oui, je vois.

Trop cool ! Le train Kirby poursuit sa course folle. Elle parle par vagues, les phrases déferlant les unes derrière les autres, de telle sorte qu'il est impossible de placer un mot.

— Enfin, pour résumer, j'ai une licence de psycho spécialisée en anomalies du comportement, et je parle couramment espagnol. J'ai travaillé cinq ans pour la CIA et six ans pour la NSA. J'ai beaucoup fréquenté l'Amérique centrale et l'Amérique du Sud, au cours de mes diverses… euh… missions. – Nouveau clin d'œil de conspirateur qui me donne des frissons. – J'ai fini par me lasser et j'ai arrêté… mais Dieu que ça a été dur ! Je vous raconte pas ! Ces types des services secrets se prennent vraiment trop au sérieux. Ils

1. Expression employée par le général Patton, dans son discours cru et musclé, peu avant le débarquement en Normandie. (*N.d.T.*)

ne voulaient pas me lâcher. Mais j'ai fini par les convaincre, lance-t-elle avec un nouveau sourire.

Alan hausse un sourcil mais ne dit rien.

— Alors où en étais-je ? Ah oui ! J'ai donc démissionné et j'ai ensuite passé quelques mois à régler de vieilles affaires. Notamment un problème avec deux affreux d'Amérique centrale qui me harcelaient. Ils croyaient que je travaillais toujours pour la NSA. – Elle lève les yeux au ciel en riant. – Il y a des hommes qui ne savent pas ce que « non » veut dire. Ça a presque failli me dégoûter des Latins. – Elle éclate de rire et je me retrouve malgré moi à sourire à ce petit démon. – J'ai passé six mois à traîner sur les plages, ce qui m'a vite gonflée et j'ai pensé que ça pourrait être sympa de me lancer dans le secteur privé. Ça paie déjà mieux, croyez-moi. Il m'arrive encore de devoir descendre des gêneurs, mais ça me laisse le temps de profiter du sable chaud entre deux boulots. Et voilà ! s'écrie-t-elle en écartant les bras. Vous savez tout ! Maintenant, si vous me parliez de votre cliente et du malade qui la persécute ?

Après un rapide échange de regards avec Alan qui me répond par un haussement d'épaules à peine perceptible, je me lance dans l'histoire de Sarah Langstrom et de l'Étranger. Kirby me fixe de ses yeux de léopard tout en m'écoutant intensément et en hochant la tête.

Quand j'ai fini, elle se renfonce dans son fauteuil et tapote les accoudoirs.

— Bon, je vois le tableau. Mais dites-moi, quel effet ça vous fait de m'avoir chez vous ? demande-t-elle en donnant un nouveau coup de poing amical à Alan. Et surtout, comment votre femme va-t-elle le prendre ?

Alan ne répond pas immédiatement. Il la dévisage d'un air pensif. Elle supporte cet examen sans ciller.

— Vous protégerez ma femme et cette jeune fille ?

— Jusqu'à mon dernier souffle, mais j'espère bien ne pas en arriver là.

— Vous vous en sentez vraiment capable ?

— Si je ne suis pas la meilleure, je n'en suis pas loin.

Toujours aussi modeste, la tueuse à gages !

— Alors je suis ravi de vous avoir. Et Elaina le sera également.

— Trop cool !

Elle se tourne alors vers moi de l'air de quelqu'un qui a failli oublier quelque chose.

— Ah oui, je voulais aussi vous demander : si jamais votre cinglé se pointe, vous le voulez mort ou vif ?

Je dévisage ce danger ambulant en réfléchissant. Je suis sûre qu'elle l'a déjà classé dans la catégorie des « autres ». Si l'Étranger se pointe, elle le liquidera avec un sourire avant d'aller siroter une bonne bière sur la plage, devant un feu de camp. Et si j'hésite, c'est parce que je comprends qu'il ne s'agit pas d'une question de pure forme.

Vous voulez que je le tue ? Pas de problème. Et ensuite si on allait boire une margarita ? Trop cool !

— Je préférerais l'avoir vivant. Mais la sécurité d'Elaina et de Sarah passe en priorité.

C'est une réponse qui manque de précision. Merdique quoi.

— Je vois. Eh bien, maintenant que cette question est réglée, je cours à l'hôpital. J'y resterai jusqu'à ce qu'on la ramène chez vous. Et maintenant, si l'un d'entre vous veut bien m'escorter jusqu'à la sortie ? poursuit-elle en se levant. Hé ! Vous avez vu cette pluie, c'est incroyable, non ?

— Je vous accompagne, dit Alan.

Elle sort de mon bureau dans un tourbillon. J'ai l'impression qu'un train m'est passé dessus, mais, quelque part, ça m'a fait du bien.

Je regarde ma montre, il est un peu plus de six heures. Ellen, notre conseiller juridique maison, est peut-être encore là. Je décroche et compose son numéro.

— Ellen Gardner, me répond-elle aussitôt d'une voix calme, posée comme toujours, presque inhumaine.

— Salut, Ellen, c'est Smoky. J'aurais besoin d'une assignation.

— Ne quitte pas, je prends de quoi noter.

Je l'imagine assise derrière son bureau d'avocate en cerisier, le visage si sérieux que ses traits en paraissent anguleux. Dans les cinquante-cinq ans, des cheveux bruns et courts, sans doute teints, et une silhouette androgyne. On la sent alerte, précise, très pro. Une avocate, quoi ! Mais je l'ai entendue partir d'un tel fou rire, un jour, que je me garderais bien de lui coller une étiquette.

— Continue, me dit-elle.

Je lui raconte tout, jusqu'aux détails de la donation Langstrom.

— Donc l'avocat prétend qu'il lui faut une assignation. Il se dit prêt à coopérer du moment qu'il est « délié légalement de son secret professionnel ».

— C'est là que tu vas tomber sur un os.

— Pourquoi ?

— Tu n'as aucune raison légale de l'assigner.

— Tu plaisantes, j'espère ?

— Non, pour le moment tout ce que tu as, c'est une affaire classée. Un meurtre suicidaire. Et un philanthrope anonyme qui a décidé d'établir une société qui protège la maison et Sarah. Mais aucun crime n'a été prouvé, non ?

— Non, pas officiellement.

— D'accord. Autre question : existe-t-il un moyen quelconque d'établir que la société en elle-même est un acte crapuleux ? Son existence a-t-elle pour but d'aider à l'accomplissement d'un crime ou d'une escroquerie ?

— Ça me paraît encore plus difficile.

— J'avais raison. T'es dans l'impasse.

Je me mordille la lèvre en réfléchissant.

— Ellen, la seule information dont nous ayons vraiment besoin c'est le nom de son client. Il faut qu'on sache qui c'est. C'est tout. Tu ne peux rien faire ?

— Et Gibbs refuse de te le donner sous prétexte que son client lui a demandé la confidentialité sur son identité ?

— Exactement.

— Ça ne tiendra pas. Si tu peux prouver que ce client détient sans doute des informations vitales sur une enquête en cours, je pourrai t'obtenir son nom.

— Je vois.

— Il nous faut du concret. Commence par trouver un détail qui transforme le meurtre suicidaire des Langstrom en bon vieux double meurtre, ensuite l'enquête se portera tout naturellement sur cette société et nous pourrons contraindre Gibbs à révéler le nom de son client. Entre nous, poursuit-elle d'une voix plus amicale, moins cassante, ton Gibbs t'a peut-être paru très coopératif, mais le simple fait qu'il demande d'être

« délié légalement du secret professionnel » prouve que tu as affaire à un chien.

Inutile de discuter. Ellen est une battante. Elle cherche toujours comment contourner l'obstacle et si elle dit que c'est la seule solution, je la crois.

Je soupire, résignée.

— Bon, je vais voir ce que je peux faire. Je te tiens au courant.

Je raccroche et compose le numéro de Callie.

— Compagnie des exploités-débordés, répond-elle. Qu'y a-t-il pour votre service ?

Je souris.

— Comment ça se passe là-bas ?

— Rien de sensationnel, on avance lentement. Nous en sommes toujours à l'avant de la maison.

Je lui raconte tout ce qui s'est passé depuis que nous nous sommes quittées. Je commence par Gibbs, continue avec Nicholson et termine par Ellen. Elle marque une pause, le temps de tout assimiler.

— Ça fait beaucoup en quarante-huit heures !

— Je ne te le fais pas dire !

— Si tu rentrais te reposer ? Moi, je suis coincée ici avec Gene, James est ailleurs en train de s'acharner sur je ne sais qui. Et Bonnie t'attend chez Alan et Elaina. Si tu ne veux vraiment pas écouter mon conseil, ma chérie, et te prendre un chien, alors rentre au moins chez toi t'occuper de ta fille.

Je souris à nouveau. Sacrée Callie ! Elle arrive toujours à me dérider.

— D'accord ! Mais appelle-moi si tu trouves quelque chose.

— Seulement si t'es sage. Maintenant, casse-toi !

Je raccroche. Callie a raison. Nous venons de vivre quarante-huit heures de folie.

Tout a commencé par une fille de seize ans couverte de sang. Ensuite son horrible journal. Et pour finir, le coup de grâce…

Matt, aujourd'hui un homme s'est tué devant moi. Il m'a regardée, il m'a parlé, et soudain, il s'est mis un revolver dans la bouche et il a appuyé sur la détente. Son sang m'a éclaboussé le visage.

Je ne connaissais pas David Nicholson. Peu importe. Il n'appartenait pas à la catégorie des « autres », pour parler comme Kirby. Il était l'un d'entre nous, humain à part entière, et je ne peux m'empêcher de pleurer sa mort.

J'entends des pas sur la moquette et je me passe la main sur les yeux.

On frappe à la porte, Alan passe la tête.

— J'ai raccompagné ta gentille petite tueuse à sa voiturc.

— Si on rentrait ?

— Excellente idée !

41.

J'ai dit à Alan que je le rejoindrais chez lui. Il me reste une dernière halte à faire.

Je fonce vers l'hôpital sous une pluie battante en parfaite harmonie avec mes états d'âme. Il pleure aussi en moi. Rien de diluvien, juste un petit crachin mais constant. Je prends conscience que cette météo intérieure tient à mon boulot. La maison et la famille sont généralement synonymes de soleil. Le travail évoque presque toujours les intempéries, que ce soit l'orage et ses éclairs, ou juste une petite ondée, mais c'est toujours de la pluie.

J'ai pris récemment conscience que je n'aimais pas mon métier. Non pas que je le déteste, loin de là. Mais il n'a rien de sympathique. C'est un métier qu'on fait parce qu'on s'y sent obligé. Parce qu'on a ça dans le sang. Parce qu'on n'a pas le choix.

Sauf qu'à présent, on m'offre le choix. Peut-être y a-t-il davantage de soleil à Quantico, non ?

Et alors ?…

Je me gare sur le parking de l'hôpital et, en courant vers le bâtiment, je décide de faire vite. Il est presque sept heures et j'ai besoin d'une bonne dose d'Elaina et de Bonnie, bref d'un peu de soleil.

Je trouve Kirby assise sur une chaise devant la porte, plongée dans la lecture d'un journal à scandales. Elle lève la tête en entendant mes pas. Ses yeux de léopard étincellent avant qu'elle ne les dissimule dans un clin d'œil.

— Salut, patronne.

— Salut, Kirby. Comment va-t-elle ?

— Elle m'a fait subir un interrogatoire en règle, croyez-moi. Elle m'a posé tout un tas de questions et il a fallu la convaincre de mes capacités. Ça n'a pas été facile mais je crois avoir réussi.

— Bien.

— C'est une pauvre gamine, Smoky Barrett, murmure-t-elle d'une voix douce, teintée de chagrin, qui me la fait voir sous un nouveau jour.

Kirby le sent. Elle hausse les épaules en soupirant.

— Elle me plaît, lâche-t-elle avant de se pencher sur son journal. Allez-y. Faut que je sache ce qui est arrivé au prince William. Je lui ferais bien sa fête à son altesse royale !

Elle m'arrache un sourire. J'ouvre la porte et j'entre. Sarah, toujours allongée sur son lit, regarde par la fenêtre. Je ne vois pas de livre, la télévision est éteinte et je me demande si elle est restée comme ça toute la journée à contempler le parking.

Salut ! m'accueille-t-elle en souriant.

— Bonjour !

Son bon sourire n'est pas aussi pur qu'il devrait l'être (elle a subi trop d'épreuves) mais il me donne de l'espoir. Il prouve que, tout au fond d'elle, elle n'a pas changé.

Je tire une chaise près de son lit et je m'assois.

— Alors que penses-tu de Kirby ?

— Elle est… spéciale.

Je souris devant cette description aussi concise qu'adéquate.

— Elle te plaît ?

— Oui, je crois. Ce qui me plaît, c'est qu'elle a choisi un métier aussi dangereux et qu'on a l'impression qu'elle n'a peur de rien. Elle m'a dit qu'il ne faudrait pas que je m'en veuille si elle se faisait tuer.

Cette précision suffit à me rendre ma mine maussade.

— Bon, eh bien, elle va te protéger ainsi que les gens chez qui tu pars demain.

Elle fronce les sourcils.

— Je ne veux pas aller dans une famille d'accueil. Je veux retourner au foyer. C'est le seul endroit où il ne tue personne.

Elle n'a pas tort.

— Sais-tu pourquoi, Sarah ?

— Peut-être parce que, là-bas, je n'aime personne. Et aussi parce qu'il sait que la vie y est dure. C'est vrai, ça craint là-bas. Il y a des filles qui se font battre et maltraiter et… vous voyez ce que je veux dire. Ça doit lui suffire de savoir que je vis dans cet enfer grâce à lui.

— Je vois.

Je réfléchis, mais j'ai du mal à trouver mes mots car je viens seulement de prendre conscience de tout ce que le fait de l'envoyer vivre chez Alan et Elaina implique. J'aime Elaina et Bonnie passe ses journées chez elle quand je travaille. Soudain une partie de moi-même a très égoïstement envie de crier : *Tu as raison ! Les gens meurent autour de toi. Tu seras bien mieux au foyer.*

Ma réaction déclenche aussitôt en moi une obstination farouche. Le même entêtement qui m'empêche de quitter la maison dans laquelle j'ai été violée et où ma famille a été assassinée.

— Tu ne peux pas céder à la peur. Et il va bien falloir que tu acceptes l'aide des autres. Là, c'est différent des autres fois, Sarah. Nous savons ce qu'il est. Nous croyons à son existence. Et nous avons pris les mesures nécessaires pour tous nous protéger de lui. Les gens chez qui tu vas vivre sont au courant et ils ont décidé de te prendre malgré tout. Et tu auras en plus Kirby pour veiller sur toi, n'oublie pas.

Elle réfléchit à ce que je viens de dire, les yeux baissés.

— Je ne sais pas.

— Tu n'as pas besoin de savoir, Sarah. Tu es encore une enfant. Tu as demandé mon aide. La voilà.

Elle pousse un profond soupir. Ses yeux remontent vers moi et j'y lis de la gratitude.

— D'accord. Mais vous êtes sûre qu'il ne leur arrivera rien ?

— Non. On ne peut jamais être sûr à cent pour cent. Je croyais mon mari et ma fille en sécurité et pourtant ils sont morts. Le problème n'est pas de se protéger de toutes parts, c'est de s'abriter de son mieux, sans laisser la peur diriger sa vie. Je t'ai choisi une garde du corps particulièrement dangereuse, dis-je avec un signe vers la porte, et elle te suivra partout. Et j'ai lancé mes meilleurs limiers, les meilleurs qui soient, à la poursuite de l'Étranger. C'est tout ce que je peux te garantir.

— Alors c'est vrai, vous croyez réellement en son existence ?

— Oui, totalement.

Elle pousse un soupir de soulagement si profond que je sursaute.

Elle pose la main sur son front puis se tapote les joues des deux mains comme quelqu'un qui essaie de ne pas s'évanouir.

— Ouaouh ! Excusez-moi, mais c'est dur à croire après tout ce temps !

— Je comprends.

— Est-ce que vous êtes entrée dans ma maison ?

— Oui…

— Et vous… – Son visage se chiffonne. – Vous avez vu ce qu'il a fait ?

Elle se met à pleurer. Je la prends dans mes bras.

— Vous avez vu ce qu'il a fait ? répète-t-elle en sanglotant.

— J'ai vu, réponds-je en lui caressant les cheveux.

42.

Elaina nous a préparé à manger et nous restons dîner avec Bonnie. Une fois de plus, cette magicienne réussit à mettre une ambiance joyeuse et légère. Elle parvient même à nous faire rire, Alan et moi, alors que nous étions si sombres à notre arrivée. Et lorsque le dessert arrive, je me sens détendue et heureuse.

Alan a décidé de tenter une dernière fois de battre Bonnie aux échecs. Il court à une nouvelle déception, à mon avis. J'accompagne Elaina à la cuisine où nous passons les assiettes et les couverts sous l'eau avant de les mettre dans le lave-vaisselle.

Elaina nous sert un verre de vin rouge et nous nous asseyons ensemble devant le comptoir sans rien dire. J'entends Alan ronchonner et j'imagine Bonnie radieuse en face de lui.

— À propos de la scolarité de Bonnie, attaque de but en blanc Elaina, il m'est venu une idée.

— Je t'écoute.

Elle fait tourner le vin dans son verre.

— Ça fait un moment que j'y pense. Il faut que Bonnie retourne à l'école, Smoky.

— Je sais, réponds-je, sur la défensive.

— Ce n'est pas une critique, je connais les circonstances. Bonnie avait besoin de temps pour tout accepter, pour faire le deuil, pour retrouver une vie normale. Toi aussi. Je pense que cette étape est franchie. Et je crains que ce ne soit la peur qui t'empêche de passer à la suivante.

Mon premier réflexe est de me mettre en colère et de nier. Mais Elaina a raison. Six mois se sont écoulés. Et moi qui étais une mère attentive avant, je n'ai pas surveillé les vaccins de Bonnie, je ne l'ai pas emmenée chez le dentiste, pas plus que je ne l'ai envoyée à l'école. Cette subite prise de conscience me retourne.

J'ai tissé un cocon autour de nous deux. Il est confortable, rempli d'amour, mais avec un inconvénient majeur : son architecture est inspirée par la peur. Je passe une main sur mon front.

— Mon Dieu ! Je n'aurais jamais dû laisser traîner les choses si longtemps !

Elaina secoue la tête.

— Non, non, inutile de t'accabler de reproches. Mais une fois qu'on constate ses erreurs, autant les réparer et adopter une attitude responsable, une attitude positive afin de rétablir la situation.

Je dévisage mon amie, sidérée une fois de plus par sa faculté à expliquer simplement les choses.

— Très bien. Mais je dois t'avouer que ça m'effraie. Mon Dieu, l'imaginer dehors, dans la rue…

— Justement je pensais à des cours par correspondance, me coupe-t-elle. Et je me suis dit que ça me plairait beaucoup de m'en occuper.

Je continue à la fixer, de plus en plus ahurie. J'ai envisagé l'école à domicile, moi aussi, bien sûr, et cela m'a paru irréalisable. Mais avec Elaina comme institutrice… c'est la solution idéale ! Ça résout absolument tous les problèmes ! Le mutisme de Bonnie et ses interrogations. Sans oublier mes terreurs et mes négligences.

— Tu parles sérieusement ? Ça te plairait vraiment ?

— Oui, j'adorerais même. J'ai cherché sur le Net et ça ne semble pas si difficile que ça. J'aime Bonnie autant que toi, Smoky : toutes les deux, vous faites partie de la famille. Et si nous nous sommes habitués à l'idée que nous ne pourrons jamais avoir d'enfants, Alan et moi, cela ne m'empêche pas d'en vouloir à ma manière. Et ça serait un bon moyen.

— Et Sarah ?

— Sarah aussi. S'il y a bien une chose que je sais faire, Smoky, c'est m'occuper d'enfants ou de personnes qui ont souffert. Alors ne t'inquiète pas. Je suis aussi motivée que toi quand tu te lances à la poursuite d'un meurtrier et pour les mêmes raisons. Parce qu'il le faut, et parce qu'on est douées pour ça.

J'opine avec un grand sourire.

— Je trouve que c'est une idée géniale.

— Parfait ! Tu sais, je te bouscule un peu parce que je te connais, et nous avons toujours été franches entre nous. Mais tu es une merveilleuse maman pour Bonnie.

— Merci.

C'est tout ce que je trouve à lui répondre mais je vois à son sourire que mon adorable amie comprend tout le poids que je donne à ce simple mot.

Mais toi, es-tu aussi franche qu'elle ? me souffle ma petite voix intérieure. *Et Quantico ? Auras-tu le courage (et l'égoïsme) de partir là-bas en arrachant Bonnie à Elaina. Elaina qui ne connaîtra jamais le bonheur de la maternité alors qu'elle était plus faite pour cela que la plupart d'entre nous, toi la première.*

— *La question n'est pas là* !

Cette réponse, qui n'en est pas une, fait taire ma petite voix, du moins pour l'instant.

Nous sirotons notre vin et sourions en entendant Alan ronchonner parce qu'il se fait battre une fois de plus par cette gamine.

Il est neuf heures et demie et nous avons regagné la maison avec Bonnie. Nous farfouillons dans les placards de la cuisine à la recherche de friandises à grignoter. Elle m'a fait comprendre qu'elle voulait regarder la télé et qu'elle ne m'en voudrait pas du tout si je poursuivais la lecture du journal de Sarah.

Je trouve un pot d'olives et Bonnie attrape un paquet de chips. Nous regagnons le salon où nous nous lovons sur le canapé à nos places respectives. Je fais sauter le couvercle du pot et mords dans une olive, surprise par son goût salé, et me tourne vers Bonnie.

— Elaina t'a parlé de te faire l'école à domicile ?

Elle opine.

— Qu'en penses-tu ?

Elle hoche la tête en souriant.

— Super ! Et elle t'a aussi parlé de Sarah ?

Elle acquiesce à nouveau mais le visage sérieux.

— Oui, je sais. Elle est dans un triste état. Et toi, qu'en penses-tu ?

Elle écarte les mains en haussant les épaules.

Je ne vois même pas pourquoi tu poses cette question ! signifie cette mimique. *Pour qui me prends-tu ? Pour une égoïste ?*

— D'accord ! dis-je avec un grand sourire qui, je l'espère, lui fait comprendre que je l'aime.

Mon portable sonne. Je regarde le numéro et je décroche.

— Bonsoir, James.

— J'ai lancé les recherches sur le VICAP. Ça ne donne rien pour le moment mais nous aurons peut-être quelque chose demain matin. Quant au programme sur l'ordinateur de Michael Kingsley, on n'arrive toujours pas à l'ouvrir. Je suis chez moi, je vais relire le journal.

Je lui résume ma journée. Il réfléchit.

— Tu as raison, dit-il. Tout est lié. Nous devons absolument enquêter sur le grand-père, sur l'affaire des années 1970 sur Nicholson.

— Non ! Sans blague ?

Je relis mes notes. Je prends la page **MEURTRIER : ALIAS L'ÉTRANGER.**

J'ajoute :

CONTINUE À COMMUNIQUER AVEC NOUS. COMMUNIQUE PAR ÉNIGMES. Pourquoi ? Pourquoi ne dit-il pas simplement ce qu'il a à dire ?

Je réfléchis à la question.

Parce qu'il ne veut pas qu'on comprenne trop vite ? Pour gagner du temps ?

IL A AGRESSÉ CATHY JONES MAIS L'A LAISSÉE EN VIE AFIN QU'ELLE NOUS TRANSMETTE UN MESSAGE.
IL A PRIS LA FILLE DE DAVID NICHOLSON EN OTAGE POUR DEUX RAISONS :
1) POUR QUE NICHOLSON BÂCLE L'ENQUÊTE ;

2) POUR QU'IL TRANSMETTE UN AUTRE MESSAGE PLUTÔT RISQUÉ.
MESSAGE DE JONES : LA PHRASE « LES SYMBOLES NE SONT QUE DES SYMBOLES ». L'INSIGNE DE CATHY JONES.
MESSAGE DE NICHOLSON : LA PHRASE « C'EST L'HOMME QUI COMPTE DERRIÈRE LE SYMBOLE ET PAS L'HOMME EN LUI-MÊME », SON SUICIDE.
POURQUOI NICHOLSON DEVAIT-IL MOURIR ? PARCE QUE SON IMPLICATION NE SE LIMITE PAS À L'AFFAIRE LANGSTROM. VENGEANCE.

Je relis ce que je viens d'écrire.

Mon esprit tourne à vide.

Je repose mes feuilles. Je n'ai plus d'aide à en attendre ce soir. J'attrape le journal et je m'installe confortablement.

Je crois comprendre, alors que je commence à lire, la place que l'histoire de Sarah prend dans le scénario général, pas pour l'Étranger mais pour Sarah.

Elle nous raconte ce qui lui arrive. Ce microcosme doit nous permettre de comprendre l'histoire de tous ceux dont la vie a été gâchée par l'Étranger. Si nous comprenons sa souffrance, alors nous pourrons comprendre celle des victimes comme la Russe, Cathy Jones et Nicholson.

En pleurant sur Sarah, nous pleurons aussi sur eux. Et nous nous souvenons.

Je tourne la page et poursuis ma lecture.

Histoire de Sarah

Quatrième partie

43.

Certains êtres sont simplement bons. Voyez-vous ce que je veux dire ? Peut-être n'ont-ils pas un métier très valorisant ou ne sont-ils pas très beaux, mais ils sont bons.

Désirée et Ned étaient ainsi.

Ils étaient bons.

— Arrête, Pumpkin, le gronda Sarah.

Le chien essayait de passer la tête entre elle et la table dans l'espoir d'attraper quelques miettes. Sarah repoussa son énorme mufle.

— Y a rien à faire. Les gâteaux, ça le rend fou, soupira Ned. Allez, Pumpkin, dehors !

Le pitbull se dirigea à regret vers le jardin sans cesser de lancer des regards déchirants vers la table.

Ned ferma la porte et finit de placer les dernières bougies.

Désirée avait raison : Sarah avait tout de suite adoré Ned. C'était un homme grand et mince, un peu réservé mais aux yeux remplis de sourires. Il portait toujours la même tenue : une chemise en flanelle boutonnée jusqu'au cou, un jean et des chaussures de montagne. Les cheveux plus longs que ce n'était la mode, jamais pressé, il avait un petit air négligé attendrissant, sans doute dû à son peu d'intérêt pour sa propre personne. Certes, Sarah l'avait vu se mettre en colère, contre Désirée ou contre elle, mais jamais il ne lui avait fait peur. Elle savait qu'il préférerait se couper la main plutôt que de la lever sur elle.

— Neuf bougies, déjà ! s'écria-t-il. Tu es sûre que tu n'as pas des cheveux blancs ?

— T'es bête ! pouffa Sarah.

— Il paraît.

Désirée franchit la porte d'entrée alors qu'il posait la dernière bougie. Sarah remarqua qu'elle avait l'air toute contente.

— Tu l'as eu ? demanda Ned avec un geste du menton vers le paquet qu'elle venait d'appuyer contre le mur.

Désirée lui répondit par un sourire éblouissant.

— Oui, il était temps. J'ai hâte que tu voies ça, Sarah.

Sarah se demandait bien, avec l'impatience des jours d'anniversaire, quelle surprise elle lui réservait.

— Le gâteau est prêt ? s'enquit Désirée.

— Nous venons de poser la dernière bougie.

— Eh bien, laissez-moi le temps de me rafraîchir et on fait la fête !

Sarah hocha la tête en souriant tandis que Désirée repartait, entraînant Ned dans son sillage.

Elle ferma les yeux. Quelle bonne année elle avait passée ! Ned et Désirée étaient merveilleux. Ils l'avaient adorée dès le début et, au bout de quelques semaines, Sarah avait abandonné toute résistance et leur avait rendu leur amour. Ned partait souvent, comme Désirée l'avait prévenue, mais il se faisait pardonner ses absences par sa gentillesse et ses attentions quand il était présent. Quant à Désirée, elle occupait une place de plus en plus importante dans le cœur de Sarah. Oui, la fillette commençait à aimer profondément sa mère adoptive.

Elle ouvrit les yeux, regarda le gâteau, les cadeaux sur la table et celui contre le mur.

J'ai tout pour être heureuse ici. Et je le suis.

Tout n'était pas parfait. Elle faisait encore des cauchemars de temps en temps. Elle se réveillait certains matins accablée d'une tristesse inexplicable. Et même si son école lui plaisait, elle ne se liait pas avec les autres élèves qui, pourtant, l'invitaient à partager leurs jeux. Elle n'était pas encore prête, c'est tout.

Au début, la sorcière Watson passait souvent les voir, mais ils ne l'avaient plus revue depuis neuf mois, ce qui convenait parfaitement à Sarah. Cathy Jones leur avait aussi rendu visite, sincèrement ravie que tout aille bien pour Sarah.

Il y avait longtemps que Sarah, quand elle avait besoin d'être consolée, laissait Désirée la serrer dans ses bras. La seule chose qu'elle ne lui avait pas confiée, c'était son histoire sur l'Étranger, de peur que Désirée refuse de la croire. Parfois, elle-même avait du mal à y croire. Peut-être que Cathy avait raison. Peut-être qu'elle s'était imaginé des choses.

Ned et Désirée revenaient ; vite elle chassa ses pensées. C'était son anniversaire et elle avait bien l'intention d'en profiter.

— Tu es prête à souffler tes bougies ? demanda Désirée.

— Oui ! s'écria Sarah, radieuse.

Ned sortit son briquet et alluma les neuf mèches. Puis ils chantèrent joyeux anniversaire à tue-tête, et peut-être un peu faux, aussi.

— Fais un vœu ! s'écria Désirée.

Sarah ferma les yeux.

Je souhaite... rester ici pour de bon.

Elle prit une profonde inspiration, ouvrit les yeux et souffla toutes ses bougies d'un coup.

Ned et Désirée l'applaudirent.

— J'ai toujours dit que tu ne manquais pas d'air, plaisanta Ned.

— Alors, veux-tu commencer par le gâteau ou par tes cadeaux ?

Sarah voyait bien que Désirée brûlait d'impatience de la voir ouvrir le mystérieux paquet.

— D'abord les cadeaux !

Désirée ramassa le paquet et le lui tendit.

Sarah le soupesa. Malgré sa taille, il n'était pas lourd. Une peinture sans doute, ou une photo. Elle commença à déchirer l'emballage et quand elle vit le bord du cadre, son cœur ne fit qu'un bond.

Serait-ce...

Elle arracha fébrilement le reste du papier et lorsqu'elle vit le tableau en entier, elle cessa de respirer, la poitrine oppressée.

C'était celui que sa mère avait peint pour elle, celui qui représentait le bébé dans la forêt et le visage dans les nuages. Sarah dévisagea Désirée, muette.

— Quand tu m'en as parlé, j'ai compris combien tu tenais à ce tableau, ma chérie. Et tu sais quoi ? Figure-toi que Cathy avait ramassé quelques affaires à toi dans ta chambre après... après le passage de la police.

Surtout des photos et des jouets. Et elle a tout gardé pour que ça ne soit pas perdu. C'est bien celui-là ?

Sarah hocha la tête, toujours sans rien dire, le cœur battant la chamade. Ses yeux brûlaient.

— Oh, mon Dieu ! réussit-elle enfin à articuler. Merci, merci beaucoup. Je… – Son regard glissa de Désirée qui souriait, à Ned dont le regard s'adoucit encore. – Je ne sais pas quoi dire.

Désirée lui remonta une mèche de cheveux derrière l'oreille.

— Il n'y a rien à dire, ma chérie.

Ned toussota et lui tendit une enveloppe.

— Ça, c'est un petit plus, Sarah. Une sorte de… de chèque-cadeau.

Sarah essuya ses larmes et prit l'enveloppe. Elle n'était pas encore remise de ses émotions et ses mains tremblaient tandis qu'elle la décachetait. Elle ne contenait qu'une carte portant la mention « Joyeux Anniversaire » sur le dessus. Elle l'ouvrit aussitôt et lut :

BON POUR UNE ADOPTION

Elle en resta bouche bée de stupéfaction. Elle regarda Ned et Désirée qui souriaient nerveusement. Comme s'ils avaient peur.

— Rien ne t'y oblige si tu n'as pas envie, la rassura Ned. Mais si ça te dit, Désirée et moi, on aimerait t'adopter définitivement.

Que m'arrive-t-il ? Pourquoi ne puis-je plus parler ?

Elle avait l'impression d'être une coquille de noix ballottée par les vagues.

Qu'est-ce qui n'allait pas ?

La réponse lui apparut avec une soudaine clarté. Cela venait de cette partie d'elle-même qu'elle avait gardée enfouie, cachée, fermée comme un coffre-fort. Un endroit rempli de *riens* et de *boules de poils*. Une banquise de souffrance qui se dégelait d'un seul coup en emportant ses barrières intérieures et qui déferlait sur elle, dans un roulement assourdissant de tonnerre. Incapable de parler, elle réussit toutefois à hocher la tête et se mit soudain à gémir. Une plainte inarticulée, insoutenable. Ned en eut les yeux brillants. Désirée lui ouvrit les bras et Sarah se jeta contre sa poitrine pour y verser les larmes qu'elle retenait depuis trois ans.

44.

Sarah et Désirée se prélassaient sur le canapé tandis que Ned ronchonnait dans son bureau tout en réglant des factures. Ils avaient mangé le gâteau, même Pumpkin avait eu droit à un peu de glaçage que Sarah lui avait glissé discrètement. Roulé à leurs pieds, le chien rêvait en tressaillant par moments.

— Je suis tellement heureuse que tu acceptes de rester avec nous, murmura Désirée.

Sarah dévisagea sa mère adoptive. Effectivement, elle avait l'air heureuse. Plus heureuse qu'elle ne l'avait jamais vue. Cela la combla de joie. Non seulement on voulait d'elle, mais mieux encore, Ned et Désirée avaient besoin d'elle pour que leur vie soit parfaite. À cette découverte, elle sentit un vide se combler en elle, un véritable abîme de ténèbres et de souffrance, qui lui avait semblé sans fond.

— C'était mon vœu, dit Sarah.

— Qu'est-ce que tu veux dire ?

— C'est le vœu que j'ai fait avant de souffler les bougies.

Désirée haussa les sourcils de surprise.

— Ouaouh ! C'est de la sorcellerie ou quoi ?

— Mais non, c'est de la magie ! s'esclaffa Sarah.

— Oui, de la magie. Je préfère ça.

— Désirée ? demanda Sarah d'une voix hésitante, les yeux baissés, en proie à une lutte intérieure.

— Qu'y a-t-il, ma chérie ?

— Tu trouves pas que… que c'est drôle que ça me fasse penser à mon papa et à ma maman ? C'est vrai, je suis tellement contente d'être avec vous, alors pourquoi ça me rend triste ?

Désirée poussa un soupir et lui caressa la joue.

— Oh, ma chérie, je crois… que c'est parce que nous ne sommes pas tes parents. C'est vrai, nous t'aimons et, grâce à toi, nous formons une véritable famille. Mais nous ne remplacerons jamais tes parents. Nous occupons une nouvelle place dans ton cœur, mais pas la leur. Tu comprends ?

— Je crois. – Elle scruta le regard de Désirée. – Mais alors, toi aussi, ça doit te rendre triste à cause de ton bébé ?

— Un peu, mais ça me rend surtout heureuse.

Sarah réfléchit.

— Oui, moi aussi, ça me rend surtout heureuse.

Elle se rapprocha pour se faire câliner par sa nouvelle maman. Elles allumèrent la télévision, Ned vint les rejoindre peu après et ils rirent tous ensemble au moindre prétexte. Sarah reconnut cette ambiance détendue et agréable :

Elle était chez elle.

— Ici ? demanda Ned.

— Oui.

Ned planta le clou et accrocha le tableau. Puis il recula pour juger de l'effet.

— Ça a l'air droit.

Il avait fixé le tableau sur le mur en face de son lit, comme dans son ancienne chambre. Sarah ne parvenait plus à en détacher les yeux.

— Ta maman avait vraiment du talent, Sarah. C'est magnifique !

— Chaque année, elle réalisait un cadeau pour mon anniversaire. Et celui-là, c'était mon préféré. Merci de l'avoir retrouvé, ajouta-t-elle en se tournant vers lui.

Ned sourit et baissa les yeux, embarrassé, mais Sarah vit qu'il était heureux.

— C'est surtout Cathy que tu devrais remercier. Et… euh… merci de… de bien vouloir qu'on t'adopte, bafouilla-t-il. Mais je veux que tu saches qu'on le souhaite vraiment tous les deux, ajouta-t-il en la regardant droit dans les yeux. C'est aussi important pour moi que pour Désirée.

Sarah étudia le visage rugueux du routier au grand cœur. Elle savait qu'il aurait toujours du mal à formuler son amour, mais aussi qu'elle pourrait toujours compter sur lui.

— Ça me fait très plaisir. Parce que moi, c'est pareil. J'aime beaucoup Désirée. Mais tu sais, toi aussi, je t'aime beaucoup, Ned.

Une étincelle dansa dans ses yeux gris. Il avait l'air à la fois blessé et heureux.

— Ton bébé te manque encore plus qu'à Désirée.

Ned la dévisagea, puis son regard glissa vers le tableau.

— Après la mort de Diana, j'ai presque cessé de vivre. Je ne pouvais plus bouger, plus penser, plus travailler. J'avais l'impression que le monde n'existait plus. Comme mon père buvait, je me suis toujours juré de ne jamais toucher à l'alcool. Mais après un mois de souffrance interminable, je suis allé m'acheter une bouteille de whisky. – Il regarda Sarah et sourit. – C'est Désirée qui est venue à ma rescousse. Elle m'a arraché la bouteille et l'a cassée sur le bord de l'évier, puis elle m'a crié après jusqu'à ce que je finisse par craquer.

— Elle t'a fait pleurer.

— Oui, j'ai pleuré toutes les larmes de mon corps. Et le lendemain matin, j'ai recommencé à vivre. Désirée m'aimait assez pour trouver la force de me sauver, malgré le chagrin qui la rongeait. Et pour répondre à ta question, Diana lui manque encore davantage qu'à moi, car je ne connais personne capable d'autant d'amour qu'elle. Bon… ben… maintenant, il est temps que tu te couches, ajouta-t-il, rattrapé par sa maladresse et sa timidité naturelles.

— Ned ?

— Qu'y a-t-il, ma chérie ?

— Toi aussi, tu m'aimes ?

Ned sourit d'un sourire magnifique, éclatant qui balaya son embarras.

C'est le sourire de Maman, s'émerveilla Sarah. Du soleil sur les roses.

Il la prit dans ses bras et la serra contre lui, avec toute la tendresse et le réconfort qu'un père peut apporter.

— Tu parles si je t'aime !

Un « ouaf ! » sonore ponctua leurs embrassades.

Sarah éclata de rire en voyant Pumpkin, à leurs pieds, qui les regardait.

— Je sais, c'est l'heure de se coucher, boule de poils, soupira-t-elle.

— Sale traître ! fit semblant de le gronder Ned.

Dès le premier soir, Pumpkin avait abandonné la chambre de Ned et de Désirée pour venir dormir dans celle de Sarah.

Sarah l'aida à monter sur son lit et se glissa sous ses couvertures.

— Tu veux que je dise à Désirée de venir te border ? proposa Ned.

— Non, tu peux le faire.

Sarah savait que ces mots lui feraient plaisir. Et elle les pensait sincèrement. Elle l'aimait, il l'aimait en retour, donc il avait acquis le privilège de la border. À la maison, c'était son père qui montait habituellement lui dire bonsoir et ce rituel lui avait énormément manqué.

— Je laisse la porte entrouverte ?

— Oui, s'il te plaît.

— Bonne nuit, Sarah.

— Bonne nuit, Ned.

Il jeta un dernier regard au tableau qu'il venait d'accrocher et secoua la tête.

— Il est vraiment très beau !

Sarah rêvait de son père. Ils ne parlaient pas. Il n'y avait qu'eux deux et ils souriaient. C'était un rêve plein de bonheur. L'air vibrait d'une note parfaite, jouée par un violon exceptionnel, une note incroyable de pureté, l'expression même de tout ce que le cœur pouvait contenir. Une note qu'on ne pouvait entendre qu'en rêve. Sarah ignorait qui jouait et elle s'en moquait. Elle regardait son père dans les yeux et elle souriait, il lui souriait en retour, et la note devint le vent et le soleil et la pluie.

La musique s'arrêta dès que son père ouvrit la bouche. La note ne retentissait que dans le silence.

— Tu as entendu ? demanda-t-il.

— Quoi, Papa ?

— On dirait un… un grognement.

Sarah fronça les sourcils.

— Un grognement ? – Elle tendit l'oreille et, en effet, elle perçut un grondement, comme une voiture de course vrombissant à un feu rouge. – Qu'est-ce que c'est, Papa ?

Mais son père avait disparu avec le vent, le soleil et la pluie. Finis les sourires. Il ne restait plus que les nuages et le tonnerre. Dans son rêve, elle leva les yeux vers le ciel et les nuages grondèrent, plus fort cette fois, si fort qu'ils la secouèrent et…

— Qu'est-ce qu'il y a, Pumpkin ?

Le chien dressa les oreilles en entendant sa voix, les yeux toujours rivés sur la porte. Le grondement grandissait et se transforma en rugissement.

Elle entendit alors une voix qui la glaça d'un froid sidéral jusqu'à la moelle des os, figeant son cœur en glacier.

— Je n'ai jamais vu une bête sauvage s'apitoyer sur son sort…

Et la porte de sa chambre s'ouvrit à toute volée.

Et Pumpkin rugit de colère.

— Joyeux anniversaire, Sarah !

Je me suis forcée à raconter tout ce qui est arrivé à mes parents. Je leur devais bien ça. Et c'est par eux que tout a commencé, après tout.

Je ne peux pas faire la même chose avec Ned et Désirée. J'en suis incapable. Même à la troisième personne. À mon avis, il vous suffit de savoir quel genre de personnes ils étaient et quelle bonté il y avait en eux.

Il vous suffit de savoir qu'il les a assassinés. Il a tué Ned d'une balle dans la tête et il a battu Désirée à mort, sous mes yeux. Et cela uniquement parce que je les aimais et qu'ils m'aimaient en retour et parce que ma souffrance est sa justice, quoi que ça puisse vouloir dire.

Si vous voulez réellement savoir ce qui s'est passé, ce que j'ai pu éprouver, pensez à la chose la plus horrible que vous puissiez imaginer, comme faire rôtir un bébé sur un feu en riant aux éclats. Puis prenez conscience de ce qui vous fait rire, de tout ce que cela signifie, et là alors vous saurez ce que j'ai ressenti alors.

Il a les a assassinés afin de creuser en moi un gouffre de ténèbres, afin de tuer tout espoir et de me montrer combien il était dangereux pour moi d'aimer quelqu'un. Ça a marché. Car si, un instant, chez Ned et Désirée, j'ai cru que je pourrais retrouver une famille, après, je n'ai plus jamais éprouvé ce sentiment.

Mais Dieu que Désirée lui a résisté ! Elle s'est battue pour moi ! Ça lui a fait une belle jambe !

Dieu… Il faut que j'arrête de parler de Lui. C'est vrai quoi, il y a au moins une chose que j'ai apprise cette nuit-là :

Dieu n'existe pas.

L'Étranger les a tués sous mes yeux et je suis morte avec eux, mais sans réellement mourir, j'ai continué à vivre en regrettant de ne pas être morte, mais la vie suivait son cours et j'ai fait la seule chose qui me restait à faire : j'ai appelé Cathy Jones.

Je l'ai appelée et elle est venue. Elle était la seule qui venait chaque fois que je l'appelais. Elle m'a crue après cette nuit-là. Mais elle était aussi la seule à me croire.

À propos, j'aime Cathy. Je l'aimerai toujours. Elle a fait ce qu'elle pouvait.

45.

— Tu portes la poisse, princesse ! déclara Karen Watson alors qu'elles quittaient l'hôpital où Sarah avait été envoyée après le drame. Y en a qui n'ont vraiment pas de chance. Et toi, tu portes malheur à tous ceux qui t'approchent.

— Peut-être qu'un jour j'aurai la chance de vous porter malheur, madame, rétorqua Sarah.

Karen la regarda en plissant les yeux.

— Continue à me parler comme ça et tu pourras attendre longtemps avant que je te retrouve une famille d'accueil.

— Je m'en fous, répliqua Sarah, les yeux rivés sur la fenêtre.

— Vraiment ? Parfait ! Alors tu vas rester au foyer jusqu'à tes dix-huit ans.

— Je m'en fous.

Sarah gardait les yeux fixés sur le paysage. Karen se sentit ignorée et cela la mit hors d'elle.

Bon sang, mais pour qui se prenait cette gamine ? Ne comprenait-elle pas qu'elle était un véritable fléau ?

Qu'elle aille au diable ! Elle n'allait pas s'en encombrer longtemps !

— Eh bien, tu pourras y croupir tant que tu voudras, je m'en fous complètement !

Sarah ne répondit pas. Karen Watson avait réussi à l'atteindre, comme d'habitude, mais pas longtemps. Elle se sentait de nouveau écrasée par une torpeur qui pesait des tonnes.

Sarah avait été conduite aux urgences et examinée. On lui avait diagnostiqué une légère commotion cérébrale : il ne fallait donc pas qu'elle dorme. Tout son corps n'était que plaies et bosses mais elle n'avait aucune blessure grave. Du moins extérieurement.

Ned, Désirée, Pumpkin. Maman, Papa, Buster.

Ton amour tue.

Elle commençait à le croire. Tous ceux qu'elle aimait avaient disparu à jamais.

Un petit pincement de doute.

Sauf Cathy. Et Thérésa. Et peut-être Doreen si elle était encore en vie.

Sarah soupira.

Thérésa était en prison. Cela devait suffire à l'Étranger pour l'instant. Il serait toujours temps de décider ce qu'elle ferait pour sa sœur adoptive quand celle-ci sortirait. Quant à Cathy, la policière, elle devait être capable de se protéger, non ? En effet.

Elle s'en soucierait plus tard. Elle avait d'autres priorités plus pressantes.

Sarah avait retenu les leçons de son précédent séjour au foyer. Elle n'avait aucune intention de repartir du bas de l'échelle.

Janet continuait à diriger le foyer, toujours aussi maigre et aussi inconsciente des dangers encourus par ses pensionnaires. Elle appartenait à la pire espèce d'âme charitable : elle était incapable de voir le mal. Elle accueillit Sarah d'un hochement de tête plein de commisération.

— Bonjour, Sarah.

— Bonjour.

— Je sais ce qui t'est arrivé. Tu ne souffres pas trop ?

La réponse était « si », mais Sarah secoua la tête.

— Non, ça va, je veux juste aller m'allonger.

— Oui, mais il ne faut pas t'endormir, tu le sais ?

— Oui.

— Tu veux que je t'aide à porter ton sac ?

— Non, merci.

Janet la conduisit le long de ces couloirs sinistres qu'elle connaissait déjà. Rien n'avait changé depuis un an.

Mais sans doute rien n'avait-il changé depuis dix ans.

— Nous y voilà. À juste deux portes de ton ancien dortoir.

— Merci, madame.

— Y a pas de quoi, répondit Janet en tournant les talons.

— Madame ? Kirsten est toujours là ?

Janet se retourna lentement.

— Kirsten a été tuée par une autre fille, il y a trois mois. Une bagarre qui s'est mal terminée.

Sarah fixa Janet et avala sa salive.

— Oh… réussit-elle à articuler.

Janet la dévisagea avec inquiétude.

— Ça va aller ?

Sarah se sentait écrasée sous un poids énorme.

— Ça ira.

Après avoir rangé ses affaires, Sarah s'allongea sur son lit et attendit. C'était la fin de l'après-midi et le dortoir ne se remplirait que dans la soirée. C'est là qu'elle devrait agir.

Sa tête la faisait toujours souffrir mais elle n'avait plus de haut-le-cœur, c'était déjà ça. Sarah détestait vomir.

Personne n'aime ça, andouille !

Les gens qui mènent une vie normale s'inquiètent quand ils se surprennent à parler tout seuls. Jamais une telle idée n'aurait effleuré Sarah. Quand on éprouvait une solitude comme la sienne, on parlait tout seul pour ne pas devenir fou, et non parce qu'on l'était.

La torpeur la recouvrait, la pénétrait. Sarah sentait qu'elle avait franchi un nouveau seuil de souffrance. La tristesse, le chagrin, ces sentiments devaient être supprimés. Ils avaient pris de telles proportions qu'elle ne pouvait plus les laisser en liberté. Ils finiraient par la dévorer si elle ne les mettait pas en cage.

En revanche, elle pouvait laisser libre cours aux autres émotions telles que la colère ou la rage. Elle les sentait croître en elle. Un puits avait été creusé dans son âme et il se remplissait de créatures sombres et violentes. Un molosse s'y abreuvait sans cesser de gronder. Elle se demandait combien de temps elle pourrait encore le tenir en laisse, si toutefois elle y parvenait.

Tout cela entraînait un glissement tectonique dans ses priorités. La survie devenait son credo. Tout le reste n'était qu'illusion.

Je change. Exactement comme il le voulait.

Comment ?

Désormais, je pourrais tuer quelqu'un s'il le fallait. J'en aurais été incapable à six ans.

Joyeux anniversaire.

Elle enroula une mèche de cheveux autour de ses doigts, un sourire vide sur les lèvres.

> *J'ai cassé le doigt d'une fille et je lui ai piqué son lit. La question était réglée : je suis devenue le chef de meute du dortoir, la reine de mon univers.*
>
> *Hé, ne faites pas cette grimace !*
>
> *Je ne suis pas fière de ce que j'ai fait, mais il le fallait.*
>
> *En outre, j'ai beaucoup plus de points communs avec la fille que j'étais à neuf ans qu'avec celle de six. Il y a longtemps que la petite fille de six ans est morte et enterrée.*

46.

Quand je relis ce que j'écris, j'ai l'impression que Cathy devient mon miroir. Une façon de voir ce que j'étais à travers le regard d'une autre personne.

Mais je me demande : a-t-elle réellement pensé cela ? Ne mettrais-je pas plutôt mes propres paroles dans sa bouche ? Peut-être un peu des deux. Certes Cathy était Cathy, mais dans ces pages, elle est aussi mon moi d'aujourd'hui qui contemple le moi d'alors.

Dur, dur…

Cathy était consternée par la transformation de Sarah. Mais comment cela pourrait-il changer ?

C'était le onzième anniversaire de Sarah. Cathy avait eu une petite attention. Elle lui avait apporté un petit quatre-quarts avec une unique bougie. Sarah avait souri, mais Cathy avait senti que c'était par pure politesse.

Ce qui inquiétait le plus Cathy, c'étaient ses yeux. Ils n'étaient plus aussi ouverts et expressifs qu'autrefois. Ils étaient emplis de murs et de vides. On les sentait sur leurs gardes, tels les yeux d'un joueur de poker ou d'un prisonnier.

Cathy connaissait ce genre de regard : elle le voyait chez les prostituées et les criminels endurcis. Il disait : « Je connais la chanson, je te tiens à l'œil », et « N'essaie même pas d'empiéter sur mon territoire ! »

Cathy avait discerné d'autres changements ces deux dernières années. Elle savait que Sarah était la « chef » de son dortoir et elle se doutait de la façon dont elle y était parvenue. Les autres filles respectaient Sarah qui, de son côté, les méprisait. C'était la mentalité des prisons, la loi du pouvoir et de la violence. Sarah avait bien appris la leçon. Force fait loi.

Pourquoi s'étonner ? Ce monde était une jungle.

Cathy s'en voulait de ne pouvoir lui apporter le moindre espoir. Elle s'en voulait de ne pas avoir réussi à convaincre qui que ce soit de l'existence de l'Étranger. Et, à dire vrai, il lui arrivait, la nuit, dans son lit, d'en douter. Elle avait essayé et échoué. Sarah lui avait dit que ce n'était pas grave. Mais Cathy savait que c'était un mensonge éhonté. C'était grave.

Cathy avait fait tout ce qu'elle pouvait. Elle avait obtenu des copies des dossiers sur la mort des parents de Sarah et sur les meurtres de Ned et Désirée. Elle avait passé de longues soirées, après son travail, à les étudier à la recherche d'un indice ou d'une incohérence. Elle en avait même trouvé. Ce qui, au moins, lui permettait de garder le contact avec Sarah dont le regard dur reprenait vie dès qu'elles parlaient de ces affaires. Le fait que Cathy la crût comptait beaucoup pour Sarah. C'était important.

Mais nous te perdons, Sarah, tu le sais. Cet endroit et la vie que tu mènes te tuent à petit feu. Juste sous mes yeux.

— J'ai des nouvelles de Thérésa, annonça Cathy.

Une lueur d'intérêt.

— Lesquelles ?

— Elle sera libérée sur parole dans trois semaines.

Sarah détourna les yeux.

— C'est chouette, dit-elle d'une voix faible.

— Elle veut te voir.

— Non !

Le mot jaillit avec une telle véhémence que Cathy sursauta.

Elle se mordilla la lèvre.

— Je peux te demander pourquoi ?

Elle vit tout le vide, la dureté et la distance s'évanouir du regard de Sarah, n'y laissant qu'un désespoir à l'état brut qui lui serra le cœur.

— À cause de lui, chuchota Sarah d'une voix anxieuse. De l'Étranger. S'il sait que je tiens à elle, il la tuera.

— Sarah, je…

Sarah lui saisit la main brusquement.

— Cathy, promets-moi que tu l'empêcheras de venir !

La policière la regarda un long moment et finit par céder.

— D'accord. Qu'est-ce que tu veux que je lui dise ?

— Dis-lui juste que je ne veux pas la voir tant que je serai ici. Elle comprendra.

— Tu es sûre ?

Sarah esquissa un sourire las.

— Sûre et certaine. Mais dis-lui que… ce ne sera pas long. Dès que je sortirai d'ici, je trouverai un moyen de la contacter. Un moyen sûr.

Son visage redevint inexpressif. Elle se leva et attrapa le gâteau.

— Je dois y aller.

— Tu ne veux pas qu'on allume la bougie ?

— Pas la peine.

Cathy regarda la fillette se diriger droit vers la porte, tête haute, d'une démarche assurée. Mais Dieu qu'elle lui parut petite ! Son air fanfaron accentuait encore sa jeunesse.

Sarah s'allongea sur son lit et mordit dans le quatre-quarts, les yeux fixés sur l'enveloppe. Elle lui était adressée, aux bons soins du foyer. Il n'y avait pas l'adresse de l'expéditeur, juste un timbre et le cachet de la poste.

C'était la première fois de sa vie qu'elle recevait du courrier. Et ça ne lui disait rien qui vaille.

Ouvre-la. Elle vient peut-être de Thérésa.

Elle pensait presque tous les jours à sa sœur adoptive. Parfois elle en rêvait, des rêves merveilleux où elles partaient ensemble en avion ou en bateau pour des endroits tout sauf sinistres, qui proclamaient « Chagrins et monstres interdits ».

Ces rêves lui donnaient envie de ne plus se réveiller. Thérésa représentait sa seule lueur d'espoir.

Elle déchira l'enveloppe. Elle contenait une simple carte blanche. Au recto elle lut : « Une petite pensée pour ton anniversaire ». Elle la retourna : de l'autre côté figurait un domino accompagné d'un bref message : « Sois une bête sauvage. »

Le glaçage du quatre-quarts prit un goût amer dans sa bouche et un frisson la parcourut de la tête aux pieds.

Ça venait de lui. Elle le savait. Peu importait qu'il ne lui eût jamais écrit auparavant. Aucune explication n'était nécessaire. C'était comme ça.

Elle fixa la carte encore un instant et la remit dans son enveloppe. Elle la glissa sous son oreiller et finit son gâteau.

Je deviens une bête sauvage.

Viens donc me voir et je te le prouverai.

Son sourire était dépourvu de joie.

Ce qui est bien, songea-t-elle, c'est que ça ne peut pas être pire. C'est déjà ça.

Je sais à présent que c'était idiot de penser une chose pareille. Bien sûr que ça pouvait être encore pire. Et ça l'est devenu.

Karen Watson s'est retrouvée en prison. Je ne sais pas pourquoi exactement, mais ça ne m'a pas surprise. Elle était diabolique. Cette sorcière détestait les enfants et se vengeait en bousillant leur vie. C'était un gros vampire qui suçait, non pas le sang, mais l'âme de ses victimes et quelqu'un a fini par la prendre sur le fait.

Elle s'est toujours débrouillée pour m'envoyer dans de mauvaises familles d'accueil. Ici on me frappait, là on me tripotait, c'était vraiment horrible, mais ne parlons plus de ça, plus jamais.

Et pourtant, je n'ai jamais autant souffert qu'au moment où Désirée et Ned sont morts. J'y ai beaucoup réfléchi, et je crois que ça a été le début de la fin pour moi. Tout a commencé avec Maman, Papa et Buster, et tout a pris fin avec Désirée, Ned et Pumpkin. Depuis, cahin-caha, j'ai l'impression d'évoluer dans un rêve.

Cathy a proposé un jour de m'adopter mais je ne l'ai pas laissée faire.

Vous comprenez, j'avais peur que ce ne fût la fin pour elle si elle me prenait.

Cathy a quand même disparu un peu plus tard. J'ai appris qu'elle avait été agressée, mais personne n'a voulu me dire comment, ni par qui elle avait été frappée. Elle ne m'a plus jamais répondu au téléphone, ni plus jamais rappelée.

J'ai laissé tomber tout cela dans la grande mare noire, avec le reste.

C'est comme ça que je l'appelle : la grande mare noire. C'est ce que j'ai en moi. Elle a commencé à se remplir le jour de la mort de Ned et Désirée. Son eau poisseuse et puante ressemble à de l'huile. Mais elle a ses avantages, car vous pouvez y jeter tout ce qui vous fait mal, elle l'engloutit à jamais.

Que Cathy ne m'appelle plus m'a fait souffrir. Alors j'ai noyé cela dans la grande mare noire. Ciao !

En revanche, lorsque cette salope de Karen Watson s'est retrouvée en prison, c'est une nouvelle que je n'ai pas jetée dans la mare. Je sais, salope est un gros mot, en particulier dans la bouche d'une fille, mais je n'y peux rien. Karen Watson était une Salope avec un grand S. À se demander même si le mot n'avait pas été inventé pour elle ! Je la détestais et je souhaitais de toutes mes forces qu'elle crève en prison. Parfois je rêvais qu'on la poignardait et qu'on lui ouvrait le ventre comme à un poisson. Elle s'effondrait en pissant le sang et en hurlant. Je me réveillais toujours le sourire aux lèvres après ce rêve.

Un jour, en effet, elle a fini par crever. Quelqu'un lui a tranché la gorge, d'une oreille à l'autre. J'en ai souri à m'en faire mal aux zygomatiques. Et puis j'ai pleuré et la Folle a refait surface et elle s'est mise à pleurer, elle aussi.

Des larmes noires.

De l'eau sale, tout n'est plus qu'eau sale maintenant.

Quant à moi, je finis toujours par me retrouver au foyer. Avec ma réputation, il n'y a pas grand monde qui me cherche des noises. Je reste dans mon coin.

Ce qui vaut mieux, car j'en ai vraiment ras le bol, vous savez. J'ai parfois une drôle d'impression, comme si j'étais assise toute nue au pôle Nord sans avoir froid, car je ne peux plus rien ressentir. Et je reste à regarder la grande mare noire qui bouillonne à mes pieds. De temps en temps, je vois sortir des mains et parfois je les reconnais.

L'Étranger m'a laissée tranquille durant quelques années. Je suppose qu'il n'a pas cessé de me surveiller. Ça lui suffisait sans doute de savoir que mes familles d'accueil me pourrissaient la vie.

J'ai reçu une nouvelle carte pour mon quatorzième anniversaire. Elle disait « À bientôt ! » C'est tout. Je me suis réveillée la nuit suivante en hurlant comme une folle. On a dû m'emmener à l'infirmerie où on m'a attachée sur un lit et donné des calmants. Ce jour-là, c'est moi qui suis tombée dans la grande mare noire. Plouf ! Ciao !

Les Kingsley ont décidé de m'accueillir et je ne sais pas trop pourquoi je me suis laissé faire. Mais j'ai du mal à me battre, ces temps-ci. J'ai l'impression de flotter. Je flotte, je tremble, parfois je parle toute seule et je recommence à flotter. Ah oui, et je jette aussi plein de trucs dans la grande mare noire. Ça m'arrive de plus en plus souvent ces derniers temps. Je crois que je commence à comprendre. Je voudrais être une pièce vide aux murs blancs. J'y suis presque. Et les abeilles tueuses en sont presque devenues la lumière.

J'écris cette histoire car c'est peut-être ma dernière chance de raconter tout ça avant que je ne me jette dans la grande mare noire à mon tour. Je n'en ai pas vraiment envie, mais ça m'est chaque jour plus pénible de continuer. Et la Folle sort de plus en plus souvent du point d'eau. Pourtant, il y a encore une petite partie de moi qui s'obstine à se souvenir de quand j'avais six ans. Et qui me parle de moins en moins souvent, mais quand elle le fait, elle me dit de tout écrire et de me débrouiller pour vous le faire parvenir.

Je ne crois pas que vous serez capable de me sauver, Smoky Barrett. J'ai peur d'être restée trop longtemps au point d'eau, d'avoir passé trop de temps à écrire des histoires que j'ai brûlées. Mais peut-être existe-t-il une chance minuscule, infime, que vous attrapiez l'Étranger.

Et là vous le jetterez dans la grande mare noire.

Je crois que j'ai tout dit. C'est la dernière ligne droite sur la feuille blanche qui crisse.

Une vie ruinée ?

On n'en est pas loin, je crois.

Je ne rêve plus de mes parents, mais j'ai rêvé de Buster l'autre nuit. Ça m'a surprise. Quand je me suis réveillée, je croyais vraiment sentir sa tête couchée sur mon ventre.

Mais Buster est mort, comme les autres.

J'ai surtout changé en profondeur...
Je n'espère plus.
FIN ?

Je lis la dernière ligne du journal de Sarah, je pose une main sur mes yeux et, cette fois, je fonds en larmes. Bonnie me prend l'autre main et la frotte pour me réconforter. Je m'essuie les yeux au bout d'un moment.

— Je suis désolée, ma chérie. Mais ce que j'ai lu m'a rendue très triste. Excuse-moi.

Elle m'adresse un de ses sourires qui disent : *Ce n'est pas grave, nous sommes en vie, je suis contente d'être avec toi.*

— C'est bon, dis-je en me forçant à sourire, mais je me sens encore bouleversée.

Bonnie me regarde et se tapote le front.

— Tu as une idée ?

Elle hoche la tête et m'indique d'abord le mur où est accroché un portrait d'Alexa puis le plafond. Là, je mets un moment à comprendre.

— Tu sais ce que tu veux faire de la chambre d'Alexa ?

Elle sourit.

— Dis-moi, ma chérie.

Elle se montre, fait semblant de dormir et secoue la tête.

— Tu ne veux pas y dormir.

Nouveau sourire.

Elle fait semblant de tenir quelque chose et mime de grands coups de pinceaux, et là tout devient évident.

La première fois que Bonnie m'a fait comprendre qu'elle voulait peindre, j'étais folle de joie. Les possibilités thérapeutiques étaient évidentes : Bonnie était muette, mais peut-être allait-elle pouvoir s'exprimer par le pinceau.

Elle peignait des paysages parfois lumineux, parfois sombres, de magnifiques clairs de lune ou des journées délavées par la pluie et la grisaille. Son imaginaire ne manifestait aucune orientation particulière si ce n'est que tout ce qu'elle peignait était saisissant, indépendamment du sujet. Mon tableau préféré représentait un désert au sable jaune, chaud et éclatant, sous un soleil de plomb et un ciel bleu, intense, sans nuage, avec un seul cactus qui s'élançait fièrement dans tout ce vide. Il n'avait pas l'air de souffrir de son isolement. On le sentait sûr de lui, ce cactus solitaire. Il supportait très bien le soleil, la chaleur et le manque d'eau. Tout allait bien pour lui, on le sentait, et je me suis demandé s'il représentait Bonnie.

Depuis, elle a progressé, passant de l'aquarelle à la peinture à l'huile et enfin à l'acrylique. Elle s'y consacre un jour par semaine, avec une intensité et une concentration presque farouches. Je l'ai observée à son insu et j'ai été frappée par son absorption totale. Le monde disparaît quand elle peint. Sa perception se limite à la toile devant elle, à l'image qu'elle a en tête, au mouvement de sa main. Elle peint généralement sans s'arrêter, comme si sa vie en dépendait.

Peut-être est-ce le fait de peindre qui est thérapeutique et le résultat n'est-il que secondaire. Peut-être que seul l'acte compte.

Quelle que soit la réponse, ses peintures sont bonnes. Certes, Bonnie n'est pas Rembrandt, cependant elle a du talent. On sent dans ses tableaux une vitalité, une audace qui n'ont pas d'âge.

— Tu veux qu'on transforme la chambre d'Alexa en atelier ?

Bonnie peint dans la bibliothèque qui commence à disparaître sous les papiers, les toiles et tout son matériel.

Elle hoche la tête, à la fois heureuse et circonspecte. Elle me prend la main et scrute mon visage avec inquiétude.

— Je trouve que c'est une excellente idée !

Toute sa méfiance s'envole et son sourire m'illumine jusque dans mes recoins les plus sombres.

Elle montre la télé où passe un dessin animé et me lance un coup d'œil interrogateur.

Si je veux regarder avec elle ?

— Bien sûr, ma chérie.

J'ouvre mes bras pour qu'elle se blottisse contre moi et je laisse son soleil chasser toute ma grisaille intérieure.

Fais comme le cactus. Nous avons du soleil. Au diable le sable !

47.

Le lendemain matin, j'essaie de calmer Sarah.

Elle vient de faire la connaissance d'Elaina et, à peine son regard s'est-il posé sur elle, qu'elle a reculé vers la porte, à la fois horrifiée et terrorisée.

— Non ! s'écrie-t-elle les yeux brillants de larmes. Pas question. Je veux m'en aller.

Je comprends ce qui se passe. En un éclair, elle a perçu toute la bonté d'Elaina qui lui rappelle Désirée et sa mère, et elle pressent de nouvelles morts à venir.

— Sarah, ma chérie, regarde-moi, dis-je d'une voix apaisante.

— Non, pas question ! Pas elle ! crie-t-elle sans quitter Elaina des yeux. Je ne me le pardonnerais jamais.

Elaina s'avance et m'écarte. Son visage exprime à la fois la compassion et la douleur.

— Sarah, commence-t-elle d'une voix douce, très douce. Je veux que tu restes ici. Tu m'écoutes ? Je sais ce que je risque et je veux que tu restes ici en toute connaissance de cause.

Sarah continue à la fixer, elle ne parle plus mais elle se balance d'avant en arrière.

Elaina montre son crâne chauve.

— Tu vois ça ? J'ai eu un cancer. Mais je l'ai vaincu. Et tu sais quoi ? Il y a six mois, un homme nous a prises en otages, Bonnie et moi, bien décidé à nous tuer. Et nous l'avons vaincu, lui aussi. Et à nous tous, ajoute-t-elle en montrant Alan, Bonnie, elle et moi, nous vaincrons le danger.

— Non, gémit Sarah.

Je vois alors Bonnie s'avancer. Elle me regarde et se montre du doigt. Je fronce les sourcils sans comprendre. Elle pointe de nouveau le doigt sur elle puis sur Sarah. Tout le monde la regarde, cloué sur place. Et soudain, je saisis.

— Tu veux que je lui raconte ton histoire ?

Elle opine.

— Tu es sûre ?

Nouveau hochement de tête.

Je me tourne vers Sarah.

— Sa maman, Annie, était ma meilleure amie. Et elle a été assassinée devant elle. Ensuite, le meurtrier a attaché Bonnie au corps de sa mère et elle est restée ainsi pendant trois jours, jusqu'à ce que je la trouve. Et c'est cet homme qui a voulu ensuite les tuer, Elaina et elle.

À présent, Sarah n'a plus d'yeux que pour Bonnie.

— Et tu sais ce qu'il est devenu ? enchaîne Alan. Il est mort. Et nous, nous sommes toujours là. Nous avons tous vécu de dures épreuves, Sarah. Alors ne t'inquiète pas pour nous, on assume. Et laisse-nous veiller sur toi. Tu es ici chez moi, et moi aussi, je veux que tu restes.

Je sens derrière la résistance de Sarah un désir ardent de dire oui. Bonnie lui prend la main. Nous guettons tous sa réaction.

Les épaules de Sarah s'affaissent.

Elle ne dit rien.

Elle hoche seulement la tête. Elle me rappelle Bonnie et, au même instant, ma fille adoptive croise mon regard et me sourit tristement.

— Faudrait pas m'oublier ! s'écrie alors Kirby, incapable de tenir sa langue plus longtemps. Je suis là et j'ai de quoi descendre un ours. – Un large sourire découvre ses dents blanches et illumine ses yeux de léopard. – Et si ce cinglé se pointe, il ne sera pas déçu !

Il n'y a pas de café fraîchement moulu au bureau ce matin, mais, la pluie a cessé, c'est déjà ça.

Nous sommes de nouveau réunis avec toute mon équipe. J'ai l'air un peu moins fraîche qu'hier matin. Callie aussi. Elle est impeccable comme toujours, mais ses yeux rouges accusent la fatigue.

Notre directeur adjoint franchit la porte, un café à la main, sans s'excuser de nous avoir fait attendre. C'est normal. C'est le boss. Arriver en retard fait partie de ses prérogatives.

— Allez-y, dit-il.

— Bien. Alors commençons par toi, Alan.

Je sais qu'il est revenu au bureau, hier soir, fouiller dans le passé des Langstrom.

— D'abord, parlons du grand-père Langstrom. Ou plutôt du grand-père Walker, devrais-je dire, car il s'agit en fait du père de Linda, Tobias Walker.

— Attends ! s'exclame Jones en reposant son gobelet. Tu as bien dit Tobias Walker ?

— Oui, monsieur.

— Merde alors !

Tout le monde le dévisage. Il a blêmi.

— La liste que je vous ai donnée, ce matin, agent Thorne. Celle avec les noms des policiers chargés de l'affaire de trafic d'enfants. Jetez-y un coup d'œil.

Callie scanne du regard la feuille et sursaute.

— Tobias Walker faisait partie de ceux qui ont mené l'enquête.

J'éprouve une sensation de triomphe qui m'électrise littéralement.

— Et je vois un autre nom connu : David Nicholson.

— Nicholson, répète Jones en fronçant les sourcils. Police de Los Angeles, un grand type, un bon flic. D'où vous le connaissez ?

Je lui résume les événements de la veille. Il tombe des nues.

— Il s'est suicidé ? Et sa fille est retenue en otage ?

Il tend la main vers son café, se ravise, se passe les doigts dans les cheveux. Je ne saurais dire s'il est bouleversé ou fou de rage. Les deux, sans doute.

Une idée m'assaille, me submerge, grosse comme une montagne. Une véritable révélation.

— Et si…

Tout le monde me regarde d'un air interrogateur. Tout le monde sauf James. Il fixe le vide, pétrifié.

Voit-il la même chose que moi ?

Certainement.

— Écoutez-moi juste un instant, dis-je d'une voix dans laquelle je sens moi-même percer l'excitation. Nous nous trouvons devant une enquête qui a échoué. Nous avons la vengeance comme mobile et aussi quelques messages clés. Le premier à Cathy Jones, concernant son insigne : *Les symboles ne sont que des symboles*. Un autre à Nicholson : *Ce qui compte, c'est l'homme derrière le symbole, pas le symbole*. Si on les ajoute à ce qu'on sait déjà, que peut-on en déduire ?

James les bat tous de vitesse.

— Il fait allusion à la corruption : ce n'est pas parce que quelqu'un porte un insigne que c'est quelqu'un de bien. Les symboles ne sont que des symboles.

Le regard d'Alan s'éclaire.

— D'accord, ça nous a échappé. Son mobile, c'est la vengeance, et ce n'étaient pas les trafiquants qu'il voulait punir le plus, mais les flics. C'est pour ça que Vargas s'en est tiré relativement bien. L'Étranger voulait la peau de ceux qui ont mené l'enquête et surtout de celui qui a révélé la planque des enfants aux trafiquants.

Un grand silence. Tout le monde cogite en hochant la tête.

Je me tourne vers Jones.

— Monsieur, que pouvez-vous nous dire sur Tobias Walker ?

Il se frotte le visage.

— Je me souviens juste de quelques rumeurs. C'était un dinosaure, encore pire que Haliburton. Un sale type, raciste, qui se trimbalait toujours avec une matraque, ou un truc de ce genre. C'est surtout sur lui qu'ont pesé les soupçons quand la planque a été attaquée.

— Pourquoi ?

— Les Affaires internes l'avaient soupçonné à trois reprises d'avoir touché des pots-de-vin, mais impossible de le coincer. On disait même qu'il appartenait à la pègre. Mais on n'a jamais pu le prouver. Il est mort d'un cancer en 1983.

— Il est évident que notre tueur croyait à ces rumeurs, lui, observe James.

— Et qu'est-il arrivé à Haliburton, chef ?

Jones pâlit de nouveau.

— Hier encore, je vous aurais répondu qu'il s'était suicidé avec sa femme, mais vu les circonstances…

— Comment est-il mort ?

— Ça s'est passé en 1998. Il était déjà à la retraite depuis un moment déjà. Il devait approcher des soixante-dix ans, mais il menait une vie encore très active. Il écrivait toujours des poèmes.

Je sursaute.

— Des poèmes ?

— C'était son seul côté sympathique. C'était un type très conservateur, très pratiquant, qui se méfiait de tous ceux qui n'avaient pas les cheveux coupés en brosse, et achetait tous ses costumes chez Sears. Il était cassant et péremptoire et ne plaisantait jamais. Pourtant, il écrivait des poèmes. Et il n'hésitait pas à nous en faire profiter. Il y en avait d'ailleurs de très bons.

Je lui raconte le récit de l'Étranger sur le poète et sa femme.

— Bon sang ! soupire Jones en secouant la tête. C'est de mieux en mieux. Et nous qui avons toujours cru que Haliburton avait tué sa femme et s'était ensuite suicidé !

— Et l'étudiant en philosophie ? Vous ne voyez personne dans l'équipe qui correspondrait à cette description ?

— Non.

— Et pas d'autre décès suspect ?

— Nous étions trois. Haliburton, moi et Jacob Stern. Stern est parti en Israël à sa retraite, à la fin des années 1980. C'était encore un vieux de la vieille. Je n'ai plus jamais entendu parler de lui. Et parmi les policiers, il y avait Walker, Nicholson et un type des mœurs qui s'appelait Roberto Gonzalez. Lui non plus je ne sais pas ce qu'il est devenu. C'était un jeune flic à l'époque, bilingue, un mec bien, si mes souvenirs sont exacts.

— Nous allons nous renseigner à leur sujet.

— Reste la grande question, même si nous avons restreint notre champ d'investigations, remarque Alan. Qui est l'Étranger et pourquoi s'acharne-t-il sur les flics ?

— J'en ai une autre, de question ! s'exclame Callie. Ne vous vexez pas, chef, mais comment se fait-il que vous soyez toujours en vie ?

— Je pense que c'est parce que vous êtes directeur adjoint, chef, répond James. Je ne sais pas si c'est pour cette raison qu'il vous a rayé de sa liste ou s'il vous garde pour la fin, mais tuer un directeur adjoint, ça attirerait vraiment l'attention. Il ne souhaite sans doute pas qu'on s'intéresse trop à lui.

— Voilà qui est réconfortant ! réplique Jones.

Pour en revenir à la question d'Alan, en toute logique, l'Étranger ne peut être qu'une victime de ce trafic d'enfants et pas un membre de leurs familles, reprends-je.

— Pourquoi ? demande Alan avant de répondre lui-même à sa question. À cause des cicatrices sous ses pieds.

— Exact.

Je réfléchis quelques instants.

— Callie ? Tu n'as rien vu chez les Langstrom qui pourrait nous être utile ?

— Non, nous avons inspecté la maison de fond en comble avec Gene, mais nous n'avons pas trouvé grand-chose, à part des tonnes de poussière. Les antidépresseurs que prenait Linda Langstrom ne lui ont pas été prescrits par son médecin de famille, mais par un praticien installé à l'autre bout de la ville.

— Étonnant !

— Surtout qu'elle ne les a pas pris !

Je fronce les sourcils.

— Vous y comprenez quelque chose ?

Personne ne me répond.

— James ? Du nouveau sur l'ordinateur du fils Kingsley ?

— Non.

Je réfléchis, espérant une étincelle magique. Rien.

— Notre meilleure piste reste donc la donation Langstrom. – Je relate mon entretien avec Ellen. – Il nous faut cette assignation aujourd'hui.

— Cathy Jones devrait vous permettre de l'obtenir, répond Jones. Elle doit pouvoir témoigner que les Langstrom ont sans doute été assassinés par une tierce personne. Occupez-vous-en tout de suite, c'est une priorité.

Il jette son gobelet dans la corbeille à papier et se dirige vers la porte.

— Tenez-moi au courant. Oh, dit-il en se retournant, et toi, Smoky ? Attrape-nous ce tueur, s'il te plaît. Je tiens à ma vie.

Je me tourne vers Callie et Alan.

— Bon, vous avez entendu le chef, alors à vous de jouer. Et toi, James, je veux que tu trouves ce que sont devenus les deux autres flics de la liste, Stern et Gonzalez.

Tout le monde se précipite, comme des limiers flairant une piste.

48.

— Robert Gonzalez a été assassiné à son domicile en 1997, déclare James. Il a été torturé, castré et on l'a retrouvé avec ses organes génitaux dans la bouche.

— Ça ressemble à la description que l'Étranger a faite du meurtre de l'étudiant en philosophie. Quoi d'autre ?

— Stern a l'air en vie et en bonne santé. J'ai alerté la cellule de crise, ils vont contacter les autorités israéliennes et le mettre sous bonne garde.

— Je suis d'accord pour ton hypothèse à propos de Jones mais pourquoi a-t-il laissé Stern en vie ?

James hausse les épaules.

— Peut-être pour une raison purement géographique. Il était trop loin.

— Oui, peut-être. Mais vois-tu, il y a une autre piste que nous n'avons pas explorée.

— Laquelle ?

— Celle de M. Vous-Savez-Qui. Le type à qui s'adresse Vargas dans sa vidéo. Ne devrait-il pas être une cible de premier choix pour l'Étranger ?

— On n'a pas le temps de s'en occuper maintenant.

— Pourquoi ?

— Parce c'est une question qui risque de rester sans réponse. On n'a pas pu le retrouver en 1979 alors que toutes les forces de police le recherchaient. Quelle chance avons-nous de le coincer aujourd'hui ?

— Déjà, nous ne sommes pas corrompus.

Il secoue la tête.

— La question n'est pas là. Oui, je pense qu'il a été prévenu et que quelqu'un le protégeait, lui ou ses intérêts. Mais je ne crois pas qu'il s'agissait d'une grande conspiration au niveau des forces de l'ordre. C'est déjà assez dur de corrompre un flic, quoi qu'en pense l'opinion publique, alors une brigade entière ! Non, il ne devait y avoir qu'un flic d'impliqué, deux au maximum.

— Walker ?

— Sans doute. Mais ce qui me tracasse, c'est le fait que tout le réseau ait disparu du jour au lendemain. On n'a plus vu d'enfants avec des cicatrices aux pieds. C'est ça qui m'inquiète.

— Pourquoi ? Ces salopards se sont méfiés, c'est tout.

— Non. Ils se méfiaient déjà, puisqu'ils avaient un complice dans la police. Certes, la prudence leur conseillait de trouver une nouvelle filière d'approvisionnement et un nouveau marché. Mais de là à fermer la boutique ? Dans ces cas-là, les criminels se montrent juste plus retors, mais leur business continue.

— Ce n'est pas notre problème. À ce qu'on sait, ils n'ont jamais arrêté. Peut-être qu'ils se sont montrés plus malins et qu'ils se sont simplement installés ailleurs. Bon sang ! Le tourisme sexuel n'a fait que se développer ces dernières années, peut-être sont-ils retournés s'installer dans leur pays où ils couraient beaucoup moins de risques.

James hausse les épaules mais je sais que cette explication ne le satisfait pas. Il adore résoudre les énigmes. Il déteste les questions sans réponse.

— En tout cas, il ne s'agit pas du parent d'une victime, dit-il.

Il parle de l'Étranger.

— Je sais. Sa vengeance est trop personnelle pour ça. On sent qu'il a vécu lui-même cette horreur.

— Il y a toujours quelque chose qui ne colle pas dans le journal.

— Tu as trouvé quoi ?

— Pas encore.

Mon téléphone portable sonne. C'est Callie.

— Nous avons une déclaration écrite de Cathy Jones. On rentre.

— Beau travail, Callie.

— Ça t'étonne ? rétorque-t-elle d'un ton faussement outré.

— Dès que tu arrives, on monte voir Ellen.

— On sera là dans vingt minutes.

Une soudaine poussée d'adrénaline me parcourt les veines. Je me sens à la fois pleine d'énergie et éblouie, comme si tout se trouvait brusquement entouré d'un halo de lumière.

On le tient !

— Nous allons avoir notre assignation, dis-je à James.

— N'oublie pas ce qu'on a dit.

— Je n'oublie pas.

Je comprends son message : pas de conclusion hâtive. Nous avançons toujours sur le chemin qu'il nous a tracé.

49.

Nous avons notre assignation et Alan, Callie, James et moi décidons d'aller tous ensemble voir Gibbs.

L'atmosphère est électrique. Nous avons été forcés, malgré nous, à rester de simples spectateurs dans cette histoire qui s'est déroulée sous nos yeux, étape par étape, comme un film d'horreur. Nous avons vu souffrir Sarah et les autres. Et nous voilà peut-être sur le point de savoir qui est l'Étranger. Pour l'instant, peu importe si c'est lui qui nous a conduits là où nous sommes, nous voulons voir son visage.

Nous sortons de l'ascenseur et j'aperçois, à la réception du FBI, Tommy qui téléphone. Il agite la main en me voyant.

— Attendez-moi une seconde.

— Dépêche-toi, me dit James.

— Salut, me lance Tommy. Je voulais juste savoir si ça s'était bien passé avec Kirby… si tu avais accroché avec elle.

— Elle est spéciale, c'est le moins qu'on puisse dire ! réponds-je avec un sourire. Je…

J'entends un déclic métallique qui me rappelle quelque chose. Je veux le repousser de mon esprit mais un cri d'alarme retentit dans ma tête et me dit que je ferais mieux de… de…

Je pivote, en alerte, et mes yeux se posent sur un homme de type hispanique au visage sinistre, qui se trouve juste à l'entrée du hall. Il me regarde, je suis sûre qu'il m'a vue, et se détourne…

— Tommy, dis-je dans un murmure tandis que ma main vole vers mon arme.

Sans poser de question, fidèle à lui-même, Tommy suit mon regard et plonge la main dans sa veste.

Que se passe-t-il ?

L'homme à la sale gueule jette alors en l'air deux objets qui tourbillonnent en décrivant deux parfaits arcs de cercle…

— Merde ! hurle Tommy.

Il me pousse brutalement en arrière et je bascule tout en comprenant dans un flash ce qui se passe.

— Des grenades !

J'ai crié trop tard. Une explosion assourdissante secoue le hall. Je sens l'onde de choc, la chaleur, quelque chose qui m'effleure le visage et soudain, l'air est aspiré, un bref instant, et je tombe, j'entends mon crâne heurter le sol en marbre et tout devient gris, très gris…

Les nuages qui flottent dans ma tête sont dissipés par l'odeur de la fumée et le bruit d'une fusillade.

Je reconnais le crépitement d'une arme automatique.

En un éclair, je réagis et je roule sur la gauche alors que quelque chose ricoche juste à côté de moi.

Dieu que ma tête me fait mal ! J'ai les oreilles qui tintent. Je regarde autour de moi et j'aperçois Callie, derrière un pilier, les traits contractés, qui tire. Je vois James qui essaie de se relever, le visage ensanglanté.

— Reste couché, abruti ! hurle Alan.

L'arme automatique continue à arroser le hall.

L'homme à la sale gueule ne plaisante pas, et la seule chose qui m'empêche de ricaner, c'est la peur de passer pour une cinglée.

Faudrait que je retrouve mes esprits et vite…

J'entends les revolvers qui lui répondent et je sors mon arme en chancelant, par pur réflexe.

Mon pistolet se cale dans ma paume et me murmure joyeusement qu'il est prêt.

Je prends alors conscience que je suis dans le couloir qui mène au hall, je me souviens subitement que c'est Tommy qui m'y a poussée et alors (oh, mon Dieu ! Putain de merde !) la terreur me vrille et je cherche au sol son corps ensanglanté que je suis sûre, que j'ai peur, que je ne veux pas…

— Par ici, me chuchote Tommy.

Je pivote. Par je ne sais quel miracle (merci ! Oh, merci, mon Dieu !) il est derrière moi, assis contre le mur, le teint terreux, l'épaule en sang.

— Tu es blessé !

— Sans blague ! murmure-t-il en essayant de sourire. Et en plus, ça fait mal. Mais tout va bien. Juste un éclat dans l'épaule, aucun organe vital n'est atteint, l'hémorragie est maîtrisée.

Je le regarde fixement, essayant de tout intégrer.

— Ça va, Smoky. Maintenant va tuer cet idiot, tu veux bien ?

Oh, oui, allons-y ! chuchote mon pistolet et cette fois, je lui réponds avec fougue.

Je veux sa peau. Si je le vois, il est cuit.

Je m'avance en rampant tandis que le tir automatique se poursuit dans un délire de plomb et d'acier. Je sens l'odeur du métal qui explose, ripe et ricoche de tous côtés.

Je hurle :

— Callie !

Elle me regarde et je lui demande des yeux.

Combien ?

Elle lève un doigt.

Un seul.

Je hoche la tête et lui fais signe de me couvrir avec Alan.

Elle opine, puis elle échange quelques mots avec lui. J'aperçois James qui a réussi à se traîner jusqu'au même pilier. Du sang coule de son front, il a l'air sonné.

Callie me fait signe qu'ils sont prêts.

Après un dernier coup d'œil vers Tommy, je m'accroupis, et l'arme à la main, je guette l'accalmie.

Tout le monde est amené à recharger son arme. Pourtant le tir automatique se poursuit éternellement. Mais ce n'est qu'une illusion : le temps s'allonge dans les batailles, on en perd même toute notion. La sueur inonde mon front. Ma tête palpite de douleur, et la poudre en suspension dans l'air commence à m'emplir la bouche d'un goût métallique.

Soudain le silence s'abat sur nous, presque aussi assourdissant que le tir automatique.

Je vois Callie contourner le pilier, l'arme pointée. Je me lève en fouillant le hall du regard, à la recherche de l'homme à la sale gueule…

Je m'immobilise, mon pistolet bouillant de rage.

L'entrée du hall est déserte !

50.

Je fonce vers l'entrée ventre à terre, saute par-dessus le détecteur de métaux qui pousse un cri aigu de protestation. J'enregistre le corps immobile d'un agent de sécurité sans pouvoir déterminer s'il est vivant.

J'ouvre les portes d'un coup d'épaule et je surgis en haut des marches, la respiration haletante, mon pistolet tenu à deux mains.

Personne !

Je dévale l'escalier, arrive au parking, regarde de droite à gauche. J'entends les portes se rouvrir derrière moi et Callie me rejoint, suivie d'Alan.

— Où est-il ? Il vient à peine de sortir !

Nous entendons le rugissement d'un moteur puissant suivi d'un crissement de pneus et je me précipite dans leur direction. Je vois filer une Mustang noire, je lève mon pistolet, prête à tirer… et je me retiens : je ne suis pas sûre que ce soit lui.

— Le fumier !

— Tu l'as dit ! marmonne Alan.

Je remonte l'escalier quatre à quatre et franchis de nouveau les portes, Callie et Alan sur mes talons.

C'est un vrai carnage dans le hall. Je vois des policiers s'affairer autour de trois corps inertes et trois ou quatre autres agents l'arme à la main, pendant que Mitch, le chef de la sécurité, parle dans son talkie-walkie.

J'essuie la sueur sur mon front d'une main tremblante, encore sous la tension du combat. Je continue à penser par flashs. Je dois agir vite tout en me calmant intérieurement.

— Occupe-toi de James, dis-je à Callie.

Je m'approche de Tommy. Son visage a repris des couleurs, mais je vois qu'il souffre. Je m'accroupis à côté de lui et lui prends la main.

— Tu m'as sauvé la vie, pauvre héros sans cervelle ! dis-je d'une voix hachée.

— Je parie que tu dis ça à tous les types qui t'empêchent de te faire déchiqueter par des grenades, me répond-il avec un clin d'œil.

Je cherche une réplique spirituelle et m'aperçois que je suis sans voix. Ce n'est pas de l'amour que j'éprouve pour Tommy, pas encore, mais c'est l'homme qui compte le plus pour moi depuis la mort de Matt. Nous sommes *ensemble*.

— Seigneur ! Tommy, je… j'ai cru que tu étais m-mort !

J'ai l'impression d'avoir la langue anesthésiée à la novocaïne tandis que mon estomac fait un saut périlleux.

Tommy ne fait plus aucun effort pour sourire et me fixe de son regard perçant.

— Eh bien, je suis toujours vivant, d'accord ?

N'osant faire confiance à ma voix, je lui réponds juste par un hochement de tête.

— James va bien, me crie Callie, mais il a besoin de quelques points de suture.

Je regarde Tommy. Il me sourit.

— Ça ira, tu peux y aller.

Je presse sa main une dernière fois et je me redresse, soulagée de sentir que mes jambes peuvent encore me porter. Les portes de l'ascenseur s'ouvrent et le chef Jones ainsi que des renforts en surgissent, revolver au poing.

— Putain, que s'est-il passé ? rugit-il.

Je m'avance vers lui.

— Un individu armé d'un automatique a jeté deux grenades dans le hall, puis a ouvert le feu avant de prendre la fuite.

— Des victimes ?

— Je ne sais pas encore.

— Et vous l'avez identifié ?

— Non, chef.

Il se tourne vers l'un des agents descendus avec lui.

— Faites garder l'entrée. Que personne n'entre ni ne sorte sans mon autorisation, à part le personnel médical. Faites vite venir les secours et, en attendant, triez les blessés. Et ceux qui sont sûrs de leurs talents de secouriste, c'est le moment de les prouver !

— Oui, chef, répond l'agent avant de courir exécuter ses ordres.

Jones contemple les hommes qui commencent à s'activer et à mettre un peu d'ordre dans ce chaos.

— Ça va ? me demande Jones en me sondant d'un œil critique. Je te trouve mauvaise mine.

— C'est le stress.

Je me tâte là où mon crâne a heurté le sol. À mon grand soulagement, je ne sens qu'une grosse bosse et pas de sang. Mon mal de tête régresse, je n'ai donc pas à craindre de commotion cérébrale.

— Il faut qu'on trouve qui c'était et pourquoi il a fait ça, grommelle Jones.

— Oui, chef.

Il pousse un soupir de frustration.

— Tu l'as vu ?

— Oui, chef. Il était de type hispanique. Une bonne trentaine d'années, quarante peut-être.

Jones lâche un juron.

— Mais bon sang, comment a-t-il franchi la sécurité ?

— Il n'a pas essayé. Il a juste franchi les portes et jeté ses grenades, ensuite il a mitraillé le hall et il est reparti.

— Putain ! Comment peut-on parer une attaque pareille ?

Je ne réponds pas. Sa question ne m'est pas destinée.

— Chef, que voulez-vous qu'on fasse, mon équipe et moi ?

Il contemple la scène en se passant une main dans les cheveux.

— Laisse-moi Alan. Prends Callie et occupez-vous de l'assignation.

Vu ce qui vient de se passer, sa réponse me sidère.

— Mais, chef… – Je m'essuie encore le front. – … vous êtes sûr que vous n'avez pas besoin de nous ici ?

— Non. On ne va pas tout arrêter à cause de ça. Laisse tomber. Dans une demi-heure, nous aurons la vidéo de ce type grâce aux caméras de surveillance. Et entre les hommes qui sont ici et l'équipe de Quantico qui ne va pas manquer de rappliquer, on sera déjà bien assez nombreux.

Je ne réponds pas.

— Je ne te demande pas ton avis, Smoky !

Je soupire. Il a raison, il est le chef et il est furax : bref, le tiercé gagnant !

— Oui, chef.

— Alors vas-y !

Je m'approche de Callie. James est debout mais il a toujours le regard dans le vague. Il presse un mouchoir sur sa blessure. Le sang qui a coulé le long de son visage et de son cou s'étale sur sa chemise.

— On dirait qu'on t'a planté une hache dans la tête.

Il me sourit, d'un vrai sourire, et là, je sens enfin qu'il a recouvré ses esprits.

— C'est juste une coupure du cuir chevelu, répond-il d'une voix pâteuse. Ça saigne énormément.

Je tourne vers Callie un regard interrogateur. Elle hausse les épaules.

Y a pas moyen qu'il reste assis. Mais je t'avoue que je préfère le voir comme ça.

— Tu sais quoi, la rouquine ? rétorque James d'une voix trop forte. J'ai autant besoin de toi que… que d'un trou dans la tête ! coasse-t-il avant de s'effondrer sur elle.

Nous le rattrapons et l'empoignons chacune par un bras.

— Hé, tu sais quoi ? reprend-il de sa voix cotonneuse, s'adressant à moi.

— Quoi ?

— J'me sens pas bien.

Ses jambes cèdent sous son poids et nous parvenons péniblement à l'asseoir. Il n'essaie plus de se relever. Il a le visage livide et luisant de sueur.

— Il lui faut un médecin. Il doit avoir une commotion cérébrale.

Comme par hasard, les portes s'ouvrent et les urgentistes déboulent dans le hall, flanqués de policiers, arme au poing.

— Suffisait de demander ! ponctue Callie.

Elle se penche vers James et lui tapote l'épaule.

— Ils vont t'emmener, mon chéri.

Il la regarde, l'œil trouble. Il déglutit et fait une grimace.

— Parfait, parvient-il à bredouiller.

Il remonte ses genoux et appuie son front dessus.

— Alors, c'est quoi le programme ? demande Alan qui nous rejoint au même moment.

Je le briefe rapidement. Il a l'air indemne. Pourtant il a les mains couvertes de sang. Il remarque mon regard intrigué.

— Un gamin, dit-il d'une voix blanche. Une sale blessure au ventre. J'ai essayé d'arrêter l'hémorragie. Il est mort. – De nouveau un silence. – Alors, qu'est-ce qu'on fait ?

Je retrouve ma voix péniblement.

— Toi, Jones demande que tu restes ici. Callie et moi, on apporte l'assignation à Gibbs.

— D'accord.

Sa voix me paraît hésitante, mais quand je croise son regard, je constate qu'il est tout sauf groggy.

— Tu sais, commence-t-il en frottant ses mains sur sa chemise, en général, j'arrive à supporter notre boulot. Pourtant c'est dur, surtout quand les victimes sont des gosses, mais en général, j'arrive à assumer. Mais ce qui me fout en l'air, c'est ce gâchis aveugle ! finit-il avec un geste vers le hall.

Je ne lui donne pour toute réponse qu'une simple pression de la main sur son bras.

— Allez-y. Je m'occupe de lui, dit-il en regardant James.

Il n'y a rien à ajouter. Je suis bien d'accord avec lui !

Je contemple à mon tour le hall dévasté qui se transforme en véritable ruche. Je constate avec surprise que je tiens toujours mon pistolet. J'aperçois l'horloge sur le mur, un peu de guingois à présent, mais qui continue à fonctionner : neuf minutes à peine se sont écoulées depuis notre sortie de l'ascenseur.

Je remets mon pistolet dans son étui en jetant un dernier regard vers Tommy que des médecins examinent.

— On y va, dis-je à Callie.

J'appelle Elaina tandis que nous fonçons sur l'autoroute. Toutes les radios et les télévisions ne vont bientôt plus parler que de l'attaque. Nous avons croisé leurs véhicules alors que nous quittions le parking.

— Alan va bien, je vais bien, Callie va bien et James va bien. Il est juste un peu secoué mais il s'en remettra.

Elaina laisse échapper un gros soupir de soulagement

— Dieu soit loué ! Tu veux que je le dise à Bonnie ?

— Oui, s'il te plaît.

— Merci de m'avoir prévenue, Smoky. Si j'avais appris ça par la télévision… heureusement que tu y as pensé…

— Oui, je savais qu'Alan n'aurait pas le temps de le faire et j'avais peur que tu t'inquiètes. Merci de le dire à Bonnie. Maintenant je voudrais parler à Kirby.

Quelques secondes plus tard, ma tueuse à gages prend le téléphone.

— Quoi de neuf, patronne ?

Je la mets au parfum.

— Je veux que vous les emmeniez toutes les trois ailleurs. Auriez-vous un endroit sûr où les cacher ?

— Bien sûr. J'ai de quoi m'abriter les jours d'orage. Y a du gros temps de prévu ?

— Non, mais je préfère être prudente.

— Je vous rappellerai dès qu'on sera arrivées.

Elle raccroche.

Pas de question. Action immédiate. Tommy ne s'est pas trompé, Kirby est bien la femme de la situation.

Je n'ai aucune raison de penser qu'il existe un lien entre l'irruption de ce fou furieux dans le hall et Sarah ou l'Étranger. Mais rien ne prouve le contraire, non plus, et, dans ma terreur et les circonstances présentes, cela suffit à justifier ma réaction.

Callie ne dit rien et fixe la route avec une intensité inquiétante. J'aperçois sur son cou une petite tache qui ressemble à du sang séché.

— Ça fait drôle de partir en laissant tout le monde dans ce merdier, remarque-t-elle, comme si elle sentait que je l'observais.

— Je sais. Mais ils s'en sortiront sans nous. Et nous avons du pain sur la planche.

— N'empêche que ça me retourne.

— Moi aussi.

Nous arrivons à Moorpark en un temps record et gagnons aussitôt le cabinet de Gibbs.

Il écarquille les yeux et reste bouche bée en nous voyant entrer.

— Bon sang, mais qu'est-ce qui vous est arrivé ?

— Vous l'apprendrez aux nouvelles, dis-je en lui tendant l'assignation.

Son regard s'attarde sur nous quelques instants. Puis il ouvre l'assignation et la parcourt rapidement.

— Ceci ne m'enjoint que de révéler son identité, note-t-il.

— C'est tout ce qu'il nous faut.

— Parfait ! répond-il, visiblement soulagé.

Il ouvre un tiroir de son bureau et en sort un dossier très peu épais qu'il jette devant moi.

— Voilà la copie de notre contrat ainsi qu'une photocopie de son permis de conduire. Vous avez un excellent conseiller juridique, ajoute-t-il avec un sourire. Je vous aurais combattu pour la donation, mais pour l'identité… il y a trop de cas de jurisprudence dans ce domaine.

Je lui retourne un sourire de pure forme. Je fais glisser le dossier vers moi et je l'ouvre. La première page est effectivement un contrat, dactylographié. Il détermine les honoraires et les services demandés, les procurations, la responsabilité… Mon regard glisse jusqu'à la signature.

— Gustavo Cabrera, lis-je à voix haute.

Enfin le nom de l'Étranger !

Je tourne la page. Ce que je vois me choque sans me choquer, et me met mal à l'aise. Ma peau se couvre de chair de poule.

— Smoky ?

Je pointe mon doigt à un endroit du document. Callie regarde et plisse les yeux.

La photocopie du permis de conduire de Cabrera est claire et nette et nous le reconnaissons aussitôt.

Le type à la sale gueule.

— Le fils de pute ! murmuré-je.

Suis-je vraiment surprise ? Pas vraiment.

Je lutte contre mon envie de partir en courant. Tout en moi me hurle d'agir, mais ma conversation avec James me revient.

Nous en sommes à l'étape la plus dangereuse : nous sommes arrivés là où il voulait et il le sait. Si nous prenons les mesures qu'il attend de nous, quelles seront les conséquences ? Il nous a clairement signifié ses intentions, balles et grenades à l'appui. Il veut visiblement nous conduire à l'apocalypse et s'en lèche déjà les babines.

Comment le priver de ce plaisir ?

Et qu'en est-il de cette intuition sourde que je n'arrive toujours pas à identifier ? De ce doute insaisissable qui essaie de remonter de mon subconscient et qui taraude aussi James ?

Je me tourne vers Gibbs.

— Je vous remercie. Nous devons y aller.

— Vous me tiendrez au courant ? Au cas où la suite affecterait la donation ?

— Bien sûr.

— Qui est-ce ?

Je suis au téléphone avec Barry.

— Gustavo Cabrera. Trente-huit ans. Arrivé d'Amérique centrale en 1991. Naturalisé Américain en 1997. Rien de passionnant. Mais ce qui est intéressant, c'est qu'il ait pu acheter une telle propriété alors qu'il ne semble avoir aucun emploi fixe. Par ailleurs, il a été soupçonné de détention d'armes.

— Quoi, ce serait un trafiquant ?

— Ou peut-être juste un dingue d'armes à feu. Il n'y a pas eu de suite. L'informateur qui a donné ce tuyau n'était pas considéré comme fiable et il est mort d'une overdose. Deux autres précisions. Toutes deux confidentielles, elles viennent de son dossier médical, mais quelqu'un en a eu connaissance et les a notées. D'abord Cabrera est séropositif.

— C'est vrai ?

— Oui.

— Et ensuite ?

— Le médecin a noté que Cabrera a été torturé. Il porte des traces de fouet sur le bas du dos et, tiens-toi bien, sur la plante des pieds.

— Merde alors ! Rien d'autre ?

— C'est tout.

— On se rappelle.

Je raccroche, toujours perplexe et préoccupée.

Il y a dans tout cela quelque chose qui cloche, ou qui manque plutôt, mais quoi ?

Cabrera. Ses origines collent sur le plan géographique. Il porte des cicatrices. Mais est-ce l'Étranger ? Pourquoi ai-je tant de réticences à répondre oui.

Le journal de Sarah. Qu'a-t-elle omis de dire ?

— Quel est le problème, Smoky ? me demande doucement Callie. Qu'est-ce qui te tracasse comme ça ?

— C'est trop facile. Trop téléguidé. Ça ne colle pas avec la personnalité de l'Étranger.

— Qu'est-ce qui te fait dire ça ?

Je secoue la tête d'exaspération.

— Je ne sais pas. Peut-être est-ce trop simple. Pourquoi nous conduirait-il droit à lui ?

— Peut-être parce qu'il est *fou*, Smoky.

— Non. Il sait exactement ce qu'il fait. Il voulait qu'on obtienne cette assignation et il voulait qu'on voie ce dossier. Il a mis le FBI en ébullition avec son numéro de Terminator dans le hall. Il s'est propulsé en tête du hit-parade des criminels les plus recherchés et nous révèle son visage après s'être caché si longtemps. Pourquoi ?

— C'est toi qui arrives à penser comme eux, rétorque-t-elle, sûre que je vais avoir une révélation.

— Je ne vois pas. Pourtant c'est juste là, sous mon nez, mais je ne le vois pas. Oui, c'est dans le journal de Sarah. Une chose qu'elle a omis de dire.

Je la sens tout près. Je la perçois du coin de l'œil, mais si je me tourne, elle disparaît.

Un détail, infime, insaisissable…

Je me raidis et j'écarquille les yeux tandis que tout s'éclaire.

C'est toujours comme ça que ça se passe. J'absorbe des montagnes d'informations, de preuves, de considérations, de conclusions, d'éventualités et d'impressions. C'est comme si je passais au tamis une montagne entière pour retrouver un seul grain de sable, mais un grain de sable essentiel !

Oh, mon Dieu !

Ce n'est pas une chose qui manque, c'est quelqu'un.

— Tu as trouvé ? murmure Callie.

Je réussis à hocher la tête.

Je n'ai pas tout élucidé, non, je n'ai pas encore tout compris, mais ça… je crois que je le tiens.

Certaines choses se précisent et la vérité m'apparaît encore plus terrible.

51.

— Tu en es sûre, Smoky ? me demande Jones.

— Oui, chef.

— Ça ne me plaît pas. C'est trop risqué. Quelqu'un pourrait y laisser sa peau.

— Si on ne procède pas de cette manière, nous risquons de perdre des otages qui sont peut-être encore en vie. Je ne vois pas d'autre solution.

Un long silence suivi d'un profond soupir.

— Alors fais le nécessaire. Et préviens-moi, quand tu voudras qu'on intervienne.

— Merci, chef.

Je raccroche et me tourne vers Callie.

— C'est parti.

— J'ai toujours du mal à le croire.

— Je sais. Allons chercher les éléments qui nous manquent encore.

La planque dans laquelle Kirby a installé Elaina, Bonnie et Sarah se trouve à Hollywood et n'a rien pour inspirer la sécurité. C'est sans doute le but, me dis-je en considérant la vieille maison branlante et décrépie.

Kirby nous ouvre la porte alors que nous approchons et nous fait entrer, un large sourire aux lèvres, un pistolet coincé dans la ceinture de son jean. Elle a tout d'un pirate aussi blond que cinglé.

— Toute la bande est là ! s'écrie-t-elle.

Elle ne fait plus aucun effort pour cacher ses yeux de tueuse. Ils fouillent le jardin derrière nous tandis qu'elle tapote son arme du bout des doigts. Elle referme la porte.

— Salut, Sonia la rouge, dit-elle se tournant vers Callie. Vous devez être Callie. Moi, c'est Kirby, la garde du corps. Qu'est-ce que vous faites exactement ?

Callie lui serre la main avec un grand sourire.

— J'illumine le monde de ma présence.

— Moi aussi, trop cool ! rétorque aussi sec Kirby avant de se retourner vers le fond de la maison. Vous pouvez sortir !

Sarah, Bonnie et Elaina apparaissent. Bonnie se jette sur moi et passe les bras autour de ma taille pour me serrer très fort.

— Salut, Choupinette.

Elle me dévisage, puis regarde Callie, les yeux remplis d'inquiétude.

— Nous allons bien, la rassure celle-ci aussitôt. Nous sommes juste un peu poussiéreuses. Un petit coup de savon, un soupçon de maquillage et il n'y paraîtra plus.

— Tommy a été blessé à l'épaule par un éclat, ma chérie, mais il va vite se remettre.

Bonnie scrute mon visage, pour s'assurer que je ne lui cache rien, et me serre encore plus fort.

Elaina s'approche à son tour. Elle a tenu bon devant les filles, mais la façon dont elle se tord les mains trahit son anxiété.

— Je suis rassurée de vous savoir tous sains et saufs. Mais… mais pourquoi nous avoir envoyées ici ?

— Par précaution. L'attaque de cet après-midi pouvait être un acte terroriste isolé. Le FBI ne manque pas d'ennemis. Mais au vu du profil que nous avons dressé de l'Étranger, nous avons pensé qu'il pouvait être dans le coup. Et nous avions raison.

Sarah s'avance, et le visage étrangement calme, trop calme, elle demande :

— Qui est-ce ?

— Il s'appelle Gustavo Cabrera. Il a trente-huit ans et il est originaire d'Amérique centrale. C'est tout ce qu'on sait de lui pour l'instant.

Sarah baisse les yeux vers le sol.

— Et qu'est-ce qu'on fait maintenant ?

Je glisse un œil vers Kirby et Callie. Elles sont au courant. Pas Elaina.

— Maintenant, nous devons avoir une petite conversation, Sarah, juste toi et moi.

Elle relève la tête d'un mouvement brusque, soudain méfiante. Elle hausse les épaules, jouant les indifférentes, mais je sens sa tension.

— D'accord.

Je tourne vers Kirby un sourcil interrogateur.

— Vous avez deux chambres dans le fond. Et pendant ce temps-là, nous les filles, on en profitera pour parler armes à feu et vieilles dentelles.

J'effleure l'épaule de Sarah. Elle lève ses beaux yeux vers moi et j'y lis une profonde et terrible angoisse.

Sait-elle que nous avons compris ? Peut-être pas. Mais elle le craint.

Je la conduis vers une chambre, je referme la porte derrière nous et nous nous asseyons sur le lit. Je me prépare à lui poser la question.

La preuve la plus difficile à trouver, ce n'est pas celle qui existe, c'est celle qui manque. Les omissions nous échappent de par leur essence même. Et c'est cette absence que James a perçue le premier, moi ensuite, à la lecture du journal de Sarah.

Une fois que nous avons compris ce dont Sarah s'abstenait de parler, et que nous l'avons relié à ce que nous savions de l'Étranger, tout est devenu évident. Il ne nous restait plus qu'à corroborer notre hypothèse.

Nous avons senti l'Étranger tout près de nous, James et moi.

Tout collait.

Je pose alors ma question à Sarah.

52.

— Sarah, où est Thérésa ?

On dirait que la foudre l'a frappée. L'horreur se peint sur son visage et dans ses yeux tandis qu'elle secoue la tête fébrilement.

— Non, non, chuchote-t-elle. Je vous en prie. Elle… – Son visage se tord, comme une serviette qu'on essore. – … elle est tout ce qui me reste… Si je la perds… je n'aurai plus personne… personne…

Elle se ratatine sur le lit, noue ses bras autour de ses genoux qu'elle remonte contre sa poitrine et se met à se balancer sans cesser de secouer la tête.

Je m'approche encore.

— Il l'a enlevée, n'est-ce pas ?

Ce qui nous avait intrigués, James et moi, c'était cet amalgame confus de grains de sable entrevus ou manquants : la présence toute proche de l'Étranger, l'amour de Sarah pour Thérésa, les otages, la voie sur laquelle nous avions été poussés.

Mais ce qui nous avait vraiment perturbés, c'était que Sarah ne parlait plus du tout de Thérésa à la fin de son journal.

Certes, Sarah lui avait dit de ne pas la contacter tant qu'elle était au foyer. Admettons.

Mais alors que s'était-il passé ? Elle aimait Thérésa et elle nous a raconté ce qui était arrivé à toutes les autres personnes auxquelles elle tenait. Pourquoi ce mutisme sur Thérésa ?

— Sarah, réponds-moi.

Le visage baissé, le front appuyé contre ses genoux, Sarah sort de sa poche plusieurs feuillets.

— S'il vous plaît, ne me demandez pas de raconter. J'espérais et je redoutais d'avoir un jour à vous les donner. C'est ça, la vraie fin de mon journal.

Je commence à lire et les mots m'entraînent dans une nouvelle descente au point d'eau.

Histoire de Sarah

La véritable fin

53.

Sarah se réveilla le jour de ses quatorze ans avec un an de plus et cela ne lui fit ni chaud ni froid.

En fait, elle se fichait de tout. Car c'est lorsqu'on cessait de se ficher de tout, que ça devenait dangereux. Oui, dès qu'on éprouvait de l'intérêt, on risquait de souffrir, et la souffrance, elle ne la supportait pas.

Sarah marchait sur la corde raide depuis des années et, sous l'accumulation des épreuves, son âme avait atteint un seuil critique. Elle se sentait à deux doigts de devenir dingue. Il suffisait d'un souffle pour que sa raison s'envole. Et de l'envol à la chute, il n'y avait pas loin.

Elle en avait pris conscience un matin, alors qu'elle était assise dehors à rêvasser. Elle s'était machinalement gratté le bras. Une heure plus tard, comme son bras lui faisait mal, elle s'était aperçue qu'elle l'avait gratté jusqu'au sang.

Cela l'avait brusquement sortie de sa torpeur : elle avait tellement peur de devenir folle !

Le pire, c'est que, parfois, elle était prise de tremblements incontrôlables. Elle ne voulait pas que les autres filles découvrent cette faiblesse. Heureusement, les crises s'annonçaient par des signes extérieurs tels que des nausées et les bords de son champ visuel qui s'obscurcissaient. Elle allait aussitôt s'allonger sur son lit ou s'enfermer dans les toilettes et, les bras serrés autour du ventre, elle tremblait, perdant toute notion du temps qui passait.

Elle avait donc peur et il y avait de quoi. Rester saine exigeait de gros efforts de sa part, comme si ce n'était pas naturel, comme s'il fallait se battre.

Mais, la plupart du temps, elle se fichait de tout. Et la grande mare noire et huileuse continuait à bouillonner en elle, insatiable. Elle la nourrissait de ses souvenirs et perdait un peu plus d'elle-même chaque année.

Elle avait quatorze ans et pourtant elle avait l'impression d'avoir vécu bien plus longtemps. Elle se sentait très vieille.

Elle se leva, s'habilla et sortit dans la cour du foyer. N'ayant pas eu de nouvelles de Cathy, elle décida de la jeter dans la grande mare noire mais se ravisa, songeant qu'elle pouvait encore attendre un peu. Peut-être Cathy viendrait-elle lui apporter un quatre-quarts. Cathy faisait ce qu'elle pouvait, elle le savait. Elle comprenait la bataille qui se livrait dans son cœur, sa difficulté à exprimer ses sentiments et elle ne lui en voulait pas.

Il faisait beau. Le soleil brillait et, grâce à une petite brise fraîche, il ne faisait pas trop chaud. Sarah s'assit sur un banc, ferma les yeux et renversa la tête en arrière pour savourer cet instant.

Un coup de klaxon la tira brutalement de sa rêverie. Il fut suivi d'un deuxième, plus insistant. Elle scruta la rue en fronçant les sourcils. Elle se trouvait près du grillage qui entourait le foyer, à l'écart des autres filles. Une rue résidentielle se trouvait sur sa droite et elle aperçut une voiture garée le long du trottoir. Une vieille américaine bleue toute délabrée. Un vrai tas de tôle. Avec quelqu'un assis côté passager.

Le klaxon retentit à nouveau et, cette fois, convaincue que c'était pour elle, Sarah se demanda un bref instant si ce n'était pas Cathy, mais non… Cathy avait une Toyota. Intriguée, elle se leva et s'approcha de la clôture pour scruter la voiture.

Derrière la vitre sale du passager, elle crut distinguer un visage, celui d'une jeune femme…

Le visage se retrouva brusquement plaqué contre la fenêtre et Sarah sentit son sang se glacer.

Thérésa !

Elle resta pétrifiée, incapable de bouger, les cheveux soulevés par le vent.

Thérésa était plus vieille…

… mais c'était bien elle !

(Sans blague ! tu veux une photo ?)

Et elle était terrifiée, désespérée et elle pleurait.

Sarah distingua derrière elle une ombre qui bougeait et elle vit un homme grimacer sous un bas qui lui écrasait les traits.

Se sentant alors glisser vers le bord du précipice, elle moulina des bras pour ne pas basculer, lorsque quelque chose remonta à la surface de la grande mare noire qui bouillonnait en dessous d'elle… c'était…

(La tête de Buster, Buster est mort, Maman a serré le revolver contre elle.)

Elle moulina des bras de plus belle mais…

(Youpi…)

Elle leva la tête vers le ciel bleu et hurla, hurla, hurla…

Du temps avait passé, sans doute.

Sarah se réveilla en constatant avec stupéfaction qu'elle n'était pas folle. Mais il n'y avait peut-être pas de quoi se réjouir. La santé mentale n'était-elle pas un peu surfaite ?

Elle avait les poignets attachés au lit et les chevilles aussi. Un lit qui semblait médical, à en juger par son allure… médicale.

Elle sourit à cette idée.

On m'a donné des calmants. De bons calmants. Je me sens heureuse avec une forte envie de me tuer. Ouais, sûr qu'on m'a droguée !

Elle s'était déjà réveillée dans cet état second, après un rêve si réel que – zut, alors ! – elle n'avait pas pu se le sortir de la tête.

Elle ricana avant de perdre de nouveau connaissance.

Sarah s'assit au bord de son lit et essaya de réfléchir à ce qu'elle devait faire.

On l'avait débarrassée de ses sangles deux jours auparavant. La porte de sa chambre était fermée à clé mais personne ne la surveillait. On lui donnait juste des médicaments qu'elle faisait semblant de prendre et on la laissait tranquille, ce qui lui convenait parfaitement. Cela lui laissait tout le temps d'organiser son suicide.

Comment vais-je me tuer ? Voyons les possibilités.

Il lui fallait un mode sûr, dont on ne risque pas de réchapper.

Après mûre réflexion, elle en arriva à la conclusion qu'il lui faudrait d'abord quitter cet endroit. On ne la laisserait jamais mourir là.

Il ne lui restait plus qu'à prouver qu'elle avait retrouvé toute sa tête et qu'elle était prête à regagner le sain environnement du foyer.

C'était facile. Elle pourrait y arriver sans trop de mal. On ne s'intéressait pas suffisamment à elle pour la suivre de près.

Elle regagna effectivement le foyer une semaine plus tard. La frêle Janet parut heureuse de la revoir. Sarah lui rendit son sourire en imaginant sa tête quand elle la découvrirait pendue à une poutre.

Arrivée dans son dortoir, elle s'aperçut qu'une autre pensionnaire occupait son lit. Elle décida aussitôt de lui expliquer sa vision des choses : elle lui cassa l'index et jeta ses affaires par terre, mais sans se mettre en colère : c'était une nouvelle, elle ne pouvait pas savoir.

Maintenant elle savait ! songea-t-elle en regardant la fille qui pleurait en serrant sa main contre elle.

Sarah se coucha sur son lit et la chassa de son esprit. Elle avait d'autres priorités. Comme mourir, par exemple.

Elle y songeait encore, deux heures après, lorsqu'une fille s'approcha de son lit avec prudence et déférence.

— Quoi ? aboya Sarah.

— Du courrier, répondit la fille de plus en plus nerveuse.

Sarah fronça les sourcils.

— Pour moi ?

La fille lui tendit une enveloppe blanche et détala.

Sarah se méfia aussitôt de l'apparente banalité de cette lettre.

Elle venait de lui.

Elle faillit la jeter. Sans même l'ouvrir.

Non.

Elle la décacheta tout en se maudissant. L'enveloppe ne contenait qu'une lettre tapée sur un ordinateur et imprimée par une machine à jet d'encre. Sans visage, comme lui. Menaçante, comme lui.

Joyeux anniversaire avec un peu de retard, Sarah !

Te souviens-tu de ma première leçon sur les choix ? Si tel est le cas, ce dont je suis certain, tu dois te rappeler la promesse que j'ai faite à ta mère, et tu sais que je l'ai tenue. Alors garde cela à l'esprit en lisant la suite.

Thérésa va bien. Je n'irais pas jusqu'à dire qu'elle est en grande forme (pour être honnête, je la trouve un peu fatiguée, ces derniers temps) mais elle est en bonne santé. Cela fait trois ans que nous vivons ensemble.

Elle voudrait te revoir et j'aimerais favoriser vos retrouvailles. Hélas, ce n'est pas possible tant que tu seras dans ce foyer.

Mais dès que tu seras installée dans une nouvelle famille d'accueil, nous te contacterons.

Il n'y avait pas de signature.

La lettre était écrite de telle façon que, lue par un tiers, elle aurait semblé bizarre mais pas inquiétante. Sarah, cependant, en saisissait toute la signification, comme l'Étranger l'escomptait.

Thérésa est en vie. Elle le restera tant que je ferai ce qu'il dit. Il veut que j'aille dans une famille d'accueil et que j'attende.

Il y avait longtemps que Sarah refusait d'être placée. Mais il lui suffisait de dire à Janet qu'elle le souhaitait, et de se montrer avenante lorsque d'éventuels parents se présenteraient. C'était une fille, elle était jolie, il y aurait toujours des couples désireux de la prendre chez eux dans l'espoir de l'adopter.

C'est alors qu'il lui vint une pensée dérangeante.

Que leur arriverait-il, quels qu'ils soient ?

Elle sentit sa vision s'obscurcir et une nausée lui soulever le cœur. Elle se tourna vers le mur, se roula en boule et se mit à trembler.

Une heure plus tard, elle détruisait la lettre et allait trouver Janet.

54.

Il lui rendit visite chez les Kingsley, environ un an plus tard, alors qu'elle était seule à la maison. Toute la famille était sortie, mais elle avait prétexté qu'elle ne se sentait pas bien pour rester. (Elle préférait ne pas s'attacher à des gens qui risquaient de bientôt mourir.)

Michael avait déjà commencé à abuser d'elle. Au début, elle avait craint de mal le supporter. Elle devait rester là dans l'intérêt de Thérésa. Elle devait attendre. Mais que se passerait-il si elle pétait les plombs ?

Tout se déroula relativement bien. Certes, elle haïssait Michael, mais le fait qu'il ne soit pas adulte changeait pas mal de choses, sans qu'elle sût vraiment pourquoi. Et de savoir que l'Étranger le tuerait probablement la faisait sourire. Un jour, après avoir abusé d'elle, Michael avait remarqué son air amusé.

— Qu'y a-t-il de si drôle ? avait-il demandé.

Je pensais juste à ta mort, avait-elle songé.

— Rien.

Elle essayait de ne pas songer à Dean et à Laurel. Laurel n'avait rien d'une mère fabuleuse, elle n'arrivait pas à la cheville de Désirée, mais elle n'était pas méchante et se souciait sincèrement de son bien-être. Sarah gardait ses distances autant qu'elle le pouvait.

Elle travaillait dans sa chambre, sur son ordinateur, quand il était apparu. C'était le début de l'après-midi. Le visage écrasé par un bas, il souriait, comme toujours.

— Bonjour, ma Petite Douleur.

Elle était restée muette, se contentant d'attendre. Elle ne faisait plus que ça ces derniers temps : elle parlait peu, n'éprouvait pas grand-chose et attendait.

Il était venu s'asseoir sur son lit.

— Tu as reçu ma lettre et tu m'as cru. Tu as bien fait, Sarah, car je ne mentais pas. Si Thérésa est encore en vie aujourd'hui, c'est grâce à toi.

— Vous ne lui avez pas fait de mal ? s'écria-t-elle, retrouvant sa voix.

— Si. Et quand nous aurons terminé cette petite conversation, je rentrerai chez moi la faire souffrir encore davantage. Cependant, tant que tu feras ce que je te dirai, je ne la tuerai pas.

Sarah sentit un sentiment nouveau envahir son âme en lambeaux. Il lui fallut quelques instants pour l'identifier. C'était de la haine. De la haine pure !

— Je vous hais ! déclara-t-elle, d'une voix qui lui parut dénuée de colère.

C'était une voix normale, celle de quelqu'un qui énonce une vérité.

— Je sais, répondit-il. Maintenant, écoute-moi bien. Je vais te dire ce que tu vas faire.

55.

Je relève la tête et Sarah me regarde. L'épuisement que je lis sur son visage me consterne. C'est l'expression de quelqu'un qui a déjà abandonné.

— Que t'a-t-il dit ? dis-je d'une voix qui se veut neutre, dénuée de tout jugement.

Elle détourne les yeux.

— Il m'a dit qu'il lui fallait le mot de passe de l'ordinateur de Michael. Qu'il allait conduire les flics sur une fausse piste et que, pour l'aider, je devais écrire un journal et vous réclamer.

— Il voulait que tu me demandes moi en particulier ?

— Oui, répond-elle d'une voix atone.

— Qu'entendait-il par fausse piste ?

— Il prétendait avoir encore du travail à faire. Je ne sais pas ce qu'il entendait par là. Il a dit qu'au début, il pensait se rendre mais qu'il avait changé d'avis.

Je digère cette information. Il me vient deux réflexions.

Un, James avait vu juste.

Deux, ce n'est pas Cabrera.

D'où une question : pourquoi a-t-il impliqué Cabrera ?

— Il ne t'a rien dit d'autre ?

Son regard me jauge, calcule. C'est le regard de quelqu'un qui a une terrible vérité à révéler et qui soupèse les risques.

— Sarah, je connais sa façon de procéder. Il a agi avec toi comme il l'a fait avec ta maman, avec Cathy Jones et avec tous les autres. Il a enlevé une personne que tu aimais pour te forcer à faire et à accepter ce qu'il voulait. Tu n'y es pour rien, dis-je, mon regard planté dans le sien. Je ne te condamne pas. Regarde-moi, tu dois me croire.

Son visage s'empourpre. De colère ou de chagrin, je ne saurais le dire.

— Mais… mais je le savais ! Je savais qu'il ferait du mal à Dean, Laurel et Michael. Et, continue-t-elle en prenant une profonde inspiration, quand il m'a forcée à trancher la gorge de Michael, je n'ai pas arrêté de penser à la façon dont j'avais souri en songeant qu'il allait m-m-mourir. Et ensuite, vous, je vous ai menti et… et… et cet homme qui est venu jeter des grenades dans votre immeuble aujourd'hui, il a encore fait des victimes. Et – son visage devient livide – j'aurais pu le conduire jusqu'ici. Je savais qu'il risquait de faire du mal à Bonnie et à Elaina. Je le savais.

— Il voulait que tu le saches, Sarah.

Elle se lève et se met à arpenter la pièce, le visage ruisselant de larmes.

— Mais ce n'est pas tout, Smoky. Il m'a dit que si je faisais ce qu'il voulait, il les relâcherait.

— Qui ?

— Thérésa et une autre fille, il m'a dit qu'elle s'appelait Jessica.

Je me tasse, à la fois furieuse et révoltée. En rendant Sarah responsable de la vie de tant de personnes, il l'a chargée d'un fardeau impossible.

Je pense aux empreintes de pieds trouvées chez les Kingsley et à ma question de tout à l'heure concernant Cabrera. Peut-être n'a-t-il été impliqué dans cette affaire que parce qu'il avait des cicatrices sous les pieds. Peut-être avait-il, lui aussi, un compte à régler.

— L'autre homme est-il venu chez les Kingsley ?

— Non, pas à ma connaissance.

Peut-être ne l'a-t-elle pas vu. Peut-être son seul rôle se bornait-il à laisser l'empreinte de ses pieds.

— Sarah, y a-t-il autre chose que je devrais savoir ?

De nouveau ce regard qui calcule.

— Il m'a demandé de faire une dernière chose, une fois que vous auriez tué l'autre homme, la fausse piste. Une dernière chose avant qu'il relâche Thérésa.

— Quoi ?

— Il voulait que je couche avec lui.

Je la dévisage, les yeux écarquillés, incapable de parler. Nous y sommes. La cerise sur son gâteau souffrance = plaisir.

Je vois une nouvelle expression sur ce jeune visage si âgé. De la détermination mêlée à une froideur qui m'est familière mais que je mets du temps à resituer.

Kirby.

C'est l'expression de Kirby quand elle ne cache pas son vrai regard.

— Il a dit que ce qui devait arriver arriverait d'ici une semaine environ. Que j'allais faire tout ce qu'il voulait. Et que, dès que je serais sûre que Thérésa était saine et sauve, je le tuerais avant de me tuer à mon tour.

Elle l'affirme avec une telle certitude que je n'en doute pas une seconde.

— Thérésa doit vivre, Smoky. – Elle se rassoit sur le lit, remonte les genoux contre sa poitrine et y appuie son front. – Je m'en veux tellement du mal que j'ai fait. C'est ma faute si Dean, Laurel et Michael sont morts. C'est ma faute, la fusillade dans votre immeuble. Je suis mauvaise. Je suis quelqu'un de dangereux.

Elle commence à se balancer d'avant en arrière. La porte s'ouvre. Elaina entre.

— J'ai tout entendu, m'annonce-t-elle sans détour.

Elle se dirige vers Sarah qui essaie de s'écarter d'elle, mais Elaina la prend de force dans ses bras et la retient de son mieux tandis qu'elle se débat.

— Écoute-moi ! ordonne-t-elle d'une voix farouche. Tu n'es pas mauvaise. Tu n'es pas maléfique. Et quoi qu'il arrive, tu m'entends, quoi qu'il arrive, tu m'as. Tu as compris ? Je suis avec toi.

Elaina n'essaie pas de lui faire croire qu'il n'y a rien de grave. Elle lui dit juste qu'elle n'est pas seule.

Sarah ne se laisse pas aller dans les bras d'Elaina mais elle cesse de se débattre. Elle garde la tête basse et se met à trembler tandis qu'Elaina lui caresse les cheveux.

Nous sommes assises autour de la vieille table en Formica, Kirby, Callie et moi. Je suis au téléphone avec Jones et Alan, l'ampli branché. J'ai relaté à tous ma conversation avec Sarah.

— Nous avons un sérieux problème, chef, dis-je. En fait, nous en avons plusieurs, mais un en particulier.

Même si nous arrivons à capturer Cabrera sans le tuer, nous ne possédons pas le moindre début de preuve contre l'Étranger. Nous ignorons qui il est. Sarah n'a jamais vu son visage. Et il y a de fortes chances que les empreintes de pieds chez les Kingsley appartiennent à Cabrera, pas à l'Étranger.

— Cabrera sait peut-être qui est l'Étranger, remarque Alan.

— C'est vrai, mais s'il l'ignore, on est dans la merde.

— Commence déjà par régler les problèmes présents, répond Jones.

— Oui, chef.

— Alors… où en est-on ? Cabrera serait donc censé jouer les boucs émissaires ?

— Je dirais même les boucs émissaires morts. Je suis prête à parier qu'il doit se suicider par flics interposés. Sans doute chez lui. Et je suis sûre que si nous le tuons, nous trouverons tout ce qu'il faut pour prouver que c'était notre assassin.

— Et notre cinglé s'en tirera sans être le moins du monde inquiété, conclut Kirby.

Jones réfléchit quelques instants à la situation.

— Alors quel est ton plan ?

Je le lui explique. Il soulève des objections, pèse le pour et le contre, pose de nouvelles questions.

— D'accord, accepte-t-il enfin. Mais sois prudente, Smoky, il a déjà tué trois de nos hommes. Et la sécurité de mes agents passe avant la sienne, c'est clair ?

— Oui, chef.

En bref, il me dit de tuer Cabrera si la vie d'un seul d'entre nous est menacée.

— Je rassemble une unité d'intervention. Ramène tes fesses qu'on organise tout ça, conclut-il.

— Vous êtes d'accord pour Kirby, alors, chef ?

— Je ne suis pas certain que « d'accord » soit le terme approprié, mais disons que j'approuve globalement ton plan.

Kirby a la bonne idée de ne rien dire mais elle m'adresse un sourire triomphal. On dirait une gamine qui reçoit le cadeau de ses rêves.

— À tout de suite, dis-je avant de raccrocher.

— Puisque me voilà transformée en garde du corps, dit Callie d'un ton sec, puis-je poser une petite question ?

— Un problème, Cal ? s'étonne Kirby.

— Où est la cafetière ?

Kirby fait une grimace.

— Mauvaise nouvelle, Cal. Y a pas de café. De toute façon c'est pas bon pour ta santé. C'est bourré de produits chimiques. Beurk !

Callie la fixe d'un regard incrédule.

— Comment oses-tu critiquer mes convictions religieuses ?

Elle plaisante, comme toujours, mais je sens une tension dans sa voix. Je la dévisage alors avec attention et je m'aperçois qu'elle est un peu pâle. C'est la première fois que je constate à quel point cette lutte constante contre la douleur l'éprouve.

Bizarrement, après toutes les horreurs de ces derniers jours, c'est le fait de découvrir que Callie n'est pas invulnérable qui me fout par terre.

Je rentre dans la chambre. Sarah ne tremble plus mais elle a une mine épouvantable. La force qui lui permettait de tenir depuis tant d'années semble l'avoir abandonnée. Elle craque. Elaina lui caresse les cheveux pendant que Bonnie lui tient la main.

Je leur dis ce que nous allons faire. Le regard de Sarah reprend vie. Ou plutôt, une faible lueur s'y dessine.

— Ça va marcher ? demande-t-elle.

— Je pense.

Elle plante ses yeux dans les miens.

— Smoky… – sa voix hésite – … quoi qu'il arrive, vous ne devez pas le laisser vous faire du mal, ni à vous ni à personne. Même si… si ça risque de ne pas se terminer comme je le souhaiterais. Je ne veux plus porter cette responsabilité. Plus jamais.

— Tu n'es pas responsable, Sarah. Allons-y. C'est à nous de jouer.

Sarah détourne les yeux. Elle ne dira rien de plus. Bonnie m'adresse un regard éloquent.

Sois prudente.

Je la rassure avec un sourire :

— Toujours, voyons !

Elaina hoche sa belle tête chauve et irradie Sarah de sa beauté intérieure. Si quelqu'un peut ranimer l'âme de cette enfant, c'est bien elle.

Kirby passe la tête dans l'embrasure de la porte.

— Prête à faire sauter la baraque ? demande-t-elle, toujours aussi enjouée.

Pas vraiment, mais allons-y.

56.

Chaque antenne du FBI possède sa propre unité de SWAT. Et les membres de cette force d'intervention passent leur temps à s'entraîner quand ils ne sont pas envoyés en mission. C'est dire s'ils sont au top de leur forme et combien ils peuvent paraître impressionnants.

Notre équipe est dirigée par un agent qui se prénomme Brady. Je ne connais pas son patronyme, c'est inutile. Une bonne quarantaine d'années, une coupe de cheveux militaire, très grand, il doit mesurer plus d'un mètre quatre-vingt-dix, et, à n'en pas douter, il ne plaisante pas sous son amabilité de rigueur.

— C'est vous qui menez la danse, agent Barrett. Alors, dites-moi ce que vous attendez de nous.

Nous nous trouvons dans la salle de conférences, à l'étage en dessous de mon service. Tous les visages sont graves, à part celui de Kirby, bien sûr, qui contemple les six membres du SWAT d'un œil gourmand.

Je pose une photo sur la table.

— Gustavo Cabrera. Trente-huit ans. Il vit à Hollywood Hills, dans une vieille maison située sur un peu plus d'un hectare et demi de terrain.

— Pfiou ! Ça doit représenter un sacré paquet de fric ! commente un des hommes du SWAT.

— Nous avons une carte détaillée de la propriété ainsi que les plans de la maison, dis-je en les dépliant sur la table. Et voilà le problème : il nous faut notre homme vivant et nous sommes pratiquement sûrs qu'il a reçu l'ordre de se faire descendre. Il doit disposer d'un bon arsenal et j'imagine qu'il va tout faire pour qu'on ait envie de lui faire passer l'arme à gauche.

— Super ! s'exclame Brady d'une voix sèche.

— En outre, il faut que notre attaque fasse vrai. Nous voulons Cabrera vivant mais l'Étranger doit croire que nous l'avons abattu.

— Comment voulez-vous qu'on procède, exactement, sans qu'il nous transforme en passoire ?

— La diversion, les gars. Tout est une question de diversion, dit Kirby en s'avançant.

— Bon sang, c'est qui celle-là ? s'exclame Brady.

— Juste une blonde avec un fusil, répond-elle en imitant son accent traînant.

— Sans vouloir vous vexer, vous m'avez l'air aussi dangereuse que le caniche de ma petite amie, rétorque l'un des plus jeunes de l'équipe.

— Vous croyez ça ? répond Kirby avec un clin d'œil.

Elle s'approche de lui. Son badge indique qu'il s'appelle Boone. Il est trapu, musclé et très sûr de lui.

— Mate un peu ça, Boone !

Tout se passe en un éclair. Elle lui décoche un coup de poing dans le plexus solaire : il tombe à genoux, les yeux exorbités, le souffle coupé. Et, le temps que ses copains réagissent, Kirby sort son pistolet et le pointe tour à tour sur chacun d'eux en disant :

— Pan, pan, pan, pan…

— Et pan, conclut Brady en même temps qu'elle.

Il a réussi à dégainer son arme et à la mettre en joue avant qu'elle ne le vise.

Elle garde la pause un instant, puis elle sourit et rengaine son pistolet sans s'occuper de Boone qui continue à cracher ses poumons.

— Pas mal, mon vieux ! félicite-elle Brady. Je parie que c'est pour ça que vous êtes le chef !

Il lui rend son sourire. On dirait deux loups qui se défient.

— Redresse-toi, Boone ! aboie-t-il. Un peu de tenue !

Le jeune officier se relève péniblement en jetant un regard torve à Kirby. Elle agite un doigt dans sa direction.

— Hé, vous deux, c'est pas bientôt fini cette démonstration de testostérone ? beugle Jones.

— C'est lui qui a commencé, proteste Kirby. S'il avait été plus gentil, je l'aurais touché ailleurs.

Tout le monde s'esclaffe. Et Boone sourit malgré lui. Je vois Brady jauger Kirby et arriver aux mêmes conclusions que moi : Kirby n'est pas qu'un bon élément, elle a l'étoffe d'un chef. À sa manière bien personnelle, elle a réussi à détendre l'atmosphère tout en se faisant apprécier et respecter à la fois. Impressionnant !

— Alors, comment vous appelez-vous ? s'enquiert Brady.

— Kirby. Mais appelez-moi « la Tombeuse », comme mes amis, ajoute-t-elle avec un sourire éclatant.

— Vous avez beaucoup d'amis ?

— Non.

— Moi non plus. Maintenant, si vous m'expliquiez ce que vous entendez par diversion.

— Voilà : vous et votre commando de choc, vous attaquez de front, dans les règles, sans mégoter sur les sirènes, les porte-voix, les « Rendez-vous, rendez-vous ! » et tout le tremblement. Et, pendant que vous occupez notre homme, Smoky et moi, on arrive par-derrière.

— Discrètement, vous voulez dire ?

— Aussi silencieusement qu'une caresse sur ma peau. Et croyez-moi, monsieur Brady, j'ai la peau très, très douce.

— Han-han. Et vous ne croyez pas qu'il va surveiller ses arrières ?

— Justement, c'est pour ça que je compte sur vous pour faire péter le son.

— Pardon ?

— Pour déclencher l'apocalypse... le big bang, quoi !

— Et vous voyez ça comment ?

— Vous ne pourriez pas lâcher une bombe sur sa pelouse ou un truc du genre ?

Brady la regarde fixement tout en réfléchissant. Il finit par hocher la tête.

— D'accord, fillette. En fait, tout ce que vous voulez, c'est qu'on fasse du bruit. Mais on n'est pas forcé d'en arriver à... à l'apocalypse, non ?

Kirby hausse les épaules.

— C'est à vous de voir, les gars. Je croyais que vous aimiez ça.

— Oh, on adore. Mais on essaie d'éviter dans la mesure du possible, pour ne pas affoler les voisins. Voilà ce que je propose, reprend-il en lissant la carte étalée sur la table. Vu la taille de la propriété, ça me paraît dangereux de débarquer à pied. Il risque de nous voir venir de loin. Et ce taré a peut-être miné son terrain. Nous arriverons donc par la voie des airs.

— En hélico ? demande Alan.

— Exactement. Si on se pointe par là, ajoute-t-il en montrant le côté de la maison, il aura du mal à nous tirer dessus. Reste plus qu'à espérer qu'il n'aura pas un bazooka ou une connerie du genre. Ensuite on lui balance un déluge de feu. Faut qu'on se dégote des M2 et des grenades fumigènes. Il va croire qu'on déclenche une troisième guerre mondiale dans son jardin.

— Super ! s'exclame Kirby.

— Ouais. Et vous, pendant ce temps-là, vous vous introduisez par l'arrière de la propriété. Et, à votre signal, on envoie les gaz lacrymogènes. Vous vous infiltrez dans la maison et…

— … et, avec un peu de chance, on n'aura pas besoin de descendre ce pauvre garçon, termine Kirby.

Brady se tourne vers moi.

Alors, qu'est-ce que vous en pensez ?

— Ça me paraît une très mauvaise idée, mais la meilleure, vu les circonstances. – Je consulte ma montre. – Il est quatre heures. Quand pouvez-vous être prêts ?

— On peut décoller dans une demi heure. Et vous ? Il vous faut des gilets et des masques.

— Pas de gilet pour moi, dit Kirby. Ça me ralentirait. Mais je veux bien un masque.

— Vous n'êtes vraiment pas raisonnable ! soupire Brady en haussant les épaules.

— Si vous saviez le nombre de fois où on m'a déjà dit ça, réplique-t-elle en lui donnant un coup de poing dans le biceps.

— Ouille ! proteste-t-il en se frottant le bras, exactement comme l'a fait Alan, la veille.

— Tous les mêmes ! rétorque-t-elle. Alors, on y va ? – Elle sort son pistolet. – Il est tout neuf. J'ai hâte de l'étrenner.

57.

Si, contrairement à Kirby, j'ai tenu à mettre un gilet, je comprends néanmoins ses réticences. Nous sommes différentes. Je n'ai pas son côté prédateur. Kirby est faite pour défoncer les portes d'un coup de pied et s'introduire en pleine fusillade dans des maisons saturées de gaz lacrymogènes. Elle n'a pas non plus une Bonnie qui l'attend à la maison, moi si.

— Ce putain de masque va me faire une coiffure d'enfer ! marmonne-t-elle en l'examinant.

Nous sommes accroupies contre le mur du fond de la propriété. Il mesure près d'un mètre quatre-vingts de haut. Mais pas question de jouer les cascadeuses : nous avons chacune notre petite échelle.

On nous a proposé des mitraillettes MP5 mais nous les avons refusées. On nous apprend en tactique qu'il vaut toujours mieux s'en tenir aux armes qu'on connaît. Et je connais mon joli Glock noir aussi bien que la couleur de mes yeux. Kirby a plaisanté en prétendant que le MP5 jurait avec sa tenue, mais, comme moi, elle préfère voyager léger et s'en tenir à son pistolet.

— On est prêtes à lui faire sa fête. À vous ! murmure-t-elle dans son laryngophone.

— Bien reçu, répond Brady après un silence. Armageddon deux minutes après mon signal. Attention ! Un, deux, trois, top !

— Ouaouh ! On synchronise les montres ! me chuchote-t-elle.

— Le compte à rebours a commencé, Kirby, insiste Brady. Vous avez saisi ?

— Oui, chef. Hé, Boone, tu me crois toujours inoffensive ?

— Négatif, bébé, nous répond une voix amusée. T'es même vachement dangereuse comme nana !

Kirby vérifie son arme tout en continuant à fanfaronner. Quant à moi, je suis tellement à cran que j'ai l'impression que je pourrais cracher des éclairs.

Au moins mes mains sont-elles sèches, comme toujours. Quel que soit l'enjeu ou le danger, je n'ai jamais les mains qui transpirent ni qui tremblent quand je tiens une arme.

— Plus que quarante-cinq secondes avant le déluge ! nous annonce Brady d'un ton blasé.

J'imagine Gustavo Cabrera à l'intérieur de la maison. Je me demande s'il fait le guet derrière sa fenêtre, les doigts crispés sur son arme. Si ses mains tremblent ou transpirent. À quoi peut-il penser ?

— Trente secondes, continue Brad.

— Ça va ? s'enquiert Kirby d'un ton léger mais je sens son regard qui me jauge.

Serai-je un plus ou un moins ? s'interrogent ses yeux. Je tends ma main pour lui montrer qu'elle ne tremble pas.

— Trop cool !

— Plus que quinze secondes !

Kirby vérifie une nouvelle fois son arme en fredonnant. Je mets quelques secondes à reconnaître *Yankee Doodle Dandy*[1]. Elle croise mon regard étonné.

— J'adore les classiques.

— Plus que dix secondes. Préparez-vous !

Nous nous plaçons au bas de nos échelles respectives.

Mes potes, les endorphines, rappliquent aussitôt avec leurs copines.

(La peur et l'euphorie, l'euphorie et la peur.)

— Cinq secondes et on ouvre les portes de l'enfer !

— Quand tu veux, patron ! plaisante Kirby, tandis que ses yeux de tueuse étincellent.

Soudain un tir de mitrailleuse déchire le silence, assourdissant, même à cette distance.

— C'est à nous ! hurle Kirby.

Nous escaladons nos échelles et enjambons le haut du mur avant de nous laisser prudemment glisser de l'autre côté en nous retenant par les mains. Pas de saut spectaculaire suivi d'un roulé-boulé dans la réalité : on court trop le risque de se fouler une cheville !

La fusillade continue et je vois des éclairs derrière le toit de la maison. J'entends les rotors de l'hélicoptère et une série de fortes déflagrations qui doivent venir des grenades incapacitantes. Tout en courant, je repère un autre bruit que je mets un moment à identifier. C'est celui d'une arme automatique qui riposte.

1. Vieux chant nordiste, devenu chant patriotique bien qu'il soit plutôt satirique. (*N.d.T.*)

Nous courons ventre à terre vers l'arrière de la maison. Kirby, n'étant encombrée ni par un gilet ni par mes années supplémentaires, me précède d'une bonne longueur.

La maison me paraît petite par rapport à la surface du terrain. D'après les plans, elle est entièrement de plain-pied et mesure trois cents mètres carrés. J'arrive hors d'haleine à la porte arrière. Kirby me semble fraîche comme une rose.

— On y est, patron, annonce-t-elle à Brady.

— Bien reçu. On se lâche.

Ce « on se lâche » signifie qu'ils vont labourer le jardin à la mitraillette, l'arroser de grenades incapacitantes et tirer des cartouches de gaz lacrymogène à l'intérieur de la maison.

— C'est l'heure de notre brushing, soupire Kirby avec un clin d'œil.

Nous enfilons nos masques. Ce sont des modèles du SWAT avec une large visière qui laisse une bonne vision périphérique, mais ça reste des masques à gaz et j'ai tout de suite le front en sueur.

— C'est parti ! beugle Brady.

Je trouvais déjà le bruit terrifiant, mais ce n'était rien à côté de l'attaque sonore qui se déchaîne à présent.

Je repère le grondement de tonnerre de deux mitrailleuses de cinquante, suivi de près par le rugissement des grenades qui explosent les unes après les autres, sans interruption. Nous entendons un fracas de vitres brisées.

Kirby défonce la porte d'un coup de pied et nous entrons. Je ne sens que l'odeur de plastique de mon masque bien que la maison soit remplie de fumée. Cabrera se défend avec un fusil automatique dont le crépitement résonne effroyablement entre les murs. Il lui est impossible d'entendre quoi que ce soit avec un tel vacarme.

Kirby s'avance, revolver au poing. Je la suis. Nous nous approchons, guidées par le bruit du fusil. Les grenades continuent à exploser. Nous traversons la cuisine et nous arrivons à la porte qui donne dans la salle de séjour et sur l'avant de la maison. Nous nous mettons chacune d'un côté du chambranle et passons la tête.

C'est un vrai carnage.

Cabrera se découpe dans la lumière, entouré des éclats de verre de la fenêtre. Il est accroupi et tire en biais, sans doute sur l'hélicoptère. Il nous tourne le dos et, chaque fois qu'il tire, son corps répercute les secousses de son arme, que j'identifie comme un M16.

Notre plan, à présent, est peu élégant mais simple. Y a plus qu'à plaquer ce tordu au sol, ainsi que l'a résumé Kirby.

Nous échangeons un regard. Je vois ses yeux sourire et je hoche la tête.

Nous n'avons pas de temps à perdre. Cabrera devrait bientôt se demander pourquoi les hommes de Brady tirent si mal et il risque de flairer le piège.

Kirby bondit vers lui. J'inspire profondément dans mon masque et je la suis.

Au même instant, prévenu sans doute par son instinct, Cabrera se retourne en braquant son M16 dans notre direction, les yeux écarquillés, un rictus aux lèvres. Kirby ne ralentit pas, au contraire, elle se jette sur lui en relevant le canon de son fusil qui se décharge dans le plafond. Mon arme à la main, je trépigne autour d'eux tandis qu'ils roulent par terre.

— Bon sang, Kirby, sors de ma ligne de tir !

Hélas, ma voix est étouffée par le masque et noyée par le tonnerre qui nous entoure.

Kirby lève son revolver. Cabrera lâche son M16 et lui frappe le poignet tout en lui serrant la gorge de l'autre main. Elle bloque son bras mais laisse tomber son pistolet. Cabrera tousse, les yeux rougis par les gaz lacrymogènes, pourtant il ne faiblit pas.

Et moi, je sautille toujours autour d'eux en lâchant une bordée de jurons retentissants, le cœur battant la chamade, mais les paumes toujours sèches.

Kirby cherche à lui décocher un coup de pied bien placé mais il l'arrête avec sa jambe et réussit à lui asséner une gifle qui lui dévisse la tête. Kirby bascule en arrière, sonnée.

Le temps se fige.

Enfin ! Plus rien ne se dresse entre lui et moi et je lui tire une balle dans l'épaule.

Il pousse un grognement et tombe à genoux. Kirby se redresse et lui décoche un… deux… trois coups de poing en pleine figure. Et sans lui laisser le temps de se relever, d'un bond, elle passe derrière lui et l'étrangle d'une clé de bras.

Il tente maladroitement de se dégager. C'est trop tard. Ses yeux roulent dans leurs orbites. Elle le pousse en avant et il tombe sur le ventre. Elle sort deux colliers de serrage en plastique et lui attache les poignets.

Ça y est. C'est fini.

— Cessez-le feu, annonce Kirby, d'une voix que son masque rend caverneuse. On l'a eu.

Mes mains se mettent à transpirer.

58.

Gustavo Cabrera nous regarde, assis sur une chaise. On s'est occupé de son épaule. Ses mains sont à présent menottées devant lui. Il devrait être inquiet, mais il a l'air d'un homme en paix. Ses yeux, qui ont aussi été soignés contre les effets du gaz, sont fixés sur Alan et le jaugent.

Alan le prend bien. Il reste d'un calme olympien, mais c'est trompeur car, en interrogatoire, c'est un vrai requin. Il incline la tête, jauge Cabrera à son tour, et attend.

Je suis prêt à tout avouer ! déclare Cabrera. Je vais tout vous dire. Et je vais vous dire aussi où sont cachés les otages.

Il parle d'une voix douce, chantante et vaguement déférente.

Alan tapote sa lèvre, perdu dans ses pensées. Soudain, il se lève d'un bond et se penche en pointant un doigt énorme sur Cabrera.

— Monsieur Cabrera, nous savons que vous n'êtes pas celui que nous recherchons ! tonne-t-il d'une voix accusatrice.

L'angoisse remplace la sérénité dans le regard de Cabrera. Il ouvre la bouche de surprise, la referme, la rouvre. Il met un moment à se reprendre, puis il plisse les lèvres d'un air déterminé, les yeux attristés et néanmoins toujours paisibles.

— Je suis désolé. Je ne comprends pas ce que vous voulez dire.

Alan laisse échapper un glapissement à donner froid dans le dos. Oui, j'aurais peur si je ne savais qu'il joue la comédie. Il se rassoit aussi subitement qu'il s'est levé, puis relâche les épaules, soudain détendu. On croirait voir deux copains qui bavardent tranquillement. Il sourit et agite un doigt, l'air de dire « sacré petit plaisantin » !

— Non, Cabrera, j'ai un témoin, reprend-il d'une voix douce qui coule comme du sirop d'érable sur des pancakes. Nous savons que ce n'est pas vous. En revanche, ce que nous aimerions savoir, c'est pourquoi vous travaillez pour cet homme. Hé ! Je vous parle ! beugle-t-il de nouveau.

Cabrera sursaute et détourne les yeux. Le petit jeu de Yo-Yo d'Alan le déstabilise. Un tic nerveux fait tressaillir sa joue.

— Il a été torturé, m'a expliqué Alan avant le début de son interrogatoire. La torture est basée essentiellement sur un cycle récompense/punition qui vise à établir une certaine intimité. Le tortionnaire crie, insulte et brûle la victime avec sa cigarette, par exemple, et soudain, il se montre plein de compassion et de douceur et passe personnellement de la pommade sur ses brûlures. La victime finit par préférer l'une des deux attitudes plus que tout au monde.

— Celle du type à la pommade et à la voix douce, ai-je répondu.

— Oui. Certes, nous n'allons pas brûler Cabrera, mais en passant sans cesse de la méchanceté à la gentillesse, on devrait le déstabiliser.

Et il avait raison. Cabrera commence à transpirer.

— Monsieur Cabrera, nous savons que vous étiez censé mourir pendant notre assaut. Et si je vous disais que nous sommes prêts à faire croire que vous êtes mort ? Oui, nous sommes prêts à déclarer au monde entier que nous vous avons tué en tentant de vous appréhender.

À présent qu'Alan a établi sa domination, il parle de sa voix normale.

Cabrera lui retourne un regard interrogateur dans lequel brille une petite lueur d'espoir.

— Si vous nous aidez, poursuit Alan, nous vous évacuerons d'ici dans un sac mortuaire. Mais si vous refusez de coopérer, ajoute-t-il en se renfonçant dans son siège, je vous ferai sortir sous l'objectif des caméras et il saura que vous êtes vivant.

Pas de réponse. Mais je sens le combat qui se livre en lui.

Il fixe longuement Alan d'un regard inquisiteur. Puis il baisse les yeux vers le sol et s'affaisse. Son tic nerveux disparaît.

— Je me fiche de ce qui peut m'arriver. Vous pouvez le comprendre ?

Sa voix est humble, calme. Il m'est difficile de concilier sa douceur présente avec la sauvagerie du fou qui a fait irruption dans le hall du FBI en tirant sur tout ce qui bougeait. Quel est son vrai visage ?

Les deux, sans doute.

— Non, pas très bien, répond Alan. Vous pouvez m'éclairer ?

Nouveau regard scrutateur. Encore plus long.

— Je vais mourir, de toute façon. Et par ma seule faute. J'aime trop les femmes et j'ai pas voulu me protéger. Faut donc pas s'étonner si j'ai attrapé le sida. Mais je me dis de temps à autre que je suis pas entièrement responsable, j'ai été maltraité quand j'étais enfant.

— Comment ça ?

— J'avais pas tout à fait huit ans quand j'ai été enlevé par des monstres ignobles. Ils m'ont arraché à ma famille alors que j'allais chercher de l'eau. Ils… – Cabrera détourne les yeux. – Ils m'ont emmené et, dès le premier jour, ils ont abusé de moi. Ils m'ont violé, frappé, torturé. Ils m'ont fouetté les pieds jusqu'au sang.

Sa voix s'amenuise, devient presque absente.

— Et quand ils me fouettaient, je devais dire : « Vous êtes Dieu. Je vous remercie, mon Dieu. » On était plusieurs enfants, et plus on pleurait, plus ils nous frappaient. Mais jamais ailleurs que sur les pieds. Ils nous ont emmenés à Mexico. C'était un long voyage, mais ils nous ont tellement menacés qu'on est restés tranquilles. – Son regard revient sur moi, et j'ai l'impression qu'il retient des larmes de sang. – J'ai supplié le ciel de mourir. Je souffrais, et pas dans mon corps seulement. Dans ma tête aussi. – Il se touche le front. – Dans mon cœur. – Il se frappe la poitrine.

— Je comprends, dit Alan.

— Nous vivions un enfer. À Mexico, on a entendu nos gardes dire qu'on allait bientôt nous envoyer en Amérique. Et qu'on allait être revendus très cher.

Le trafic d'enfants. Le cercle est bouclé.

— J'étais enfermé dans une cave, sans lumière. Vous devez savoir que, dans ma famille, on était très pratiquants. On croyait en Dieu et dans Jésus-Christ et la Vierge Marie. Je priais beaucoup, et pourtant les hommes continuaient à me maltraiter. Je comprenais pas. Moi, j'attendais que le Seigneur, Il envoie un ange à mon secours.

Il sourit en prononçant ces mots et une sorte de lumière éclaire son regard.

— Il y avait un garçon pas comme les autres. Vraiment. Il était plus jeune que moi, plus petit, mais lui gardait la foi. – Il pose sur moi un regard intense. – Comment vous expliquer ? Il n'avait que six ans et il était très beau. Si beau que c'était le préféré de ces monstres. Ils venaient le chercher tous les jours, parfois deux fois par jour. Et il les exaspérait parce qu'il se retenait de pleurer. Alors ils le fouettaient et il finissait par craquer, bien sûr. Mais il a toujours gardé la foi. Y a qu'un ange qui pouvait leur résister comme ça.

Gustavo ferme les yeux puis les rouvre.

— Moi, j'étais pas un ange. Et je m'enfonçais dans le désespoir. Je me détournais de Dieu. Je voulais même me suicider. Et le garçon a dû le sentir. Il venait me voir la nuit, il me parlait à voix basse dans le noir et me caressait le visage. Mon magnifique ange blanc. « Dieu te sauvera, il me répétait. Tu dois croire en Lui. Tu dois garder la foi. » Il n'avait que six ans ou sept au maximum, mais il parlait avec des mots de grand et ces mots m'ont sauvé. Il m'a raconté que Dieu l'avait appelé quand il avait quatre ans. Et il avait décidé de rentrer au séminaire dès qu'il aurait l'âge, pour consacrer sa vie à la sainte Trinité. Mais une nuit, ces monstres l'ont enlevé à sa famille. « Malgré tout, disait-il, tu ne dois pas perdre la foi. Dieu veut juste nous tester. » Et son sourire était si pur, si rempli d'amour et de foi, qu'il m'a arraché au désespoir dans lequel je tombais.

À ce souvenir, Cabrera ferme les yeux avec ferveur.

— Pendant un an, il a souffert comme nous et pourtant, la nuit, il nous réconfortait, il nous faisait prier et il nous empêchait de préférer la mort à la vie. Jusqu'au jour fatidique où il m'a carrément sauvé, corps et âme. Il n'y avait que nous deux. Un garde nous conduisait chez un homme très riche qui avait réclamé deux garçons. Je tremblais de peur, mais mon ange restait calme, comme toujours. Il me caressait la main, me souriait et priait. Mais il s'inquiétait de voir que ses prières ne touchaient pas mon cœur : j'avais peur cette fois, malgré ses paroles. Et quand nous sommes arrivés, j'ai eu un tremblement incontrôlable. Il a saisi mon visage entre ses mains et m'a baisé le front en me disant : « N'aie pas peur, crois en Dieu. » Nous sommes descendus de la voiture et le garde nous a suivis. Brusquement, le garçon s'est retourné et lui a donné un coup de pied dans les parties. Les gardes avaient l'habitude qu'on leur obéisse et il ne s'y attendait pas du tout. Il s'est plié en deux de douleur en poussant un cri de rage. Le garçon m'a crié : « Cours ! » Moi, j'hésitais, toujours victime. « Cours ! », il a répété en rugissant. Et quand je l'ai vu sauter sur le garde en le mordant et en lui donnant des coups de pied, j'ai enfin compris ce qu'il me disait et je me suis enfui.

Cabrera se frotte le bras, plongé dans ses souvenirs. Je vois défiler sur son visage la peur de l'indécision, la joie d'échapper à l'enfer et enfin la culpabilité d'avoir accepté le sacrifice du garçon et d'avoir abandonné ce dernier derrière lui.

— J'ai pas besoin de vous raconter comment j'ai vécu après ça. Bien sûr, je me suis évadé de cet enfer sur terre et je suis rentré dans ma famille. Mais, pendant des années, je suis resté un garçon puis un homme perturbé. J'étais pas un saint, j'ai souvent péché, mais j'ai survécu, c'était ça le plus important. Je ne me suis pas suicidé. *Je n'ai pas damné mon âme immortelle*. Vous comprenez ? Il m'a sauvé du pire de tous les destins. Grâce à lui, le royaume des cieux m'est toujours ouvert.

Je ne partage pas les croyances de Cabrera. Mais je sens la force de sa foi, le secours qu'elle lui apporte, et j'en suis émue.

— Je suis ensuite venu en Amérique, continue-t-il. Je croyais en Dieu mais j'étais toujours perturbé. J'ai honte de le dire mais je me suis drogué et j'allais voir les prostituées. J'ai contracté le sida. – Il secoue la tête. – De nouveau, j'ai basculé dans le désespoir. De nouveau, j'ai pensé que la mort valait peut-être mieux que la vie. Et c'est à ce moment là que j'ai compris : ce virus était un message de Dieu. Il m'avait envoyé son ange, une fois, et cet ange m'avait sauvé. J'aurais dû Lui être reconnaissant. À la place, j'avais perdu des années à me plaindre et à me débattre, aveuglé par la rage. J'ai écouté l'avertissement de Dieu, j'ai changé de vie, je suis devenu chaste. Je me suis rapproché de Dieu. Et un jour, il y a onze ans, mon ange est revenu.

Les yeux de Cabrera se voilent.

— Ce n'était plus un ange de lumière. C'était un ange de ténèbres. Un ange de vengeance.

Je pense aussitôt au tatouage.

— Il m'a raconté qu'il avait subi d'horribles tortures après m'avoir aidé à m'échapper. Je ne veux pas vous le répéter, c'est trop atroce. Il m'a avoué qu'il lui était même arrivé de douter de l'amour de Dieu mais, heureusement, il finissait toujours par se reprendre. Alors il priait et retrouvait la foi. Dieu le testait. Dieu le sortirait de cet endroit. – Cabrera grimace. – Et un jour, Dieu l'a entendu. Un jour, sa foi, ses prières et son sacrifice pour moi ont été enfin récompensés. Lui et les autres enfants ont été libérés par la police, par votre FBI. Il m'a décrit cette délivrance comme un moment de gloire. Il avait eu l'impression que Dieu l'embrassait. Sa foi et ses souffrances trouvaient enfin leur justification.

Cabrera se tait pendant un long moment. Je sens une profonde tristesse monter en moi. Je devine ce qui va suivre.

— Hélas, une nuit, Dieu a rendu ces pauvres petits au diable. Des hommes ont surgi pendant leur sommeil, ils ont assassiné les policiers qui les protégeaient et ils ont remmené les enfants en esclavage. C'était terrible ! Vous imaginez ? Vous vous croyez sauvés et on vous replonge dans l'horreur ? Pour lui, ce fut encore pire que pour les autres. Les monstres savaient qu'il avait aidé la police en leur donnant le nom d'un des gardes. Ils ne l'ont pas tué, mais ils l'ont puni de telle manière que la vie qu'il menait avant, lui a paru un paradis comparé à ce nouvel enfer.

Je le savais déjà tout au fond de moi, mais maintenant, j'en ai la confirmation. Je m'approche.

— Le garçon s'appelait Juan, n'est-ce pas ?

— Oui, cet ange s'appelait Juan.

Je ne sais pas si son portrait de Juan en saint est exact, ou s'il s'agit d'un souvenir idéalisé par un enfant terrifié et martyrisé qui a trouvé un véritable ami au moment où il en avait le plus besoin. En tout cas, c'est une histoire que j'ai déjà entendue. Une histoire où il n'y a pas de vainqueurs, pas même nous.

Les tueurs restent des tueurs et leurs actes sont impardonnables, pourtant c'est une réelle tragédie pour ceux qui ont été poussés au meurtre. Leur geste est un véritable cri de douleur. La douleur d'avoir été abusé par un père, la douleur d'avoir été battu par une mère, la souffrance d'avoir été brûlé à la cigarette par un frère. Ils compensent leur impuissance passée en donnant la mort. On les arrête et on les envoie en prison parce qu'il le faut, mais sans en tirer la moindre satisfaction.

— Je vous en prie, continuez, le presse Alan d'une voix plus douce à présent.

— Il m'a dit qu'il avait compris que Dieu avait un autre plan pour lui. Qu'il avait péché en se prenant pour un saint, en osant comparer ses souffrances à celles du Christ. Il savait à présent que sa mission n'était plus de guérir mais de venger. Ses yeux étaient terribles quand il m'a dit ça. Ils contenaient tant de rage et d'horreur. Il n'avait pas le regard de quelqu'un touché par la grâce. Mais qui étais-je pour le juger ? Il avait échappé à ses ravisseurs. Il m'a parlé de retourner la nuit se venger de ceux qui l'avaient torturé. Il a découvert que c'étaient un agent du FBI et un policier qui les avaient trahis, lui et les autres enfants. Ces hommes, m'a-t-il dit, étaient les plus diaboliques de tous, car ils portaient des masques et se cachaient derrière des symboles. Il avait un plan, sur de longues années, et il m'a demandé de l'aider à le réaliser. Mais il ne fallait pas qu'il soit capturé quand il en aurait fini car Dieu lui avait révélé que sa mission ne se limitait pas à venger sa propre souffrance. Il avait donc besoin que je me fasse passer pour lui. J'ai accepté.

— Savez-vous où nous pouvons le trouver ? reprend Alan.

— Bien sûr. Mais je ne vous le dirai pas.

— Pourquoi ? s'exclame Alan. Vous devez savoir qu'il n'accomplit pas la volonté de Dieu. Vous le savez. Il a assassiné des innocents. Il a détruit l'existence d'une petite fille. – Il ajoute, le fixant droit dans les yeux : – « Tu ne tueras point », Gustavo. Pourtant vous avez tué pour lui. Des jeunes gens innocents sont morts dans le hall du FBI, des hommes bien qui n'avaient jamais fait de mal à un enfant et qui avaient toujours accompli leur devoir.

La douleur se peint sur son visage.

— Je le sais. Oui. Et je prierai Dieu de me pardonner. Mais comprenez-moi ! Il m'a sauvé. Je ne peux pas le trahir. C'est impossible ! Je ne le fais pas pour ce qu'il est à présent, mais pour ce qu'il était autrefois.

On pourrait se croire dans un mauvais mélo s'il n'était pas aussi déchirant de sincérité.

Et Alan a beau revenir à la charge inlassablement, il se heurte toujours à un mur.

Cabrera a été sauvé d'un destin qui, aux yeux de certains, est bien pire que la mort. Juan l'a aidé à échapper non seulement à sa prison mais aussi à son désespoir. La vie de Cabrera a été détruite par le mal qu'on lui a fait, mais sa foi lui promet encore le salut éternel, grâce à la porte que Juan lui a laissée ouverte.

Quant à l'histoire de Juan… eh bien, ce drame me révolte. Et le plus horrible, c'est que nous avons aidé à créer ce monstre. Quelqu'un de corrompu l'a trahi, détruisant ainsi le gentil garçon à la foi inébranlable. Juan a été déchu, mais non sans l'aide de ceux en qui il avait le plus confiance.

Tout, dans cette affaire, tient à ce que les gens ont de meilleur ou de pire en eux et je n'imagine pas Cabrera changer d'avis.

— Mais je suis autorisé à faire une bonne action, reprend-il.

— Laquelle ?

Il fait un signe de tête vers la gauche de la maison.

— L'ordinateur, dans le bureau, vous indiquera où se trouvent les deux filles, Jessica et Thérésa. Elles sont en vie. – Il soupire encore, de plus en plus triste. – Hélas, c'est un ange qui les a envoyées en enfer. Elles ont souffert.

— Où sont-elles ?

— Dans le Dakota du Nord. Dans un ancien silo de missiles. Un souterrain de mille mètres carrés creusé au fin fond de nulle part. Depuis quelques années, le gouvernement désaffecte un certain nombre de silos et de bases souterraines et les cède à des promoteurs qui les aménagent avant de les revendre à des particuliers.

Je n'en reviens pas.

— Et c'est légal ?

— Bien sûr ! répond Alan en haussant les épaules.

Comme Cabrera l'a promis, son ordinateur nous indique l'endroit où sont détenues Thérésa et Jessica ; il nous fournit également des photos granuleuses des deux filles. Elles sont nues, les traits tirés et tristes, mais sans blessures apparentes.

— Contacte l'antenne locale du FBI. Que leurs agents libèrent les filles et qu'ils nous les ramènent ici. Savons-nous comment on peut pénétrer dans le silo ?

— Oui, il est fermé par une serrure électrique avec un code digital de trente chiffres que l'ordinateur nous a communiqué. Je vais le leur transmettre.

Alan se dirige vers la porte d'entrée de la maison. Dehors, l'air est saturé par le bruit des hélicoptères des chaînes de télévision. Il n'y a qu'eux pour l'instant ; c'est l'avantage d'opérer dans une propriété privée bien fermée. Brady a posté des hommes pour en interdire l'accès en attendant que la police locale prenne la relève. Personne n'a le droit d'entrer, point final. Boone et un autre membre du SWAT sont partis dans le break du médecin légiste, afin d'escorter ostensiblement le « corps » de Cabrera à la morgue. En réalité, Cabrera sera conduit dans une planque bien protégée.

Je prends un moment pour contempler les lieux.

Cabrera ne faisait que passer ici, il n'y habitait pas.

Je compose un numéro sur mon portable et colle le téléphone contre mon oreille.

— Quoi ? demande James avec son laconisme habituel.

— Où es-tu ?

— Je partais. Ces andouilles de médecins veulent me garder mais je rentre chez moi.

— Ce n'est pas bien, James. Les andouilles dont tu parles t'ont soigné.

— C'est pas une raison pour me retenir prisonnier.

Je ne réplique pas.

— J'ai besoin de ton avis.

— Je t'écoute, répond-il sans hésiter.

Voilà ce qui nous retient d'étrangler James : il est toujours prêt à travailler.

Je lui résume ce qui s'est passé.

— Cabrera dit qu'il connaît l'identité de l'Étranger mais il refuse de la révéler, conclus-je.

James réfléchit.

— Je ne vois pas ce qu'on pourrait y faire.

— Moi non plus. Écoute, je sais que tu voulais rentrer chez toi, mais j'aurais besoin que tu te remettes sur l'ordinateur de Michael Kingsley. L'Étranger voulait qu'on accède à ce qu'il contient. Il voulait qu'on craque le logiciel qui le protège. Ça ne doit pas être si sorcier que ça !

— Ça y est, l'antenne du Dakota est sur l'affaire, m'annonce Alan, me tirant brutalement de mes pensées. Ils envoient leurs agents, une équipe du SWAT et aussi une brigade antiterroriste, au cas où l'Étranger voudrait faire le malin.

— Où est Kirby ?

— Elle est partie. Elle a dit qu'elle retournait à la planque.

— Nous avons un problème, Alan : nous n'avons aucune preuve contre l'Étranger. Pas le moindre élément qui tienne la route. Et même si nous découvrons qui il est, nous n'avons rien qui nous permette de l'accuser.

— Il ne nous reste plus qu'une chose à faire, alors ! s'exclame Alan en écartant les mains.

— Laquelle ?

— Ratisser cette maison de fond en comble. Faire venir Callie et Gene afin qu'ils examinent tout. J'ai déjà connu ce genre de situation. Toi aussi. Parfois rien ne remplace le bon vieux travail d'investigation de base.

— Je le sais. Le problème avec cette affaire, c'est qu'aucune de nos pistes ne nous a été fournie par les résultats de l'enquête médico-légale. Nous les avons toutes découvertes en essayant de nous mettre à la place du tueur. Il ne laisse jamais le moindre indice derrière lui.

— D'accord, mais pourtant certaines choses lui échappent. Regarde pour Thérésa : il n'a pas remarqué que Sarah omettait d'en parler dans la dernière partie de son journal. Il est intelligent, certes, mais ce n'est pas un surhomme.

Alan a raison. Je le sais. Mais ça me fout en rogne de nous sentir si près du but et de m'apercevoir en même temps qu'on n'a pas progressé d'un pas.

— Bon, dis-je, résignée à la dure réalité. Appelle Callie et Gene.

— Parfait.

J'arpente le bureau, essayant de chasser ce sentiment de frustration tandis qu'Alan avertit Callie de la tâche qui l'attend. Comme le reste de la maison, cette pièce est toute en meubles foncés, tapis sombres, murs marron. Ça se voulait somptueux : c'est démodé et moi, je trouve ça tout bonnement immonde.

Je remarque que le bureau est impeccable, bien rangé. Trop bien rangé. Je m'approche en hochant la tête. Cabrera a visiblement un petit côté obsessionnel compulsif. Sur la gauche, trois stylos plume sont alignés perpendiculairement aux côtés du bureau. Sur la droite, trois autres sont disposés en parfaite symétrie avec les premiers. Un coupe-papier est posé au centre, devant l'écran de l'ordinateur, à équidistance des stylos. Curieuse, j'ouvre le tiroir central. Je découvre des compartiments remplis de punaises, de trombones et d'élastiques. Inutile de les compter, je parie qu'il y en a autant de chaque.

Intéressant mais guère utile. Je grimace, toujours aussi frustrée.

Je contemple l'écran. L'une des icônes attire mon attention : *Carnet d'adresses.*

Je saisis la souris et double-clique dessus.

Une liste d'adresses et de numéros de téléphones apparaît. Il n'y en a pas beaucoup et on y trouve pêle-mêle numéros professionnels et numéros privés. Je les parcours.

Un signal d'alarme retentit dans ma tête. Je fronce les sourcils.

Je relis la liste. Nouveau tressaillement.

Les omissions…

Une adresse manque. Laquelle ?

Ce n'est qu'à la cinquième relecture que je l'identifie.

— Le salaud ! dis-je en me redressant, choquée.

Je me couvre les yeux de la main, atterrée par ma stupidité. Quelle conne !

Ce ne sont pas les preuves qui désignent le tueur, mais le manque de preuves !

J'aboie :

— Alan !

Il accourt, le sourcil interrogateur.

— Je sais qui est l'Étranger.

59.

— Ils ont libéré les filles, m'annonce Alan en refermant son mobile. Jessica et Thérésa semblent en bonne santé physique mais on ne sait pas encore pour le reste, ajoute-t-il avec une grimace. Jessica a passé plus de dix ans dans ce sous-sol et Thérésa cinq. Il leur a donné mille mètres carrés d'espace, il les a nourries, merde ! Il leur a même fourni la télé satellite et de la musique. Mais il ne les a jamais laissées sortir ni porter de vêtements. Et il leur a dit qu'il tuerait ceux qu'elles aimaient si elles tentaient de se suicider ou de s'enfuir. Elles sont toutes les deux très repliées sur elles-mêmes et peu communicatives. Il devait les battre.

— Oui, sans doute.

Je suis soulagée de les savoir délivrées mais la pensée de tout ce qu'elles ont enduré me démoralise et me révolte comme tout le reste de cette affaire.

Nous attendions Callie, dans la voiture, quand nous avons reçu l'appel. Une idée me vient subitement.

— Rappelle-les, Alan. Et demande-leur si les filles ont vu son visage.

Alan s'exécute.

— Johnson ? C'est Alan Washington. Pourriez-vous poser une question aux deux filles…

Nous attendons.

— Alors ? Alan me regarde en secouant la tête. Elles n'ont pas vu son visage.

Merde !

Alan fronce les sourcils.

— Pardon ? Vous pouvez répéter ? – Son expression s'adoucit. – Oh, dites-lui que Sarah va bien. Et, Johnson ? Je voudrais aussi que vous annonciez une triste nouvelle à Jessica Nicholson…

Il explique et raccroche. Puis il se tourne vers moi.

— Thérésa a demandé des nouvelles de Sarah.

Je ne réponds pas. Que dire ?

Callie et Gene arrivent. Callie saute de la voiture et vient vers nous en souriant, toute pimpante. Elle fait un signe de tête vers la maison aux fenêtres cassées et le jardin labouré par les balles.

— J'adore la façon dont vous avez décoré cet endroit, plaisante-t-elle.

— Bonjour, Smoky, me salue Gene qui, lui, a l'air fatigué.

— Salut, Gene.

Je m'apprête à leur résumer la situation lorsqu'une autre voiture apparaît dans l'allée. Brady surgit comme par enchantement près de nous.

— C'est Jones qui arrive, dit-il.

— Mais c'est la fête, tout le monde est là ! murmure Callie. À propos, Smoky, Kirby m'a paru très déçue de n'avoir tué personne.

— Elle a été parfaite, déclare Brady en étudiant Callie d'un œil connaisseur.

J'observe Callie qui soutient son regard, une petite lueur coquine dans les yeux.

— Je ne crois pas qu'on se connaisse, susurre-t-elle en lui tendant la main.

Il la lui serre énergiquement.

— Brady. Et vous êtes ?

— Callie Thorne. Mais vous pouvez m'appeler Belle.

— Ça vous va comme un gant.

— Il me plaît bien ! déclare Callie en me décochant un sourire en coin.

La voiture s'arrête devant nous, mettant fin à leur badinage. Le directeur adjoint Jones en descend. Il me rappelle Callie et Brady par son énergie inépuisable, son costume impeccable et sa coiffure irréprochable

— Racontez-moi tout, ordonne-t-il sans préambule.

Je lui résume l'assaut et notre entretien avec Cabrera. Puis je lui parle des filles récupérées dans le Dakota.

Il se tourne vers Alan.

— Tu as du nouveau sur elles ?

— Non, mais ça ne devrait pas tarder.

Je lui parle de Juan et de la trahison des policiers. Je vois ses yeux s'écarquiller puis se remplir de tristesse. Son visage se décompose, il détourne les yeux, accablé.

— Seigneur ! On a fait ça !

J'attends qu'il se remette.

— Nous savons donc qui c'était, reprend-il. Et est-ce que nous savons comment il s'appelle maintenant ?

Je le lui dis. Alan le sait déjà. Mais Callie l'apprend en même temps que Jones et leur stupéfaction est la même.

— Gibbs ? s'exclame Jones. L'avocat de la donation ? Tu te fous de moi ou quoi ?

— J'aimerais bien, chef. Mais c'est bien lui et nous aurions dû y penser plus tôt. C'est un énorme loupé de ma part alors que je l'avais sous mon nez. Mais c'est seulement quand je me suis aperçue qu'il ne figurait pas dans le carnet d'adresses de l'ordinateur de Cabrera que j'ai compris. Car l'essentiel n'était pas ce qui s'y trouvait mais ce qui ne s'y trouvait pas.

Il me dévisage en fronçant les yeux, puis son regard s'éclaire lorsqu'il finit par saisir.

— Gibbs n'était pas sur la liste ! Doux Jésus !

— Exactement. Bien sûr, nous avons rapidement fouillé son bureau mais toujours sans rien trouver sur Gibbs ni sur la société. *Nada*. Pourtant, vu comme Cabrera était maniaque, sa liste de contacts se devait d'être complète. Tout y figurait du numéro de sa coiffeuse à celui du ramassage des ordures. Tout y était, les numéros personnels, les numéros de portables, les adresses mail, les numéros de fax… tous sauf ceux de son avocat ! Il ne pouvait s'agir d'un oubli involontaire. Et en ajoutant à cela un détail qu'il a mentionné pendant notre interrogatoire… – Je regarde Jones en plissant les yeux. – Juan avait bien la peau claire, n'est-ce pas ?

— Oui. On aurait dit un Blanc. Et je n'ai pas pensé à le préciser.

— Gibbs est blanc. Cabrera appelait Juan son « ange blanc ». J'ai cru que c'était une image, mais en voyant que l'adresse de Gibbs ne figurait pas dans son carnet, j'ai compris qu'il avait voulu dire blanc de peau.

— C'est pas encore sûr à cent pour cent, mais ça colle ! commente Alan. Se cacher en se mettant au premier plan ! C'est simple, rusé et ça correspond bien à son mode opératoire.

Jones secoue la tête, à la fois incrédule et furieux. *Bienvenue au club !*

— Alors quel est le problème ? demande-t-il.

— En dehors du fait que je peux me tromper, je ne détiens aucune preuve contre lui, chef. Personne en dehors de Cabrera ne connaît son visage. Aucune des scènes de crime qui nous sont connues n'a livré le moindre indice utilisable contre lui. Et si nous n'obtenons pas ses aveux, nous n'avons absolument rien qui permette de le lier à un seul de tous ces crimes. Mon seul espoir, c'est que Callie et Gene dégotent quelque chose ici.

Jones secoue la tête de rage.

— Putain ! Trouve quelque chose, Smoky ! gronde-t-il en pointant son doigt sur moi. Ce cirque a assez duré !

Il tourne les talons et remonte dans sa voiture, me laissant perplexe. Quelques secondes plus tard, je le vois franchir le portail où s'agglutine une nuée de journalistes.

Callie se tourne vers Brady.

— Eh bien, je suppose qu'il nous faut remettre cette passionnante conversation à plus tard. Si vous le souhaitez, bien entendu.

Il soulève un chapeau imaginaire.

— Avec plaisir.

Il s'éloigne d'un pas nonchalant tandis que Callie louche sur son derrière.

Elle soupire puis se retourne vers la maison en me faisant un clin d'œil. Je la reconnais bien là : elle tente d'alléger le poids de la dure réalité, comme lorsqu'elle a transformé l'ambiance de ma chambre en l'inondant de lumière et de musique. Mon Dieu, j'ai l'impression que ça remonte à une éternité !

— Tu viens, Gene ?

Tandis qu'ils s'éloignent, je la vois plonger une main dans sa poche et gober un cachet de Vicodin.

Comme je la comprends ! Rien ne me ferait plus plaisir qu'un petit verre de tequila !

Juste un.

J'attends.

Et je tourne comme un lion en cage.

J'ai fait tout ce que j'avais à faire. Gibbs est sous surveillance, Cabrera, sous les verrous. Thérésa et Jessica ont été transportées à l'hôpital pour y subir des examens. Bonnie, Elaina et Sarah sont à l'abri. Alan parle au téléphone avec Elaina et lui donne des nouvelles de Thérésa afin qu'elle les transmette à Sarah. Quant à Callie et Gene, ils travaillent à l'intérieur en essayant de concilier vitesse et minutie, en privilégiant toutefois cette dernière.

Il ne me reste donc plus qu'à attendre.

Enfin Alan revient vers moi.

Qu'en penses-tu, Alan ? Même si nous arrêtons Juan, est-ce qu'on peut dire que ça se termine bien ? Ou cela se termine-t-il comme il l'a toujours voulu ?

Je ne sais pas pourquoi je lui pose cette question. Peut-être parce que c'est mon ami. Ou parce que, de tous ceux qui forment mon équipe, c'est le seul pour lequel j'éprouve une sorte de déférence, en dehors de toute hiérarchie.

Il réfléchit un long moment.

— Je pense qu'en le capturant nous faisons notre métier. Nous l'empêchons de continuer à sévir. Nous donnons une chance à Sarah de s'en sortir. C'est tout. Ce n'est peut-être pas la réponse idéale, mais je n'ai rien de mieux à te proposer. – Il m'adresse un sourire plein de gentillesse. – Notre responsabilité s'arrête là, Smoky. Tu voudrais savoir si Sarah n'est pas déjà morte intérieurement, s'il n'a pas tué son âme. La vérité, c'est que je n'en sais rien. Même Sarah l'ignore. Mais au final, il reste que nous lui donnons une chance de le découvrir. Ce n'est sans doute pas suffisant, mais ce n'est pas négligeable non plus.

— Et lui ? Juan ?

Le visage d'Alan s'assombrit.

— C'est un assassin désormais. Ça fait longtemps qu'il n'est plus une victime.

Je songe à ce qu'il vient de dire et cela me console tout en me tracassant. Je tourne et retourne la question dans ma tête sans trouver de réponse.

La justice pour les morts. Elle n'est pas à sous-estimer, loin de là. Mais elle ne ressuscite pas les défunts, même lorsque leurs assassins sont capturés. Cette triste constatation fait que notre travail, même s'il n'est jamais inutile, n'est jamais totalement gratifiant.

La résignation et les remords. Deux vagues qui me soulèvent doucement et qui, tour à tour, inlassablement, m'inondent le cœur.

J'attends.

Pendant cette attente, Tommy appelle. Je me sens balayée par deux nouvelles vagues de sentiments : la culpabilité et la joie. Je m'en veux de ne pas avoir pris de ses nouvelles et je suis heureuse de le savoir vivant et d'entendre sa voix.

— Comment vas-tu ?

— Très bien. Le muscle n'est pas touché. Je n'ai qu'une fracture à la clavicule qui me fait un mal de chien mais qui devrait se réduire sans problème.

— Je suis désolée de ne pas t'avoir appelé.

— Je ne t'en veux pas du tout. Tu bosses. Moi aussi, ça m'arrive d'être débordé. Ça fait partie de notre boulot. Si on commence à devoir se rendre des comptes, on ne s'en sortira pas.

Ses paroles me réchauffent le cœur.

— Où es-tu ?

— Chez moi. Je voulais t'entendre avant de prendre mes analgésiques. Ils m'abrutissent complètement.

— C'est vrai ? Je me demande si je ne vais pas en profiter pour venir abuser de toi.

— Déguisée en infirmière ? Hum ! Je devrais me faire tirer dessus plus souvent.

Je suis tellement tendue que je laisse échapper un rire idiot. Je plaque une main sur ma bouche, vexée.

— De toute façon, rappelle moi demain, conclut Tommy. On en reparlera.

— Au revoir.

Je coupe la communication et m'aperçois qu'Alan me regarde en riant.

— C'est toi qui glousses comme ça ?

— Moi ? Jamais de la vie !

— Ah bon…

Nous attendons.

Callie et Gene ont examiné la moitié de la maison. Ils comparent les empreintes de Cabrera à toutes celles qu'ils trouvent. Toujours rien.

Il est trois heures de l'après-midi. Les journalistes et leurs hélicoptères sont repartis, savamment écartés par

Jones. S'étant lui-même désigné comme unique source d'informations, il a révélé de quoi assouvir la soif de ces vampires. Et à l'heure qu'il est, notre version des faits doit inonder les écrans de télévision, les sites d'info Internet, en attendant de faire la une des journaux de demain matin. Cabrera a été démasqué. Le suspect est mort. L'affaire est classée.

Nous attendons.

Mon téléphone sonne à quatre heures et demie du matin.

— C'est Kirby.

Il me suffit d'entendre son ton sérieux pour que retentisse ma sonnette d'alarme.

— Que se passe-t-il ?

— Sarah a disparu.

60.

Je hurle contre Kirby, folle de terreur.

— Comment ça, elle a disparu ? Tu étais censée la protéger !

— Je sais, me répond-elle d'une voix calme, pas du tout sur la défensive. Mais je veillais à ce que personne de l'extérieur ne s'introduise dans la maison, et pas à empêcher ceux qui étaient à l'intérieur de sortir. Elle n'était pas prisonnière, Smoky. Elle est partie pendant que j'étais aux toilettes. Elle a juste laissé un mot pour dire : « J'ai un truc à faire. »

J'écarte le téléphone de mon oreille et je hurle :

— Bordel de merde !

Alan sort de la maison, affolé.

— Est-ce que tu sais où elle a pu aller ? me demande Kirby.

Je me fige, clouée sur place.

Si je le sais ?

Bien sûr que tu le sais ! répond une petite voix accusatrice dans ma tête. *Si tu l'avais écoutée, tu t'y serais attendue ! Mais tu étais bien trop préoccupée par tes petits problèmes !*

La vérité me saute à la figure.

Je revois Sarah me disant qu'elle a mémorisé sa voix, sa façon de parler, qu'elle ne l'oubliera jamais.

Et elle a eu Gibbs au téléphone l'autre jour : il devait soi-disant s'assurer qu'elle nous autorisait bien à entrer dans sa maison.

Je serre mes tempes d'une seule main, j'ai la tête qui tourne et le cœur qui s'emballe.

Il lui a parlé récemment, de vive voix, le jour où il a tué les Kingsley. Et quand elle lui a téléphoné de l'hôpital, elle a dû le reconnaître dès ses premières paroles. Je suis sûre qu'il l'a fait exprès.

— Oui, je crois. Reste avec Bonnie et Elaina, Kirby. Je te tiens au courant.

Je raccroche sans lui laisser le temps de dire quoi que ce soit.

Sachant qui était l'Étranger, dès que Sarah a appris que Thérésa était en sécurité, elle est partie accomplir ce qu'elle souhaitait le plus au monde.

Elle est allée le tuer.

Le cercle infernal.

— Que se passe-t-il ? s'inquiète Alan.

Je lis la peur dans ses yeux et je ne l'en blâme pas. La dernière fois que j'ai réagi aussi violemment à un coup de fil, c'était Elaina qui était en danger.

— Elaina et Bonnie vont bien. Mais Sarah s'est échappée.

Je le vois prendre conscience de tout ce que cela implique.

— Gibbs ! Elle est partie tuer Gibbs !

— Oui.

La peur ne quitte pas son regard. Il ne s'agit pas d'Elaina, ni de Bonnie, ni de moi. Ni même de Callie ou de James.

Mais il s'agit de Sarah.

J'entends la voix de James dans ma tête : *elle symbolise toutes les victimes.*

— Si on ne l'empêche pas de le tuer, elle ne s'en remettra jamais, murmure Alan.

Je me secoue, soudain prête à agir.

— Contacte les policiers qui surveillent le domicile de Gibbs. S'ils la voient, qu'ils l'arrêtent. Sinon, qu'ils restent sur le qui-vive jusqu'à notre arrivée. Je cours prévenir Callie.

Je fonce vers la maison. Je trouve Callie dans une des chambres.

Je lui raconte ce qui se passe. Je lis dans son regard la même anxiété que dans celui d'Alan. Ça m'étonne d'elle et ça me perturbe. S'il arrive un malheur à Sarah, personne n'en sortira indemne.

— Vas-y, me dit-elle. Je m'occupe de tout ici.

61.

Il s'avère que Gibbs, alias Juan, n'habite pas si loin que ça, à l'échelle de Los Angeles. Et à cette heure matinale, où la circulation est fluide, nous devrions arriver chez lui en moins de vingt minutes.

Mon téléphone sonne à nouveau.

— Vous êtes bien Smoky Barrett ? me demande une voix grave.

— Qui est à l'appareil ?

— Lenz, l'un des agents qui surveillent Gibbs. Nous avons un problème.

Mon cœur s'accélère, si c'est encore possible.

— Quoi ?

— On vient de nous tirer dessus, enfin sur la voiture. Plusieurs balles dans le coffre et une dans la vitre du passager. On s'est aplatis sur nos sièges, le temps de sortir nos armes, et quand on a relevé la tête, on a vu une adolescente qui courait vers la porte.

— Merde ! Et elle est entrée ?

— Oui, me répond-il d'une voix navrée. Il y a trois minutes environ.

— J'arrive. Continuez à surveiller la maison mais restez en retrait.

C'est une petite maison d'un étage, modeste, qui a connu des temps meilleurs, pourrait-on dire. Avec sur le devant, un petit jardin sans arbre ni clôture et une allée qui mène à un garage d'une place. La rue est calme. Le soleil se lève à l'horizon : nous percevons une lueur derrière les toits.

Un agent accourt dès que nous descendons.

— Lenz, se présente-t-il. Je suis vraiment désolé.

— Vous restez là. Et dites à votre collègue de surveiller l'arrière. Nous allons passer par la porte d'entrée.

— Compris.

Ils se mettent en place. Alan et moi avançons vers la maison. Nous n'avons pas sorti nos armes mais nos mains sont posées dessus. Lorsque nous arrivons sur le perron, j'entends Sarah hurler :

— Vous méritez de mourir ! Je vais vous tuer, vous m'entendez !

Une voix lui répond, trop basse pour qu'on puisse distinguer ce qu'elle dit.

Je regarde Alan.

— Prêt ?

— Prêt.

Nous sommes au point de bascule, je l'entends à la voix de Sarah. Ce n'est plus le moment de finasser, il est temps de passer à l'action.

Je tourne la poignée, elle n'est pas bloquée. J'ouvre la porte à toute volée et j'entre la première, arme au poing, suivie d'Alan.

— Sarah ? Où es-tu ?

— Allez-vous-en ! Allez-vous-en !

Ses cris viennent de la cuisine, à l'arrière de la maison. Ce n'est pas loin. J'atteins le seuil en quelques foulées et je pile.

La cuisine est petite, désuète mais pratique, avec au centre, une table usée, propre, entourée de quatre vieilles chaises.

Juan est assis, souriant. Sarah se tient debout à un mètre de lui, une arme pointée sur sa tête. Apparemment un revolver de trente-huit. Une obscénité dans sa petite main. Une incongruité.

J'ai du mal à reconnaître Gibbs. Il lui manque sa barbe.

C'était une fausse, andouille !

Il se tourne vers moi et me sourit.

Ses yeux ne sont pas bleus, non plus : il devait porter des lentilles.

— Bonjour, agent Barrett. – Son ton est modeste, mais ses yeux luisent. Il ne joue plus la comédie et laisse libre cours à sa folie. – Seriez-vous le bon côté de ce que je suis devenu ?

— La ferme ! hurle Sarah, son revolver tremblant dans sa main.

Je me retourne vers Alan et secoue la tête pour lui faire signe d'attendre. Je baisse mon arme sans la rengainer.

Sarah ne se contrôle plus. Elle a perdu la tête. Et à la vue de son expression, je comprends ce que l'Étranger cherchait à obtenir.

Elle a le visage d'un ange aux ailes arrachées qui chute hors d'atteinte de Dieu. Elle personnifie l'absence totale d'espoir.

Une vie ruinée.

Je regarde Juan et vois qu'il en savoure l'horreur : il est presque en extase. Il s'est convaincu autrefois que c'était une question de justice, et peut-être l'était-ce alors. Mais il a changé d'une façon si terrible, si profonde qu'il ne cherche plus qu'à assouvir son plaisir de faire souffrir.

Il a décidé de punir les méchants mais, en cours de route, il est devenu comme eux.

— Ce n'est pas le dénouement que j'avais prévu, dit-il, m'ignorant désormais, mais la volonté de Dieu passe avant tout, et, dans son infinie sagesse, Il m'a tracé la voie. Grâces Lui soient rendues ! Dieu m'a demandé de te créer à mon image et cela ne s'accomplira que si tu me tues de tes propres mains. Grâces Lui soient rendues ! Tu vas me tuer au nom de la vengeance, tu vas me tuer car tu penses faire justice, mais moi je sais que tu me tueras par pur désir. Grâces Lui soient rendues ! Tu ne vas pas me tuer pour sauver Thérésa. Elle est libre, saine et sauve. Non, tu vas me tuer parce que tu rêves de répandre mon sang, et ce désir est si fort, si ardent et si intense, qu'il te brûle la peau comme une belle flamme bleue. Et d'où vient ce besoin, d'où vient cette flamme ? – Il hoche la tête en souriant, la bouche ouverte. – C'est la flamme de Dieu, Petite Douleur. Ne le vois-tu pas ? J'étais un ange vengeur envoyé par le Créateur afin de détruire tous ceux qui se cachent derrière des symboles, tous ces démons qui se pavanent à travers le monde dans leurs beaux costumes, en jouant les grands cœurs alors qu'ils dévorent les âmes des innocents. J'ai été envoyé par Dieu pour creuser un large fossé, un fossé sanglant, un fossé qui engloutira la victime et l'oppresseur, l'innocent et le coupable. Qu'importe la mort de ceux qui ne devraient pas mourir au regard d'un Dieu encore plus grand ? J'ai été sacrifié pour devenir l'arme de Dieu. Et je t'ai sacrifiée pour tu deviennes moi et que tu prennes ma place. Grâces Lui soient rendues ! – Il se penche, ferme les yeux, le visage béat. – Je suis prêt à rencontrer Dieu. Je vous salue Marie, pleine de grâce.

J'entre dans la cuisine sans m'occuper de lui, le regard rivé sur Sarah et je m'avance jusqu'à la toucher. Elle ne réagit pas. Elle ne peut détacher les yeux du visage de Juan.

Je prends soudain conscience que Sarah a cette vision que j'ai, que James a : Sarah s'aperçoit que la souffrance qu'elle ressent est source d'orgasme pour Juan. Mais c'est la tragédie qu'il a vécue qui a provoqué sa folie.

Je sens faiblir le besoin de tuer de Sarah. Son doigt tremble sur la gâchette et elle reste pétrifiée. Elle le voudrait mort et, en même temps, elle a peur. Elle craint que sa mort ne soit pas suffisante. Qu'elle ne dure pas assez longtemps. Qu'elle passe trop vite.

Et elle a raison. Même si elle pouvait faire durer son agonie une éternité, à la fin, elle seule serait perdue.

Que lui dire ?

Juan continue à prier avec ferveur, conviction, fierté.

Il est fou. C'était un tueur organisé au début, mais le Dr Child avait raison. Sa folie couvait, latente, tel un virus.

Je couvre sa voix sous mes pensées, les yeux rivés sur le visage d'ange de Sarah.

Un ange qui choit mais pas encore déchu.

Thérésa, Buster, Désirée. Elle les a aimés et ils lui rendaient son amour. Leur bonté, leur sourire… disparus. Sur quel ressort appuyer pour l'écarter du précipice dans lequel elle est sur le point de basculer ?

La réponse me parvient tel un souffle de plume, un baiser de fantôme.

Je me penche pour coller mes lèvres contre l'oreille de Sarah. Je chuchote en mettant dans ma voix tout mon cœur, toute la force que j'ai acquise en survivant à mon chagrin. Nous sommes l'une comme l'autre des anges aux ailes coupées, au corps et à l'âme couverts de cicatrices, qui souffrent de toutes les blessures qui ne veulent pas se fermer. Il ne s'agit pas de trancher entre le bien et le mal, entre le bonheur et la tristesse, entre l'espoir et le désespoir. Non, c'est le choix le plus simple du monde : vivre ou mourir. Faire le pari qu'avec la vie qui continue, la douleur finira par s'atténuer et que viendront des temps meilleurs.

Je mets Matt et Alexa dans ma voix en espérant qu'ils porteront mes paroles jusqu'à son cœur.

— Ta maman te regarde toujours du haut des nuages, ma chérie, et elle ne veut pas que tu tires. Elle ne vit plus qu'à l'intérieur de toi, Sarah. C'est tout ce qui reste d'elle. Si tu le tues, elle mourra pour de bon. Je ne dirai rien de plus, ma chérie. C'est à toi de choisir maintenant. À toi seule.

Juan me regarde en plissant les yeux. Il scrute Sarah et sourit comme un serpent qui boit du lait sucré.

— Tu as déjà choisi, Petite Doulcur. Veux-tu que je t'aide ? Veux-tu que je réveille ta mémoire, que j'attise la flamme qui brûle en toi afin que tu accomplisses la volonté de Dieu ? – Il se lèche les lèvres. – Ta mère ? Je l'ai caressée après sa mort. Dans ses parties les plus intimes. Très profondément.

Sarah se raidit. Moi aussi. J'attends qu'elle le tue. Ma partie sombre, celle qui cache mes yeux de tueuse, oublie mon objectif et voudrait qu'elle le tue. Au lieu de quoi, Sarah se met à trembler.

Ce ne sont que de légères trépidations au début, comme les frémissements qui précèdent un séisme. Elles remontent de ses mains à ses bras puis à ses épaules et redescendent de son torse à ses jambes en prenant une telle ampleur qu'on a l'impression qu'elle va se disloquer. Et soudain elle se raidit. Elle renverse la tête en arrière et elle hurle.

C'est horrible.

C'est le cri d'une mère qui se réveille et s'aperçoit qu'elle a étouffé son bébé dans son sommeil, en l'écrasant de son poids. Il me perce le cœur.

Je regarde Juan : il exulte. Je le vois frémir, trembler, secoué de spasmes, il se penche en avant, ses doigts se courbent, ses poings se crispent, il pousse un grognement long, grave, rempli de chuintements reptiliens qui, dans sa discordance démoniaque, s'accorde avec la plainte de Sarah. La chute de Juan est totale. Il ne vaut pas mieux que les hommes qui l'ont rendu ainsi.

Sarah s'effondre sur le sol et se roule sur elle-même sans cesser de hurler.

— Ne bougez pas, dis-je à Juan.

Il m'ignore. Il ne peut détacher les yeux de Sarah.

Et quand il parle, sa voix tremble d'émerveillement :

— J'y suis arrivé !

À la fin :
ces choses qui luisent

62.

— Tu es vraiment sûre, ma chérie ?

Bonnie me sourit, sereine.

Nous sommes sur le point d'entrer dans une salle d'interrogatoire. Juan sera là. Bonnie a demandé à le voir pour des raisons qu'elle n'a pas voulu me donner. J'ai d'abord refusé. Je me suis même fâchée contre elle, ce qui ne m'était encore jamais arrivé.

Elle est restée inflexible.

— Pourquoi ? ai-je demandé. Tu pourrais au moins me dire pourquoi ?

Elle a mimé le geste de donner quelque chose.

— Tu veux lui faire un cadeau ? Tu as un cadeau pour lui ?

Elle a hoché la tête, hésité, fait le geste de me donner une chose puis de la donner à… elle a pointé le nom sur le papier : Juan

— C'est un cadeau pour moi et pour Juan ?

Un sourire serein.

Impossible de l'en dissuader. J'ai cédé. J'espérais que Juan m'épargnerait cette épreuve en refusant de nous voir. À mon grand étonnement et à mon grand désespoir, il a accepté.

D'où notre présence ici.

Bonnie tient un bloc-notes sous le bras et un marqueur à la main. On a refusé de la laisser entrer avec un crayon car c'est trop pointu et il a fallu insister pour qu'on nous autorise le feutre.

Nous entrons. Juan est déjà là, les poignets et les chevilles menottés, retenu au sol par un câble. Il sourit en nous voyant. C'est un large sourire, un sourire paresseux, celui d'un chien qui se dore au soleil. Celui d'un pécheur, pas d'un saint.

On m'a dit qu'il oscillait entre ces deux extrêmes. Il a récemment prié un après-midi entier dans la chapelle de la prison, à genoux, les bras tendus vers Dieu. Et la nuit suivante, il a violé son codétenu. Juan prie désormais dans l'intimité de l'isolement cellulaire.

— Agent Barrett, petite Bonnie, comment allez-vous ?

— Bien, merci, dis-je d'un ton qui se veut détaché.

Une fois qu'il a compris qu'il allait vivre, Juan a tout avoué. Il était, bien évidemment, très fier de ses exploits. Il a joué les vertueux, ravi d'avoir un public devant lequel prêcher. Buvant ses paroles, nous l'avons écouté nous fournir tout seul la corde pour le pendre.

Il avait mis un certain temps avant d'identifier formellement les policiers qui l'avaient trahi.

Il lui avait fallu ensuite des années avant de remonter la filière jusqu'à ceux qui finançaient ce trafic d'enfants. D'abord il avait réussi à rassembler des preuves contre Tolbias Walker, il y a une dizaine d'années. Du côté du FBI, cela avait été plus difficile : Jacob Stern était un malin. Juan avait découvert qu'il avait dans un premier temps appartenu à la police de Los Angeles avant d'entrer au FBI, et qu'il avait, en fait, travaillé dans le même commissariat que Walker. Cela avait éveillé ses soupçons. Sa persévérance implacable lui avait finalement permis d'obtenir les informations qu'il recherchait.

Walker avait été le premier contact avec la pègre, le véritable Judas de l'affaire. Après, ayant besoin de l'assistance de Stern pour couvrir la trace des transferts d'argent, il l'avait fait entrer dans la combine. Juan détenait les preuves de la complicité de Stern et des péchés de Walker. Elles étaient stockées sur l'ordinateur de Michael Kingsley.

— J'allais vous donner le mot de passe afin que vous extradiez Stern. Une fois qu'il aurait été là – Juan avait souri de toutes ses dents – j'aurais pu accomplir ma vengeance. Ça aurait eu l'air d'un accident, bien entendu, puisque j'étais censé être mort, mais ça ne m'aurait pas gêné. Ce qui comptait c'était que la vérité éclate au grand jour et que le monde entier comprenne que les symboles ne veulent rien dire, que seule compte l'âme.

Sur ce point, il a réussi. Stern va être extradé et j'espère qu'il va mourir d'une horrible mort en prison. Walker et lui, je les tiens pour les grands responsables de tout ce qui est arrivé. Ils ont fabriqué ce monstre, et si Juan s'était contenté de se venger sur ces deux-là, j'aurais considéré que ce n'était que justice. Mais il a saccagé sans discernement de nombreuses vies pendant de longues années. Il a tué et torturé des innocents et je ne peux le lui pardonner.

Nous avons interrogé Juan au sujet du chef Jones. Il a fait preuve d'un pragmatisme étonnant.

— C'était trop risqué de tuer un directeur adjoint. J'ai préféré attendre.

Tout cela explique son désir soudain de se découvrir au grand jour. Cette convergence d'événements visait à nous conduire à Cabrera et à démasquer Stern. Et une fois Stern de retour sur le sol américain…

J'ai eu la chair de poule en réalisant combien il s'en était fallu de peu qu'il réussisse.

Juan en voulait à tous les policiers de ne pas avoir vu la véritable nature de Stern et de Walker. Dans son esprit, ils étaient censés le protéger. Ils avaient échoué : ils méritaient de mourir.

Il s'était montré plus clément avec les femmes parce qu'elles n'étaient pas directement responsables.

— Mais ces catins ne voyaient pas la noirceur de l'âme de leur mari, avait-il souligné avec une tranquillité rationnelle.

Elles avaient échoué : elles méritaient de mourir.

En fait, tout était une question d'échec, me suis-je aperçue. Juan se trouvait en position d'échec dès sa naissance sans doute, et il était ainsi devenu un tueur sans pitié devant l'échec.

Lorsque Juan a parlé de Walker, j'ai été témoin de la plus grande manifestation de pure haine qu'il me sera sans doute jamais donné de voir dans ma vie. Son visage est resté calme, mais ses yeux lançaient des éclairs et sa voix crachait le venin et la mort.

— Il a échappé à ma justice, mais pas ses enfants ni ses petits-enfants ! a-t-il jubilé. J'ai détruit les Langstrom. Si vous aviez vu leur *chagrin*… C'était *magnifique* ! Et leur mort a été ma *justice*. Savez-vous pourquoi ? Parce que j'ai fait en sorte qu'ils aillent en enfer. – Ses yeux étaient devenus noirs. – Ils se sont suicidés. Et quoi qu'il puisse m'arriver, ils brûleront en enfer durant toute l'éternité.

Et il avait ri, ri, ri… Un dément !

Je l'ai interrogé sur ses changements de mode opératoire. Pourquoi avait-il tué Haliburton d'une balle dans la tête, après l'avoir forcé à écrire un poème alors qu'il avait torturé et castré Gonzalez ?

— Cela n'avait rien de rituel, m'a-t-il expliqué. Je ne cherchais que leur souffrance. Je leur ai taillé une mort sur mesure afin qu'ils souffrent le plus possible. Leur douleur physique comptait, mais c'était surtout leur douleur morale qui m'intéressait, grâces soient rendues au Seigneur !

Sarah, bien sûr, était *lui*, mais seulement *pour* lui. Il avait tordu sa vie, provoqué les trahisons, pour lui donner un aperçu du cauchemar qu'il avait vécu, certain qu'elle finirait par devenir comme lui. Et il est convaincu d'avoir réussi.

Mais je sais que non. Sarah ne va pas bien, mais elle n'est pas comme lui, loin de là. Juan est mauvais. Sarah est bonne. Dans mon métier, il m'est rarement donné de penser en termes aussi contrastés, mais je suis certaine de mon jugement. L'âme de Sarah est blessée mais pas gangrenée.

Le monsieur Vous-Savez-Qui mentionné dans la vidéo de Vargas n'est plus de ce monde. Juan y a veillé depuis longtemps. Juan a échappé à ses ravisseurs quand il avait quinze ans. Quatre ans plus tard, il les avait tous retrouvés et exécutés de différentes façons, toutes plus horribles les unes que les autres. La vidéo n'était qu'une fausse piste destinée à nous égarer. Juan avait payé Vargas pour la faire.

— Il était tellement shooté, m'a dit Juan, qu'il ne s'est même pas demandé pourquoi je la voulais, il ne se rappelait même pas qui j'étais. C'est incroyable, non ?

Les drogués sont vraiment les grands oubliés de l'amour de Dieu.

À présent que nous sommes arrivées, je me demande ce que je fais là. Juan est une cause perdue, qui ne mérite que ma pitié et ma colère. Il tourne ses yeux étincelants vers Bonnie.

— Pourquoi as-tu voulu me voir, petite ?

Bonnie reste sereine. Juan ne semble pas l'atteindre, ni par sa présence ni par ce qu'il représente. Elle ouvre son bloc-notes sur la table devant elle et commence à écrire. Je la regarde, fascinée.

Elle me tend le bloc en me faisant signe de lire.

— Bonnie veut savoir si vous connaissez son histoire ?

Juan hoche la tête, soudain très intéressé.

— Bien sûr que je la connais ! Quel acte de souffrance inspiré ! Te forcer à le regarder pendant qu'il violait et tuait ta mère. T'attacher à son corps. C'est l'œuvre magistrale d'un véritable artiste de la souffrance !

Je suffoque de rage.

— Espèce de salaud !

Bonnie pose une main sur mon bras. Elle reprend son bloc. Je fusille Juan du regard tandis qu'elle écrit. Il me répond par un sourire. Elle me tend à nouveau le bloc. Mon cœur vacille quand je lis ce qu'elle a écrit.

— Bonnie… – Je m'éclaircis la gorge. – Bonnie voudrait savoir si vous voulez qu'elle vous explique pourquoi elle ne parle pas. La véritable raison. Elle pense que vous apprécierez.

Je me tourne vers Bonnie.

— On ferait mieux de partir. Ça ne me plaît pas.

Elle me tapote le bras, sereine, toujours sereine.

Fais-moi confiance, dit son regard.

Juan se lèche les lèvres. Un coin de sa bouche tressaute.

— Je crois… que ça me plairait beaucoup, dit-il.

Bonnie lui sourit, reprend son bloc et se penche dessus pour écrire. Puis elle me le tend, mais avant que je le lise, elle accroche mon regard. Je vois qu'elle s'inquiète pour moi. Je sens en elle une sagesse qui n'est pas de son âge, et toujours cette sérénité imperturbable.

Prépare-toi, mais n'aie pas peur, semble-t-elle me dire.

Dès que je lis ce qu'elle a écrit, je comprends pourquoi. J'écarquille les yeux, le souffle coupé. Puis malgré moi, une larme roule sur ma joue. J'ai l'impression que je vais m'effondrer.

Ma douleur excite Juan. Je vois ses narines palpiter.

— Dites-moi.

Je fixe Bonnie, hébétée. Le désespoir me submerge. En effet, quel cadeau pour Juan ! De quoi régaler son côté démoniaque ! Pourquoi veut-elle lui faire cette terrible, terrible offrande ?

Elle essuie la larme sur ma joue.

Vas-y, me dit son sourire. *Fais-moi confiance.*

Je prends une inspiration.

— Elle a décidé que, si sa mère ne pouvait plus parler, elle ne parlerait plus non plus.

Juan est aussi bouleversé que moi par cette révélation, quoique pour des raisons bien différentes. Il ouvre la bouche et se renfonce sur son siège, il cligne rapidement des yeux, la respiration courte.

Le plaisir de la souffrance.

Je me tourne vers Bonnie.

— Nous pouvons partir, maintenant ?

Je me sens vidée. J'ai hâte de rentrer chez moi pleurer au fond de mon lit.

Elle lève un doigt.

Une dernière chose.

Elle pivote vers Juan et lui adresse son beau, son merveilleux sourire rempli de sérénité. L'opposé de l'expression de Sarah dans la cuisine. Et à cette vue, Juan se renfrogne. Je me sens très mal à l'aise.

— Mais j'ai changé d'avis, déclare-t-elle d'une voix claire et nette. J'ai décidé qu'il était temps de me remettre à parler.

Je me lève si brutalement que ma chaise se renverse avec fracas.

— Bonnie !

Elle se lève aussi. Elle glisse son bloc-notes sous son bras et me prend la main.

— Bonjour, Smoky.

À présent, c'est moi qui reste sans voix.

— Rentrons à la maison, dit-elle.

Puis elle se tourne vers Juan, beaucoup moins sereine.

— Allez brûler en enfer, monsieur Juan !

Il la dévisage, à la fois furieux et méditatif.

Que voit-il ?

En cet instant, par certains côtés, Bonnie représente l'ange qu'il était autrefois. Entière et pure, elle n'éprouve aucune pitié pour lui, aucun regret pour ce qu'il a été, toute à la certitude de ce qu'il est devenu.

Elle lui a offert son désespoir en cadeau avant de le reprendre pour lui offrir son triomphe à la place.

Dans cette salle d'interrogatoire, avec cet être démoniaque et détraqué, je me sens plus heureuse que je ne l'ai été depuis bien, bien longtemps. Et c'est bien là le message que Bonnie a voulu me transmettre à moi, mais aussi à chacun d'entre nous : toute désespérée que soit notre situation, les méchants ne triompheront que si nous les laissons faire.

Et là, tout à coup, je prends conscience que je n'accepterai pas l'offre de Quantico ! J'ai fini de fuir. De nouveau, je vois la vie qui recommence à me sourire.

Elle sourit toujours. Il suffit de la laisser faire.

63.

Je suis assise devant l'ordinateur de Matt, le regard rivé sur l'écran. J'ai un verre de tequila à la main, prêt à m'aider si nécessaire. Un petit verre d'encouragement.

Je le regarde en fronçant les sourcils.

Bonnie dort. Quand je pense à sa force et à ma faiblesse, j'ai honte.

Je repose la tequila et fixe l'écran.

1pourtoi2pourmoi.

Cinq jours. C'est le temps qui s'est écoulé entre ma première rencontre avec Sarah et l'arrestation de Juan. Bien des jours sont passés depuis mais ces cinq jours m'ont marquée comme cinq années.

Je porte une nouvelle cicatrice, celle de Sarah. Elle ne se voit pas, mais les plaies les plus profondes sont invisibles, simples marches intérieures vers la mort. Si le corps vieillit, se dessèche et meurt, l'âme peut vieillir de la même façon et une âme de six ans peut atteindre soixante ans en un battement de cœur.

Mais, contrairement au corps, l'âme peut inverser ce processus et, sans redevenir jeune, retrouver sa vitalité. Vivre.

Le drame de Sarah m'a profondément bouleversée. Mes propres épreuves m'ont fait vieillir avant l'âge. Mais les cicatrices ne sont pas que le souvenir d'anciennes blessures. Elles sont aussi un témoignage de guérison.

Je sais que je souffrirai chaque fois que je penserai à Matt et à Alexa. C'est normal. Le seul moyen de me libérer d'eux serait de les oublier, mais je chérirai toujours le moindre instant béni passé avec eux.

Je sais que je n'ai pas fini d'avoir peur pour Bonnie et je l'accepte. Tous les parents ont peur pour leurs enfants et j'ai certaines raisons d'avoir encore plus peur qu'eux.

Je suis imparfaite. J'ai été blessée par le passé, mais je suis vivante et je suis sûre que je serai encore heureuse. Je suis convaincue que la vie continuera à me sourire par bien des côtés.

Je ne peux pas en demander plus. Mais rien ne m'interdit d'espérer.

Nous avons fini de ranger la maison. Nous avons transformé la chambre d'Alexa en atelier pour Bonnie.

Il ne me reste plus qu'une dernière chose à faire.

1pourtoi2pourmoi.

Je me suis aperçue que, si j'avais peur d'utiliser ce code, ce n'était pas simplement par crainte de ce que je risquais de découvrir.

Vous aimez quelqu'un, vous vivez avec lui, vous l'épousez. Vous passez votre vie entière à essayer de le connaître. Chaque jour, chaque mois, chaque année, j'ai ainsi appris à mieux connaître Matt. Soudain il est mort, et je n'ai plus rien appris sur lui.

Jusqu'à ce moment précis.

Si j'invoque le 1pourtoi2pourmoi et que j'ouvre ce dossier intitulé « confidentiel », ce que je risque de découvrir, que ce soit bon ou mauvais, sera la dernière chose que j'apprendrai sur mon mari.

C'est cet aspect définitif qui m'angoisse.

Je devrais peut-être mettre tout cela de côté pour plus tard. Pour quand je serai vieille et grisonnante et que Matt me manquera.

Ignorant ma tequila, je clique sur le dossier et entre le mot de passe.

Les icônes qui apparaissent m'indiquent qu'il s'agit de photographies. Elles sont toutes numérotées. Je pose le curseur de la souris dessus et j'hésite.

Que vais-je voir si je clique ?

Un instant, un bref instant, j'envisage de tout effacer. Vite, je clique sur le premier cliché et il s'ouvre. Les bras m'en tombent. C'est une photo de moi. De moi et de Matt. En train de faire l'amour.

Je plisse les yeux, et soudain je me souviens du jour où elle a été prise. Nos corps sont de profil. J'ai la tête renversée en arrière, les yeux fermés d'extase. Matt me regarde de dessus, la bouche légèrement entrouverte.

La photo n'est pas très artistique mais elle n'a rien d'anatomiquement explicite non plus. C'est une simple photo d'amateur, rien de plus.

Nous avons traversé une période, Matt et moi, que beaucoup de couples connaissent, je l'ai appris depuis, où le sexe devient un sujet d'exploration fascinant. On fait des essais, des expériences, on sort un peu de sa zone de confort. On avance dans une zone intermédiaire remplie de tâtonnements et d'erreurs. Cela demande de la confiance : les explorations ne sont pas toujours élégantes, voire parfois même humiliantes.

Nous nous étions donc amusés à prendre des photos de nous nus, puis faisant l'amour. Au début, cela nous excitait, mais nous nous en sommes vite lassés. Pas parce que nous en avions honte, non, mais parce que nous avions juste franchi ce stade. Et nous sommes passés à autre chose.

J'ouvre les photos les unes après les autres, me souvenant de chaque instant. Il y en a que j'ai faites moi-même, où je prends des poses coquines (et où j'ai l'air idiote). J'en trouve une de Matt, assis adossé à la tête de lit. Il sourit. Je ferme les yeux. Je n'ai pas besoin du cliché pour voir son expression, ses cheveux en bataille, l'étincelle dans ses yeux. Et je revois son sexe et je me souviens d'avoir pensé un jour que c'était à lui que j'avais offert ma virginité.

Les yeux me piquent. Voilà des moments qui ne reviendront jamais. Je ne sais pas ce que l'avenir me réserve côté amour et vie à deux. Je ne sais pas si je retrouverai un jour cette jeunesse et ce désir de partir en exploration.

Avec Matt, j'ai déjà parcouru ce chemin. Nous nous sommes aimés, battus, nous avons ri et pleuré et notre curiosité a été assouvie. Mais cela n'appartenait qu'à Matt, qu'à lui.

— *1pourtoi2pourmoi, mon chéri.*

Je souris, les joues ruisselantes de larmes. Matt ne me répond pas. Il attend.

Dis-le, m'enjoint son sourire.

J'obéis.

— *Au revoir, Matt.*

Je referme le fichier.

64.

— On y va ? me demande Tommy.

— Aide-moi à remonter ma fermeture Éclair, et je suis prête.

Il obtempère et, de son bras valide, m'attire contre lui et m'embrasse dans le cou.

Je me sens bien.

J'entends un bruit de pas. Mon prodige de fille apparaît sur le seuil et lève les yeux au ciel en nous voyant.

— C'est pas le moment, vous deux ! Sarah nous attend.

Je m'écarte de Tommy en riant.

— Oui, oui, Choupette. On est prêts.

Un mois a passé. Sarah est restée prostrée une longue semaine. Et il a encore fallu attendre quelques jours avant qu'elle ne se remette à parler. Thérésa, Bonnie et Elaina se sont constamment relayées à son chevet à l'hôpital pour tenter de l'arracher à son désespoir par leur tendresse et leurs attentions.

C'est lorsque Callie lui a amené Cathy Jones que Sarah est enfin sortie de sa torpeur. Elle a fondu en larmes dès qu'elle l'a vue. Cathy l'a prise dans ses bras et nous les avons laissées seules.

Thérésa est aussi merveilleuse et solide que Sarah nous l'avait décrite. Elle n'a pas eu besoin qu'on la réconforte ni qu'on la câline. Elle n'avait qu'une idée : voir Sarah. Elle a en elle une force, une flamme que Juan n'a pas réussi à éteindre, et elle me donne de l'espoir pour Sarah.

On m'a prévenue la semaine dernière que Sarah rentrait chez elle. Oui, vraiment chez elle, dans cette maison qu'elle a quittée il y a tant d'années. Que ce cadeau vienne de Juan est d'une ironie qui n'échappe à aucun d'entre nous. Mais peu importe.

Cathy est venue s'installer chez Sarah, à la demande de Thérésa qui a nettoyé la maison de fond en comble, et ouvert tous les volets pour laisser entrer la lumière. Elle a raccroché la peinture sur le mur en face du lit de Sarah.

J'ai eu alors une idée et, grâce à Thérésa, j'ai pu m'assurer qu'elle était réalisable, ce qui nous permet de réserver à Sarah un cadeau de bienvenue qui devrait lui faire vraiment plaisir.

— C'est encore loin ? demande Bonnie.

— On y est presque, répond Tommy, si je ne me perds pas dans ces fichues rues tout en méandres.

— Je reconnais, c'est à gauche, s'écrie Bonnie. J'ai mémorisé la carte.

Je me renfonce dans mon siège, bercée par sa douce voix. Je ne me lasse pas de l'entendre. C'est magique pour moi ! Une vraie musique !

On y est !

Nous nous garons le long du trottoir. Elaina, Thérésa et Callie sortent à notre rencontre, suivies d'une invitée surprise : Kirby.

— Elle est là ? demande Bonnie en courant vers elles.

— Oui, répond Elaina. Elle se repose.

Bonnie fonce droit vers la porte.

— Alors on compte pour du beurre maintenant ? proteste Callie. Eh oui, mes chéries, nous ne sommes plus que de vieilles choses sans intérêt !

— Parle pour toi, la rouquine ! rétorque Kirby. Moi je resterai toujours jeune.

— C'est parce que tu vas mourir avant d'être vieille, répond Brady de sa voix chantante, sortant de la maison à son tour.

Brady et Callie sortent ensemble. Je me souviens du jour où elle m'a confié sa méfiance envers les hommes et je me demande si cela ne serait pas en train de changer. Voit-elle à présent le verre à moitié plein ? J'espère que oui. Hélas, je la surprends encore trop souvent à chercher sa Vicodin, mais il y a différentes sortes de douleur. Et la solitude, eh bien… il n'existe pas encore de pilule pour la soulager.

Soudain j'ai comme une révélation. Alan, hanté par les hurlements d'une mère, Callie, parfaite à l'extérieur, délicatement mutilée de l'intérieur, moi et mes cicatrices, nous n'arrêtons pas de troquer souffrances et plaisirs, quand nous dégustons notre pain blanc tout en cherchant une lueur près du point d'eau.

Et c'est normal. C'est la vie. C'est encore la meilleure alternative à la mort.

— Alors ? s'écrie Thérésa, tout excitée. Vous allez la chercher ou pas ?

Je souris.

— Tout de suite. Je vous retrouve à l'intérieur.

Le groupe se dirige vers la maison. D'autres doivent arriver : la fille et le petit-fils de Callie, Barry Franklin, des personnes qui ont été marquées par Juan ou qui veulent simplement donner de l'espoir à Sarah. Nous voulons tous que le cercle infernal s'arrête à Juan et surtout que Sarah ne devienne pas réellement *une vie ruinée*.

Je cours chez les voisins et frappe. La porte s'ouvre. Jamie Overman m'invite à entrer. Son mari apparaît derrière elle.

— Je ne pourrai jamais assez vous remercier. Vous n'imaginez pas quel bonheur vous allez lui faire.

John sourit sans rien dire, embarrassé. Jamie hoche la tête.

— Nous en sommes ravis. Sam et Linda étaient de bons voisins, des gens vraiment gentils. Je vais vous la chercher.

Elle s'éloigne et revient quelques secondes plus tard avec celle qui, je l'espère, saura redonner espoir à Sarah. Elle est plus vieille, plus lente, plus grise. Mais je vois briller dans son regard un amour inconditionnel qui me réchauffe le cœur.

— Viens ici, Doreen, dis-je en m'accroupissant pour me mettre à la hauteur de ses yeux.

Elle remue la queue et me lèche le visage.

Ben salut ! Moi aussi, je t'aime. Alors qu'est-ce qu'on fait maintenant ?

— Viens, mon toutou. Je veux te présenter à quelqu'un que tu connais déjà et qui a bien besoin de toi !

Remerciements

Une fois encore, à Liza et Havis Dawson, pour leur soutien, leurs conseils, leurs encouragements et leurs démarches. À Danielle Perez et Nick Sayers, mes éditeurs respectivement chez Bantam et Hodder. Ce fut un livre redoutable : ils me refusèrent le droit de le considérer comme terminé tant qu'il ne fut pas parfaitement achevé. Et enfin à ma famille et à mes amis pour m'avoir supporté pendant que j'écrivais ce livre. Car j'ignore ce qu'il en est pour les autres écrivains, mais, pour ma part, je sais que je suis impossible à vivre quand l'écriture se fait âpre.

Composé par Nord Compo
à Villeneuve-d'Ascq (Nord)
Imprimé en Allemagne par
GGP Media GmbH, Pößneck
en septembre 2010

POCKET – 12, avenue d'Italie – 75627 Paris Cedex 13

Dépôt légal : septembre 2010
S18177/01